Dime que no es cierto

Francisco Martín Moreno

Dime que no es cierto

ALFAGUARA

Penguin
Random House
Grupo Editorial

Dime que no es cierto

Primera edición: noviembre, 2023

Penguin Random House Grupo Editorial, S. A. de C. V.
Blvd. Miguel de Cervantes Saavedra núm. 301, 1er piso,
colonia Granada, alcaldía Miguel Hidalgo, C. P. 11520,
Ciudad de México

penguinlibros.com

ISBN: 978-607-383-741-5

Impreso en México – *Printed in Mexico*

Porque le debo a la vida más de lo que he recibido

Para mi hija Claudia, gran conocedora y estudiosa de las pasiones humanas, sin cuyo afortunado consejo hubiera sido imposible la redacción de esta novela. Gracias, Co.

A Alex Martí, mi querido hermano muerto, con la fundada convicción de que si los mexicanos fuéramos como él, sin duda tendríamos otro país. Que en paz descanse.

Quiero que a mi muerte, a lo largo del camino por donde conduzcan mi cadáver, se esparza mi riqueza para que todos puedan ver que las riquezas obtenidas en la tierra, se quedarán en la tierra.

Quiero que mis manos se balanceen libremente al viento para que la gente entienda que nacemos con las manos vacías y nos vamos con las manos vacías. Cuando lo más preciado se ha ido: el tiempo.

ALEJANDRO MAGNO

Unas breves palabras a modo de prólogo

En agosto del 2022 un querido amigo chelista, fanático de la obra de Pablo Casals, me confesó su decisión de "traicionar" al gran músico español, su maestro, para interpretar las magníficas obras de Britten, Fauré, Prokofiev y Shostakóvich, entre otras más. Gracias a esa sabia decisión descubrió un horizonte gratificante y motivador que habrá de iluminar su camino por el mundo del arte hasta el último de sus días.

Después de haber trabajado la novela histórica y la política durante muchos años, *Dime que no es cierto* implicó para mí un giro radical en mi vida como escritor. Yo también di un violento golpe de timón al emprender un profundo viaje en mi interior con el ánimo de incursionar y explicarme de qué se trata todo esto de vivir. Sí, ¿de qué...?

La vita è un divertimento? ¿Y las pasiones humanas? ¿Y la cobardía o la valentía? ¿Los celos, las traiciones y las envidias? ¿El amor, las injusticias, el rencor y las ambiciones desbridadas? ¿La vida es un juego...?

Primera parte

—Cayó redondito, cumplí con tu encargo a la perfección —afirmó satisfecha, con voz ronca, apenas audible, aquella mujer embrujada, mientras inquieta cubría con ambas manos el teléfono celular, como si alguien pudiera escucharla o quisiera evitar la presencia invisible de algún ser maligno, deseoso de oír su conversación para utilizarla perversamente con las personas adecuadas en el momento preciso—. Ya tengo el dinero en mi cuenta, me hiciste muy feliz, muchas gracias, no dejes de contarme cómo marcha todo —concluyó la conversación la siniestra hechicera, en tanto se ajustaba una extraña diadema negra para sujetar su cabellera canosa. Su sonrisa malvada y sus ojos entornados proyectaban la imagen de una arpía feliz de haber terminado la preparación de una pócima confeccionada de acuerdo a las recetas heredadas de sus ancestros.

Al concluir la plática, la curandera dejó caer el teléfono sobre su falda remendada con pedazos de telas obsequiadas por diferentes brujas para evitarle maleficios. A continuación, se escurrió sobre la silla, levantó ambos brazos tatuados y desnudos, con sus muñecas cubiertas por incontables pulseras tejidas por tribus africanas con tiras de cuero café oscuro, así como brazaletes de cobre y esclavas diminutas trabajadas con diversos metales. Acto seguido, abrazó su nuca con sus dedos esqueléticos, adornados con anillos de plata y oro, decorados, sobre todo los pulgares, con cristales y piedras engarzadas de diferentes colores que confirmaban la presencia de un personaje excepcional, misterioso, vestido con la pretensión de impresionar a su numerosa clientela con supuestos poderes sobrenaturales.

Mientras se extraviaba en sus reflexiones en un ambiente luciferino, sin prestar atención a las cabezas de muñecos de plástico ni a los cuerpos de lechuzas disecadas adheridas al techo, sólo pensaba en los abundantes recursos depositados en su cuenta de cheques a cambio de inocular mensajes de alta toxicidad en el último cliente que la había visitado cuando ya anochecía. El sortilegio operaría a su máxima expresión a oscuras y con la luna llena.

Sobre la mesa cubierta con un mantel raído, hecho a mano y zurcido con hilos y estambres de colores vivos parchados por sus colegas de Catemaco, se encontraban talismanes para adivinar el porvenir, libros sagrados con los protocolos de sus rituales de la magia negra, encuadernados con pieles antiguas de borrego. En el curioso escenario, donde se respiraba un denso olor a incienso, se distinguía una bola de cristal sostenida por numerosos dedos de cerámica decorados en tonalidades oscuras.

Tan pronto regresó Alonso Roel de su residencia de fin de semana en Valle de Bravo, prefirió ocultar su identidad al llamar a Casandra desde el teléfono celular de Gabino, su chofer. Obtuvo la cita un par de días después. Con el ánimo de proyectar la imagen de un hombre cansado, de clase media baja, echó mano de la ropa más vieja de su vestidor. No se duchó ni se peinó ni se afeitó para dar lástima y verse extraviado en el anonimato. Utilizó otro nombre y otro apellido. Escogió unos lentes oscuros para no delatar ansiedad en su mirada. Las brujas, se dijo, todo estudian y analizan, hasta la respiración de sus clientes. Completó su atuendo con una cachucha vieja, unos zapatos sucios y una chamarra desgastada como la que usaba en Avándaro al sacar a pasear a Saks y a Winston, sus queridos perros labradores. No perdió detalle de su arreglo. Las apariencias engañan, se dijo satisfecho. Como te ven, te tratan…

Al encontrarse cara a cara con la vidente, le sorprendió su voz pastosa y desgastada, similar a la de una intérprete de ópera que se hubiera lastimado sus cuerdas vocales hasta quedarse ronca, tal y como acontece con los fumadores empedernidos. Tanto el consultante como la pitonisa guardaron, en un principio, las debidas distancias, se estudiaron, se observaron, se escucharon, se escrutaron. Cada movimiento tenía un significado, al igual que la mirada, la actitud, la fragilidad o fortaleza de las manos en el momento del saludo, como también contaba el aplomo, la seguridad a la hora de caminar en dirección a la mesa, en donde se predecía el futuro.

Casandra, la bruja de marras, de poco hablar hasta no dar con la preocupación dominante que había impulsado al consultante a visitarla, escuchaba con paciencia infinita a la espera del hallazgo. Al presentarse el cliente, hombre o mujer, le clavaba la mirada para contemplarlo de cerca, se retiraba, se ajustaba o se quitaba la diadema, como si de ésta dependieran su poderío y su clarividencia. Cuando iniciaba la lectura, sus ojos se hundían en sus respectivas cuencas macilentas, las arrugas de su rostro adquirían una mayor profundidad, sus menguadas mejillas se adherían a sus maxilares. En tanto, sus escasos labios, perforados con varias agujas o alfileres rematados con pequeñas joyas de varios colores, se adelgazaban todavía más, hasta casi desaparecer. La hechicera se transformaba en una suerte de artilugio muy desarrollado, algo así como una provocación bien articulada y meditada, imprescindible para apoderarse de la mente alucinada de quien deseaba conocer su suerte. Quien se sometiera a sus rituales y prestara atención a su indumentaria y a su aspecto podría comprobar que no se trataba de una bruja moderna, pues intentaba influir con diversos artificios, falsificaciones y disfraces de viejo cuño a quienes llegaban a visitarla.

Alonso no estaba dispuesto a dejarse impresionar y en cualquier caso proyectaría una gran confianza en sí mismo, como cuando se presentaba frente a un banquero a solicitar un préstamo billonario. Si alguien tenía educado el rostro para impedir la proyección de emociones era él. ¡Cuántas veces había llevado a cabo solicitudes financieras audaces al amparo de su confianza en los proyectos que, por lo general, llegaban a ser coronados por el éxito! Su olfato no fallaba. Encontraba el dinero escondido debajo de las piedras. En el mundo de los negocios abundaban las trampas, las traiciones, las envidias y las zancadillas. Los mentirosos existían en las relaciones comerciales, sí, pero también en la política, en el matrimonio, en la sociedad, en el clero y en las familias. ¿Quién no mentía y trataba de mostrar su mejor rostro? ¿Él por qué no iba a hacerlo? Se trataba de engañar con infracciones irrelevantes, pero sin ser descubierto. Ése era el nombre del juego, el de los hipócritas. ¿Quién no era o había sido un hipócrita, un hábil comediante para salirse con la suya? ¿Los cínicos siempre triunfarían? En la guerra, en el amor y en la política, ¿todo se valía…?

Habría que preguntarles a los funcionarios públicos, uno más embustero que el otro, si no habían engañado al pueblo con promesas de imposible cumplimiento, o a los hombres y mujeres casados si jamás habían quebrantado el pacto de fidelidad, o a los estudiantes si nunca habían copiado, o a un juez si nunca había recibido sobornos, o a los empresarios si habían pagado todos sus impuestos y jamás habían corrompido a los líderes sindicales o nunca habían maquillado sus estados financieros para hacerse de mayores empréstitos. La humanidad, por definición, era hipócrita, sin ignorar a los católicos que seguían comprando indulgencias por medio de las limosnas o a los magistrados que vendían las sentencias o a los ganaderos que enajenaban carne de reses engordadas con hormonas o a los médicos que operaban a sus pacientes para hacerse de más honorarios, a sabiendas de que podían curarlos con medicamentos. Todo estaba podrido. A ver quién podía aventar la primera piedra, sólo por recurrir a los sagrados textos bíblicos. ¿Tú avientas la primera piedra? ¿Quién entonces?

Por la mente de Alonso pasaban imágenes de textos de terror leídos durante su infancia, en donde surgían hechiceras con el rostro enjuto y gozoso como si hubieran terminado de preparar una pócima venenosa y repulsiva, a saber, con qué ingredientes, tal vez con dedos de cadáveres cortados en las morgues municipales o con alas de murciélagos viejos y orina hervida de ratas atrapadas en el canal del desagüe. Su imaginación se convertía en una poderosa enemiga. En la realidad, le impresionaban los tatuajes de aquella mujer, sus pulseras de cuero, sus brazaletes de cobre, los anillos extraños, las horrorosas cabecitas humanas de los jíbaros, que él contemplaba como si fueran fetos abortados. En el siniestro repaso del ambiente, Alonso se encontró con pequeños muñecos de trapo con alfileres clavados en los ojos, sin faltar las velas ni los cirios pascuales encendidos y parpadeantes, ni un asqueroso ojo de buey ni la clásica pata de conejo, entre otros muchos amuletos.

El poderoso empresario no pudo ocultar su sorpresa al ver la nariz y los labios perforados de la bruja, así como la ausencia de algunos dientes frontales. Él entendió que dicho escenario había sido diseñado tácticamente para impresionar a los consultantes, sin embargo, entraba a un mundo desconocido, aterrorizante, inmanejable, peor aún para un supersticioso patológico. Desde luego que la vidente no podía ser una persona normal...

—A ver, Juan, toma asiento —sugirió Casandra después de estrechar la mano de su nuevo cliente. Al sentirla helada y húmeda, sabía que se estaba apoderando de él por más que Alonso fuera un experto a la hora de esconder sus emociones—. Te llamas Juan González, ¿verdad, *mi'jito*?

—Sí —repuso Alonso Roel con un poderoso tono de voz, fingido, por cierto, pero haciendo su mejor esfuerzo para no dejarse impresionar.

—Tu amigo Mauricio Rubio te quiere mucho, tengo que agradecerle que te haya recomendado conmigo. Me encargó que te cuidara porque eres una persona muy buena, con un nombre y apellido común y corriente que no va de acuerdo con tu aspecto físico, amor mío —empezó Casandra su estrategia de acercamiento e intimidación, a sabiendas de que todos los hombres eran débiles al halago.

La hechicera conocía, por información proporcionada por Mauricio, que su cliente, además de supersticioso, era extremadamente rico, razón por la que intentaría hacerlo dependiente cobrándole no sólo cada consulta, sino por llevar a cabo diferentes ritos y ceremonias para exorcizar lugares y personas.

—Gracias, señora, es un gran amigo de ésos que le regala a uno la vida —Alonso y Mauricio habían quedado en ocultar su verdadera identidad para no darle elementos de juicio a la vidente, pero este último no había cumplido con su palabra.

—No me digas señora, aun cuando tengo mis buenos sesenta y tres años y ya soy merecedora de respeto, pero si voy a incursionar en tu vida pasada, presente y futura, debes apartarte de los protocolos y abrirte de capa. Llámame Casandra, mi vida, tenme confianza, tengo el don de la profecía porque fui la sacerdotisa de Apolo y, además, has de saberlo, aquí como ves, soy muy cogelona…

—Encantado, Casandra —repuso Alonso soltando una sonora carcajada, torciendo la cabeza, pero sin hacer comentario alguno en torno a la vida sexual de la vidente, extraño, ¿no…?, mientras entrelazaba los dedos y depositaba las manos sobre el mantel embrujado color violeta, como quien no tiene nada que esconder, salvo el deseo de empezar con la lectura de las cartas y con la interpretación de su futuro.

Al percibir Casandra su ansiedad, se ofreció a leerle las líneas de la mano, el iris, la vela, el café o el humo del tabaco, pero al cerrar los ojos, como si invocara la inspiración celestial, prefirió recurrir a las cartas. En ese momento, sin considerar la opinión de Alonso, le pidió que introdujera el mazo de cartas de tarot en una bolsa de tela color violeta para atraer la energía divina. Acto seguido, las pasó, una y otra vez, sobre el humo del incienso con el siguiente comentario:

—Ayer, amor mío, fue noche con luna llena, y al saber que tú vendrías dejé en la ventana la baraja expuesta hasta el amanecer para atrapar su luz y obsequiarte la mejor de las suertes, sobre todo ahora que está entrando la primavera, un conjunto espléndido para un ser afortunado como tú.

—Buenísimo, ¿no…? —contestó el empresario con algún dejo de miedo y timidez.

—Claro que buenísimo, sí, señor, y todavía mejor porque hoy es un día tranquilo, silencioso, para escuchar música agradable, respirar pacíficamente humo de incienso, porque has de saber que lo quemé cuatro veces. Además, no llueve, otro buen augurio. Ahora, hijo mío, saca las cartas y barájalas bien para no convocar a la mala suerte. Para evitarlo, es crucial que no dejes caer ninguna de ellas en el mantel, en especial el as, y, sobre todo, que no caiga, en ningún caso, de espaldas, porque la situación se complicará.

—Caray, cuántas cosas —replicó el magnate tan sorprendido como aterrado.

—Sí, tenemos que tomar muchas precauciones, cariño, entre ellas que nadie nos interrumpa porque sería señal de graves preocupaciones futuras —agregó pidiéndole que pusiera su teléfono celular en modo avión, los malos espíritus así ya no podrían ingresar a la reunión. Para concluir esperaría un ladrido callejero, el trino de un pájaro, un sonido animal, el esperado presagio de buena suerte.

Alonso agachó la cabeza con los ojos cerrados, mientras sujetaba la bolsita mágica, pidiendo a saber a quién que nada malo pudiera ocurrir durante la lectura. Sólo le faltaba elevar una sentida plegaria, pero no creía en Dios, por más paradójico que pareciera...

Casandra, sin dejar de observarlo, le pidió que extrajera las cartas del saquito de tela y que las acariciara para llenarlas con su energía e intuición, de modo que recibiera asistencia y protección durante la lectura. Le pidió mezclar siete veces las barajas, que se concentrara en una pregunta específica y se relajara antes de cortarlas con la mano izquierda, siempre con la mano izquierda.

—Pon ahora las cartas sobre el paño, hijo mío. A continuación, cúbrelas con tu mano izquierda y encima del dorso de ésta coloca la derecha y repite conmigo en voz alta, sin cruzar las piernas, por favor, las siguientes palabras:

—Ángeles del universo, ángeles de mi guarda, les pido que me protejan para poder canalizar mis energías de manera perfecta y que limpien mis campos energéticos de toda influencia negativa.

Casandra hizo una primera pausa, y continuó después de escuchar a Alonso:

—Dios, haz mi camino certero, protege mi persona ya sea de noche o de día. Haz que en mi trabajo haya algarabía y que en esta sesión de lectura del tarot se aparezca toda la verdad de lo que yo deseo, porque yo soy hijo del Todopoderoso.

La vidente contemplaba a su consultante con la frente fruncida:

—Si se llegaran a presentar presagios negativos, que éstos se transmuten en todo tipo de mejoras, alegrías y progresos positivos. Que en los lugares en que yo me desarrolle no haya obstáculos y que ningún ser trate de dañarme, que existan cada día más garantías.

Se detuvo por última vez a la espera de que el empresario terminara de hablar:

—Defiende mi casa como fortaleza y que nunca se presenten en mi morada falsos testigos ni embaucadores. Que mis deudas queden pagadas de la mejor manera. Revitaliza mi mente y que sólo tenga cabida el amor hacia mis semejantes. No me desampares ni de noche ni de día. Sé mi guía y mi guardián. Por la gracia divina del Todopoderoso y por la energía divina de Dios en acción. Amén —ordenó la bruja—, en voz alta, que se escuche.

—Amén —repitió de inmediato Alonso, acobardado y timorato.

El magnate repitió al pie de la letra las palabras. Parecía viajar a otro mundo. Al concluir, intentó entregarle la baraja a Casandra, quien se negó a recibirla y a tocarla, en tanto le solicitaba hacer tres pequeños montones de las setenta y ocho cartas, es decir, los arcanos mayores y menores, para interpretar el futuro de su consultante, sobre la base de hacer una cruz simple con sólo cinco de ellas en el siguiente orden: primero, la de la izquierda de la cruz; a continuación, la de abajo; después, la de la derecha; luego la de arriba y, por último, la carta central. Una sexta carta la ubicaría a un lado del mantel.

Cuando Casandra finalmente tomó la baraja, Alonso no dejó de sorprenderse al contemplar el juego de manos de la hechicera, como si se tratara de una prestidigitadora que fuera a sorprender con un gran truco, en tanto ella no dejaba de analizar las expresiones del rostro de su cliente. Lo tenía dominado, si alguien lo sabía era ella después de tantos años de experiencia…

—¿Te portaste mal en otras vidas, amor? —cuestionó la bruja a quemarropa.

—No lo sé —contestó Alonso perturbado—. Lo que sí sé es que trato de que me vaya bien en ésta —arguyó con una tímida sonrisa, sin aclarar que, por supuesto, no creía en las otras vidas.

—No, no es que te vaya bien, tus cartas hablan de que tienes un gran patrimonio o lo tuviste o lo vas a tener, muchachito travieso.

Alonso sonrió discretamente sin pronunciar una palabra.

—Además tienes un par de hijos dedicados a la literatura o a la escultura o a la música que van a llegar muy lejos, se trata de un hombre y de una mujer. A ver, préstame tu puño de la mano derecha —ordenó Casandra, instrucción que el consultante ejecutó de inmediato—. Exacto —afirmó gozosa la vidente—: aquí, donde termina el dedo meñique, puedes observar dos líneas muy claras, ¿las ves…?

—¡Claro! —repuso sin ocultar su sorpresa. Se preocupaba. Mauricio le había prometido no revelar ni un ápice de su vida, sí, lo que fuera, pero no eran tres ni cuatro pequeñas líneas, sino sólo dos…

—¿Por qué viniste conmigo?

—¿A quién no le interesa conocer su futuro, señora mía?

—Bien, insisto, no me digas señora, porque me matas la inspiración, cariño. Hiciste muy bien —repuso con voz mecánica, en tanto descubría la carta del brazo izquierdo de la cruz, la que explica el pasado del consultante. La vidente se quedó muda, petrificada, con el rostro descompuesto.

El gesto lo advirtió Alonso de inmediato:

—¿Qué ocurre, algo malo me va a pasar? Por favor, hable, se lo suplico —expresaba aquél así su miedo, mientras Casandra colocaba la carta entre las palmas de sus manos para calentarla y soplarle para espantar una maldición. La vieja lechuza sabía que mentía, porque la carta revelaba momentos del pasado, nada que ver con el presente ni mucho menos con el futuro de Alonso.

—Casandra, no resisto más, por favor, dígame qué vio, ¿qué pasa? —insistió inquieto.

La hechicera asintió con la cabeza como si invitara a Alonso a resignarse ante una suerte verdaderamente adversa:

—Tu mujer te engaña, amor mío, y te engaña desde hace un par de años.

Alonso le arrancó la carta de mala manera, como si quisiera arrebatarle sus secretos y buscar otra interpretación ante esa terrible noticia.

—¿Qué…? ¿Cómo lo sabe? ¡Carajo, no es posible! A ver, dígame, ¿dónde se ve…? ¿Dónde, dónde, dónde…? ¿Qué pruebas tiene? —preguntó desesperado, como si a través de la interpretación de las cartas se pudiera encontrar una evidencia científica. Se extravió en cuestión de segundos, su capacidad analítica desapareció envuelta en un repentino vendaval. ¿En dónde habría quedado el hombre seguro, dueño de sí, el de las decisiones racionales, certeras, meditadas, bien vertebradas?—. ¡Miserable! —explotó sin control alguno—. ¿No se tratará de un error? —preguntó confundido e ingenuo. Furioso, golpeó con los puños cerrados la mesa cubierta por el mantel raído, sacudió los libros sagrados, así como la bola de cristal y las cabezas de los jíbaros—. Pero si llevamos ya once años casados y le he dado todo, absolutamente todo, ¡carajo…! ¿De qué se trata?

—No, no, amor, no, las cartas no mienten ni fallan, pero no adelantes vísperas, tranquis, tranquis —intentó Casandra contener el coraje del consultante con palabras amables—, no te pongas el curita antes de cortarte el dedo. Mira, mira lo que sigue —agregó con el ánimo de calmarlo. Al descubrir el segundo naipe, el de la base de la cruz, el designado para hacer saber los obstáculos, los escollos, los impedimentos, las asechanzas de la existencia de Alonso, ella, con la frente congestionada por las arrugas de miles de vidas saturadas de sufrimientos, aprovechó la ocasión y la ignorancia de su cliente para dispararle al entrecejo, sin piedad alguna, las siguientes palabras. Volvía a mentir, por supuesto que volvía a hacerlo, de acuerdo a las instrucciones recibidas a cambio de dinero. Vendía sus servicios…

—El amante de tu mujer es un hombre de edad media; por lo visto, agraciado, cortés, a pesar de su muy limitada educación social —confirmó mientras destapaba la siguiente carta—. Un encantador de serpientes, un personaje peligroso, dotado de una muy desarrollada y sofisticada capacidad para engañar que, a veces, ni la aguda intuición femenina puede descubrir. ¡Pobre de quien se lo encuentre en su camino! Su sonrisa cautivadora, pronta y efectiva, sus palabras empalagosas, las de un mañoso profesional, las de un resentido que nació envenenado, pueden adormecer y cautivar hasta al más perverso de los mortales. Percibo mucha alegría en la feliz pareja y una gran dosis de maldad en alguno de los dos o en ambos, por ahora lo desconozco. ¿No la satisfaces en la cama, cariño? Parece que tu esposa está en celo o algo le ocurre. ¡Cógetela más, amor…! Si eres bueno en la cama, le quitarás todas las tentaciones…

El golpe lo resintió Alonso en plena quijada. ¿Por qué había ido a visitar a ese ser siniestro para permitirle meter sus cochinas manotas en su intimidad? Por primera vez pensó en la posibilidad de levantarse, movido por un impulso incontrolable. Si Solange lo engañaba, ¿no era mejor ignorar los hechos sin enfrentarlos y dejar pasar el tiempo como si nada hubiera ocurrido? ¡Cuántas veces había aconsejado a sus socios, colaboradores, amigos y familiares aquello de "apendéjate" para dejarse abiertas las puertas en una futura aclaración de los hechos! La ignorancia lo había salvado hasta ese momento, pero la verdad descubierta, revelada, ahora podría devorarlo. ¿Cómo regresar al lado de su mujer cargando esa pesada losa que ya lo aplastaba? ¿Podría disimular? ¿Quién sería el canalla que lo suplantaba en el lecho y en la vida?

Cuando Casandra advirtió la intención de Alonso de abandonar el lugar, lo atajó volteando de inmediato la carta, la del brazo derecho, la que explica los ángulos positivos, los constructivos, los útiles en las coyunturas; en resumen, lo favorable, lo que ella creía que podría ser benéfico.

—Vas a descubrir tarde o temprano el engaño, esto es lo bueno, amor. Te separarás de esa mujer, tu esposa, que te succiona la energía, absorbe lo mejor de ti, no te aquilata, desconoce la calidad del hombre que hay en ti. Ella es egoísta, absolutamente insegura, frágil y muy ambiciosa, casi te diría que es un buitre, una mercenaria que siempre se ha movido por el dinero, una facinerosa y perversa. ¡Cuidado con ese mal bicho, cariño! —advirtió para garantizarse el regreso, una y mil veces a la consulta, de ese potentado que nunca antes había pisado su mágico recinto.

Alonso arrugaba el rostro, lo contraía con la mirada crispada de a quien le acaban de informar una enfermedad terminal. Negaba con la cabeza. Cubría con su mano izquierda el puño de la derecha, sin golpeársela, como era su costumbre. Casandra mantenía el control de la situación. Decidió voltear la cuarta carta, el arcano que anuncia el futuro próximo, el de corto plazo, el inmediato de no más de una semana de duración.

—Mira qué maravilla, cariño —continuó la hechicera a punto de terminar la confección de un brebaje y de justificar los honorarios devengados—. Llegará la paz a tu vida. Aquí dice que te separarás de esa mujer, como se llame, pero que te separarás, ¡ya, es ya!, en estos días, y te retirarás a un gran departamento a vivir sólo acompañado de las mujeres que desees para disfrutarlas a placer. Una chulada, ¿no? Maravillosas cartas, amor, ¿qué hombre no quisiera separarse de su esposa, llenarse de dinero y contar con las viejas que desee?

Sí, lo que fuera, pero Alonso no reaccionaba. ¿Ésa era la felicidad, ésa era la suerte que le esperaba cuando él era un amante, pero de la familia, e invariablemente había hecho todo por ella? Él jamás había sido promiscuo. ¿Mujeres? ¿Y quién le habría dicho a la bruja que ésa era la felicidad? Él amaba a Solange, había sido feliz a su lado, si bien de tiempo atrás se había complicado la relación, pero no deseaba abandonarla, al menos sin agotar hasta el último recurso. ¡No, no la dejaría, no estaba dispuesto a hacerlo, no por el momento! Pero, y si en realidad le era infiel, ¿se quedaría con los brazos cruzados como el payaso de las bofetadas?

Casandra abrió la quinta carta, la del centro, la del futuro a largo plazo, la que describía lo que podría suceder en los próximos años. Mentía, claro que mentía, puesto que nada de lo que anunciaba se podía leer en las cartas.

—Te llegará una gran fortuna, una voluminosa catarata de dinero, si es que no te ha llegado. Lo veo aquí, claro, clarito, cariño, montañas de dinero, una cantidad que ni tú ni tus nietos podrán gastar, aunque vivan mil años y, al mismo tiempo, veo salud, mucha salud y vigor... Cartazas, amor, cartazas... Te veo a bordo de un gran yate navegando rodeado, insisto, de hermosas hembras, las que quieras, momento feliz que no tardará en presentarse.

Alonso decidió dar por terminada la sesión, no tenía nada más que escuchar. Sin embargo, todavía permaneció sentado para conocer la interpretación de la última carta, la sexta, la que explicaría el destino definitivo del consultante, así como las herramientas que debería emplear para resolver los entuertos.

—Aquí se confirma todo, amor: es claro que tu mujer te engaña, es claro que es una mala persona, es claro que no te merece, es claro que vas a descubrir la estafa, es claro que la vas a abandonar, es claro que te vas a ir a vivir a un departamento de lujo, es claro que te espera una enorme fortuna y es claro que la disfrutarás acompañado de muchas mujeres, es claro que todo es bueno para ti —resumió Casandra entusiasmada como si deseara recibir una ovación del público por su extraordinaria actuación.

Alonso cerró los ojos, peinó con los dedos de sus manos ambos lados de su cabellera canosa. Estaba devastado, arruinado. Dejó de pensar; su razón y su inteligencia, sus principales fortalezas, las claves de su éxito en la vida, lo abandonaron. Los malos pensamientos, los destructivos, los depredadores, invadieron su mente con la fuerza de un huracán arrasando todo cuanto encontraba a su paso. Su seguridad, su temple, su audacia, la confianza en sí mismo, su autoestima, sus valores y principios fueron destruidos al paso del furioso ciclón. El vigor, su energía vital, desapareció, al extremo de no contar con la fuerza necesaria para ponerse de pie. Humillaba la cabeza con el talante descompuesto.

—No, hijo mío, no lo tomes así, verás que no hay mal que por bien no venga —expuso Casandra con el propósito de consolarlo.

Al comprobar el alcance de sus palabras y percatarse del severo daño causado, trató de acariciar las manos de Alonso, confortarlo con las suyas, gélidas, tiesas, repulsivas, las de un ser satánico extraído de ultratumba. Alonso las retiró de inmediato como si hubiera tocado los intestinos de un cadáver en descomposición. Jamás había experimentado semejante sensación al rozar la piel de un ser humano. ¿Un ser humano...? La presencia repentina de la muerte, la de una calaca cubierta por una caperuza blanca anunciándole el final de sus días, ¿le hubiera producido el mismo rechazo al sentir sus dedos rígidos, helados y su aliento congelado en la nuca? Bueno, pensó con desesperación e impotencia, ¿y si saltara encima de ella y la asfixiara? ¿Cómo era posible que alguien destilara esa cantidad terrible de veneno y destruyera tantas vidas emponzoñándolas? ¿Y si sólo la golpeara y la pateara? Alguna voz lejana, interna, le aconsejó no hacerlo salvo que estuviera dispuesto a someterse a algún maleficio, a alguna venganza diabólica. ¿Y si como represalia esa arpía les picaba los ojos a sus muñecos de trapo con unos alfileres para provocarle un mal irremediable o le preparaba un conjuro con magia negra, o le salaba sus negocios, o le mandaba matar o enfermar de gravedad a un hijo? Se percató, con meridiana claridad, del hecho de estar sentado frente a la personificación del mismísimo Satanás, una figura parecida a la que le describía su nana, cuando, a los cuatro años, lo amenazaba con la aparición del demonio si no acababa de comer lo que tenía en el plato.

—No me toque —se atrevió a decir con voz tímida, balbuceante—, por favor no me toque —espetó mientras retiraba la silla, se ponía de pie y arrastraba los zapatos rumbo a la salida sin pronunciar una sola palabra más ni girar la cabeza para despedirse.

—Volverás agradecido conmigo, lo verás, hijo mío, lo verás y muy pronto —alcanzó a decir la hechicera, en tanto Alonso tiraba dos mil pesos sobre la mesa que también estaría embrujada.

—No me diga hijo mío, por favor, no me diga hijo mío —insistió desolado, aniquilado y convencido de que cualquier insulto o acción sería contraproducente. En la vida a veces se gana y otras tantas se pierde, se dijo mientras giraba el pestillo de la puerta.

Cuando Alonso ya desaparecía, Casandra sintió un fuerte estremecimiento, casi se diría que se escandalizó al extremo de recargarse en la silla, sin poder creer sus propias visiones:

—Veo escaleras, muchas escaleras, veo un terrible accidente en alguna escalera. Un familiar tuyo, muy querido, rodará en unas interminables escaleras en el extranjero, en un país lejano, pero desde ahora te adelanto que sobrevivirá, pero en terribles condiciones. Si quieres, para terminar con los conjuros, voy a tu casa y la bendigo con aguas termales puras. Créeme que funciona...

Alonso la ignoró.

—Por si hubiera un conjuro, me ofrezco a ir a tu casa para bendecir con huesos de la mano de un chango de Catemaco la cama en la que duermes con tu mujer. ¿Va...?

Hija de la chingada, hija de su muy puta madre, pensó Alonso, me las pagará, juro que me las pagará este asqueroso alacrán pantanero, se prometió en silencio mientras bajaba lentamente las escaleras en dirección a la calle. Engendro de culebra, continuó maldiciendo hasta encontrarse con su automóvil, que abordó del lado del copiloto. Jamás visitaría de nuevo a este vampiro que lo había envenenado e intoxicado.

Sólo le ordenó al chofer:

—Vamos a casa...

Pensó: ¿A casa con otra bruja...?

—No —rectificó de inmediato—, vamos a mi oficina, Gabino... No, no, tampoco, vamos a un bar, al de siempre, Gabino, sí, al de siempre.

A bordo del automóvil cerró los ojos. Con el gesto crispado, apretó instintivamente la mandíbula, comprimió los puños, recargó la cabeza por momentos en el vidrio de la ventana o en el respaldo del asiento, apagó la radio, no estaba para escuchar noticias, tenía la boca seca y con un sabor ácido, apenas inhalaba sin iniciar alguna conversación con Gabino, un grato colaborador contratado al menos treinta años atrás.

Pero si le he dado todo, desde mi apellido y preciosos años de mi vida, no la he limitado en nada, la he premiado, la he ayudado y rescatado en sus encrucijadas, siempre he estado presente a su lado, le he garantizado su futuro sin mezquindades, jamás volvió a trabajar; suponía que era una mujer feliz, una señora digna del mejor respeto, por lo menos hasta hace poco tiempo, cuando nuestra relación empezó a enfriarse. ¿En qué me equivoqué? Su mente, como siempre, se convertía en su peor enemiga. ¿Qué había hecho él para que se apagara el sentido del humor de su mujer, esa gracia constante, esa visión optimista de la existencia, esa sonrisa permanente, esa alegría de vivir, esa capacidad para no dejarse intimidar ante los problemas, esa solidaridad entre ellos, esos albures tan ocurrentes y simpáticos, esa habilidad para conquistar a terceros, esa disposición para viajar, esa euforia para festejar los éxitos de su trayectoria empresarial, esos martinis inolvidables y necesarios para superar las diferencias cotidianas y burlarse de las adversidades? ¿Qué ocurrió? ¿Cómo convivir con esta carga? ¿Cómo aparentar que aquí no pasó nada? ¿Cómo resistir ese peso aplastante? ¿Cómo manejarlo? ¿Cómo llegar y besar a Solange, tomar una copa, conversar, abrazarla, brindar y contarle de su vida, hablar de lo suyo…? ¿Y seguir adelante? ¿Cómo, carajo, cómo? Dime que no es cierto, discutía con sus voces internas.

Hundido en sus reflexiones, de repente se tranquilizó. Volvía a respirar. Si bien Casandra había descrito al supuesto amante de Solange, no había hecho lo propio con ella. ¿Y si se trataba de otra persona?, pensaba Alonso en busca de algún consuelo. Cabía la posibilidad de un error, ¡claro que sí! El cuerpo entero se relajó como si hubiera tomado un par de somníferos. Necesitaba asirse de una tabla de salvación, la que fuera. Recuperaba la paz al captar esa gran idea, la de la liberación, la cancelación inmediata de la pesadilla, el recurso que lo haría regresar a su centro. ¿Solución ideal? Le llamaría a Mauricio Rubio, el buen Mau, su viejo amigo, para contarle lo acontecido con Casandra. Él debía conocer a muchas hechiceras para pedir una segunda opinión, tal y como ocurría tratándose de cirujanos. Si él lo había metido en el embrollo, él mismo lo sacaría… Si viviera María Luisa, Luisi, su difunta esposa, por supuesto que le hubiera impedido visitar a cualquier bruja o hechicera, más aún sabiendo lo supersticioso que era su marido. ¡Claro que sí! ¿Por qué creerle a Casandra, esa maldita hechicera de mierda?, insistía en sus reflexiones agobiantes. Mauricio lo sacaría del atolladero y le recomendaría otra vidente, ésa sí respetable. Una sola visita lo sacaría de dudas. Al llegar al bar y pedir el primer whisky en la barra, se comunicaría con su antiguo compañero de primaria. ¿Él, un magnate poderoso y respetado, se había puesto en manos de una hechicera? El chisme deterioraría su imagen de ser un gigante invencible. En ese momento se arrepintió al recordar las pésimas acusaciones en contra de Solange, quien, sin ser una mujer perfecta, lo había hecho feliz durante mucho tiempo. ¿Y si ella jamás le había sido infiel? ¡Caray!, la mente lo traicionaba al extremo de recordar sólo la parte positiva de la personalidad de su esposa. La confusión era total. Regresando a casa le propondría contratar a un consejero matrimonial, un buen psiquiatra, todo tenía remedio, salvo la muerte. Menudo susto había pasado…

La historia comenzó cuando dos viejos amigos de la escuela primaria se habían reunido a comer para recordar tiempos pasados después de no haberlo hecho durante muchos años. Aquel jueves, en el restaurante Sep's de la colonia Condesa, remojaron la conversación con buenos vinos franceses siempre a cargo de Alonso, un auténtico coloso constructor de obras de infraestructura como los trenes bala que unían a la Ciudad de México con Querétaro, Monterrey y Laredo, a cuatrocientos kilómetros por hora, además de presas y puertos vitales repartidos por todo el país.

Mauricio Rubio envidiaba el inmenso patrimonio de Alonso. En el fondo, deseaba que nunca lo hubiera podido construir ni mucho menos consolidar. Le agredía que alguien tan cercano como un compañero de la escuela hubiera podido acumular tanta riqueza. Saberlo y comprobarlo equivalía a padecer despierto una pesadilla. Al compararse con él, se colocaba frente a un espejo en el que no deseaba verse reflejado. La comparación lo deprimía, lo perturbaba, como si un sentimiento maligno se apoderara de su mente arrebatándole el sueño con tan sólo verse obligado a aceptar su incompetencia, sus flaquezas y frustraciones. ¿Por qué él sí, y yo no? ¿En dónde radicaba la diferencia? ¿Qué había hecho él mal y el otro bien? Le dolía saberse envidioso, pero lo era sin duda alguna por más que lo rechazara en su interior. La envidia lo consumía por los cuatro costados, como un cáncer agresivo e incontrolable. Su inadmisible sentimiento de inferioridad, originado por una autoimagen muy deteriorada a través del tiempo, lo arrojaba a la vida sin defensas afectivas para impedir que la maldad, paso a paso, se apoderara de él. ¿Cómo olvidar que en la escuela primaria lo habían apodado "La Marrana"?

Mauricio siempre intentaría vengarse, sacudirse el malestar de alguna manera o de otra. La sola esperanza de poder asistir a la ruina personal y empresarial de su amigo le producía un placer inenarrable. Ese hecho lo reconciliaría con la vida, pues él ponía más atención en el desarrollo de Alonso que en el suyo propio. Con la quiebra de aquél, bien lo sabía Mau, desaparecería la mayoría de sus sufrimientos, de sus ansiedades y de sus ataques de furia. Hasta las severas expresiones de su rostro, cada vez más difíciles de esconder, se extinguirían en el corto plazo.

Imposible ignorar cuando, en una ocasión, Alonso, un buen lector, le mencionó una de las sentencias históricas de Napoleón Bonaparte, sin imaginar el profundo dolor que causaría en el "buen Mau": "La envidia es una declaración de inferioridad". El empresario agregaría que Mozart seguramente se sabía envidiado por Salieri, pero aquél ignoraría que sus constantes éxitos destrozaban a este último, lo humillaban y lo reducían a la nada. El dolor, convertido en obsesión, tal vez lo había orillado a asesinar al famoso compositor de Salzburgo, porque no cabían los dos en la Corte austriaca ni tampoco en la vida del compositor de música sacra. Cuidado con los envidiosos...

En una de las mesas más apartadas de la caja y cerca de la puerta, como decía Mauricio, siempre ocurrente con puntadas muy oportunas, comentaban en el restaurante alsaciano temas y recuerdos con sentido del humor y justificada nostalgia. Imitaban a unos y a otros antiguos compañeros de pupitre, volvían a vivir al recordar pasajes de sus años en la preparatoria, los modos de ser de sus maestros, las materias reprobadas, las estrategias para copiar, los pleitos para ganar los favores de la compañera deseada, los primeros bailes cuando las niñas inspiraban miedo y pocos se atrevían a sacarlas a bailar en las fiestas, como si se tratara de monstruos devoradores de personas. Resultaba imposible no hablar de los concursos de natación para ganarles a las carreras a las morsas llenas de grasa, incapacitadas siquiera para flotar, ni dejar de traer a colación las disputas para obtener los primeros lugares en deportes o las burlas cuando alguno no sabía cómo resolver una ecuación en el pizarrón y el profesor le jalaba las patillas. Por supuesto que no olvidaron los momentos penosos cuando a cualquiera de los condiscípulos se le pedía pasar al frente a leer un verso o un pasaje histórico y padecía una inesperada erección propia de los adolescentes en los años de la secundaria… ¿Cómo olvidar las carcajadas de sus compañeros de la clase al percatarse de esa inesperada respuesta viril…? ¿Cómo?

Ambos recordaban diversas etapas, como la suerte de algunos de ellos ya como exalumnos. Intercambiaban puntos de vista respecto a las mujeres, a la política, a las finanzas públicas y a las personales, al paso meteórico de los años, los asuntos familiares, el destino de los hijos de Alonso, los amoríos, los viajes pasados y los planes para los futuros, las series magnéticas de televisión o la última novedad editorial, aunque, justo es reconocerlo, Mauricio siempre había despreciado lo negro, como decía Alonso: es decir, la letra impresa en libros, periódicos y revistas. Aquél respondía como un hombre primitivo, rústico, indocto, pero sumamente cálido, accesible y agradable; sin embargo, el empresario, a pesar de ser muy perspicaz, no percibía que su amigo de la infancia se presentaba invariablemente enmascarado, pues había desarrollado y perfeccionado una notable capacidad para engañar con una personalidad embriagadora.

En aquella ocasión, Alonso ordenó una sopa de cebolla servida con una gruesa capa de queso fundido que perforó con su cuchara para filtrar en el caldo un breve chorro de un exquisito vino de Burdeos. A continuación, pidió unas costillas de cordero de Nueva Zelanda, acompañadas de gelatina de menta y papas suflé. No tendría tiempo suficiente para arrepentirse de haber invitado al tal Mauricio a comer, por más camaradas que hubieran sido en la escuela, sólo que los afectos ahí estaban y, de vez en cuando, valía la pena compartir los manteles largos...

—Hermano de mi vida, acabo de descubrir, como dicen ahora las feministas, a una *personaja* que cambiará mi vida —exclamó un Rubio sonriente, con el ánimo de ocultar su lambisconería y sus verdaderas intenciones, escondido tras sus eternas gafas oscuras que utilizaba igual de día que de noche, desde el día en que voló la primera golondrina.

—¿Una *personaja*...? ¿Cuál? Tú y tus novedades —afirmó Alonso sin imaginar, claro estaba, la trascendencia del hecho en su futuro inmediato. En tanto, con cierta apatía, se recargaba en el respaldo de su silla a la espera de una nueva insensatez o, tal vez, de la presentación de otra novia, una más de las tantas que habían pasado por las sábanas de Mauricio.

—Pues que fui a ver a una bruja, hermanito querido, pero bruja de a de *veritas*, para leerme las cartas.

—¿Pero qué tontería es ésa, Mauricio? Ya madura —repuso sorprendido el empresario—. ¿A una bruja, a estas alturas? A tu edad, ¿una bruja? ¡Caray contigo! ¿Estás enloqueciendo?

—No, no, estoy más cuerdo que nunca —defendió Mauricio su decisión con absoluta firmeza—. Escucha, por favor, escucha —exclamó emocionado, mientras revelaba su experiencia sin dejar de ver a los ojos a su amigo, para detectar el impacto causado por sus palabras. Mauricio sabía que Alonso era conocido, desde los años de la escuela primaria, por ser un individuo extraordinariamente supersticioso, el objeto de las burlas de sus condiscípulos. Leía diario, al despertar, su horóscopo, nunca pasaba por debajo de una escalera, se alarmaba cuando se le atravesaba un gato negro, necesitaba acariciar billetes al encontrarse con una novia vestida de blanco, cruzaba los dedos debajo de la mesa al firmar un contrato millonario, se echaba sal por atrás de los hombros si alguien tiraba, sin querer, el salero sobre la mesa, de la misma manera en que primero bajaba el pie derecho de la cama, jamás el izquierdo, para garantizarse la buena suerte durante el día, además de no hospedarse, en ningún caso y bajo ninguna circunstancia, en el piso trece de un hotel ni en un cuarto de hospital que iniciara o terminara con ese fatídico número.

—¿Y qué te dijo? —repuso Alonso Roel con cautela, expresándose en monosílabos. Él, al saberse vulnerable, jamás visitaría a una vidente por elemental cautela o hasta por miedo. En su caso, las visiones irracionales de las brujas sí caerían en tierra fértil. No sabría cómo administrar revelaciones sobre su destino, sobre todo si le anunciaban calamidades, salvo que se tratara de noticias positivas. Creería, a pie juntillas, cada una de las afirmaciones de esas profetas endemoniadas, provenientes de ultratumba, con aspecto y fisonomía humanas. Por esa razón, continuó reflexionando en silencio, las quemaban vivas siglos atrás. ¡Qué seres tan extraños…!

—Antes de tirarme las cartas, me explicó la importancia de varios objetos raros y desconocidos para mí, imprescindibles para ella a la hora de entrever el futuro de sus consultantes —repitió Mauricio las palabras de Casandra para atrapar la atención del magnate—: Mira, Mau, la Cruz de Caravaca garantiza el bienestar económico; aquí, el Ojo de Horus —continuó murmurando— no sólo es el símbolo de la estabilidad cósmica, sino el origen mismo de la buena suerte…

Si bien Alonso disfrutaba la conversación con su viejo amigo porque era uno de los hombres más simpáticos que había conocido, empezaba a experimentar una sensación de asco ante su falta de sensibilidad y aseo. ¡Claro que cada vez espaciaba más las reuniones con él, pues cuando se encontraban después de mucho tiempo sólo era para constatar que le desagradaba su comportamiento, sus modales, sus ideas y su ignorancia en torno a las reglas de la etiqueta! Al comer la sopa, el magnate no dejó de sorprenderse cuando Mauricio derramó el caldo al acercárselo con la cuchara a la boca. Pero no, no sólo manchó el mantel, sino su corbata y su camisa, al igual que lo hizo al empezar a comer una milanesa, momento por demás desagradable, ya que, al masticar con la boca abierta sin dejar de hablar, lanzaba pedazos de carne o de ensalada de col agria sobre la manga del saco de Alonso, quien, con la debida discreción, se limpiaba con la servilleta para no molestar a su interlocutor. Bien pronto, el paño blanco perfectamente planchado de acuerdo a la calidad del restaurante se ensució también con gotas de vino, migajas de pan repartidas alrededor de la vajilla, además de otras suciedades como las manchas de mantequilla provocadas al no reposar el pequeño cuchillo sobre su respectiva base. La buena educación se mamaba, pensó Alonso, sin embargo, la tolerancia era la madre de las virtudes y, además, sus encuentros eran esporádicos. Mauricio nunca cambiaría porque desde su juventud empujaba con el dedo pulgar la comida depositada en su plato, entre otros comportamientos ordinarios, de ahí su bien ganado apodo de "La Marrana" y no sólo por sus hábitos vulgares, sino también por su sorprendente capacidad para inventar técnicas de copiado en los exámenes, una genial habilidad que justificó aún más su famoso mote. No obstante, Mauricio era muy ocurrente y creativo y, por lo general, era capaz de encontrarle el lado amable a la vida, por lo menos en público.

La Marrana, regordete, calvo, de barba cerrada, de mirada torva, aviesa, se abstenía de explicar la interpretación de las cartas con el ánimo de despertar la máxima curiosidad posible en Alonso. Se negó a comentarle que los consultantes se intimidaban o se asustaban al sentarse frente a una misteriosa vidente experta en el examen de rostros, arrancándoles secretos, datos clave escondidos en sus miradas y en sus gestos. El lenguaje corporal revelaba lo que las palabras callaban. Al empezar a explicar las revelaciones de las cartas del tarot, la pitonisa ya había analizado de arriba abajo las actitudes de los consultantes. Éstos entremezclaban las barajas, dobladas y humedecidas por el sudor de las manos de otros clientes, seguramente predispuestos, temerosos de saber su futuro, como anticipar su muerte o la de un ser querido, o una enfermedad o una quiebra, un despido, una infidelidad, una traición, un divorcio o cualquier otro mal imprevisible y desconocido. ¡Ay, si las barajas hablaran, sí, si hablara también el sudor de sus manos…!

—Bueno, bien, pero al grano: ¿qué te dijo a ti, en qué acertó? —exigió Alonso, harto de tantos datos innecesarios.

—Espera, escucha —volvió Mauricio a resistirse, decidido a introducir a su amigo en el extraño mundo de la brujería. A un supersticioso como él había que proporcionarle la información a cuentagotas para llevarlo de la mano con Casandra—. A mí me dijo que la turquesa es útil contra las malas influencias, por lo que debes llevar esa piedra en la bolsa derecha de tu saco los miércoles de cada semana —explicó Mauricio al mostrarle un ejemplar en la palma extendida de su mano…

—Ya nos vamos entendiendo, Mau, ahora mismo traigo una herradura desgastada de mula abajo del asiento del copiloto en mi auto y una pata de conejo en la bolsa del saco —agregó mostrándosela con gran orgullo—. Estoy blindado, como verás.

Después de sonreír esquivamente, Mauricio, conocedor de las debilidades de su amigo, lo invitó a visitar a la bruja, asegurándole que lo llenaría de paz y le cambiaría la vida. El compañero de pupitre insistió:

—Puede ser, pero antes cuéntame: ¿te predijo algo muy bueno que ni te imaginabas? Te ves muy contento…

Tal y como el cazador se lleva lentamente el rifle de alto poder al hombro y clava la mirada en el telescopio para centrar la cabeza de su presa, Mauricio apuntó al entrecejo de Alonso y jaló, sin más, el gatillo:

—Me confirmó, carta tras carta, que mi salud no me iba a fallar; eso sí, que le bajara al trago, a la mota y a la parranda. Que no hiciera pendejadas, un consejo difícil de seguir en mi caso, y entonces, y sólo entonces, la lana no me fallaría porque veía venir una etapa de gran prosperidad financiera, ¿prosperidad? —se detuvo un momento para reflexionar—. No, ¡prosperidad no!, más bien veía una abundancia inesperada, harta feria casi inmediata en los negocios, que sería millonario muy pronto, ¿te imaginas, un millonetas como tú? —abundó con una gracia superficial—. Pero, eso sí, me advirtió una y otra vez, que me cuidara de los malos espíritus porque si no sabía interpretar las voces del más allá, podría perderlo todo de un día para el otro…

Alonso guardaba un prudente silencio. Escuchaba con atención.

—Cuidado, cuidado, Mau, ten cuidado —le había advertido la vidente mientras pronunciaba lentamente cada palabra—, te persigue una sombra diabólica, la veo con claridad, te encumbrarás, ganarás fortunas, repito, llegarás a ser inmensamente rico, pero si no descubres a tiempo la voz de Satanás, si te descuidas y no logras desenmascarar el rostro de un poderoso enemigo, el mismo Belcebú te llevará de la mano por una vereda mágica hacia un abismo al que te empujará por la espalda entre carcajadas que nunca olvidarás, porque de ti no quedaría nada, ni el polvo...

—Bueno, ¡qué bárbaro! ¿Y cómo has vivido esa amenaza? —cuestionó Alonso intrigado y un tanto preocupado por la suerte de su amigo—. Más te vale, Mau, no ignorar esa advertencia, esas personas, a veces, según he escuchado, pueden anticipar el futuro como nadie de nosotros se imagina. Tómalo en serio, por lo que más quieras, no es una broma, te aseguro que no lo es. Por lo pronto, pon la Cruz de Caravaca que dices bajo la almohada y la piedra turquesa guárdatela en los calzones...

—¡Ay, por favor!, yo creo en el poder superior del Señor y el tal Belcebú, Satanás o Lucifer, los que quieras, con los nombres y apellidos que quieras, me hacen todos juntos los mandados. En primer lugar, soy católico y Dios guía mis pasos y, en segundo lugar, aprendí a distinguir a la distancia a los hijos de la chingada, haz de cuenta que tengo un detector de mentiras para descubrirlos cuando se me acercan —en ese momento iba a agregar que entre cueteros no se huelen, pero prefirió guardar silencio para afirmar—: Esto es un juego, Loncho, el día que dejes de jugar vas a empezar a envejecer, aunque, justo es decirlo, Casandra me dijo en una ocasión que veía agua y sangre, mucha agua y mucha sangre y poco tiempo después choqué en mi auto, lo destrocé en medio de una tormenta y me abrí la barbilla al golpearme contra el volante porque venía bien pedo y me tuvieron que dar diez puntos en un hospital. De modo que —concluyó pensativo— tengamos cuidado, estas brujas son viejas de otro mundo. La confianza mata al hombre, yo por lo pronto te deseo la mejor de las suertes, pero camina con la antena levantada antes de que sea demasiado tarde.

—Pero ¿y el amor? —preguntó el empresario deseoso de cambiar la conversación como si la maldición fuera contagiosa—. ¿Ya nunca te vas a casar ni a tener hijos? —el tema del dinero había sido superado por Alonso buen tiempo atrás.

—¡Qué te cuento!, si la salud y las finanzas no me fallarán, en lo que hace al amor resultó increíble…

—¿Por qué, tú?, ¿qué salió…? —volvió a cuestionar intrigado el magnate.

Al tener a Alonso en la mira, volvió a disparar:

—Pues mira —exclamó bajando la voz y acercándose al oído de su amigo—, me habló de una mujer fuera de serie, no tan hermosa, pero graciosa, alegre, alburera de a madres, una chava, no tan chava, madura de más de cincuenta y pocos, que está en mi camino y, además, por si fuera poco, rica, muy rica, las pobres traen mala suerte —engolosinado, continuó—: Eso sí, espero que tenga unas señoras chichis y unos nalgorrones de aquellos y que las luzca, que las exhiba con unos escotazos y pantalones ajustadísimos, que sea la envidia de los cuates, que se caiga de buena, hermanito, sin llegar a ser una mamasota, pero sí un hembrón muy cogelón, con largas crines negras para jalárselas al montarla hasta desmayarme, carajo —concluyó persignándose devotamente y besando su dedo pulgar colocado en forma de cruz—. Ya sabes, gato prieto que se me atraviesa, lo machuco…

—¿Qué te digo? —contestó Alonso torciendo la boca con un marcado escepticismo—. Ojalá des pronto con ella, que te dure muchos años y no acabes harto, como te ha sucedido con tantas otras… Acuérdate —expuso al blandir su dedo meñique derecho— de que cada una de ellas se lleva una parte de ti hasta dejarte hueco, desconfiado y solo, más solo que la una, el resto de tu vida, tú dirás… ¿No estás harto de mujeres para una sola noche?

—Sí, tienes toda la razón, querido Alonso, la rotación empieza a cansarme. Me fatiga el ¿Cómo te llamas? ¿En qué trabajas? ¿Cuál es tu código postal? ¿Qué *hobbies* tienes? ¡Ya es ya!, ¡al carajo!, es cierto, me urge una hembra de planta, pero no de entrada por salida, porque te juro, *verdá* de Dios que no me dejará mentir, que después de cogérmelas sólo quiero que esas pinches peludas desaparezcan hechas la madre por donde llegaron.

Alonso dudó de la última afirmación de su amigo, por lo que intentó cambiar el tema de nueva cuenta. Imposible coincidir con su amigo en el tema femenino, mucho menos en el lenguaje. Después de una vendría otra y otras más y así hasta el infinito. Para él las mujeres, como sostenía Vasconcelos, eran el máximo tesoro de la Creación.

La comida para el famoso empresario era un largo proceso hasta llegar a los postres, por lo que pidió un Apfelstrudel sin calentar, con su correspondiente crema batida y sin helado de vainilla. Remató el opíparo banquete cuando le sirvieron, como cortesía de la casa, un té de jazmín y una copa de Armañac, el más antiguo guardado en las cavas, en tanto Mauricio empezó a beber un ron blanco acompañado de una Coca-Cola, las aguas negras del capitalismo, como él mismo las identificaba, y agua mineral, una campechanita, según aclaró.

—La vida es riesgo, Mau. Tienes miedo al compromiso, a sufrir, a los desengaños y a las frustraciones, pero sólo te repito, como lo sentenció mejor que yo el gran Gabo, mi escritor favorito: "No se puede ser feliz sin ser valiente". Comprométete con una mujer, entrégate de cuerpo y alma y le encontrarás sentido a la vida, siempre y cuando no te equivoques en la elección. Es ahora o nunca, amigo…

—Como dicen los españoles —replicó Mauricio—, pronto tardará en que llegue esa mujer a mi vida, me lo aseguró Casandra…

Alonso pidió otra copa de Armañac. Calentó el destilado al hacer girar lentamente la copa colocada sobre un pequeño mechero de plata encendido con un algodón humedecido con alcohol.

—Pero ¿tú sí eres feliz con tu vieja, Loncho? —preguntó Mauricio hurgándose el oído con el dedo.

—Después de once años de matrimonio y a mis sesenta y ocho años de edad, te diría que sí, sí lo soy con sus *asegunes*, como dicen en el norte. Las emociones se transforman, querido amigo, hoy ya no te enloqueces al acariciarlas debajo de la blusa como cuando estabas en la universidad, te pones pijama para dormir, ya no lo haces desnudo, ni le llevas serenatas ni bailas de cachetito lo más cerca posible, ni le compones poemas uno más cursi que el otro, pero disfrutas su charla, su compañía, su solidaridad, sobre todo cuando ellas se convierten en tus mejores amigas, en tus confesoras, en tus cómplices. Sin que Solange sea perfecta, como tampoco lo soy yo, ha sido, hasta ahora, una buena compañera de viaje —afirmó Alonso, todavía dueño de sus afectos íntimos.

—Pues ya la hiciste, Loncho —reaccionó Mauricio con un dejo de sinceridad, disimulada en él—. ¿Te falta algo...?

—No hay nada perfecto, amigo, sobre todo si no pierdes de vista la sentencia de un filósofo francés cuando confesó en uno de sus escritos: "Puedes tenerlo todo en la vida, pero nada más..." —de cualquier forma, todavía se atrevió a agregar—: Eso sí, te aclaro que, de un tiempo para acá, será por la edad, a mi esposa le ha empezado a preocupar su futuro, su patrimonio; se ha vuelto muy agresiva, áspera y criticona, en ocasiones, nada le parece, es algo repentino en ella, a pesar de que su hija y ella tienen garantizada su existencia por los próximos mil años, aun cuando yo ya no esté...

—¿Puedo darle un traguito a tu Armañac...? —preguntó Mauricio continuando la conversación muy a su estilo—: Así son las viejas, hermano. Todas, absolutamente todas, te ven cara de cheque al portador, no dan paso sin huarache, detrás de cada sonrisa, de cada caricia o arrumaco, se esconde una vampira que tarde o temprano te chupará la sangre, pero acepto que tu esposa es la excepción.

—No, no creo que Solange me vea como un cheque al portador, más bien creo que, en su caso, es una cuestión biológica...

—¿Biológica...?

—¡Sí, biológica! Te explico: los perros, como los seres humanos, cuando envejecen experimentan una falta de energía y de disminución dramática de sus capacidades y habilidades y, en razón de ello, hacen agujeros en los jardines para esconder los huesos antes de que las fuerzas los abandonen, es decir, se preparan para la decrepitud. Es una conducta muy primitiva, como las de los changos que empiezan a acumular ciertos restos de comida cuando sienten que ya no podrán subirse por las lianas en busca de alimentos…

—Mira nada más, comparas a las mujeres con los animales, ¿cómo ves? Nunca lo creí de ti.

—¡No, qué barbaridad! No, por favor, sólo se trata de una comparación propia del reino animal aplicable a machos y a hembras, hombres y mujeres, es biología o zoología pura, pero sin ofender a nadie, horror, ¡no, claro que no!

Ajá, este Alonso nació ingenuo y morirá ingenuo, reflexionó Mauricio en silencio. Es increíble que un hombre tan exitoso sea incapaz de percibir la realidad y sea tan ciego y hasta estúpido. ¿Biológico…? Cómo no, sí, claro, biológico, cómo no, pareciera que nunca hubiera tenido contacto con la envidia ni con la maldad. El dinero es cabrón, muy cabrón, y éste es un pendejo condenado a que le saquen las tripas…

—Pero lo que sí es cierto, Mau querido —continuó Alonso—, es que tú estás hecho, porque no tienes hijos ni esposa ni compromisos familiares, eres más libre que un pájaro y además te garantizan amor, salud y dinero a borbotones, ¿qué más puedes pedirle a la vida?

Mauricio asintió con la cabeza mientras intentaba ocultar una mueca esquiva de felicidad.

—¿No te gustaría entonces que mi bruja te llene de paz como lo hizo conmigo? Desde entonces, duermo más tranquilo; bueno, a veces, lo confieso, pero a ti te va a ir de super lujo, lo verás, te vas a divertir…

—No, Mau, soy muy sugestionable y, al revés que a ti, a mí me pueden arrebatar la paz, soy un peligro, le voy a creer cuanto me diga, acuérdate que soy muy supersticioso, un verdadero banquete para las hechiceras. Harán conmigo lo que les plazca —además, todavía recordó a su interlocutor que él, desde muy niño, era muy aprensivo y obsesivo, tenía manías persecutorias de las que, si acaso, se liberaba con grandes dificultades, defectos que sus amigos y novias, en varias ocasiones, no habían podido superar, produciéndose dolorosas rupturas, a veces, irreparables.

—Confía en mí, hermanito, te dirá lo puro bueno, saldrás encantado —insistió Rubio—. Recuerdo cómo tus famosas obsesiones casi siempre te llevaron al éxito por más que las padecieras. Muchos de nosotros te sugerimos no entrar al negocio hulero que ni conocías, pues te aventaste y te llenaste de feria contra todos los pronósticos. Ser obsesivo no es tan malo, al menos en tu caso…

Pasaron unos instantes antes de que Alonso contestara. Tomó un buen trago del *chaser* de agua Perrier helada. Volteó a ver a su interlocutor, sepultado en dudas. Masticaba la respuesta, la analizaba, medía los peligros, evaluaba los riesgos, como cuando invertía en un nuevo negocio:

—Bueno —repuso finalmente—. ¡Va!, ¿qué tal si me advierte a tiempo de un próximo conflicto laboral? Ese tipo de personas tienen un poderoso radar para identificar catástrofes, Mau, hace poco supe de una vidente que aconsejó y luego suplicó que no zarpara el Titanic —continuó mientras se daba valor asintiendo con la cabeza—: Una de estas hechiceras podría anticiparme si uno de mis contadores o colaboradores cercanos me está estafando, o si alguien estuviera pensando en traicionarme, o hasta adelantarme un desplome de los mercados o una devaluación, uno nunca acaba de saber… Sí, sí —aseveró golpeándose la palma de la mano izquierda con el puño de la derecha—, esa mujer puede ahorrarme mil dificultades, tal vez hasta me puede llegar a decir por qué el cambio en la personalidad de mi esposa, ¿qué tal? —comentó para darse valor—. Mis empresas son mi gran orgullo, he empeñado en ellas mi vida entera, lo mejor de mí, para lograrlo y esa clarividente me puede ayudar a prever obstáculos —remató optimista y esperanzado en poder adelantarse a los acontecimientos—. ¡Dame su contacto!, sólo dile que le va a llamar Juan Pérez, no le des mi nombre porque me va a querer dejar encuerado.

Bastaron unos segundos para intercambiar la información a través de los celulares. Mauricio, eufórico y contra su costumbre, pidió un Armañac para no quedarse atrás, aun cuando pareciera un lambiscón. No quiso confesar que le había sabido a jarabe para la tos... Chocaron las copas globeras. Brindaron. Alonso, como siempre, pagó la cuenta. En el camino, rumbo a la salida, Mauricio hizo un último comentario:

—Verás, hermanito, Casandra te va a cambiar la vida. Con sólo verte adivinará todo lo bueno que te espera —comentó extasiado al haber alcanzado su objetivo.

Un par de semanas después, Alonso esperaba a su esposa Solange, Solange Pérez Díaz, a bordo de su Ferrari azul plata convertible, para pasar, como siempre, el fin de semana en su residencia de Valle de Bravo. En lo que llegaba su mujer, hacía los últimos ajustes al *bluetooth* para sincronizar la música clásica del Spotify con el sistema de sonido de su automóvil deportivo. A lo largo del camino escucharía, claro estaba, un concierto de chelo, tal vez su favorito, el compuesto por Vivaldi e interpretado por su hijo Paco, Currinche, su "boy", el gran Paco, acercándose a la cuarta década, con la Orquesta Sinfónica de Radio Berlín. Sonreía al mismo tiempo que negaba en silencio con la cabeza, una muestra inequívoca de resignación ante lo inevitable. Muchos años atrás había logrado superar un conflicto mayúsculo con su primogénito, dedicado a la música, su verdadera vocación, en lugar de ayudarlo a administrar su imperio en la industria de la construcción. ¿Cómo ponerle puertas al mar? ¿Cómo?

—Entiéndelo, papá —mencionó al abandonar la carrera de Administración de Empresas para tocar el chelo, el chelo y sólo el chelo, hasta el último de sus días—, tú decidiste dedicarte a ganar dinero, ése era tu objetivo, muy válido, por cierto, lo lograste con creces, pero a mí no me interesa en absoluto invertir ni un solo minuto de mi día en la venta de nada. Por más respetable que sea la actividad, no me importa, yo voy a tocar el chelo, a arrancarle todas las tonalidades de su voz, a hacerlo llorar, gritar, para convertirlo en mi mejor amigo, en mi confidente. Cada partitura es un manual de felicidad.

Ante la catarata de argumentos y de sentimientos, en aquella ocasión, cuando la conversación álgida empezaba a subir de temperatura, Alonso sólo volteó para otro lado con tal de evitar un encontronazo con el mayor de sus hijos. Soportaría la andanada sin responder. Se decía alérgico a los conflictos con sus hijos, la parte más sensible de su personalidad.

—Se trata de un instrumento especialmente diseñado para mí, pa, me enamora, me cautiva, imagínate algo así como si una voz mágica me acompañara a diario al pasar las crines del arco por sus cuerdas y despertara un coro angelical. Sé que no me entiendes, jefe, pero el chelo me genera un torrente de energía, estimula mis emociones y me llena de fantasías de toda naturaleza. Piensa sólo en esto —abundó sonriente y decidido—: El chelo es un instrumento seductor, un provocador que busca exaltar cada nota hasta lograr un acorde mágico. Entiéndelo, es la extensión de mi yo más íntimo, mi confidente, con el que trato de cautivar a mi público. Sin música, bien lo sentenció Nietzsche con sus conocidos radicalismos, la vida, aunque no lo creas, sería un error. El chelo es una fuente de felicidad que no puedes comprar con dinero —concluyó sin saber si con sus argumentos muy personales convencía a su padre.

Silencio, largo silencio de Alonso. Paco lo aprovechó para continuar.

—Tú escogiste tu carrera como empresario y la coronaste con éxito, pa, y por esa razón eres pleno y feliz, ¿verdad…? Déjame entonces escoger a mí también —remató el primogénito—. Déjame también triunfar y ser feliz, porque no serás tú quien me exija ignorar la justificación de mi existencia a cambio de complacerte… ¿Qué padre podría exigirle a su hijo que renunciara a lo que más desea en el mundo?

Alonso no pudo más en aquella ocasión. Recurrió a su supuesto mejor argumento, salido del fondo de su pecho:

—Pero ¿quién se va a ocupar de todo cuanto he creado en mi vida? ¿A manos de quién irá a dar el patrimonio que construí durante tantos años? ¿Se va a tirar a la basura mi esfuerzo, mi fortuna…? ¿Se va a echar a perder el bienestar de miles de mis queridos trabajadores? ¿Eh…?

Alonso, delgado, de piel cuidada, de modales y lenguaje exquisitos, de aspecto saludable —nadie podría adivinar su edad—, se acarició el mentón, se ajustó los lentes y pasó los dedos de su mano derecha por su pelo cenizo, mientras discutían en la sala de su biblioteca en la Ciudad de México sin beber nada, ni siquiera agua, al haber olvidado los protocolos:

—Si se vale darte un consejo, muy querido jefe, yo te recomendaría que empezaras a vender tus empresas hasta quedarte sólo con tu preferida, a lo mejor con la que comenzaste cuando eras joven, y el dinero gástatelo, tal vez en un nuevo avión o el trasatlántico que siempre has querido. Haz del mundo una vecindad, córtale la fruta al árbol, es hora, viaja con Solange por todo el mundo en crucero o cómprate un gran yate o llénate de felicidad al ayudar a mucha gente jodida. Hay muchas instituciones filantrópicas que necesitan donadores, auxilio financiero; busquemos las que más te duelan.

Alonso humillaba la cabeza sin ocultar su frustración. Arrugaba la frente, entornaba los ojos, su mirada lucía crispada:

—Pero empeñé mi vida para que tú y tu hermana disfrutaran mi esfuerzo con paz, salud, seguridad, alegría, y ahora resulta que todo se puede ir a la fruta… Eres un malagradecido y Maggie, otra malagradecida. Ninguno de los dos hubiera podido estudiar en el extranjero ni llegar a donde han llegado si no hubiera sido por mi dinero y ahora me dices que lo regale como si no te hubiera beneficiado ni a mí me hubiera costado un trabajo endemoniado ganármelo…

—No empecemos con las agresiones —interrumpió el chelista— porque yo también tengo varios cargos amartillados y no nos llevaría a nada un intercambio de insultos, ¿de acuerdo? —cuestionó al sentirse en el disparadero—. ¿Te parece que Maggie y yo evaluemos el costo de nuestra educación y empecemos a amortizar, como tú dices, la inversión hasta saldarla? ¿Cuánto crees haberte gastado desde nuestro jardín de niños hasta las maestrías?

—No jodas, *mijo*, no jodas, de verdad no jodas —repuso Alonso cargado de malestar, a punto de perder la compostura…

Paco prefirió bajar el tono de la conversación y continuarla con calma y respeto. Recordó, en silencio, cuando San Francisco de Asís, otro buen Paco, en el siglo XIII se había desprendido en plena misa dominical, a la vista de todo el público asistente, de su desgastada sotana de manta para entregársela totalmente desnudo, junto con sus sandalias, a su padre, alegando que no podía devolverle el semen con el que lo había procreado, por lo que sólo le podía devolver cuanto poseía...

—Si te sacrificaste por mí y por mi hermana, ¿entonces renunciaste a ser lo que tú más querías en tu vida? ¿Sí...? ¿Es cierto...? ¿Me quieres decir que te traicionaste de punta a punta para hacernos felices? ¿En realidad jamás quisiste ser empresario, sino director de cine o actor o sacerdote o hasta político? ¿Cuál era entonces tu proyecto existencial? ¿Qué querías ser en verdad? ¿Nos pedías que fuéramos independientes cuando tú mismo no lo eras? La verdad, no te veo la amargura por ningún lado. Por favor, no digas que te traicionaste por nosotros, no te lo compro, no te la creo, ponte la mano en el corazón. No me hagas sentir culpable de una decisión tuya en la que jamás tuve nada que ver...

Solange tardaba, lo hacía esperar. Como decía el empresario, no llegaría a tiempo ni a su entierro.

Alonso se encontraba inmerso en estos recuerdos sin percatarse de cómo sujetaba el volante con las manos engarrotadas. Aunque habían pasado los años y, cada vez más, comprendía que la decisión de Paco había sido la mejor, la tensión no había desaparecido. No aceptaba que desconocidos de cualquier edad, sexo o condición social fueran a disfrutar el producto de tantos años de trabajo, de úlceras, de males cardíacos, de insomnio, de huelgas, de estrategias fiscales, de planeaciones financieras y de problemas de diversa índole que le habían producido grandes sufrimientos. El ascenso al triunfo había sido muy complejo. ¿De qué había servido tanto esfuerzo? ¿Quién continuaría su obra?

—No, jefe, no te confundas —defendió Paco con energía su punto de vista en aquella ocasión—, fundaste muchas empresas y creaste miles o hasta cientos de miles de fuentes de trabajo para lograr una gran riqueza personal. Ése fue el móvil de tu vida, ¡acéptalo! ¡Claro que pensaste en mi hermana y en mí y por supuesto en mi madre, que con mucha paz descanse, eso es indudable, pero antes que nada tú te veías en el espejo como un potentado y lo lograste con creces, pero no lo hiciste por nosotros, sino por razones personales que sólo tú entenderás! Salvo que me digas que muy pocas personas saben por qué hacen lo que hacen. ¿Cuántos renunciaron a dedicar su vida a lo que más les llamaba la atención? ¿Eran cobardes o tímidos o convenencieros? Afortunadamente ése nunca fue tu caso.

Alonso apretaba la mandíbula y agachaba la cabeza. ¿Largarlo por insolente o majadero? ¿Pero por qué...? En el fondo le concedía la razón a su hijo. No podía defender lo indefendible; además, no deseaba padecer un enfrentamiento con él y, menos, mucho menos, cuando carecía de argumentos.

—Seamos claros —continuó Paco en términos categóricos—. No nos confundamos: tú construiste tu propia felicidad con toda la libertad del mundo, por lo tanto, estás obligado a darnos a Maggie y a mí la misma libertad para que construyamos la nuestra.

¿Cómo refutar esas razones? Tiempo después veía a su hijo viajar por el mundo visitando famosas salas de concierto acompañado de su chelo, feliz interpretando a Rostropóvich, a Brahms, a Dvorak, a Shostakóvich y a Elgar, entre otros más, y lo contemplaba haciendo caravanas, en tanto recibía sonoras ovaciones del público puesto de pie. Se felicitó de no haber insistido en el tema porque, ante dichos escenarios, no se imaginaba a Paco sentado atrás de un escritorio analizando los últimos estados financieros o hablando con los líderes sindicales o discutiendo nuevos préstamos con los banqueros o preocupado por el desplome de las acciones del grupo en la bolsa de Nueva York o en la de México. Cada quien debe vivir su vida, se fue convenciendo con el paso del tiempo. Imposible tratar de obligar a su hijo a cumplir con una profesión que odiaba y que a la larga constituiría una fuente interminable de rencor o de enfermedades que acabarían por distanciarlos tal vez para siempre.

¿Acaso el padre de Alonso no había sido enterrado con una sonrisa de orgullo por el desempeño empresarial de su único hijo, cuando él sólo pretendió pasar su existencia en las aulas enseñando teoría económica? Si él, Alonso, había disfrutado su libertad académica y profesional, ¿cómo impediría el desempeño de Paco en lo que se le diera la gana? ¿Quién era él para gobernar en la vida de nadie?

En ese momento, extraviado en sus recuerdos y reflexiones, vio llegar a Solange, quien, de tiempo atrás, había venido convirtiendo su antigua gracia en acidez y amargura. De mala manera se acomodó en el asiento beige de cuero, no sin antes azotar la puerta del Ferrari. A Alonso, economista con una maestría en Finanzas en Estados Unidos, se le veía sano y fuerte, sus facultades se encontraban intactas y estaba dispuesto a gozar hasta la última gota del elíxir mágico de la vida. Su paciencia parecía inagotable, al igual que su deseo de agradar siempre a terceros y evitar situaciones ríspidas. Su actitud y sentido del humor delataban la presencia de un hombre entero, dotado de un espíritu jovial, como el de su madre, quien siempre insistió en la importancia de aprender a reírse de sí mismo.

Solange, próxima a cumplir los cincuenta y nueve años, de estatura media, bien vestida, de pelo negro, azabache, piel bien cuidada, no tanto su aspecto físico, pues había aumentado de peso en los últimos tiempos, carecía de una profesión: había abandonado la carrera de Historia del Arte porque "no le despertaba pasión alguna", al igual que había desertado de la de Letras Inglesas porque Shakespeare, Dickens, Blake, Maugham, Tennyson o Tolkien "eran aburridos hasta las lágrimas". La ruleta de la vida empezó a dejar caer la pequeña esfera blanca en números distintos a los que ella apostaba. En una ocasión, su padre llegó devastado a casa porque había quebrado su empresa como consecuencia de una devaluación. La deuda contratada en dólares lo asfixió de inmediato. La ruina inevitable se presentó de un día para otro. Los bancos embargaron hasta sus automóviles personales. La insolvencia total le impidió seguir pagando los estudios de su hija. Así que ella tendría que trabajar, palabra prohibida al haberse jurado no expedir jamás un recibo de honorarios profesionales —su belleza y simpatía le ayudarían a lograrlo—, para lo cual contraería nupcias con un hombre maduro, prometedor, que la mantuviera conforme a sus merecimientos. A los veinticinco años apostó por un tal Jorge, un abogado dieciocho años mayor que ella, serio, rico y esforzado, lo más importante para garantizar su futuro. Solange no estaba para cuentos. Lo conquistó y seis meses después, con sus encantos seductores, sus armas más poderosas, se casaron. En los convivios, cenas, fiestas y comidas de cumpleaños, entre otros eventos sociales, se apropiaba de las reuniones al contar anécdotas picarescas, divertidas y ocurrentes. Era francamente irresistible, magnética.

Un año después de su enlace matrimonial, nació el supuesto fruto de su amor, una niña a la que llamaron Ingrid, en honor de la abuela materna del experto en derecho.

La hija no fortaleció su convivencia; en realidad, sólo vino a complicarla más, mucho más. El debilitado vínculo, que con el paso del tiempo se desharía como papel mojado, causaba estragos en ambos. La verdad afloró: el embarazo apresurado de Solange no había tenido otro objetivo más que ejercer un disimulado, pero, eso sí, poderoso chantaje, para comprometerlo económicamente y hacerse de un seguro de por vida con arreglo a la hombría de bien de su marido. Solange pensaba que Jorge siempre vería por su hija, que jamás la dejaría desamparada y, por ende, ella se beneficiaría del sentido de la nobleza de su marido. Si ella sólo se sentía un objeto sexual, si Jorge sólo deseaba disfrutar sus carnes jóvenes, pues tendría que pagar el uso y goce de su cuerpo manteniendo para siempre, a largo plazo, a su hija. ¿Cuál amor porque, por otro lado, él también se sentía utilizado, según decía, al tener cara de billete?

Un buen día, después de casi cinco años, las ruedas del matrimonio entre Solange y Jorge amanecieron cuadradas. No rodarían ni un día más. Solange no temía el rompimiento ni el divorcio porque, al fin y al cabo, según ella, era dueña de la casa en las Lomas de Chapultepec, en donde convivía todavía con su marido, con la particularidad de que la escritura del impresionante "nido de amor" estaba a nombre de una sociedad anónima en la que ella fungía, de acuerdo a las actas, como presidenta del consejo de administración, es decir, la máxima autoridad en la empresa. Muy pocas de sus amigas eran propietarias del inmueble en el que habitaba la familia, una estrategia masculina para garantizar el control de sus cónyuges, pero ella, en cambio, se creía, sólo se creía, dueña de su destino, titular indiscutible de su futuro y de su porvenir financiero, ¿quién podía regatearle sus poderes dentro de la organización? Pero ¡oh, sorpresa!, el conocido jurista, después de varios años de matrimonio y de violentos enfrentamientos, ya no llegó a dormir ni a desayunar ni a comer ni a cenar ni a nada de nada: no volvió, así de sencillo. El varón, supuestamente domado, desapareció, no sin antes convocar a una asamblea de accionistas para elegir a una nueva presidenta, que de inmediato le solicitó a Solange la desocupación de la ostentosa morada. Acto seguido, las empresas arrendadoras de automóviles le exigieron la entrega de su vehículo, al tener varios pagos vencidos. Como lo anterior no era suficiente, Jorge canceló las tarjetas de crédito y vació las cuentas de cheques, en donde ambos tenían firmas mancomunadas. La calle era la calle. ¡A la calle, entonces! La nueva presidenta, la siguiente inquilina, no tuvo la menor noción de la piedad ni tampoco de lo que el futuro le deparaba a ella misma... Solange ignoraba aquello de que sólo se conoce, de verdad, a la pareja hasta el momento mismo del divorcio.

Antes de desaparecer, ahora sí, para siempre, llevándose todo lo suyo, en la más amplia expresión del concepto, Jorge le mandó decir: El amor comprado nunca podrá ser fiel...

Solange se quiso morir cuando, a la fuerza, agentes policiacos cambiaron las cerraduras de la residencia y en cuestión de unas cuantas horas arrojaron a la calle todas sus pertenencias. Sus abrigos, vestidos, maquillaje, ropa, sartenes, vasos, manteles y cuchillería, lámparas, camas, sillones y hasta papel del baño con todo y productos guardados en la alacena fueron aventados sobre la banqueta, en donde ella lloraba desesperada al lado de su pequeña hija Ingrid, quien descubrió, de esta suerte, los alcances de los hombres malvados.

Frustrada y maldiciente, recurrió desamparada a su hermana para encontrar alojamiento, a sabiendas de que los arrimados y los muertos a los tres días apestan. Después logró emplearse en una casa de subastas de obras de arte, en donde sólo duró un año escaso, antes de que la despidieran por ignorante e impuntual, por más simpática y guapa que fuera. El sueldo era de miseria, pero se había relacionado en ese mundo que de alguna manera había descubierto un par de semestres en la universidad, por lo que logró un nuevo trabajo, mucho mejor remunerado, en una famosa galería en la Ciudad de México. Su hija, Ingrid, constituía un lastre, ¿qué hacer con ella? Ninguno de sus pretendientes deseaba adoptarla ni convivir con ella. Todos aceptaban iniciar una vida matrimonial, llegado el caso, pero como quien abre una página en blanco, sin cargas y "sin maletas de viaje", como llegó a confesarle uno de sus novios. ¿Dónde dejarla con alguien de confianza? Otro galán le había sugerido enviarla a un orfanato al que él donaría varios miles de pesos para que la tuvieran en custodia, pero no funcionó. La relación fracasó. La "niña" era un estorbo, tal y como lo seguiría siendo hasta el último de sus días. Un agrio sabor a hiel, un desabrimiento, se apoderaba de ella. Pero la vida es como una rueda de la fortuna, la suerte va y viene, al igual que el dinero. El tiempo corría en contra de ella, como acontece con algunas las mujeres cuando la belleza desaparece y la edad las atropella. Solange terminaba una y otra de sus relaciones amorosas cuando los diversos pretendientes descubrían sus verdaderos móviles y se despedían llamándola "parásito" o le insinuaban no ser más que una "vampira" dedicada a chupar la sangre, una devoradora de dinero.

Inquieta, al percibir la cercanía de la quinta década, sola, después de haber conocido un sinnúmero de pretendientes quienes, por una razón o por la otra, se habían negado compartir la vida con ella, Solange sentía cómo se resbalaba por las paredes húmedas de un pozo llenándose las uñas de musgo. Empezaba a perder toda esperanza en el futuro cuando, de repente, una tarde de otoño, en el momento más inesperado, cambió su mala racha y, por ende, su destino.

En esa ocasión, Alonso Roel se presentó a comprar la obra expuesta en la galería en donde Solange prestaba sus servicios después de engañar a Miriam, la propietaria, al decirle que sí contaba con el título de historiadora del arte. El potentado no llegó a descubrir o a estudiar la exposición, la conocía de sobra. Se presentó, cheque en mano, a adquirir un par de lienzos para incrementar su colección plástica que, tarde o temprano, iría a dar a un museo. Su aspecto, su léxico, su delicadeza eran inconfundibles.

Por más extraño que parezca, innumerables personas son incapaces de distinguir cuando se encuentran frente a la oportunidad de su vida. No era el caso de Solange. La intuición femenina, un envidiable privilegio negado a los hombres, le hizo llegar un mensaje inequívoco al corazón: es él, Solange, es él, no pierdas el tiempo, no te confundas, no preguntes, ¡preséntate! La directora de la galería lo había estado esperando todo el día, aprovecha ese momento, tal vez nunca volverá. Ahora o nunca…

Solange, ataviada con un vestido negro plisado, escotado, breves tirantes de la misma tela y color, discretamente corto, su piel canela cuidada y perfumada, pelo negro, oscuro, suelto, largo, le cubría la mitad del pecho y parte de la espalda. Era su día de buena suerte, casi nunca se arreglaba con ropa tan provocadora, propia de una mujer mucho más joven. Ni ella misma sabría decir si había presentido la llegada de ese personaje.

A la voz de "este mundo es de los audaces", se acercó y levantó su brazo para enlazarlo al del empresario y conducirlo por la ruta escogida por los curadores, encargados de establecer el orden de la exposición.

Solange explicó la composición de las pinturas, la distribución de objetos, el diverso lenguaje de los autores, imprescindible para entender su mensaje y comunicar sus sentimientos; todo, claro estaba, memorizado de antemano. Se detuvo ante los bocetos, describió los formatos, cuadrados o rectangulares, los simbolismos, si era apaisadito o no, que si las luces, que si los puntos focales, que si los claroscuros, que si el fondo y la perspectiva, mientras el magnate sólo la repasaba a ella de arriba abajo:

—¿Podemos comer mañana juntos, Solange? Es viernes, es junio y ya se acabó el año, festejemos —rompió Alonso el turrón sin respeto por los protocolos. Para un coleccionista de arte, ella era la pareja perfecta. Además, buscaba una mujer madura que ya viniera de regreso de la vida, sin interés en perder el tiempo. Ya era hora de superar el trauma de la viudez.

Solange supo ocultar su sorpresa, ya que, si bien deseaba salir con el magnate, en la galería era muy conocido, no esperaba que la invitación se produjera con tanta precipitación.

—De acuerdo —contestó halagada al empezar a construir castillos en el aire.

Ya nada los separó a partir de aquel día en que se vieron por primera vez. Alonso, un hombre elegante, cuidadoso de su lenguaje, atento en su trato y siempre dispuesto a agradar a terceros con su humildad natural, nunca había conocido a una mujer tan simpática y ocurrente, campechana e ingeniosa. ¿Guapa...? Guapa sí que lo era sin ser deslumbrante, pero atractiva, seductora, amable, externaba sus puntos de vista con afabilidad; cachonda, invitaba a hilar una conversación con arreglo a temas superficiales, divertidos y entretenidos. Si algo le divertía al magnate era cuando su mujer lo albureaba con el léxico propio de los barrios bajos de la Ciudad de México. María Luisa, su difunta esposa, era una maravilla, pero, eso sí, con una personalidad absolutamente distinta. Al fin y al cabo, Alonso no deseaba hablar con Solange de negocios ni de política: necesitaba una vacación, una fuga a otro mundo, y es que su mujer hasta conocía los nombres de los equipos de futbol de la segunda división y de los peloteros más destacados del beisbol de los Estados Unidos. Muchos intelectuales, según recordaba, cuando estaban hartos de las letras, de la redacción de sus trabajos y de las lecturas y de los teclados de las computadoras, disfrutaban las tertulias nocturnas al hablar de frivolidades, de comidas, de chismes o de anécdotas hilarantes, pero no de filosofía ni de política ni de historia ni de sociología ni de literatura. Mejor un buen trago, un carajillo, y a abordar banalidades, el descanso diario irremplazable.

Alonso y Solange empezaron a pasar fines de semana en Valle de Bravo o pernoctaban en cualquiera de sus dos departamentos, por más que ella se avergonzaba del lugar en donde vivía.

—Para que entre el sol debes salirte tú, querido Alonso.

No, a Alonso le tenía sin cuidado la condición económica de ella y tan le era irrelevante que demostró su entusiasmo invitándola a Nueva York por una semana. Adoraba al gran ser humano que suponía habitaba en ella. Ante la imposibilidad de abandonar su empleo, el formidable galán le hizo saber a Solange la necesidad de disponer de todo su tiempo, para lo cual le sugirió renunciar a su trabajo, en el entendido de que él se ocuparía de su manutención. Al fin y al cabo, de buen tiempo atrás conocía a Miriam. No habría problema alguno.

Los hijos de ambos tampoco representaban la menor contrariedad. Los de Alonso vivían en Estados Unidos y en Europa, e Ingrid, a sus veinte años de edad, vivía con su pareja. La coyuntura, ideal; la libertad, total. Eran dueños de su tiempo. Llegaba, al fin, el momento del amor, de la paz, del sosiego, el premio merecido después de los ingratos pasajes vividos en sus respectivas historias personales. Los colores ocres se tornaban verdes, las adversidades y los obstáculos se advertían de un tamaño insignificante, a gran distancia, como cuando se ingiere un par de whiskies. Empezaron a necesitarse, a telefonearse, a mensajearse varias veces al día, a buscarse, a consultarse, a extrañarse, a encariñarse, a amarse, a preocuparse el uno de la otra y al revés, a planear, a soñar, a desear y a idealizar…

El empresario la lucía en cuanto ágape o coctel asistían, al extremo de que la pareja muy pronto fue etiquetada como "los Kennedys" dada la gracia encantadora de ella y la sobriedad de su novio. Alonso la admiraba al sentirse incapaz de desempeñarse socialmente como ella, al carecer de su gracia y simpatía. Solange había nacido para las relaciones públicas, se echaba a la bolsa a banqueros, clientes y proveedores con una asombrosa facilidad, era el complemento perfecto, la media naranja que finalmente había llegado a su vida. Vestía con elegancia y sabía burlarse de los problemas más difíciles con humor norteño, el de su padre, nacido en Sonora, de la misma manera en que escogía el momento preciso para soltar palabrotas sin ofender ni herir a nadie. Su magnetismo contrastaba con la seriedad de Alonso, quien se sentía halagado y bien representado con la bella norteña, al extremo de proponerle matrimonio para "sacarla del mercado" en términos comerciales, de modo que ningún hombre se le acercara. Solange sería suya. Punto.

La pareja consolidó a buen paso sus relaciones maritales. Convivieron, rieron en libertad, con buen tino y vino. Su vida social resultaba inmejorable. Con el paso del tiempo supieron sortear triunfalmente las adversidades y encrucijadas matrimoniales, en un ambiente estable y hasta gratificante.

Justo es decirlo, ciertas sustancias tóxicas se habían empezado a infiltrar en su otrora feliz vínculo, sin que fuera posible evaluar el poder destructivo del veneno inoculado ni resultara sencillo considerar la magnitud del daño ocasionado ni diagnosticar todavía las consecuencias en el corto plazo. Las personas evolucionan con el paso del tiempo. Nadie es igual que hace diez o veinte años. Al cambiar, se puede converger con la ruta de la pareja o tomar derroteros distintos al descubrir otros ángulos de la vida, según se madura y se adquiere consciencia de la temporalidad de la existencia. El tiempo acicatea a los protagonistas de esta gran obra de teatro llamada *A vivir, no hay mañana...* ¿Cómo reaccionamos ante nuestros hijos, cónyuge, amigos y familiares al percatarnos del agotamiento gradual de nuestras facultades, de la resequedad de la piel, de los días contados, de la presencia de las enfermedades, de la diaria confirmación del agotamiento de las dos terceras partes de nuestros días útiles, de la decrepitud física, de las mutaciones del rostro y del cuerpo, de la pérdida de memoria y de ilusiones?

¿Somos los mismos del principio hasta el fin? ¡Claro que no! ¿Ejemplo? Al mismo tiempo que Solange azotaba la puerta del Ferrari y se anudaba una pañoleta para cuidar su peinado, abrió fuego con sus repentinas quejas ácidas:

—Por una vez en tu santa vida, ¿no puedes subir el techo y complacerme para no llegar despeinada? —se quejó irritada, antes de iniciar la marcha rumbo a la casa de Valle. Destilaba amargura. Una creciente aspereza se había venido apoderando de ella—. Además, te recuerdo, corazoncito bonito —agregó en plan burlón—, que nos vamos a ir despacito, nada de correr como alma que lleva el diablo. Si deseas suicidarte, dímelo y te vas solito a saber a dónde a la velocidad con que te gusta volar en tu chingadera esta....

Alonso cerró los ojos como si fuera a elevar una plegaria y apelara a la suprema voluntad del santísimo en busca de paciencia. Si así comenzaba el fin de semana, ¿cómo lo terminaría...? Pero si le daba todo y la complacía como a una reina, ¿entonces...? ¿Por qué el coraje tan difícil de disimular que, en ocasiones, ya hasta se desbordaba en presencia de terceros? ¿Cuándo se le agotarían también al empresario la paciencia, la comprensión y el respeto?

En las últimas cenas y reuniones con amigos o socios, Solange había empezado a corregirlo en público cuando contaba una anécdota, ya fuera que el lugar, el día o la hora no coincidieran con la narración, o bien, lo acusaba de haber dicho una imprudencia con el propósito de minar, día a día, su seguridad. A los ojos de ella, Alonso siempre era inoportuno, inexacto o hasta torpe, nada hacía bien, cuando, por otro lado, el éxito social del empresario resultaba indiscutible. Parecía una cazadora que, con rifle en mano, esperara el momento en que Alonso abriera la boca para dispararle con el ánimo de dejarlo en ridículo, de la misma manera que en casa no había manera de complacerla, nada le agradaba, tenía de todo, pero siempre algo le disgustaba o le faltaba. Ella demostraba una insatisfacción permanente para probarle a Alonso su manifiesta incapacidad de hacerla feliz. Jamás le concedía la razón en nada. Él estaba permanentemente equivocado en todo, nunca se acordaba de cómo se habían dado los hechos; es más, no recordaba pasajes supuestamente inolvidables en sus vidas. En el fondo ella había emprendido una guerra política por el control del matrimonio sobre la base de inutilizar a su marido, quien empezaba a mostrar señales claras de hartazgo. Varios amigos de él se habían apagado al no oponerse a los dictados y críticas de sus mujeres. Él no llegaría a esos extremos, antes la pondría en su lugar.

—¿Cómo crees que nos vamos a ir a paso de tortuga en un auto como éste, un purasangre construido para correr con todos los márgenes de seguridad? Vamos a gozar este maravilloso juguete tecnológico, Sol, amor —repuso frustrado, ocultando lo más posible su incomodidad para evitar otro episodio de violencia entre ambos cuando se trataba de descansar el fin de semana.

—Si quieres volar y matarte en la carretera, *pus* mátate tú solito, pero te vale madres o madre, como se diga, jugar con mi vida, o si me despeino o no. Sólo piensas en ti y yo que me chingue, ¿verdad…?

Sin pronunciar palabra alguna, Alonso apretó un botón para accionar el motor que extraería de la cajuela el techo duro de lámina. Sus palabrotas ya no le hacían gracia. Acto seguido, continuó escuchando el concierto número 1 de chelo de Shostakóvich, interpretado también por su hijo en Lincoln Center. Podía escoger en el Spotify lo que le viniera en gana y tantas veces le diera la misma gana.

—¿Nos vamos…? —agregó como si nada hubiera ocurrido. Al concluir, oiría una de las fugas de Bach que Paco le había recomendado con tanto empeño. ¡Caray con ésta! ¿Cómo darle gusto o que ya me deje en paz?

El chelista y Maggie, la pintora, eran hijos del primer matrimonio de Alonso. Ambos vivían fuera del país, para la buena fortuna de Solange, quien estaba harta de escuchar los deslumbrantes triunfos de sus hijastros, en nada comparables con Ingrid, una mujer envidiosa, inútil, una chinche, una amargada que había fracasado en cuantos proyectos y empleos había intentado. Con tal de huir de sus frustraciones y evitar verse reflejada, tal cual era, frente a un espejo, Ingrid invertía su tiempo en criticar a los demás, en denostarlos. Regateaba el menor triunfo, cualquier conquista de sus semejantes, cuya realización, según ella, siempre se debía a la intervención, a la ayuda de un tercero o a la suerte, sin las cuales nada hubiera sido posible porque nadie tenía mérito alguno. Se reconciliaba con ella misma cuando lograba disminuir a las personas a la altura de su propia incapacidad. Aceptar los logros y las debelaciones de los demás la hundía en una insoportable depresión, de ahí que, para congraciarse con la vida, era menester ignorar las dolorosas victorias ajenas. En sus accesos de rabia contagiaba a su madre con sus venenos.

Durante el breve viaje a Valle de Bravo, Solange se vio obligada a escuchar la música odiosa compuesta por personas con nombres impronunciables que, como ella decía, podrán ser muy cacas grandes, pero no la emocionaban en lo mínimo, ni le importaba un carajo y tres cuartos educar el oído, como insistía el tal Paco, que ya la tenía mucho más que hasta el mismísimo gorro. Ella prefería los boleros y los ritmos tropicales. Ya no compartían de cierto tiempo atrás el gusto por el paseo en automóvil, tal vez ni el paisaje boscoso ni la conversación y menos, mucho menos, la música clásica, la sinfónica, una mamonería propia de los fifís. Y ya ni hablar de la tal Maggie, quien desde el punto de vista del arte moderno también se pronunciaba por educar, ahora el ojo, porque para ella la experiencia visual era la base de la comprensión y del entendimiento de las expresiones plásticas de nuestros días. Solange, en su brevísimo paso por la universidad, había conocido someramente la obra de Rothko y de Lucian Freud, entre otros más, pero no alardeaba ni presumía sus escasos conocimientos para humillar a la gente que jamás había escuchado esos nombres.

En un momento del trayecto, Solange bajó el volumen de la radio para abordar un tema ingrato entre ambos. Se trataba de hacerle saber a Alonso que Ingrid, la de los eternos problemas, que radicaba en Houston, se estaba divorciando.

—¿Te das cuenta de que Ingrid jamás te ha dado una sola satisfacción, sólo disgustos tras disgustos? —cuestionó un Alonso irritado, al ser informado de otra nueva y desagradable noticia.

Solange sólo giró la cabeza hacia el lado derecho sin responder. A sus ojos, Ingrid era una mujer bella, juvenil, perfecta, por lo que no entendía su incapacidad de lograr un matrimonio estable y promisorio. Ingrid ponía toda su atención en su aspecto físico como si fuera el único atractivo para atrapar a un hombre.

Se trataba de una chica atlética, que pasaba mucho tiempo en los gimnasios, gastaba fortunas en cremas, ungüentos y tratamientos dermatológicos de origen francés y de precios inaccesibles para la mayoría de la población que no contaba con el apoyo de una madre dispuesta a satisfacer todos sus caprichos con arreglo, claro estaba, a las tarjetas de crédito de Alonso. Ingrid había fracasado en sus intentos de construir relaciones duraderas porque sus parejas no tardaban en descubrir que se trataba de una intrigante profesional, de una mujer amargada y de mala fe.

Alonso escuchaba una y otra vez los lamentos de su esposa, pero sus respuestas —lacónicas, por cierto— se reducían a los conocidos "¡Caray, qué contrariedad!", "¡Qué barbaridad!", "¡No me digas!", "Pero ¿qué le pasará a esa niña?", "¿A qué se deberá?", "¿Por qué tendrá tan mala suerte?", "¿Tú que piensas?", "La verdad, no entiendo nada, ¿tú sí…?".

Solange se encontraba ubicada entre dos fuegos: el primero consistía en la confrontación derivada de los éxitos de los hijos del primer matrimonio de Alonso. Uno, el chelista, maestro visitante de chelo en Juilliard, la academia de música de Nueva York, en tanto Maggie exhibía sus dibujos o pinturas en galerías de los Estados Unidos. Cada triunfo de ellos se convertía en bofetones en el rostro de la madrastra, quien ansiaba un lugar para su hija, una distinción, una medalla, un gran mérito, algún reconocimiento, con dos mil carajos, algo, lo que fuera, pero algo, ¿cómo? ¿Con qué? ¡Cuánta impotencia! La envidia la devoraba.

Alonso, apartado un tanto de la insistente conversación de su mujer, mientras contemplaba el paisaje boscoso analizaba la conveniencia de cambiar el tema y comunicarle a Solange su decisión de ir con Casandra, la bruja recomendada por Mauricio. ¿Valdría la pena informarla? ¿Cómo reaccionaría si ella, mejor que nadie, conocía su fragilidad en torno a las supersticiones? Lo llamaría loco, extraviado, inmaduro, porque, claro estaba, nada le parecía y menos, mucho menos, una aventura con una vidente. Mejor, vivir la experiencia y luego comentarla. ¿Sí…? ¿No…?

Solange, por su parte, al guardar finalmente un esporádico silencio, se castigaba preguntándose por qué no había logrado hacer de su hija una mujer exitosa y ejemplar, como sí lo había logrado María Luisa, la primera esposa de Alonso, con sus dos vástagos, ambos inmersos en el mundo del arte. ¿Sería cierto que María Luisa, Luisi, era la madre que todos hubieran querido tener, la mamá universal?

¡Ay, si los pensamientos se reprodujeran en voz alta de modo que cualquiera pudiera escucharlos! ¡Ay, si los sueños, las imágenes angustiosas de las pesadillas se proyectaran contra una pared para ser vistas por terceros! ¡Ay, si fuera posible que alguien pudiera hurgar en nuestro interior tal y como se esculcan los bolsillos de un niño travieso!

Solange entendía el origen de la seguridad y la creatividad de Maggie y de Paco, pero ¿cómo dar lo que ella nunca había tenido?, se reclamaba en su intimidad. Cada quien contaba con sus propias armas para emplearlas a fondo en su beneficio. Cada padre y cada madre daba lo mejor de sí a sus hijos, porque nadie deseaba dañarlos; sí, ella también creía haberle dado lo mejor de sí a Ingrid, sin considerar el efecto de sus palabras al confesarle y contagiarle sus frustraciones amorosas. De cualquier forma, ese esfuerzo auténtico y generoso no había servido para nada: a pesar de haberlo dado todo, los resultados no pasaban de ser catastróficos. El ejemplo de María Luisa la perseguía como un fantasma, reclamándole no haberse preparado para ser madre, por lo que había creado a una mujer hueca y envidiosa, en el fondo una fracasada.

¿Acaso ella misma, Solange, era una mujer frívola, sin mayores intereses en la vida? Ella, después de todo, se iba resignando a ser considerada un artículo decorativo en la vida de su marido y nada más. Una chistosa dama de compañía que se deterioraba, según transcurría el tiempo...

¿El amor? ¡No!, ¡ya, de hecho, no hacían el amor, la pasión se había venido extinguiendo desde un par de años atrás! Las constantes agresiones de ella minaban cotidianamente la libido, el apetito sexual, ese mágico impulso fundamental, la fuerza creadora e inspiradora del amor: en resumen, extinguían el deseo.

Por otro lado, sus queridas empresas acaparaban toda la atención de Alonso, en tanto ella buscaba la manera de matar el tiempo y de huir del aburrimiento ante la pérdida de atractivos e ilusiones. De hecho, el magnate no comía nunca en la casa. Arrancaba temprano en la mañana jugando golf con sus amigos de mil vidas, desayunaba con ellos, apostaban la cuenta al cubilete y se iba al despacho para regresar a casa pasadas las siete u ocho de la noche, salvo que tuviera una cena de negocios o un *happy hour* con algunos clientes o socios nacionales o extranjeros. ¿Los viajes? Los viajes también se espaciaban cada vez más y de un par de años atrás buscaban la compañía de otras parejas, porque ya no resistían la soledad por más que intentaran ocultarlo. Sentarse a ver películas en la televisión, en lugar de convertirse en momentos felices de reencuentro y reconciliación, se traducía en agrias discusiones, porque no coincidían ni en la trama ni en el desenlace y cada uno defendía con fiereza sus puntos de vista al creerse dueños de la razón.

Los pleitos se sucedían los unos a los otros y por motivos superficiales y hasta ridículos y estúpidos. ¿Cómo podía Solange distraerse y huir de la frustrante rutina? ¡Claro que el póquer entre amigos había representado la mejor opción aun cuando, en ocasiones, se sentara a la mesa con ásperos y desconfiados desconocidos, con excepción de Mauricio, con quien compartía felices y largas sesiones apostando sobre el paño verde, mismas que remataban conversando alegremente al terminar las partidas! Solange descubrió que el verdadero placer lo alcanzaba no al ganar generosas manos, sino al perder sumas importantes de dinero, el intenso momento en que la derrama de adrenalina se producía en cantidades alucinantes que, combinadas con la ingesta creciente de alcohol, alcanzaba cumbres de placer insuperables. Finalmente había dado con una actividad para combatir el vacío y la tristeza.

A lo largo del trayecto en dirección a Valle, Alonso aprovechaba los pesados silencios para aumentar el volumen de las grabaciones de su hijo, objetivo difícil de cumplir porque Solange volvía una y otra vez a la conversación en busca de apoyo y comprensión para su hija, pero Alonso respondía con irritante indiferencia. Estaba harto del tema.

En ese momento, Solange ya no pudo más y reventó por las costuras. Había acumulado una gran toxicidad durante once años sin poder eliminarla ni administrarla. Por algún lado y en cualquier momento tendría que estallar a sus ahora cincuenta y nueve años. El malestar retenido, los venenos ocultados, la frustración disimulada, el dolor inconfesable, los vacíos imposibles de llenar, tarde o temprano harían acto de presencia en su vida, como cuando al final de una obra de teatro salen todos los actores a agradecer al público las ovaciones y se identifica el elenco completo en sus diferentes papeles. El diablo estaba suelto y no deseaba permanecer muda. Ante la imposibilidad de enfrentar su responsabilidad personal, una confrontación sólo propia de los valientes, ella prefirió descargar su desilusión, sus decepciones e impotencia en su marido. Durante esa agresión, a bordo del Ferrari, en dirección a una residencia espectacular con vista al lago, todo placer y realización, prefirió, en su patética obnubilación, hacer fuego en el rostro de Alonso. Él era, según ella, el culpable de todos sus males. Él, Alonso, poseía, a su juicio, sin merecimiento alguno, todo aquello de lo que ella carecía.

—Si yo soy más inteligente y simpática que tú, entonces ¿a qué se debe tu éxito si eres inseguro, cobardón y sin agallas y, por si fuera poco, no das un solo paso sin consultarme? —en ese momento apretó el gatillo—: Yo soy mucho más chingona que tú, la vida es injusta...

Alonso volteó de pronto, sorprendido, a escrutar el rostro de su mujer.

—¿Chingona tú? —se preguntó para responder de inmediato—. ¿De qué estás hablando? ¿De dónde sacas eso de que la vida ha sido injusta, perversa, contigo, si has vivido como reina a mi lado? No has conocido desde entonces una sola carencia, amor...

—Espera, espera, ya no me vas a adormecer con eso de que mi amor, ¿entiendes? Es hora de que lo sepas, ya no estoy dispuesta a callarme...

—¡Ah!, ¿no...? Pues no te calles y habla —contestó Alonso preparándose para el peor enfrentamiento que habían tenido desde que se habían conocido. Si ella ya no estaba dispuesta a callar, si se habían perdido las formas y el respeto, vengan los improperios y los insultos, pensó en su interior. Entonces él tampoco estaría dispuesto a callar: era la hora del intercambio de golpes. No más hipocresía. Detuvo violentamente el automóvil a un lado del camino.

—Por ejemplo —cargó ella las primeras balas al revólver—, yo soy más inteligente que tú, más simpática que tú, más agresiva que tú, más intrépida que tú, menos cuidadosa que tú, me gano a la gente más rápido que tú y, sin embargo, no tengo el éxito que tú tienes, Dios está contigo y no conmigo... ¿Te parece justo...?

Antes de que Alonso pudiera contestar, Solange se sintió al borde del disparadero:

—Yo me pregunto: ¿Por qué el Señor premia más a quienes tienen menos luces, menos talentos, no se esfuerzan en nada y todo les cae como maná del cielo, en lugar de ver por nosotros, también sus hijos, que contamos con don de gentes, información y fuerza, somos sinceros, construimos familias y apoyamos a los nuestros cuando no saben resolver sus propios problemas? ¿Por qué chingaos nos ignora y todavía nos detiene? —soltó Solange un alud de reclamaciones desconocidas por su marido, quien, de tiempo atrás, ya había percibido un enrarecimiento en el comportamiento y actitud de su mujer.

Alonso se apeó, dio la vuelta alrededor del automóvil y se recargó en la otra portezuela para enfrentar a su mujer en plena carretera. Ya estaba harto de sus malos modos y pésimos humores injustificados. Esperaba que después de expulsar la ponzoña, cambiara su actitud y se liberara:

—A ver, a ver —empezó a responderle como nunca lo había hecho—. En primer lugar, no soy nadie para interpretar la voluntad ni las decisiones de Dios, allá él y allá tú, ése es pedo de ustedes dos —exclamó el histórico enemigo de las palabras altisonantes—. Ahora bien, ahí te va, si en verdad eres, como dices, muy fregona, más inteligente que yo, más capaz que yo, más simpática que yo y mucho más hábil que yo, entonces te corresponde demostrarlo, ¿no crees? ¿Qué has hecho ya no sólo para superarme, sino siquiera para intentarlo? En la vida —continuó desenfrenado—, apréndetelo bien, sólo cuentan los hechos y los hechos son muy tercos, terquísimos, aquí sólo vale la realidad, lo evidente, lo demostrable, la palabrería, el bla, bla, bla no sirve para contabilizar los resultados. A partir del lunes, éntrale, arranca sin nada, como yo, y luego hacemos un balance, ¿va?

—Dame entonces la oportunidad de hacer algo nuevo, Alonso...

—¿Que te dé la oportunidad? —se golpeó a su estilo con el puño derecho la palma de su mano izquierda—. ¿Eso es? A mí nunca nadie me dio la oportunidad, yo se la arrebaté a la vida con los dedos, con mis uñas, con mi cabeza y mis intestinos, Solange, fíjate muy bien —adujo levantando la voz—: Aposté lo mejor de mí, me empleé a fondo con todo cuanto yo era y soy, me la jugué, me arriesgué, pensé, basculé, me asesoré y me lancé para conquistar lo que yo quería, ¿y tú me dices que yo te dé la oportunidad cuando nadie me la dio a mí? Acuérdate de que mi padre era un catedrático universitario, sin más pretensiones que su humilde sueldo, a la espera de su pensión. Yo le di bienes tan pronto pude con los que él jamás soñó —expuso haciendo enormes esfuerzos para contenerse—. Además —concluyó pateando el piso—, lo que me pides es una muestra de dependencia. Busca tú la oportunidad y prescinde de mi ayuda como yo lo hice absolutamente solo.

Solange estalló en llanto. No resistió ni el primer empujón. Se dobló. Ella había abandonado dos carreras universitarias, bien lo sabía en el fondo de su ser; había decidido no expedir un recibo de honorarios profesionales y, a cambio, aprovechar su simpatía, su mejor capital, y lucrar con su belleza atrapando a un hombre que la mantuviera de acuerdo a sus sueños y merecimientos. Sólo que la amargura al verse frente al espejo como una doña nadie había acabado con su simpatía y el paso de los años había minado su belleza. ¿Qué le quedaba...? Ya había buscado el significado de rémora en el diccionario y lo tenía presente en cada paso de su vida.

—Di, di, no te quedes callada, ni me importan tus lloriqueos. Si, como dices, eres más chingona que yo, ¿por qué no lo demuestras? A ver, ¿quién te lo impide? Habla, demonios, tus chillidos no me impresionan para nada. ¡Habla, carajo, defiéndete! Eres muy buena para quejarte, pero en tu vida no has hecho nada de nada, lo que es nada, ¿o sí? —tronaba Alonso como nunca—. Escúchame bien, no has pasado de ser un pinche parásito, ¿te queda claro? ¡Un parásito!

Solange recargó ambos brazos sobre el tablero del automóvil. Se cubría el rostro. Lloraba desconsolada. El peso de la verdad la aplastaba.

Si alguien pudiera ver su vida como el médico que analiza a contraluz una radiografía, podría descubrir que al abrir los ojos en la mañana comenzaba su tortura, porque Alonso ya no estaba... La disciplina de su marido representaba un factor de irritación para ella. El ejercicio al amanecer implicaba para él una recarga de energía positiva, en tanto que para ella el ser humano era el único animal que, en el deporte, se movía a lo pendejo, en el entendido de que todos los demás lo hacían para comer, cazar y sobrevivir. Alonso nadaba en el club o jugaba al golf, se afeitaba en el vapor y se jugaba el desayuno para continuar una jornada productiva en su oficina con el ánimo de cuidar y, de ser posible, acrecentar su patrimonio. ¿Para qué más dinero, dinero y más dinero?, se cuestionaba Solange con una sonrisa hueca.

Él tenía resuelta su vida, se lo tenía muy bien montadito, como él mismo lo mencionaba: se le veía la plenitud en el rostro, en su hablar, en su caminar, en su reír, en su comportamiento, sí, pero ¿y ella, qué? No había adquirido el hábito de la lectura desde niña ni lo adquiriría a la mitad de su vida, ni estaba dispuesta a tomar clases de nada. ¿De cocina? Venía un chef a casa cuando tenían algún compromiso social y a veces sólo para prepararle a su marido sus platillos favoritos. La música la tenía sin cuidado. Odiaba la ópera y los conciertos, peor aún en los que tocaba el tal Paco. ¿Pintar? No, no sabía pintar ni le importaba. ¿Visitar a Ingrid y escuchar sus interminables lamentos y denuncias? No, ya tenía sus días intoxicados, no necesitaba más venenos, con los suyos tenía de sobra. Las amigas hablaban de modas, de dietas, de las infidelidades de sus maridos, del hastío de recibirlos en la cama mientras recordaban la lista del mercado para pedirles que las taparan y apagaran la luz tan pronto terminaran. ¿Más lamentos? Ya no, por favor, ya no…

Ante la congoja de Solange, Alonso bajó la guardia sin imaginar las reflexiones de su mujer. Ella no reaccionaba ni estaba dispuesta a continuar la discusión. No se movía. En ese momento, ya no deseaba escuchar más música ni tampoco retomar el camino. Estaba furioso por la reclamación y por la injusticia. No intentó consolarla. La purga de su esposa la tenía mucho más que merecida. No faltaba más.

El vacío de Solange en su existencia, el juego, la espera agónica de la carta deseada, el terrible desgaste de las apuestas la habían inducido al alcohol, a las incontables desveladas, a la imposibilidad de levantarse temprano para hacer ejercicio y a la desgana de cuidar su peso y su aspecto físico, preocupación que tampoco le resolvería su masajista. Había engordado en los últimos tiempos. Una cadena siniestra. Las reiteradas escenitas de embriaguez debido a las presiones y a las emociones desbridadas le revelaron otra parte de su personalidad: era de tan mala copa que comenzaba a hacer numeritos en su vida social. De ser una mujer muy simpática y magnética, empezó a ser una mujer de cuidado, capaz de llegar a recurrir a vulgaridades e insultos tan ofensivos como inadmisibles.

Sus días eran eternos, inacabables. A nadie le confesaba su frustración al contemplarse ojerosa, pálida y desmotivada al amanecer frente al espejo del baño. Odiaba los espejos como pocos objetos en su vida. ¿Cómo comenzar el día con semejante apatía, para recaer en las noches de nueva cuenta frente al paño verde en busca de emociones para escapar a la espantosa rutina, sin percatarse que de un grave problema estaba haciendo dos graves problemas? ¿No bastaba con uno solo?

Solange dejó de llorar, pero no se apartaba del tablero, salvo para limpiarse la nariz. Alonso, ya convencido de la inutilidad de continuar la discusión, empezaba a elucubrar en relación con las causas de este desaguisado. ¿Qué hubiera sido de la vida de Solange sin él? Teniendo todo asegurado y garantizado, ¿por qué habría de arrojar su bienestar por la borda? El amor ya no lo hacían, según él, porque ella odiaba su gordura y no resistía la idea de verse desnuda.

Cuando Alonso, ya harto de la escenita, subió de nueva cuenta al automóvil, prendió el motor y reinició la marcha, recordó momentos de su matrimonio previo. La temprana viudez lo había devastado, sí, pero las comparaciones cuando surgían los conflictos y las rivalidades resultaban inmediatas e inevitables. María Luisa, su primera mujer, disfrutaba su éxito empresarial, exultaba felicidad, siempre se mostró incapaz de hablar mal de nadie, era comprensiva hasta el cansancio, había forjado unos hijos sanos y poderosos, trabajaba en un kínder de niños de escasos recursos, veía por los demás, nunca fue egoísta, adoraba su profesión como pedagoga, regalaba sonrisas a todos. En las cenas en su casa, tomaba de la mano a los comensales de diestra y siniestra hasta que les sirvieran el siguiente platillo; su generosidad y calidez eran reconocidas por quienes tenían la fortuna de conocerla.

Solange se comparaba con otras mujeres exitosas, a quienes, al igual que Ingrid, también les buscaba defectos con tal de no verse disminuida. Ni pensar en la posibilidad de regresar a estudiar a la universidad, a tomar un curso de lo que fuera, poner una tienda, fundar una galería, emplearse con alguien para hacer algo o matar el tiempo trabajando en un hospital como *Pink Lady*, a título gratuito: no, jamás sería *Pink Lady* ni se pondría un uniforme. Antes muerta, a la chingada. No, su imagen ante la sociedad se lastimaría. Ella era la señora Roel, no faltaba más…

Al llegar a Valle e introducir el Ferrari en la cochera, Solange experimentó una sensación de alivio. Había pasado ya más de una hora desde la terrible discusión. Había que recuperar la paz y superar el nuevo conflicto. Antes de apearse del vehículo, Alonso le hizo saber, tal vez en el momento más inoportuno, su conversación con Mauricio, así como su decisión de visitar a la bruja, a la vidente. ¿Qué podía pasar? A aquél le habían asegurado revelaciones maravillosas, algo así como un futuro próspero con salud, amor y bienestar al igual que el de los suyos. ¿Por qué no ir si además le podían predecir obstáculos en sus empresas y anticiparse de modo que nada de eso sucediera?

—¿Te has vuelto loco? —fue la primera respuesta de Solange. Volvía a las agresiones—. Si te aterrorizas con tan sólo ver a un gato negro —repuso cuando había bajado ya una pierna y se preparaba para descender del automóvil—. Te felicitas porque las vacas no vuelan y por eso no se cagan encima de ti. Piénsalo bien, Alonso —nada de amor mío o de corazoncito chulo—, eres muy sugestionable y te pueden arrebatar la escasa sensatez que quede en ti...

—Vamos a suponer que me espanta la tal Casandra, pues entonces busco a otra que me diga lo que quiero oír, así de fácil, Solange —aclaró en tono burlón para dejar pasar la agresión—. Es una experiencia que me gustaría vivir.

—¿Se llama Casandra o es su nombre comercial?

—Ése es su nombre de pila, según me dijo Mauricio.

—¿Mauricio te lo sugirió...?

—Sí, él mismo, la conoce bien. ¿Por qué la pregunta...?

—No, por nada, sólo me extrañó que él tuviera que ver con brujas, se le ve tan seriecito —arguyó como si llevara mucho tiempo sin ver al interfecto. ¿Cómo contarle sus conversaciones al concluir sus jugadas de póquer ni confesar que se encontraban al menos una vez a la semana con diversos amigos en las mesas de paño verde para apostar lo que no debía?

—Pues sí, Mauricio me la recomendó y yo voy a ir a verla, me parece una buena oportunidad para huir de la rutina y hacer algo nuevo.

—Cómo tú quieras, Alonso, es tu decisión y es tu vida, allá tú —repuso con un aire de indiferencia para preguntar—: ¿Y dónde vive, o qué...? —cuestionó ella con una risa sardónica que le inundaba el rostro.

—En la Ciudad de México, curiosamente a un par de cuadras de la casa de mi abuelo en la calle de Pino, en Tlalpan. Él vivía en el número 13 y Casandra en el 20. Me llevará Gabino... Ya te contaré...

—Lo registro, Alonso, pero ten cuidado —agregó dándole unas palmaditas en la pierna, como si, en realidad, le deseara buena suerte. Ella jamás olvidaría esa dirección: Pino 20, en Tlalpan. La memorizaría como si fueran letras de fuego, sí, pero, por lo pronto, anotaría el dato en la última página de su agenda.

Al apearse, ambos buscaron un afortunado refugio apartado el uno de la otra en el interior de su casa. No tardó Alonso en encontrarse con Licio y Salvador, su pareja de mayordomos, encargados de la casa. Los sorprendió besándose en el rellano de la escalera. Sin comentario alguno, después de saludarlos con su conocida afabilidad, les pidió un Macallan "derecho", en vaso Manhattan, como siempre, para beberlo en su biblioteca, en donde tenía varias obras incunables, además de la más completa colección de novelas francesas y rusas, sus preferidas. Podía pasar horas y más horas tirado en la terraza de Valle dedicado a la lectura, una de sus grandes aficiones.

Como si entrara a un nicho sagrado, se detuvo ante una mesa antigua, sobre la cual estaban dispuestas una gran cantidad de fotografías en sus respectivos marcos de plata o de vidrio, tomadas en diversos viajes por el mundo realizados con Solange, sin faltar otras tantas de sus hijos acompañados de María Luisa, su madre. Unas de Paco tocando en Bellas Artes, Paco premiado como el chelista más joven en el Festival de Salzburgo, Paco y su chelo en la ópera de París y en la de Viena; Paco terminando de correr el maratón de Boston, Paco rodeado de un conjunto de colegas en un concurso de paelleros, Paco y su primera novia, Paco, Paco, Paco, o Maggie, Maggie, Maggie. Maggie estudiando en la escuela de Beaux Arts en París, en la Accademia D'Arte Firenze, Maggie en su primera exposición recibiendo un diploma, Maggie bajando en esquís en las montañas nevadas de Vail, pero eso sí, ni una foto de Ingrid… ¡Maggie y Paco no le cabían en la piel! ¡Sí!, ¡y qué! A ver, ¿qué…?

¿Qué estará pasando entre Solange y yo?, se preguntaba Alonso en su soledad al volver a tener contacto con tantos recuerdos. ¿Por qué la alegría se estaba convirtiendo en tristeza? ¿Por qué la euforia, en depresión? ¿Por qué la histórica comprensión, en agresión? ¿Por qué la risa, en malos modales? ¿Por qué la dulzura, en acritud? ¿Qué estará sucediendo? La personalidad de Solange y su comportamiento cambiaban todos los días. Ahí estaban las fotos de aquellos viajes felices en Francia manejando en automóvil a lo largo de las diversas rutas gastronómicas, los momentos inolvidables en Hong Kong, los de Tailandia sentados en elefantes, o los de la India, cuando les enseñaron a meditar en Varanasi, el lugar santo escogido por quienes tienen la fortuna de morir ahí para dar por cancelado el proceso de la reencarnación para siempre. Ya jamás revivirían en nada. Todo había concluido... Imposible olvidar cómo la gente podía ser tan feliz, vivir en una pavorosa miseria con un taparrabo como la única posesión material de su existencia y, sin embargo, obsequiar sonrisas generosas a propios y extraños.

¿Qué estaría sucediendo en su relación? ¿En qué momento habría empezado a parpadear la flama del amor? ¿Por qué...? ¡Cuánto descuido! ¿Cómo entenderlo? ¿Cómo explicarlo? Alonso fue interrumpido en sus reflexiones cuando Licio le trajo su whisky servido con una bola de plástico congelada para no perder el sabor del líquido con el deshielo de las rocas. Prefirió beberlo de cara a la ventana para disfrutar la inmensidad del lago. El enfriamiento entre ambos había sido repentino, se dijo haciendo memoria, sí, si acaso se remontaba al último año. ¿Dónde había quedado la intensidad de los primeros tiempos, las caricias y los encontronazos amorosos, como cuando visitaron un viñedo y se perdieron entre besos húmedos e interminables, tirados entre las vides? Ninguna pareja después de más de una década se abrazaba con la misma pasión, ¿o sí...? Algunos sentimientos desaparecían, pero eran sustituidos por otros muy reconciliadores. Bien, lo que fuera, cayó en cuenta, pero el desánimo, el desencanto, había sido de alguna manera brusco, sorprendente. Su esposa, casi podía afirmarlo, era otra persona, su transformación resultaba alarmante. ¿Qué ocurría? ¿Ingrid la podía estar envenenando? ¿Sería...? Él no había recortado los gastos de Solange ni revisaba los cargos de su tarjeta de crédito ni limitaba sus campos de acción ni preguntaba dónde comía ni con quién lo hacía ni limitaba su regreso a casa después de la "pokariza" o de sus reuniones con quien fuera... La libertad entre ambos era total. ¿Entonces? Viajaba con sus amigas de compras a Estados Unidos o a Europa a hacer largos recorridos en bicicleta o simplemente a Las Vegas, a apostar a la ruleta o a gozar los espectáculos, lo que más le divirtiera. Alonso abría el puño y la cartera sin contención alguna, cedía espacios, era generoso en extremo y, a cambio, en los últimos tiempos, recibía un trato áspero e injustificado. ¿Pero en qué se había equivocado...? ¿Algo habría cambiado si hubiera tenido hijos con Solange...? Era muy tarde para averiguarlo...

El mal nunca viene solo. La vida, en ocasiones, castiga a seres humanos asestándoles golpes donde más les duele. Mientras Alonso luchaba, en el fondo, por salvar su matrimonio y trataba de huir de los presagios funestos de Casandra que lo acompañaban como una sombra maldita, en Salzburgo, Paco, su hijo, ensayaba una y otra vez, con escaso éxito y poca satisfacción, los compases 33 al 38 de la primera suite para chelo de Bach, sin lograr dominar el momento en que se libera la tensión acumulada para terminar con un amplio acorde. En aquella primavera, practicaba a altas horas de la noche su concierto del día siguiente, en la sala de mármol del Palacio de Mirabell. Llevaba buen tiempo ajustando el clavijero en una habitación anexa a la suya, oprimiendo las cuerdas con los dedos contra el mástil y cruzándolas con las cerdas del arco, pero no alcanzaba a producir los sonidos deseados. Continuó por un buen rato sin lograr dominar el compás hasta que Karin, su novia de toda la vida, cubierta por un pequeño negligé, lo interrumpió, lo desarmó, le retiró el chelo colocado entre sus piernas, lo dejó reposar en el suelo y procedió a jalar con ambas manos al necio intérprete en dirección de la habitación, sin pronunciar una sola palabra.

Paco trató de protestar al darse cuenta de las intenciones de su mujer. Fracasó al solicitar un par de horas más de práctica hasta sentirse satisfecho; ella lo impidió al cruzar sus labios con su dedo índice derecho. No era momento para quejas, ¿estaba claro?

El intercambio amoroso fue igual o más intenso que de costumbre. Ambos quedaron rendidos, desfallecientes. Ella, extenuada, se durmió recostada sobre el pecho del chelista. Él, por su parte, también logró conciliar el sueño por unos momentos más, hasta antes del amanecer. Sí, pero un artista disciplinado y necio no se deja vencer. Como él bien decía: Tengo entablado un pleito a muerte en contra de la mediocridad. Regresaría al estudio anexo fuera la hora que fuera, e insistiría en arrancar el sonido deseado a las cuerdas de su chelo. Era la compulsión de los creadores.

La disciplina, el rigor y el coraje se conjugaron para alcanzar los acordes ideales. ¡Cuánto placer! Hermoso premio a la perseverancia. Recargó agotado su cabeza contra el mástil. Cerró los ojos. Colocó el arco sobre una mesa, depositó el chelo en su estuche y, al sentirse fatigado, decidió retirarse a descansar. Apagó entonces la luz del estudio y también la del pasillo, ubicado en el segundo piso de la pequeña casa alquilada en la calle Getreidegasse, en el centro de la ciudad. Karin descansaba en la recámara, junto a la escalera que conducía a la planta baja.

Cuando el chelista, al caminar a oscuras, intentó empujar la puerta de la habitación, se precipitó al vacío sin dejar de rodar veintidós escalones de granito hasta llegar al primer piso. Su mujer, al escuchar el ruido, se levantó de inmediato sólo para encontrarse a Paco tirado boca abajo, totalmente inconsciente. De nada sirvieron sus gritos para que volviera en sí, los mismos que escuchó medio Salzburgo. Temerosa de ocasionarle un mal mayor, no se atrevió a sacudirlo de los brazos para animarlo, de modo que recuperara la conciencia.

—Francisco, Paco, vida mía, despierta, por lo que más quieras. Veme, amor, soy yo, Karin, Karuschka, tu mujer —gritaba desesperada envuelta en llanto sin que nadie la pudiera ayudar.

Acercó su oído a su nariz para comprobar que respirara. Todavía vivía, aun cuando ostentaba una palidez de muerte y permanecía con los ojos cerrados. Una ambulancia lo transportó con todos los cuidados a un hospital cercano. Karin en ningún momento le soltó la mano, hasta que lo sometieron a radiografías, ultrasonidos y una resonancia magnética, que permitió exhibir fracturas en las tres últimas cervicales, incluida la llamada atlas, la que une la cabeza al cuello, además de la famosa axis. Mientras le hacían los estudios, Karin caminaba de un lado al otro en los pasillos cuando ya empezaba a amanecer. Sí, pero Paco vivía, eso decían los partes médicos que cíclicamente revisaban los galenos en las áreas de enfermería. El pronóstico establecía la posibilidad de que el músico quedara cuadripléjico. Lo inmovilizaron al colocarle un collarín de acero con el propósito de impedir daños mayores. El tiempo, como siempre, tendría la última palabra. Por lo pronto, no lo someterían a una riesgosa intervención quirúrgica. Karin no tuvo tiempo ni de pensar en Dios ni de pedirle nada a una figura divina. En algún momento pasó por su mente lo importante que hubiera sido la presencia de María Luisa, Luisi, la madre de Paco, en tan terrible accidente. Ella había aprendido a quererla aun sin haberla conocido. Luisi, ven, Luisi, te necesitamos…

Alonso se encontraba en México cuando fue informado del accidente de su querido hijo. En el camino al aeropuerto para abordar su aeroplano, cancelados violentamente todos sus compromisos, se tratara de quien se tratara, le resultaba imposible sacar de su cabeza las últimas palabras pronunciadas por Casandra, la maldita bruja que le había arrebatado el sueño:

"Veo escaleras, muchas escaleras, veo un terrible accidente en alguna escalera. Un familiar tuyo, muy querido, rodará en unas interminables escaleras en el extranjero, en un país lejano, pero desde ahora te adelanto que sobrevivirá, pero en terribles condiciones".

Horror de horrores. Ya nunca recuperaría su paz. ¿Por qué razón había acudido a verla aconsejado por Mauricio Rubio? Menuda estupidez. ¡Claro que le había cambiado la vida, tal y como aquél se lo había anunciado durante la comida! ¡Que si se la había cambiado…!

Acostado boca arriba en la cama del hospital, Paco sentía la mano de Karin, sentada a su lado, en tanto contemplaba el techo de la habitación, la única posibilidad de mirar al menos algo. El chelista había sido informado, con la debida rudeza de los médicos austriacos, de la gravedad de su condición clínica. Le inyectaron todo tipo de poderosos analgésicos, además de morfina y hasta cortisona para tratar de disminuir, con escasa suerte, los terribles dolores que le aquejaban. ¿Qué podía hacer sino resignarse a una suerte incierta, mientras giraba contra sus menguados depósitos de paciencia…? En su desesperación, jamás se permitiría desahogar su malestar con su mujer o con terceros. No tenía más remedio que morderse la lengua o gritar quedito, como se lo prometía en sus adentros. Con cuánto gusto patearía, si pudiera, a quien se acercara a su cama, pero su educación no se lo permitía. ¿Qué hacer para controlarse si la televisión no lo entretenía ni le divertía, si acaso prefería escuchar música en su teléfono con las diversas *apps* que había bajado? ¿Leer? ¡Imposible! ¿Que le leyeran? ¡Menos aún! ¿Recibir visitas con las miradas congestionadas por la compasión? ¡Ni hablar! Bienvenida la divina soledad. No soportaba las rutinarias preguntas de médicos y enfermeras:

—¿Cómo amaneció? ¿Cómo se siente el día de hoy? ¿Alguna molestia adicional? ¿Ha tolerado la dieta? ¿Ha podido dormir?

No quería resignarse a la idea de que por el resto de sus días sólo podría mover los párpados, los músculos de la cara y la lengua para comer y deglutir, si acaso, y quién sabe por cuánto tiempo. Recordaba en las noches, en silencio, las tonadas para chelo compuestas por Bach, Britten, Vivaldi, Mendelssohn, Chopin y Fauré, cuando no las tarareaba sin poder mover la cabeza a modo de acompañamiento, con el ánimo de no despertar a Karin, quien dormía en un sillón reclinable. Se inundaba de esperanzas al contraer y extender los dedos de la mano izquierda, como si oprimiera las cuerdas de su chelo. No todo está perdido, se decía hurgando en sus escasos depósitos de optimismo. Sentía cómo ejecutaba un *pizzicato* al pellizcar las cuerdas con las yemas de los dedos al interpretar su *walking bass* o cuando oprimía la de re, la más fina, la de sol o la de do, la más grave y gruesa, contra el mástil para producir la vibración o el sonido deseado. Oía, sí, oía los sonidos, aunque no los escuchara. Sonreía. Practicaba de memoria escalas y arpegios, tal y como lo hacía momentos antes de interpretar una obra.

Pero no todo era música en su mundo alucinado: en su interminable vigilia, decidió sacar fuerza de la flaqueza y endulzarse la vida al recordar cómo había conocido a Karin, la mujer de la que nunca se volvería a separar. Se habían conocido un viernes en una boda. Ella, una joven hermosa, en la flor de la vida, sentada a dos mesas de distancia en compañía de un nutrido grupo de amigas, llevaba un vestido rojo, de manga larga, ligeramente escotado, corto, muy a su estilo. Su cabello rubio ensortijado enmarcaba un rostro delicado, de piel blanca y facciones muy finas; nariz romana y labios receptivos, sin llegar a ser voluminosos. Paco la estuvo observando con detenimiento. La miraba sin parpadear, como si deseara mandarle un mensaje telepático. ¿Funcionaría…? Alcanzaba a escuchar su risa, su voz apenas audible, extraviada en el jolgorio y perdida en la música interpretada a gran volumen por una orquesta, en tanto ella giraba la cabeza inquieta y revisaba el entorno, mientras se ajustaba una y otra vez su peinado. Tan pronto terminaron de servir el banquete y cundió el desorden entre los invitados deseosos de encontrarse y saludarse, el chelista decidió abordarla sin pérdida de tiempo. Nadie podía anticiparse, no se lo perdonaría. Su perfil europeo lo cautivó desde el primer instante. Paco creía en el amor a primera vista, ahí estaba la evidencia.

El chelista se acercó hasta colocarse a su lado. Acto seguido, mediante una pequeña genuflexión al estilo actuado del siglo XVIII, le extendió la mano con la debida ceremonia, mientras la invitaba a bailar.

Ella lo contempló en silencio de arriba abajo, al igual que sus amigas también analizaban al pretendiente con sonrisas cómplices. No dejó de impresionarle el protocolo anacrónico, pero, al fin y al cabo, humorístico, la parte destacada de una estrategia meditada.

—¿Y yo por qué razón tendría que bailar contigo? —le preguntó con el ánimo fundado de sacarlo de su centro.

Paco, alto, esbelto, pelo castaño abundante, ojos negros, piel blanca y sumamente cordial, permaneció callado, desarmado y confundido. Nunca ninguna mujer lo había cuestionado de esa manera, así, de principio, tan brutal. Permaneció clavado en el piso con la sonrisa congelada y la mano extendida. Karin medía al pretendiente con una sola pregunta, mientras volteaba la cara al centro de la mesa y bebía el último sorbo de vino tinto. ¿Habría desaparecido el candidato? En su respuesta inmediata, lenta o torpe, encontraría datos clave de su personalidad. Si de entrada la decepcionaba, no tendría sentido alguno continuar siquiera una conversación.

El músico salió rápido del azoro para afirmar con una sonrisa y gran soltura, sin retirar su mano. Imposible permanecer callado. Entendió la magnitud del reto y afirmó:

—Hace un momento te vi bailar y, francamente, tú perdonarás, lo haces muy mal. No llevas el ritmo, vas por un lado y la música por otro. Ven, prometo no cobrarte por la lección. Todo lo bailas como hiphop…

Karin soltó la carcajada, consultó con la mirada la opinión de sus amigas, quienes seguían curiosas la conversación, y aceptó su mano para dirigirse a la pista:

—Te advierto que si eres un charlatán más me regreso a la mesa a la primera tonada, ¿de acuerdo?

—Yo le di clases a Michael Jackson y a John Travolta cuando filmó *Vaselina*, reinita, nomás no me pises… Sólo acuérdate de que, si llegaran a tocar un vals, por fa, no lo bailes como chachachá, ¿eh…?

Paco la sujetó firmemente de la cintura al escuchar la tonada de una rumba flamenca, intenso, dinámico y enérgico. No se trataba de ejercer el mando ni tratar de dominarla, sino de mostrarse seguro y confiado. Bailaron una y otra pieza, desde las sevillanas hasta el tango, chachachá, salsa, merengue, samba, jazz, rock and roll, reggae, dub y hasta punk. Si el chelista no conocía un paso, lo inventaba, la distraía, la hacía reír, la divertía, mientras él admiraba sus movimientos de caderas, el despliegue de sus manos, su gracia, su salero, su sonrisa. Si a esa preciosa chica ya le gustaba la música, ese solo y feliz hecho constituía un enorme punto a su favor, pensó sin dejar de contemplar su cabellera rubia, su juventud, su belleza, sus formas, su vestido suelto y su estatura. No podía con las mujeres más altas que él. Si ya se había impresionado al descubrirla y se había deleitado con el lenguaje de su cuerpo y con su sensualidad, cuando fue invitado a sentarse en la mesa, a su lado, no imaginó cómo se empalagaría con su plática.

—¿Karin te llamas? —repitió Paco, encantado al descubrir el nombre de aquella rubia adorable.

—¿Te gusta mi nombre?

—Sólo podías llamarte así, Karin, ningún nombre podría ir mejor con tu personalidad. ¿Es alemán?

—Sí, alemán, Paco —repuso ella cuando el músico ya se había identificado. Las cartas estaban echadas, al igual que la suerte.

Conversaron arrebatándose la palabra hasta cuando los invitados empezaron a retirarse a altas horas de la noche y la orquesta había abandonado el salón tiempo atrás. Quedaban, si acaso, veinte o treinta personas, la mayoría ya encaminándose a la salida, pero la feliz pareja no dejaba de hablar ni de reír, como si hubieran sido grandes amigos años atrás.

Karin decidió despedirse de Paco cuando sus amigas ya se habían puesto de pie y otras se habían adelantado en busca de sus abrigos. La fiesta había llegado a su final. Dormirían juntas en la casa de cualquiera de ellas. Mañana sería otro día.

En su desesperación, Paco se armó de valor a la voz de "ahora o nunca":

—Te invito mañana a otra boda en un rancho en las afueras de Toluca. Será al mediodía. Volveremos a la ciudad cuando lo desees —dicho lo anterior, antes de darle siquiera la oportunidad de contestar, insistió:

—Di que sí, por favor, di que sí, o ya no te enseñaré a bailar…

—O sea, si me abandonas, ¿siempre bailaré como una osa, eso me quieres decir? ¿Te imaginas qué sería de mi vida si no me enseñaras a bailar, chamaquito? —repuso con repentina gracia.

—Dame tu teléfono, pasaré por ti a la una de la tarde, para llegar después de la ceremonia religiosa, porque soy ateo, gracias a Dios…

En ese momento intercambiaron contactos telefónicos:

—Te veo a la una, guapo, y no llegues tarde porque bailarás solito —fue lo último que ella alcanzó a decir cuando se despidió con un beso en la mejilla del chelista—. Acuérdate de que soy de origen alemán. La puntualidad es una cortesía propia de los reyes.

El pretendiente la vio dirigirse hacia la puerta de salida. Antes de desaparecer giró lentamente la cabeza, ella le lanzó una última mirada, guiñó un ojo y se perdió entre el resto de los invitados.

Paco, tirado en la cama del hospital, resistía las reiteradas visitas de las enfermeras para tomarle muestras de sangre, medir su respiración y su temperatura, comprobar el goteo del suero en su torrente sanguíneo. Lo despertaban si dormía, lo inyectaban por diversas razones, lo transportaban a las salas de rayos X para comprobar la magnitud de los daños en las cervicales; sí, los análisis parecían ser tan tortuosos como interminables. Sólo que el músico contaba con una tabla de salvación para paliar la terrible contingencia: disponía del poder de su mente, de sus fantasías, de su imaginación y, finalmente, de sus recuerdos, por los que había valido la pena vivir.

La noche de luna inmóvil —continuó Paco en su ensoñación paralizado en la cama— parecía no acabar nunca y, menos todavía, la espera interminable hasta la una de la tarde. El chelista pasó por ella en tiempo y forma. Se presentó en su "calandria", tal como llamaba a su automóvil viejo, un Renault, que había comprado con muchos esfuerzos en sus años de estudiante en el Conservatorio Nacional de Música. Prescindió, por supuesto, del Ferrari de su padre. Su auto tendría que hablar de él, del músico, de su persona, no de la riqueza paterna. Paco deseaba ser él, él y sólo él. Siempre buscaría su luz propia.

Esta vez apareció Karin con un vestido amplio, floreado, corto, escotado, con tirantes, zapatos y sombrero de gran ala del mismo color y una bolsa estilo cartera tejida con tiras sueltas de paja. Sin prestar atención al vehículo ni al rostro encantado del músico, quien la esperaba con la portezuela abierta, abordó sonriente, no sin antes besarlo en la mejilla.

—¿Cómo dormiste, guapo? —preguntó mostrando aplomo y superioridad en el encuentro. Al haberse presentado como lo hubiera hecho Paco, ella no se dejaría intimidar. Momentos después, ya en la carretera en dirección a Toluca, aconteció lo verdaderamente inesperado. Karin sugirió comer en algún lugar cercano, aunque llegaran un poco tarde al banquete. Tenía antojo de una buena sopa de fideos y una carne asada a la tampiqueña. Lo importante era llegar a la boda y llegarían, sí, pero a saludar y a bailar. Con tan sólo ver las piernas cruzadas de esa mujer, ¿sería una aparición?, el chelista se rindió ante cualquier pretensión personal. Imposible no complacerla. El desorden comenzó en un restaurante de escasos bigotes, como lo describió el chelista, al pedir un par de tequilas en las rocas para diluir el efecto de beberlo derecho… Uno y otro y otro más:

—Ahora, para que ya no camines tanto, mejor sírvelos dobles, capi —ordenó Paco, sin prestar atención al compromiso social ni al hecho de conducir en estado de ebriedad. La euforia se desbordaba.

Todo era diversión e intercambio de historias. Ella había terminado la carrera de Arquitectura, pero también tenía debilidad por el piano y el bel canto. Se había decidido por los plumines, los lápices y el restirador, en lugar del atril y los pentagramas. Disfrutaba comprobar cómo se convertía una línea dibujada a la antigüita, en el papel, como decía ella, en un muro; un conjunto de tabiques, en un edificio; los espacios, en luz. A sus veintiséis años disfrutaba jugar con los volados más audaces con escasos apoyos, creaba volúmenes con materiales sorprendentes y trazos originales, propios de su lenguaje juvenil, una invitación a la revolución de los trazos.

A lo largo de la comida bebieron vodka con sabor a limón en las rocas, continuaron con submarinos amarillos. Con aquello de que un día sin vino es como un día sin sol, pidieron un Ribera del Duero, reñido con unas enchiladas con mole y el guacamole picante, indispensables en la tampiqueña, ¿qué más daba aquella ridiculez del maridaje?, y para rematarla, pidieron sambuca con mosca. Y en esas condiciones, mordiendo los granos de café, retomaron el camino más allá de las cinco de la tarde, o las que fueran, rumbo al rancho, en donde se celebraría la boda. ¡Claro que oyeron música en el automóvil! ¡Claro que se identificaron a plenitud! ¡Claro que encontraron un buen número de puntos de contacto! ¡Claro que rieron y bromearon, sobre todo cuando Paco, víctima del alcohol, equivocó su nombre y se dirigió a ella como Sofía, el nombre de una novia con la que había cortado en los últimos días, a lo que ella le respondió con un "Lo que tú digas, Pablito"!

—¿Por qué me dices Pablito? —preguntó intrigado el chelista.

—Pues porque tú me dices Sofía y me llamo Karin, por si no lo sabías. A propósito, ¿quién es Sofía...?

A las súplicas de perdón, perdón, perdón, continuaron las carcajadas y alguna que otra licencia, como la utilizada por Paco al colocar su mano sobre la rodilla de ella para facilitar la disculpa.

Se perdieron en el camino. Nunca dieron con la ruta correcta. Por supuesto que no siguieron las indicaciones. Entre explicaciones, cuentos, historias, anécdotas, regocijo, tequilas, cervezas, vino, sambuca y recuerdos, no tomaron la desviación indicada. Se pasaron de largo, muy de largo... ¿Dónde estaba la maldita finca, el rancho, sí, el de la boda? ¿Cuál boda...? El tiempo transcurrió en la búsqueda del lugar hasta que empezó a anochecer sin dar con el nombre del pueblo ni con un triste letrero para llegar a la hora que fuera, pero eso sí, al menos llegar y tratar de cumplir. Cuando, perdidos en la búsqueda y sin dejar de celebrar creían haber llegado finalmente a la lujosa hacienda, de repente se dieron cuenta de su arribo a Valle de Bravo. ¿Qué...? El alcohol había causado estragos en ambos, pero la diversión continuaba. En lugar de disgustarse y reñir, buscarían el espacio para continuar la fiesta. ¿La vida no debería ser una fiesta? ¡Pues a gozarla! Paco, desde luego, no iría a pernoctar a casa de su padre. Sus relaciones con Solange, su madrastra, no eran precisamente de las mejores. Tan pronto lo veía en las reuniones familiares, ella sólo tenía expresiones ácidas e irritantes para él.

El chelista entornaba los ojos como si invocara paciencia a la divinidad. Trataba de apartarse de Solange para evitar la toxicidad surgida del fondo de su alma y, por otro lado, no deseaba crearle un problema a su padre.

Paco y Karin coincidieron en no regresar a la Ciudad de México en ese estado de confusión etílica. Si habían tenido suerte, no deberían abusar de ella. ¿Qué hacer?, se preguntaron cuando pasaban frente a la casa de Jacques, un viejo amigo francés, conocido por su simpatía y generosidad. Ahí descansarían un tiempo, el necesario para recuperarse y volver a la Ciudad de México, ya fuera que se encontrara o no en Valle el querido camarada europeo. Paco conocía de sobra al personal encargado de la residencia.

Una vez estacionada la "calandria" en el enorme garaje de Jacques, dieron con él en la sala, acompañado de una de las tantas amigas con quienes siempre sorprendía a sus cercanos. Los abrazos y la fiesta no se hicieron esperar. La recepción no pudo ser más encantadora y gratificante. Jacques ordenó a Esteban champaña y *foie gras* para sus invitados.

—Pero ¿no se llamaba Mario tu mesero? —preguntó Paco intrigado—. Es la misma persona de toda la vida, ¿no? Yo siempre lo he conocido como Mario.

—Sí, sí lo es, pero cada vez que hace una pendejada, hoy en la mañana la hizo, en lugar de liquidarlo y echarlo a la calle para que llegue otro mucho peor, mejor le cambio el nombre…

—¿Y entonces?

—Pues me conviene más y hago menos corajes, porque mañana le diré Arturo o Antonio o Federico, y así siento que tengo un nuevo encargado, querido Paco.

Después de festejar la ocurrencia con medio labio, llegó la champaña, el paté con pan tostado y la mermelada de ciruelas rojas. La exquisitez francesa en su máxima expresión. A la primera botella de Dom Perignon rosé, continuó otra y otra más. Jacques, conocido también de Alonso, compañero en los juegos de golf, echó a andar su equipo de sonido con ocho bocinas para invitar a sus amigos a bailar. Unos momentos más tarde el francés, de casi sesenta años, apagó el amplificador y tomó de las manos a sus dos huéspedes, en medio de una contagiosa alegría y justificada euforia. Le pidió a Monique esperar unos instantes, mientras alojaba a la feliz pareja en la habitación inferior de su residencia.

—Jac —como lo conocían sus cercanos—, espera —quiso explicar el chelista—, es que nosotros no...

—Ni hablar, no se van a regresar a México a las diez de la noche y menos, mucho menos, con tantas burbujas encima, ni hablar, por favor, no discutamos —ordenó mientras los besaba a ambos al estilo parisino.

Dicho lo anterior, cerró la puerta de la habitación sin permitir más explicaciones. Sus pasos dejaron de escucharse en tanto terminaba de subir la escalera en dirección a la planta alta.

¿Sonreír...? Sí, Paco podía sonreír, los músculos de la cara no estaban paralizados, no al menos hasta ese momento.

—¿De qué te ríes? —preguntó Karin, siempre presente a su lado en la cama del hospital—. La verdad a nada le veo lo gracioso en este momento...

—Me estoy acordando de cuando tratamos de llegar a una boda, al día siguiente de que tuviste el honor de conocerme —recordó con su sentido del humor cáustico—. ¿Te acuerdas de que nunca dimos con la dichosa hacienda? —cuestionó el chelista con un hilo de voz.

—Claro que me acuerdo, imposible olvidarlo, maldito rascacuerdas, espero que algún día me digas la verdad, canalla —exclamó mientras acariciaba la frente del músico sin poder esconder su aflicción.

Paco no podía dejar de recordar la escena: sintiéndose comprometido, explicó que no había sido plan con maña, que ésa no había sido la idea, que se habían perdido y que, eso sí, no convenía regresar a la ciudad en esas condiciones.

—No te preocupes, Karin, yo dormiré en otra habitación o en la perrera. Siéntete libre y tranquila, al fin y al cabo, no le rindes cuentas a nadie, vives sola, al igual que yo, nadie nos espera, ésa es una ventaja en esta difícil situación.

—Pues sí, te agradezco tu actitud, pero no tenemos pasta de dientes ni cepillos ni cremas para desmaquillarme ni pijama, ni nada de nada, Paco.

—Si no tenemos nada para pasar la noche aquí en Valle, con lo que sí contamos es con sentido del humor y tolerancia… Así se dieron las cosas, Karushka, ni modo —aprovechó la ocasión el músico para dirigirse a ella con el nombre de una canción rusa que escucharon en el automóvil. Dicho lo anterior, tomó sus manos, las besó como también lo hizo en sus mejillas y desapareció de la habitación. Sólo alcanzó a decir—: Descansa, Karushkita…

Karin sonrió agradecida. Se desprendió de toda su ropa, apagó las luces del cuarto, se introdujo en las sábanas húmedas por el clima frío de Avándaro y se dispuso a dormir, no sin antes temblar por unos instantes hasta recuperar el calor. Sí, mañana será otro día… De algo no cabía duda, Paco era un tipazo. Lo reconocía sin confesarlo.

Por otro lado, el chelista sólo se quitó los zapatos y se tiró encima de la cama de la habitación anexa a recordar esa tarde feliz. ¡Qué mujer, que simpatía, qué sentido del humor, cuánta correspondencia con ella, cuánta inteligencia, qué manera de disfrutar la comida, la música, la conversación, su carrera… en fin, la vida! ¡Qué piernas, qué piel, qué cabello, qué cuerpo, qué pechos, qué manos, qué manera de reunir en una sola persona tantos atributos! ¡Qué mujer tan peligrosa!, pensaba al saberse atrapado por sus incontables encantos.

Se colocó las manos atrás de la nuca para tratar de recordar en qué momento se habían extraviado sin ver un solo letrero. En el fondo agradecía el hecho de haberse perdido en la carretera arrebatándose canciones en el Spotify y bromeando de lo que fuera, cualquier anécdota era más graciosa que la otra. ¿Y los letreros que anunciaban la proximidad de Valle? ¡Ah, sí, muy buenas…! Habían bebido demasiado alcohol, para ya ni hablar de la champaña, pero por otro lado se felicitaba de lo ocurrido. Ya le inventaría a su amigo, el de la boda, cualquier pretexto para dejar a salvo su amistad.

De pronto, perdido en sus reflexiones, lo asaltó una idea imposible de desdeñar: ¿Y si por lo menos le hacía la lucha a Karin para pasar la noche con ella? ¿Se iba a quedar ahí tirado, sin por lo menos preguntarle a ella su parecer? Si recibía, como era de esperarse, una negativa, por lo menos la habría halagado. En el fondo sólo intentaba hacerla sentir deseada. Estaba dispuesto a cargar con el desprecio.

Una vez aceptado que el ¡no! ya lo tenía y que el ¡sí! debería arrebatárselo a la vida, se levantó con su mejor simpatía y máximo tacto, se dirigió a la habitación de Karin y tocó sutilmente la puerta.

—¿Eres tú, Paco…?

—Sí, Karushka, soy yo…

—Dime —contestó la arquitecta en términos lacónicos. Ella sonreía atenta al pretexto esgrimido por Paco para interrumpir su sueño.

—Lo que pasa es que tengo miedo —agregó conteniendo la risa.

—¿Miedo de qué…?

—Eso es exactamente lo que no sé, pero tengo miedo. ¿Me permites entrar a tu cuarto y dormirme en el sillón?

—¿No se tratará de un truquito?

—No, no es ningún truquito, desde muy niño siempre me ha espantado el coco…

—¿El coco? —soltó Karin la carcajada—. Bueno, pasa y siéntate en el sillón, pero ya déjame dormir.

—*Oyes*, Karin —comentó Paco después de unos momentos.

—Sí, querido chelista, ¿qué pretexto tienes ahora?

—Es que se me está enchuecando el cuello y me duele la espalda.

Con la luz apagada y a la luz de la luna, Karin sonreía anticipando las intenciones del músico.

—¿Qué estás inventando ahora, chamaquito…?

—No, no invento nada, sólo déjame acostarme en la cama, arriba de las colchas y de las sábanas para que no pienses mal. El piso está helado aun con los zapatos puestos.

—Bueno, ven, acuéstate, pero quietecito, niñito, ¿eh...?

Poco tiempo después de estar acostado a su lado, Paco comentó:

—Se me están arrugando los pantalones y mañana estarán hechos un desastre. Imagínate mi traje de lino... ¿Cómo me voy a ver?

Cuando Karin se abstuvo de contestar, Paco entendió su silencio con aquello de que "quien calla otorga". En este instante se desnudó por completo y sin más la abrazó por la espalda para perderse en el aroma de su cuello. Sus manos hambrientas recorrieron todo su cuerpo de arriba abajo. Ella no opuso la menor resistencia. Giró, lo enfrentó a la voz de "muchachito malcriado, niñito consentido", mientras se besaban como si se hubieran conocido en otras vidas y estuvieran amortizando una deuda insoluta.

—Te diste cuenta de que me enloqueciste desde el primer instante, ¿verdad, malvada? ¿Qué me hiciste...?

—Yo, nada, allá tú —repuso encantada al sentir cercano el cuerpo del chelista.

—¿Y por qué no me confesaste lo que sentías por mí...?

—Porque las declaraciones de amor les corresponden a los hombres. Era tu papel, chulo —repuso ella escondiendo su rostro en la oscuridad de la habitación.

Ésa fue la última parte de la conversación. El chelista le mordió los labios, le murmuró palabras al oído con su aliento cálido en tanto ella se estremecía, se perdió con la piel de su cuello, con sus aromas de mujer, tocó sus senos, la hizo girar para besar sus pezones hasta el infinito. Recorrió su cuerpo con su lengua sin prisa alguna, para estremecerla. Se tocaban, se abrazaban, respiraban desacompasadamente, las manos de ambos jugaban sin contención ni límites ni reservas porque en sus territorios no existían las fronteras. Cuando finalmente el músico montó a Karin y enredó sus cabellos entre sus manos para luego tomarla por las nalgas, ella comenzó por lanzar un suspiro y más tarde un grito con el que podía haber despertado a todos los vecinos. A partir de ese día Karin y Paco nunca se separaron...

Cuando ambos pensaron que había pasado lo peor durante la estancia de Paco en el hospital y esperaban junto con Alonso y Maggie, quienes habían volado de inmediato a Salzburgo, el alta de los médicos encargados de su caso para regresar felices y sonrientes a casa —el chelista no sólo había sobrevivido, sino que no se había quedado cuadripléjico—, el rostro impertérrito de un médico internista derrumbó con unas cuantas palabras las ilusiones, el futuro y los planes de todos ellos al ingresar en la habitación. Solange, por supuesto, no se encontraba presente, entre otras razones, porque tenía muy malas relaciones con los hijos de su marido, quien la había convencido de no hacer el viaje con arreglo a un argumento muy propio del empresario: "Quien evita la ocasión evita el peligro".

—En mi larga vida como médico me ha tocado dar buenas y malas noticias —adelantó la conversación el galeno austriaco en un buen inglés, con la idea de dosificar el planteamiento de otra adversidad cuando ya todas parecían haber sido superadas. Había transcurrido escasamente una semana después del terrible accidente—. La buena noticia consiste en que después de haber estudiado sus radiografías, ahora estamos seguros de que sus cadenas de nervios no sufrieron daños tan severos que le hubieran impedido caminar...

La familia sonrió con el rostro congelado a la espera de las malas noticias. El ambiente se podía cortar con la mano. Maggie tenía el rostro petrificado.

—Diga —disparó de inmediato Alonso sin ocultar su alarma—. Si hay algo malo, mientras más rápido lo sepamos, mejor, mucho mejor —lo abrumó de repente el recuerdo de María Luisa, Luisi, su mujer, muerta prematuramente de cáncer. Imposible olvidar esos años trágicos de interminable agonía... No podía dejar de pensar en las palabras de la bruja, de Casandra, cuando le advirtió que un ser muy querido rodaría escaleras abajo... Maldita mujer, ¿por qué había ido a verla? ¿Tendría razón con la infidelidad de Solange? Ni idea, pero no era momento para pensar en ello, existían otras prioridades...

—Como ustedes ya estarán informados —empezó el doctor a explicarse con marcada sobriedad—, la vida de Francisco no corre ya ningún peligro, salvo que haga ejercicios indebidos o ignore las instrucciones para su convalecencia. Las cervicales van a soldar en seis meses y él, en ese sentido, ya podrá hacer su vida normal y caminar, según acabo de mencionar.

—¿Seguro podrá tocar el chelo, doctor? —insistió Karin inquieta, a sabiendas de que el equilibrio emocional de Paco dependía de su capacidad para extraerle la vida a ese instrumento.

—Sí, claro, con ejercicio y disciplina, esperemos que con el tiempo recupere su movilidad...

—Entonces ¿qué es lo que no podrá hacer? —volvió Alonso a la cargada ya francamente preocupado.

—Me da mucha pena informarles que después de múltiples pruebas de sangre a las que sometimos a Francisco, encontramos una cantidad enorme de linfocitos, células anormales, cancerosas, nódulos localizados en la parte superior del cuerpo, brazos y cuello, y...

Alonso lo interrumpió a sabiendas de que se trataba de la persona a la que más quería en su existencia:

—¿Cáncer...?

—Sí, lo siento —repuso el especialista.

—¿Dónde se localiza? —volvió a interrogar Alonso con rostro descompuesto. Dime que no es cierto, se repetía en su interior.

—En sangre, señor Roel, en sangre.

—¿Es curable? ¿Estamos a tiempo?

—Sí, dentro de la gravedad de la lesión cervical que originó la internación en el hospital de Paco, descubrimos la enfermedad a tiempo. De otra suerte, si él hubiera seguido su vida normal, tal vez lo hubiéramos diagnosticado extemporáneamente...

—O sea, gracias a mi caída, a mi pésima suerte, se descubrió esta terrible enfermedad —inquirió ahora Paco con una sonrisa mordaz.

—Pues sí, Francisco, debemos dar gracias de que se cayó usted, gracias porque se aliviará de las cervicales y de nuevo gracias porque descubrimos aquí en el hospital, oportunamente, la leucemia, que atacaremos con varios tratamientos de vanguardia científica —repuso el galeno austriaco ajeno a la menor noción de la simpatía. Hablaba lentamente, palabra por palabra, como si asestara martillazos al explicar el diagnóstico.

Alonso se acariciaba la barba y el cabello. Tomaba cariñosamente la mano de Maggie en busca de consuelo. Se hundía... Con la debida discreción se tocaba la pata de conejo que llevaba, como un talismán, en el bolsillo derecho de su saco. Estaba enmudecido sin poder esconder una palidez de muerto. Los padres, pensaba, debemos irnos antes que los hijos, lo contrario es una tortura insoportable. ¿No bastaba, pensó en un silencio críptico, con la infidelidad, cierta o no, de Solange? ¿Por qué tan malas noticias y todas de golpe, por la espalda?

—Les puedo decir que no se preocupen, pero que sí se ocupen. Este mal tiene remedio si el paciente se somete al tratamiento con disciplina y esperanza. Aquí les dejo los nombres de varios oncólogos de gran prestigio y experiencia en Austria, por si desean recurrir a ellos. Buenos días, señores —concluyó adusto al despedirse y marcharse sin mayores comentarios...

¿Cuáles buenos días?, reflexionó Maggie conteniéndose antes de desahogar su malestar con el médico. Ya se puede ir a la mierda con sus buenos días, pensó al girar en dirección a la ventana sin dejar de balbucear palabras inentendibles. No se podía saber qué seguiría. Todos conocían el peligro.

En ese momento Karin acarició la frente de su marido, quien sólo negaba con la cabeza sin abrir los ojos:

—Mira, amor mío, si no te moriste en la caída ni te quedaste paralítico, si en cualquier momento podrás volver a arrancarle notas inolvidables a tu chelo y regresarás a las grandes salas de conciertos, si no te tocaba y los hechos están a la vista y ahora te detectaron esta enfermedad que comienza, verás que te salvarás. Acuérdate, como tú siempre dices, que lo que más trabajo te cuesta son los milagros, porque los imposibles los resuelves con la zurda… En medio año más volverás a Lincoln Center, a la Ópera de París, al Royal Albert Hall, al Musikverein, al Concertgebouw y a la Filarmónica de Berlín, en donde escucharán al nuevo Francisco Roel lleno de energía. Iremos a Italia y tocarás en el teatro de la Scala y Maggie te cocinará la mejor pasta que hayas probado y luego iremos a Roma y te mojarás con el agua de la Fontana di Trevi para que por el resto de tu vida tengas buena suerte…

—Pero ¿cómo debo tomar todo esto, amor? —repuso el músico como si estuviera a punto de recibir la extremaunción.

—Es muy fácil, maridito querido: la vida te mandó dos tremendos avisos para advertirte de la importancia de cambiar algo, tal vez te estén diciendo que debes destinar menos tiempo a tus conciertos y dedicarte más a la composición. Toda experiencia, por dura que sea, implica una enseñanza. ¿Tú que has aprendido de todo esto? A ver, di, de nada sirve tu carota, amor —insistió la arquitecta con una sonrisa forzada, mientras su suegro la escuchaba de espaldas enjugándose las lágrimas.

—¿Qué aprendí de esto, güereja? Pues mira —contestó apretando las manos de su mujer deseándole que nunca le pasara algo parecido—, aprendí que ni la vida ni las facultades son para siempre; aprendí que si voy a sobrevivir a esta nueva pesadilla llamada leucemia, tengo que apresurar el paso para dejar escritos mis dobles conciertos para chelo y orquesta, varias suites, sonatas y estudios, mientras me recupero de las cervicales y puedo volver a sentarme sin dolores en la espalda. Eso sí, de existir una posibilidad entre mil para salvarme, créeme que voy a echar mano de ella hasta el límite de mis fuerzas.

Alonso los escuchaba, en tanto pensaba todo lo que tenía que aprender de la juventud. Él ya se hubiera derrumbado como si la pálida blanca hubiera tocado a su puerta. Imposible voltear con los ojos enrojecidos a cada rato, hacia la cama, en donde se encontraba postrado su hijo. No tenía más remedio que disimular sus sentimientos. La gratificante sensación de sentir la mano de Maggie recargada en sus hombros lo reconciliaba con la vida y reducía el pesar y el miedo al compartir los dolorosos sentimientos entre dos.

—Tiene razón tu Karushka, mijito, la leucemia te la curarán con unas estúpidas gotitas y, entonces, recuperado de la caída, a componer, a tocar, a vivir y a amar —advirtió Alonso, mientras tocaba uno de los pies de su hijo cubiertos por las sábanas, sin atreverse a verlo a los ojos. Maggie, para no complicar la escena, explicaba, apoyando a su padre y con arreglo a mentiras, la cantidad de casos de los que ella había sabido que habían superado con creces esa enfermedad, antes mortal:

—Con la tecnología de hoy ya no hay de qué preocuparse, obvio no se trata de un resfriado, pero de que sales, sales, hermanito, eso te lo garantizo, lo verás. Te dedicaré un cuadro intitulado "La Victoria".

En ese momento, Karin tomó el teléfono y llamó al doctor:

—No vi que usted hubiera recetado champaña, ¿Francisco puede tomar una copa? —preguntó al médico de guardia.

—Las que quiera, señora, es una gran idea y un gran medicamento, la mejor curación inventada en la historia de la medicina —respondió aquella voz generosa después de revisar el expediente.

Paco regresó a su casa en Salzburgo, casi una semana después del accidente, en medio de una abundante nevada. Muy alarmado por la leucemia y con severos dolores en el cuello, mientras soldaban las cervicales fracturadas y le administraban poderosos analgésicos. Aceptó la posibilidad de recurrir al suicidio con tal de aliviar el insoportable sufrimiento de una buena vez por todas y para siempre. El tormento se presentaba en términos permanentes de día y de noche, a toda hora, sentado, acostado siempre en la misma posición, sin poder mover más que los ojos. Era una tortura continua, un calvario intolerable. Sentarse con el chelo entre las piernas resultaba una tarea compleja, como también lo era el hecho de presionar las cuerdas contra el mástil o sostener el arco con la mano derecha. Ni siquiera podía acometer un esfuerzo tan insignificante sin que los ojos se le inundaran de agua y profiriera gritos por el suplicio. Ninguna pastilla ni inyecciones intravenosas reducían la diabólica mortificación. No podía conciliar el sueño ni comer ni beber ni distraerse al escuchar música, sus clásicos favoritos, ni ver televisión ni leer ni hablar con nadie. La violencia incontenible como producto de la desesperación comenzó a hacer acto de presencia en su vida: maldecir, gritar, llorar no lo conducirían a ningún sitio. Todo se complicaría y la impaciencia amenazaba con desbordarse. Lo aceptaba: estaba fuera de sí y pronto, muy pronto, terceros inocentes se sentirían agraviados con su conducta. Sí, pero ¿cómo manejar sus dolores y su desconsuelo?

Un jueves por la noche, a un mes del accidente, tirado en la cama, pensó que él no había decidido cuándo nacer, pero que sí podía decidir cuándo morir. ¿Qué le importaban, en esas condiciones, postrado e inmóvil, Karin ni su chelo ni Beethoven ni cualquier compositor ni Casals ni Fournier ni Gutman ni Yo-Yo Ma ni tantos otros músicos más? Soñaba con rendirse y resignarse al eterno silencio, a la paz infinita.

Además de que los medicamentos no ayudaban a paliar los terribles dolores en brazos, espalda, cuello y hombros, el hecho de saberse enfermo de leucemia lo precipitaba en un profundo abismo, oscuro y silencioso, del que tal vez no saldría jamás, por más que intentara disimularlo. No bastaba con la caída, también necesitaba, por lo visto, padecer un mal mortal. En su desesperación no deseaba saber de nada ni de nadie, ni de él mismo. Paco no estaba para sus amigos ni para sus compadres, ni siquiera para su mánager ni para entrevistas ni para estudios fotográficos. Es más, no existía, no deseaba saber de nada. No tomaba llamadas de nadie ni respondía correos en su computadora ni contestaba el WhatsApp ni hacía caso de los *tweets*. Deseaba esperar la muerte y mientras más rápido, mejor. La vida era una broma de mal gusto. Tan pronto empezaba a disfrutarla, veía con horror cómo bajaba lentamente el telón. Fin, se acabó. *La commedia è finita*, pensó en la ópera *Pagliacci* de Ruggero Leoncavallo. Eso es todo. ¿Nunca entendiste la temporalidad de la existencia? Allá tú que nunca pasaste de ser un payaso dedicado a tocar y a decir cosas de poca importancia... ¿Creías que esto era eterno? ¿No aprovechaste cada día como si fuera el último de tu existencia? Pues debes saberlo, ya es tarde, muy tarde, para reaccionar. Te quedaste sin fichas. Terminó el juego. Levántate de la mesa o quédate sentado, ya, sea lo que sea, muy pronto vendrán por ti. Es una sentencia inapelable. ¿Acaso creías que tocar música era todo? ¿A esa decisión se reducía tu horizonte? Pues al chelo, entonces, hazlo llorar, estremécelo, sacúdelo, que vibre, que se lamente, que te rescate, que te reconcilie, que te ampare y te consuele. ¿Es tu mejor amigo? Pues recurre a él porque muy pronto también te lo podrían arrebatar y para siempre.

Karin se había anotado grandes éxitos, sobre todo cuando se disfrazó de payaso con tal de hacerlo reír. Lo logró, por supuesto que sí, él hubiera deseado aventarle un cojín o abrazarla, pero resultaba inútil. Lo emocionó cuando le leyó un par de cuentos, las historias de un niño prodigio, un chelista de doce años que lloraba inconsolable porque un terremoto había destruido su instrumento dejándolo mudo, pero no en sentido figurativo, realmente había perdido el habla. Su familia, desesperada, había recurrido inútilmente a cuanto médico tuvieron a su alcance sólo para fracasar una y otra vez, hasta que una voz le dijo al oído "Ten fe, recuperarás tu chelo sólo si no te dejas vencer; por el contrario, si te rindes, entonces nunca volverás a tener otro".

—¿Qué pasó? —preguntó el músico.

—Pues la moraleja del cuento, amor mío —continuó Karin—. Quien se da por vencido pierde todo, y Paquito, el protagonista, se llamaba como tú, nunca se rindió y en un concierto en el que tocó con un instrumento prestado, sucedió que al final le informaron que una asociación de "Amigos Amantes de la Música" se lo había obsequiado al comprobar su destreza y amor por la música. Quien pierde la esperanza no tiene remedio, Paquito, de modo que aprende del niño, tu tocayo, porque la misma noche del concierto el pequeñito no sólo se volvió a hacer de un chelo, sino que recuperó su voz y brincó de alegría por todos los motivos imaginables.

¿Qué hacer con una mujer así, dotada de una capacidad superior para tocar las fibras sensibles del niño, ahora convertido en adulto?

Paco se enloquecía con Karin y con justa razón, era la mujer más mujer que había conocido en su existencia, un ser humano fascinante ubicado en el extremo opuesto de la masculinidad.

Imposible olvidar cuando ella le regaló un perro mini schnauzer al que Paco le puso Fernández, su futuro compañero inseparable con el que sostendría largas conversaciones. La arquitecta le mostraba sus diseños, sus proyectos, se los trataba de explicar brevemente para no cansarlo y lograr distraerlo de sus notables obsesiones. Otro día compró una tela, la enmarcó y la pintarrajeó con distintos colores para presumírsela al chelista, diciéndole que había hecho la mejor compra de la vida gastándose la mitad de los ahorros de ambos porque se trataba de un autor de gran futuro. Aquél disimuló su malestar en un principio, pero empezó a disgustarse ante tan monstruoso desperdicio, hasta que ella soltó la carcajada y corrió a besarlo. ¡Qué mujer! Se le metía por todos lados, era incorregible e incontrolable y hasta en momentos tan adversos sabía encontrarle un ángulo festivo a la vida.

Durante su estancia en Salzburgo, antes de volver a México, Alonso visitaba a su hijo todos los días o lo llamaba por teléfono, aunque sólo a veces se pusiera en la línea. Le procuraba atenciones inéditas con tal de animarlo y acompañarlo en sus dolencias. Se reclamaba en silencio haberle dedicado más tiempo a sus negocios, al acaparamiento de dinero, que a sus dos hijos. Finalmente, ¿qué era lo importante en la existencia? Él había empezado a concluir que arriba, en la cima, no había nada… Había transcurrido mucho tiempo, según él, para reaccionar y buscarlos y arroparlos y quererlos aun cuando ya fueran adultos; sin embargo, mientras hubiera vida, habría oportunidad. Lo agobiaba un sentimiento de culpa, en buena parte infundado. Les entregaría, aun cuando fuera tarde, lo mejor de él; les mostraría al padre desconocido, los llenaría de amor, sostendrían pláticas interminables para que conocieran otro ángulo escondido de su personalidad, la del ser humano vulnerable, frágil, que siempre se había presentado como una persona sólida, de una pieza, sin fisuras ni miedos ni inseguridad, porque ya no habría mañana. Ya no sería el eterno maestro dotado de gran experiencia para enseñar lo que fuera, no, ahora descubrirían al amigo, al compañero, quien no guardaría las formas del mentor ni del juez supremo e infalible digno del máximo respeto. Nunca había jugado cascarita con Paco porque eso correspondía a los niños, ni había asistido a las fiestas escolares porque debía atender complicados asuntos de negocios, jamás se había emborrachado con ellos para cuidar su imagen paterna. ¿Por qué cuando murió su esposa, la querida María Luisa, superado de buen tiempo atrás el luto, no salió a bailar o a cenar, cada quien con sus parejas, sin representar papel alguno? ¿Qué tal contar chistes subidos de tono o proponer albures o historias o travesuras para divertirse sin nada? La caída espantosa de Paco y su amenazante enfermedad las había entendido como una señal extemporánea, pero al fin y al cabo una oportunidad de disfrutarlos hasta su último aliento, a saber cuándo sería, pero, por lo pronto, los sorprendería con la presencia de un padre que nunca hubieran imaginado. Así quería ser recordado. Él se encargaría de lograrlo.

Sí, de acuerdo, pero sus vivencias no se reducían a un trato distinto con sus hijos. Mientras a Paco lo sometían a un tratamiento tan efectivo como agresivo, ya de regreso a México, él debería enfrentar a su mujer, a esa pérfida e ingrata que, tal vez, lo engañaba con otro hombre…

Más de un mes después de su terrible viaje a Salzburgo, cuando disimular implicaba realizar esfuerzos indescriptibles, Alonso decidió invitar a Mauricio a un café en su oficina para informarle el resultado de la lectura del tarot con Casandra. No abordaría, por supuesto, el tema de la enfermedad de Paco, no era el momento ni estaba justificado un tema tan íntimo y personal entre ambos.

—Ven a mi oficina mañana a las doce. Dale a mi secretaria los datos de tu auto para que el personal de seguridad te permita el acceso —ordenó cortante. Alonso lo citó sin preguntar su disponibilidad en su agenda, en el fondo habitaba un sentimiento de rencor hacia su amigo por haberlo enviado con una vidente perversa que le había arrebatado la paz. Las doce eran las doce, no a las trece porque era un horario de mala suerte... Necesitaba desahogarse.

La entrada al edificio de Alonso volvió a impactar a Mauricio, como si hubiera sido la primera vez que lo visitaba. Los uniformados, las cámaras de vigilancia, las plumas electrónicas para impedir el acceso, los protocolos policíacos para ingresar, la necesidad de contar con un código QR, la exhibición de credenciales vigentes y las consultas con las secretarias para permitir el paso describían la importancia del personaje a quien visitaba. Aquél necesitaría mil vidas para construir esa riqueza. ¿En qué demonios él había fallado?, ¿cuál norma había incumplido para merecer el castigo de la insuficiencia? Por esa razón, él siempre se había hecho de dinero a la brava atropellando a quien fuera necesario y sin recibir castigo alguno por sus atentados. Dios y las leyes se podían ir a la mierda con todos sus mandamientos y artículos, se dijo mientras esperaba en la recepción a una recepcionista para conducirlo a las oficinas ejecutivas. El vestíbulo era de dimensiones espectaculares. Un cuadro de Carlos Mérida, de enorme formato, de los escasos hechos de ese tamaño por el genial pintor, estaba colocado en lo alto, a lo largo de las seis puertas de acero de los elevadores. Imposible no verlo ni admirarlo, al igual que las diversas esculturas de autores mexicanos y extranjeros que lucían su esplendor en el imponente recinto.

Mauricio, un hombre primitivo, pero cálido, accesible y agradable, como todos los bribones, seres peligrosos que van camuflados por la vida para estafar a quien se encuentren en su camino, empezó a caminar, arrastrando los pies de una esquina a la otra con las manos en las bolsas de su pantalón. En esa ocasión y contra su costumbre adquirida durante la pandemia, se presentó con saco y corbata. Él mismo boleó sus zapatos y hasta se afeitó y se cortó las uñas de las manos para no parecer desaseado. Repasaba su entorno como quien visita un museo volviendo a ver las obras de arte colgadas en las paredes.

—¿Señor Rubio? —cuestionó una mujer joven y guapa vestida con gran elegancia.

—A sus órdenes...

—Sígame, por favor…

Momentos después, cuando Mauricio se disponía a entrar en la oficina de Alonso, fue interceptado por otro uniformado para pedirle, con la debida cortesía, su teléfono o sus teléfonos celulares para introducirlos en una extraña bolsa de metal.

—Soy amigo de su patrón…

—Lo sé, señor, lo siento, son instrucciones del equipo de seguridad de las empresas del señor Roel y no puede haber excepciones —al constatar que Mauricio no llevaba un reloj electrónico, se le permitió el acceso mientras éste no dejaba de murmurar palabras inentendibles con el rostro descompuesto.

—Hermano —exclamó el visitante al encontrar a Alonso sentado atrás de su escritorio estudiando unos documentos. Mauricio podía fingir sinceridad. Un sentimiento de inferioridad le arrebataba la paz. Lo sabía de sobra. En el fondo la sola existencia de Alonso lo frustraba, lo irritaba. ¿Qué arrebatarle, cómo quedarse con algo de él para experimentar alguna compensación…? ¿Cuánto tiempo podría tener el disfraz cubriéndole el rostro sin ser descubiertas sus verdaderas intenciones? El magnate avanzó para abrazar a su viejo compinche. La vista al bosque de Chapultepec resultaba impresionante. El despacho, ubicado en una esquina, estaba rodeado de enormes ventanales.

Después de saludar a Mauricio y ofrecerle asiento, se dirigió a la pared, de donde colgaba un viejo reloj redondo que marcaba las doce del día:

—¿Qué prefieres, un café, un té o un whisky? ¿O una champañita? —cuestionó el empresario, mientras hacía girar esa joya antigua—. Te lo pregunto —continuó— porque en París son las ocho de la noche, ya rompió el día de buen tiempo atrás —resultaba imposible que en la cita el famoso empresario no repitiera su conocida letanía—: Toma champaña porque te ayudará a tener un corazón sano, protegerá tu piel mejor que cualquier crema francesa, consumirás menos alcohol, tendrás una memoria sorprendente y una visión superior a la de un águila. ¿Te sirvo?

—Nunca cambiarás, querido Loncho. Si se puede escoger, me quedo con el caldito francés —exclamó sonriente sin retirarse las gafas oscuras como si se estuviera consumiendo en un intenso día de calor tropical a pleno sol.

Momentos después, ingresó un mesero con pantalón, corbatín y zapatos negros, camisa y saco blancos. Cargaba una charola de plata labrada cubierta por una carpeta tejida a mano con dos copas esbeltas y heladas. Al brindar empezó la conversación abordando el tema sin ambages ni protocolos:

—Estuve con Casandra, la bruja, Mau…

—¡Ah, qué maravilla! Habrás salido encantado.

—Todo lo contrario, querido amigo: desde que me senté frente a ella y me aterroricé con su aspecto, se dedicó a decirme que Solange me engaña con otro hombre —disparó con el rostro de muy pocos amigos.

—Caray, Alonso, lo lamento mucho, no te la sugerí para eso…

—Lo sé, pero escucha, escucha, me dijo que su amante era de edad media, lleno de atributos, un calvo mañoso, regordete, que hacían muy feliz pareja y que uno de los dos era un hijo de la chingada, en tanto la otra parte se entregaba por amor. Todavía se atrevió a preguntarme si yo no me cogía lo suficiente a mi esposa. No sé cómo permití que esa arpía metiera sus manos en mi vida…

—¿Y te la creíste…?

—Pues sí, sabes que soy muy supersticioso y la verdad me dejó muy lastimado, al extremo de buscar ayuda sicológica. Me cansé de repetirle al terapeuta: ¡dime que no es cierto!

—¿Qué…? ¿Tanto así? —preguntó como la víbora que se enrosca antes de estirarse y lanzarse para morder.

—Sí, caray, esa mujer es un mal bicho, ha envenenado mi relación con Solange. Me sentí indefenso al no poder demostrarle a la bruja que me mentía, ¿qué sé yo del tarot? No te imaginas las ganas que tenía de haberle podido arrebatar las cartas para llamarla embustera, mentirosa, ahí no dice nada de lo que usted interpreta, bruja perversa de mierda.

—¿Pero dudas de tu mujer? —preguntó cauteloso para saber cuánta información obraba en su poder.

—A veces sí y a veces no, lo confieso, pero no deja de sorprenderme hasta dónde es posible llegar en un ataque de celos. Puedes enloquecer, lo juro, padeces delirios como seguir o mandar seguir a tu pareja, saber con quién come o desayuna o cena, a qué hora regresa o respira, con quién estuvo, en qué piensa. Te enloqueces, ¿entiendes? —preguntó para saber si Mauricio captaba las dimensiones de su tragedia. De inmediato continuó—: Escucha, amigo, he llegado a esculcar su bolsa en busca de alguna prueba, a rastrear algún dato o señal en su computadora, después de descubrir su contraseña; en fin, te acercas de más para olerla y darte cuenta de si huele o no a loción de hombre, pierdes la razón, el juicio, Mau, saberte burlado te anula, ese sentimiento succiona tu atención, el peso te aplasta, te descompone, te desanima y finalmente te deprime, te quita el apetito, el sueño y hasta las ganas de vivir...

Mauricio se llevó ambas manos a la cara y se cubría la boca como si se encontrara exaltado. Nunca imaginó los alcances de los celos ni podía suponer una destrucción semejante porque contemplaba a las mujeres como meros objetos de uso. Se había escondido de varias de ellas al dejarlas embarazadas, después de haberles prometido el cielo, el amor, la protección y la seguridad de por vida. ¿Qué era eso de los celos?, pura sensibilidad propia de los pendejos, pensaba quien nunca se había comprometido con una mujer y, tal vez, ni se comprometería.

—¿Pero te sabes burlado, o sea, ya la descubriste con otro hombre? ¿Tienes alguna evidencia?

—No, no he podido probarle nada, pero son presunciones mortales que van destruyendo mi relación. Mi vida ha sido una tortura, un suplicio, desde que fui a ver a esa malvada bruja —aclaró compungido—. Imagínate a dónde fui a dar que volví a leer a Shakespeare, a su famoso Otelo, sólo para ver cómo Yago influye en él sembrándole ideas sobre la infidelidad de Desdémona, su esposa, a la que acaba matando víctima de celos enfermizos, eso sí, sin tener tampoco prueba alguna. Una tragedia, un horror. Hasta dónde puede llegar uno si se te envenena el alma...

Mauricio sintió la garganta seca y dio un trago de champaña.

—No me imagino que estés siquiera pensando en matar a Solange, ¿verdad? —comentó Mauricio consternado con la sola posibilidad del surgimiento de la violencia, sobre todo, sin contar con pruebas de infidelidad—. Entiendo que pudieras llegar a tener alucinaciones, pero todo tiene un límite.

—No, claro que no, sólo estoy fuera de mi centro y siento haber perdido el control de mis actos. Es horrible esta sensación. Otelo —continuó Alonso extraviado— mata sólo a Desdémona, la inocente, pero no a Yago, el perverso intrigante.

—¿Y, entonces, el tal Yago sí se salva? —cuestionó Mauricio intrigado a sabiendas de todas las que debía después de haber salido con muchas mujeres casadas. Jamás había leído a Shakespeare ni a ningún otro autor, por insignificante que fuera.

—El pobre Otelo, el supuesto engañado, sólo logra herir a Yago, el causante de todo, el asqueroso conspirador que debería haber muerto asesinado con mil lanzas, traspasado de un lado al otro, tal y como mata Shakespeare a Ricardo III, pero no, Otelo, como tú dices —agregó con un dejo de frustración—, no sólo no se cargó a Yago, ¡qué va!, sino que Otelo se suicidó por culpa de ese monstruo lleno de maldad. A veces los hijos de puta se salvan, Mau... ¿Cómo ves?

Mauricio cruzó las piernas, enderezó la espalda, apretó la mandíbula, entrelazó los dedos de las manos y echó la cabeza para atrás. Un especialista en conducta corporal hubiera arribado a una buena serie de conclusiones al estudiar sus diversos movimientos, todos y cada uno delatores.

—Bueno, ¿y por qué se suicidó Otelo? ¿No te parece extremoso?

—¿Cómo que por qué se suicidó Otelo?, menuda pregunta, pareces un ser insensible, se quitó la vida porque no pudo con la culpa...

—¿Cuál culpa, tú...? —cuestionó el amigo sin entender los móviles de Otelo, aunque pareciera increíble.

—Pues que Otelo asfixia a Desdémona por culpa de Yago cuando ella nunca había tenido nada que ver con Casio y ella era inocente de toda supuesta infidelidad. ¿Cómo crees que Otelo podía seguir viviendo después de haber asesinado a su mujer que no era responsable de nada? ¿Te parece poco…? En la vida existe el sentido del honor…

Mauricio unió las palmas de sus manos y se las acercó al rostro, colocándolas en el entrecejo, como si quisiera elevar una plegaria. Guardaba silencio.

—Pero eso de matar está cabrón, ¿no, Loncho? —preguntó Mauricio en voz baja, apenas audible, como si se tratara de un juego de dobles palabras y sentidos plagados de insinuaciones muy extrañas.

—Insisto, amigo querido, ¿cómo querías que Otelo soportara el peso de la culpa si después de haber matado a su mujer descubre que Yago, el miserable, había inventado la infidelidad de Desdémona para vengarse de Otelo, a quien envidiaba enfermizamente? La envidia y los celos —afirmó el magnate— te pueden llevar de la mano a cometer atrocidades que no sólo se leen en las obras de teatro…

—¡Y cómo acaba el tal Yago, tú!

—Yago, ese detestable sujeto que no nació de vientre humano, se salva, porque Otelo sólo logra herirlo antes de suicidarse.

—¿Y cómo supo Otelo que todo había sido mentira…?

—Porque Emilia, la esposa de Yago, le comunica a Otelo el engaño. Ella conocía los secretos de su marido.

—¿O sea que Emilia reveló a Otelo la conspiración de su propio marido…?

—Sí, así fue, Emilia traiciona a Yago y Yago la asesina para vengarse…

Mauricio rumiaba la respuesta y el sentido de la conversación. ¡Claro que para él era un suicidio confiar en alguna mujer, todas eran iguales, traidoras por naturaleza!

—¿Y tú como reaccionarías si comprobaras que Solange te es infiel? ¿La estrangularías…?

—No, no he podido probarle nada, según pasa el tiempo me doy cuenta de que son mis alucinaciones, pero algo sí te digo…

—¿Qué…?

—No le haría nada y dejaría que la culpa y la vergüenza social se hicieran cargo de ella. Yo no me mancharía las manos como Otelo con Desdémona, pero, eso sí, inventaría la venganza perfecta y acabaría con el galán muy despacito, lo haría sufrir de mil maneras sin matarlo, una agonía lenta —concluyó frotándose las manos—. Debes saber que soy muy vengativo y te juro por los cuatro clavos de Cristo, por el burro de Mahoma, por la túnica de Buda, por los cuernos de luz de Moisés y por el tridente de Neptuno —agregó con una sonrisa cáustica al ser escéptico— que sabría darles a ambos donde más les duele en el momento menos esperado, hasta pedirme a gritos que mejor los mate…

—¡Carajo contigo, Alonsito querido…! —exclamó aquél aterrorizado por los conocimientos de su amigo.

—Sólo yo sé de mis alcances cuando alguien despierta la maldad en mi interior —concluyó con cierta satisfacción al saberse intocable.

—No sabes cuánto lo lamento, Loncho, pero tengo la solución para estos casos, y lo que debes hacer —continuó entendiendo la gravedad de la situación— es pedir otra opinión de otro médico, el diagnóstico de otro doctor, es decir, yo tengo otra bruja y ella te dará otras lecturas e interpretaciones para que te quedas con la mejor, como cuando lees el horóscopo y escoges el que más te parezca, como me habías contado…

—Los ingleses dicen que un mal se arregla empeorándolo y tal vez ésa sea la solución, porque la brujería no responde a leyes científicas… Va —agregó confiado—, otra bruja me liberará de mis males… Casandra, al fin y al cabo, no es dueña de la verdad ni nada parecido. Bingo, venga, otra opinión y ya está —concluyó entusiasmado—. De alguna manera yo ya lo había pensado.

—Vientos marineros, hermano —repuso Mauricio satisfecho, mientras pedía que le prestaran su celular para encontrar el contacto de Marisol Ramírez y transmitírselo a través del AirDrop a su amigo.

—Siempre tienes una solución a la mano, parece que el mundo nunca se acaba contigo —aseveró Alonso, ilusionado con la recuperación de su paz—. Es la hora de disfrutar las burbujas, Mau, todo lo ligado a ellas es felicidad, donde las veas o las sientas, éntrale.

—Salud —volvieron a brindar gozosos.

Después de chocar las flautas, Mauricio asumió un rostro adusto para denotar su deseo de exponer un tema serio.

—¿Qué sucede, por qué esa cara...? —reclamó inquieto el magnate.

—Es que no sabía cuándo ni cómo planteártelo, pero en mi pequeña fábrica de electrodomésticos he recibido pedidos imposibles de surtir por falta de capital para producirlos. Vendo, como sabes, tostadores, hornos de microondas, aspiradoras, limpiadores de aire, y no tengo capital para importar los insumos, los bancos te piden el acta de nacimiento de la bisabuela de Cristóbal Colón...

—¿Cuánto necesitas, Mau...? —contestó Alonso, acostumbrado a los sablazos...

—Unos doscientos mil dólares a seis meses con la tasa de interés que desees...

Alonso Roel se puso de pie y apretó un botón de intercomunicación:

—Sonia, por favor hágame un cheque por doscientos mil dólares a nombre de Mauricio Rubio, a seis meses el pago, pero sin intereses. Apúntelo, por favor.

—¿Te firmo un pagaré? —preguntó el pequeño empresario, intrigado.

—Entre nosotros, Mau, la palabra es la palabra, que vale mucho más que todos los pagarés del mundo. Como bien dicen los ingleses, *it's a gentlemen's agreement*, no te preocupes, confío en ti, no serás tú quien traicione a un compañero de pupitre para apuñalarlo por la espalda. Adelante, suerte en tu negocio. Ya me contarás —en ese momento de euforia y de esperanza, Alonso olvidó por qué le habían apodado a Mauricio "la Marrana" desde sus años de estudiantes. Es más, en aquella ocasión, tampoco puso atención a los eternos lentes oscuros de su compañero de primaria.

La reunión terminó con un cálido abrazo para refrendar una vieja amistad...

—Te cumpliré, hermano, te cumpliré en seis meses en tiempo y forma…

—Yo te informaré de mi entrevista con la tal Marisol, seguro hará otra lectura de mi relación con Solange y de mi futuro en general…

Maggie Roel había estudiado en Estados Unidos y más tarde en Europa dedicada al arte. Después de haberse formado en la Academia de San Carlos y de haber aprendido diversas técnicas de dibujo en algunos talleres de pintores norteamericanos, decidió viajar a Francia por varias razones: nunca ninguna mujer sustituiría a María Luisa, su madre, y menos, mucho menos, la tal Solange, un mal bicho perdidamente enamorada, sí, pero de la fortuna de su padre. Mejor apartarse de gente tóxica como ella. Por otro lado, el techo artístico en México lo sentía muy bajo, aspiraba a mucho más y dicha superación y madurez, a su juicio, sólo la alcanzaría en Europa. Por si fuera poco, la sociedad mexicana no era lo suyo, nunca había sabido con quién hablaba en realidad, sin olvidar que el racismo y la esclavitud del servicio doméstico eran demasiado para ella. En México ya no tenía nada que aprender…

María Luisa, su madre, había fallecido cuando Paco y ella entraban a la adolescencia, víctima de un cáncer fulminante, terrible dolencia que le había impedido seguir forjando a sus pequeños como hubieran sido sus deseos. Sí, se trataba de una gran tragedia familiar, pero resultaba inocultable que si algo había hecho bien la difunta era despertar las fantasías de sus hijos, Currinche y Margarucha, según se refería a ellos con el cariño de siempre, pues se negaba a llamarlos de acuerdo a su nombre de pila. Luisi inventaba diversos juegos antes de que los pequeñitos ingresaran siquiera a la escuela maternal y había hecho de esos chamacos, desde una muy temprana edad, unos niños felices, dueños de una gran seguridad.

Claro que cuando ambos nacieron Alonso les colocó una pulsera roja en la muñeca izquierda para repeler energías negativas y no olvidaba poner ojos de venado debajo de sus almohaditas para garantizarles su buena ventura. Imposible liberarse de las supersticiones.

María Luisa se subía en unos enormes zancos para aparentar ser una gigante, se cubría el cuerpo con un mantón remendado que arrastraba en el piso, escondía la cabeza tras una máscara para asustar a los pequeños, quienes, encantados, se prestaban a la diversión cuando de sobra sabían que se trataba de su madre. Su risa era su mejor recompensa. En otras ocasiones, se disfrazaba como un lobo para corretearlos por la casa hasta caer agotados de las carcajadas. Los tres escuchaban música en las tardes o dibujaban caricaturas, sin que faltaran los cuentos antes de dormir. María Luisa había decidido que cada uno de sus hijos sería una obra de arte, una creación insuperable. Los domingos todos cantaban, Alonso incluido, y juntos hacían el desayuno, en la inteligencia de que cada uno estaba obligado a contar la mentira más grande que se les ocurriera. Se trataba de mentir y de divertirse y de jugar a las rimas:

—A ver, Maggie, hagamos un verso sin esfuerzo…

—Pero ¿cómo, mamá…?

—Así, mira, inventa un juego de palabras: de fresa para Teresa.

Paco saltó y dijo:

—De mandarina para Josefina…

Maggie no se podía quedar atrás y propuso:

—De melón para el pelón…

Alonso, muerto de la risa, agregó:

—De manzana para Ana…

Paco soltó entonces un "de caca para la vaca", con lo cual se ganó una buena dosis de cosquillas que se sumaron a la felicidad familiar.

Pero nada era suficiente para María Luisa:

—En esta casa todos debemos hacer algo distinto aparte de cumplir con las tareas, la escuela y la oficina —un principio que incluía a cada uno de los integrantes. Alonso decidió tomar clases de canto, a pesar de las súplicas de no participar en esa nueva actividad, porque hasta los perros ladraban cuando él desentonaba.

Paco tomó clases de chelo y Maggie pidió una maestra para aprender a dibujar mejores caricaturas y monstruos.

—¿Y tú, mamá? —preguntaron los niños.

—Yo tomaré clases de costura y haré disfraces que utilizaremos en nuestros juegos…

En el fondo se trataba de inspirar la creatividad de los menores y penetrar en el mundo de los adultos acostumbrados a regañar, a imponer el orden, el ejemplo riguroso y la buena conducta. Alguna vez habían sido niños. La idea no consistía en perderle el respeto a los mayores, no, ¡qué va!, sino en mostrarles otra veta de su personalidad, en donde no existía el miedo ni las reprimendas ante la autoridad.

¿Reglas? Sí existían, al igual que los castigos negociados con los propios menores por las travesuras cometidas.

María Luisa insistía en la importancia del amor incondicional en la formación emocional de los pequeñitos, procuraba construir un ambiente de paz y de respeto en el mundo de los menores para forjar personas seguras de sí mismas, individuos poderosos para enfrentar la adversidad el día de mañana. Empeñaba lo mejor de ella en escoger las palabras más amables y cariñosas al dirigirse a sus hijos. Utilizaba apodos simpáticos al hablar con ellos. Eso sí, imponía el orden sin recurrir a las amenazas, para ya ni hablar de golpes ni de gritos, cuando habían hecho las inevitables diabluras. Acariciaba sus cabezas, sus manos, y besaba sus mejillas, les demostraba su cariño siempre, el origen de la seguridad en la vida adulta. No permitía que los complejos culposos los atenazaran ni los inmovilizaran. Festejaba como nadie los éxitos escolares, las buenas calificaciones, de la misma manera en que consolaba a sus hijos cuando llegaban a reprobar una materia, analizando después, conjuntamente, las razones del pequeño fracaso y a continuación trabajaba con ellos en las tardes para evitar un nuevo descalabro. Nunca fallaba, aun cuando ya estaba en la etapa terminal de un cáncer incurable, a las fiestas o ceremonias del colegio con tal de que sus hijos se sintieran los seres más queridos, necesarios e imprescindibles de la Tierra. Los llenaría de confianza, de poder y de autoridad, sin que padecieran el temor a equivocarse, porque para ella el amor era el mejor antídoto para evitar complejos y muchas de las enfermedades. Si habían sido amados, también sabrían amar y a la inversa.

Un chiquillo, según ella, jamás debería sentirse solo, sino saberse siempre acompañado por sus padres. La actitud, invariablemente amorosa, era parte de una estrategia diseñada para moldear hombres y mujeres felices, titulares de una sólida autoestima, los ingredientes imprescindibles para alcanzar la estabilidad, desde donde se toman las mejores decisiones de la existencia.

Maggie necesitaba ausentarse del país y no sólo por ser incompatible con Solange, sino porque, además, no soportaba el machismo ni toleraba imposiciones de nadie, amaba su libertad absoluta. Según ella, en cada candidato había un acomplejado deseoso de dominar y de controlar una relación política, tal vez amorosa, pero, en el fondo, una lucha ciega y muda de poderes. No podía con ellos. Además, buscaba nuevas técnicas, otras escuelas, diversas corrientes, aspiraba a más, mucho más, en el entendido de que dicha superación ya sólo la alcanzaría fuera de México.

La primera respuesta a sus pretensiones la obtuvo en la escuela de Beaux Arts en París, y más tarde en la Accademia D'Arte Firenze.

En Europa estaba fuera del alcance de Solange, en tanto que a Paco le tenía sin cuidado la cercanía o lejanía de la esposa de su padre. En París, Roma o Florencia, la emancipación era total. Disfrutaba de la vida en el viejo continente. La vida al lado de los hombres europeos era radicalmente distinta. Jamás olvidaría el comentario de un colega inglés, destacado escultor, con quien tuvo su primer intercambio amoroso.

—Querida Maggie, la verdad no sé si me gusta más hacer el amor con un hombre o con una mujer...

Maggie sintió un insonoro bofetón en pleno rostro. Enmudeció como si se tratara de una monja que recientemente hubiera abandonado el convento. Poco tiempo después, un francés le preguntó en la cama, decepcionado:

—¿Eso es todo lo que sabes hacer, niña…?

La joven pintora pasó de la vergüenza al coraje.

Otro más, un neoyorkino, la cuestionó con la debida discreción cuando ya se bañaban desnudos y él le enjabonaba los pechos después de haber hecho el amor en una noche de desenfreno:

—¿Cómo dices que te llamas…?

Maggie adoraba su paleta saturada de colores. En su departamento lleno de luz de la Via dell'Ariento, en Florencia, tenía tres caballetes de madera sobre los que descansaban telas: una ya casi terminada, negra, intensamente negra, cruzada por un rayo amarillo, muy amarillo. En otra podía distinguirse la erupción de un volcán en una noche de lluvia, en donde la masa ígnea parecía salirse del cuadro. En la tercera, se apreciaba una tela rota en la parte superior derecha con un derrame de pintura roja que escurría a lo largo del lienzo, como si alguien hubiera arrojado con lujo de violencia una lata llena del pigmento contra el enorme bastidor.

La pintora terminaba trabajos para una exposición intitulada "La Protesta". Cualquiera podía tropezarse con trapos tirados en el piso de duela embarrados de pintura, esquirlas de óleo, cuadernos con bocetos y apuntes depositados en un caos ordenado, encima de un escritorio sobre el que se hallaban jarros de barro mexicano llenos de pinceles, botellas de aguarrás, espátulas, témperas, tubos desventados, tenedores, pajillas de plástico y rodillos. No podían faltar fotografías de ella misma, con su viejo overol de una talla mucho mayor a la suya, salpicado con diversos tintes, ni otras tantas de sus padres y de Paco, su orgullo, pegadas con chinchetas en las paredes saturadas de frases célebres de filósofos, poetas, pensadores o conclusiones existenciales de ella misma. Su casa parecía ser una eterna obra en construcción, en donde de golpe podría aparecer De Kooning hablando, Bacon discutiendo, o Lucian Freud o Matisse o Magritte.

Maggie ya se había habituado a la vida florentina. Cocinaba la pasta en casa —se había especializado en el *fetuccini* con trufas blancas, dominaba el *penne rigate all'Amatriciana* y el *fusilli* a la

Norma, entre otros tantos más— o salía a comer a las *trattorias* sola o acompañada de amigos. Tomaba vinos de la Toscana aun cuando sus preferidos eran los Bordeaux, después de haberse acostumbrado a ellos durante su estancia en Francia. De un buen tiempo atrás también se había aficionado al dibujo figurativo a lápiz. Ella misma se reconocía como una artista en llamas. Tenía una colección de lápices graduados AW Faber-Castell y cuadernos de gran gramaje y de textura lisa. Pero si algo le fascinaba para jugar con la imaginación era utilizar carbones para manchar por completo hojas de papel sobre las que dibujaba objetos, barcos o rostros al borrar los tonos oscuros con gomas de migajón. Una genialidad.

Instalada en la búsqueda de nuevos horizontes, tras haber concluido sus estudios en París, decidió recordar sus años de estudiante, por lo que dirigió sus pasos a la Galería de la Academia de Florencia para sentarse en un banco a copiar la majestuosa estatua del David, esculpida por el genio de Miguel Ángel. Esa mañana de cálido verano llevaba un vestido suelto, floreado, fresco, alegre. No había comenzado a hacer los primeros trazos después de estirar el brazo con el lápiz sujeto entre los dedos para medir la proporción de la cabeza y del cuerpo del rey David bíblico, antes de enfrentarse a Goliat, cuando llegó una mujer desconocida, cercana también a los cuarenta años de edad, tal vez, dos años mayor, se sentó a su lado con su respectivo bloc de notas y un lápiz de carbón para dibujar bocetos. Se asomó sin consultar ni pedir autorización para ver los avances realizados por Maggie, que en ese momento todavía eran muy escasos e insipientes.

—¿Te acuerdas —cuestionó la intrusa como si hubieran estado conversando con anterioridad y fueran grandes amigas— de cuando Miguel Ángel decía que eso de esculpir era muy sencillo porque él sólo retiraba con el cincel y el martillo lo que le sobraba a la enorme piedra de mármol?

Maggie sonrió y repuso:

—Sí, me encanta la anécdota, es más, tengo escrito el pasaje en las paredes de mi estudio —agregó en su mejor italiano al contemplar a aquella mujer voluptuosa, de labios gruesos, rostro fino, cabello negro y suelto que caía sobre su espalda, piel bronceada, cuidada, sin arrugas, perfumada, decorada con un vestido amplio, escotado; en fin, un personaje atractivo. La pintora no se sintió incómoda ni le molestó la interrupción.

—Imagínate el tamaño de la piedra de mármol de Carrara escogida por el propio Miguel Ángel hace más de cinco siglos, si el David mide más de cinco metros y la escultura pesa más de cinco toneladas. Primero encuéntrala en la cantera, luego transpórtala y finalmente escúlpela, o sea, quítale lo que sobre, ¿qué fácil, no…? —dijo Loretta, mientras tomaba el lápiz de Maggie, sin solicitarlo, para constatar la marca y el grado de dureza del grafito. Deseaba imponerse.

El exceso de confianza, lejos de agredirle, le agradó a la mexicana, no sentía que la intrusa violara su intimidad.

—¿Por qué hoy en día —continuó Loretta como si días atrás hubieran dejado pendiente la conclusión de una conversación— ya no existen organizaciones filantrópicas, como la Ópera del Duomo de la catedral de Santa Maria del Fiore, que financiaban el desarrollo del arte para reconciliarnos con el género humano, amiga? Pareciera que los mecenas murieron todos de repente, ¿no?

—Tal vez es otro el modelo, porque varias instituciones de hoy becan a los jóvenes artistas para impulsar su desarrollo y esa sola posibilidad constituye una gran ventaja. En la actualidad ya no es fácil encontrar un Medici o a una familia D'Este en Ferrara, o a los Sforza en Milán o a los Gonzaga en Mantua, como tampoco vivimos un renacimiento, pero existen formas de ayudar a los nuevos valores. No todo tiempo pasado fue mejor, Loretta —exclamó Maggie encantada con la conversación al descubrir a una interlocutora inteligente y sensible, después de haber intercambiado nombres, mientras ella, sin consultar tampoco, tomaba a su vez uno de los lápices de Loretta, interesada por el grosor del carbón.

—A ver, dime, después de ver esta hermosa escultura dedicada a un hombre, ¿qué género, según tú, es más hermoso en el reino de la naturaleza? ¿Prefieres al David o a la Venus de Milo, aun cuando existan dieciséis siglos de diferencia entre ambas obras maestras? El cuerpo humano ha cambiado porque las mujeres regordetas de Rubens o de Rembrandt ya hicieron historia... Entonces ¿con quién te quedas, con el David o con la Venus? —preguntó la intrusa, deseosa de hurgar en el arsenal de conocimientos de Maggie. La provocaba, no podía caber duda alguna. Ambas conversaban con las piernas cruzadas, momento que aprovechó Loretta para golpear con su sandalia derecha la alpargata izquierda de la pintora. La picardía propia de una niña traviesa resultaba tan evidente como indiscutible la insinuación.

—En primer lugar, me apresuro a confesar, eso sí, con gran pena —expresó Maggie, mientras la sala se llenaba de turistas para tomar fotos con sus celulares del majestuoso David—, que el género masculino es, sin duda alguna, el más hermoso, el verdadero rey de la creación, el soberano señor de la naturaleza, nuestro Dios...

—Pero ¿qué dices...? —repuso Loretta acomodándose en el banco, encarándola y preparándose para una gran discusión. En ese momento, con un extraño rictus, una desagradable contracción de los labios, dejó de juguetear con las zapatillas de la pintora.

Sin dejarla continuar, Maggie arguyó, con el objetivo de azuzarla, tal vez de enfadarla y descubrir sus depósitos de tolerancia, que el toro era mil veces más hermoso y guapo que la vaca:
—¿O no...? —cuestionó intrépida y sonriente en tanto sacaba más argumentos de la manga al afirmar que el enorme penacho multicolor del pavo real, un poderoso instrumento seductor, era incomparable con la colita insignificante y maltrecha de la pobre hembra, de la misma manera que la colosal melena, esa guedeja imponente del león, no tenía nada que hacer ante la estampa insípida y pelona de la leona; para ya ni comparar la corpulencia de un señor gallo de pelea, su cresta, sus patas, sus espolones, sus grandes hoces, con las plumas insignificantes de una triste gallina ponedora de huevos.

Loretta contraía el rostro y hurgaba en su mente la respuesta adecuada para refutar a la mexicana.

—¿Te parece? —preguntó Maggie a sabiendas de que dominaba el escenario—. Si prefieres, contrastemos a un elefante súper macho, con sus tremendos colmillos, con la elefantita sin chiste alguno, o a los guacamayos y sus plumajes deslumbrantes imposibles de equiparar con la guacamaya, una pajarraca irrelevante, ¿verdad? Si quieres le seguimos… —concluyó desafiante, para agregar al estilo europeo—: ¿Cómo dices que te llamas?

Ante semejante pregunta, a la altura de las circunstancias, Loretta se puso de pie, recogió su pequeño portafolio tirado sobre el piso y, acto seguido, tomó el morral colocado al lado del banco de Maggie para retarla, asintiendo con la cabeza:

—Te invito un negroni en la Piazza della Signoria. Un camarero amigo mío conoce mi ginebra favorita y le pone el suficiente campari, el vermut dulce y la cáscara de naranja adecuados. Te convenceré del terrible error que cometes en contra de nuestro género, muchachita…

En ese momento, con un par de buenos tragos encima, Loretta le contaría la historia de amor entre Michelangelo Buonarroti y el modelo del David, cuando a éste le pedía descender de la plataforma en donde posaba para devorarlo a besos, tenerlo, poseerlo y agotarlo y agotarse para después, una vez saciada la sed, hacerlo subir de nueva cuenta a su histórico pedestal, desde el que asombraría al mundo entero. Más tarde, al menos, eso esperaba, le contaría que el pene del David —pequeño, por cierto, ya que el tamaño simbolizaba la virtud— no estaba circuncidado porque Michelangelo deseaba preservar el ideal de belleza renacentista, otro gran tema de discusión sobre todo por la oposición crítica de los religiosos.

Maggie aceptó el reto y en un santiamén ya daban los primeros sorbos del negroni. El escenario resultaba inmejorable al contemplar la vista del Palazzo Vecchio, la catedral de Santa Maria del Fiore, la Loggia dei Lanzi, la Fuente de Neptuno a unos pasos del Ponte Vecchio. ¿Cómo no se iba a enamorar de Florencia?

—¿Dónde dejamos la bicicleta? —cuestionó Loretta con una sonrisa contagiosa, para retomar la conversación.

—Nos quedamos en que el cuerpo de los hombres, su musculatura, el grosor de su piel, el tamaño de sus extremidades, su fortaleza física, su agilidad, su resistencia, sus poderes en general, son apabullantes ante la imagen de las mujeres, redondas, boludas, de baja estatura, ¿no crees, Loretta? —disparó la mexicana una nutrida cadena de argumentos para sacudir a su colega. Quien la conociera no se hubiera sorprendido de sus palabras provocativas, sobre todo porque estaba a punto de soltar una carcajada.

—Puedes decir lo que quieras con tus ejemplos de superioridad y belleza física en el reino animal, pero, la verdad sea dicha —volvió Loretta a la carga, mientras hundía una galleta salada en un mousse de mortadela, no iba a dejarse vencer tan fácilmente—, todos los atractivos que mencionas de los machos, todos esos encantos, los utilizan para enamorar a las hembras y éstas son las que finalmente eligen con quién se aparean, es decir, los hombres serán lo que sean y tendrán lo que sea, pero la última palabra la tenemos las dueñas de la fiesta, nosotras, las ninfas, las mujeres, las divas, las musas, las divinas inspiradoras del arte, de la política y de lo que quieras, las que tenemos la magia de la maternidad, las creadoras de la vida, y ante esas boludas y enanas a las que te refieres, los hombres se rinden y nos permiten ponerles dócilmente las narigueras, ¿te acuerdas?, esas argollas nasales que se les colocan a los bovinos para dominarlos con un simple jaloncito. Será lo que quieras, pero nosotras siempre llevamos las de ganar; los varones hacen y deshacen, de acuerdo, pero invariablemente con la presencia de una mujer en la mente, lo digo por si me estabas provocando, mexicanita… Ninguno de tus machos resiste los encantos de una hembra en celo, es más, son capaces de matarse entre ellos con tan sólo olernos…

Maggie levantó su vaso americano recortado y brindó en señal de paz, con una sonrisa socarrona. Pedía tregua, mientras festejaba la tesis de las narigueras y pedía un par de negronis más.

Sólo que Loretta deseaba ir lejos, mucho más lejos, y sin pérdida de tiempo:

—Los hombres, tus hombres que tanto defiendes, sólo tienen un pene, sí, un pene, y nada más, una herramienta mágica diseñada, según ellos, para producir en nosotras un placer insustituible, de tal manera intenso que nos harían dependientes y sumisas con tal de no privarnos de esa delectación…

—Pues sí —repuso Maggie todavía confiada—, estamos hechos los unos para las otras, fuimos creados genéticamente para complementarnos y perfeccionarnos como especie, ¿no crees?

—Acepto —concedió Loretta con cierta dificultad— el hecho de la integración de los aparatos reproductivos para la supervivencia de la especie, como tú apuntas. Ahora bien —alegó sin intimidarse—, en relación con el pene como instrumento único y exclusivo para producirnos placer a las mujeres, discrepo, querida, porque, para comenzar, no basta con tenerlo, sino lo más importante es saber cómo usarlo tenga el tamaño que tenga, me da igual, y los hombres no tienen la menor idea de cómo sacarle el mejor partido —argumentó con una expresión de satisfacción al constatar el arribo del prosciutto crudo San Daniele a la mesa.

Maggie permaneció pensativa mientras recordaba sus experiencias. Sí, sí había alcanzado ocasionalmente orgasmos intensos, pero de ahí a que hubieran sido encuentros eróticos inolvidables, certámenes de gritos de placer, baños intensos de sudor acompañados de una fatiga imposible de disimular, había una distancia inconmensurable. Si algo había minado su ánimo en el lecho del amor era el egoísmo de los hombres, porque la mayoría buscaba alcanzar el máximo placer en el menor tiempo posible, sin prestar la menor atención a su pareja, que bien podía quedarse a la mitad del camino sin consolación alguna.

—No sólo es el privilegio del pene, amiga —agregó Maggie al pisar un suelo jabonoso—, ni su tamaño, sino el egoísmo, Loretta, el egoísmo, sólo piensan en ellos y nosotras bien podemos irnos a la fruta sin escalas, ¿no…?

La colega, satisfecha por la respuesta, acumuló otro punto crucial a la conversación:

—No sólo son egoístas, sino que, yo me atrevo a confesar, Maggie, querida, que ningún hombre sabe acariciar a una mujer, no tienen ni idea y cuando la tienen, la prisa los atropella…

—¿Qué concluyes entonces, Lore…?

—Concluyo que sólo entre mujeres nos entendemos, nosotras sabemos cómo nos gusta que nos toquen. Nos hablamos, nos conocemos y logramos orgasmos múltiples inalcanzables e inimaginables para un varón por más experto que sea —finalizó satisfecha, mientras mordía una aceituna rellena de anchoas y se preparaba para brindar ante lo que parecía ser una nueva conquista—. Es más, fíjate bien, ya ni siquiera necesitamos a los hombres para la reproducción de la especie, como decías, porque vas a un banco de esperma y te compras el que desees, con los cromosomas que necesites, sin el asqueroso contacto físico con un varón. Con la inseminación artificial ya se pueden ir los hombres al diablo con todo y su odioso pene, ellos sí que son objetos de uso —terminó su disertación colocando una mano sobre la rodilla desnuda de la pintora. El contacto físico y el intercambio visual reforzaban la argumentación y sumaban elementos para convencer a la interlocutora.

Maggie clavó la mirada en el rostro de Loretta, su sorpresa era mayúscula, sólo que su colega arrojaba una catarata de argumentos sin detenerse, por más que sentía haber ganado la partida:

—De verdad, *tesoro* —la palabra querida, una vez evaluada, ya podía pronunciarse—: ¿Oíste alguna vez de un hombre que supiera usar su lengua para juguetear con nuestro clítoris, besarlo, morderlo con sus labios para detonar el poder mágico de nuestra sexualidad? ¿Verdad que no? —terminó Loretta empujándose el último trago de negroni sin dejar de contemplar el Palazzo Vecchio—. No, ni lo pienses, no tienen ni la más puta idea y tal vez ni siquiera desearían tenerla. ¿Qué saben esos cretinos, esos *cornuti*, de los secretos de nosotras, las mujeres?

Maggie seguía rumiando respuestas, repasaba de arriba abajo a la intrusa. ¿De dónde habría salido una mujer tan clara, audaz y dueña de sí? Ambas siguieron abordando el inagotable tema de la sexualidad desde diversos ángulos, se contaron sus respectivas historias personales y familiares, sus antecedentes académicos sin profundizar en los amorosos. Hablaron, claro estaba, de planes hacia el futuro, de sus técnicas artísticas favoritas, de sus tiempos y de los atractivos en Florencia. Se acercaban, se identificaban, buscaban más ligas en común, se encontraban, se veían y bromeaban…

—¿Y si nos tomamos un capuchino y después vamos a mi departamento para mostrarte mis hojas manchadas con carbón? Borro el carbón con mi goma de migajón para dibujar imágenes, te va a encantar —propuso Maggie decidida a presumir sus trabajos, sobre todo sus veleros con las velas hinchadas—. *Ti piace?* —preguntó en su mejor italiano.

Loretta cayó de rodillas al ingresar al hábitat de Maggie. El departamento parecía un estuche hecho a la medida de la pintora. No faltaba nada. Era perfecto. Sonrió satisfecha al ver los trapos sucios tirados en el piso de duela desgastado, los lienzos a medio acabar, las fotografías familiares en las que no aparecía ningún hombre o mujer abrazando a su musa, ya fuera en Italia, en México o en cualquier parte del mundo. Nada. ¿Tendría pareja? Las botellas de aguarrás y otras de vino arrumbadas en una esquina, copas y vasos sin lavar colocados en la tarja; en fin, no se percibía lujo alguno, pero sí un estudio, en donde su inquilina trabajaría febrilmente. El arte no era un divertimento, sino una profesión que demandaba todo el ser y la capacidad de la creadora. Se respiraba inteligencia, pasión, amor, vocación y el deseo de gritar, de exponer, de decir en diferentes idiomas, de expresarse con el alma echando mano de diversos lenguajes. No, la vida y el arte no eran una farsa ni un papel ni una expresión hipócrita, sino, en todo caso, un compromiso existencial.

Maggie llamó a Loretta para mostrarle, desde el ventanal que inundaba de luz su estudio, una vista espectacular de la catedral de Florencia, en especial, de la cúpula de Brunelleschi, el símbolo de la ciudad. Ella se acercó lentamente, midiendo sus pasos, volteando impaciente de un lado al otro, mordiéndose los labios. No había tiempo que perder. La suerte estaba echada, pensó al apretar los puños para darse fuerza y jugarse el todo por el todo.

—La construcción de la catedral se inició en 1296 —empezó a explicar la pintora para deslumbrar con sus conocimientos a su invitada, quien, sin darse por enterada, abrazó por atrás a Maggie cuando ésta esperaba que se colocara a su lado. Loretta conocía la historia a la perfección, pero prefirió rodear con sus brazos la cintura de la pintora estrechándola con un suave vigor. A continuación, colocó su cabeza sobre el hombro izquierdo de la anfitriona. Ésta se estremeció, respiró esquivamente, pensó en desasirse en un primer impulso tal vez instintivo, sin embargo, no rechazó el arrumaco por más que cerró los ojos sin saber cómo reaccionar. ¿Sacudírsela violentamente con el argumento de "qué viste en mí para atreverte a tocarme"? A mí me gustan los hombres, respeto tus sentimientos, pero no cuentes conmigo, pensó Maggie paralizada, indefensa, perpleja y también, a punto de rendirse...

Ante la inmovilidad de Maggie y al percibir su respiración desacompasada, Loretta decidió continuar con el proceso de seducción, sujetándola con más firmeza, en tanto la pintora, paralizada, perturbada, se convertía en una presa fácil incapaz de protestar o defenderse.

—¿Te imaginas, Lore, el talento de Brunelleschi que, sin ser arquitecto, en 1436 terminó de construir una cúpula que, hoy en día, a seiscientos años de distancia, todavía deslumbra al mundo entero? —cuestionó Maggie nerviosa y angustiada como si se tratara de una virgen en la noche de bodas.

Mientras Loretta recorría con su nariz el cuello de la pintora sin que ésta respondiera a sus iniciativas, Maggie describía el gran reto de construir una cúpula de cincuenta metros de diámetro y nada menos que a cincuenta y cinco metros de altura sobre los muros previamente edificados, cimientos de una imponente estructura. Narraba con la voz temblorosa, que animó aún más a su invitada, que ya se sentía dueña de la situación...

—Piensa en los cálculos sin la actual tecnología, la cantidad de andamios y cimbras, además del personal requerido para ejecutar este magnífico proyecto, amiga —alcanzó a argumentar la pintora cuando percibió cómo las manos de quien hasta hacía un par de horas no era más allá de una intrusa que le había arrebatado su lápiz y había jugueteado con sus sandalias, le acariciaban los pechos con una emoción, una pasión y un conocimiento nunca antes experimentados.

Si el acercamiento de Loretta podría haber sido entendido, acaso, con la debida comprensión extensiva, como una expresión de camaradería, las manos ahuecadas, expertas, sobre una de las partes más íntimas y delicadas del cuerpo de la pintora ya no le permitían abrigar la menor duda de las intenciones de su convidada. ¿Cómo proceder…? Tal vez, aun cuando fuera increíble, dejarla hacer hasta donde fuera posible resistir el ímpetu amoroso de su huésped, luego ya vería cómo reaccionar. Por lo pronto, que su cuerpo, su mente, su instinto e intuición se encargaran de responder.

Agitada, sin poder respirar cómodamente, incapaz de reaccionar, con las manos heladas y con los poros de la piel despiertos, Maggie, desconcertada, repitió, como si diera una clase de Historia, que en 1418 se había llevado a cabo un concurso con un premio de doscientos florines, entre los arquitectos italianos, para quien presentara el mejor proyecto en la ciudad del Arno. ¿Quién ganaría?, se cuestionó sin imaginar lo que sucedería a continuación.

Cuando explicaba que, en 1420, las autoridades acordaron nombrar a Filippo Brunelleschi, un orfebre, experto en dibujo y pintura y en la talla de madera, como *provveditore*, o director, del proyecto de la cúpula, el *Cupolone*, como lo llamaban los florentinos, una obra monumental que se concluiría en dieciséis años gracias a un ejército de albañiles, canteros, carpinteros, herreros, plomeros, toneleros, aguadores y otros artesanos, de pronto Loretta empezó a morder el cuello de Maggie, a recorrerlo con la lengua, a humedecerlo y a bajar sus manos hasta rodear, todavía sobre el corto vestido veraniego floreado, el monte de Venus de la pintora. Lo apretaba, lo palpaba, lo incitaba, lo conmovía, lo azuzaba, lo atizaba y manoseaba como si lo hubiera deseado mil años atrás.

Maggie dejó de hablar. Inclinó su cabeza sobre un hombro de Loretta.

—¿Qué haces, por favor? ¿Qué haces? Detente, por favor, a mí me gustan los hombres, nunca he hecho esto, detente, detente —insistió mientras Loretta, ignorándola, bajaba aún más las manos hasta levantar el vestido, tocar sus piernas, acariciarlas, recorrerlas, jalándolas hacia ella, hasta volverlas a subir para encontrarse con su sexo palpitante, húmedo, empapado y febril cubierto por una tenue gasa de las bragas que hizo deslizar con gran delicadeza.

La pintora cerró los ojos. Imposible contener a Loretta, resistirse ni rechazarla. La feliz agresora ya había descubierto sus secretos. Su lenguaje corporal la había traicionado. Cualquiera lo habría entendido. Imposible suponer un sentimiento opuesto y menos, mucho menos, con las licencias ya concedidas. Loretta la tomó por los hombros para hacerla girar. La encaró. Percibió su mirada angustiada ante lo desconocido. Su acercamiento requería de una gran delicadeza y cuidados extremos para no asustar a su presa temerosa. Un traspié y se arruinaría el momento y la promesa de un gran futuro. Rodeó entonces con sus manos su cabeza, acarició su cabellera azabache y las descendió hasta enmarcar sus mejillas. Se detuvo unos momentos para estudiar su reacción y, con la debida lentitud, posó sus labios sobre los de Maggie, nobles, pequeños, escasamente carnosos, tallados. Ella los recibió con los ojos cerrados sin ejercer la menor presión. Se rozaban. Loretta empezó a recorrerlos con su lengua de un lado al otro a un ritmo provocador, atenuado y enternecido. La pintora se dejaba hacer sometiéndose dócilmente a la experiencia de su maestra.

Los besos se repitieron con mayor intensidad. El acuerdo entre ambas era evidente. Maggie empezó a responder. A su vez acarició el rostro de la escultora, quien la estrechó primero por la espalda hasta tomarla por las nalgas. El contacto directo con la piel constituía una urgencia inescapable. Los vestidos se precipitaron al piso como cuando cae el telón en una obra de teatro. Las manos urgentes recorrieron sus cuerpos en busca de consuelo. Loretta disfrutaba la piel blanca, suave, tersa, la estatura media, el cuello espigado, la frente luminosa y la ostentosa juventud de la mexicana.

—¿Para qué nos concedió el Señor un cuerpo que supera la máxima obra de arte creada por el mejor de los artistas? El privilegio de la vista jamás superará el placer del tacto. ¿Para qué tener esta piel, estas nalgas, estos cabellos, estos senos, estos labios, esta lengua, si no es para compartirlos? —gimió Loretta, como si invocara una plegaria.

Maggie recibía las caricias en silencio, en tanto se desprendía y desprendía a su colega de las bragas.

—¿Por qué los grandes pintores anteriores al Renacimiento ya pintaban a los ángeles de sexo masculino? ¿Lo sabes? Se hubieran inspirado en ti... Dios, nuestro Señor, el supuestamente perfecto, debería haber sido mujer, ¿no crees? —se dijo mientras se retiraba a muy corta distancia para observar a Maggie en todo su esplendor, sin que ésta mostrara el menor bochorno. Gozaba el cruce de miradas. El lenguaje de sus cuerpos era inconfundible. Las pequeñas gotas de sudor empapaban tanto sus espaldas como la comisura de su boca y sus senos. Los dedos húmedos, presas de una sed repentina, no engañaban, como tampoco los labios empapados de saliva. Los afectos retenidos escapaban como aves liberadas después de abrir la puerta de la jaula.

Nunca ninguna otra mujer había tocado los pezones rosados de Maggie, si bien había saboreado, entre comillas, las relaciones amorosas con el sexo opuesto durante más de dos décadas. Sus sexos palpitaban adheridos como corazones, mientras se frotaban entre sí con la ayuda de sus piernas restregándolos, estrujándolos entre ambas. Sus senos endurecidos se rozaban como si velaran armas antes del combate. Las dos artistas se entendían sin limitaciones territoriales ni espacios prohibidos.

Loretta no había nacido para amamantar infantes ni para limpiar pañales, ni para perder su tiempo como ama de casa ni para cocinar para una familia ni para educar a los niños y enseñarles a leer y a escribir, ni para tolerar imposiciones ni sugerencias, ya ni hablar de golpes de un marido ni de un amante que la ultrajara cada noche para arrojarla a la calle cuando envejeciera o después de que la bestia, el animal salvaje, se saciara en el interior de sus entrañas. No, jamás cumpliría con el papel de una mujer tradicional ni soportaría gritos ni se vestiría para quedar bien en las relaciones familiares ni cumpliría con el rol estúpido de una muñequita que representara con dignidad a su marido o pareja en las reuniones sociales. Ella haría de su vida lo que le viniera en gana. Había luchado hasta el cansancio destruyendo cuanta barrera se había encontrado y no estaba dispuesta a perder su libertad. No faltaba más.

Ambas se contagiaban con su dulzura, con su fortaleza, con su juventud, absorbían simultáneamente sus esencias, disfrutaban el intercambio de sus salivas, la sustancia mágica generada por el ser deseado. ¿A dónde se va en la vida sin amor, cualquier tipo de amor, en cualquier momento, en cualquier circunstancia y a cualquier edad? Sócrates, Julio César, Alejandro Magno, Leonardo da Vinci, el propio Miguel Ángel, Maquiavelo, Shakespeare, Oscar Wilde, Simone de Beauvoir o Virginia Woolf, ¿eran acaso menos hombres o mujeres porque compartían el lecho con sus amantes del sexo que fueran? ¿Cómo morir sin haber amado e incumplir uno de los sabios mandamientos de Jesús cuando sentenció durante la última cena ante sus discípulos aquello de "amaos los unos a los otros"? ¡Pobre de aquel que nunca disfrutó la emoción más importante de la existencia, el amor, el que le da sentido a nuestras vidas!

A diferencia del amor, el arte no se come ni se huele ni se toca, sólo se contempla como se puede admirar al David de rodillas, pero nadie puede morder su brazo de mármol blanco ni enervarse al inhalar los cabellos de la cabeza pétrea del Moisés, ni se conmoverá al lamer los senos de la Venus de Milo. La pasión amorosa constituye una emoción superior, porque además del placer de la contemplación y de la audición, a la pareja se le puede morder, estrujar, oprimir, inundar, absorber, acariciar, abrazar, tocar, devorar, montar, cabalgar y hasta volar enlazados, entrelazados con las lenguas, los brazos, las manos, los dedos y las piernas.

Después de unos sonoros e interminables gemidos, un homenaje al amor, ambas artistas permanecían acostadas, desnudas, viéndose cara a cara. Si acaso intercambiaban sonrisas y alientos y se acariciaban el cabello tiradas sobre un sillón. Al detonar los arrumacos con gran intensidad, no habían tenido el tiempo suficiente para llegar a la cama de la habitación. Habían necesitado apagar el fuego sin tardanza alguna y rodaron sobre lo primero que encontraron a su paso. Exhalaban, suspiraban, sentían, todavía con los ojos cerrados por momentos, cómo habían penetrado sus bocas y se habían hundido en sus carnes y embriagado con sus esencias, mientras sus cuerpos sudorosos se arqueaban al acariciarse. Maggie había gritado y suplicado, se había retorcido y convulsionado con el tacto de las yemas expertas de Loretta. Sí que conocía el cuerpo de una mujer y sabía cómo tocarlo y hacerlo vibrar arrancándole unas notas que jamás habían salido de su garganta. Nunca había recibido una lluvia de estrellas. Sí, en efecto, los hombres no sabían del reino encantado de la feminidad...

Fue entonces cuando Maggie, exhausta, echó mano de su sentido del humor para concluir, entre sonrisas pícaras, la historia de la construcción de la cúpula de la catedral de Santa Maria del Fiore:

—Ya sólo te digo, querida amiga, por si quieres escuchar a estas alturas el desenlace —expuso mientras besaba las manos mágicas de Loretta—, que, en 1436, el día de la fiesta de la Anunciación, la nueva Casa del Señor fue consagrada por numerosos cardenales y obispos de toda Italia.

—Calla, calla —repuso Loretta tapándose los oídos como si no deseara prestarse al juego.

—El inigualable Filippo Brunelleschi, amor mío —continuó encantada la pintora—, sólo sobrevivió diez años más, durante los cuales siempre se maravilló de su propio trabajo. ¿Qué tal, eh...? Su cadáver fue depositado vestido de blanco en un féretro del mismo color, rodeado de enormes cirios pascuales también blancos, todo blanco, mi vida, imagínatelo...

Loretta empezó a entonar en voz alta "'O sole mio", sin que la mexicana desistiera del empeño de terminar la historia. Jugueteaban en el sillón exhaustas, como un par de chiquillas traviesas.

—Según cuenta la leyenda, le abrieron los ojos al cadáver de Brunelleschi —concluyó Maggie, mientras la hermosa mujer florentina trataba de taparle la boca con la mano derecha, pero aquella giraba a un lado y al otro la cabeza sin permitírselo— para que pudiera admirar para siempre la grandiosidad de la bóveda y sus pechinas, con lo que había desafiado a ingenieros y arquitectos, con el orgullo de haber sido un mero orfebre.

Después de una breve sesión de besos agradecidos, una Maggie ilusionada alcanzó a mencionar:

—Si mañana me regalas un momentito, te invito a ver la placa colocada en su honor con el título de "Divino Intelecto". Nadie tenía más merecimientos que él para dormir ahí el último sueño, ¿no crees, amor?

En ese momento recordó las palabras de un colega inglés, un destacado escultor, al terminar el primer episodio amoroso meses después de llegar a Francia:

—Querida Maggie, la verdad no sé si me gusta más hacer el amor con un hombre o con una mujer...

La pintora había disipado todas sus dudas de una buena vez por todas y para siempre. Dios es hombre, sí, porque si fuera mujer sería inmensamente superior a Él...

—A partir de hoy, Maggie adorada, te regalo todo mi tiempo, mi vida entera es tuya...

Habían transcurrido unas semanas después de la ingrata visita de Alonso Roel a la casa de Casandra, esa bruja vesánica, ¿vesánica?, no, maldita, sí, monstruosa, que al voltear una por una las seis cartas del tarot formadas a modo de una cruz, tal vez las habría interpretado muy a su antojo, falseándolo todo, con el propósito diabólico de destruirlo por dentro, mientras él permanecía inmóvil y grave como cuando a un convicto lo sentencian a la pena de muerte, la pena capital.

La devastación interior había sido tan insoportable o más que su capacidad para disimular sus sentimientos en la convivencia cotidiana con Solange. Imposible esconder su ira, su frustración, la mezcla tóxica que se le atoraba en la garganta y envenenaba su mente. ¿Cómo confesarle a su mujer una de las razones de su malestar? Era claro que gritaba por dentro con el máximo poder de su voz, pero callaba por fuera... ¿Acaso iba a reconocer que las simples palabras de una hechicera habían tenido el poder de destruir una relación matrimonial de más de una década? Entonces ¿no habían construido nada? ¿Cualquier esfuerzo había sido inútil? ¿Y los sólidos cimientos llamados a durar para siempre? ¿Por qué le había permitido a esa miserable hechicera meter sus manos reptilianas en las partes más delicadas de su vida, de su intimidad, hasta convertirlo en un triste muñeco sin osamenta y carente de la menor fuerza de voluntad? El gran magnate, el constructor genial de un colosal y envidiable imperio, ¿no pasaba de ser una hoja seca sujeta a los vaivenes del viento?

En las noches, sobre todo, sentía cómo un fantasma lo atrapaba por la garganta y lo estrangulaba lentamente, mientras él pataleaba en la cama, trataba de zafarse de unas manos invisibles y poderosas colocadas alrededor de su cuello y sacudía las sábanas entre gritos de horror hasta despertar a su mujer. Según pasaba el tiempo, perdía la paz necesaria para pensar, planear, decidir; en fin, para desarrollarse y vivir. Su pijama, empapada de sudor, constituía una prueba irrefutable de su angustia y desconsuelo.

¡Claro que él podía desafiar al cielo, lidiar con intensas exaltaciones políticas, comerciales, jurídicas, financieras, hasta llegar a los enardecimientos sindicales, pero no encontraba la fórmula para controlar los celos, ese desasosiego permanente que le impedía siquiera respirar! ¿Que las sospechas y las inquietudes eran fantasmas emocionales tan antiguos como la propia existencia humana? Sí, claro, a la mierda con las teorías. La vida ya sólo era insípida, inodora e incolora… Mal de muchos, consuelo de pendejos. Alonso insistía en recuperar la paz perdida, el apetito en las mesas con manteles largos, el gusto por los buenos vinos, el placer del golf en el campo del honor acompañado de sus viejos amigos, la risa pronta y festiva ante sus comentarios jocosos, el placer de la lectura de los clásicos encerrado en sus bibliotecas, la ilusión de seguir compartiendo la vida con Solange, la alegría de festejar los triunfos de Paco y de Maggie, la satisfacción de volver a cerrar un negocio millonario o multimillonario, la alegría de juguetear con sus perros y caminar con ellos en el bosque húmedo de Valle de Bravo, gozar una buena película en la televisión con su inevitable Armañac, viajar por el mundo libre de preocupaciones... pero no, de un tiempo para atrás, hasta los pequeños e insignificantes obstáculos adquirían tamaños insalvables. Una triste mosca se convertía de repente en un tigre hambriento que lo perseguía para devorarlo. Todo parecía haber perdido sentido y sabor y caminaba por la vida como un autómata, un androide manejado a control remoto. Es más, hasta el dinero, su gigantesca fortuna, la que había conquistado a brazo partido, le empobrecía el alma...

Los virus de los celos lo invadían como un zancudero y lo atacaban, eclosionaban en el momento y en el lugar más inesperado desquiciando su existencia. En sus espacios de lucidez se percataba de cómo se convertía en su propio verdugo y caía una y otra vez en las mismas trampas colocadas por su mente obnubilada. Víctima de la impaciencia y de la desesperación, la intolerancia hizo acto de presencia en sus relaciones públicas hasta empezar a dañarlas irreparablemente. ¿Qué habrá sido del ser humano cálido y amistoso, respetuoso de los sentimientos ajenos, siempre dispuesto a dar el consejo adecuado producto de la madurez y de la estabilidad? ¿Dónde estaba la madurez y la estabilidad si había extraviado su autonomía e independencia, conduciéndose como un temeroso menor de edad sin poder controlar sus impulsos ni su mente que destrozaba su autoimagen? Nunca antes había padecido tantos y seguidos enfrentamientos con Solange por razones pueriles. ¿Cómo escapar del infierno creado por esa diabólica bruja, quien, tal vez, podría causarle un daño al clavarles alfileres en los ojos a sus muñecos de trapo para destruirlo hasta la muerte por no haberla visitado de nueva cuenta? ¿Por qué habría ido a verla si se sabía supersticioso hasta el delirio? Por favor, dime que no es cierto, no, no lo es.

Solange había sido su alma gemela. Se deleitaba cuando ella atrapaba a las audiencias con su simpatía arrolladora, sin olvidar sus experiencias amorosas en la cama al principio de su relación, antes de que se fuera apagando el furor de la carne. Todo era maravilloso. ¿Qué había ocurrido? ¿Qué habría sido de aquella persona con la que se podía hablar, argumentar, analizar entre sonrisas, burlas y hasta escarnios? Él, Alonso, por lo visto, nunca había conocido la cara oculta de Solange. Ahora, en este terrible trance de desconfianza, aparecía con un rostro nuevo y desconocido. ¿Y cuál era la crisis de Solange? ¿Acaso él la había propiciado? ¿Cuándo, cómo, por qué...? ¿Él era el culpable de lo ocurrido? ¿Por qué el extravío? ¿Dónde quedaría su alma gemela? ¿Se habría convertido en otra persona, en un fantasma, y él en un policía, en un detective para perseguir sus pasos, revisar sus redes sociales y sus llamadas telefónicas? La brujería, los conjuros, los abracadabras sí existían. Si antes él cultivaba una hermosa flor llamada Solange, ¿ahora no era sino una hierba maldita? Alonso entendía que la estaba perdiendo, pero simultáneamente se estaba extraviando él mismo, consumiéndose en un laberinto sin luces ni orientación ni señales ni brújulas a su alcance. Nada de nada.

Fue entonces cuando Alonso se sujetó de dos tablas de salvación en un mar proceloso: decidió visitar, de una vez por todas, a otra hechicera dotada de los debidos conocimientos y visiones también para echar por tierra las interpretaciones de Casandra. Buscaría también el consejo de su gran amigo, el doctor Almazán, un psiquiatra de toda su confianza.

En ese entendido, buscó en su teléfono celular el contacto de Marisol Ramírez proporcionado en su oficina por el propio Mauricio. Por supuesto que visitaría a esa segunda hechicera sugerida por su amigo de la infancia. Ella desenmascaría a Casandra sin duda alguna y recuperaría la paz, cancelaría las visitas inútiles al consultorio, así como la ingesta de más químicos tóxicos. ¡Viva la vida...!

Marisol Ramírez, la nueva pitonisa, la bruja de moda, la hechicera visitada por todo mundo, vivía en un semisótano en la calle República de Cuba, en el corazón mismo de la Ciudad de México. Se requería bajar unos siete escalones iluminados por una luz roja que conducían a una humilde sala de espera, en donde se encontraban un par de equipales antiguos muy desgastados. Al acceder al pequeño recinto, vacío, por cierto, y pisar el tapete de la entrada, se accionaba un botón indicador de la llegada de un paciente o consultante, o lo que fuera, en busca de buenas noticias respecto a su presente o su futuro.

—¿Eres tú, Chucho? ¿El magnate? —preguntó una voz aguda, invisible, según el nombre proporcionado por Alonso para esconder su verdadera personalidad.

—Sí, señora, soy yo —repuso intrigado al haber ocultado su origen con el ánimo de no conceder ventaja alguna a la nueva hechicera. ¿Mauricio habría hablado de más, lo había traicionado?, se cuestionó inquieto. El techo, sumamente bajo, lo obligaba a humillar la cabeza sin poderse erguir por completo.

—Bueno, Jesucito, abre la puerta girando a la izquierda el pestillo y jálalo hacia ti, tesoro, así salen los malos espíritus de mi consultorio de almas.

Al entrar se encontró con una mujer distinta en relación con Casandra. Se trataba de una enana, un escarabajo, una renacuaja humana sentada sobre una silla colocada atrás de un pequeño escritorio. Su presencia imponía un gran terror. Parecía un personaje de otro mundo. La extraña mujer le pidió cerrar la puerta y entregarle la llave, que guardó dentro de su pequeño escote.

—Sí, ya sé que a primera vista mis pacientes se arrepienten de haber venido, pero luego todos regresan cuando comprueban mi sabiduría y mi visión, ni te preocupes —concluyó sobrada y segura.

—¿Por qué me dijiste magnate, si no sabes nada de mí? —indagó Alonso lleno de curiosidad, en tanto se sentaba frente a ella en un sillón sucio de al menos siete siglos.

—Lo sé todo, tesorito, si quieres te cuento cómo eras cuando todavía no habías nacido. Por eso soy bruja y por la misma razón vienen a verme no sólo de la Ciudad de México, sino del resto del país; es más, hasta las caras pálidas de Estados Unidos pagan lo que sea con verdes por una consulta conmigo.

—¿Y por qué no arregla esto un poco para hacerlo más amable, señora Ramírez? —cuestionó Alonso cohibido, absteniéndose de tocar cualquier cosa con tal de no provocarse una infección.

—Imagínate, si así no me doy abasto, si me mudo a Polanco no sólo perdería el glamour, sino que desperdiciaría mucho tiempo necesario para cuidarme de los contagios de la maldad —replicó en tanto le acercaba un viejo bote de latón oxidado para que Alonso introdujera por una rendija tres mil pesos de la consulta. Iba a preguntar si aceptaba tarjeta de crédito, pero prefirió echar mano de su mejor prudencia.

—A ver, ¿qué prefieres? —rechistó Marisol para entrar en materia sin mayores circunloquios—. Puedo leer tu mano, el café, la vela, el tarot o hasta el tabaco. Lo que tú ordenes.

Sorprendido ante tantas posibilidades, rechazó la idea del tarot por razones obvias, por lo que extendió ambas manos para someterlas a una lectura que le devolvería la paz perdida. La esperanza es lo último que muere, pensó en silencio, con los ojos cerrados. ¿Qué hacer en ese momento si Marisol le confirmaba línea por línea, escurrimiento por escurrimiento del café turco, flama por flama de la vela, ceniza por ceniza o humo por humo del tabaco, que Solange lo engañaba con otro hombre? En ese caso habría entrado en un callejón sin salida. Lo importante ya no sería cómo reaccionaría ante la señora Ramírez, ¿qué más daba, en realidad?, sino ¿qué haría con su esposa? ¿Cómo la trataría y la enfrentaría si se confirmaban sus andares perversos, alevosos y crueles por la vida, los propios de otra traidora, hija de la gran puta? ¿Y si llegaba y madreaba a esa pérfida, a esa desleal, malagradecida, que seguiría de empleada muerta de hambre en una galería de la cual él la había rescatado cuando se mantenía de un sueldo insignificante y de unas comisiones insuficientes para vivir con una mediana dignidad? ¿Una vez confirmada la infidelidad, al regresar a casa sin tener ya nada que agregar ni que aclarar, tomaría a Solange por las greñas y la sacaría a empujones, la aventaría escaleras abajo y la arrastraría hasta la calle, de donde la había recogido? Sí, pero ¿y si Solange nunca se había envilecido ni degradado y era la personificación de pureza, de la integridad y de la pudibundez? Entendió entonces que su existencia dependía de la interpretación de las líneas de sus manos, de las manchas del café, de los colores de la flama de una vela o de los significados de la ignición de un cigarro o de un puro…

Al extenderle su mano a la bruja, éste prefirió no tocar nada y permanecer inmóvil.

—Tus dedos largos demuestran ansiedad —empezó Marisol la interpretación, sin mostrar la menor emoción en su rostro—.

Tus puntas redondas hablan de una persona equilibrada, que te adaptas a los cambios con gran facilidad y que eres muy racional y frío en la toma de decisiones, Chuchito. O sea, que eres muy chingón, amiguito —resolvió la bruja con un dejo de buen humor, en tanto Alonso reducía sus respuestas a la expresión de una simple sonrisa—. Se ve que no eres impulsivo, muy a pesar de tu sensibilidad. Eres muy intuitivo y ves más de lo que la mayoría podemos ver, guapo —continuó la mujer interpretando la forma de la mano, el color y las líneas de la palma para fortalecer el ánimo de su consultante—. A leguas se ve que eres enérgico, independiente y entusiasta, pero que buscas, eso sí, seguridad en tu entorno, un algo que exiges al ser amable y comprensivo con terceros. Percibo que eres un buen negociante que siempre pide reciprocidad en los tratos.

Alonso no era sensible a los halagos, de hecho, siempre advertía una intención oculta en los lambiscones. "Entremos en materia", parecía demandar con su actitud.

Marisol tomó la mano derecha, la dominante de su cliente, la poseedora de la información congénita. Al hacerla girar clavó la mirada en la palma, no le interesaban los datos posnatales contenidos en la otra.

—Insisto, muchacho, eres tranquilo y sensible y, sobre todo, proyectas un gran talento para las ventas y los trabajos administrativos de oficina.

Alonso, sorprendido ante tantos datos, prefirió enmudecer y asentir con la cabeza.

—Bueno, bien, pero ¿qué dicen mis líneas? —trató de saber el empresario con obvia impaciencia.

—Bueno, mira, Jesús —elucidó la hechicera sin tardanza—: Tu línea de la vida, la de la tierra, ésta que se extiende alrededor del pulgar, refleja tu salud, tu vitalidad física, encanto. Nos dice que vivirás muchos años, disfrutarás la longevidad, siempre y cuando te cuides porque resulta, por si no lo sabías, que eres un tipo celoso y ese sentimiento desgasta, quema las energías y erosiona el optimismo.

—Pero ¿qué dice del amor, señora? —la cuestionó, presa de la ansiedad, arrepintiéndose de haber llegado a dar a ese lugar y con esa mujer tan extraña que no podía tocar el piso con los pies. A saber cómo se subiría y se bajaría de la silla. ¿Celoso...? Sí, sí que era celoso, de hecho, muy celoso, patológicamente celoso.

—No comas ansias, muñeco, todo a su debido tiempo —expuso sin dejarse presionar—. Aquí corre —continuó en su trabajo rutinario— la línea de la sabiduría, la línea humana, ¿la ves...?, es ésta que se extiende desde la mitad del pulgar y el índice hasta el otro lado de la palma para partir la mano en dos con o sin profundidad, ¿te queda claro, amor?

—Sí, sí la veo —aceptó visiblemente inquieto.

—Pues si las ves con detenimiento y pones tu atención en su longitud y detalle, te quedará claro que estoy frente a un hombre sabio y noble, capaz de salir de situaciones difíciles con suma facilidad. ¿Así eres? ¿Así te ves, papá?

—Por favor, háblame del amor, de mi vida matrimonial —casi suplicó el empresario.

—Se ve que tienes pensamientos complejos y eres un tanto obsesivo, mi niño...

—Señora, por favor...

—Bueno, bien, veamos —prosiguió con el rostro risueño y complaciente, mientras volvía a tomar la mano de Alonso y la extendía para extraer los secretos guardados hasta el último pliegue de la línea del cielo, que corría del meñique al índice, reflejando la intimidad de la vida amorosa. En la semioscuridad resultaba imposible detectar el color de la piel de Marisol, más aún porque ella estaba iluminada por una luz roja indirecta; sin embargo, Alonso pudo advertir una contracción de los labios de la bruja que dejaba al descubierto una parte de la dentadura. La mujer proyectó una risa forzada, pero en el fondo parecía experimentar una sensación de asco, tal vez un ánimo doloroso parecido al empacho del médico obligado a confesar la muerte de su paciente a los familiares.

—¿Pasa algo, señora? ¡Dígame! Su cara lo dice todo.

—Tienes, amigo mío, una línea del amor larga, con pocas ramas y muy ordenada, eres noble, eres leal y eres fiel, muy fiel y muy atractivo para el sexo opuesto. Como tú mismo podrás observar, no es corta y es constante y también profunda, no eres un hombre despiadado.

—Todo eso lo sé, pero ¿qué pasa con mi vida amorosa?

—¿Con tu vida amorosa…? —preguntó titubeante.

—Sí, no nos hagamos, ¿mi esposa me es fiel o no? ¡Al grano, a eso vine y no a recibir lisonjas!

Marisol se tapó los oídos con ambas manos, como quien se prepara para escuchar una terrible explosión. Con los ojos cerrados negaba repetidamente con la cabeza sin pronunciar una sola palabra. Se empezó a morder los labios. No se atrevía a confesar lo que sus ojos le revelaban.

—Señora…

—¡Caray, malas noticias! —repuso con la actitud de un perro que gruñe antes de atacar—. Jesús, tu mujer te engaña, me apena confesártelo —tronó armándose de valor, a sabiendas del daño que causaba en una persona dueña de nobles sentimientos.

Alonso no pudo más. Empujó su silla con violencia y se puso de pie… Asestó un tremendo golpe sobre la mesa y rugió de dolor y de furia:

—Lo sabía, lo sabía, grandísima hija de la gran puta, lo sabía —gritó una y otra vez, agitando amenazadoramente ambos puños—. La recogí de la calle y mira cómo me paga. Miserable, que se atenga a las consecuencias. Este mal bicho no se imagina la clase de fiera que despertó….

Si bien la pequeña hechicera podía haber previsto una reacción radical, jamás imaginó los extremos de furia acumulados en el pecho de Alonso. La escena tragicómica se presentó cuando ella, asustada, descendió de un salto de su silla al temer por la suerte de la esposa infiel. Si acaso, ya puesta de pie, llegaba a la cintura del magnate. Tenía la apariencia de un duende maligno. Su cliente había perdido el control y ella no deseaba verse comprometida en un hecho de sangre. A saber qué locura podía hacer este hombre despechado.

—Calma, hijo mío, calma —intentó tranquilizar a su consultante tomándolo de la mano.

Alonso la arrojó a un lado:

—No soy su hijo, señora, dejémonos de cuentos. Me han burlado, me han engañado, me han estafado, y usted sale con su puta calma. No, no y no, canalla, los dos me la van a pagar porque no tardaré en saber de quién se trata y por cuántos años habrá comido en mi plato.

—Escúchame, ¿puedes escucharme un segundo, amigo…?

—¿Qué, a ver, qué…?

—¿Por qué no vemos en un momentito la línea de tu destino, la de tu profesión, la de tu fortuna, aun cuando ya vi que hagas lo que hagas siempre tendrás éxito en los negocios?

—¡Ay!, mire, señora, soy rico, muy rico, y mi fortuna no se la acabarían mis hijos ni mis nietos ni mis bisnietos desperdiciándola, tirando el dinero a la calle, y no necesito que alguien venga a decirme a estas alturas que haga lo que haga siempre tendré éxito en los negocios. Ya me lo sé de memoria.

—Bueno —de inmediato respondió Marisol en busca de una solución—, pero sólo te leí la línea del amor para saber cómo eres con las mujeres, pero no te leí, cariñito, la del matrimonio, aun cuando la primera me dio las luces necesarias para entender qué onda. Yo ahora te suplico a ti que me dejes leer tu mano para saber con exactitud la suerte que te espera con tu mujer…

Sin saber muy bien por qué, Alonso accedió y le volvió a extender su mano a la hechicera.

—Mira, mira, amiguito, buenas noticias, esta línea pequeñita, abajo de tu dedo meñique y que se extiende horizontalmente, ya nos indica que por tu temperamento cálido y armonioso te será muy fácil encontrar una nueva pareja. Además, fíjate, es clara y es doble, por lo que te volverás a casar, ya no te divorciarás y tendrás un matrimonio estable y duradero…

—¿Qué…?, escúchame bien, ahora lo entiendo, el diablo tiene forma de mujer, no, te equivocas, ¡claro que te equivocas!, yo jamás volveré a tener pareja, me alejaré de todas ustedes. Las acaricia y las besa Satanás y no se dan cuenta, ¡al carajo!, ¿me oíste?, ¡al carajo! Cada mujer es un energúmeno que debe ser exorcizado…

—Bueno, pero espera, falta leerte la línea del sol, la de la salud, la de la creatividad, la de la popularidad y la del conflicto, amor mío, no te me aceleres así…

—Nada de amor mío, nada de eso, a la mierda con sus putas líneas, ya no necesito saber nada más, lo dicho, dicho está, que le vaya bien…

—Bueno, pero tus montes de Júpiter, de Saturno, el del Sol y el de Mercurio hablan maravillas de ti como persona, como excelente ser humano que eres, escucha —dijo el gnomo de mujer cada vez más reducida en estatura—. Oye, ¿y si nos tomamos un café turco y te leo la suerte?, soy experta en cafeomancia, puedo describir tu futuro inmediato si me das un momentito en prepararlo, siéntate y espera —insistió tirando a Alonso del dedo meñique, quien se lo arrebató como si lo estuviera contagiando de algo—. Mi bisabuela le leía el café al último zar ruso, soy buenísima —intentó convencer al empresario en busca de más honorarios.

—¡Que le vaya bien, señora, ya no estoy para cuentos! —gritó Alonso, desencajado.

—Yo preparo el ritual de los pozos de café como nadie, dame la oportunidad… Además, nunca he fallado en la interpretación de las manchas ni de los espacios blancos.

—¡Qué ritual ni qué manchas ni qué espacios ni qué madres, señora o lo que sea usted! Déjeme salir.

—Estás muy necio, chiquillo, con cien mil carajos y medio, estás muy necio, cabrón, me estás haciendo enojar y nunca hagas enojar a una bruja porque te puedo hacer pomada, caca, mierda, ¿entiendes?, ¿me entiendes? —repitió Marisol a sabiendas de que perdía el control de la reunión y, con ello, los futuros honorarios al no haber logrado que el nuevo consultante dependiera de sus poderes mágicos—. Déjame ayudarte, las brujas tenemos poderes sobrehumanos, no lo olvides, por esa razón viniste a verme. Si me desprecias, enfrentarás maleficios inimaginables, de modo que te me calmas…

Alonso se contuvo por un momento. Iba a mandarla al diablo con todo y sus brujerías, pero una voz interna lo detuvo. Recordó los muñecos de trapo de Casandra con alfileres clavados en los ojos, además de las cabezas de jíbaros, entre otros talismanes, amuletos y peligrosos fetiches, por lo que prefirió aceptar el llamado de Marisol a la paz. ¿En qué mundo tan complejo había ingresado? Participaba, sin quererlo, en los juegos de la verdad. Pero ¿cuál era la verdad?

—Mire usted, santa mujer, comprenda mi situación —respondió tan sereno como acobardado—. Estuve con otra adivinadora, no tan profesional como usted, lo confieso, y ella me hizo saber que mi mujer me engañaba y vine con usted en busca de una segunda opinión, pero ahora que la tengo ya no necesito del café ni del tabaco ni de nada, ahora lo sé todo y se lo agradezco, lo único que deseo ahora es vengarme. Si usted puede ayudarme a lograrlo se lo voy a agradecer, y si no, permítame retirarme con todo mi agradecimiento por la puerta por donde tuve la inmensa fortuna de conocerla. ¿Me da, por favor, la llave?

—Siéntate un instante —pidió la mujer gnomo-duende-enana—. Soy y seré tu aliada; es más, te ayudaré porque si tu mujer te engaña, a veces en tu propia jeta y ni cuenta te das, es una cabrona, pero me tienes a mí, porque siempre he pensado que para alguien que madruga, otro que no se acuesta, y yo, créeme que no me acuesto cuando se trata de imponer la justicia, como es tu caso. Piensa en la venganza, trámala muy bien, amor mío, y ven conmigo, vuelve a mi lado con más datos para que nos desquitemos de esa mala mujer. Piensa en un plan y yo pensaré en otros, pero dame más datos cuando puedas. Yo, por mi parte, empezaré con oraciones y hechizos, rituales e instrucciones para trabajarme a tu mujer, esa canalla no se la va a acabar cuando impartamos justicia. Pronto habrás de venir a un ritual y comprobarás tú mismo el poder de mi magia, hijo mío, y créeme que hago milagros —presumió con la mirada entornada—. Espera, espera, hombre —alcanzó a interceptar todavía a Alonso dispuesto a huir.

—¿Qué sucede ahora, señora…?

—Sucede —la bruja se llevó los dedos índices a las sienes y mientras se las frotaba delicadamente contestó—: Sucede, amigo mío, que acabo de tener una visión que te beneficiará como ni siquiera podrás imaginártelo…

—¿Una visión? —repuso Alonso, harto de sandeces.

—Sí, veo, en el corto plazo, a una mujer joven, rubia, extranjera, bella, muy bella, y risueña en tu camino. Ella te reconciliará de cualquier mal que padezcas.

—¡Ah!, bueno, sí, gracias, que esté usted bien —respondió el empresario sepultado en su confusión. ¿Cómo demonios creerles a las brujas? y, sin embargo, les creía…

—Recuerda, amor, que no hay mal que por bien no venga…

Alonso, al despedirse, sólo chocó sus puños con los de Marisol. Olía a agua podrida de mil años. Asqueado, se negó a comentar nada de lo dicho. ¿Una mujer joven, rubia, extranjera, bella y risueña en su camino? Sí, cómo no, ¡al carajo con las brujas y las mujeres, todas al carajo! Sin hacer el menor comentario, abandonó el recinto hechizado, temeroso de los poderes diabólicos de estas videntes, hijas del mal. Por lo menos había confirmado la infidelidad de Solange, ahora ya no tenía la menor duda…

Tan pronto el hombre salió del tétrico consultorio de almas con otra puñalada asestada en la yugular y sus pasos se perdieron en la antigua calle de República de Cuba, Marisol tomó su celular y pronunció las siguientes palabras:

—Ya lo tenemos. Lo dejé hecho un corderito, amor mío. Comerá de mi mano, mil gracias por la lana. Ayudas a la causa. Te estoy muy agradecida. Tal vez hasta me pueda cambiar de consultorio. Gracias, te deseo lo mejor del mundo…

La entrevista con Marisol acabó de destruir a Alonso. Lo hundió en un agudo pesimismo. Le sería imposible superar esa dolorosa situación. Lo acosaba un conjunto aniquilador de emociones desoladoras que destruían sus ímpetus y su talento. El viraje radical de su vida resultaba inevitable. ¿Una sola persona contaba con el poder suficiente para acabar con él? Su autoimagen se reducía a la de un pequeñito insignificante, carente de cualquier posibilidad defensiva. ¿Se trataba de no amar a nadie para no sufrir jamás? Mauricio no se equivocaba al disfrutar un interminable carrusel de mujeres, gozándolas a todas sin comprometerse con ninguna. Con toda seguridad su amigo nunca habría experimentado el terrible padecimiento de los celos: primero, porque nunca había amado a nadie, y, en segundo lugar, porque al intuir la probable deslealtad, simplemente echaría a la calle a la interfecta como se saca la basura de una casa. Había transcurrido poco tiempo de su visita a Casandra y ya no recordaba cómo era la vida sin padecer el miedo a la infidelidad del ser amado. ¿Qué se sentiría existir en paz? Lo había olvidado. El tiempo, contra lo pensado, no había logrado aliviar sus males. Todo lo contrario. Día con día empeoraba su situación anímica. Su vida se había convertido en un desesperante rompecabezas.

En cualquier momento podría explotar en mil pedazos y convertirse en un conjunto de fuegos artificiales. Solange lo engañaba, no cabía la menor duda, se lo habían hecho saber ya dos brujas dueñas de una verdad inexplicable. Trataría de disimular su ira y su frustración, mientras obtenía las pruebas para demostrar la infidelidad de su mujer. Sí, pero entre tanto, ¿cómo administraría sus emociones sin revelar su desastre interior ni su justificada desconfianza? Disfrazar su debacle emocional inconfesable no sería sencillo. ¿Asesinaría a Solange como Otelo mató a Desdémona sin haber comprobado su infidelidad? ¿Matarla, golpearla o insultarla a título gratuito? ¡Ni hablar! ¡No! Ni su sensibilidad ni su talento ni su pudor se lo permitían, la violencia no era lo suyo.

Alonso trató de buscar ayuda a través de Google. Se encontró con que el amor genuino es producto de la comprensión, de la tolerancia, de la paciencia y de la generosidad, los ingredientes de una convivencia sana y feliz. Que los amantes con problemas emocionales no resueltos acaban por convertirse en individuos intransigentes y tiránicos que inmovilizan a sus parejas hasta producir un completo desastre ante la desaparición de la confianza. Que los celos atan, paralizan e inmovilizan a la víctima y al victimario. Que originan daños a ambas partes. Que el amor nace en el terreno de la certeza, de la seguridad, en el placer de compartir en un intercambio de experiencias. Que pretender controlar a la otra parte hará de ella su prisionera y la relación estará condenada al fracaso. Que existen técnicas, como la hipnosis clínica, la del cambio cerebral o el *brainspotting*, para acceder a las emociones que están grabadas en el cerebro que no les permiten a las personas amar con la debida salud mental. Que el efecto Pigmalión habla de un individuo que afirmaba que algo iba a acontecer y actuaba como si ya aconteciera. Que los celos originan conductas tóxicas que detonan una ansiedad de consecuencias imprevisibles tanto para quien padecía los celos, como para terceros. Que se tienen que construir barreras de protección para combatir los problemas emocionales y una de ellas consiste en la capacidad de olvidar y de erradicar los fantasmas mentales, en ocasiones, con la ingesta de antidepresivos tetracíclicos. Que las personas pueden practicar una craneotomía, pero sin aprender a administrar sus emociones para no destruirse ellos mismos ni a sus seres queridos…

Las lecturas improvisadas en internet le reportaban exiguos buenos dividendos. Por lo general, lo asfixiaba un sentimiento de incomprensión, sin poder controlar su cerebro alucinado. Al regresar a casa, se apresuraba a besar a Solange para inhalar los restos de una loción masculina, esculcaba su bolsa, revisaba su cartera en busca de algún recibo comprometedor de sus tarjetas de crédito, algo, lo que fuera; pagaría millones por una evidencia.

Solange había venido observando conductas extrañas en su marido. Lo sentía cada día más inquieto y desesperado. Se percataba de que, en algunas noches, a pesar de haber ingerido somníferos, no podía conciliar el sueño y se levantaba en repetidas ocasiones al baño, y de regreso esperaba el arribo del amanecer con la nariz pegada al ventanal que daba al jardín. La convivencia amorosa se había reducido a extremos nunca antes vistos —de hecho, había desaparecido—, y no sólo la amorosa, sino que sus salidas al cine o a cenar con amigos y sin ellos, llevaban mucho tiempo sin producirse. Se habían aislado del mundo social, no viajaban como en los viejos tiempos ni salían felices a Valle “para cambiar de aires” cada fin de semana ni veían películas en la televisión ni se tomaban de la mano ni desayunaban ni comían ni cenaban juntos, salvo los fines de semana, siempre y cuando el empresario no fuera a jugar golf con sus "amigotes" y remataran la tarde jugando dominó y bebiendo de más para regresar a casa noqueado. ¿Qué sucedería...? Nada era para siempre, ¿verdad?

La sensación de ansiedad crecía cotidianamente a la espera de la noticia fatal, del hallazgo irreparable que exhibiría a su esposa como una casquivana, tramposa, alevosa y podrida. Mientras no contara con una evidencia incontestable, Alonso mentiría, simularía para no caer en el ridículo. Jamás había padecido una obsesión de semejantes proporciones. Lo aniquilaba. Imaginaba, con gran claridad, la respuesta de Solange ante un disparo en falso:

—Te estás peleando con un fantasma, Alonso, estás apostando a la destrucción de nuestro matrimonio, estás para que te encierren. ¿De dónde sacas que yo te engaño?

Sí, bien, sólo que la esposa ofendida también podría agregar un "¿Por quién me tomas, carajo? No soy una fulana ni una buscona ni una zorra, me insultas, maldito..."

No, no deseaba terminar con su relación y quedar expuesto como un payaso, como un adolescente inmaduro, un pobre diablo con dinero. Nunca había crecido, nunca había evolucionado, el gran empresario se había quedado atorado emocionalmente a los catorce años de edad. Lo que tenía de rico lo tenía de pendejo, un insolvente. ¿De eso se trataba? No, no, la idea consistía en dispararle al tigre sin dejarlo herido porque se abalanzaría con todas sus fuerzas a su garganta hasta destrozarlo con sus garras y sus colmillos. Disponía de un único tiro en la recámara del rifle de alta precisión y contaría con sólo una oportunidad para matar a la fiera, haciendo blanco en el centro de su frente. Imposible fallar.

En su desesperación, incapaz de manejar su frustración y su coraje, confundiéndose aún más con la información de internet, Alonso visitaría al doctor Almazán, sí, pero al mismo tiempo continuaría investigando, aun cuando fuera con escaso éxito, los movimientos de su esposa y seguiría estudiando sus reacciones, observándola y siguiéndola con una lupa. Mientras se consumía de día y de noche y extraviado por completo, no dejaría de revisar a escondidas las llamadas en su teléfono celular, así como sus comunicaciones en las redes sociales. El WhatsApp o el Twitter o el correo electrónico podrían aportar los elementos necesarios para exhibir las dimensiones de su traición. Un experto en cibernética le conseguiría las contraseñas de sus cuentas en internet. Contrataría a un par de investigadores privados para saber, paso a paso, el horario y los lugares visitados por su cónyuge. Vigilaría cada una de sus rutinas. Si iba o no al gimnasio, quiénes y dónde le daban los masajes. Verificaría si atrás del salón de belleza existían pequeños departamentos privados para engañar a los maridos, en tanto sus esposas supuestamente se teñían el cabello, se hacían el manicure o se sometían a tratamientos faciales. Tenía que saberlo todo. Colocaría micrófonos en la casa para escuchar sus conversaciones. Convencería a su mujer de las ventajas de colocarse un chip en la oreja para que tanto ella como los integrantes de la familia pudieran ser localizados de inmediato y rescatados en caso de un secuestro, cuando en realidad se trataba de vigilarla cada segundo del día por medio de una de las *apps* modernas. Cualquier pretexto era bueno.

Alonso, impaciente, se encontraba en la sala de espera más aburrida de la historia. ¿No podía Fernando, su viejo y muy querido amigo psiquiatra, haber contratado a un mejor diseñador? ¿Las paredes? Beige. ¿Los sillones? Beige. ¿La alfombra? Beige. Todo beige e insípido, como los cuadros de figuras de árboles secos sembrados en un páramo. No existía un solo detalle en el consultorio que lo hiciera sentir bien y reconciliado, al menos, con algo. Al parecer, la monotonía destruye la intensidad de las pasiones.

Fernando abrió la puerta del consultorio. En ese momento Alonso pasó a su lado sin pronunciar una sola palabra.

—¿No había otro color cuando te pintaron el consultorio?

—Ya me imagino cómo has de estar si empiezas la sesión criticándome —respondió de manera filosa el psiquiatra, mientras se acomodaba en su sillón habitual y abría un cuaderno forrado con una piel desgastada.

—¡Cómo dices fregaderas a veces, Fernando! No todo está abierto a interpretaciones.

—No, si la fregadera la estás diciendo tú, no yo. Tantos años que llevas siendo mi paciente y con todo lo que has aprendido, ¿no te parece curioso que pidas una cita de urgencia y lo primero que hagas es aventarme una crítica?

—Uy, qué sensible estás.

—No intentes provocar a quien nunca va a reaccionar en estas situaciones, Alonso. Digas lo que digas, no vas a lograr que tú y yo discutamos por una tontería. Por lo menos, no conmigo. ¿Por qué no mejor te dejas de chingaderas y me dices qué te pasa, hermano?

El psiquiatra tenía razón y Alonso se sintió desarmado. Llegó al consultorio con la espada desenvainada, tratando de expulsar la lava contenida en su interior. Había comenzado, tiempo atrás, con una pequeña chispa, pero con el paso de los días, el magma intentaba salir por la boca del volcán sin encontrar el alivio de la erupción. Podría implosionar en cualquier momento...

—Me está siendo infiel, Fer —por fin explotó el empresario, como un acto final de rendición.

—¿A quién te refieres por infiel?

—¿Cómo que a quién, doctor? Pues a Solange, mi esposa, mi mujer o mi exmujer, como sea, que está cogiendo con alguien más, que tiene un amante, carajo, ¿o necesitas que sea más explícito? —el empresario sólo se permitía hablar así en la presencia de su analista, en realidad un amigo-hermano que llevaba acompañándolo varios años. En el centro de esas tres paredes y un ventanal, Alonso había desintegrado su espíritu para volverlo a armar hasta convertirlo en algo parecido a un ser funcional. Nunca nadie lo había visto ni lo vería tan vulnerable como Fernando, y sólo dentro de ese consultorio.

—No puedo creer que sea tan ingrata. Le di todo, nunca le faltó nada —siguió el empresario después de un largo silencio. Estaba acostumbrado a las respuestas mudas y en ocasiones lacónicas del psiquiatra a manera de presionarlo para que el paciente continuara hurgando en su inconsciente—. ¿Cómo se atreve a hacerme esto a mí?

—¿Estás seguro?

—Seguro.

—¿Te lo confesó?

—No.

—¿La cachaste?

—No.

—¿La mandaste a seguir?

—Sí, por supuesto.

—¿La has agarrado con las manos en la masa…?

—No, nunca, lo ha sabido hacer muy bien.

—Entonces ¿de dónde sacas esa certeza?

—No te lo puedo decir porque no me lo vas a creer.

—Sabes que éste es un lugar muy seguro, Alonso. Incluso las paredes son sordas. Conozco hasta el último pliegue de tu vida, de modo que suéltalo…

El empresario respiró hondo. Tarde o temprano se lo tendría que confesar si en verdad quería ayuda, una mano amiga.

—Me lo dijeron dos brujas por separado y que no se conocen entre sí. Es innegable.

—Alonso, ¿ya escuchaste lo que me estás diciendo? Ya me comentaste que ella no te lo dijo, tampoco la vieron y, aun así, sin una sola prueba, ¿crees en la palabra de dos pinches brujas que nunca habías visto en tu vida? —el psiquiatra hacía lo posible por seguir las lecciones de su carrera y ser una tabula rasa, pero estaba atónito con las expresiones de su paciente. ¿A dónde había caído? La fragilidad humana no tenía límites. No podía creer que fuera el mismo que había logrado tantos avances a lo largo de los años, y que el presente y el futuro de su querido paciente y amigo dependiera del dicho de un par de hechiceras. Aunque él mismo en varias ocasiones había dudado de las intenciones de Solange, no podía permitir que el matrimonio de Alonso estuviera sujeto al dicho de un par de adivinadoras.

Almazán recordó en silencio la anécdota aprendida en sus años en la escuela de psiquiatría que hablaba de un enfermo que se sentía grano de maíz. Para ubicarlo en la realidad, habían intervenido múltiples especialistas, quienes finalmente creían haberlo aliviado de sus males. El día de su alta en el hospital, el hombre, ya sanado, salió airoso, feliz y sonriente de la institución después de cinco años de interminable estancia. ¿Pero cuál no sería la sorpresa de los galenos cuando el personaje, ya supuestamente curado, regresó aterrorizado, pálido y sin aliento al salón de sesiones para hacer saber a la plantilla de médicos que en la calle había un gallo, a lo que casi todos respondieron en coro que ya debería haber entendido después de tantos años de tratamiento, que él no era un grano de maíz? Sí, el interfecto contestó que sí, que era cierto, todos lo sabían menos el gallo que podía devorarlo a picotazos. ¡Qué difícil resultaba a veces curar las enfermedades mentales!

Almazán, con el debido respeto, insistió en la pregunta:

—¿Ya escuchaste lo que me estás diciendo?

—Sí, doctor. Me lo dicen mis entrañas, esas voces internas que siempre me indican el camino correcto —sentenció apretando y agitando ambos puños en señal de triunfo.

—Hemos hablado con anterioridad de las obsesiones y compulsiones que has padecido, que, aunque no siempre veas como un padecimiento, eso son —exclamó el psiquiatra con tacto y prudencia profesionales—. Las mismas que te han llevado tan lejos en el mundo empresarial, pero que han limitado tu vida personal al permear tu atención en cualquier otro aspecto. ¿Ves clara la nueva obsesión?

—¡Claro que la veo, doctorcito!, tan la veo y la siento que no puedo dormir, no puedo comer, no puedo beber, no me puedo divertir y nada me llena ni me satisface. ¡Y me está engañando! ¡Estoy enloqueciendo!

—¿Te parece que hagamos un ejercicio para bajar la intensidad de tus pensamientos?

Alonso guardó silencio…

—Dime, ¿qué piensas hacer con esta información de fuentes tan fidedignas? —las últimas cuatro palabras las dijo Fernando empapadas de sarcasmo. En ocasiones, este recurso también podía ser considerado como una herramienta psicológica.

—¿Qué pienso hacer? Sólo te lo confieso a ti en este cuarto que ha escuchado hasta el sonido de mis lágrimas al caer. La quiero matar.

Tal vez con cualquier otro paciente el psiquiatra se hubiera escandalizado con este secreto. Sin embargo, conocía a Alonso como a la palma de su mano, la que había utilizado para escribir libretas enteras de sus sesiones por años y sabía de sobra que no se encontraba frente a un asesino. Con Alonso, en lo específico, una fantasía hablada no se llevaría a cabo.

—¿Cómo la matarías?

—Fernando, esta conversación se está tornando muy siniestra.

—Claro, Freud decía que lo siniestro es aquello desconocido, pero que también es lo más cercano y familiar. ¿Cómo matarías a tu esposa?

Alonso se acomodó en el familiar *loveseat* y confundido, extraviado ante semejante pregunta, continuó:

—No le dispararía, no. El batidillo me volvería loco aún después de limpiarlo. Además, con un balazo todo acabaría ahí, *ipso facto*. La quiero ver sufrir, arrepentirse, acongojarse de muerte, retorcerse de dolor como el gusano que es. La envenenaría.

—¿Con qué?

—Algún veneno debe de existir que la vaya matando poco a poco. Como ella a mí.

—Síguela destruyendo en tu mente, Alonso, síguele, acábatela, y si después descubres que no te fue infiel, entonces comenzará un largo y tortuoso proceso de reconstrucción de su imagen que tal vez nunca llegues a reparar a su versión original, Alonso, cuidado con lo que te digo.

—Cómo no, Fernando, pero lo que me duele es la traición —ambos quedaron mudos en un ambiente plagado de dudas. El psiquiatra continuó:

—Alonso, estás luchando contra un espejismo, un enorme titán hecho con pies de barro húmedo. Tu certeza está construida con plasma de un fantasma. No existe. Y lo que está alimentando esta alucinación es tu trastorno obsesivo y tu miedo al fracaso y a la traición. No luches, como tantas veces lo has hecho, contra un enemigo de aire. Si crees que Solange te está siendo infiel, agarra al toro por los cuernos, sin temor a las consecuencias. Si no sabes contra qué te enfrentas, no alcanzarás la victoria, hermano.

Harto de la conversación, Alonso se puso de pie al sentirse incomprendido:

—Hoy no es mi día ni mi día de consulta ni mi día de nada, Fer. Vendré en otra ocasión —exclamó Alonso visiblemente disgustado dirigiéndose a la puerta—. Te buscaré…

—No empieces con tus mecanismos de defensa. ¿Me prometes que, después de ver tu agenda, me vas a escribir para concertar otra cita?

—Sí —respondió el empresario a secas y procedió a despedirse del doctor chocando los puños, como se había vuelto tan habitual después de la pandemia.

—Veámonos mañana, pero comienza con el tratamiento farmacológico que hemos utilizado las veces anteriores.

—No sé si pueda mañana. Te aviso…

Alonso no quería más terapia. Necesitaba a alguien con quien rebotar la maldad de Solange y no lo había encontrado esta vez en el psiquiatra. Más que entender sus emociones, necesitaba buscar un plan. La única manera de aliviar su obsesión era obtener la plena certeza de la infidelidad de su mujer. Después… después ya sería otra historia.

Solange veía a Alonso atento, como siempre, cuidadoso en sus expresiones, buscando invariablemente cualquier oportunidad con tal de evitar malos modales, ya ni hablar de un lenguaje áspero y agresivo. Siempre estaba presente, sí, en efecto, no se ausentaba y la atendía en sus caprichos más insignificantes, pero ella notaba algo extraño en su conducta sin poder descifrarlo ni explicarlo, al menos públicamente. No, no era el mismo por más que se disculpaba de cualquier malestar con argumentos insostenibles. Alonso no se oponía a las salidas nocturnas de su mujer para jugar al póquer. De una u otra forma conocía a los jugadores, además de saber las casas en donde apostaban, dentro de un noble contexto familiar y amistoso. ¿Sospechas en ese sentido? ¡Ninguna! Solange se distraía jugando unos tristes pesos que en nada le afectarían a él y mucho harían por su felicidad. Sin embargo, empezaba a dudar hasta de su sombra.

Alonso no había puesto la debida atención cuando Solange le contó que se había vuelto a encontrar con Mauricio en las mesas de póquer, después de algún tiempo de no verlo. En ocasiones, al terminar la partida, continuaban hablando en la casa de los anfitriones hasta altas horas de la noche, para abordar el tema de la suerte, de los desafíos, del bluf, de las mentiras, de las dificultades para disimular, de las rachas de buena suerte o las malas manos, el hecho de jugar al límite y la emoción de apostar lo que no se tiene y controlar la ansiedad; en resumen, intentaban explicarse el síndrome del apostador. Sólo los cazadores mentían más que los apostadores compulsivos, cuando presumían haber estrangulado con sus propias manos a un enorme león de la África septentrional.

—Estuve en una ocasión a punto de lograr la flor imperial, temblaba de la emoción, querido amigo.

—Yo gané dos manos con puro bluf, no tenía nada, absolutamente nada, y aposté mi resto y me quedé con toda la polla... El corazón se me salía del pecho. Me pellizqué discretamente las mejillas para no palidecer y ser descubierto. La palidez de mi cara podía traicionarme, pero le pegué al coñac y la brinqué, y si el susto fue o no fue grande, como dicen en España, la lavandera lo sabrá...

—Maldito, no se te veía nada, llegué a creer que traías el póquer de ases. Tienes que enseñarme a mentir. No se te movía ni un músculo de la cara ni respirabas agitadamente ni tu mirada ansiosa te delataba. Eres un maestro.

—Sí, gané dos buenas manos en abierto y me llevé muy buena lana —agregó Rubio frotándose las manos— pero ya llevaba yo una pésima racha perdedora. En dos ocasiones creí que ganaría duplicando la apuesta, pero no me atreví. En la vida —agregó ufano— nos la jugamos todos los días, a veces sin darnos cuenta; si no te expones, nomás no ganas…

—Y para ganar te tienes que convertir en un mentiroso profesional, ¿cierto…?

—Todos mentimos a diario, querida Solange. Yo le miento al banquero, al fisco, a mis clientes al prometerles que mis electrodomésticos son los mejores del mundo, a mis socios declarándome en quiebra sin estarlo o garantizándoles dividendos que jamás tendremos; engaño también en la mesa del póquer, al igual que les miento a mis amigas al asegurarles matrimonio cuando no tengo la menor intención de casarme ni de cargar más maletas que la mía en los viajes —aclaró tropezándose con las palabras después de haber bebido media botella de coñac, cuando menos.

—O sea, ¿le tomas el pelo a todo mundo…?

En ese momento, y ante semejante pregunta, Mauricio contuvo sus ímpetus mañosos para responder como si intuitivamente percibiera el peligro:

—No, Solange, no soy un despiadado, existen personas candorosas, nobles e inocentes a las que jamás les tomaría el pelo, porque no se lo merecen, son soñadoras a las que nunca se les debe despertar, sería una canallada —concluyó sin morderse la lengua.

Solange escrutaba su rostro, sopesaba palabra por palabra.

—Un día sí que me llevé un susto del carajo, porque un amigo y yo constituimos una lavandería y ganábamos buena lana. Yo dirigía la empresa y todo marchaba de maravilla, hasta que me pidió dinero a cuenta de utilidades, a lo que yo me negué alegando que, si bien había recursos, según los estados financieros, yo los había alterado en lo que recuperaba nuestro capital que tenía invertido en otra compañía que nos reportaría a ambos enormes dividendos, en fin, que me diera tiempo.

—¿Y qué pasó, tú…?

—Pues que me sacó la fusca, cortó cartucho delante de mí y me colocó el cañón en la cabeza: "O me das la lana ahorita mismo, hijo de tu puta madre, o te mueres, cabrón, ese dinero es todo lo que he podido reunir en mi vida y cuídate de que el cheque no tenga fondos porque donde te encuentre te mataré, la cárcel me vale madres, si ya perdí todos mis ahorros". A continuación disparó un tiro al techo. Llegaron mis secretarias, mientras él contaba: uuunooo, dooosss, mi cheque, miserable, a las tres te mato delante de todos…

—Carayyy, ¿y…?

—Pues no me sirvió el *poker face* ni nada, le hice el cheque y le pedí una semana para cobrarlo.

—Tienes una semana de vida, a mí no me vas a ver la cara de pendejo, como a otros, si no me pagas, te mueres y aquí están estas gatitas de testigos —dicho lo anterior volvió a disparar al aire y salió después de aterrorizar a mi gente.

—Y, por supuesto le pagaste, ¿no?

—Por supuesto que sí, yo tenía la lana y se acabó el problema. Mi plan no funcionó —remató Rubio, todavía sonriente.

—Yo soy soñadora, estúpida y alguien podría hacer conmigo lo que le viniera en gana, ¿no? Al fin y al cabo, no tengo fusca, como tú dices…

—No, Solange, no, tú eres una mujer muy inteligente, astuta e intuitiva, sabes interpretar al centavito las intenciones ocultas de la gente, una gran estrella ilumina tu camino, de bruta no tienes nada, amiga, y tú bien lo sabes, pero eso sí, yo puedo ocultar mis emociones al masticar un ratón vivo sin hacer un solo gesto de asco, es la clave del éxito —expuso Mauricio con una sonrisa malévola surgida del fondo del alma.

—Guácala, ¿me enseñas? Yo soy muy transparente y todo se me nota. Me cuesta mucho trabajo mentir. Mi padre nos castigaba cuando no decíamos la verdad. Un día me llamó un galán y le dije a mi hermana que me disculpara alegando que no estaba y mi padre me gritó enloquecido para que siempre diera la cara, que jamás me escondiera de nadie, imagínate…

—El lunes próximo jugaremos en mi departamento —afirmó Mauricio—. Ahí sacaré un ratón blanco, lo remojaré en alcohol y lo masticaré delante de ti, para que escuches cómo truenan sus huesitos hasta que le aplastas la cabeza con las muelas —sonrió mientras imaginaba meter sus manos debajo de la mesa para empezar a acariciar sus piernas. Era claro que Solange empezaba a llamarle la atención por diversos motivos.

—Eso tengo que verlo, con sólo pensar en la escena me dan náuseas —en tanto Solange empezaba a descubrir un cierto encanto en Mauricio, un hombre audaz, con una gran experiencia en todos los mundos.

—El lunes próximo lo verás con esos hermosos ojos que tienes. ¿Vendrás?

—¡Claro que sí!

Ante las crecientes deudas de juego, y al no querer que Alonso se enterara, Solange había vendido o pagado con cuadros, obras de arte parte de la colección de su marido, guardadas en bodegas con la esperanza de que él nunca preguntara por ellas, y de hacerlo, defendería el punto alegando robos de las sirvientas. Sus joyas las había enajenado o empeñado o había sustituido las piedras preciosas por unas falsas para que nunca se descubriera el engaño.

Los días transcurrían lentamente sin que se produjera una noticia definitiva. Sin embargo, a pesar de las recurrentes visitas al psiquiatra, la angustia de Alonso no disminuía. Solange ya había detectado que alguien esculcaba su bolsa y su cartera en las noches cuando se retiraba a descansar. En un principio, dudó del personal doméstico, hasta empezar a caer en cuenta de que se trataba de su marido. Él se mostraba muy inquieto cuando entraba una llamada al celular de ella. Guardaba silencio. Atendía, con la debida discreción, el desarrollo de la plática.

—¿Quién te llamó? ¿Por qué a estas horas…? Me parece una falta de delicadeza. Después de las nueve de la noche deberían cancelarse todas las llamadas telefónicas, por elemental respeto.

Una amiga de Solange le hizo notar que dos tipos las seguían y que al salir de un restaurante ahí se encontraban, no se habían movido, lo cual parecía ser sumamente extraño. Día con día se sentía espiada, acosada, hasta hacerle saber a su marido los motivos de su intranquilidad y de su inconformidad:

—Siento que me vigilan como si me fueran a secuestrar o planearan asaltarme o hacerme una chingadera y todo por tu cochino dinero. Tengo miedo. No sé de qué se trata. Si tienes dudas de mí, dímelo con franqueza y lo resolvemos de inmediato, pero que no me investiguen porque yo no soy una delincuente y así me hacen sentir. Ahora bien, si alguien intenta secuestrarme, debes protegerme. No vaya a ser que tu lana me cueste la vida o me vayan a cortar un dedo. Todo mundo sabe que eres millonario y ahora sucede que yo voy a pagar el pato porque tengo menos equipo de seguridad que tú...

Las disculpas de Alonso se repetían unas tras otras, pero no dejaba de investigar y de perseguir a su mujer. Él, por su parte, continuaba tomando pastillas, ansiolíticos, barbitúricos y antidepresivos para soportar el creciente malestar. Dos brujas no podían estar equivocadas. Su esposa era una mañosa y sabía cómo evadir la vigilancia. Una noche, cuando faltaban un par de horas para el amanecer, de repente Alonso empezó a gritar en la cama, se abrió la camisa de la pijama, se arrancó desesperado los botones; se sujetaba la garganta, se asfixiaba, en tanto se sacudía las sábanas como si fueran sanguijuelas chupándole la sangre. No podía resistirlo. Solange despertó de inmediato. Estallaban todas las obsesiones al mismo tiempo. Los latidos del corazón parecían romperle el pecho, reventárselo, mientras su cuerpo se empapaba de un abundante sudor frío. En su sueño veía a su mujer haciendo el amor con otro hombre, cuyo rostro no alcanzaba a distinguir. ¡Claro que la miraba, ahí estaba la miserable, por fin la había descubierto, lo veía con claridad extraviado en ataque de pánico! Ella se encontraba sentada encima de su amante, quien la sujetaba de la cintura y la agitaba moviéndola o empujándola para atrás y para adelante hasta hacerla gritar de placer al alcanzar un orgasmo tras otro y caer desmayada envuelta en mil carcajadas de agradecimiento, sobre el pecho de aquel hombre.

—Amor, amor, amor: nunca había sentido esta pasión y este éxtasis, gracias, me has hecho sentir mujer otra vez a estas alturas de mi vida. Gracias, cielo, cariño, coges como rey, mi vida, mi marido no tiene ni puta idea de lo que nos gusta a las mujeres

—gritaba Solange durante la pesadilla de Alonso—. Gracias, corazón —repetía una y otra vez, mientras el amante besaba apasionadamente el rostro satisfecho de su enamorada y limpiaba las gotas de sudor que escurrían de su espalda y de su rostro.

Solange jaloneaba la manga de la pijama de su marido:

—Alonso, Alonso, Alonso, despierta, ¿qué sueñas? ¿Qué te pasa?, tranquilízate, te puedes morir de un infarto, por favor reacciona —exigía aquélla sin que él reaccionara.

En ese momento, Alonso volvió en sí. Giró la cabeza con la respiración acelerada para encontrarse con su mujer. Sintió vergüenza al sentirse descubierto. Para intentar explicar lo ocurrido pretextó el descubrimiento de un gigantesco desfalco que podría conducirlo a la ruina.

—¡Mientes! ¡Ya, chingada madre, dime! —tronó ella acomodándose de rodillas en la cama—. Nada de desfalcos, estás soñando que cojo con otro cabrón, no me vengas con más cuentos, te acabo de escuchar.

En esa situación tan comprometida, al saberse descubierto, Alonso ya no tuvo ningún reparo en enrostrarle la verdad a gritos a Solange:

—Eres una maldita, te soñé cogiendo con un cabrón, ¿por qué nunca sentiste lo mismo conmigo? Te odio, pinche mentirosa.

Ningún pretexto fue útil a partir de ese momento. Solange se sintió ofendida, profundamente lastimada en su orgullo. Lo vio como nunca, con una expresión de odio y desprecio.

—¿Por quién me tomas, miserable rufián?, el león cree que todos son de su condición. Ahora resulta que una pesadilla tuya me convierte en una cualquiera, maldito loco, lo mejor que nos podía suceder es que te encerraran en un manicomio. No queda nada del galán, del poderoso empresario que yo conocí, estás mal de la cabeza, eres un perturbado, un demente, un peligro para mí, para tus hijos y sus socios, cuidado contigo —dicho lo anterior, tomó su almohada y se retiró furiosa y ofendida a la habitación destinada a las visitas. El portazo sacudió a medio vecindario.

Alonso, sin embargo, se volvió a acomodar, tomó otro soporífero y durmió hasta el amanecer. ¡Viva la química! A la mañana siguiente, continuó con las averiguaciones. No canceló, por supuesto, a los investigadores, ni dejó de esculcar su cartera ni desconectó los micrófonos instalados en la casa y en el automóvil de ella. La vida matrimonial se convirtió primero en silencios soportables y después en agresiones, en reclamaciones altisonantes, en amenazas y en advertencias destempladas.

Alonso ya no pudo disimular. Finalmente se derramó el vaso de la paciencia. La encaró llamándola mañosa, tramposa profesional, experta en traiciones porque lo engañaba, él lo sabía, ¡claro que lo sabía y claro que lo engañaba!, sin embargo, no lo había podido comprobar.

—Eres una malagradecida —le escupió a la cara—. Regrésate a la galería, a la calle para vender cuadros, a morir de hambre hasta engañar a otro pendejo como yo, este pendejo que te dio todo sin saber que no se hizo la miel para la boca del asno. Te recogí de la calle…

Al principio ella lloraba por los injustificados insultos. Se defendía como podía. Se rehuían, evitaban el menor encuentro. Solange se encerraba en la habitación de ambos, en tanto Alonso dormía en el cuarto de visitas. Al amanecer, el magnate huía muy temprano al club y comía con cualquier persona con tal de no ver a su mujer.

Dos semanas escasas posteriores a la pesadilla, cuando Alonso regresó de Valle, en lugar de recibir una invitación al diálogo, a la búsqueda de soluciones a través de expertos en conflictos matrimoniales, a las famosas terapias de pareja, a la demostración de su inocencia, se encontró con una carta colocada sobre el escritorio de su biblioteca, que decía así:

> Alonso, amor mío:
>
> Nunca hubiera querido escribir esta carta, pero las circunstancias me obligan a hacerlo. No puedo vivir a tu lado ni un momento más porque me has perdido la confianza y esta situación me obliga a una separación porque ya no soporto tus insultos ni tu indiferencia. Ya no sé quién eres ni

tampoco sé quién te envenenó ni por qué lo hizo. Ya no te pareces en nada al hombre que conocí hace ya más de once años. El Alonso de hoy es un hombre desconocido para mí. Me quedo con tu feliz recuerdo de los años felices que pasamos juntos. Acepto que yo misma he cambiado y que vivo en un gran vacío porque no sé cómo llenar mi existencia a pesar de que lo tengo todo y no tengo nada. Tal vez lo que necesito son retos y oportunidades. Como sabes, no escribo muy bien, pero cada día me convenzo más de que la vida es eso, retos y búsqueda, antes de que de plano ya nada me importe y ya estoy a un paso de que todo, y todo es todo, me valga madres. Antes tú eras todo para mí, pero empecé a aburrirme y no por tu culpa, sino por mi vacío, porque ya no tengo motivos para vivir. Tú te levantas cada día esperanzado con nuevas ilusiones para seguir adelante, pero yo me despierto hueca, sin alma ni espíritu, cansada, desesperada, me muero en vida a tu lado como para que todavía me insultes.

No puedo seguir así. No sólo es tu culpa por despreciarme, también es mi responsabilidad por no haber hecho nunca nada que valiera la pena. Mi existencia ha sido inútil hasta hoy. ¿Qué soy? Tu esposa. Sólo eso, tu esposa y nada más, cuando en la vida debe haber mil razones para escapar de esta terrible rutina y buscar qué más soy y para qué más sirvo. Sería muy fácil acusarte de lo que me sucede, pero no sería justo. Mientras tú construías un imperio, ¿yo qué hacía? Nada, yo no hacía nada más que el ridículo y me desperdiciaba viviendo a tus expensas malgastando cada momento de mi vida como si yo fuera a ser eterna.

Adiós, Alonso, sólo quiero mi soledad y empezar a reconstruir la última parte de mi vida. No me quiero morir en el hastío ni en el aburrimiento ni en el cansancio. Sólo a mí me corresponde reconstruirme. Que seas muy feliz. Cuídate mucho. Quiero que sepas que soy inocente de cualquier cargo, que nunca te engañé ni te falté al respeto, como se diga, ni existe otro hombre en mi vida que no seas tú. Un día podrás comprobarlo. La verdad tarde o temprano se descubre. Yo sólo quiero para ti lo mejor del mundo. Cuídate y lucha también por tu felicidad, ya que a mi lado ya no la tienes.

Sólo te pido que abandones mi casa de inmediato, la que me regalaste cuando estabas enamorado de mí y que generosamente pusiste a mi nombre para darme seguridad y estabilidad. Es la hora de hacer efectivas tus promesas. En nuestra cuenta mancomunada de cheques ya no encontrarás nada. Retiré los fondos en previsión de una venganza tuya. Te repito, ya no sé quién eres. Vete de la casa a la brevedad. Gracias por los días felices que pasé a tu lado. Siempre te querré. Siempre tuya,

Solange

Las personas llegamos a conocer a nuestras parejas cuando nos divorciamos y no antes, pensó Alonso al terminar la lectura de la misiva. La iba a arrugar, a despedazarla a mordidas, pero prefirió no hacerlo al poder necesitarla en el futuro. Mientras guardaba una parte de su ropa en una maleta, días después mandaría por el resto, experimentó un confuso sentimiento de culpa por haber fracturado su matrimonio sin justificación aparente, pero, por el otro lado, se sintió invadido por una paz desconocida que le permitiría volver a disfrutar su vida. ¿Acaso necesitaba más pruebas que el último párrafo de esa carta maldita? La vida al lado de Solange le resultaba insoportable. Ella tenía toda la razón: la verdad tarde o temprano se conocería. Contrató a un camión de mudanza para mandar recoger, junto con su secretaria de confianza, las fotografías de Paco y Maggie, sus cuadros y esculturas favoritas, sus mancuernillas, ciertos muebles y libros de su biblioteca, entre otros efectos personales. Empezó a disfrutar la gratificante sensación de haberse quitado unos calzones cochinos, como bien decía su querida tía Lili.

Ya no recibiría a los investigadores para preguntarles si habían descubierto algo. Fueron cancelados después de pagarles sus jugosos honorarios. Retiró los pequeños micrófonos de la casa de descanso en Valle de Bravo. Ya no tendría que esculcar las bolsas de Solange ni revisar los estados de cuenta de las tarjetas de crédito ni olerla cuando regresaba de sus sospechosas reuniones, ni investigar a quién frecuentaba ni cuándo lo frecuentaba ni para qué lo frecuentaba. Ahora ella podía llegar a la hora que deseara después de jugar al póquer con quien fuera y él podría descansar a pierna suelta sin preocuparse ni dudar de su esposa. ¡Qué desgastante había sido el proceso de espionaje! Esperaba jamás volver a padecerlo. Habían concluido las confrontaciones, las pesadillas, las reclamaciones, el intercambio de insultos. Ya no tenía que probar nada de nada. Todo había acabado, que cada quien se rascara con sus uñas e hiciera un recuento de los daños y buscara la manera más feliz de resolver la tercera parte de la existencia, sobre la base de pagar las facturas por los excesos y desórdenes o disfrutar sus respectivos aciertos.

Las mujeres muy pronto volverían a su vida con reglas que él determinaría. El tema requería ser sometido a un proceso de cicatrización para poder enfrentar una nueva relación. Ni hablar. Imposible creerle a cualquiera de ellas cuando le dijeran "Te amo, Alonso, te amo con todo mi corazón", cuando en realidad lo que estaban realmente amando era su dinero, sólo su dinero. Si todo lo que las viejas deseaban en forma encubierta era disfrutar su patrimonio, pues eso mismo haría en su momento: las invitaría a viajar, eso sí, sin compromiso u obligación alguna, a navegar en yates de lujo por el Mediterráneo, a volar en aviones privados, a alojarse en las suites de los máximos hoteles, a conocer los mejores restaurantes, a comprar joyas muy caras y vestidos de marca inaccesibles a la mayoría de la población, a cambio de gozar sus carnes frescas y perfumadas. Las trataría como reinas, pero al aburrirse de la dama en turno, la cambiaría por otra más joven, tal vez más simpática y más guapa, más culta, movida o no por intereses distintos al dinero, pero jamás volvería a casarse ni le permitiría a mujer alguna convivir en sus residencias ni en sus casas ni siquiera de forma transitoria. Ellas querían disfrutar su fortuna. ¿Ésa era la regla del juego?, pues él estaba dispuesto a hacerlo: tú gozarás mi patrimonio y yo gozaré tu risa, tu cuerpo, tu juvenil compañía, pero con las debidas distancias. Tú dices que me quieres y yo te respondo con una tarjeta para que compres el automóvil que desees o te regalo el departamento que prefieras. Goza mi fortuna, pero cuando me canse buscaré otra compañía más refrescante que me haga feliz sin compromiso alguno. ¿Se trataba de pagar por los servicios? Pues sí, los pagaría, los compraría, los contrataría y los pagaría al contado, no faltaba más...

No, lo pensó mejor, las mujeres dedicadas al comercio carnal o al sentimental, las trepadoras en busca de posición social y de dinero, sólo lo proyectarían al vacío. Por ahí no era; además, él se declaraba ajeno a la promiscuidad. ¿Qué tal encerrarse a reflexionar en casa, a estar solo con él, a acompañarse, a acariciarse él mismo la cabeza y la cara para consolarse ante el fracaso de su matrimonio? Almazán se lo había recomendado: duélete de lo ocurrido y tócate la frente y el cabello como cuando tu madre lo hacía para aliviarte de un golpe cuando eras un niño. Es la hora de quererte como nunca.

Sí, gran recurso, guardarse y apartarse del ruido le ayudaría a reencontrarse en la vida y, sobre todo, tendría más tiempo para dedicarse a Paco, su orgullo. Lo acompañaría como nunca, era el momento de hacerlo.

Segunda parte

Meses después del accidente, Paco y Karin regresaron devastados de Salzburgo. En México lo atenderían los mejores expertos de ambas dolencias. El golpe había sido demoledor, pero si Pablo Casals, el querido monstruo y eterno ejemplo de Paco, su maestro, había vivido casi cien años, él también tendría en su poder el instrumento para garantizar la longevidad: ¡su chelo!

El viaje en el avión privado de su padre, el Gulfstream, recién adquirido por sugerencia del chelista, había sido una terrible pesadilla, a pesar de todas las comodidades y de haberlo casi convertido en una ambulancia aérea. Las cervicales fracturadas no significaban un problema menor. Ni la morfina ni un coctelito con diversos analgésicos surtieron efecto durante el largo, larguísimo, interminable, vuelo. Acostado o sentado o reclinado o de pie, el dolor se concentraba en los hombros y recorría el brazo derecho hasta inmovilizarle su mano. Antes de salir al aeropuerto le habían bloqueado los nervios a la altura de los omóplatos inyectándole corticosteroides, además de otros poderosos anestésicos. Los médicos austriacos le habían hecho morder un esparadrapo para ayudarlo a resistir el dolor en el momento de insuflarle los líquidos. En por lo menos ocho ocasiones le habían pinchado después de haber marcado con un plumón negro los lugares exactos para infundir los sedantes. Al concluir el procedimiento y tener la mandíbula agarrotada, no pudo abrir la boca para poder extraer la mordaza. Las lágrimas escurrían por sus mejillas sin poderlas controlar.

El chelista comprendió a quienes soñaban con la posibilidad del suicidio al no poder soportar el suplicio del sufrimiento. ¿Beber alcohol durante el vuelo? Contraindicado o no, detestaba la sola idea. ¿Comer algo? ¡No, horror, no! ¿Cómo huir de la realidad? Para alguien como el músico, víctima también de claustrofobia, el encierro en el aeroplano y durante tanto tiempo sólo venía a complicar la difícil situación. La voz más hermosa escuchada desde la muerte de Luisi, su madre, se produjo cuando, a través del altavoz, el capitán anunció la feliz llegada al aeropuerto de Toluca.

La terrible enfermedad de Paco y su pavorosa caída se habían convertido en un patético parteaguas en su vida: a partir de ese momento ya nada sería igual. Las expectativas eran más negras que el hocico de un lobo. Dedicado al arte y al amor, sus pasiones, había perdido de vista el transcurso del tiempo, algo así como si él pudiera detener la marcha inexorable de las manecillas de la existencia para dedicarse, mientras tanto, al placer.

En su soledad, a pesar de la compañía de su mujer, su padre, familiares y amigos, experimentó, despierto o dormido, cómo lo arrastraba un caudaloso río rumbo a una enorme cascada. Sin embargo, el artista no se dejaría vencer, eso jamás. Lucharía hasta el límite de sus fuerzas con tal de vivir y de tocar su chelo. En sus planes no existía la posibilidad de desamparar a Karin ni de abandonar su violonchelo. Se aferraría a sus objetivos como si se tratara de un par de clavos ardiendo. A su muerte, su adorado instrumento acabaría seguramente arrumbado en una covacha cuando todavía tenía tanto por decir, extraer y comunicar en el mundo de la música. No, no prescindiría de sus ensayos ni le daría la espalda a un futuro mágico. Los grandes retos eran para los grandes hombres. ¿De acuerdo? Había llegado el momento de demostrar de nueva cuenta de qué estaba hecho. Alonso se había cansado de repetirle desde su remota infancia y en sus recurrentes visitas a toda hora del día: "Hijo mío, estás forjado con el mejor de los aceros". ¿Era cierto? ¡A demostrarlo, entonces...!

Al músico no le había importado decepcionarlo cuando ingresó en el Conservatorio Nacional de Música en lugar de estudiar Administración de Empresas. Sabía que el camino al infierno consistía en andar a pie sobre un tapete de pétalos de rosas frescas. Lo importante consistía en no traicionarse y continuar su marcha ascendente hacia las estrellas sin voltear a los lados ni escuchar reclamaciones ni dejarse detener por nada ni por nadie.

Si yo estoy mal y me caigo, reflexionaba en su interior, mi entorno se derrumbará conmigo tarde o temprano. Imposible calificar su conducta como la de un egoísta, porque si él se desplomaba y perdía su poderosa posición vertical, todo se vendría abajo como un castillo de naipes. No, él no estaba condenado a vivir, ¡qué va!, no dejaría de rasgar las cuerdas con las crines de su arco, se expresaría con el corazón, interpretaría las partituras a su modo, con el alma, no se retiraría de los escenarios porque la desaparición ante su público equivaldría a morir. Si había sobrevivido a la caída, y tal vez a la leucemia, era porque se había abierto una página en blanco en su existencia; a garrapatearla entonces a la máxima velocidad y con toda intensidad. ¿Una página?, ¡no!, un pentagrama, sí, múltiples pentagramas para llenarlos con corcheas, llaves y notas, signos musicales, pautas superpuestas, marcas de *tempo*, unas más emotivas, dolorosas, sublimes y nostálgicas que otras. No, no se rendiría, contaba con una nueva oportunidad para parecerse cada día más a sí mismo hasta exhalar el último suspiro. Nada había acabado. ¡No! Mientras le respondieran los dedos, no padeciera una sordera incurable, no lo traicionaran los ojos y contara con la ilusión de tocar una y mil veces a Shostakóvich, a Mahler, a Bach, a Haydn, a Beethoven y a Rachmaninoff, entre otros tantos más, y mientras tuviera a Karin a su lado, habría muchos motivos para permanecer en el mundo de los vivos.

Si le habían diagnosticado una leucemia linfoblástica aguda, un cáncer de la sangre y la médula ósea le producía demasiados linfocitos, glóbulos blancos, o como se llamaran esos malvados bichos, pues reduciría su amenazante número por medio de un trasplante de médula o lo que fuera, se sometería a cualquier tratamiento, doloroso o no, pero no claudicaría, lucharía con más tesón del requerido como cuando inició su carrera de chelista que tantas satisfacciones le había reportado y tantos esfuerzos le había costado. Si los niños enfermos consolaban a sus padres con su fortaleza, él, como adulto, no dejaría caer a los suyos a la voz de que aquí no ha pasado nada. Desde su caída y a partir de su enfermedad, sus males lo habían sacudido por las solapas, lo habían zarandeado con ambas manos, lo habían despertado y a gritos le habían recordado la temporalidad de la existencia. Las palabras de Sabines, el poeta, apenas audible, le retumbaba en las orejas: "Una voz me dijo al oído: Vive, vive, vive. Era la muerte...".

Su madre, María Luisa, muerta después de una terrible agonía, víctima también de un cáncer atroz, ¿no le había enseñado a reír y a superar la adversidad como cuando, en aquellos años, reprobaba aritmética y lo animaba a obtener una mejor calificación en el próximo examen? "En lugar de llorar, mejor ponte a estudiar, ése es el remedio, Paquidermo mío... Sepultado en la frustración no encontrarás soluciones, no es buena consejera." ¿Que muy pocos superaban esa malvada enfermedad?, pues él se alinearía con quienes sí se salvaban, con los optimistas, con los luchadores y combatientes de cuerpo y alma. Si había renacido aprovecharía ese golpe de suerte para crecer a alturas a donde él ni siquiera se había imaginado.

Sacaría fuerzas de la flaqueza, sí, de la flaqueza, del desfallecimiento y de la apatía, de donde fuera, pero cada uno de los asistentes a sus conciertos y recitales tendría que continuar sintiendo que sólo tocaba para él. Paco no estaba dispuesto a perder esa comunicación ni el entendimiento con los suyos a través de un lenguaje musical entablado con su público, buen entendedor de su muy particular idioma. Si los días tenían sólo veinticuatro horas, entonces no había tiempo que perder. ¡Pobre de aquel que no tenía tiempo para el amor ni para el arte...!

Esperaba su turno en los nosocomios cubierto el cuerpo y sus vergüenzas con batas insoportables: las odiaba, cómo odiaba compartir el mismo espacio con otros pacientes en su misma condición a la espera de análisis de sangre, resonancias magnéticas, rayos X, tomografías y reportes de patología. En esos momentos Paco recordaba, sentado en una silla de ruedas, con su gorra azul oscuro de los Yankees de Nueva York, sus primeras clases de chelo en la primaria, cuando la maestra les permitía escoger un instrumento para aprender a tocarlo. Su familia lo contemplaba ensayando día tras día con la satisfacción de haber encontrado un entretenimiento pasajero para Paco, una actividad sólo para matar el tiempo. Nunca olvidaría una Navidad especial, ya cumplidos los diez años, encontró su primer chelo con un enorme moño al pie del árbol. Había recibido en su corta vida muchos regalos, desde una bicicleta, patines, diversos juegos, un mecano, aviones y portaaviones para armar, pero nunca nada, ningún objeto, le había reportado tanta felicidad. Abrazó a sus padres como pocas veces lo había hecho. Su madre, ya enferma, apretó su cabeza contra su pecho. A continuación, ya no sólo tomaría clases de chelo en el colegio, sino en casa, las tardes que él deseara y las horas que quisiera. Su disciplina y fuerza de voluntad eran tan sorprendentes como ejemplares. ¿Había heredado su talento de algún ancestro?

—Tal vez de mi abuelo —contestaba a los curiosos después de interpretar unas piezas de Vivaldi para niños la tarde de su primer concierto en la Sala Chopin. No, insistía sonriente, su padre era empresario y su madre maestra, educadora, sólo su abuelo materno había sido maestro de ópera, pero salvo él, ninguno había cultivado alguna actividad artística.

En aquella ocasión escuchó por primera vez el aplauso del público puesto de pie, entre bravos y más bravos, una sensación similar a mil caricias maternas. El niño había tocado con gracia, valentía y seguridad. Menudo alimento para el alma que nunca olvidaría y lo estimularía en los años por venir. El éxito temprano despertó entonces una sed de aplausos, de reconocimientos, de elogios, de cumplidos que lo animaron a continuar por siempre y para siempre en el mundo encantado de la música. La ruta estaba trazada…

Mientras le tomaban la presión en su habitación, en donde había colocado a la vista su querido chelo una vez instalados en su viejo departamento en la colonia Roma en la Ciudad de México, y entraba y salía la enfermera de guardia, impuesta por su padre, con medicamentos, analgésicos, inyecciones y sueros —ya tenía los brazos como el santo Cristo, según alegaba con cada piquete—, Paco dejaba de poner atención, al menos por un momento, a sus conciertos de chelo a través del Spotify. Con una cortesía elemental se desprendía de sus EarPods para contestar preguntas o recibir instrucciones. ¿Qué hubiera sido de él si no hubiera podido escuchar, en sus momentos más difíciles, a modo de consuelo, la obra de Casals como el Minueto para quinteto de cuerdas, el concierto para violonchelo y piano, el famoso *Pessebre*, el *Nigra sum*, *A l'enterrament d'un nin*, la Pastoral para violonchelo y piano, entre otras de decenas de autores más?

De vez en cuando sonreía al escuchar gritos callejeros como aquellos que decían: "Se compraaaan colchones, tambores, refrigeradores, estufas, lavadoras, microondas o algo de fierro viejo que vendaaaaa". O "el gaaaaassssss" de quien vende tanques en la calle. Le encantaba volver a oír el estribillo familiar: "Hay tamales oaxaqueños, tamales calientitos. Pida sus ricos y deliciosos tamales oaxaqueños. Te vale de a diez, diez pesos te vale, diez pesos te cuesta". Al poco tiempo de su regreso a México ya sabía la hora que era con tan sólo oír las campanadas de las iglesias convocando a la misa o el momento, en la mañana, en que llegaban los camiones de la basura y anunciaban al vecindario, también con campanas, la hora de sacar los botes a la calle. Hacía mucho tiempo que no oía el silbido de la flauta del afilador de cuchillos que pasaba con su carrito, o la sirena de las ambulancias o las de los patrulleros que presionan al tráfico porque les urge llevar a su novia a bordo, a algún lado; sin olvidar el chiflido del carrito del camotero, que también vende plátanos asados rociados con canela y leche condensada. El chelista se felicitaba por haber nacido en México y haber vuelto vivo a su patria y no en ataúd…

¿Copiarle a Casals?, recordaba una y otra vez pasajes del gran maestro, su pasión por las mujeres después de sus diversas parejas y matrimonios hasta su último enlace con Marta Montañez, cuando él acababa de cumplir los ochenta años y ella tan sólo veinte. No, ese tipo de pasiones no le correspondían, como tampoco le inspiraba la vida amorosa de Pablo Picasso y sus decenas de mujeres que él se encargaba de destruir con notable éxito. Paco, al igual que Joan Miró con su Pilar Juncosa, permanecería al lado de Karin, su única mujer para toda la vida. Ninguna superaba a la Karushka, ¿para qué cambiar lo que funcionaba y funcionaba a la perfección?, se cuestionaba sonriente. ¿Imitar a Casals en su lucha por un mundo mejor a través de la defensa de la democracia? ¿Entrar en la política? ¡Claro que le hubiera encantado que un presidente de Estados Unidos lo hubiera invitado a tocar en la Casa Blanca, con excepción de Trump, tal y como Kennedy lo había hecho con Casals!, pero ya el tiempo diría y tendría, como siempre, la última palabra… No, por el momento sólo se dedicaría a la música y a su cónyuge, ¿su novia, su pareja, su amante, su compañera, su mujer?, porque nunca se habían casado de acuerdo a la ley. ¿Hijos?, se preguntó durante las noches de insomnio cuando se imaginaba cuadripléjico. No, no tendría tiempo para ellos, era algo que él no podría concederles y, menos aún, cuando Karin afirmaba, en la intimidad, que los niños eran tumores con ojos. No, jamás sería madre. La maternidad no era lo suyo, como tampoco lo era la paternidad para el músico. Descartada entonces la posibilidad de integrar una familia.

El abrupto regreso a México de Paco y Karin se había producido en condiciones ominosas, ya no sólo por el accidente y la amenazadora enfermedad del chelista, sino por las dolorosas condiciones en que se encontró a su padre después de haber roto con Solange, la mujer que lo había acompañado en los últimos años. Alonso, ya instalado en un lujoso departamento en Polanco después de haberles informado a sus hijos de su soltería, nunca había logrado comprobar la supuesta infidelidad de su cónyuge; sin embargo, él estaba convencido de su deslealtad, lo sabía, lo sabía, insistía una y otra vez, ¡claro que lo sabía!, pero sin contar con prueba alguna para justificar sus sentimientos. Con el debido tacto llamó por teléfono a Maggie, a Florencia, para hacerle saber la buena nueva, en realidad, sí, buena nueva, porque su hija jamás había tolerado ni le había creído absolutamente nada a Solange. Para ella no pasaba de ser una arribista. Con el paso del tiempo, empezó a notificarles también a sus amigos del rompimiento de su relación matrimonial. En ningún caso expuso la verdad ni concedió jamás que la fractura se hubiera debido a un ataque de celos. Su confusión y su malestar lo sepultaban en un deprimente desconcierto al experimentar, por un lado, la desesperante sensación de haber cometido una terrible injusticia, sí, pero por el otro, no podía ignorar el poder de sus voces internas que le hablaban al oído para repetirle traición, traición, traición, hasta el cansancio. Las obsesiones, a la larga, le habían funcionado, ¿por qué ésta no iba a servirle? ¡Cuídate de los malagradecidos! ¡Si te la hizo una vez te la volverá a hacer hasta el infinito! ¿No te quedó claro cómo te largó de la casa y dispuso del dinero depositado en sus cuentas mancomunadas? Te robó, sí, sí, te robó, acéptalo, ¿qué más necesitas saber? Es una malvada.

No, Paco no podía contar a su gusto con el autor de sus días. Habría que darle tiempo al tiempo. Ambos, padre e hijo, sin embargo, conversaban a diario, intercambiaban puntos de vista en torno a la vida política de México, en relación con los negocios paternos, a la evolución de la leucemia de Paco, a sus planes de cara al futuro si recuperaba el vigor de su personalidad y la fuerza de sus dedos, sin dejar de analizar el resultado de las quimioterapias, de los puntos de vista clínicos, de la posibilidad de viajar a Estados Unidos para solicitar otra opinión profesional en el Anderson Hospital de Houston.

¿Cómo se encontraba Karin? ¿Cómo vivía la pesadilla? ¿Cuáles eran sus estados de ánimo? ¿Maggie vendría a visitarlos en los próximos días, tal y como lo había hecho cuando se presentó en Salzburgo preocupada por la salud de su hermano? ¿Qué era de Solange? En ese momento nadie sabía, ni pasaba por su mente peregrina, que ella se reunía con frecuencia en el despacho de prominentes abogados decidida a incoar una voluminosa demanda en contra de su marido porque, a su juicio, no se sentía debidamente remunerada por él después de haberle entregado más de una década de su vida para recibir a cambio tan sólo una residencia valuada en varios millones de dólares, además del menaje de casa y de las obras de arte contenidas en el antiguo "nido de amor". Los depósitos en las cuentas de cheques mancomunadas no pasaban de ser meros mendrugos. Ella tenía una idea aproximada del patrimonio de su esposo. De que había mucha tela de dónde cortar, sin duda la había... La "feliz pareja" no había contraído nupcias en términos del régimen de sociedad conyugal, sino por el de separación de bienes, pero los leguleyos buscaban ansiosamente posibilidades de lucro a como diera lugar. Al rico, al poderoso, al generador de envidias, se le debía arrebatar lo que tuviera porque "sólo se le tiran piedras a un árbol con frutos", decía Omar Khayyam... No tenía sentido apedrear un triste palo seco sin atractivo alguno. Alonso estaba lleno de frutas jugosas y abundantes.

Poco después de la llegada de Paco a México, Maggie tocó a la puerta de su padre. Alonso sabía que su hija acostumbraba a presentarse de Italia sin previo aviso, muy a su estilo, pero lo que su padre no podía imaginar es que se aparecería de pronto, acompañada de Loretta, según él, su querida amiga, interesada en conocer a su familia y a su tierra natal.

Alonso no pudo disimular la sorpresa al conocer a la amiga de su querida hija. ¿De dónde había salido la bella florentina? ¡Qué bárbara! El magnate hizo su mejor esfuerzo para disimular la atracción inmediata. Está hecha a mano, ¡qué muñeca!, pensó en silencio, tratando, como podía, de esconder sus emociones, al menos, al principio. La mujer, como él mismo confesaría más tarde en el diván del psiquiatra, se encontraba próxima a cumplir los cuarenta años, la edad en que una mujer ingresa al esplendor de su vida. Se había sentido brutalmente atraído por ella, como si fuera la mujer ideal, si acaso la había imaginado en sus sueños. Una vez en el pasillo, a la salida de los elevadores, abrazó a Maggie, la estrechó en sus brazos, le acarició su rostro y sus cabellos. Sus ojos humedecidos lo decían todo. Al presentarse con Loretta, le extendió ceremoniosamente la mano antes de invitarla a pasar a su departamento.

—Bésala, papá, no seas ridículo, la tratas como si fueras un hombre de la edad de piedra, agarra la onda.

Por supuesto que Alonso cumplió gozoso la instrucción. El perfume, ese aroma a sabor de bosque, la tersura de aquella piel, despertaron aún más su imaginación.

La bella florentina no tenía nada que ver con Solange, ¡qué Solange ni qué nada! Solange se podía ir muy lejos. La mujer respiraba voluptuosidad. Le fascinaron sus labios, su cabello trigueño ensortijado, su piel bronceada por el sol del Mediterráneo, su estatura, su sonrisa, su vestido amplio y suelto, exquisitamente escotado. Sus senos henchidos, rebosantes, su mirada traviesa y juguetona, ese hermoso conjunto lo atrapó a primera vista. La artista toscana, de familia siciliana, era encantadora, de verdad lo era, pero no podía ignorar que se trataba de la mejor amiga de su hija. ¿Tendría que resignarse al placer de la contemplación?

Alonso las alojó en la habitación de los huéspedes con vista al bosque y al Castillo de Chapultepec. Las dos mujeres dormirían en la misma habitación, un fenómeno que curiosamente no se daba entre hombres, al menos entre varones mexicanos. Maggie y su padre se habían encontrado en Salzburgo después de la pavorosa caída de Paco y del descubrimiento de su leucemia. En aquella difícil situación la pintora no se atrevió a confesar su relación amorosa con Loretta ni mucho menos la invitó a Austria cuando atravesaban por un grave conflicto familiar. No, no era el momento de confesar su relación lésbica, sobre todo después de escuchar los diagnósticos médicos en relación con su hermano. Hasta para morir debería ser oportuna, pensaba en su interior.

Alonso pidió a uno de sus ayudantes una botella de Dom Perignon rosé, su favorita, con las copas adecuadas. Maggie lo actualizó sobre su vida en Florencia, sus exposiciones, sus reconocimientos profesionales y artísticos en la Toscana, y sus éxitos en sus exposiciones en París y en Londres. Conversaban en español y en algunas ocasiones en inglés; Loretta entendía el español, de la misma manera que Maggie había avanzado en el italiano durante su estancia en Florencia. Valores entendidos. Todo acercaba. Los italianos, comentaban, eran amantes del arte. Gobierno y artistas habían hecho una alianza muy poderosa en favor de la cultura.

—Los italianos, pa, viven orgullosos de su país. Claro que se quejan de la política, de la corrupción, del desorden, pero en el fondo todo lo disfrutan y en el fondo, también, todo funciona por más que siempre anuncian la quiebra de su país para rectificar al otro día con grandes tragos de Chianti y buenos bocados de pasta. No los debes tomar en serio, pero sí los debes tomar en serio —concluyó sonriente sin dejar de repasar la mirada de Loretta—. Ya les entendí, pa, y ahora Italia es mi segunda patria. En Florencia todo está permitido, salvo lo que no está permitido, pero todo está permitido —reventó entonces en una sonora carcajada festejada por su querida amiga.

—Me encanta que los italianos te hayan recibido tan bien, a pesar de ser extranjera. Siempre me dijiste que son grandes anfitriones, hija —afirmó sonriente Alonso sin dejar de echar una ojeada a las piernas mágicas de Loretta. Disimular no era una tarea sencilla.

—Sí, te reciben de maravilla, son muy hospitalarios —exclamó feliz y contenta—. Hablo como ellas, me visto como ellas, hago lo que hace la inmensa mayoría de ellas, me ven como ellas y sobre todo te aceptan si hablas de arte como si cada italiano hubiera nacido con un lápiz en la boca, todos parecen ser artistas.

Al mismo tiempo, Alonso se preguntaba: ¿De qué estaremos orgullosos los mexicanos? ¡Qué importante es el sentimiento del orgullo para construir y cuidar a un país! ¿Qué me enorgullece de México?, se cuestionó mientras fruncía el ceño. Ya tenía tarea…

—Te adoro, hija, te adoro, tú sí entiendes el papel de los creadores en la sociedad —celebró Alonso satisfecho—. Se trata, por un lado, de construir una identidad nacional y, por el otro, de ayudar a crearla en tus telas y con tus pinceles. Es imposible que te aburras, ¿o no…?

—No, la verdad no me aburro, mi cabeza explota a diario con diversos temas y preocupaciones, no puedo salir a la calle sin mis lápices y sin mi bloc de notas ni mi celular para retratar nuevas imágenes, porque siempre me asaltan ideas que discuto con Loretta en busca de alternativas para expresar nuestros sentimientos con diversos lenguajes, te juro que no te la acabas. Nací, pa, con la necesidad de decir y, si no digo, me amargo.

Alonso levantó su copa para brindar por las ilustres visitantes con la esperanza de que pasaran muchos días en México…

—Me llenas de entusiasmo, mi Maggie, te necesito a mi lado más que nunca —agregó viéndola con ojos suplicantes—. Estoy pasando, por diversas razones que tú entiendes, por un momento difícil, Márgara, no regreses muy pronto a Florencia, ayúdame un rato a superar este amargo tránsito —suplicó Alonso sin preocuparle si Loretta estaba o no informada de lo ocurrido.

—Gracias, pa, aquí estaremos por un largo rato, todavía quisiera llevar a Loretta a San Miguel de Allende, a Guanajuato, a Oaxaca, a Yucatán y al Caribe, quiero enseñarle mi país, en tanto Paco se recupera de las quimios y de los tratamientos —remató compartiendo con la mirada el acuerdo sostenido con su pareja.

—*Amore mio* —intervino finalmente Loretta—, yo ya te enseñé una parte del norte de Italia, ahora te toca convertirte en mi guía de turistas —afirmó la italiana tan confiada como ilusionada.

Maggie le lanzó una mirada glacial para recordarle su acuerdo de no tener la menor manifestación amorosa delante de su padre hasta no informarle, en su momento, la realidad de su relación. Alonso aprovechaba la ocasión para ver de reojo a Loretta, quien se bajaba instintivamente la falda al descubrir la mirada lujuriosa del empresario.

Alonso hizo caso omiso del lenguaje cariñoso entre amigas, pues entre mujeres se decían cariño, tesoro, corazón, sin ninguna connotación erótica. ¿No se despedían entre sí por teléfono mandándose besos? Entonces se dirigió a Loretta como correspondía a un anfitrión educado:

—¿Y tú…? Loretta, Maggie me ha contado por teléfono de tus esculturas y me encantaría ver muchas fotografías de tu obra, no sé si te dijo, pero soy coleccionista. ¿Tienes algo nuevo que pueda ver, queridísima Loretta? —trató de acercarse a ella echando mano de los apelativos afectuosos entre mexicanos.

—Su hija y usted —corrigió Loretta una vez entendidas las muecas de Maggie, ya sin referirse a ella con el *amore mio*— son muy generosos. En Italia, un país de artistas, yo sólo soy una más entre miles o tal vez millones —expuso con humildad.

—Ya, bien, sí, gracias, ¿pero tienes fotos de tu trabajo…?

—Sí, claro, papá, que te enseñe su álbum de fotos de su última exposición en San Gimignano. Ella es muy modesta, pero el público se llevó hasta sus trabajos en yeso —intervino Maggie mostrando un gran orgullo—. Ve, anda, saca de la maleta las notas de prensa y las imágenes. No lo vas a creer, pa, va en serio. Anda —insistió para convencerla.

Momentos después llegó Loretta con un par de libretas encuadernadas con cuero rojo.

—Si usted, don Alonso, se decepciona, no será mi culpa —confesó con una modestia muy natural.

—Enséñale la foto de tu escultura de la Verdad Velada, el homenaje a Antonio Corradini. Te vas a ir de espaldas, pa...

Loretta colocó los álbumes sobre su regazo. Alonso la había visto de arriba abajo al retirarse con su vestido amarillo claro, estampado con mariposas multicolores en la parte superior del dobladillo. Las piernas desnudas, sin medias, bien torneadas, las de una mujer en el apogeo de su juventud, lucían espectaculares. El vuelo de la falda volvió a estimular la imaginación del empresario; sin embargo, le preocupaba la mirada escrutadora de su hija. ¿Qué haríamos sin las mujeres? Son todo y mucho más que todo, son el infinito. La vida carecería de sentido sin ellas...

Al empezar a mostrarle sus trabajos, Alonso se sintió atrapado por los senos frondosos de la escultora escondidos bajo el escote diseñado por un modisto pícaro para sugerir los tesoros femeninos.

—Maggie, señor Roel, es una escandalosa, apenas soy una aprendiz —comenzó su explicación con una falsa modestia. Se trataba de una mujer magnética para Alonso, su voz también lo había cautivado. ¿De dónde habría salido? ¿Por qué él no la había encontrado a lo largo de la vida sin estar relacionada a su hija? Menudo impedimento. Dios mío, ya sé que no existes, pero apiádate de mí... Dime que sí es cierto...

—Soy una fanática del arte de Antonio Corradini, uno de los mejores escultores del mundo, perdóneme —insistió segura de sí misma—. Y no exagero, búsquelo usted mismo en internet y comprobará el talento y la calidad técnica y artística de este auténtico monstruo italiano del siglo XVIII. Es muy difícil que vuelva a nacer nunca un escultor de su tamaño en ningún otro momento de la historia.

Las afirmaciones de aquella mujer hacían las veces de martillazos.

—Mire esta obra maestra, *La Verdad Velada* —continuó fascinada—, mire cómo logró que la piedra de mármol pareciera una tela, una gasa colocada sobre el rostro y el cuerpo de una hermosa mujer. ¿Cómo tallar en una piedra, una roca, un frágil velo transparente cubriendo la cara, tal vez de una virgen, con esa maestría? A ver, dígame, señor Roel… Corradini le arrancó el frío al mármol un año antes de su muerte para heredarnos esa obra magistral, como *Modestia* o *Busto de una mujer con velo*, *Tuccia*, *El Tiempo revela la Verdad*, entre otras muchas más que ahora se encuentran en museos, basílicas, palacios, monumentos funerarios y catedrales en Roma, Nápoles, Viena, Praga, Dresden y San Petersburgo…

—Comenzaré por decirte que me llamo Alonso y al ser amiga de mi hija ya eres una persona cercana a mí —interrumpió contemplándola de perfil a muy corta distancia—. Muéstrame algo hecho por ti, Loretta —se dirigió a ella en castellano—. Conozco el trabajo de algunos de los grandes que dices, pero quisiera ver algo tuyo en plastilina, en mármol, en arcilla, en acero o en madera, en lo que sea —pidió ilusionado.

—Para mí Corradini, un neoclásico, es superior a Bernini, a Donatello y al que usted desee. Sus trabajos, llenos de misterio y sensualidad, atrapan desde el primer momento, nunca nadie ha logrado, y créame, sé de lo que hablo, darle al mármol la textura de la seda —repuso la italiana, para agregar que soñaba con poder imitar los trabajos de Giovanni Strazza, de Raffaele Monti, de Thomas Ridgeway, de Giovanni Maria Benzoni, Prosper d'Épinay, Giuseppe Sanmartino—. En fin, para qué lo canso con los nombres de mis queridos monstruos.

—Ya, bien, pero ¿y tus trabajos? —insistió Alonso impactado por los conocimientos de la italiana sin imaginar lo que a continuación verían sus ojos. Se trataba de mujeres, siempre de mujeres, sólo mujeres esculpidas en mármol. Sus cuerpos desnudos, juveniles y embelesadores, tallados en piedras de casi dos metros, aparecían cubiertos en camisetas o gasas húmedas, mojadas, adheridas a sus formas femeninas. Alonso no lo podía creer: ¿cómo habría logrado tallar sobre la piedra con tanta delicadeza el velo o las gasas sobre el rostro, o los senos o las piernas de las modelos, como el tal Corradini?

—¿Tú esculpiste estas obras, Loretta? ¿Sola...?

—Sí, Alonso, tu hija misma vio cómo lo hacía en mi pequeño taller en las afueras de Florencia, con mis cinceles, mis mazas, mis martillos, mis punteros y mis discos de corte diamantado —repuso gustosa—. ¿Verdad, Maggie, *cara*...?

La pintora asintió con la cabeza.

—Te digo, pa, mi amiga es genial...

—Toda Italia y Europa deben caer de rodillas ante tus trabajos, Loretta querida, ¿no...? Esto que veo es maravilloso —celebró el empresario muy sorprendido—. Hagamos una exposición en México. Ven a trabajar aquí —exclamó con una doble intención.

—No, Alonso, no, Maggie y yo debemos volver juntas a Italia para continuar estudiando y aprendiendo hasta hacernos de un nombre. Y entonces, y sólo entonces, seremos trotamundos, ahora no ha llegado el momento...

—Sí, pa, las mejores escuelas están en Europa —agregó Maggie mientras bebía un poco más de champaña y se dirigía al bar en busca de alguna botana. A ver si había Charritos y a ver si los encontraba—. No estamos listas para abandonar la academia ni la vida cultural en el viejo continente. Todo a su tiempo —concluyó mientras desaparecía tras una puerta.

Abrirle las barajas a Loretta, a unas horas de haberla conocido, resultaba un suicidio. Habría que esperar otra oportunidad. De que llegaría sí que llegaría y de que la aprovecharía, sí, claro que la aprovecharía...

Algún malestar habría resentido Loretta al percibir con instinto femenino ese lenguaje mudo y ensordecedor que salía del fondo del alma de Alonso, por más que éste deseara disimular sus sentimientos, ya que tan pronto regresó Maggie a la reunión, aquélla se levantó, se despidió con un pretexto baladí y se encerró en su cuarto.

Padre e hija abordaron el tema de la salud de Paco. Alonso la actualizó con pesar. Todo parecía indicar que sí, en efecto, se le tendría que practicar un trasplante de médula o su vida correría aún más peligro. Él interpretaba el rostro de los médicos al explicar la evolución de la enfermedad. Leía como nadie las entrelíneas de sus silencios, de sus respuestas cuidadosamente vertidas a lo largo de las conversaciones. Cada palabra era pasada a la báscula antes de ser pronunciada. El padre, ávido de paz, llegaba a sus propias conclusiones. Los especialistas trataban de evitar compromisos y futuras reclamaciones, cuando, por otro lado, resultaba imposible conocer de antemano cómo evolucionaría el paciente. Existían múltiples variables en juego, como la resistencia a las inyecciones, a la quimioterapia, o hasta el rechazo a ciertos medicamentos, las alergias, la fortaleza física del enfermo, su disciplina, su resignación o su espíritu de combate, sus deseos de vivir o su indolencia al extremo de dejarse conducir por una mano gélida hasta los umbrales de la muerte. ¿Qué más daba…? El pesimismo estaba presente en los encuentros, sin embargo, la más optimista, quien levantaba el ánimo de la familia, era, sin duda, Karin. Cuando se erosionaba la energía ahí estaba ella para recuperar la esperanza y el coraje. No permitía rostros compungidos por la tristeza porque ésta era contagiosa. En las reuniones familiares la arquitecta se mostraba poderosa y sonriente para disimular su angustia y su agobio.

El padre, sin ser ingenuo, creía en la recuperación de su hijo. Saldría adelante. Si José Carreras, el famoso cantante de ópera, había salido airoso de la leucemia, ¿por qué razón Paco no iba a curarse si estaba en manos de los mejores médicos y contaba con un presupuesto inagotable, además de una envidiable juventud a sus poco más de cuarenta años? Sabía que un elevado porcentaje de pacientes con leucemia aguda morían durante el tratamiento, pero no por esa razón ambos dejarían de luchar, aun cuando en ocasiones parecía resignarse a una fatalidad inminente. Paco veía sus dedos sin uñas, le dolía la ausencia de cejas y la desaparición gradual de su cabello, el deterioro total, pero él era un guerrero de punta a punta.

—No te preocupes, Maggie querida, hija mía, tu hermano se salvará y después recorrerá medio mundo acompañado de su chelo y de su mujer, a la que, por cierto, cada día quiero más porque, a lo largo de la enfermedad de Paco, su imagen ante mí se ha disparado hasta el infinito. No tengo manera de agradecerle tanta ternura y cariño a esa mujer que a diario me enseña a vivir esta pesadilla.

Maggie bebía champaña y comía pistaches mientras su padre hablaba.

—No puedo estar más de acuerdo contigo, pa, Karin en buena parte se parece a mi mamá. Recuerdo que cuando ella estaba tan enferma y nosotros éramos apenas unos niños, jamás se quejó ni de los dolores ni de su terrible malestar para no dejarnos compungidos y destrozados. Mi hermano no se ha dado cuenta de que su esposa se espejea con los mejores años de su infancia, porque Karin también es juguetona, bromista y divertida como lo fue mamá. ¿Te caíste, rey?, pues sóbate… ¿Reprobaste una materia?, estudiemos juntos, de nada sirven los lamentos. ¿Tienes flojera? Pues te levantas y haces, ya tendrás tiempo de dormir, tiempo, cuando seas viejito y mucho más cuando dejes de serlo… ¿No te gustó la sopa?, pues te la comes para que empieces a conocer la adversidad. ¿Desobedeciste…? Impongamos juntos el castigo. Es mi obligación ponerte límites o te los impondrá la vida misma sin mi amor ni mi delicadeza. ¿Perdiste en el juego de futbol? Ya habrá otro partido. ¿Que no te dejaron cantar en el coro por desafinado? Pues a ensayar, aunque se vayan a esconder los perros de tu papá en sus jaulas.

—Sí, lo recuerdo, Maggie —exclamó Alonso soltando una carcajada. Él mismo no se percataba de que su hija estaba hecha a imagen y semejanza de la difunta. Era el vivo retrato de María Luisa. Su parecido físico, su estatura, sus modales, sus respuestas, hasta su risa hablaban de su herencia genética. Si Paco admitía una parte de la personalidad amorosa de su madre en Karin, pues

Alonso sentía una atracción similar de su exesposa al estar cerca de su hija. Todo le recordaba a ella. La vida se repetía, Luisi volvía a vivir. Lástima que Maggie vivía del otro lado del océano y no podía disfrutarla a diario. Al estar con ella se daba cuenta de la necesidad de su compañía.

—Sí, Paco se va a recuperar, pa, todo parece indicarlo, entonces hablemos de ti, ahora que estamos solos. ¿Qué onda con Solange? ¿La pescaste o no en la maroma? A estas alturas yo ya no sé si de cara a tu recuperación hubiera sido mucho mejor el hecho de haberla sorprendido infraganti, acostada en la cama con un galán o quedarte de por vida con la duda de si fue infiel o no, y créeme que te lo digo muy a pesar de que siempre pensé que no era una mujer para ti. No es una buena persona.

En ese momento se le desfiguró el rostro a Alonso. No esperaba esa conversación y menos disparada a quemarropa. Él pensaba que su plática se reduciría a la enfermedad de Paco y a la vida de Maggie en Italia. Antes de contestar decidió tomar un breve trago de champaña. Lo iba a necesitar.

—Debes saber, pero antes de continuar… —guardó un breve silencio para controlar la emoción.

—¿Qué…? —repuso Maggie ansiosa—. Todo lo que me digas, y más, me lo voy a creer de ese mal bicho. ¿Ya descubriste con quién te ponía el cuerno…?

—No, nada de eso —contestó pacientemente el padre en voz baja.

—Entonces ¿qué…? Habla, demonios, por lo que más quieras.

—Es que ni tu hermano lo sabe…

—¿Me vas a contar…?

—Pues debes saber que no sólo se quedó con la casa donde vivíamos y con los abultados depósitos de nuestras cuentas de cheques mancomunadas, sino que me demandó con argumentos indigeribles.

—Lo sabía, lo sabía, a esa alimaña, a ese asqueroso bicharraco, nunca nada le sería suficiente. Se casó contigo por la lana y ahora le parece poco una residencia que sólo hubiera podido ver en las películas de Pedro Infante, además te roba tu dinero y todavía te demanda cuando sólo se hubiera podido *arrejuntar* con alguien en un mugroso departamento en Texcoco. No, pa, no se vale, no… ¿Y tiene posibilidades de ganar? —preguntó sentada en el disparadero.

—Yo creo que no, pero los abogados, al igual que los médicos, son cautelosos en sus diagnósticos —concluyó el magnate para restarle importancia a la conversación.

—¿Te puso el cuerno, pa? ¿Sí o no? ¡Di!

—Yo creo que sí, pero no lo pude comprobar. Estoy lleno de dudas, pero ya no importa, amor mío.

—No es hora de bromas, pa, esa sabandija es capaz de venderle su alma al diablo con tal de lastimarte. Nunca te he imaginado chupándote el dedo y menos, mucho menos, cuando te abofetean… Además, que no se te olvide que entre su hijita Ingrid y ella misma formarían el dueto de las estafadoras.

—De acuerdo contigo, Maggie, pero acuérdate de lo que decía mi querida tía Lili…

—¿Qué decía…?

—A quien obra mal se le pudre el tamal, y a ella se le va a pudrir, lo verás…

Salvado el tema de Paco y de Solange, pasó por la mente de Maggie un meteoro que la invitó a revelarle a su padre la verdad de sus relaciones amorosas con Loretta. No sólo le alarmaba la decisión de dejar a su padre sin nietos, porque Paco y Karin tampoco tendrían hijos, sino que ignoraba la forma de plantear las delicias de su lesbianismo al conocer su temperamento conservador. Jamás, ella bien lo sabía, aceptaría el hecho de que su hija tuviera una novia. ¿Cómo explicárselo?

En Salzburgo, cuando bajaban a comer salchichas y chucrut con puré de papas en el restaurante del hospital, ella se había ocupado de contarle a su padre detalles de su vida como pintora. Desde entonces no se había producido ningún cambio espectacular. ¿Le confesaría a su padre sus pasiones homosexuales? ¿La contemplaría como una degenerada? Le angustiaba su reacción divorciada de la modernidad. ¿Se levantaría y la dejaría hablando sola? Si María Luisa viviera, la ayudaría a abordar el tema. ¿Qué hacer?

—Quedaste de invitarme a comer unas tostadas de pollo y un caldo tlalpeño, o como se diga —interrumpió Loretta la conversación después de haberse cambiado de vestido por uno más corto y provocativo. ¿Habría entendido las miradas libertinas de Alonso y aun así se presentaba de esa manera? ¿Cómo entender a las mujeres?

Tanto Alonso como Maggie difirieron su conversación. El primero deseaba saber más, mucho más, de Loretta, de ser posible conocer hasta el último pliegue de su vida, en tanto Maggie tenía que dar con el momento preciso para revelar su relación amorosa con la bella escultora, destinada a sobrevivir por mucho tiempo.

Maggie se golpeó los muslos como prueba de su conformidad, se puso de pie, bebió el resto de su flauta, dejó la copa sobre la mesa, aplaudió una sola vez y a la voz de "las promesas se cumplen", recogió su bolsa, se despidió de su padre con un beso en la mejilla, ejemplo que siguió Loretta como parte de una rutina, para, acto seguido, abandonar la estancia y desaparecer tan pronto se cerraron las puertas aceradas del elevador.

—¿Qué vas a hacer con todos estos cuadros, mamá? —preguntó Ingrid después de haberlos visto colgados en las paredes de la sala a lo largo de muchos años. Vestía, como siempre, su ropa deportiva, algo parecido a un uniforme, sus tenis costosos de marca, sus lentes oscuros europeos, su gorra de Madonna adquirida en una subasta pública en Los Ángeles, sin olvidar su reloj, sus anillos y sus pulseras de oro de Cartier, las de moda.

—No lo sé todavía, varios de ellos los compró Alonso en su primer matrimonio y otros tantos los compramos juntos. Alonso los quería mucho y los presumía a sus amigos y a sus invitados durante nuestras cenas y banquetes. Sobre todo, ése de Diego que está frente a ti, el de la indígena sentada rodeada de alcatraces, el empotrado, no tardarán en venir por él, era su favorito.

—¿Cómo que "compramos juntos", ma? Te pareces a la mosca cuando dijo "vamos arando" al estar sentada encima del buey —afirmó soltando una risotada muy propia de su humor negro—. ¿De dónde ibas a sacar tú ni un triste peso para comprar ni un pétalo de los alcatraces? No mames, jefa, no mames, jefecita, sácale todas las tripas a ese cabroncete, te lo suplico, no se vale. Hiciste una gran inversión, es la hora de cobrar y de cobrar en serio. ¿A poco vas a regalarle los mejores años como mujer? ¡Que le cueste al güey ese…!

Solange apretó la mandíbula y contrajo el rostro. ¿Cómo llamarle la atención si después de todo Ingrid, su hija, era sangre de su sangre y había aprendido a fuego lento las claves para alcanzar el éxito? ¿Acaso podía ser distinta? Evitaría a toda costa disgustarse con ella porque, al fin y al cabo, Ingrid se había destacado a lo largo de su vida parasitaria como su mejor alumna. Nunca se atrevía a enfrentarla porque la sabía capaz de acumular un infinito rencor que terminaría por destruir su propia relación. En el fondo, le inspiraba temor.

—No seas así, mi'ja chula, no le digas cabroncete, después de todo, fue mi compañero durante muchos años y no todo fue malo. Hasta que enloqueció.

—Okey, pero de ahí a que pusieras ni un pinche quinto pa' comprar obra hay muchos pasitos, Solecito, ¿no…? —insistió Ingrid mientras recorría la sala y el comedor en busca de buenas firmas para vender o rematar la colección de obras de su padrastro—. ¿Sabes qué, jefecita?

—¿Qué, mi'jita…?

—Me late que si no vendes en chinga estos cuadros, un buen día llega otro camión y se los lleva todos, así a la torera. Yo en tu lugar, en lo que decides qué hacer, me los llevaba a un lugar seguro, fuera del alcance del bribón de tu ex —continuó mientras hacía cálculos de lo que podría significar en dinero ese gigantesco patrimonio artístico del que ella no entendía ni una sola paletada ni un trazo ni una línea, por lo que la obra no le decía nada ni le despertaba la menor emoción.

—Alonso es un hombre respetable al que de repente le entró un ataque de celos, pero siempre fue un caballero, sería incapaz de una canallada así.

—Quien evita la ocasión, evita el peligro —insistió la hija eternamente insaciable—. Si yo no te hubiera aconsejado que vaciaras las cuentas de cheques mientras todavía tenían dinero, hoy en día estarías en la puñetera calle, mamacita, yo sé lo que te digo, la mula no era arisca, la hicieron —volvía una y otra vez a hundir el dedo en la herida y a removerlo sin la menor consideración.

—¿Y a dónde me los llevo? No está fácil, criaturita del Señor —respondió Solange al ponerse en pie con pluma y papel en mano para continuar con un inventario pormenorizado de enseres domésticos que incluía tapetes persas, vajillas, cuadros, esculturas, cuchillería, cristalería, objetos decorativos, los vinos y licores franceses guardados celosamente en la cava subterránea de la casa, los autos de lujo estacionados todavía en el garaje y envueltos por protectores en contra del clima, entre otros valiosos bienes reunidos por Alonso a lo largo de la vida. Piensa mal y acertarás, dice la sabiduría popular.

Ingrid midió muy bien su respuesta antes de contestar la pregunta de su madre.

—Manda todo a mi casa en lo que vendes el dichoso inventario, ahí no creo que lleguen las manitas de tu maridín…

En ese momento Solange detuvo su marcha. Se llevó su pluma a la boca. La mordisqueó mientras crispaba la mirada. ¿Esta pendeja cree que voy a enviar las cosas a su casa para que desaparezcan como por arte de magia? ¿Eso cree? ¿De verdad me cree tan bruta? Se ve que no me conoce. ¿Cómo chingaos voy a confiar en mi hija?, pensó en voz baja.

—No, tu departamento no es seguro. Además, sería el segundo lugar al que mandarían el camión que dices, angelito mío, no seas ingenua.

—Tengo una bodega en el sótano, ahí podríamos guardar algo con doble juego de llaves, ma, entiende, por fa, confía en mí…

—En ti confío a ciegas, vida mía, te lo juro por Dios santo, pero tu bodega está llena de ratas, según me has contado, además es muy pequeña, amor mío —válgame la virgen Chona, nunca te olvides de mí, te lo suplico, no me desampares, pensó en silencio.

—Entonces hagámoslo por partes: me llevo la cuchillería de plata de Tiffany que tanto presumía el viejo, la vendo y te traigo lana, así te ayudo...

—No, corazón, y no es que no quiera que me ayudes ni que no confíe en ti, como te dije, pero van a venir expertos de una casa inglesa de antigüedades hoy en la tarde para ver los cubiertos de plata esterlina de Christofle, Villeroy & Boch y de Zwilling, ya estuve revisando las marcas, te lo agradezco mucho —reflexionó mientras elevaba los ojos al cielo en busca de paciencia.

—En realidad son mamadas, jefa, ¿para qué quieren cuchillos para la mantequilla, cuchillos para el pescado, cuchillos para la carne, cuchillos para el postre; al igual que tenedores para las entradas, tenedores para el plato principal, tenedores y tenedores también para los postres. Se la jalan, ma, se la jalan, y además cada cubierto de plata vale un chingo y dos montones. Odio a los ricos, sólo los quiero, los adoro, pero por su lana, eso sí... Cucharas, cucharitas, cucharotas, cucharones y pinzas de plata para escoger los terrones de azúcar, no se miden estos jijos...

Ingrid se sentía desarmada, impotente, pero no dejaría de insistir en sus objetivos. A continuación, siguió a su madre hacia su vestidor. No le sorprendieron las puertas de acero a prueba de incendios forradas de madera muy bien barnizada que sólo se abrirían al pulsar una clave secreta colocada al lado izquierdo de la entrada. ¡Cuánto daría por saber la combinación! La breve estancia estaba blindada, tanto a prueba de fuego como de bandidos. En los cajones o espacios abiertos se encontraban bolsas de mujer marca Hermès, Louis Vuitton, Chanel, Ginza Tanaka, Gucci, Lana Marks, Judith Leiber, Mouawad, entre otras más. Al fondo se localizaba, no podía faltar, una caja fuerte que custodiaba las joyas, los collares, pulseras, anillos marca Tiffany, Harry Winston, Cartier, Bulgari, Piaget, Van Cleef & Arpels y Mikimoto. Guardados celosamente en cajas se hallaban los relojes de Solange marca Graff, Patek Philippe, Breguet, Chopard, Jacob, Vacheron Constantin y Audemars Piguet, que mantendría cerca de ella en casa.

Ingrid conocía el enorme y no menos exquisito vestidor de Solange, lo había visitado infinidad de veces, así que no le impactó que al apretar un botón giraran todos los vestidos sobre un riel, en cuya base se encontraban los zapatos de precios inaccesibles colocados en la parte baja como una propuesta de combinación con la ropa que escogiera su madre para cada ocasión. No, ninguno de esos lujos le era ajeno, salvo cuando vio unas elegantes cajas de gran tamaño, estibadas a un lado de los cajones de las medias.

—¿Y esas cajas, ma? —cuestionó, en tanto las señalaba con el dedo índice llena de curiosidad.

Solange no contestó. Su silencio resultaba sospechoso.

—¿De qué son esas cajas? Contesta…

De pronto, la madre empezó a negar en silencio con la cabeza dándole la espalda.

—No te contesto porque me da vergüenza, hija mía.

—¿Vergüenza…? Vergüenza es que te cachen robando, además la vergüenza dejó de existir siglos atrás —insistió con más curiosidad que nunca.

—¿Me prometes que no le dirás a nadie? —preguntó Solange a su vez encarando a Ingrid.

—Lo prometo…

—Pues mira, aquí entre nosotras, nomás no rajes, es la ropa que compré hace más de un año cuando Alonso y yo fuimos a París, y él me dijo que gastara en lo que yo quisiera porque él ya no iba a comprar nada, nunca. Que si yo no me gastaba su dinero nadie más lo haría, porque sus hijos tenían sus problemas resueltos y sus vidas se reducían al chelo, a los pinceles y a los colores.

—¿Y ni siquiera has sacado los trapos de sus cajas ni te los has probado? A ver, ¿cómo se te ven…?

—No, no lo he hecho ni lo haré, me da flojera, estoy muy harta, ya no me interesa probarme nada, ese tiempo ya pasó, ahora el vacío me mata y por eso busco emociones distintas. Algo parecido a lo que le pasó a Alonso, porque él está lleno de relojes caros, carísimos, y de un tiempo para acá ya sólo usaba uno de pilas más viejo que la tos...

—A ver, mamacita, a ti te encanta la lana como a mí, no me salgas con tu jalada del vacío porque no te la compro. Una cosa es que estés harta de vivir con tu maridito porque envidias su cabeza y su patrimonio —adujo con un lenguaje empalagoso para tocar los sentimientos de su madre— y otra, muy distinta, que no te gusten los billetes. Si no has estrenado la ropa es porque si la usaras te acordarías de él y eso te duele, pero de que la lanita te chifla, te juro que te súper chifla, a mí no me cuentes...

Solange enmudeció. Ingrid tenía razón, en el fondo de su alma, bien sabía que cada uno de sus pasos en la vida los había dado por interés, incluido también su primer matrimonio con Jorge. Desde la quiebra de su padre se había jurado no volver a pasar escaseces, pero el precio del engaño había sido muy elevado, pensaba en silencio sin encontrar una respuesta inmediata. De Alonso le molestaba lo que había dicho, lo que decía y lo que iba a decir, deseaba dar por terminada la relación, pero de modo que hubiera resultado un negocio exitoso.

Ingrid rumiaba sus respuestas, las masticaba:

—Cuando hablas de emociones distintas quieres decir que te vas a buscar un amante —preguntó incisiva a la espera de una contestación mordaz.

Solange se sentó en el piso, se recargó contra uno de los cajones inferiores que alojaban la ropa interior, recogió las piernas y apoyó la cabeza sobre sus rodillas sin voltear a ver a su hija:

—Estoy cerca de los sesenta, del sexto piso, en donde el mercado de hombres, por llamarlo de alguna manera, se reduce sustancialmente.

—¿Cómo es eso, ma? —cuestionó Ingrid ubicándose de igual suerte en el piso.

—Ya te pasará, por ahora eres muy joven para entenderlo, un hombre a los sesenta buscaría salir con una chica de tu edad, una chava de alrededor de los treinta, pero a mí no se me antoja semejante posibilidad. ¿A dónde quieres que yo vaya con un mocoso, tú perdonarás, de tu edad, interesado, antes que nada, en hacer el amor a diario? Como verás, todo se me ha caído, mi cuerpo incluido, al igual que la ilusión por estar con un galán en la cama —sin dejar de ver sus zapatos con la cabeza metida entre sus piernas, continuó—: Nosotras, cargando nuestra edad sobre los hombros, ya sólo podemos aspirar a dormir con un carcamán, un anciano, y además, deprimido y jodido de setenta años o más, que en lugar de amante necesitará en el corto plazo una enfermera que lo saque a tomar el sol en su silla de ruedas, lo bañe en tina, lo alimente con jugos en lugar de alimentos sólidos, le cambie los pañales, le dé sus jarabes y medicamentos en punto, sus pastillas para dormir y le limpie la dentadura en las noches hundiéndola en un vaso con un líquido antiséptico para desinfectarlas... en fin, me lo sé de memoria, como verás. No sabes qué feliz sería yo si no existieran los espejos y no contemplara a diario el horror de mi decrepitud.

—Exageras, ma, exageras, te juro que exageras, hablas de ancianos y no de hombres maduros deseosos de disfrutar la última parte de su vida —expuso Ingrid movida por el deseo de rescatar a la autora de sus días del abismo en el que podía precipitarse. Todo lo veía color negro. La tristeza podría acabar con ella de continuar en esa dirección, y entonces ¿dónde quedaría Ingrid, su única hija?, pensó en silencio en su destino sin poder ver a la cara a Solange. En ese momento la invadió una duda: ¿Y si su madre caía en una depresión aguda, perdía la conciencia o se suicidaba o la atropellaba un camión? ¿Tendría testamento la pinche ruca? ¡Carajo! Llegado el caso, de no tenerlo, la llevaría de las greñas ante un notario para no quedar desamparada. Nadie sabe para quién trabaja, pensó con su conocida sonrisa cáustica. No, ella jamás conocería la miseria ni pasaría hambres, eso lo tenía claro, clarísimo.

—Ya, ya sé que exagero, hija, pero hablando en serio, para una mujer de casi sesenta años no es fácil reconstruir su vida. Los hombres de mi edad sólo saldrían conmigo por mi dinero porque sus gustos y apetitos están por otro lado, como te dije —siguió Solange en un diálogo de sordos sin imaginar las preocupaciones de su hija—. En la práctica, los hombres divorciados o viudos de mi edad, o hasta mayores, de inmediato consiguen pareja y escapan casi todos con éxito de la soledad, mientras que nosotras nos quedamos a vestir santitos en espera de un príncipe azul que ya nunca llegará.

—Gallina vieja hace buen caldo, jefa…

—Yo estoy hablando en serio, Ingrid, a mí ya no me levantan ni las ambulancias de la Cruz Roja —continuó con la cabeza ahora apoyada sobre sus rodillas.

Ingrid reaccionó con las siguientes palabras:

—Pues entonces apúrate a sacarle toda la lana posible al miserable de tu maridito y así matarás dos pájaros de un tiro, jefecita: es decir, te quedarás con harto billete y comerán de tu mano muchos galanes en busca de maíz. Mientras más feria tengas, más galanes harán cola para cortejarte, ma, jálale mientras se pueda, antes de convertirte en un conjunto de pellejos caídos. Métele velocidad al asunto —presionó Ingrid con el propósito de acceder a los estados de cuenta para conocer los ingresos, no fuera a ser que dilapidara un patrimonio que a ella, y sólo a ella, le correspondía disponer en el futuro cercano, cercanísimo, ¡no faltaba más!

—¿Y qué sugieres? —preguntó Solange al voltear a ver a su hija con la fatiga reflejada en su rostro.

—Gracias por preguntarme, ma, pero yo, en primer lugar, presionaría a los abogados con quienes has venido hablando para que busquen las mejores opciones para bajarle la mayor parte de la lana a ese bandido que te robó tu juventud y ahora te roba tu esperanza y tus ilusiones, sólo te digo que unos buenos consejeros legales sabrían dónde rascarle. Necesitas unos cabrones iguales o superiores a los de tu ex.

—Eso ya lo estoy haciendo, créeme, son unos auténticos hijos de la chingada, ¿okey? ¿Y en segundo lugar? —preguntó Solange.

—Al mismo tiempo yo me metería en un gimnasio o contrataría a un maestro para hacer mucho ejercicio y estar en forma. Buscaría, además, a la mejor nutrióloga para que me dejara hecha una reina y visitaría una clínica de cirugía plástica para que me pusieran bótox hasta en el culo —concluyó al tiempo de soltar una carcajada para celebrar su ocurrencia. Entre risa y risa, se le empezó a congelar el rostro, al recapacitar en la posibilidad de tener una madre saludable y optimista, por lo que decidió cambiar la conversación, ya que, a más vigor y poder físico, menores posibilidades de morir; y a menos posibilidades de morir, menos posibilidades de entrar a saco en la herencia. No, no, la atención a la salud no era opción, como tampoco lo era el mejoramiento de su aspecto personal, menuda torpeza. Como dicen en México: el dinero es cabrón…

—Lo pensaré, hija mía —respondió Solange al evaluar la posibilidad de dar un viraje tal vez exitoso en su vida.

—Tienes razón, ma, porque el ejercicio requiere mucha disciplina y si de entrada no la tienes, pues el esfuerzo será inútil, sólo perderás el tiempo —agregó Ingrid sin que su madre pudiera advertir sus intenciones ocultas.

—Mira, hija, yo tengo una opción que ni te imaginas y podría ser una posibilidad, no la mejor, pero me consuela. Es lo que hay —comentó Solange, sorprendiendo a Ingrid, que había tratado de organizar su vida.

—Sí, ¿cuál…?

—Como sabes, llevo un buen rato, de hecho, desde antes de separarme, jugando los martes y los jueves por la noche al póquer…

—Claro, lo sé…

—Pues de tiempo atrás me encontré ahí a Mauricio, un viejo amigo de Alonso, el mismo que lo mandó con un par de brujas para que le leyera el tarot y las manos, en fin, la suerte, como creo habértelo comentado. Él ya sabe de mi separación de Alonso, pero le pedí respetar mi dolor y darme tiempo para superarlo sin darle explicaciones. Me ha obedecido, aunque muere de la curiosidad por conocer las razones.

—Lo recuerdo perfecto, conozco la historia. El propio Mauricio también le recomendó ir a ver a la segunda bruja, me queda muy claro.

—Cierto, pues al terminar las partidas de póquer, Mauricio y yo nos quedábamos conversando de la mar y de sus peces en las casas de nuestros amigos, hasta muy tarde en la noche a veces en restaurantes y bares, ya separada, claro está, y ya te imaginarás…

—¿Ya me imaginaré qué, jefecita…? ¿Ya te acostaste con él? No lo puedo creer —inquirió llena de curiosidad. ¿Este intruso también estaría interesado en el patrimonio de su madre? ¿Qué traería entre manos? ¿Cuáles serían sus intenciones? ¿Llegaría a ser un rival de peligro? Mauricio implicaba el ingreso de un tercer jugador de imposible vaticinio, por el momento. Piensa mal y acertarás.

—No, mi'jita, todavía no, mi amor, pero eso sí, nos faltan quince minutos para llegar a la cama. Tal vez hoy en la noche… Ya nos cansamos de los besos y de las caricias.

—¿Y tiene lana, ma? Porque salir de Guatemala pa' meterte en Guatepeor es una gran pendejada, no me digas que le vas a enseñar cómo coger la cuchara…

—No, claro que no, él no es un potentado como Alonso, pero el dinero no es su problema. Llámame mañana temprano y te cuento lo que pasó —concluyó Solange poniéndose de pie.

—Espera, espera, jefa, ¿tiene hijos? —inquirió preocupada por el arribo de más lobos interesados en devorar la carroña.

—No, no tiene hijos ni tampoco ha logrado acomodarse con ninguna mujer. Él se encanta con mi sentido del humor y no deja de repetirme cuánto se divierte y aprende a mi lado, ya que, según él, sé darles la justa importancia a las cosas para ser feliz.

—¿Y sabe lo que te va a tocar cuando te divorcies o no han hablado de ello…?

—Para nada, él insiste en que el dinero es el excremento del diablo que envenena las relaciones sociales y familiares. No, no queremos hablar de eso. Además, yo de pendeja le contaría. Por cierto, te dejo porque tengo que hacer un par de llamadas, hija, hoy hiciste más preguntas que un aduanero…

—Si vas a hablar con tus abogados no se te olvide, te lo recuerdo, por fa, ver la manera de sacarle las tripas a Alonsito, ese miserable ladrón de esperanzas.

—No te preocupes, lo tengo clarísimo, amor…

Dicho lo anterior, abandonaron el vestidor. Solange cerró las puertas y colocó, frente a su hija, los códigos de acceso para garantizar el blindaje.

Mientras Paco se recuperaba, Karin volvió a su restirador en busca de inspiración. Su mente era un hervidero de ideas. Recuperar el ritmo de trabajo y hacerse de nuevos proyectos le resultaría tardado y complejo. Abandonar su carrera con el ánimo de seguir a Paco por el mundo entero le había reportado inmensas satisfacciones al ser una adoradora del arte de su marido y de la música en general. Pero ¿y ella…? ¿Y su profesión y su creatividad y su talento? Sólo quien produce puede llegar a ser feliz, había insistido siempre su padre con el ánimo de encontrarle algún sentido a la vida.

—Haz, Karin, haz, produce, trabaja, para eso tienes esa mente, esa inteligencia, esa sensibilidad, esas manos, no desperdicies todo el tesoro que existe en ti.

Estaba dedicada en tiempo y alma a cuidar a Paco, a poner todo de su parte con tal de ayudarlo a sanar sin dejar de estar a su lado de manera permanente. Ésa era, por el momento, su principal preocupación. Sí, ésa era su prioridad, pero antes se trataba del chelo o de los ensayos, o de los viajes constantes e interminables a cualquier continente con la zozobra, en ocasiones, de no saber en qué ciudad y cuarto de hotel se encontraba al amanecer. Ella había llegado a padecer severas confusiones al despertar cada mañana durante las giras. ¿Estoy en Madrid o en Nueva York, en Londres, Berlín o Tokio?

Karin se comparaba con una olla exprés sometida a un fuego intenso, pero sin la posibilidad de contar con una válvula que permitiera escapar el vapor. No podía olvidar la hora del analgésico o la cita de la quimioterapia, sobre la base de tener que soportar los eventuales arranques de desesperación del músico, sin poder hacer casi nada. Al entrar a la habitación de su departamento, equipada con una cama de hospital, ella misma tomaba los signos vitales de su marido, escrutaba su rostro, tomaba la temperatura y se preparaba para otro día de tragedia cotidiana, sin saber a carta cabal de dónde sacaría su energía. Así transcurrían las horas, sepultada en la incertidumbre y, por si fuera poco, todavía ignoraba si su cónyuge sobreviviría o no a la leucemia, esa malvada enfermedad silenciosa.

Karin jamás olvidaría el día en que se acercó a Francisco con un termómetro en la mano y un vaso con agua para tomar su medicina de mediodía y aquél, en un gesto desesperado, golpeó el vaso, se derramó el agua, le arrancó el aparato y el analgésico y lo aventó todo furioso contra la pared.

—Estoy hasta la madre de mis enfermedades, mejor me muero y a la chingada —gritó el chelista furioso y descompuesto como nunca.

Karin permaneció clavada en el piso sin saber qué hacer. No podía creer lo que había sucedido. Parecía todavía sostener entre sus manos el vaso y el termómetro. Estaba demudada.

—Si tú te quieres morir y a la chingada, ¿por qué no piensas cuando al rey de Texcoco le estaban quemando los pies junto a Cuauhtémoc y se quejó al no aguantar el dolor y el emperador le contestó con una pregunta?: "¿Acaso crees que yo estoy en un lecho de rosas, súper pendejete?" —repuso enfurecida y atónita por la incomprensión.

Fue tan absurda la respuesta de Karin, tan fuera de lugar su lenguaje, tan inusual su ejemplo histórico al que ella jamás recurría, tan poco frecuente su actitud desafiante, que Paco, sorprendido y desubicado, contestó con una carcajada. Se le salían las lágrimas, lloraba de la risa, se tapaba la boca, hasta que alcanzó a decir:

—Ven, amor mío, déjame darte un abrazo, Karushkita mía —exigió al ponerse pie. Estaban a punto de quitarle el collarín de acero. La estrechó con la mayor fuerza posible a pesar de la terrible debilidad provocada por la leucemia—. Perdón, perdón, perdón, vida mía —suplicó mientras se arrodillaba con enormes dificultades ante ella—, perdóname, soy un animal, te quiero sobre todas las cosas, no te mereces este trato, eres lo más importante que me ha pasado en mi vida, perdón, perdón —repetía mientras besaba sus manos. Imposible estar más arrepentido.

Karin se arrodilló también frente a él. Acarició su cabello y sus mejillas todavía pálidas. Lo besó empezando también a llorar:

—Eres un pendejo y, para que te lo aprendas, a ver quién te va a ayudar a cargar tu puto guitarrón, yo no…

Se abrazaron, se volvieron a besar, empaparon sus respectivas mejillas; al fin y al cabo, llorar era un desahogo. Karin ayudó como pudo a su marido para volver a recostarlo. Miserable enfermedad de la sangre, mil veces miserable.

Para Karin, la tensión aumentaba día con día, así como la posibilidad de una explosión en su mente que destruiría sus equilibrios personales. ¿Qué hacer? ¿Un amante? Ni pensarlo, no podría resistir el peso de la culpa ni tenía apetito ni la actitud para compartir la vida con alguien que sólo podría introducir ruido y hasta malestar en su convivencia matrimonial, social y familiar. Opción descartada en términos absolutos. Además, adoraba a su pareja. ¿Cómo escapar de ese entorno tan complejo y embrollado sin hacer dos problemas, o más, de uno solo como el que ya padecía? La presión se hacía insoportable. Podría reventar en cualquier momento. Se encontraba con escasos espacios profesionales para encauzar su malestar. Entendió la dificultad de dar con una puerta que la condujera a un oasis. No, no habría soluciones mágicas ni absolutas. Una primera salida la encontró en la meditación. Aprendería a respirar para relajarse, se vería desde el exterior, observaría la naturaleza, idealizaría al pensar que Paco se había curado y ambos empezaban a vivir sobre otras bases; tomaría clases de yoga, de box o hasta de canto para desahogarse, saldría a correr en las mañanas por las calles hasta inundarse de sudor y descansar en cualquier cafetería tomando un capuchino y un panqué de frambuesas, su favorito. Huiría de ella misma. Se fortalecería con lo que tuviera a su alcance, desde arrojar pequeños puñados de alpiste en su jardín para ver llegar a los gorrioncitos provenientes a saber de dónde, tal vez compraría otro perro, leería sus libros pendientes, pero no se dejaría arrinconar. Eso jamás. Nunca nadie podría saber lo que ocurría en su interior. Otra gratificante evasión consistía en volver a rodearse de sus queridas amigas para compartir con ellas el peso de su malestar. No existían fórmulas absolutas. Comenzaría por ahí y volvería a relacionarse con el mundo feliz de la arquitectura por medio de sus compañeros de la carrera. Todo menos la inmovilidad. Su existencia no se reducía a ser una mera aplaudidora de Paco ni ser quien lo sepultara. Vamos, vamos, vamos…

En otra parte de la historia, existía una persona vivamente entusiasmada, pero por otros motivos. ¿Su nombre? ¡Mauricio Rubio! Solange, soterrada en una gran soledad, sentía hundirse en arenas movedizas, impotente y desesperada a su paso vertiginoso en dirección al espejo de agua. Percibía la existencia como un tránsito desabrido hacia la muerte. Recordaba como sonoros martillazos en la cabeza las palabras de su exmarido repetidas hasta el cansancio: ¡Quien carece de ilusiones camina a oscuras por la vida!

Solange había vuelto a vivir, a comprobar que todavía existía, al sentarse en las mesas de póquer para apostar, muchas veces, lo que no tenía. Al terminar las partidas desahogaba sus sufrimientos o festejaba la obtención de sus ganancias con Mauricio. Empezaron a identificarse con apetitos similares de toda naturaleza, reían, celebraban, gozaban, se entendían hasta tomarse de las manos. Se acariciaban el rostro, gozaban, se gustaban, se divertían con banalidades sin que Solange imaginara que uno de los grandes atractivos para el gran Mau era apoderarse de algo que Alonso hubiera amado y disfrutado, como, sin duda, había sido su mujer. Al tocarla empezaba a saciar la envidia que lo corroía. Sentir que se apropiaba algo de su amigo, lo que fuera, le reportaba un placer exquisito.

¿Quién constituía una mayor amenaza, un envidioso o un enemigo? Una manera de vengarse de Alonso, de reconciliarse con la vida, consistía en la ilusión de morderle los labios a Solange, manosearle con rudeza los senos, dentellearle los pezones, desnudarla arrancándole la ropa como si hubiera enloquecido de pasión, sujetarla con gran fuerza de las nalgas para penetrarla salvajemente una y otra y otra vez, arremetiendo con fiereza, como si el amor arrebatado respondiera a la fascinación, al encantamiento que él sentía por ella, cuando las verdaderas intenciones de Mauricio poco o nada tenían que ver con aquella mujer. A Mauricio le tenían sin cuidado los motivos de la separación de Solange con su amigo de la infancia, sólo deseaba poseerla y poseerla tan pronto fuera posible, se lo debía la vida. ¡Cuántas personas atropellan, roban, delinquen, chantajean, violan o hasta matan, sin comprender el origen de su comportamiento! ¿Por qué haces lo que haces…? ¿Lo sabes…?

Tal y como Solange se lo había anunciado a Ingrid, esa misma noche, al terminar la partida de póquer, ella invitó a Mauricio a tomar champaña a su casa. Antes de bajar a la cava, aquél gozó la oportunidad de volver a ver sólo algunas de las restantes obras de arte plásticas y esculturas, las de menor valor, reunidas por Alonso durante años de esfuerzos. ¡Cuánto placer experimentaría si pudiera vivir en esa sala decorada con exquisitez, tal vez europea! Se sentía a gusto en esa residencia con la que él soñaba despierto, esos pisos de mármol blanco, esos tapetes persas, o de donde fueran, esas sofisticadas lámparas y esos enormes espacios. Se frotaba las manos en medio de un silencio críptico. Al descender por una escalera de madera escasamente iluminada, en dirección a la "cueva", en realidad, a la cava, que Mauricio había visitado muchas veces en compañía del generoso anfitrión, escogieron, a media luz, una botella de champaña Armand de Brignac, una de las joyas de la corona, tal y como la calificaba Alonso, sólo para beberla rodeado de sus íntimos consentidos. Mientras enfriaban el sagrado elixir en una hielera Fürstenberg, tal vez la única en México, siguieron tomando un ron negro con Coca-Cola, el mismo servido durante la partida de póquer.

En tanto Solange intentaba sacar de los anaqueles un vino francés cubierto de polvo —por supuesto de colección— antes de tratar de explicar detalles de la bebida —inventados, desde luego, o aprendidos de memoria, según las reiteradas presentaciones de su dueño—, Mauricio regresó con delicadeza la botella a su lugar de origen para rodear con ambas manos el rostro de Solange, acariciar su frente, mirarla a la cara en la penumbra del bar y empezar a acercarse a su rostro para recorrer sus labios con su lengua. No, todavía no los besaba, no, sólo los repasaba una y otra vez humedeciéndolos, aflojándolos, ablandándolos, relajándolos con la sabia perversión de un fauno. Ella, agradecida, se dejó hacer para que él dispusiera de ellos a su antojo. Mauricio los mordisqueaba, los roía, hasta empezar a carcomerlos:

—Dame tu lengua, necesito beber tu saliva o muero, amor, dámela, no me dejes morir —confesó Mauricio al oído de Solange, quien de golpe entendió que su marido podía ser un hombre confiable, un buen padre, un magnífico empresario, un gran esposo, infatigable proveedor, un ciudadano ejemplar, un extraordinario coleccionista de obras de arte, sí, un dechado de virtudes, también un enfermo de celos, lo que fuera, pero, de pronto, lo sintió como un amante mucho menos que regular, con el ánimo de ser generosa, si no es que se trataba de un acompañante tibio e insípido para compartir los placeres del lecho.

Mauricio se acercó aún más a Solange, la abrazó, la besó, gozó ese contacto anhelado desde mucho tiempo atrás y por razones inconfesables. Sus cuerpos se sublevaron, se prepararon para el combate. La respiración arrítmica hablaba por sí misma. La temperatura se disparó junto con los latidos del corazón, mientras las carnes se tensaban y la sangre fluía enloquecida por sus cuerpos. No había nada más que decir. La boca de Solange se secó cuando Mauricio empezó a acariciar sus senos. Ella cerró los ojos dejándose conducir y renunciando a toda iniciativa. El aliento interrumpido, jadeante, las manos heladas, delataban las fantasías hasta ahora impronunciables vividas por ellos en su soledad. La realidad hacía uso de la palabra en un interminable diálogo de los cuerpos.

Mauricio no entendió en ese momento, acaso jamás lo comprendería, las razones por las que, una vez ambos desnudos y puestos de pie, él la hizo girar delicadamente hasta colocarla de espaldas y penetrarla en esa posición sin ver su rostro. En ese instante se desprendió desesperado de sus lentes oscuros y los arrojó al suelo. El verdadero deleite radicaba en la intención de no poder intercambiar miradas cómplices, sino de agredirla con alevosía y ventaja privándola a ella de toda respuesta. Al atacarla de esa manera sentía consumar la traición. El gran atractivo tal vez consistía en el hecho de sentir que su pareja, su víctima, era el propio Alonso porque, al ultrajarlo sexualmente, saciaba al menos una parte del apetito de venganza insatisfecho y surgido a partir de la inexplicable acumulación de ostentosa riqueza de su amigo. ¡Cuánto rencor y envidia acumulados! Finalmente podía apoderarse de algo de su compañero de escuela, aun cuando se tratara de algunos desechos de los que él ya no deseaba saber nada, pero, al fin y al cabo, había sido, para bien o para mal, algo de su patrimonio que ahora le pertenecía.

Cuando Solange gemía y arañaba el brazo del sillón sobre el cual se apoyaba con las manos —la cabeza humillada y la voz suplicante— y, a veces, en su indefensión, intentaba rasguñarle una de las piernas a su atacante a modo de amorosa represalia, Mauricio imaginaba la escena de ver rendido a sus pies a aquel que le había arrebatado la paz, esa malvada figura imposible de extraer de su mente, en la que Alonso parecía haberse alojado para siempre.

Después de haberla sujetado con firmeza por los hombros y hundirse una y otra vez en ella hasta no poder más y caer juntos y exhaustos al piso, concluyó la primera parte del plan de Mauricio. ¿Qué seguiría? Las palabras empezaron a escucharse en la lejanía hasta perder toda sonoridad. En ese instante ambos se precipitaron en un sueño reconciliador después de haberle rendido los debidos honores a la existencia. ¿Alonso le habría informado a Solange que en la escuela Mauricio era conocido como la Marrana?

La vida transcurría en cámara lenta. Loretta percibía con su desarrollado olfato femenino la presencia de un Alonso decidido a aprovechar la menor oportunidad para encontrarse a solas con ella y explicarle, a quemarropa, el hechizo que a diario lo llenaba de ilusiones, de deseos de reconstruir su vida al lado de una mujer, de una pareja, para terminar sus días llenándola de felicidad, de paz, de amor, de cuidados y de lujos. La escultora lo olfateaba, lo oteaba y lo rehuía cuantas veces podía para evitar cualquier situación embarazosa, porque un rechazo delicado —o no, según las circunstancias— podría complicar la convivencia entre los tres, para ya ni hablar de sus temores infundados respecto a una agresión sexual de parte del anfitrión. Sí, ni hablar, pero la italiana advertía las descaradas miradas lascivas del empresario, difíciles de disimular, en tanto Maggie no se atrevía a confesarle a su padre el amor, la ardiente pasión enceguecedora que sentía por su adorada colega. La crisis, claro estaba, podía producirse en cualquier momento. Loretta, por otro lado, insistía en usar vestidos cortos, escotados, frescos y provocativos. Era la moda italiana.

—Maggie, *amore mio*, tienes que hablar con tu padre y hacerle saber de nuestra relación o cambiémonos a un hotel antes de enfrentar una situación desagradable —volvió a explicar Loretta, una vez más, los peligros de una indecisión—. Vayámonos ya de viaje por México, adelantemos nuestros planes, pero no permitamos que se desborde esta situación, *mio cuore*, tu padre ya me ha invitado a salir y se me agotan los pretextos. ¿Prefieres que yo le diga la verdad entre nosotras…?

—No, Lore, no —repuso una vez más una Maggie acobardada—. Es mi papel, no el tuyo —esgrimió en su defensa—. No es sencillo explicar mi condición en un país de machos. En Europa la apertura es total, a diferencia de México, en donde prevalece todavía una parte de la cultura inquisitorial. Por esa y otras razones profesionales, y en este caso amorosas, no pienso volver a mi querida patria, nada se me perdió aquí. Además, no me encanta que mi padre te esté enamorando.

—Pues actúa hoy mismo o huyamos, escoge —insistió la escultora acariciándole a su amante el cabello y las mejillas, además de besarle los labios como sólo ella sabía hacerlo.

—Bien, hoy mismo que regresemos a casa te encierras en nuestra habitación y enfrentaré a mi padre. Huir no es solución porque tarde o temprano sabrá la verdad en condiciones tal vez indeseables y todo se dificultará —agregó lamiéndose los restos del lápiz labial de la italiana.

Alonso no estaba en el departamento cuando las dos artistas regresaron antes del anochecer. Conversaron encerradas en su habitación hasta escuchar la voz del empresario solicitando su whisky nocturno, en tanto se dirigía al cuarto de televisión, de acuerdo a su costumbre. Maggie se armó de valor y se encontró con su padre con gran naturalidad, tal y como había ocurrido en momentos similares.

Para la sorpresa de él, Maggie pidió también un vaso corto para acompañarlo a beber.

—Y *ora*, tú, ¿ya no vas a tomar tu Valpolicella, tu agüita esa de sandía? ¿Qué te traes? —cuestionó sorprendido y encantado el magnate.

—¿Yo…? Nada, sólo que se me antojó un *shot* contigo, una de esas mugres que te tragas todos los días —dejó caer su comentario con el sentido del humor de ambos, una de las pruebas de su sólida relación afianzada de un buen tiempo atrás.

—¿Qué…? ¿Cómo que me trago mugres?, ¿mugres…? No, reinita, no. En primer lugar, no son mugres y, en segundo, no me lo trago, lo ingiero como un elíxir, lo gozo, me lo tomo a sorbitos, a chupitos, como dicen en España, lo inhalo para relajarme antes de dormir —adujo sonriente—. Ahora bien, que tú prefieras menjurjes italianos que a veces, sólo a veces, los hacen con uvas, no es mi problema. Tú, amor mío, te tragas químicos, ¿cuál vino? Igual que se lo traga tu amiguita —afirmó deteniéndose a tiempo pues iba a llamarla, hermosa.

—Mi amiguita, como tú dices, es una genio.

—El hecho de que sea genio no significa que los vinos italianos no sirvan ni para cocinar, querida Dulcinea —alegó como siempre fascinado con la compañía, la simpatía y la frescura de la conversación de su única hija.

—¿Es o no genial, papacito?, y no me cambies el tema con el sotol, la gasolina esa que sirve como quitamanchas…

—Sí que lo es, ya vi sus trabajos, me encanta su sensibilidad, su creatividad, su talento y su humildad. Tu amiga rompe todos los moldes y los patrones al mismo tiempo con su escandalosa belleza —sentenció con sobriedad al cancelar el capítulo de las bromas—. Necesitará a su lado a un hombre muy seguro de sí mismo para que no se deje acomplejar por sus encantos, por su inteligencia y por sus dimensiones como artista, no es fácil ser compañero de una mujer tan poderosa —concluyó exponiendo su concepción de Loretta.

—Pues sí, es cierto, es muy bella y también genial, ella reúne todo, es un peligro...

—Sí que lo es —repuso Alonso haciéndose ilusiones. ¿Su propia hija, al saberlo soltero, le propondría salir con su hermosa amiga? ¿Lo aprobaría? ¿Existiría semejante generosidad?

—A propósito, pa, ¿qué piensas del amor?, ¿cómo lo entiendes?, ¿qué importancia le concedes, se puede vivir sin él...? —empezó Maggie a desarrollar, en términos improvisados, su estrategia de abordaje. Tocaría varias puertas a ver cuál se abría con más posibilidades de éxito.

—El amor mueve al mundo, Margaruchita mía, todo lo hacemos por amor. Me explico: yo hago dinero para disfrutarlo con ustedes, para ser feliz con mis hijos, a quienes he querido darles lo mejor de mí y no sólo en el orden económico —aventuró esas palabras con la esperanza de escuchar una réplica comprensiva—. Y también, te lo confieso, para compartirlo con una mujer como tu madre, a quien nunca olvidaré porque me dejó un vacío imposible de llenar —reflexionó pensativo con la mirada extraviada para continuar sereno con las siguientes palabras—: Hay mujeres que nacen cada mil años y una de ellas me tocó a mí, sólo que ella misma me habría presionado a salir, a vivir, a gozar, si me hubiera encerrado entre cuatro paredes a sufrir un duelo eterno antes de seguir su camino. Estoy seguro —concluyó con el rostro adusto— que yo le habría aconsejado lo mismo de haberme adelantado en ese viaje sin retorno. En el más allá le hubiera suplicado que amara y que tirara la casa por la ventana.

—Yo también creo que el amor mueve al mundo, pa, sólo que hay amores intensos, genuinos e igualmente puros entre hombres y mujeres y también entre hombres y hombres y entre mujeres y mujeres, ¿verdad?

—Sí, claro, lo importante es el amor verdadero; ése, si es auténtico, no le hace mal a nadie —contestó Alonso sin interpretar las intenciones ocultas en el doble discurso de Maggie—. Tu propia madre era empalagosa y se deshacía en amor con ustedes y cuando se lo reclamaba, porque también deberían conocer ustedes la adversidad, ella me contestaba: "No me limites, por favor, Lonchón, a nadie le hace mal el amor aunque sea en exceso, observa cómo se fueron convirtiendo en monstruos llenos de complejos y desviaciones quienes crecieron sin afectos ni cariño. Llena a todo el mundo de ti, todo es todo y nunca te arrepentirás, menos, mucho menos, si se trata de tus hijos. Cada caricia, cada beso, cada palabra hermosa cargada de cariño y de comprensión los hará seguros y poderosos. Son las herramientas para armarlos y blindarlos de cara al futuro, tu dichosa adversidad ya se las mostrará el mundo y la vida".

En ese momento Maggie Roel tomó vuelo, se preparó para dar el gran salto y se puso en marcha audazmente con cuanto era ella misma:

—Si tú crees de verdad, pa, que el amor mueve al mundo y que lo buscamos desde el momento mismo de nuestro nacimiento, y por el otro lado, como bien decía mamá, quienes viven sin afectos ni cariño se convierten en monstruos, yo creo que la existencia es búsqueda y también es riesgo para dar con ese amor tan anhelado, ése que sólo dura una vida, y te confieso que ya lo encontré, ya di con él y me llena el alma, me llena la vida, ya no tengo espacio para más, me rindo, pa, es superior a mis fuerzas y a mis capacidades, es el complemento que me faltaba para realizarme, ahora lo tengo —exclamó al tomar la mano derecha de su padre con una expresión confusa en el rostro, tal vez una mezcla entre entusiasmo y tristeza o melancolía, mientras que con la izquierda lo invitaba a brindar al sostener su vaso en el vacío. Maggie temblaba.

—Caray, Margarucha, me llenas de felicidad y de tranquilidad, no cualquiera puede alegar que ya la hizo en la vida, que está completa y no le falta nada, te felicito —repuso Alonso con su conocida candidez—. Pero ¿por qué no trajiste a México al galán para conocerlo y hacerle saber que se sacó la lotería con una mujer milagrosa como tú? —repuso muy satisfecho, feliz de contento, como solía decir Alonso, mientras chocaban los vasos.

—Ay, papá, te cuento: el día que conocí a Loretta en la Galería de la Academia de Florencia, cuando ambas copiábamos la majestuosa estatua del David —el padre todavía pensaba que a continuación le presentaría su hija, a la distancia, al afortunado varón, al pretendiente inimaginable—, discutimos sobre diferentes aspectos, tanto de esa obra como de historia del arte —expuso Maggie la historia con la debida cautela—. Al poco rato Loretta me invitó a tomar un negroni en la Piazza della Signoria, a lo que yo accedí encantada al tratarse de una mujer sensible e inteligente y conocedora de los temas que a ambas nos apasionan…

—Y ahí en la Piazza della Signoria fue donde se te acercó un italianito más guapo que Marcello Mastroianni, ¿no…? —cuestionó Alonso animado y esperanzado, como siempre, al charlar con su hija. En el fondo ambos eran muy parecidos.

—No, espera —agregó ella mientras daba un trago largo de whisky—. Después de beber varios negronis, invité a Loretta al departamento que me regalaste para que conociera mis pinturas, después de haberle descrito muchos de mis trabajos.

—¡Ah, ya sé, amor!, al tratar de abrir la puerta de tu departamento, no encontraste la llave, ésa me la sé, se presentó tu vecino, finalmente lo conociste, te ayudó, te resolvió el problema y te enamoraste de él, *¿verdá…?* —Alonso torpedeaba la conversación con su conocida chispa humorística sin suponer todavía el curso de las intenciones de Maggie.

—No, qué va, pa, nada de eso.

—¿Entonces…?

—Entonces ella vio mis óleos, estudió mis bocetos a lápiz, y en tanto me comentaba la calidad de mis trabajos y se emocionaba al verlos, sobre todo los óleos colocados en sus caballetes, la invité a acercarse a mi ventanal, desde donde se podía ver, cuando ya anochecía, la catedral de Florencia, en especial, la cúpula de Brunelleschi, el símbolo de la ciudad.

—Loretta la conocía de memoria, la habría visto por lo menos un millón de veces, encanto, ¿verdad? —aventuró Alonso en un tono, en principio, sospechoso.

—Sí, claro que la había visto millones de veces, pero ella, en lugar de ponerse a un lado para volver a contemplar esa joya arquitectónica de todos los tiempos, se colocó atrás de mí, rodeó mi cintura con sus brazos y dejó caer su cabeza sobre mi hombro izquierdo, mientras yo recordaba la historia de esa monumental obra de arte.

Alonso apretó la mandíbula y guardó un prudente silencio. Repasaba con la mirada a su hija de arriba abajo sin pronunciar palabra alguna. Ya no disparó su "entonces" ni festejó la escena con sentido del humor. El aire se ponía denso, casi se podía cortar con la mano. ¿Deseaba escuchar la confesión que seguiría a continuación…?

—Pues sé fuerte —decidió Maggie lanzarse al vacío sin red de protección, hablando con la mirada escrutadora clavada en el rostro de su padre, en busca de aprobación—: Porque, sin entrar en mayores detalles por elemental respeto, me tocó con una delicadeza y una experiencia que desconocían todos, absolutamente todos los hombres que habían pasado por mi vida.

Alonso prefirió no tomar ni un trago más de whisky. Dejó su vaso sobre una mesa pequeñita comprada en la India y se puso de pie, llevándose ambas manos a la cintura. ¿Qué pasaría por su mente?

Maggie, preparándose para una respuesta desagradable, no lo dejó expresarse para evitar una probable contestación descarnada. No podía pasar por su mente la posibilidad de perder a su padre. ¿Ése era el caso?:

—Tú dijiste que el amor mueve al mundo y que todo lo hacemos por amor y que mamá nunca hubiera querido que nos convirtiéramos en monstruos, y mi búsqueda funcionó y hoy en día encontré la plenitud. ¿Qué diría ella desde el más allá? En ocasiones me gustaría ser estúpidamente religiosa, una pinche mocha, una loca irracional para poder preguntarle: "Ma, ¿me perdonas? Soy lesbiana, sí, me gustan las mujeres, me gusta Loretta, la adoro, soy brutalmente feliz y de eso se trata esto de vivir, ¿eres capaz de prohibir mi felicidad? ¿Me odias, mamá, me odias? ¿Soy la decepción de tu vida porque fui educada con la culpa original y soy culpable de ser mujer? ¿Eso es, ma?" —cuestionó Maggie con la voz entrecortada a punto de estallar en llanto—. "Entiéndeme, por lo que más quieras, ma, te lo suplico..."

Alonso, enmudecido, permaneció con ambos pies clavados en el piso. Contemplaba a su hija con una expresión de escepticismo. Jamás hubiera esperado una situación así. Por alguna razón pasó por su mente la costumbre antigua de los chinos de meter el pie de sus hijas, siendo apenas unas niñas, en zapatos de madera, con el objetivo de impedir el crecimiento, con tal de que caminaran con cierta gracia a base de delicados brinquitos principescos. Pasados los años, al desprenderse del calzado, se encontraban con un pie deformado, un adefesio, un espantajo repugnante. ¿Ése sería el futuro de su querida hija Maggie si él intentaba limitarla en sus deseos y en sus impulsos naturales?

—¿Qué?, ¿Pa, qué...? ¡Habla, por Dios santo, habla! El amor con Loretta es puro y digno como cualquier otro. Yo soy la primera sorprendida de que me gustara una mujer después de haberme acostado con un buen número de hombres, no muchos, pero los suficientes como para poder comparar.

—Pero ¿y la sociedad...? ¿No te importa tu imagen ante la sociedad? —cuestionó finalmente el padre, perturbado, con el rostro contrito.

—Me importa una mierda la sociedad y lo que piense o no de mí. ¿De verdad crees que me preocupa la opinión de los hipócritas? —contestó todavía sentada, ya sin beber. Empezaba a recuperar el aliento extraviado—. Yo no vivo en función de nadie, menos, mucho menos, en función de la sociedad. Insisto, que se vaya a la mierda, antes estoy yo. ¿De verdad crees que voy a sacrificar mi vida por lo que piensen terceros, en su mayoría indignos del menor respeto? Al carajo, a la chingada, a la mierda, pa, es el momento en que debo ser absolutamente egoísta y pensar en mí, sólo en mí, únicamente en mí.

—¿Tampoco te importa lo que digan Paco y Karin? —preguntó Alonso echando mano de su último recurso.

—¿De verdad crees que voy a abandonar a mi pareja que me brinda su compañía desinteresada, me colma de caricias, de amor, de cuidados, de atenciones y de protección, la fuente de mi inspiración, la dueña de mi creatividad y de mi desarrollo profesional, por lo que piensen o dejen de pensar mi hermano y su mujer? —exclamó poniéndose también de pie, como si permanecer sentada le otorgara una mayor jerarquía a su padre—. A ellos no los mando a la mierda porque los quiero mucho, sólo espero que entiendan, ya tendrán tiempo para lograrlo. Y si no reaccionan, que de seguro reaccionarán, siempre los esperaré…

—¿Y yo?, ¿también me voy a la mierda, hija mía?

—No, pa, tú no, ¿cómo? ¿Qué dices? —repuso al lanzarse a sus brazos—. Yo sólo deseo con toda mi alma que aceptes algo para lo que yo no estaba preparada, pero que hoy constituye mi principal motivo para vivir —continuó abrazándolo y hablándole al oído mientras las lágrimas empezaban a rodar por sus mejillas—. Me has dado todo y mucho más de lo que yo tal vez merecía, y la única manera de demostrarte que fuiste un padre exitoso y que sembraste en tierra fértil es comprobándote que soy una mujer plenamente feliz porque ustedes, mamá y tú, me prepararon para lograrlo sin importarnos los obstáculos —continuó Maggie, la querida Margarucha, envuelta en llanto.

Alonso la abrazó, en tanto con su mano derecha acariciaba su cabello. Le resultaba imposible ocultar sus sentimientos ante una persona, nada menos que su hija, por quien sentía una profunda, justificada y única debilidad. Maggie se apartó para contemplar el rostro de su padre, mientras suspiraba confundido sin saber cómo reaccionar. Jamás imaginó vivir una experiencia similar.

—¿Verdad que no me vas a sacar de tu vida porque encontré a la pareja ideal para mí? ¡Dímelo! —gritó perdiendo el control después de haber pasado meses agónicos sin adivinar las consecuencias de su confesión—. Dímelo, carajo, ¿me vas a abandonar? ¿Me vas a despreciar? ¿Te avergüenzas de mí porque soy lesbiana? Di. ¿En eso me he convertido para ti? —preguntó a medida que las lágrimas empapaban el rostro de su padre mientras lo abrazaba.

Alonso la comprendía. Estaba tocado. Al no poder contener la emoción y a sabiendas del esfuerzo realizado por Maggie para confesar el secreto más caro de su existencia y al comprobar su valentía para conquistar su felicidad, la apartó por un momento para enjugar sus lágrimas, las de la chiquilla dueña de sus ilusiones:

—No hay poder en el mundo que me aparte de ti, vida mía, no, no lo hay, no existe ni existirá, eres la luz de mis ojos, lo sabes, claro que lo sabes, te lo he comprobado una y mil veces —suspiró para descubrirle a Maggie la faceta más íntima y desconocida de su padre, si bien supuesta, hasta ese día—. Si tú me faltas, ¿qué sentido tendría ya mi vida?, yo te seguiría hasta el infinito tomado de tu mano, ¿lo entiendes?

Ambos lloraban y se enjugaban el uno a la otra las lágrimas no sólo por haber superado con creces la decisión de Maggie, sino por confirmar el amor recíproco que se profesaban sin importar distancia ni condición ni obstáculo alguno. Lloraban como la evidencia de la fortaleza de una relación resistente a toda prueba entre padre e hija, otra de las garantías de una existencia feliz.

—Maggie, amor mío, eres un ejemplo, la mejor escuela para alcanzar la plenitud. Nunca acabaré de aprender de ti, mi niña adorada. Encontraste la solución y la defiendes con una valentía contagiosa, vida de mi vida. Me queda claro que los cobardes jamás podrán ser felices, tú has dado a cada rato muestras de tu coraje, desde que te fuiste a Europa a estudiar, porque aquí no te encontrabas a gusto con Solange y sabías que las escuelas de arte de Italia eran lo tuyo. Nada te detuvo, como ahora tampoco te detiene haber encontrado a una pareja que te hace feliz. ¿Qué más da, bien visto, si es hombre o mujer? Sólo quiero saberte realizada, y si ése es tu camino, a recorrerlo con mucha prisa y sin pausa, Margaruchita mía.

Un abrazo interminable selló la conversación, mientras Alonso pensaba en la cancelación de una valiosa y refrescante experiencia como abuelo, porque ninguno de sus hijos le daría nietos. También permanecía pensativo porque había muerto decapitada la posibilidad de conquistar a una hermosa mujer como Loretta, una compañía invaluable cuando parecían cerradas todas las posibilidades. Sí, en efecto, no sería ella, no, no sería Loretta, pero la escultora le había mostrado una poderosa verdad, otra realidad: existían muchas alternativas en el reino encantado de las mujeres, la nueva primavera de su alma. ¿Su vida no se había acabado con Solange? ¡Claro que no, por supuesto que no!: el sol volvía a salir y brillaba a su máximo esplendor. Sí, la vida era búsqueda, bien lo decía y lo repetía Maggie hasta el cansancio. Era entonces la hora de volver a comenzar, de buscar, de rastrear, de indagar y preguntar, pero a la voz de ya, como decía su abuelo periodista: andando que es gerundio…

¿Y la suerte de sus empresas? ¿Qué hacer si su hija se dedicaría el resto de sus días a crear con los pinceles y a amar a Loretta, en tanto Paco sólo pensaba en las notas arrancadas de su chelo y en Karin?

¿Qué haría con esas enormes montañas de dinero sin pareja y sin nietos y con sus hijos en el extranjero, cuando ya no se animaba a invertir en nuevas empresas ni en ampliar las existentes? ¿Para qué…? Sí, claro, lo más valioso en la vida no se podía adquirir con dinero. ¿Podía comprar el amor genuino de una mujer o el respeto y el cariño, al menos de los suyos? ¡No! ¿Podía comprar la salud eterna o kilos de felicidad en una botica? ¡No, tampoco! ¿Podía hacerse de más ánimo para devorar libros? ¡No! ¿Podía adquirir paciencia ante los errores del prójimo o resignación ante los suyos sin sentir culpa? ¡No! ¿Podía ingerir unas gotitas para olvidar su pasado doloroso y evitar sus visitas al psiquiatra? ¡No! ¿Podía comer y cenar sin límite y beber en abundancia en las noches sin padecer pesadillas? ¡No! ¿Dónde vendían sed para disfrutar un buen vino o ilusiones para seguir adelante o chochos para no volver a padecer ataques de celos o una pomada mágica para ya no ser supersticioso… ¡Sí!, ¡cómo no!: ¿el dinero a la mierda…? Bueno, bueno, no exageremos…

A la siguiente mañana, después de sus ejercicios habituales, Alonso tomó una larga ducha precedida de un baño de vapor con esencias francesas. A continuación, decidió vestirse con gran elegancia, como en los viejos tiempos. Escogió uno de sus sacos de marca, uno Kiton color rosa a cuadros, una camisa de seda, sus mancuernillas de oro con la forma de una llave de sol —las obsequiadas por Paco después de un exitoso concierto en Carnegie Hall—, su conocida corbata de moñitos —una pajarita a la española, con colores muy vivos—, pantalón azul marino y los zapatos negros de Fratelli Rossetti adquiridos en su último viaje a Roma. Se perfumó el rostro con su loción de Hermès y salió de su habitación para encontrarse con Loretta y Maggie en el antecomedor, a la hora del desayuno, cuando esperaba que hubieran emprendido el camino a las pirámides de Teotihuacán, según lo planeado un par de días atrás.

De la misma manera en que cae el telón entre sonoros aplausos y la audiencia abandona el teatro en medio de calificaciones y descalificaciones, así Alonso se presentó cargado de un contagioso entusiasmo después de haber masticado durante toda la noche la difícil conversación sostenida con su hija la velada anterior. ¿Difícil? Sí, bueno, imposible negarlo, pero útil, muy útil, también porque carecía de alternativas. ¿Se trataba de azotarle la puerta en la nariz a su hija preciosa, preciosísima, y sacarla de su vida porque amaba a una mujer, en lugar de entregarse a un hombre? ¿Perderla para siempre por haber encontrado el amor de su vida? ¿Qué más daba? Ella estaba obligada a vivir su vida sin ocultamientos, en plena libertad, a la vista de todos, y disfrutar su amor, en lugar de esconderse para sufrir el fenómeno del agua estancada que al pudrirse da lugar a la aparición de diversos virus, bacterias, gérmenes y microbios, unos más dañinos que otros. Nunca permitiría que Maggie se descompusiera y se gangrenara en una soledad depresiva, una soledad en la que, por otro lado, ella jamás aceptaría vivir ni transitaría por ahí en ningún caso y bajo ninguna circunstancia, para eso contaba con un temperamento indomable. Entendido, acompañaría a su hija hasta el fin del mundo, tomados de la mano sin condición alguna. La querría por siempre, así, tal y como era, sin limitación ni condición de cualquier naturaleza. Su hija había alcanzado la plenitud: se trataba de una mujer exitosa profesionalmente que adquiría fama a diario. Gozaba al tener la pareja ideal, una feliz y constructiva compañía, y además, él como padre le había construido una eficiente red de protección, en caso de una caída imprevisible. No le faltaba nada: misión cumplida.

Tan pronto llegó al comedor puso su mejor *poker face*, expresión muy utilizada por Solange cuando todavía vivían juntos y le comentaba la emoción que vivía al contar con un mal juego y, sin embargo, apostar su resto para asustar a otros jugadores y ganar la partida sin mostrar la menor expresión en su rostro ni en su mirada, según la había entrenado Mauricio. Comenzó por besar a Maggie en la frente y a Loretta en la mano, mientras se acomodaba en la cabecera de la mesa, aun cuando los cubiertos habían sido colocados, de acuerdo con sus anteriores instrucciones, al lado de la escultora, para tratar de juguetear, al principio, tal vez sin querer, antes de conocer la realidad, debajo de la mesa con las piernas de la artista. En ese momento, con gran naturalidad, le ordenó al mayordomo la reubicación de su individual y de su servicio de vajilla. De la misma manera en que se apaga un árbol de Navidad al desconectarlo de la pared, así, con la misma rapidez, se extinguió la flama con la que Loretta empezaba a iluminar sus días.

—¿Las va a llevar Gabino a las pirámides, chicas? ¿Ya están listas? Es un buen día porque todo sigue verde y la temperatura es ideal. Además, hoy habrá luna llena y, como dice la canción —empezó a tararearla como si fuera Pedro Infante en sus mejores días—: "De las lunas, la de octubre es más hermosa, porque en ella se refleja la quietud de dos almas que han querido ser dichosas al arrullo de su plena juventud".

—¿Cómo te sabes la letra, papacito?, pareces un estuche de monerías —soltó Maggie el comentario festivo, satisfecha porque la actitud de su padre demostraba la superación de cualquier daño. No había nada que agregar, pensó mientras traducía al italiano el texto de la canción mexicana, pues, si bien Loretta se expresaba cada vez con mayor facilidad en español, le sería difícil entender el significado de la letra.

Alonso saboreaba la expresión "papacito" en voz de su hija.

—"Luna de octubre" era nuestra canción cuando tu madre y yo éramos novios y me cansé de cantársela al oído, amor mío. Tú dirás si no me la iba a saber de memoria —agregó feliz y sonriente sin voltear a ver a la escultora mientras exprimía un par de limones sobre su plato lleno de piña. El justificado rechazo llegó al extremo de comparar el deseo de besar a la italiana, hermosa, guapísima, coquetísima y exquisita, como el de morderle los labios al tal Mauricio o a Gabino, su querido chofer de tantos años. ¿Asco? ¡No! ¿Desprecio? ¡No, tampoco! ¿Entonces? ¿Apatía, indiferencia, decepción? ¿Qué…? ¿Por qué razón se había vestido así si no deseaba ya en lo absoluto impresionar a la escultora? No, no había dolor por la pérdida de una relación que murió antes de nacer, en el fondo había jolgorio y fiesta en su interior, porque Loretta había despertado al hombre que todavía habitaba en su interior, el mismo que disfrutaría el futuro a placer. Y, por el otro lado, Maggie había resuelto su vida en pareja, tal vez para siempre. ¿Cómo no estar optimista?

En realidad, le agradecía a la italiana el hecho de haberle devuelto la esperanza en el amor. La vida no había acabado con Solange, no, desde luego que no, ni tampoco había concluido con la escultora, pero sí, por supuesto que había comenzado con ella. Gracias a Loretta iniciaba un nuevo período de búsqueda. La vida es bella, se dijo mientras devoraba unos huevos rancheros con jitomate picado y jamón tostado, con la yema poco cocida y muy poco picante, sin olvidar sus clásicos frijoles de la olla confeccionados con sus dientes de ajo, su cebolla blanca, su rama de epazote y su imperdonable sal de mar. Como si lo anterior fuera poco, todavía bebió una cerveza, disfrutó su café con leche deslactosada y se despidió después de mordisquear una concha de chocolate. Mari, la cocinera, era una maga.

—Mis niñas queridas, a vivir llaman —concluyó mientras besaba otra vez a Maggie en la frente y a Loretta en su pálida mano—. Disfruten Teotihuacán, una gran joya prehispánica. México es todo suyo, se los regalo…

La escultora advirtió de inmediato el trato indiferente del anfitrión. Ni siquiera la veía a la cara ni la adulaba ni nada de nada. La causa estaba perdida, enterrada bajo mil capas de tierra, sepultada, aniquilada, más muerta que los muertos, sólo que por su mente incandescente también, lo aceptara o no, habían desfilado un sinnúmero de fantasmas con el rostro cubierto con disfraces multicolores. ¿Cómo sería la mujer ideal para Alonso? Con su experiencia, la podría hacer vibrar en la cama a extremos inconfesables. ¡Cuánta imaginación podría tener…! Pero el empresario no era cualquier hombre, ¡qué va!, se trataba de un potentado, con quien la afortunada podría vivir en paz durante muchos años. Además, y por si fuera poco, podría llenarla de cariño y comprensión y ella devolvérselos con dosis inimaginables de placer. ¿Qué tal? *Tutti contenti?* Sí, bien para ellos, porque después de todo, el padre de Maggie era un hombre fino, cálido, comprensivo y generoso, rico y guapo, por lo que le deseaba lo mejor del mundo, sobre todo cuando estaba próximo a encontrarse con las goteras de su existencia. Loretta había encontrado su camino y esperaba que Alonso diera con el suyo a la brevedad.

El magnate llegó radiante a su oficina, despachó un par de asuntos de importancia —como la suscripción de una alianza con un poderoso consorcio australiano contratado para construir una presa en Chiapas— y al concluir la reunión, sin informar ni explicar a su equipo de secretarias los detalles secretos de su agenda, se dirigió a otra de sus citas semanales con su psiquiatra. Él, y sólo él, podría rescatarlo de las aguas pantanosas en donde parecía ahogarse. ¡Volvería a verlo una y mil veces! ¿Por qué razones disfrutaba tanto el hecho de recostarse en el diván? Porque deseaba cerrar las puertas y ventanas, así como cualquier rendija de su mente alucinada, para impedir, a como diera lugar, la violenta y destructiva irrupción de los celos en sus futuras relaciones amorosas, sí, así, esto último en plural. Nunca, ni en los negocios más comprometidos y asfixiantes, había experimentado una sensación similar de angustia, de desconsuelo y de zozobra como la dolorosa sospecha de infidelidad de un ser tan querido como su pareja.

¡Ay, Solange, Solange!, ¿cómo Pérez Díaz? ¡Carajo contigo! Todo en ti siempre fue, es y será falso, desde tus apellidos que deberían haber sido franceses, nunca dejaste de aparentar lo que no eras, pensaba Alonso mientras descendía por el elevador hacia el sótano para abordar su Bentley último modelo, que él mismo conduciría acompañado por dos de sus guardaespaldas. Por alguna curiosa razón recordó, de una manera o de la otra, las palabras de la última bruja que había visitado. Se sabía víctima de las supersticiones, pero no podía prescindir de ellas por más ridículas que fueran:

"Lávate las manos con agua y sal para quitar las energías negativas que absorbes todos los días. No te olvides de espolvorear canela en los rincones de tu departamento para evitar discusiones. Ponte los zapatos al revés en forma de cruz antes de dormir para que pases una noche tranquila sin pesadillas y pon un diente de ajo debajo de la almohada y disfrutarás dulces sueños. Limpia tu casa con vinagre y decórala con hojas de laurel para prosperar. Los viernes, recuérdalo, quema cáscaras de ajo para atraer dinero".

El empresario negaba en silencio con la cabeza, sin embargo, no sabía si debía arrepentirse de su visita a Casandra, la causante de un violento golpe de timón en su existencia. En el fondo, finalmente la hechicera lo había librado de la compañía de Solange. ¿Había que agradecérselo? ¿Cómo las palabras de una pérfida adivina habían logrado dar un giro tan radical a su vida? En su interior juró, como siempre lo hacía, por los cuatro clavos de Cristo, por los cuernos de luz de Moisés, por el tridente de Neptuno, por el burro de Mahoma y por la túnica de Buda, que nunca, jamás, volvería a pisar los consultorios de esos siniestros personajes extraídos de ultratumba. Recurriría a la ciencia para recuperar su centro, su equilibrio y su razón.

Alonso llevaba varios meses asomándose por primera vez en su existencia al mismísimo infierno, sin poder dormir y sin que le apetecieran sus tragos de whisky ni jugar al golf ni convivir con sus amigos en las mesas de dominó ni ver sus películas en las plataformas modernas, indicadores vitales para comprender sus estados de ánimo. Vivía al garete, sin rumbo, sin antojos ni ilusiones, en un mundo plano sin contrastes ni atractivos. Se había convertido en un sujeto intolerante, huraño, arisco, huidizo, lo más cercano a un misántropo. ¿Qué le dolería más, el hecho de la traición o su ego lastimado, su virilidad herida, el desprecio hacia su persona desde que su mujer lo había sustituido por otro hombre con mayores atributos? ¿En qué había fallado para provocar semejante desprecio de su parte? A él, nada menos que a don Alonso Roel, el magnate, el potentado respetado, admirado y temido, ¿lo había engañado su esposa, a quien, con tal de divorciarse, no le había importado su enorme fortuna? ¿Cómo...? ¿Podría recuperar su autoestima y volver a componer el rompecabezas de su amor propio y escapar a las críticas corrosivas de la sociedad?

Loretta le había despertado la posibilidad de una nueva oportunidad digna de ser aprovechada. Había más, mucho más, en el fabuloso universo femenino. El mundo de las mujeres no empezaba y acababa con Solange: ¡No!, ¡qué barbaridad, claro que no...! Esos razonamientos se los haría saber al doctor Almazán tan pronto como llegara a su consultorio. Los sentimientos frustrantes y los fantasmas depresivos le impedían la contemplación de la inmensidad del horizonte, así como sus incuantificables riquezas, casualidades, coincidencias y coyunturas, casi siempre invisibles para quienes ni siquiera pueden ver su mano al colocarla frente a sus ojos a plena luz del día. Al romper con Solange, pensó en salir con todas las mujeres a su alcance, pero más tarde, en su confusión, ante la pérdida de confianza en el sexo opuesto, imaginó la posibilidad de encerrarse indefinidamente en una habitación con las cortinas cerradas de día y de noche. En su desesperación, se dedicaría a fumar, a pesar de detestar el tabaco, y a ver cualquier programa de la televisión en la oscuridad.

No abriría las ventanas, respiraría su propio aire viciado, tomaría aguas negras —los asquerosos refrescos de cola de los gringos—, tragaría comida basura —la chatarra— y se orinaría y defecaría tirado en la cama sin energía alguna para ir a evacuar al baño. A la mierda era a la mierda. La pálida blanca no tardaría en venir a recogerlo...

Cuando Alonso se recostó en el diván del querido psiquiatra, vino a su mente la reunión vespertina, ese mismo día, con sus abogados encargados de revocar la donación de la casa propiedad de Solange, en donde ambos habían convivido por casi doce años. Si él había comprado el terreno y financiado la construcción con sus recursos, ella nunca había tenido dinero ni para pagar un humilde boleto de camión suburbano, y él podía demostrar su capacidad financiera con sus declaraciones de impuestos, entonces la propiedad había ingresado al patrimonio de Solange a través de una donación *de facto*, es decir, una donación entre consortes que podía ser revocada, según le habían planteado sus asesores legales.

Esa misma tarde, Alonso fue informado de las posibilidades legales de lograr que Solange se tragara, una por una, sus palabras. Ella le había asestado una puñalada aviesa por la espalda, largándolo del domicilio conyugal sin recurrir siquiera a los consejeros matrimoniales y apropiándose de los depósitos mancomunados. La guerra había estallado sin piedad alguna, entonces, allá cada quien con sus armas y sus estrategias. Si la ética y el respeto ya no existían, entonces todo estaba permitido. Nunca había pasado por la mente de Alonso privar a su mujer de la casa donde habitaban, pero si ella había abierto las hostilidades, pues en la guerra y en el amor todo se valía, peor aún ante la sospecha de una infidelidad. En aquella ocasión no deseaba volver a abordar la frustrante historia de su expareja; estaba harto del tema, sólo deseaba analizar en el consultorio el impacto causado por Loretta.

—¿No te parece una paradoja de la vida, un pasaje digno de una gran novela de amor, el hecho de haberme enamorado de la amante de mi hija, no de una amiga suya, sino de su amante, dije? —preguntó Alonso al doctor Fernando Almazán, mientras colocaba la cabeza sobre la pequeña almohada de tela del diván y volvía a contemplar el techo del consultorio sin poder controlar una risa inundada de picardía.

—Sí, Alonso, sí, tienes razón, pero corriste muchos peligros. Porque si la italiana y tú se hubieran enamorado a espaldas de tu hija, tal vez la hubieras perdido para siempre, para ya ni hablar de la posibilidad de que, en una noche arrebatada de amor, Loretta hubiera quedado embarazada, para luego, tal vez, digo, chantajearte por tu dinero. Tuviste suerte de que ella prefiriera el amor de Maggie a tu lana, créeme…

—Pues sí, Maggie lo hubiera descubierto tarde o temprano y jamás me lo hubiera perdonado…

—No, claro que no te hubiera perdonado, además, hubieras lucido muy mal socialmente, hubieras sido la comidilla del año de llegar a saberse que le robaste su novia veinticinco años menor que tú, nada menos que a tu propia hija, te lo digo como cuates, como amigos, no como tu terapeuta, porque sólo quiero tu bien. ¿Quién iba a creer en su amor y, sobre todo, cuánto tiempo iba a durar una relación así, además del daño familiar que hubieras causado? ¿Ya pensaste en las caras de Paco y de Karin? —expuso sus reflexiones el analista, a modo de sus primeras conclusiones—. Es más, tú mismo hubieras perdido la brújula por un largo rato: ¡de la que te salvaste!

—Me importa un pito y dos flautas lo que piense o deje de pensar la sociedad, antes está mi felicidad y mi placer —expuso recordando las palabras de Maggie cuando le confesó su lesbianismo.

—¿Aun sobre la base de decepcionar a tus dos hijos? —insistió el especialista.

Silencio. Los argumentos defensivos resultaban inútiles ante semejante posibilidad.

—Loretta, según me dijiste al llegar, te abrió un nuevo horizonte, esa mujer te demostró la posibilidad de iniciar una nueva vida, de reconstruir la imagen femenina, de revivir ilusiones perdidas con cargas de energía existencial, la señal mágica para buscar a otra Loretta, a otras Lorettas, miles de Lorettas, para envejecer en pareja, al menos eso creo yo, no veo otra forma, Alonso.

—Es cierto, querido doctor —repuso pensativo el magnate—. Lo concedo, lo que empieza mal, por lo general, acaba mal, ¿cómo acostarme con la amante de mi propia hija? Ahora, después de trabajar en ello por un par de semanas, empiezo a ver a la distancia a Loretta como un ser asexuado. De haber sucumbido entre sus piernas, hubiera pagado un precio muy elevado, es la gran diferencia, tú perdonarás, entre estar enculado o enamorado.

—Estás en lo correcto…

—Lo entendí a tiempo gracias a ti —confesó Alonso en voz baja al recordar una llamada telefónica de urgencia cuando se produjeron los acontecimientos—. Ahora hago mi mejor esfuerzo por concentrarme sólo en sus ojos sin fijarme ni en sus piernas ni en su escote ni en su piel, y sin respirar sus aromas tóxicos ni caer en sus insinuaciones, como cuando se vestía y se movía y me veía de una manera que me enloquecía… Entiendo que al coquetearme sólo deseaba comprobar el poder que ejerce en mí, aun cuando sabe que nunca podremos compartir nuestros afectos, pero eso sí, ahí sigue provocándome e invitándome a la nada, doctorcito, las mujeres son cosita —expuso soltando una carcajada, la señal esperada para demostrar la superación del entuerto.

—Lo que debes preguntarte, Alonso, para no volver a incurrir en el mismo error es —alentó el analista después de haber escuchado a su paciente—: ¿Qué aprendiste de tu ruptura con Solange?, ése es nuestro tema el día de hoy. ¿Qué error no debes repetir? ¿De qué te sirvió la experiencia? ¿Qué te deslumbró? ¿Qué peligros corriste al enceguecer, a tus sesenta y ocho años de edad, con Loretta? Coincido contigo en que algunas mujeres, no todas, pueden llegar a ser cosita —concedió complaciente—, pero más cosita, mucho más, es nuestra mente, Alonso, que puede ocasionar destrozo y medio si no aprendemos a conocerla y a domarla. Date cuenta de que entró un vendaval en tu vida.

—Estoy contigo, doc, es increíble que nuestra mente pueda ser tan maldita que nos tienda trampas a cada paso, pero ¿cómo le hacemos? Nos confunde a diario si no nos conocemos.

—¡Cierto, buen resumen, Alonso!, ahora echa a andar tu imaginación pensando que desde el momento mismo en que ya existías en el vientre materno se accionó una grabadora que empezó a registrar todo lo que acontecía en el mundo exterior. Naciste, claro está, y continuaste grabando por años y más años hasta que, ahora a tu edad, aprietas, de pronto, un botón que dice "Play" y, por supuesto, escuchas al mismo tiempo un sinnúmero de voces, un ruidero confuso, sin entender nada de nada. Nuestra tarea consiste en acomodar, paso a paso, toda esa información, clasificándola, ordenándola y procesándola para estar en posibilidad de entender nuestras reacciones. ¿Por qué razón somos lo que somos y por qué respondemos como respondemos? —se preguntó el especialista—. Y dentro de este complejo contexto, nos corresponde comprender nuestro pasado, desentrañarlo, al ser parte inequívoca de él, para no tropezarnos una y mil veces con la misma piedra. No coincido de ninguna manera con Freud —aclaró— en aquello de que la infancia es destino. Porque si entendemos nuestro pasado, estaremos en posibilidades de construir un mejor futuro con arreglo a nuestra fuerza de voluntad, a nuestra inteligencia y a nuestra disposición para pedir ayuda clínica, es decir, podemos crear una nueva realidad si nos lo proponemos, de otra suerte podría parecer que un ser divino determinó nuestro destino, y por supuesto que no somos eso.

—¡Caray contigo, querido doctor!, no entiendo nada de los fantasmas que gobiernan nuestras vidas y por eso cometemos tantos errores, sin saber cómo se originan. ¿Me ayudas a traducir las voces de la maldita grabadora?

—Cuando piensas en algo trágico y doloroso, secretas sustancias tóxicas en tu sangre, y si por otro lado recuerdas instantes felices, producirás una gran cantidad de endorfinas, las hormonas de la felicidad, de la misma manera en que si te viene persiguiendo un león segregarás litros de adrenalina —agregó el psiquiatra encantado al comprobar cómo atrapaba la atención de Alonso—. Los seres humanos somos un conjunto de reacciones químicas, de ahí que sea tan importante controlar los pensamientos para impedir la secreción de sustancias tóxicas, nocivas, en la sangre.

Alonso guardó un grave silencio.

—No me puedo imaginar la cantidad de mierda que he segregado desde que me dieron los primeros ataques de celos. Yo me descarrilé por completo, me desubiqué, me extravié sin saber para dónde dirigirme o cómo resolver y escapar de la angustia, nunca pensé que al sentir los celos estaba envenenando tóxicamente mi sangre —confesó Alonso pensativo.

—No sólo tu sangre, sino también tu mente, querido amigo —aclaró Almazán—. Por eso, la sesión pasada, me quedé tan frustrado. Te vi total y completamente esclavo de tus emociones. Cada vez que hablabas de la supuesta infidelidad de Solange, parecía que se te derramaban los ojos. Esas emociones, créeme, propiciaban secreciones, o sea, cambios químicos de importancia en tu sangre, en tu cuerpo, y volvían a lastimar tus procesos mentales y por supuesto tu conducta, o sea, un círculo perverso maldito. ¿Ves, Alonso, la importancia de cuidar también las emociones y los pensamientos? Todo nos intoxica, amigo Loncho. Cada obsesión que padeces cobra una cuota en tu cuerpo, te envenena, literalmente, y no sólo cuando padeciste celos sino cuando muchos años atrás, por ejemplo, te castigaron por no aprobar un año en la escuela —el psiquiatra se empleaba a fondo para convencer a su querido paciente—: Ahí está el punto, escúchame bien. Si ahora, hoy, sufres un fracaso empresarial, consecuencia de una decisión mal tomada, segregarás adrenalina, una hormona que surge cuando vives una amenaza, claro que como adulto no lloras como el niño regañado, pero sí sufres y lloras por dentro el dolor de la adversidad y esas reacciones químicas, químicas históricas, son precisamente las conductas memorizadas a las que me refería, que debes olvidar. Y para eso nada mejor que ubicarse en el tiempo presente y, si es posible, diciendo "lárgate de mi vida, pensamiento maldito", aunque no lo creas, haz la prueba, con el tiempo vivirás con mucha más paz. Ya sé que como psiquiatra no debo hablar así, pero yo curo a mis pacientes con todo lo que tengo a la mano, es más, si tengo que recurrir a los chamanes, lo haré con tal de aliviar el malestar ajeno. Tú prueba primero, espanta a solas, en voz alta, a los fantasmas, y te juro que huyen y dejas de segregar venenos, hazlo y luego te burlas de mí, ¿va?

—Voy a parecer loco hablando solo, doc…

—Por eso te digo que lo hagas en tu soledad y lo comprobarás.

—O sea, ¿gritaré "¡fuera!, ¡zapeee!, ¡úchale!"? —preguntó Alonso entre risas—. Yo te admiro mucho —agregó risueño—, pero me estás pidiendo que espante los malos pensamientos dando de gritos como si quisiera espantar un perro?

—Tú búrlate, canijo, para eso nos tenemos tanta confianza de tantos años, pero eso sí, después de que hagas la prueba, vendrás a pedirme perdón de rodillas y ya veré si te abro o no la puerta de mi consultorio. Estoy contigo porque sí, sí parece un acto demencial hablar con uno mismo, pero al hablar con nuestros fantasmas, al enfrentarlos, pierden toda su autoridad y se desvanecen hasta perderlos de vista por completo. Sólo acuérdate de los engaños de la mente, piensa —agregó insistente—: Si tú, por ejemplo, le guardas un gran rencor a una persona, siempre permanecerás atado a ella emocionalmente y, al hacerlo, tu cerebro continuará arrojando veneno en tu sangre, adrenalina o cualquier otra sustancia tóxica, que circulará por todo tu cuerpo mientras subsista ese sentimiento. No odies porque tú mismo te envenenas, te lastimas sin que lo sepa quien te agredió.

—Ya te contaré —repuso Alonso sin dejar de pensar en Solange.

—A mí me ha dado buenos resultados y por eso te lo propongo, pero tú haz lo que quieras y llénate de hormonas, unas buenas y otras tóxicas. En el inmenso repertorio de secreciones están las endorfinas, la serotonina, la dopamina, el cortisol, la testosterona, las catecolaminas, la oxitocina, y todas ellas, entre muchas más, regulan la conducta, te lo recuerdo para que compruebes que no estás hablando con un improvisado y, aunque recurra a ejemplos propios de los chamanes, todo se vale para curar, sé de qué hablo y sé cómo explicar la conducta humana a través de la química, pero búrlate y piérdete sin saber de dónde vienes ni a dónde vas, ése es tu problema, canijísimo. Abusas porque sabes que te quiero mucho, de otra suerte ya te hubiera echado a patadas de mi consultorio por insolente.

—Te prometo que hoy en la noche, si es que me ataca un sentimiento terrorífico, voy a decir "Buuuu, buuuu" y voy a agitar las manos para espantarlo…

—Hazlo, espanta las emociones perversas, las negativas y vivirás en paz por más ridículo que suene. No permitas la presencia de los malos momentos, de los pensamientos dolorosos y aparecerá la persona que siempre has querido ser. ¿Qué pierdes, al menos, con intentarlo?

—Fer, querido, perdona que te diga, pero me encanta lo que soy, lo que he logrado, imposible quejarme, aunque, a veces, sí, lo confieso, me pregunto ¿para qué hice lo que hice, qué sentido tuvo? —se cuestionó Alonso como si hiciera un examen de su vida—. Mi padre, por ejemplo, nunca fue nadie ni tuvo nada, salvo lo que yo le di a manos llenas, pero fue brutalmente feliz como catedrático.

—Pero y tú, ¿has sido o no feliz? A ver, dime…

—El hecho de tener mucho dinero sí, sí me ha hecho feliz, al menos eso creo yo…

—Sí, claro, no tengo duda, pero te invito a un viaje a tu interior en busca de nuevos objetivos y placeres que hasta la fecha has ignorado —concluyó como quien se apresta a lanzar una nueva propuesta—. Piensa que estuvieras frente a un armario con mil cajones, todos y cada uno, lleno de sorpresas y tú solamente has abierto, tal vez, cuatro o cinco, pero la gran mayoría permanecen cerrados y ésos son los que tú y yo debemos abrir para descubrir muchas posibilidades ocultas que nunca siquiera imaginaste, pero que viven en tu interior. A ver, ¿cuántos crees que has abierto…?

—Me encanta la idea, te compro la experiencia, pero de entrada te digo que no se me había ocurrido. ¿A qué hora iba a tener tiempo para eso? No sabes cuánto te lo agradezco. ¿Por dónde comenzamos?

—Comienzo por preguntarte: ¿has hecho lo que te ha dado la gana en tu vida?

Silencio.

Después de meditar su respuesta, recostado boca arriba y con los dedos de las manos cruzadas en el pecho, el empresario contestó:

—Caray, no lo sé, lo confieso, doc querido, ¿qué diablos querrá decir eso de hacer lo que se me dé la gana?

—¿Entonces no sabes...?

—¡No!, no lo sé. Por ejemplo, cuando me voy a Nueva York en mi avión, me recoge la limosina en el aeropuerto y me lleva al hotel para instalarme en mi suite. Durante toda mi estancia recibo a banqueros, empresarios, abogados, agentes de bolsa, consejeros y asesores, entre otros encuentros más. Por las noches asisto a recepciones, a cocteles con personalidades que ni siquiera conozco hasta terminar tarde, y así el día siguiente y el siguiente hasta regresar a la Ciudad de México. Te cuento más —agregó como lamentándose—: desayuno siempre en el hotel, no voy a restaurantes ni me escapo, salvo en casos contados, a los teatros ni a los cines ni a los espectáculos. ¿A qué horas voy a hacer lo que se me da la gana? Las compras me aburren hasta la muerte. Imagínate —añadió pensativo— soy tan pobre que ni siquiera puedo comprar mi propia agenda, de la que soy una víctima indefensa. Ganar dinero ya no me emociona, la lana ya no anima mis días, dejó de ser una novedad. He gozado mi dinero, lo sabes, pero no quiero seguir invirtiendo los últimos años de mi vida en incrementar mi fortuna, debe haber algo más atractivo, como abrir tus cajoncitos.

—¡Caray, Alonso! Estás contra las cuerdas, y así nunca cambiarás ni en tu vida diaria ni en tu mente. ¿Por qué no viajas a otros países como lo hacías con Solange? ¿En París y en Londres la agenda era similar?

—No, con Solange era otra cosa, pero ahora ¿quieres que me vaya solo?

—Aprende, por lo pronto, de tu soledad, es buena compañía, te lo aseguro, la compañía vendrá, pero ya no repitas que eres víctima de tu agenda o nunca saldrás del laberinto.

—Tú dirás qué me aconsejas…

—¿Qué?, ¿qué te aconsejo…? —repuso dispuesto a rematar la conversación con un argumento indestructible—. Pues mira —contestó con entusiasmo el psiquiatra apartándose del discurso científico—, yo comenzaría por quitarme tu eterno traje azul marino, tu histórico uniforme, jamás te he visto vestido de otra manera; tu corbata aburrida, tu camisa con tus iniciales bordadas y tus zapatos de niño bien, perfectamente boleados. Dejaría esos relojotes que usas en el hotel, me compraría uno muy *baras* eléctrico para medir pasos y respiración, como cualquier chavo, me pondría unos jeans y unos tenis, si prefieres, una camiseta de los Yankees de Nueva York, y me iría, perdido en el anonimato, por ejemplo, a alimentar los patos de Central Park. Caminaría por ese parque maravilloso, me detendría a contemplar a los niños jugando; me deleitaría al ver a los amantes besándose en las bancas; me compraría un hot dog callejero, me llenaría los dedos de cátsup, de mostaza y de pepinillos, me los chuparía; recorrería la gran urbe en bicicleta y luego me metería en cualquier bar a tomar un whisky y a conversar con quien estuviera mi lado y, tal vez, recorrería la ciudad en un camión de turistas con el techo descubierto para descubrir un Nueva York desconocido. ¿Qué tal?

—¿Y la chamba, Fer? Eso lo hice cuando empecé a ganar dinero y, lo admito, era muy divertido.

—Pues vuelve a los orígenes, a lo que te hacía feliz. Los niños pequeños se divierten con nada, son un ejemplo, prueba y busca otras posibilidades. Escucha, te cuento —adelantó el psiquiatra para convencer a su amigo—: El otro día, el personaje de una película increpó a otro con este argumento: "Si deseas ser rico, deja de hacer lo que te empobrece".

—Caray…

—¡Claro que caray! Haz cosas que te emocionen, que te hagan vibrar, que te estremezcan, emplea tu tiempo en abrir cajitas y más cajitas. Ahora que viene la Navidad, busca los pequeños grupos corales que cantan villancicos en las calles, y súmate aunque desafines con las partituras que reparten entre los paseantes.

—Se ve que conoces muy bien Nueva York.

—Sólo he estado un par de veces y por muy poco tiempo, pero créeme que le saqué todo el jugo. No perdí ni un solo segundo.

—Me dejas pensativo, doctorcito querido.

—Pero a ver, dime: ¿Qué es lo que más te gusta de ti mismo para explotarlo aún más? ¿Qué…? Invierte tiempo en quererte, en convertirte en tu propio fan, abrázate, acaríciate la cabeza, las mejillas y declárale tu amor a tu persona, el ser al que más debes adorar en tu existencia. Es ahora o nunca…

Alonso masticaba una respuesta, no estaba frente a un interlocutor de pequeño calibre.

—Debes empezar a soñar para convertirte en el mejor fan de ti mismo —concluyó Almazán—. Ya me dirás qué lograste en la próxima consulta, porque ya llegó mi siguiente paciente.

—Pero si todavía no hemos acabado, tengo muchas piedras aquí, en la buchaca…

—Pues guárdatelas para la próxima ocasión. La idea es que mastiques todo lo que comentamos el día de hoy. Tienes setenta y dos horas para analizarlo y traer aquí conclusiones la próxima vez.

Dicho lo anterior, el especialista se puso de pie, le extendió la mano derecha al empresario y lo jaló para ayudarlo a levantarse del diván. Un abrazo selló la despedida entre dos viejos amigos.

Paco evolucionaba favorablemente de sus dolores del cuello y de la espalda, causados por la fractura de las cervicales. Empezaba a tocar su chelo cada día con menores dificultades; sin embargo, no lograba despertar emociones como en los viejos tiempos. Por otro lado, no había logrado evolucionar de acuerdo a las esperanzas de los médicos porque la administración de las quimioterapias le restaban y minaban sus escasos depósitos de energía. La leucemia causaba estragos en su personalidad, en su ánimo y en su vigor, sin permitirle generar esperanza en el futuro.

Sí, ahí estaban tanto su temperamento incendiario como su técnica, sin embargo, no daba con los ritmos ni con la textura deseada.

Le preocupaba que en sus futuros recitales ya no atrapara al público, algo así como si su virtuosismo hubiera desaparecido para siempre o lo hubiera consumido su enfermedad. Desarrollaba, encerrado en su departamento, enormes esfuerzos para volver a ser el mismo, arrebatándole a su chelo sonidos nunca antes escuchados, pero caía en extravagancias que no despertarían la suficiente emoción en el público, como si interpretara un instrumento desafinado. ¿Y si no lograba conmover a las audiencias ni lo ovacionaban, como años atrás? Es más: ¿y si las decepcionaba y las irritaba? Los aplausos serían tan insípidos, o más, que su propuesta musical.

Paco padecía una terrible obsesión de día y de noche. La imagen del rostro de Jacqueline du Pré aparecía una y otra vez en su mente, como una pesadilla que lo acosaba despierto o dormido, a la hora de comer, desayunar o cenar, durante los ensayos, o a lo largo de sus paseos por el parque, o en sus conversaciones con Karin y con sus amigos. Los dedos de esa mujer simple y sencillamente no lo dejaban en paz. La famosa Jacqueline, una virtuosa del chelo, había tenido que abandonar su mágico Stradivarius tan pronto como a los veintiocho años, víctima de una esclerosis múltiple. Se había retirado muy temprano de los escenarios y de la vida, horror de horrores, a los cuarenta y dos años, en la flor de su existencia, había fallecido esa luminaria del chelo. Un crimen imperdonable en contra de la humanidad. ¿Qué podía esperar él…?

Paco había escuchado en repetidas ocasiones, maravillándose cada vez más, la interpretación de Jacqueline del concierto para chelo de Elgar con la Orquesta Sinfónica de Londres. ¡Cuánto envidiaba a Yo-Yo Ma!, otro gigante de la música. Él había logrado que la fundación Vuitton le prestara indefinidamente el fabuloso chelo Stradivarius con un valor de más de dos millones de euros. El mismo instrumento con el que Jacqueline había sorprendido al mundo entero.

Él también estaba condenado: se iba, se resignaba, la leucemia podía acabar con él en cualquier momento. Jacqueline había muerto en 1987, casi a su misma edad. El pánico se apoderaba de él. Tenía tanto que dar, era su mejor momento, el de la madurez musical, el de su florecimiento, el de su máximo desarrollo profesional, pero la fuerza desaparecía de sus dedos, como sus ilusiones y su ánimo de seguir con vida. Se rendía. Veía a su madre llamándolo a su lado como cuando tenía cinco años. Ella le sonreía, ven, ven conmigo, aquí, desde donde estoy contemplo todo y no se sufre y se está mucho mejor, ven, Paquidermo querido, ven, mamá te cuida.

Maggie y Loretta habían logrado finalmente salir de la Ciudad de México. La gran escultora italiana deseaba beberse el interior del país de un solo trago. Visitarían algunas ciudades, pueblos y puertos del país.

Se encaminaron por carretera rumbo al sureste y más tarde al Bajío. Loretta probó el clásico mole poblano, las chalupas, las cemitas y varias aguas frescas, además del acachul. En Veracruz disfrutaron el arroz a la tumbada, el chilpachole de jaiba, los camarones al coco, sin olvidar el menyul, pero donde Loretta finalmente se rindió fue cuando abrieron, a media mañana, la puerta del café de La Parroquia, para descubrir tres marimbas interpretando diversas canciones, mientras bailarines vestidos de blanco y las mujeres con trajes floreados taconeaban melodías de esa tierra única en el mundo. ¡Cuánto gozó el café lechero golpeando el vaso con una cuchara, así como a los vendedores ambulantes y la alegría de la gente!

En Oaxaca, la italiana probó los "besitos" de mezcal puro, sin rebajar, acompañados de gusanos rojos y chinicuiles de maguey. Sorprendentemente, el estómago de la toscana todavía resistía. Se atrevieron con el tasajo y los coloraditos. La italiana creyó enloquecer en Yucatán con el puchero, los papadzules y la sopa de lima y para rematar bebieron el calentaíto y el jugo de curuba. De regreso, se regalaron unos días de descanso en la Ciudad de México, antes de emprender el viaje en dirección al norte. La indigestión, al haber comido tantos platillos condimentados, causó los efectos naturales esperados. La presencia de un médico resultaba inevitable. La cocina en el norte del país no produciría ningún estrago.

De regreso, tan pronto Alonso se encontró con la amante de su hija, experimentó la misma sensación de haber saludado a su tía anciana, chimuela, llegada de visita del interior de la República, sentada en una silla de ruedas y con parálisis cerebral. Por supuesto que se trataba de los consejos oportunos, humorísticos y de gran eficacia de su amigo, el doctor Almazán.

El trabajo psicológico había resultado efectivo al extremo de haber podido extraerla de su mente alucinada. En este caso, el poder de la razón había prevalecido sobre el complejo mundo de las emociones incontrolables. El empresario comparó el hecho de haber sacado a Loretta de su cabeza con el mismo efecto de sufrir un apagón nocturno masivo por fallas en el suministro de energía eléctrica. No había quedado ni una sola luz encendida.

Tanto la italiana como Maggie le hicieron saber a Alonso entusiasmadas los felices momentos vividos cuando escucharon las cumbias poblanas, los sones jarochos de Veracruz, cuando Loretta había bailado la Bamba recogiéndose el vestido y dando vueltas con una gracia infinita, mientras Maggie la grababa con su teléfono celular. Aplaudieron a rabiar los sones istmeños, el huapango y el son de artesa, pero donde creyeron perder el juicio fue cuando asistieron a la plaza de Mérida a oír las canciones yucatecas con ritmos cubanos. Les encantó la clave, el bolero, la habanera y el bambuco colombiano. ¿Qué más podían desear? La escultora tampoco había logrado entender la letra de la trova yucateca, las famosas canciones de la región, pero Maggie se las había explicado al oído, mientras su rostro proyectaba una gratificante expresión de ensoñación.

Uno de los momentos culminantes y sin duda más intensos del periplo de ambas artistas se dio cuando una noche cenaron en uno de los restaurantes más famosos de San Miguel de Allende, en donde les sirvieron diversas bebidas preparadas con tequila, pues Loretta se había aficionado a ese famoso aguardiente más mexicano que lo mexicano, al extremo de no poder prescindir de él antes de cada comida. Ella cumplía con el ritual al pie de letra, pues se salaba la lengua para aumentar el sabor de su bebida añejada, además de exprimirse una rebanada de limón para limpiar el paladar y, acto seguido, dar el primer "chupito" de tequila contenido en el famoso "caballito". Sí que se llevaba en el alma un enorme repertorio de anécdotas para contarlas en Italia. ¿Acaso podría olvidar cuando nadó en un cenote en Yucatán, en donde arrojaban a mujeres maniatadas al agua, tal vez princesas, como una ofrenda a los dioses precolombinos? México, en efecto, era mágico y su gente más, mucho más mágica todavía...

Pues bien, aquella feliz noche en San Miguel de Allende, ambas perdieron el control al ordenar, una y otra vez, diversas bebidas preparadas con tequila. Las dos artistas se desubicaron al extremo de no saber si era de noche o de día. Celebraban la vida entre sonoras risas contagiosas y besos, sin soltarse las manos, que afianzaban una relación amorosa y de enorme complicidad, tan intensa como promisoria, mientras escuchaban diversas canciones entonadas por un nutrido grupo de mariachis convocado por Maggie para que tocaran y cantaran a pulmón abierto alrededor de su mesa.

—¡Viva México, cabrones! —le enseñó Maggie a gritar cuando le emocionaba una canción que ella traducía precipitadamente. ¡Cuánta diversión!

—Viva Mecsico, cabronchísimos —trató Loretta de italianizar la expresión, muerta de la risa.

La magnífica fiesta mexicana continuó con tragos largos de *tequila sunrise*, servido con jugo de naranja, granadina y limón. Siguieron con un Acapulco de noche, confeccionado con una cucharada de azúcar, hielo, tequila, mucho tequila, por supuesto, jugo de naranja y ron blanco.

—Capi —llamó Maggie a quien consideró de mayor jerarquía entre el personal de servicio—, que nos preparen más cocteles de tequila hechos de diversas maneras, ¿va?, quiero que mi amiga nunca se olvide de México.

El capitán acató de inmediato las órdenes, no sin antes admirar la singular belleza de esas dos mujeres, que, de tarde en tarde, llegaban a pisar su restaurante. Ellas se bastaban a sí mismas y no existía nada más allá de su relación, en donde habían encontrado la máxima felicidad y entendimiento.

Llegó entonces el *Mexican mule*, la versión mexicana del *Moscow mule*, elaborado con tequila, jugo de lima, jarabe de azúcar y *ginger beer*, que bebieron sin preguntar ya nada en relación con los ingredientes. Les sirvieron, a continuación, un *bloody mariachi* con jugo de tomate, de limón y de naranja, chile jalapeño y tomate cherry. Siguieron con nieblas del Caribe, palomas, tequila oasis, cerveza matadora, como si hubieran terminado la preparatoria antes de cumplir los veinte años y se dispusieran a pasar una fiesta histórica de celebración.

Entre tequila y tequila resultaba inevitable la aparición de un tema dominante, interminable en su conversación: el amor, el amor lésbico, las relaciones eróticas entre dos mujeres, en comparación con las sostenidas con los varones. ¿Cuál les reportaba más placer y muchos menos peligros, claro estaba, sobre la base de pagar un precio social y familiar, que afortunadamente ya no venía al caso en los tiempos modernos?

—*Amore mio* —empezó Maggie a bajar sus cartas envalentonada por el alcohol, mientras colocaba su mano sobre una de las rodillas de su amada—, tú sabes muy bien cómo comenzó nuestro amor, pero cuéntame, siempre he querido saber, ¿cuándo y cómo descubriste tu afición por las mujeres? ¿Me cuentas? —preguntó invitando a la escultora a chocar los caballitos.

Loretta se encogió de hombros, mostró un rostro de resignación ante la pregunta y enarcó las cejas:

—Siempre, hasta la fecha, me ha costado mucho trabajo recordar siquiera lo que ocurrió y cómo ocurrió, *my love*, ya no se diga contarlo, porque me invadió una especie de vergüenza, o tal vez de coraje o de decepción de mí misma, porque las culpas con las que me educaron no me dejaban en paz. ¿Aceptarme yo como lesbiana, disfrutar yo el amor sáfico? Padecí un debate interior tremendo, lo concedo —aclaró pensativa—. Pero bien, te cuento: ya desde la escuela primaria mixta, a mí me atraía mucho más jugar con las niñas y me divertía y gozaba las clases de natación, sobre todo cuando nos cambiábamos en el vestidor para ponernos o quitarnos el traje de baño.

Maggie sonreía con una expresión pícara. No estaba dispuesta a interrumpir la narración de su amante.

—Me fascinaba ver los cuerpos desnudos de mis amigas, de mis compañeras, quienes, por supuesto, no imaginaban lo que pasaba por mi mente fantasiosa. Debes saber que después del placer de la contemplación, surgió en mi interior el placer del tacto, una experiencia en la cual el arte es absolutamente impotente, la sensación es incomparable.

—Te explicas, italianita traviesa, ¿por qué razón impotente? —cuestionó Maggie llena de curiosidad.

—Imagínate —repuso Loretta con el rostro encendido, mientras daba otro gran trago de tequila—, te lo recuerdo muy fácil, tan sólo piensa en Michelangelo Buonarroti cuando estaba tallando la gran escultura del David. ¿Tú crees que, al tocar la inmensa roca de mármol blanco sentiría lo mismo que al palpar, al manosear, exprimir y apretujar la piel del hermoso modelo? ¿Qué sentiría Corradini si besara las mejillas de piedra de su *Modestia* o *Busto de una mujer con velo*, en lugar de morder, lamer los labios de esa modelo singular, en la que se inspiró ese gran artista, mi querido maestro, de quien nunca acabaré de aprender? ¿Ya entiendes por qué el arte es impotente en ese sentido? ¿Qué sentirías al besar *La ronda nocturna* de Rembrandt? Nada, absolutamente nada; en ese caso, todo se reduce al placer de la contemplación y hasta ahí.

—Pues sí, estoy contigo, algo similar sucede con la música… Te puede estremecer, pero de la misma manera el placer se reduce a tu capacidad auditiva, sólo que el cuerpo humano, la máxima obra de arte de la naturaleza, te permite disfrutar el sentido del olfato, del oído, del tacto, del gusto y por supuesto de la vista y, además, todo al mismo tiempo. No hay nada más completo ni tampoco lo habrá, pero dime, cuéntame, a ver, ¿cómo llegaste a descubrirte?, ¿cómo rompiste con los formalismos y te decidiste por las personas de nuestro mismo sexo? —insistió Maggie llena de curiosidad—. Fuiste muy valiente, te costaría mucho trabajo, ¿no...?

—¡Qué necia eres!, pero ven, te cuento, primero brindemos con otro chupito de tequila. Espero que en Italia podamos conseguir muchas marcas —se consoló con un gesto de melancolía mientras chocaban sutilmente los caballitos llenos de aguardiente—. La primera experiencia muy reveladora, como te dije, la sentí en los vestidores al contemplar desnudas a mis amigas, pero después descubrí el inmenso placer que me producía acariciarme el pubis e imaginar lo que sentiría si Lucrecia, una de mis compañeras, me tocara mi entrepierna y mis senos, muy desarrollados para mi edad. Mientras más tiempo pasaba —continuó Loretta ya sin el menor pudor—, más confirmaba mi adoración por las figuras femeninas. A modo de ejemplo, te diría que cuando asistía a fiestas y reuniones y un hombre me sacaba a bailar, no me producía la menor emoción, ni siquiera cuando bailábamos pegaditos. ¡Ah, pero eso sí, cuando las niñas nos reuníamos en cualquiera de las casas de nuestros padres para practicar pasos de baile, me fascinaba la cercanía con cualquiera de ellas, pero mucha más la de Lucrecia, sin duda alguna, mi primera novia!

—¿Y con Lucrecia viviste tu primera experiencia?

—Sí, sí, fue con ella, a los dieciséis años, porque empezamos, durante los recreos en la escuela y en el bachillerato, a intercambiar miradas, miradas cómplices, mediante las cuales, en un lenguaje mudo, nos confesábamos nuestros sentimientos. Las dos nos sentábamos siempre juntas, como correspondía a dos grandes amigas, eso lo entendimos a la perfección, pero un día durante las clases salí al baño y, para mi sorpresa, ella hizo la misma solicitud a la maestra. Cuando yo abandonaba el pequeño gabinete y me dirigía a lavarme las manos, Lucrecia se introdujo en ese reducido espacio, cerró la puerta atrás de sí y me miró fijamente a la cara, en tanto trasladaba sus manos por mi cuello, debajo de mis orejas, y me jalaba para darme el primer beso. De los pocos hombres que llegaron a besarme, ninguno despertó en mí una sensación tan intensa... como te dije, no me llamaban la atención.

—¿Y te aterraste?

—Todo iba muy bien, *sherry baby*, hasta que ella empezó a recorrer mis labios con su lengua. Era claro que para ella no era su primera experiencia —expuso la italiana en absoluto plan de provocación—. De inmediato retiré la cabeza al experimentar una sensación tan extraña, pero volvió al ataque y me abrazó, me estrechó firmemente contra ella. Sin perder tiempo empezó a acariciarme el cuerpo. Después de abrir mi blusa, me besó los senos y, como se sentía imposibilitada para atacarme aún más, al tener el broche del brasier cerrado por la espalda, Lucrecia me lo levantó y empezó a besarme hasta enloquecerme —insistía Loretta en despertar y estimular la imaginación de la pintora—. Yo la dejaba hacer y me concentraba en acariciar su cabeza, su cabello, un cabello de seda, maravilloso. Nunca olvidaré esa experiencia. Más tarde ella me invitó a su casa cuando sus padres habían salido de viaje y me enseñó a hacer el amor como yo nunca siquiera me lo había imaginado. Claro que mi mundo es el de las mujeres, claro que sí.

—¿Y qué tal la emoción?

—La emoción fue gigantesca porque yo era la receptora. A Lucrecia le correspondía llevarme de la mano. Mis nervios estaban a flor de piel y el corazón se me salía del pecho, apenas podía respirar. Lucrecia me dejaba inmovilizada y perpleja a cada paso, en cada movimiento. ¿Qué hago?, me preguntaba en silencio, pero no tenía tiempo para pensar ni sabía si resistirme o no, si rechazarla o sólo dejarla continuar. Te juro que era una parálisis total, pero la conexión con Lucrecia, de repente, me llenó de confianza y, al recibir sus caricias y sus besos, viví una sensación indescriptible. La incertidumbre y el miedo empezaron a desaparecer. Lucrecia misma estaba particularmente inquieta —agregó Loretta entusiasmada—, y lo supe por su aliento, al comprobar su respiración desquiciada, porque en el fondo, ella no sabía si yo la iba a apartar bruscamente o empezaría a gritar, a acusarla en la dirección de la escuela o a denigrarla exhibiéndola como una lesbiana entre todas nuestras compañeras. La vergüenza hubiera sido devastadora y, sin embargo, ella, afortunadamente, se la jugó, se animó y nos resultó a la perfección. El primer beso, Maggie adorada, no se puede olvidar jamás.

—¡Qué bárbara!, comenzaste muy temprano. Pero, a ver, dime: ¿nunca tuviste la curiosidad de acostarte con un hombre? —interrogó la pintora para conocer toda la historia.

—Sí, un par de veces, sobre todo con un compañero en la escuela de arte de Florencia, pero me pareció brutal, muy rudo, muy violento, nada como la delicadeza femenina, porque si alguien conoce nuestro cuerpo somos nosotras, las mujeres. Los hombres nunca aprenderán a tratar nuestras partes sensibles ni tampoco respetarán nuestros tiempos y ritmos, muy distintos a los de ellos, empeñados en satisfacerse sin importar los sentimientos de sus parejas. Se trata de un patético egoísmo y de una ignorancia supina en relación con los secretos íntimos de nuestra feminidad.

Maggie, muy atenta, escuchaba los razonamientos de Loretta, mascaba la respuesta. En el fondo coincidía con la escultora porque sus experiencias con hombres habían resultado un desastre, incomparables con todas aquellas vivencias descubiertas al lado de la escultora.

—Escúchame, Maggie mía, después de Lucrecia, tuve un primer encuentro, imposible llamarlo amor, con un paisano mío de la Toscana. Varios hombres pasaron por mi cama sólo para confirmar que ninguno de ellos sabía tocar a una mujer. Tuve que pasar por esa prueba. Uno me dejaba más vacía que el otro. Nada de nada. Muy pocos sabían dónde está el clítoris y si daban por milagro con él, no sabían cómo manipularlo, y, además, por si fuera poco, ignoraban que se trataba de una de las partes más sensibles de la anatomía de una mujer, como la llave de acceso al paraíso al que ambos podrían entrar juntos tomados de la mano. Pero no, Maggie, *carissima*, nunca tuvieron la más remota noción del poder que tenían entre sus dedos, porque yo me hubiera vuelto adicta a alguien que hubiera sabido cómo trabajarme sexualmente.

—¿Y nunca, después de esas experiencias, tuviste al menos alguna tentación para volver a acostarte con un hombre?, di la verdad, cariño —cuestionó Maggie sin percatarse de que se adentraba a ciegas en un callejón sin salida.

—¿Y tú, *il mio tesoro*, desde que estamos juntas, has tenido antojo de tener relaciones con el sexo opuesto...? —evadió la pregunta con evidentes dificultades para expresarse sin arrastrar las palabras.

—Pues yo sí, a ti te lo confieso —agregó mientras se empujaba otro gran trago de tequila para dejarse ver a contraluz—. En ocasiones sí extraño esa suave y fina brutalidad de los hombres en la cama, aun cuando, justo es decirlo, yo cambiaría la palabra brutalidad por salvajismo, ese delicado salvajismo de los varones, esa suave violencia cuando estás con el personaje adecuado, y lo mejor... —iba a continuar la pintora, mientras se preparaba para un nuevo brindis sin alcanzar a descifrar el alcance de sus palabras, pero la actitud repentina de la toscana la hizo desistir.

La furia de Loretta fue indescriptible. Su rostro cambió en un instante. Se petrificó. Se endureció y se le congestionó de sangre. Su mirada, antes cálida y generosa, expulsó desde el interior un sentimiento volcánico de asco, de traición y de un repentino deseo de venganza, al haberse entregado a Maggie sin reservas con la fundada convicción de lealtad a prueba de fuego en el marco de la más poderosa e invencible confianza.

—¿Qué te pasa?, ¿qué sucede, *amore mio*? Por favor, no lo tomes como una insinuación, tú bien sabes que eres todo para mí, que todos en algún momento podemos tener fantasías, pero no significa que deseemos hacerlas realidad —introdujo precipitadamente ese argumento al comprobar el proceso de descomposición de su amada. Todavía intentó tomarla de la mano, pero cualquier esfuerzo resultó ya inútil.

—¿Cómo te atreves, malvada? Yo creía en mis sueños estúpidos que te dejaba exhausta, que no había espacio para tentaciones, y ahora sucede que sí se te antojaría acostarte con hombres. Eres una traidora, me has engañado, me has timado, he sido una idiota, ya no quiero saber nada de ti, lárgate de mi vida —trató de hablar con enormes esfuerzos, balbuceaba subiendo el tono de voz con la lengua enredada en el paladar—. *Come potrei credere in te?*[1]

—*Amore*, estamos hechos de recuerdos y de experiencias, y cuando hablaste de antojos, pues sí, no todo fue malo con mis galanes, pero el hecho de recordar momentos felices no implica que lo que tú me das no sea mucho más de lo que yo pueda recibir, porque me has enseñado un mundo desconocido y a vivir emociones de las que yo no tenía la menor noticia —explicó insistiendo inútilmente en tomarla de la mano para tranquilizarla, arrastrando también las palabras.

—Si de verdad yo te hubiera dejado satisfecha y hubieras vivido momentos inolvidables a mi lado, y no fueras una mentirosa al confesar que te mostré un mundo desconocido, entonces, amiga mía —nada de *amore*—, no tendrías espacio para antojos, porque estarías saciada, y si no estás saciada, escúchame bien, es porque yo he fallado como amante y tú eres una embustera —disparó una serie de argumentos atropellados, una catarata de insultos, en tanto se disponía, tambaleándose, a ponerse de pie para abandonar el lugar. Los efectos del alcohol causaban efectos devastadores. Los desplantes acrimoniosos no parecían ser justificados. *In vino veritas*, decían los romanos. La escultora se expresaba todavía con cierta nitidez. ¿Se sentía insegura? ¡Claro que ella se contemplaba como una reina en la cama, la dueña del escenario amoroso, pero ahora se percataba de su fracaso porque la pintora todavía tenía tentaciones *con duemila demoni*! Los sentimientos retenidos estaban a flor de piel—. *Sei una fottuta bugiarda...*[2]

Maggie, hasta ese momento, había guardado un prudente silencio, mientras observaba sorprendida el comportamiento de su amante. Sin embargo, lejos, muy lejos de intimidarse, y al constatar que Loretta se disponía a retirarse con el último trago de tequila en la mano, tal vez para escupírselo en la cara, la pintora amenazó volviendo a confirmar que su amante era de mala, muy mala copa:

---

[1] ¿Cómo pude creer en ti?

[2] Eres una mentirosa de mierda.

—Óyeme bien, si te atreves a largarte de este lugar así, en esas condiciones, esto no es un juego —advirtió Maggie todavía sentada— ni es una lucha política, créeme, si te largas así, ahora mismo, y me dejas hablando sola como una imbécil, te juro por las cenizas de mi madre que jamás volverás a saber nada de mí... Mejor te me sientas —echó mano de un lenguaje muy mexicano inentendible para una europea— y te me controlas, ¿okey? —amenazó cortante la mexicana, mientras también se ponía de pie y estrellaba ambos puños sobre la mesa. ¿Se trataba de impresionar con posturas? ¿Sí...? Pues aquí iba la suya, retaba abiertamente la pintora con su lenguaje corporal. Maggie estaba dispuesta a jugarse el todo por el todo. Hasta ese momento ninguna de las dos suponía los alcances de la otra. Ambas se desconocían. Anteriormente, todo había sido felicidad, risas, ternura, comprensión, apoyo, amor, puro amor, caricias y diversión, sin suponer que en el momento menos esperado la adversidad podría hacer acto de presencia en sus vidas.

La italiana se percató del peligro. Titubeó. Sin retirar la mirada del rostro de Maggie, se tragó el tequila y, a continuación, después de tomar el morral adquirido en el mercado de Oaxaca, envuelta en llamas, con la mirada congestionada por la rabia, insistió en retirarse. Maggie no intentó detenerla. Al blandir la pintora una y otra vez el dedo índice de su mano derecha, alcanzó a percibir a quien tal vez en un momento más dejaría de ser su amante para siempre:

—Si te atreves a salir por esa puerta, jamás me volverás a ver en tu vida. Quien advierte no es traidora. Créeme, no soy tu payasa —gritó furiosa haciendo voltear a un buen número de comensales, que contemplaban atónitos la escena.

—¿Estás amenazándome? *Mi stai minacciando*, ¿eh...?

—Tómalo como quieras, te comportas como una menor de edad. Me decepcionas. Creí que vivía con una mujer madura y no con una chiquilla estúpida, malcriada y caprichuda y, la verdad, ya no estoy dispuesta a perder mi tiempo contigo. Bien visto, tienes toda la razón, agarra tus cosas y lárgate, pero así —aclaró mientras tronaba los dedos insistentemente habiendo perdido el control. Uno de los capitanes observaba la escena con la esperanza de que no concluyera en un episodio violento que asustara a la clientela.

Loretta se quedó paralizada. Sintió que todos los comensales la veían a la espera de su reacción. Se oía el ruido de botellas en el mostrador del bar, además de la música mexicana y un sonido lejano de una marimba. La jugada había cambiado por completo. Se sintió indefensa, torpe, tocada, incapaz de expresarse bien. La invadió un sentimiento de orfandad. Miró a Maggie a los ojos. Ésta permanecía de pie. Inmóvil como el juez que dicta una sentencia y escruta la mirada del condenado para medir el impacto de su resolución. Desarmada y con el orgullo destrozado, envuelta en llanto, se dirigió a Maggie abrazándola y suplicándole:

—Perdón, perdón, perdón…

Maggie la recibió sin rodearla con los brazos y sin ánimo de consolarla. La pintora se había endurecido y resignado. Adoptaba la actitud de quien se dispone a depositar las cenizas de un ser querido en cualquier urna de un cementerio municipal. Creía que su relación amorosa había adquirido otros niveles de madurez.

—*Mi dispiace, mi dispiace*, perdón —repetía Loretta incansable y con el rostro empapado por las lágrimas. Al constatar que su amante se había convertido en un monolito insensible sin conmoverse ante la confesión implícita de su derrota, la florentina volvió a cargarse de rabia para decirle—: Ahora sí acabo de conocerte yo a ti —le disparó a bocajarro—. Nunca pasó por mi mente que fueras una mujer insensible, que fueras una piedra… Yo soy la decepcionada que no entiende lo que hago a tu lado.

En ese momento, empujó a la pintora e intentó salir decidida del restaurante, sin esperar comentario alguno. La suerte estaba echada. Maggie confirmó la presencia del peligro. Al darse cuenta de que la perdería para siempre, la retuvo, la jaló hacia sí, la abrazó, le enjugó las lágrimas, atrapó con ambas manos su cabeza, acarició su pelo, la retiró sólo para besarle los labios y beber sus lágrimas para decirle a su vez:

—Perdón, perdón, perdón…

—*Ti amo più della mia vita*[3] —empezó Loretta a repetir la pasión desbordada que sentía por Maggie, en tanto devolvía los besos con los labios empapados. Mientras lloraba, también la besaba en la frente, en la mejilla, en los párpados, en la nariz, en el mentón, a modo de agradecimiento y de consolación al saberse aceptada, mientras Maggie la atraía tomada de la cintura, la atrapaba para estar más cerca de ella sin importarles las críticas de los comensales. Las mujeres que presenciaban la escena no podían salir de su azoro. El Bajío era conocido por su conservadurismo religioso y moral. Ninguna de ellas aplaudía ese momento crispante entre dos amantes, tal vez hasta deseaban persignarse. "Santa María, madre de Dios, apiádate de nosotras." Sin embargo, el morbo no les permitía apartar la mirada del pleito y de los momentos de reconciliación. Que fueran a hacer sus cochinadas a otro lado.

Todo lo que aconteció a continuación parecía producirse en cámara lenta, ni los meseros servían:

—*Anch'io ti amo, amore mio, ti amo con tutto il cuore*[4] —respondió a su vez Maggie, mientras rodeaba con su mano derecha la cabeza de la escultora y la apretaba contra su mejilla con la izquierda.

Ambas volvieron a sentarse sin soltarse las manos. Se miraban, se contemplaban, se adoraban, se perdonaban, hasta que una sonrisa de reconciliación inundó de felicidad sus rostros. Instantes después empezaron a reír como dos pequeñas niñas que hubieran salido airosas de una travesura.

—Perdóname, yo sé que me quieres por encima de todas las cosas, pero sufrí un ataque de celos porque no puedo comprender mi vida sin ti, entiéndelo como un homenaje a nuestro amor, te lo suplico —confesó la artista florentina.

—Sí, claro, así lo contemplo, por supuesto. Olvidémoslo, tenemos los ojos en la frente para ver hacia adelante, nada de ver para atrás. ¿Te importa si te doy un beso con tequila añejo?

---

[3] Te quiero más que a mi vida.

[4] Yo también te amo con todo el corazón.

Loretta asintió dócilmente con la cabeza, cerró los ojos en espera de los labios húmedos de su amante, quien vació el trago completo en su boca agradecida. Después de un breve intercambio de aguardiente y de un nuevo cruce de miradas de complicidad, dieron por terminado el episodio.

La escultora inició una nueva conversación secándose las lágrimas restantes con una servilleta:

—*Sai che, bellissima*?[5]

—*Che...?*

—Al diablo con los hombres. Nosotras, las mujeres, somos más completas y poderosas que ellos porque dependen en mucha más medida de nosotras. Cuando un hombre se queda viudo, necesita buscar pareja de inmediato, no pueden sobrevivir solos, son unos inútiles, mientras nosotras nos las arreglamos de una y mil maneras sin requerir la presencia masculina...

—Sí, en ese sentido tienes razón —interceptó fácilmente Maggie la plática—. Sólo que nosotras las mujeres tenemos desventajas —añadió con extrema precaución para no desatar una nueva conflagración en el restaurante.

—¿Como cuáles...? —preguntó la escultora extremando también los cuidados para no provocar otro desencuentro.

—Mira, si una mujer se queda viuda o se divorcia a los sesenta o a los sesenta y cinco años, estará condenada, con sus debidas excepciones, a la soledad, y, por lo general, acabarán sus días sin pareja, aunque, justo es decirlo, que nosotras, a diferencia de los varones, podremos sobrevivir solas sin mayores problemas. En tanto, los viudos tratarán de relacionarse de inmediato con una mujer mucho más joven en busca de vida porque, como ellos dicen, los hombres tienen la edad de la piel que acarician y de no tenerla, se apagarían rápidamente, solo que esas relaciones engendran una terrible trampa, porque al acercarse a gran velocidad la decrepitud, surgirán, ante su impotencia, al no poder satisfacer a sus mujeres, celos devoradores que les harán entender la

[5] ¿Sabes qué, bellísima?

magnitud del error cometido y se extinguirán consumiéndose en sus propios venenos.

—Pues sí, tal vez —repuso Loretta con justificada cautela—. La naturaleza es muy sabia, porque nosotras, al llegar la menopausia, también por lo general, la libido casi desaparece por completo, sobre todo después de la maternidad, el deseo sexual se va extinguiendo como parte del reino animal, tú perdonarás, por esa razón debemos apurarnos a vivir, porque el apetito de los hombres es mucho más duradero, además de que para un joven eso de acariciar los pellejos de una pareja que casi llega al séptimo piso equivale a tocarla por compasión o por interés económico, en tanto que a una chica le enamora el pelo de plata, la experiencia y el conocimiento de un hombre mayor. No, no es lo mismo en cada caso…

Maggie escuchaba con detenimiento.

—Sí, es cierto, nosotras debemos apresurarnos a vivir, a disfrutar nuestros años útiles con toda intensidad, porque, aun cuando existen notables excepciones, la belleza desaparece junto con el entusiasmo sexual, y más nos vale resignarnos y aceptar nuestra edad para no hacer patéticos ridículos. La resignación, Maggie, se llama madurez, imagínate, tener deseo y ofrecer sólo pellejos a los varones…

Loretta no parecía tener la menor intención de cederle la palabra a la pintora mexicana.

—En conclusión, los hombres buscan piel fresca y perfumada porque sienten que se les escapa la vida por el pene. En tanto, las mujeres de edad ya no desean el intercambio sexual, por lo que estamos en paz, no hay pérdida, porque no hay deseo, entonces no hay nada de qué lamentarse. Lo malo sería, insisto, en que a los setenta años todavía quisieran retozar en la cama con un galán treinta años más joven, pero, por lo general, no es el caso, como te digo. Pero eso sí, cuidado con los móviles económicos de los gigolós…

—Algo sí te aclaro, Loretísima —se acercó Maggie con una gran expresión de dulzura en el rostro—: Estoy contigo cuando mencionas que cuando se acaba el apetito sexual, en lo general, sólo en lo general, desaparece la belleza propia de la juventud, pero a cambio, en el mundo de las parejas, se transforman los afectos y empiezan otras etapas maravillosas en la vida, ya no hay sexo, no, pero hay amor, respeto, comprensión, compañía y hasta admiración —agregó Maggie pensando en las palabras de su padre—. Dependiendo el caso, claro está, surgen otros sentimientos, por lo que he visto y oído, por los que vale la pena continuar viviendo juntos.

—Tienes razón, cuando las caricias ya no nos digan nada, porque de que va a suceder, va a suceder, nos guste o no, subsistirá nuestro amor, *Margaruchetta* —concluyó Loretta tratando de tocar el corazón de su amante invocando sutilmente a su padre para acercarse más a ella, así la debilitaría.

La escultora continuó su perorata como si el discurso lo hubiera preparado de tiempo atrás. Todo indicaba su deseo de recuperar el terreno perdido por un ataque de celos.

—Por ejemplo, te diría: ellos, a cierta edad, requieren tomar pastillas para hacer el amor y nosotras, finalmente, no necesitamos de la penetración para sentir placer. Un hombre sin erección está más muerto que los muertos, *la mia amata*.[6]

Maggie se deleitaba al oír los conceptos de Loretta. Había perdido una batalla y necesitaba reconstruir su imagen con argumentos inteligentes.

—Ése es mi primer razonamiento, la erección no nos limita como a ellos, ni nos vemos obligadas a tomar pastillas para poder amar, con el peligro de un derrame cerebral —agregó la escultora feliz y contenta al dominar la conversación—. Y, por si fuera poco, las mujeres no necesitamos a un hombre para fecundarnos, porque su semen lo podemos comprar en cualquier botica, además, mejorado, a nuestro gusto, pues podemos escoger los cromosomas para que nuestros hijos sean rubios o morenos, altos o bajos, o como se nos dé la gana. ¿Te das cuenta? En cualquier centro de inseminación artificial podemos llegar a ser madres, mientras que ellos no pueden prescindir de nosotras

---

[6] Mi amada.

para ser padres. ¿Ves por qué somos seres superiores? ¿Cuándo has visto a un hombre embarazado? Ni lo has visto ni lo verás —concluyó soltando una amplia carcajada que se escuchó en todo el restaurante.

Los efectos etílicos parecían haber desaparecido. Se expresaban con sensatez, sin arrastrar las palabras ni repetirse ni hacer desfiguros.

—Salvo que durante todo este tiempo hayas ocultado mañosamente tu pene —las sonrisas pícaras no podían faltar—, aceptemos que, en el caso de las mujeres, ahí si existe una herramienta importante para obtener placer sexual —comentó la pintora jugueteando, a sabiendas de conocer la respuesta.

—Eso mismo que dices, y ya no voy a caer en tus trampas —expuso Loretta complaciente—, es una verdad a medias o, en mi caso, una mentira completa, porque la mayoría de las mujeres, es un horror lo que voy a decir, no necesitan del pene para alcanzar grandes cuotas de placer, nos las podemos arreglar sin un macho a la redonda. Es más, tú y yo no hemos necesitado de un pene, de esa herramienta mágica que tú señalas, porque sin ella hemos podido amarnos en una forma sobrehumana. No, no me convencerás, tramposita hermosa...

—Tienes razón, amada mía —concedió Maggie tranquila y receptiva—, pero, en otro orden de ideas, debo señalarte el momento en que se acaban todas las pasiones carnales homosexuales, o no, y créeme que se trata de un concepto muy simple.

—¿Cuál? Me interesa mucho, ¿qué dices? ¡Me intrigas! A ver, dime, pero ya... ¿En qué momento se acaban las pasiones?

—Cuando ya no se te antojan los besos de lengüita es que concluyó una etapa muy importante de la relación. No estoy afirmando que se haya acabado, pero sí puedo concluir que comienza otra muy distinta, muy rica e intensa, pero sin las pasiones eróticas de los años previos.

Loretta permaneció muda, parecía volver a ponerse en pie de guerra, sólo para agregar:

—En ese caso, te advierto y que nunca se te olvide, amorcito mío, que, si un día ya no se te antoja darme un beso de lengüita, en ese mismo instante te estrangularé. Gracias por haberme dado la señal de alarma, pero estás advertida, cariñito, tesorito. Por lo pronto, pásame tu lengüita para comprobar que todavía me quieres y que me quieres mucho, muchísimo.

Momentos más tarde, ya superado el susto, en tanto clavaba la mirada en el rostro de su querida amante, después de beber el último caballito de tequila, Loretta comprobó, en silencio, que la confianza mata al hombre y a la mujer por igual. ¿Acaso llegó a pensar que tendría incondicionalmente a Maggie para siempre a su lado, a sus pies, cuando ella lo dispusiera? ¡No, ni hablar! Debería seguir luchando todos los días para conservar su amor, porque lo fácil y lo seguro habían dejado de existir mucho tiempo atrás. Le resonaban en los oídos las sabias palabras de su abuela nacida en Sicilia: *L'affetto è come una pianta che ha bisogno di acqua ogni giorno per sopravvivere, figlia mia.*[7] La artista toscana gozaba de más experiencia que la mexicana, sí, en efecto, sólo que esta última la superaba en temperamento. ¿Qué habrían aprendido de lo ocurrido?

¿Cuánto duraría su amor?, se preguntó Maggie, pensativa, ¿cuándo se extinguiría? Sí, todo tenía un principio y un final. Su cuerpo, su vida misma, algún día concluiría, todo concluiría. Por lo pronto, viviría el hoy, el instante, el momento, el ahora, sin pensar en el mañana. ¿Para qué? Era inútil. Si bien se trataba de un ejercicio eficiente para no perder de vista la caducidad de todo cuanto les rodeaba, lastimarse permanentemente con la fugacidad de sus días sólo se traducía en una práctica masoquista que erosionaba sus energías. Sí, ¿para qué…? No existía nada irrompible en el mundo de los afectos.

Loretta había nacido para hacer reír y amar a Maggie hasta el último día de su vida, ésa era su verdadera tarea y ya no quitaría el dedo del renglón. Sabía a ciencia cierta que ella despertaba pasiones incendiarias en su adorada pintora, porque al besarla se trastornaba su respiración, se humedecía, sudaba y se le despertaba hasta el último poro de su piel. ¡Claro que los cobardes jamás

[7] El cariño es como una planta que debes regar todos los días, hija mía.

podrían ser felices! Para su buena fortuna, ellas se habían atrevido a salir del clóset y a disfrutar la vida al aire libre. ¡Cuánto placer les había reportado su valentía! ¡Por supuesto que cualquier ser humano, ya fuera hombre o mujer, tenía el derecho a disfrutar su amor sin timideces ni ocultamientos! Y eso sí, sin limitación alguna porque, de otra suerte, terminarían por destruir su propia vida. Habría que revolucionar la educación sexual —coincidieron— apartándola del falocentrismo, del machismo mutilador que dominaba a la sociedad, preparando a las alumnas para descubrir el placer femenino con o sin la presencia de un hombre. ¿Cómo olvidar cuando las abuelas llegaban a confesar que estaban educadas y obligadas a satisfacer a sus maridos olvidándose sexualmente de ellas mismas con el único objetivo de procrear? La ley del metate y del petate…

Ninguna de las dos olvidaría jamás esa noche tequilera en San Miguel de Allende, estado de Guanajuato…

Resulta imposible dejar en el tintero aquella tarde compleja cuando Alonso regresó eufórico a sus oficinas después de otra exitosa consulta con el doctor Fernando Almazán. La adversidad, según las apariencias, volvía a hacer acto de presencia en su existencia.

La sonrisa reconciliadora, conquistada con justa razón en el consultorio, empezó a desvanecerse, ¿a desvanecerse…?, ¡no!, a congelarse, cuando le hicieron saber que tan pronto su exmujer había sido notificada de la demanda de revocación de la donación de la casa habitación, ella, aconsejada con gran tino por sus representantes legales, había procedido a enajenar de inmediato la propiedad para escapar, tal vez, de una resolución adversa, un peligro imposible de correr.

Solange se había hecho, por lo pronto, de un patrimonio de millones en dólares, el mejor negocio, sin duda alguna, de su vida, logrado a lo largo de once interminables años de echar mano de su mejor paciencia, de poner buena cara al mal tiempo, de sacrificios inenarrables y de representar el papel de una gran actriz, de una amante fogosa siempre feliz, comprensiva y cariñosa, que había aprendido de memoria un guion redactado para disimular una pasión amorosa falsa. En su creciente vacío existencial, había llegado a confundir, por igual, el desprecio por su marido, así como por la riqueza. Ahí radicaba su apuesta inconfesable, sólo compartida con su hija Ingrid, la dueña de sus secretos. Estaba harta de simular orgasmos para elevar la moral de su marido. En su desmedida ambición, Solange había perdido de vista aquello de "nadie sabe para quién trabaja", además de no haberse detenido a reflexionar ni un solo instante en las consecuencias de haberle vendido su alma al diablo. ¿No se había casado con Jorge también por interés y, por una razón o por la otra, se había quedado en la calle?

—Pero, a ver, jóvenes —preguntó un Alonso frustrado y ansioso enarcando a las cejas—, ¿no hay manera de embargar esos fondos que finalmente los obtuvo al vender una casa que yo pagué con el producto de mi trabajo? O sea, ¿ya se salió con la suya esa maldita bruja?

Los abogados lo invitaron a una paciente resignación porque las posibilidades de ganar un pleito de esa naturaleza eran muy remotas; en primer lugar, porque el inmueble estaba a nombre de Solange y, en segundo, ella, al saberse demandada, sacaría de inmediato los fondos del país o los pondría a nombre de una interpósita persona. La posibilidad de embargar dichos recursos constituía una opción también condenada al fracaso.

—Pero tenemos muchas otras alternativas, ¿verdad?

—Sí, claro que las hay —respondieron los expertos en derecho.

—Calma, calma, don Alonso, a una víbora nunca se le debe sujetar por la cola, sino por la cabeza. Y usted mismo, sin imaginarlo, en nuestra última junta nos reveló la existencia de una vertiente que contiene inmensas posibilidades de éxito —exclamó Roberto Martínez, el socio mayoritario del despacho.

—¿Cuál...? —cuestionó ansioso el empresario al mostrar una tímida y esperanzada sonrisa.

—¿Recuerda la terrible rabieta que hizo cuando visitó usted una galería, en donde vio expuestos cuadros de su propiedad?

—Me acuerdo con toda claridad, porque esa tarde, hace unos días, fui a comprar nueva obra de un autor español y me enfurecí al encontrarme muchas obras de mi colección particular que esa malviviente estaba rematando. Les digo, pero no me quieren creer, que es una pésima persona, por supuesto que amenacé al galerista con denunciarlo si vendía bienes robados, él también corría peligro de ir a dar a la cárcel, según también se los comenté a ustedes.

—Bueno, bien —respondió otro de los abogados al estructurar metódicamente su argumentación como si armara una denuncia de hechos—, al respecto queremos hacerle una pregunta muy puntual.

—A sus órdenes…

—¿Tiene usted en su poder las facturas a su nombre de las obras de arte que ha venido coleccionando?

—Por supuesto —respondió entusiasmado—. No sólo tengo las facturas, sino los certificados de autenticidad de las obras. Cuento con un expediente relativo a cada una de las compras que he venido haciendo desde que me empezó a ir más o menos bien.

Los abogados festejaron la respuesta con una sonrisa de satisfacción. Tenían armado el caso.

—¿A qué viene todo esto? —preguntó Alonso con su agudo olfato empresarial. De sobra preveía la respuesta, pero por un cierto pudor prefirió escucharla en voz de sus representantes legales.

—Es muy sencillo, don Alonso —intervino de nueva cuenta el socio mayoritario del despacho—, su exmujer, Solange Pérez Díaz, cometió un delito penado por la ley al vender bienes ajenos, como usted lo mencionó, lo cual supone un robo que, según el monto y ciertas características, puede llegar a implicar la pérdida de la libertad. Nos corresponde probar que ella enajenó con todo conocimiento de causa, a título oneroso, bienes de los que no podía disponer, por lo que ella puede caer dentro de la clasificación del fraude o de la estafa, entre otros supuestos más.

—¿La podemos encarcelar por ladrona? —cuestionó a sabiendas de no haber podido probar todavía infidelidad alguna. Se iba armando el rompecabezas…

—¡Sí, claro!, en su debido orden, lo primero es comprobar, don Alonso, que ciertas obras de arte de su propiedad fueron enajenadas a terceros, cuando Solange sabía que no le pertenecían. El dolo y la mala fe son evidentes, son pruebas irrefutables.

—Bravo, bravísimo —contestó el empresario golpeando, muy a su estilo, la palma de su mano izquierda con el puño de la derecha—. Yo los acompañaría para ayudarlos a localizar las obras de mi propiedad porque muchos galeristas son amigos y me permitirán revisar sus registros, o tal vez hasta recuerden las obras que les llevó Solange. Es muy sencillo identificarlas —agregó confiado—, y más sencillo aún saber quién las compró y en cuánto las adquirió. Algo sí les digo —aclaró con marcada seriedad—: No quisiera que ningún galerista resulte afectado, porque seguramente ignoraban mi crisis matrimonial y tal vez pensaron que yo conocía los planes de Solange. Quién sabe qué les dijo aquélla para convencerlos. Recuerden, algunos de ellos pueden ser inocentes, por favor seamos selectivos…

—Estamos a tiempo, don Alonso, no se preocupe. Estuvimos reconstruyendo los hechos y pronto podríamos presentar la denuncia para que un juez dicte la orden de aprehensión, pero necesitamos que nos acompañe lo más pronto a la galería para hacernos de elementos probatorios adicionales, ¿le parece? Su presencia es vital.

—Por supuesto que me parece —exclamó ilusionado sin saber ni imaginar cómo los astros se iban alineando a una velocidad meteórica a su favor en lo relativo a su divorcio—. ¿Cuándo? Estoy listo, de ustedes depende…

La otra mala noticia comunicada por sus representantes legales consistió en revelarle la presentación de una denuncia interpuesta por Solange en su contra por violencia física, golpes, insultos y malos tratos.

Alonso creyó enloquecer de la rabia al tratarse de otra vil canallada inventada por un ser reptante y de sangre fría. ¿Cómo era posible? ¿Con quién había estado casado? ¿Por qué no se había dado cuenta de que había cohabitado por tanto tiempo con una auténtica arpía, una mujer despiadada, rota por dentro? ¿Quién era finalmente ese mal bicho? ¡Qué manera de engañar y apuñalar por la espalda! ¿Cuál era su verdadero rostro, su auténtica personalidad? ¡Miserable! De que las pagaría, sí que las pagaría, de eso se encargaría él. ¿Habría que agradecérselo a las brujas? ¿No hay mal que por bien no venga? Gracias a ellas había descubierto las verdaderas entrañas de Solange. ¿Quién manejaba finalmente su destino? ¿La casualidad? ¿Algo o alguien lo llevaba de la mano con los ojos vendados, sin saber a dónde? ¡Demonios!

—Pa' cabrón, cabrón y medio —les juró a los abogados en un tono que no dejaba espacio para duda alguna.

—Cálmese, don Alonso —expresó Roberto Martínez—. Prepárese, por favor, para escuchar lo cómico de otra parte de la demanda interpuesta por su exmujer…

—Le adelanto que no puede tener nada de gracioso, estimado amigo.

—Pues sí que lo tiene. A nuestra contraparte la engañaron sus abogados, se ve, usted disculpará, que no se trata de una mujer con muchas luces, pues le hicieron creer que contaba con poderosos argumentos legales para sacarle a usted dinero, cuando a ella la estafaban sin piedad alguna.

—¿Se explica, por favor? —demandó Alonso inquieto, sin saber cómo reaccionar. Tenía el rostro petrificado.

Martínez empezó a leer los cargos en contra del empresario sin poder controlar la risa. El resto de los abogados se encontraban en la misma condición a la espera de seguir su ejemplo y concluir con la solemnidad de la reunión:

> "Desde antes de contraer nupcias con el señor Alonso Roel empezamos a tener relaciones amorosas que se prolongaron por casi doce años, en los que mi marido dispuso de mi cuerpo a título gratuito. Al principio me exigía un intercambio carnal una vez al día y más tarde dos o tres veces a la semana, hasta que se extinguieron por completo. Una mujer

tan hermosa como yo cobraría, al menos, unos mil quinientos euros en un casino, como el de Montecarlo, por pasar la noche con un magnate.

"Hagamos las cuentas, su Señoría: si el señor Roel disponía de mi cuerpo cuatro veces a la semana, en promedio, durante doce años, a razón de mil quinientos euros, mi marido me adeuda entonces 3 744 000 euros, su Señoría, insisto, en el respetuoso entendido de que no soy una casquivana. El señor Roel se ahorró una fortuna a costa mía, razón de más que justifica la reparación del daño y el pago de esa cantidad a modo de una indemnización.

"Además de lo anterior, fungí como ama de llaves, controlando y dirigiendo al personal doméstico durante todo ese lapso, por lo que propongo, en términos de la Ley Federal del Trabajo, que se me indemnice con otros mil euros mensuales, de los que resultaría una cantidad a pagar en el orden de 624 000 euros.

"Estoy dispuesta, señor juez, con el debido respeto, a no cobrar euro alguno por mi labor como jefa de Relaciones Públicas a lo largo de los últimos doce años y a negociar la cantidad a pagar en euros, para dejarla reducida a tan sólo cuatro millones de dólares de los Estados Unidos de Norteamérica como una manera adicional para acreditar mi buena fe y mi generosidad a lo largo de tantos años de matrimonio.

"Protesto lo necesario."

Las carcajadas no se hicieron esperar. Alonso, por su parte, se puso de pie y, negando con la cabeza, empezó a dar vueltas alrededor de la mesa de juntas sin dejar de maldecir ni despotricar ni execrar a Solange, hasta que Martínez lo detuvo y lo encaró al darse cuenta de que la rabia se había apoderado de él:

—Dese cuenta de que la tenemos ganada, licenciado Roel, la demanda se va a caer en las escaleras de los tribunales, por favor no se preocupe, es la hora de divertirnos como en pocas ocasiones nos ha sucedido en el despacho. Es un caso único, véalo con calma, no hay ningún argumento legal que pueda prosperar. Su mujer va a ser el hazmerreír de toda la judicatura —dijo tomándolo de los hombros con tal de hacerlo reaccionar.

Al repasar los rostros congestionados por la alegría de los abogados, de repente giró la cabeza de un lado al otro, cayó en cuenta de la realidad y, sin dejar de maldecir, se golpeó con ambas manos sus muslos para sumarse como podía al festejo. Veía con claridad la mano de Ingrid manipulando a su madre para hacerse del mayor dinero posible, ya que ella sería la heredera universal.

—Además —agregó Martínez, un abogado elegante, de cabello blanco, vestido con saco cruzado a la inglesa—, su exmujer difícilmente escapará de la cárcel al haber vendido cuadros y esculturas que no eran de su propiedad. Gócela, por favor, como ahora lo hace; en muy pocas ocasiones los abogados podemos inducir a nuestros clientes a una relajación semejante.

Era evidente, comentaron los representantes legales, que se trataba de una argucia legaloide ciertamente ridícula, de un colosal embuste ante la falta de argumentos jurídicos. A la señora Roel sus abogados, por llamarlos de alguna manera, le iban a sacar las tripas. Las contrapartes recurrirían a cualquier chicana o infundio con tal de darle una suculenta mordida al enorme patrimonio de Alonso, objetivo difícil de alcanzar porque ambos habían contraído nupcias de acuerdo con el régimen de separación de bienes. Sin embargo, los abogados, conscientes de la imponente personalidad económica de Alonso, inventarían diversas opciones para tratar, al menos, de proteger piadosamente a su cliente, una mujer de muy escasas luces, de insignificante inteligencia y de astucia muy limitada, de quien nadie debería aprovecharse. Habría que socorrerla y apartarla de una jauría de lobos…

La mayoría del personal de su casa —incluidos el jardinero, las sirvientas; peor aún Mari, la querida cocinera; los choferes, salvo Gabino, y los guardaespaldas— había sucumbido ante el jugoso soborno para declarar ante el juez como testigos de las golpizas que supuestamente Alonso le había propinado a su esposa. Alonso, incapaz de asimilar la magnitud de las traiciones ni de suponer las dimensiones de la maldad incubada en Solange, concretaba dejar la suerte del pleito en las manos desapasionadas e informadas de sus asesores.

—Es una hija de la gran puta —se desahogaba, flauta de champaña en mano.

—Los aquí reunidos, don Alonso, ya anticipábamos su reacción, por cierto, muy justificada, sólo que, como ya le informamos, tenemos la medicina que le vamos a administrar a su exmujer. En su orden, visitaremos primero las galerías para hacernos de la información fiscal y saber cuándo y quién compró las obras de arte de su propiedad. A continuación, redactaremos la denuncia por robo, fraude, estafa y lo que se nos ocurra. Acto seguido, nos presentaremos con el agente del ministerio público y después con el juez para que libre la orden de aprehensión y la recluyan en la cárcel de alta seguridad, tal vez la de Puente Grande, en Jalisco. En esos centros penitenciarios sabe usted exactamente el día que entra, pero nunca cuándo saldrá. Es un infierno. Finalmente, como usted sabe, en México todo es cuestión de dinero y de conexiones políticas…

—Salud…

Aquella tarde concluyó para Alonso con alguna esperanza y cierta satisfacción, pues en muy pocos días se podría reunir la documentación para comprobar el fraude cometido por su exmujer. El trámite no anticipaba mayores contratiempos, en tanto la rueda de la fortuna seguiría girando en una inercia enloquecedora.

La vida no te da en ocasiones lo que quieres, sino lo que necesitas para crecer, para entender y evolucionar. La vida, ante un supuesto fracaso imposible de entender en el momento mismo de la debacle, con el paso del tiempo, tal vez nos haga aceptar el arribo de muchas ventajas y beneficios. ¿Cómo explicarle al magnate que las batallas existenciales servían para enseñarle algo, sobre todo en los casos de derrota? La existencia te empuja del lugar en que te encuentras para ubicarte en el que te mereces. Si la vida te quita algo es porque viene algo mejor. ¿Sí…? ¿Si la vida te priva de personas es para presentarte unas mejores, seres humanos superiores? ¿Es cierto? Al carajo con la filosofía barata...

La salud de Paco se deterioraba precipitada e inexorablemente. Le habían practicado un trasplante de médula en los Estados Unidos; sin embargo, su evolución dejaba mucho que desear. El desánimo cundía, mientras el chelo del músico descansaba en un rincón cubriéndose de polvo. Paco perdía, día con día, energía y vitalidad. De hecho, se levantaba de la cama con grandes dificultades. Su rostro adquiría un tenebroso color ocre. Su voz ya no proyectaba los tonos optimistas, como cuando ensayaba o concluía con éxito un concierto. El poderoso hombre inagotable se agotaba, se rendía. Se transformaba en otra persona. Su ánimo decaía como si se preparara para iniciar el viaje sin retorno. Se resignaba a una suerte fatal porque la ciencia médica resultaba incapaz de devolverle la paz, el vigor y, mucho menos siquiera, la esperanza. Bastaba con escuchar las opiniones de los doctores y escrutar sus rostros adustos y sus miradas esquivas para aceptar el destino inescapable que le esperaba. Se iba. Sabía que se iba. Sus palabras se convertían en dolorosas despedidas, sobre todo cuando empezó a preguntarse cómo deseaba ser recordado. Enviaba inconfundibles señales de adiós, adiós, mientras se esforzaba por ocultar su terrible malestar para no angustiar a los suyos.

Durante las interminables noches de luna inmóvil, desesperado y agobiado por su trágico futuro, Paco, recostado en la cama, sepultado en las sábanas empapadas de sudor, invitaba a sus grandes amigos, a sus colegas y algunos alumnos, tanto de Juilliard como del Conservatorio de Música, a vivir intensamente, a disfrutar cada minuto de la vida, ante la imposibilidad de saber cuándo se desplomaría, también para ellos, el telón de la existencia. En realidad, al saberse tocado, preparaba a su círculo de compañeros y aliados cercanos, con su conocida generosidad, a pensar también en su muerte para evitarles el menor sufrimiento posible.

No, no era religioso, sin embargo, en el fondo, por más absurdas e irracionales que fueran sus reflexiones, le inspiraba una gran alegría imaginar la posibilidad de volver a ver pronto, muy pronto, a María Luisa, su madre. ¿Cómo olvidarla? ¿Qué más daban las alucinaciones si le reportaban paz? Al pensar en la autora de sus días, se resignaba y se dejaba conducir por ella a otro mundo, como cuando era niño y lo ayudaba a cruzar la calle. En esos momentos tan angustiantes, el chelista recordaba a su madre en su lecho de muerte: "No llores porque todo esto terminó, sino ríe porque pudimos vivirlo y disfrutarlo durante mucho tiempo. Se dio y ocurrió, gracias al cielo". María Luisa recordaba, según se acercaban sus últimos días, que los mexicas hablaban de dos tipos de muertes: una, cuando la persona dejaba de existir, y la otra, cuando todo el mundo se olvidaba de ella. "Nunca me olvides, querido hijo mío…"

En su agónica desesperación, Paco padecía miedos insufribles como cuando soñaba despierto o dormido o imaginaba cómo lo acariciaban unas manos femeninas heladas y huesudas sin poder distinguir el rostro de la intrusa. En otros momentos, con los ojos abiertos a media mañana, no alcanzaba a ver las palmas de sus manos cuando se las acercaba hasta tocar su rostro. El pánico se apoderaba de él al no poder ver tampoco las paredes de su cuarto y saberse extraviado en pleno día en una oscuridad total. ¿Ya estaría muerto?, se preguntaba sin pronunciar palabra alguna. ¿Así serían la muerte y la eternidad? El mundo se apagaba y se convertía en un lugar negro y sombrío. Sin embargo, resultaba suficiente escuchar la voz de una enfermera o de Karin para volver a ubicarse en el reino de los vivos. ¿O, de cualquier manera, ya estaría muerto y contemplaba a la distancia, desde ultratumba, los últimos instantes de su existencia? ¿Qué pasaba? Horror de horrores.

El mal avanzaba sordo y mudo porque las quimioterapias lo devastaban, lo destruían, lo debilitaban aún más, al extremo de no soportarlas: en realidad, le producían más daños que beneficios. Los doctores decidieron suspenderlas ante la magnitud desastrosa de los perjuicios, abandonaron su recuperación a las exangües fuerzas de su cuerpo y aceptaron el final de los días del connotado músico. Ante el fracaso del trasplante de médula y de la quimio, la mejor opción consistía en resignarse y prepararse para un desenlace fatal en los próximos meses, en el mejor de los casos. ¿Qué le diría a Dios si lo tuviera enfrente, cara a cara? ¿Le besaría las manos sometiéndose a su eterna infalibilidad o le escupiría al rostro hasta que se le agotara la saliva? Pero si el médico austriaco había asegurado que habían llegado a tiempo para combatir con éxito la leucemia... ¿Qué pasaba? Algunos meses después de haber regresado a México, el chelista iba perdiendo las esperanzas de sobrevivir. Mamá, ya pronto te volveré a ver. ¡Cuánta ilusión!

Las reflexiones catastrofistas invadían su mente con la fuerza de un huracán, dispuesto a destruir cuanto encontrara a su paso. No, no se llevaría nada por más que se aferrara a la vida. No se llevaría nada, de acuerdo, pero nunca nadie podría arrebatarle lo que había dado y recibido más de cuatro décadas de vida. Eso sí, tenía todo el derecho a morir con dignidad. En su soledad recurriría a la eutanasia para evitar una terrible agonía. Jamás se quedaría en estado vegetativo, permanecería consciente hasta el último momento y contemplaría cara a cara el rostro de la muerte. De llegar a aceptar la sedación, sólo recurriría a ella para no hacer sufrir aún más a los suyos.

Enfrentar a la pálida blanca no era, de ninguna manera, una tarea sencilla. El chelista se negaba a escuchar siquiera la presencia de un tanatólogo para proporcionarle consuelo y paz, de la misma manera en que rechazaba los auxilios espirituales de un cura para confesarse y recibir la extremaunción. Si ésta consistía en un sacramento de la Iglesia católica para ungir con aceite bendito a una persona cristiana próxima a la muerte, pues él no quería saber de los santos óleos ni de la Iglesia católica ni nada bendito, ¿bendito por quién?, ¿por otro hombre? ¡Pamplinas! Al fin y al cabo, nadie era digno de recibir su confesión, por más equivocaciones y deslices que hubiera cometido.

Él, sin la ayuda de nadie, controlaría la angustia sin perder la estabilidad emocional, el gran patrimonio de un músico. Además, nunca le daría ni un triste quinto al clero, siempre ávido de dinero, porque la extremaunción no sería gratis, ¿verdad...?

En uno de esos días, cuando la resignación ante lo inevitable se había apoderado del chelista, tuvo una conversación con Karin que resumía la importancia de la música en su existencia.

—Cuando ya me haya ido, amor, escucha muchas veces el Réquiem de Mozart, que tantas veces hemos disfrutado en diferentes países: nota por nota interpretada en el chelo, te recordará lo que siempre he sentido por ti. Gracias a él, le he perdido el miedo a la muerte, porque ésta, en sí misma, es la paz, la paz eterna, amor, sin sufrimientos ni dolores, algo a lo que siempre hemos aspirado —confesó para consolar a su mujer, ya que iría a un mundo mejor mientras se encontraban sentados en el estudio donde había ensayado, hasta el cansancio, sus obras favoritas—. Mozart tal vez sabía que se moría mientras lo componía, de hecho, ni siquiera pudo concluir su obra, pero algo sí te digo, amor mío, cada nota y cada voz se comunica con lo más profundo de mí, con el ser más íntimo que vive en mi interior y me explica con su música que la vida es una batalla entre la risa y la tristeza, entre la plenitud y el vacío, entre el ruido y el silencio, entre la luz y la sombra, sobre todo porque yo siempre he huido del silencio y hoy creo que lo escucharé para siempre.

Karin deseaba intervenir, en tanto trataba de contener el llanto, pero Paco lo impedía. Ella no dejaba de contemplar el chelo del maestro colocado a la vista de quien entrara a su estudio.

—Comprendo a quien me ha dicho que, al escuchar el Réquiem de Mozart, siente como si su alma escapara lentamente de su cuerpo, tal vez es el ascenso de su alma en dirección a la nada, pues se trata de la última confrontación con nosotros mismos, algo así como nuestro propio juicio final.

—Yo te salvaré la vida, mariachito, lo verás, no sé cómo, pero lo lograré…

Paco sonrió sin ignorar el comentario, para concluir con estas palabras:

—Si Dios existiera, yo le pediría unos minutos sólo para que escuchara la música de Mozart…

—¿Eso le pedirías? Te advierto que Él lo sabe todo y lo habrá oído mil veces, amor…

—Sí, puede ser, pero habría que ayudarlo a entender lo equivocado que estaba cuando decidió crear el mundo, al hombre y a la mujer, un irremediable caos.

Karin lo dejó hablar: ¿cómo ser optimista en los umbrales de la muerte?

Como bien decía Paco, él carecía de experiencia en eso de morir, pero no imaginaba la cantidad de requerimientos previos antes de abandonar el mundo de los vivos. La vida es muy canija y te somete a severas pruebas de fuego, sobre todo cuando se trata de eso de "morirse cuando nadie lo espera ni lo desea". A veces demostraba una fortaleza sorprendente, sobre todo en la mañana, mientras que, al anochecer, como si se fuera a extinguir su vida en la oscuridad, se derrumbaba en un abismo sin fondo. El chelista no sabía lo fuerte que era hasta que se vio obligado a serlo. No dejaba de disculparse ante quienes podía haber ofendido con sus palabras, omisiones y acciones. ¿Testamento? Karin sería su heredera universal sin duda alguna. ¡Llamen a un notario, a mi querido compadre Tomás López! Él me conoce mejor que la palma de su mano. ¿Su violonchelo Plus II de Sinfonie24, adquirido en Alemania en su primera gira europea? Lo regalaría al Conservatorio Nacional de Música, con la esperanza de que no se lo robaran, ése era su lugar. Sus ojos, si lo autorizaban los médicos debido al cáncer, los donaría al hospital de ciegos, en tanto sus órganos los obsequiaría a quien los solicitara con urgencia. ¡Claro que no se llevaría nada! ¿Verdad que estaba más claro que el agua? *Memento, homo, quia pulvis es et in pulverem reverteris*. Detente, hombre, polvo eres y en polvo te convertirás.

El humor no podía faltar, muy a pesar de las condiciones en extremo adversas.

—¿Por qué no sonreír? —se preguntaba a veces el músico, en plan burlón, al imitar las palabras de Woody Allen: "Yo tampoco tengo miedo a morir, pero, eso sí, no quisiera estar ahí cuando eso suceda". Sus comentarios no eran celebrados por los suyos. Trataba, en ocasiones, de hacer reír a Karin con sus repentinas ocurrencias: suplicaba que al estar en la morgue se abstuvieran de maquillarlo, porque su última voluntad consistía en ser acostado al revés en el ataúd para que cuando los curiosos se asomaran a ver su cadáver en la caja, se encontraran con sus pies, en lugar de la cabeza. Que no, que no le pusieran una etiqueta alrededor del dedo gordo del pie para no confundirlo con otros muertos porque, además, le darían muchas cosquillas. ¿Por qué tenerle miedo a la muerte, como decía Machado, si mientras somos, la muerte no es y cuando la muerte es, nosotros no somos? ¿Bienvenido el humor?

En un texto redactado en la cama para la posteridad, se dolía de no llegar a envejecer al lado de Karin. No podía imaginarla con el rostro enjuto, consumido, enteco de una anciana. Menudas reflexiones. Se arrepentía de haber dedicado más tiempo al chelo, su gran pasión, que a su adorada mujer y de no haberle hecho el amor hasta el cansancio, cuantas veces se le hubiera antojado, y de no haberla cuidado y protegido como se merecía. Se decía egoísta y aplastado por la pesadumbre de haberla desatendido, cuando ella constituía, sin duda alguna, uno de los grandes motivos para vivir, además de su público y de su música, pues sacudía las conciencias de quienes lo escuchaban llevándolos a otro mundo como si sólo tocara para ellos. Le dolía no haber valorado las pequeñas alegrías de la vida, como cuando una mañana en que disfrutaba un café y una concha de chocolate, al aire libre, de repente, un par de gorriones llegaron para comer a picotazos y con gran gracia las migajas caídas en el suelo.

¿Era todo y no era nada? Declaraba en su pliego de mortaja las dificultades para obsequiar imágenes festivas, divertidas, a quienes lo visitaban, cuando bien sabía de la proximidad de su muerte y su voz se parecía cada vez más a la de un cura decrépito al terminar su homilía con voz apenas audible. ¿Y si reuniera fondos para constituir una fundación para combatir la leucemia y un instituto para becar a los estudiantes de música?

¿Maggie? Sí, Maggie se comunicaba con él todos los días y le ponía en la bocina a Loretta para hacerlo reír, mientras le hablaba en italiano y lo llamaba *caro bambino*, pero su hermana, casi siempre distante porque escasamente compartía su arte y sus momentos más felices durante las giras, no ocupaba los primeros lugares en la escala de sus emociones más íntimas y poderosas. La quería, sí la quería, pero la distancia y la falta de comunicación causaba estragos convirtiendo en seres extraños a los seres queridos.

Alonso, por su parte, animaba a su hijo con el argumento de tratarse de una enfermedad pasajera, que asistirían juntos a muchos conciertos más, como aquella noche en el Carnegie Hall cuando el público, puesto de pie, le había aplaudido durante cinco minutos sin parar. Que cuando se aliviara, y sería muy pronto, él lo acompañaría a todas y cada una de sus giras. Serían inseparables, ya había aprendido la lección. Mentía, claro que mentía, porque bien sabía que su hijo se moría, que sus días estaban contados, que el mal era irremediable, por ello, al abandonar la recámara de Paco, sin siquiera llegar a su casa, estallaba en un llanto tan culposo como incontenible. ¿Por qué no lo había acompañado más tiempo, en lugar de dedicarse a ganar más dinero, siempre el puto dinero, sí, puto dinero que lo había distraído de lo más importante, de lo vital? No existía un dolor más grande que el de ver morir a un hijo, pensaba mientras se abofeteaba por estúpido, por egoísta, por frívolo y superficial. Había cometido el error de su existencia.

¿Karin? Ella tenía otro estilo, como cuando mencionaba que nunca habría suficiente distancia para separarlos, porque su amor interminable había nacido la noche aquella en que se perdieron hasta llegar a Valle de Bravo.

Karin no le permitía, de ser posible, palabras de despedida ni nada por el estilo. Sus comentarios, a veces con la voz entrecortada, se reducían a garantizarle una larga vida, porque él no se iba a morir, no al menos en ese terrible trance, y que, en lugar de lamentarse como mariquita sin calzones, debería levantarse y bañarse para espantar los malos espíritus con harto jabón, la herramienta más eficiente. En otros momentos, la arquitecta se refería a quienes estaban muertos en vida a falta de ilusiones y aseguraba que mientras éstas no faltaran, la vida continuaría entre risas y abrazos, el caso de su marido y el de ella, quienes vivirían muchos años más al estar repletos de planes y de proyectos. Que no le contaran a Karin: su marido se salvaría, ¿cómo?, no lo sabía, pero de que se salvaría, se salvaría, de eso se ocuparía ella.

Karin decía que la peor muerte no era cuando te ibas de este mundo, sino cuando, hora tras hora, año tras año, empezabas a morirte por falta de cariño, y Paco lo recibía a diario y a cataratas. Nunca dejó de repetirle que su amor no terminaría ni con la muerte:

—Un día estaremos en el allá, pero, Paquete, amor mío, ahí estaremos juntos, ¿verdad? Ni se te ocurra acostarte con otro espíritu femenino en lo que llego, porque no sobrevivirías en la eternidad, pinche guitarrista municipal. Si tú me faltas, vida mía, Currinche, querido, me dejarás desamparada, y ninguno de los dos queremos eso, de modo que vivirás, lo sé, lo juro, lo apuesto, lo prometo, lo verás, vida de mi vida.

Karin estudiaba revistas de medicina para investigar los últimos adelantos científicos con relación a la leucemia. Sobre la base de que quien busca encuentra, dio con un artículo redactado por el doctor Carlos Robledo para la Academia de la Medicina Mexicana, en el que el destacado científico e investigador explicaba que "los anticuerpos monoclonales son versiones sintéticas de las proteínas del sistema inmunitario. Una vez dentro del cuerpo, se adhieren a un objetivo específico. A menudo, las proteínas se encuentran en la superficie de las células cancerosas. Estos medicamentos pueden ayudar a su sistema inmunitario a reaccionar y destruir las células cancerosas. Algunos anticuerpos monoclonales también combaten el cáncer en otras maneras".

Sin entender una palabra del texto, salvo aquello de "destruir las células cancerosas", localizó en cuestión de horas al conocido oncólogo, quien después de estudiar el caso y visitar a Paco un par de ocasiones, empezó a administrarle los "anticuerpos monoclonales", particularmente útiles en el caso del ilustre chelista. El resultado de la utilización de los anticuerpos se conocería en el corto plazo. Karin se repetía de noche, a la hora de entregarse al reposo, que él no ya lo tenía, iría por el sí, como decía el músico, y que, si hubiera sido necesario obligar a su marido a comer placenta de marrana, rellena de ancas de ranas crudas, estiércol de borrego y semen de perro callejero, sin duda lo intentaría y lograría que se lo tragara apretándole la nariz, pero echaría mano de cualquier recurso con tal de salvar la vida de su amado galán. Había que apostarle a todo, ¿o no…?

Solange ya había vendido en más de dos millones de dólares la residencia en donde había vivido con él, pero ¿cómo proteger ese dinero? A su edad y en sus condiciones, bien lo sabía ella, no tenía manera de volver a hacerse de un capital semejante, lo anterior sin considerar la colección de obras de arte de su todavía esposo según la ley.

Llena de dudas ante los alcances de su propio marido, quien, según ella, podría intentar cualquier argucia con tal de quitarle su dinero, decidió proteger parte de su patrimonio poniéndolo a nombre de Ingrid. Solange compró al riguroso contado, y con gran alegría y satisfacción, cuatro departamentos en las zonas más caras de la Ciudad de México. En dos de ellos vivirían ella y su hija, separadas, y los restantes los rentaría para vivir de esos ingresos. Se acordaba cuando Alonso siempre sentenciaba que "el tabique era el tabique". Por las dudas, salvadas las supuestas intenciones inconfesables de Alonso, puso las cuatro propiedades a nombre de su hija, según ella, la persona adecuada para resguardar su patrimonio, fuera del alcance de las mañas y perversidad de los abogados del magnate y de cualquier tercero más perverso que el otro. Le recomendaron armar fideicomisos, pero ni entendía los términos y dudaba de cualquier intención perversa escondida en los contratos. La copropiedad con Ingrid no eliminaría los riesgos de cara a una venganza de Alonso. ¿En quién confiar? Sólo en el feliz fruto de su vientre, quien, en realidad, no le había dado motivos fundados para dudar de ella, que, si bien no le había ido bien en la vida, después de todo, sí se merecía su confianza, mucho más que sus asesores legales, todos los del gremio de fama muy cuestionable…

Ya está. Por su parte, Ingrid se encontraría feliz y contenta al no vivir en un departamento arrendado, sino en uno suyo, y podría disponer de buenas cantidades de dinero del efectivo de su madre. Se compró un nuevo automóvil y empezó a gastar y a invitar a propios y extraños, como sucede con los boxeadores y los toreros que, de repente, disfrutan enormes cantidades de dinero sin percatarse de que se les acercan rémoras y bribones decididos a gozar las fortunas ajenas.

Así las cosas, uno de los entrenadores de un gimnasio al que Ingrid asistía empezó a salir con ella y a gozar las albricias de su dinero. Ella, enamorada, empezó a cumplirle todos sus caprichos al simpático y goloso galán, el mejor entrenador del universo, ya que nunca nadie la había hecho tan feliz en la cama. Era un pretendiente confiable con una musculatura envidiable.

El entrenador, ni corto ni perezoso, invitó a su amante a ser propietaria de un gimnasio, porque más tarde fundarían la mejor cadena del país. Necesitaba varios millones de pesos para inaugurar el primero en una zona en donde los derechos de inscripción podrían ser muy elevados. Recuperarían la inversión en un santiamén.

—Los equipos son muy caros, amor —decía convincente—. Tenemos que adquirir tecnología de primera, además, las instalaciones son muy costosas porque necesitamos construir una alberca en uno de los últimos pisos, vestidores, salas de vapor y de sauna, además de los comedores y cocinas, todo lo necesario para un gimnasio de superlujo, de primer mundo, Ingridcita. Lo barato, amor mío, sale caro a la larga.

Por supuesto que no pondrían el primer gimnasio en Iztapalapa, sino en las Lomas de Chapultepec o en Bosques de las Lomas, en donde viven las personas con grandes recursos. En pocas semanas ya contarían con los proyectos arquitectónicos y estarían a punto de obtener los permisos oficiales para colocar la primera piedra de la cadena. Ingrid, siempre ambiciosa y deseosa de tener más y más dinero, al confiar en su amante, hipotecó sin notificar a su madre uno de los departamentos arrendados. Como los recursos, por supuesto, no alcanzarían de acuerdo a los presupuestos, hipotecaron un segundo condominio para programar la apertura de un segundo gimnasio montado con todo lujo. Las utilidades esperadas no llegarían pronto a la bolsa de Ingrid, con el pretexto de que el galán tenía planes para abrir un tercer gimnasio o hasta un cuarto, en centros comerciales del país, cuando en realidad no invertía los fondos, los atesoraba y los escondía aduciendo diversos pretextos, o despilfarraba una parte con sus amigos en fiestas, orgías y viajes, a espaldas de Ingrid, de la misma manera que Solange ignoraba que su hija ya había hipotecado dos de los inmuebles.

—Ya sabes que las autorizaciones del gobierno de la ciudad son muy tardadas y sólo las tramitan los coyotes. Paciencia, vida mía, además, el registro de marcas y la constitución de sociedades no es nada sencillo…

En los hechos, ¿cómo haría Ingrid para pagar el importe mensual de las hipotecas? ¿Qué cara pondría su madre al conocer la traición? ¿La traición? ¿O tomaría la decisión de su hija como una equivocación sin mayor trascendencia, al fin y al cabo, las madres siempre perdonan? ¿Lo dejaría pasar por el simple hecho de ser su hija? ¡Horror! ¿Y el futuro…?

Tercera parte

La mañana de un lunes cálido, poco después de su entrevista con los abogados, Alonso esperaba el inicio de otra pesada jornada de trabajo con la nariz pegada al enorme ventanal de su departamento, desde donde contemplaba el bosque de Chapultepec. La terrible enfermedad de Paco le había arrebatado el alma, despojado de toda energía y arrancado sus raíces del anhelo de vivir. Nada le importaba ni le llamaba la atención ni le emocionaba. Caminaba por la vida como un fantasma extraviado sin importarle el transcurso del tiempo ni el lugar remoto de cualquier destino. ¿Qué sentido tenía todo? Sus vinos de colección, sus tragos de calvados, sus flautas de champaña, sus obligados whiskies nocturnos le resultaban insípidos, al igual que no disfrutaba ni las series de televisión ni sus viajes de fin de semana a Valle de Bravo a bordo de su Ferrari convertible, ni sus paseos con sus perros ni la contemplación del lago a la distancia ni sus juegos de golf con sus amigos del alma ni las comidas con ellos. Todo había acabado para él en un mundo desabrido y estéril. ¿Los libros? Los libros le tenían también sin cuidado. ¿Cómo concentrarse?

Sí, en efecto, pero no todo era insulso y soso, no, porque precisamente esa mañana la suerte había decidido hacer acto de presencia en su vida y, sin tocar a la puerta, lo sorprendió todavía en pijamas contemplando la inmensidad del bosque con un jugo de naranja en su mano izquierda y su celular en la derecha, a la espera de datos relativos a la apertura de la bolsa de valores en Wall Street, cuando recibió una llamada telefónica de Karin. Al ver su nombre en la pantalla, contestó de inmediato con el dedo pulgar tembloroso a la espera de una noticia trágica. ¿Era el final...? La voz de Paco le retumbaba en los oídos:

—Si vamos a sufrir, jefe, suframos, pero ¡ya!, de una buena vez por todas y para siempre, que esto se acabe y que se acabe ¡ya!, es ¡ya!, no quiero una agonía lenta que termine conmigo y con todos ustedes…

Al escuchar la voz de Karin, llorando con la voz entrecortada, pensó en lo peor:

—Loncho, Lonchito, querido Lonchón —Karin nunca se había dirigido a él en esos términos—, los anticuerpos funcionaron y se desplomaron los leucocitos de ciento cincuenta mil a quince mil, sólo quince mil… Paco se salvó, Paco se recuperará, Paco volverá a tocar el chelo, Paco volverá a ensayar, Paco volverá a los escenarios, Paco estará siempre a nuestro lado, Paco podrá brindar muy pronto con nosotros, tenemos Paco para muchos años, suegro adorado, suegro querido, suegro de mi vida —gritaba su nuera exultante, sin poder controlar la emoción.

Al principio la voz y el llanto confundieron al empresario, hasta entender lo que en realidad ocurría. En ese preciso momento, Karin le prestó el celular a Paco para que éste informara a su padre, con su propia voz, la gran felicidad de la noticia.

—Ya la hicimos, jefe, ya chingamos, papacito, la leucemia nos hizo lo que el viento a Juárez —exclamó todavía con una voz salida del fondo de un pozo—. Ahora me voy a dedicar a quererte como nunca, a tocar el chelo como nunca y a querer a mi mujer como nunca. Créeme que ya aprendí la lección, entendí finalmente la importancia de la esencia de la vida. Créeme, jefe, créeme, ya le entendí.

Aquella expresión coloquial de “las piernas no me sostenían” la sufrió Alonso con todo el dramatismo del caso, puesto que se desplomó en el piso de rodillas, convirtiendo en astillas el vaso de jugo de naranja. Lloraba como un crío por haber superado la pesadilla, o por arrepentimiento de no haber atendido con la debida intensidad a Paco, o por culpa, o porque finalmente la vida le concedía una nueva oportunidad para adorar a sus hijos, o por diversos sentimientos que se le atoraban en la garganta. Tirado en el suelo se apartó el teléfono de la boca para tratar de disimular sus sentimientos, mientras escuchaba la voz de su hijo:

—¿Estás ahí, jefe? ¿Estás ahí? Contesta, jefe, ¿dónde estás? ¿Qué sucede?

—Aquí estoy —repuso Alonso finalmente, sin poder ocultar sus lloriqueos y sin dejar de balbucear—. Aquí estoy, hijo de mi vida, aquí estoy, hijo de mi corazón, aquí estoy, aquí estoy y aquí estaré para siempre y para ti y para todo lo que sea tuyo, perdóname, perdóname. Te voy a adorar como no te lo puedes imaginar.

—Prepárate, jefecito chulo, porque mañana en la mañana, a ver cómo le hago con mis dedos de gelatina, voy a tocar para ti y para mi mujer la zarabanda de Bach. Lo voy a grabar para que nunca nadie lo olvide. Te va a encantar, te lo puedo jurar, ya estoy de regreso a la vida gracias al doctor Robledo, uno de esos mexicanos que nacen cada mil años. Contra todo pronóstico, jefecito querido, funcionaron los anticuerpos. Escúchame bien —advirtió imparable—, hoy mismo voy a llamar a mis representantes para organizar el año entrante la próxima gira en Europa con chelistas y músicos mexicanos, voy a destapar una de las grandes virtudes de este pueblo mágico. Lo verás.

Al colgar el teléfono, Alonso pidió su automóvil y así, en pijamas, descalzo, se dirigió a casa de su hijo para llenar de besos a Paco y a su esposa, la verdadera autora de la recuperación de su hijo, porque nunca dejó de tocar todas las puertas en busca de auxilio. Llamó a chamanes, a brujos, a hechiceros, a gitanos, a médicos nacionales y extranjeros, a curanderos del Mercado de Sonora que le recomendaron menjurjes que Paco bebió a escondidas, porque cualquier posibilidad representaba una oportunidad. Nunca cedió, nunca se entregó, nunca se rindió, y el éxito finalmente coronó su obra. ¡Cuánto había que agradecerle a esa mujer prodigiosa que nunca se dejó vencer! Ella nunca confesaría que, con tal de curar a Currinche, le había preparado momo, acuyo, tlanepa o yerba santa, muicle o hierba de la virgen, raíces de tezonpahtli, huitzquilith y tecuammaitl, utilizadas por los mexicas para curar la sarna, además del huacalxochitl para aliviar las amígdalas inflamadas y hasta el tlazoltéotl para disminuir los dolores del parto. ¿Qué más daba? Poco veneno no mata, y lo que no mata, engorda, pero en una de ésas, resultaba útil y recuperaba a su marido…

Al llegar a casa de su hijo, corrió a besar su frente amplia, ahora ya sin la cabellera heredada de su padre, que tanto presumía, sus mejillas, su nariz; e hizo lo mismo con Karin, a quien abrazó como nunca, le besó las manos, las mejillas, la frente, la cabeza, una y otra vez. Su agradecimiento sería eterno. Hubiera querido levantarla y lanzarla al cielo, al infinito, y recibirla gozoso entre sus brazos.

En ese momento, con el debido cuidado porque Paco estaba conectado con una venoclisis en el brazo izquierdo, en tanto que en el derecho le administraban sueros, lo volvió a abrazar como pudo. El festejo fue inolvidable. Ya brindarían, de eso se encargaría él.

Al mismo tiempo, Karin le comentaba a Paco:

—Te lo dije, amor, mala hierba nunca muere— le gritaba a su marido mientras lo besaba.

Momentos después, todavía sin saber lo que le esperaba el resto de ese feliz día, Alonso, de regreso en su departamento, fue a su vestidor a escoger uno de los sacos que había comprado con su gran amigo Alberto Peláez, en Madrid, para festejar el cumpleaños de éste, en una de las tiendas más caras de ropa de hombre, ubicada en la calle de Serrano. Se duchó durante un buen rato, mientras cantaba y tomaba champaña en la regadera. Se afeitó con una crema suave francesa, para dejar su rostro como "nalga de doncella", según su propio dicho; se perfumó con la loción de la casa Hermès, se puso su camisa de seda con las mancuernas regaladas de María Luisa, Luisi, su difunta esposa, sus favoritas, y se decoró con un pañuelo azul Francia, colocado en el bolsillo izquierdo de esa prenda tan exclusiva y costosa. No podía quedar duda de que se trataba de un día muy especial.

Alonso caminaba por los pasillos de sus oficinas sin sentir el menor contacto con el piso, en realidad, flotaba cuando llegó eufórico como nunca, a la espera del arribo de sus próximos socios extranjeros decididos a invertir dos mil millones de dólares en energías limpias de inmensos beneficios económicos a las familias y a la industria local.

La junta de importancia nacional empezó pasadas las diez de la mañana y concluyó a la una y media de la tarde. Los inversionistas, sonrientes, se estrecharon las manos, pero sin abrazarse a la mexicana. Se tomaron fotografías históricas y se dirigieron al restaurante Campos Elíseos, en la calle de Reforma, para celebrar el acuerdo fructífero entre las partes. Se trataba de otro gran momento en la vida de Alonso, quien les agradecía a los dioses, sin creer en ellos, el impulso que recibía de su parte para curar a su hijo, así como el éxito de sus gestiones como coordinador de un nuevo proyecto vital para México.

Alonso llegó al restaurante con el ánimo de agasajar a sus nuevos socios, amantes de las energías verdes y baratas, además de haber cerrado un extraordinario negocio de enormes beneficios sociales, de grandes utilidades para sus accionistas y de espléndidas oportunidades de recaudación para el fisco.

Al tomar asiento en el comedor principal y pedir su inevitable whisky, el capitán del restaurante puso en sus manos el menú de alimentos. El empresario deseaba cuidarlos gastronómicamente sin convidarles platillos mexicanos muy condimentados que arruinaran su breve estancia en el país. Ofrecerles mole poblano con pechuga de pollo deshebrada y frijoles refritos con totopos, o chiles rellenos, les habría impedido dormir en las próximas quince noches, eso cuando menos. Prefirió halagarlos con un tequila reposado con su obligada sangrita para despertar sonrisas, una sopa de fideos con mucha pasta y poco caldo, sin chipotle ni menudencias, y, tal vez, un pescado a la veracruzana sólo con alcaparras, sin picante, o unas tostadas de pollo, arroz con leche y un vino de Coahuila o una de las grandes cervezas mexicanas. ¿De postre? Sí, postre de zapote con licor de Cointreau, su más reciente obsequio al paladar de "los Tragones", su viejo grupo de amigos de la Escuela Nacional de Economía.

Después de ordenar un par de botellas de agua mineral, dedicó unos momentos para revisar su WhatsApp y sus correos. Sorpresas te da la vida... Mientras hurgaba en el bolsillo derecho de su saco, de repente, en el instante menos esperado, al levantar la mirada, se sintió electrocutado como si un poderoso rayo disparado puntualmente del infinito lo hubiera carbonizado. Sus ojos no lo engañaban, no, ¡claro que no!: le revelaban una verdad inimaginable e inconcebible. En ocasiones, el destino jugaba con los humildes mortales sometiéndolos a pruebas aplastantes de imposible superación. Alguna fuerza extraña jugaba con las criaturas del Señor sin que éstas pudieran entender las razones del curioso desplazamiento de las fichas en el tablero de la existencia.

Al girar la cabeza hacia el lado derecho, de repente, en el momento más inesperado, vio, nada más y nada menos, que a Solange sentada a escasos metros de su propia mesa. Sí, sí, a su exmujer, la misma, imposible confundirla después de tantos años de convivencia. De inmediato también identificó su risa sonora, escandalosa; intolerable, por cierto. Era ella, sí, sin duda lo era, claro que lo era, sólo que venía acompañada de la última persona con la que hubiera deseado encontrarla, la encarnación del mismísimo Satanás. Para su inmensa e inaudita sorpresa, Alonso distinguió de inmediato el rostro de Mauricio, su viejo y querido amigo, quien, nada más y nada menos, le había sugerido visitar a las brujas para dar un giro brutal a su existencia. Ahora le quedaba todo claro, clarísimo...

Su asombro no concluiría ahí, porque la feliz pareja coqueteaba, brindaba jocosa con enormes copas de vino tinto, con los dedos entrelazados, mientras intercambiaban besos endulzados con una pasión que, por lo visto, disfrutaban de tiempo atrás. ¿Harían votos por su feliz relación en tanto reían disfrutando su complicidad o, tal vez, se burlarían del exmarido, el pendejo ese...? ¿Era irrelevante...? No, no era irrelevante, por supuesto que no, no lo era, porque el intenso, romántico y contagioso cruce de miradas apasionadas no se podía improvisar. Vivían momentos mágicos y tiernos, a saber de cuánto tiempo atrás. ¿Acaso se requerían más pruebas? Alonso sintió cómo se le caía finalmente una venda de los ojos. Sus antiguos temores se justificaban: no, no eran sospechas infundadas. ¿Era posible? Pero ¿estaría soñando...? ¿Ellos...? En su embeleso, los enamorados no habían descubierto todavía la presencia de su amigo y exmarido. Petrificado y absorto, no podía dudar de lo que sus ojos le decían, ¿le decían…?, ¡no!, no le decían, le gritaban, mientras se le despertaba hasta el último poro de la piel, se le secaba la boca, palidecía de la furia y sentía reventar en mil pedazos.

—¡Hijos de la gran puta, miserables! —balbuceó sin que nadie pudiera todavía escucharlo. ¿Dónde acababa la ceguera y el candor, y comenzaba la torpeza y la estupidez? Lo evidente no requería prueba, según había escuchado en voz de sus abogados. Al levantarse el telón antes de tiempo, había sorprendido en paños menores a los protagonistas cuando apenas se preparaban para representar un episodio más de esa gran obra de teatro de la existencia. Alonso había tomado la decisión de separarse de Solange a ciegas, sin contar con evidencias de su infidelidad, y a ciegas, también, la vida, sin proponérselo, le estaba dando la razón.

¡Claro! ¡Sí, claro! ¿Cuál amor, cuál pasión, cuál deseo? ¿El único móvil era el dinero, sólo el dinero? ¿En quién confiar? Esposa y amigo lo habían engañado como a un crío. Ambas brujas lo habían envenenado, descompuesto y devastado. ¡Claro!, recordaba, ¡de haber vivido María Luisa, jamás hubiera visitado ni siquiera a la primera pitonisa! En aquélla confiaba hasta la muerte, tenía otro concepto del honor, del amor y de la fidelidad.

En un primer impulso, Alonso pensó en tomar por el cuello la botella de agua colocada sobre la mesa para rompérsela en la cabeza a Mauricio. Algún sentimiento, una fuerza superior, le ayudó a contenerse. Estaba furioso. ¿Qué hacer? ¿Y si tomara un gran trago de vino y se levantara para escupírselos en la cara a los dos felices amantes? ¿Y si sólo llegara, los viera y se retirara sin más? ¿Y si llamara a sus escoltas para que golpearan a Mauricio sin dejarle un solo diente completo? No, no, se dijo, mientras respiraba y una voz lejana le decía al oído que el plato de la venganza se comía frío, que debería esperar a ver pasar por su ventana el cadáver de los traidores, que no era conveniente precipitarse ni mucho menos actuar a la vista de propios y extraños. Tal vez recordaba las sabias palabras de su tía Lili cuando le recomendaba meter la cabeza en la nevera de llegar a sentirse fuera de sí. Empezó a caer en cuenta de la posibilidad de destruir a esa malvada pareja sin que pudieran ejercer una represalia o un desquite. Imposible decidir en ese momento cuál sería la mejor alternativa. Tendría que meditarlo con el debido tiempo y echando mano de su inteligencia. Esperaría, no actuaría en caliente de acuerdo con sus impulsos, pensaba mientras intentaba disimular sus emociones con sus socios holandeses y los japoneses en el restaurante. En realidad, sus socios le habían ayudado, sin saberlo, a no cometer una barbaridad de la que, sin duda, se hubiera arrepentido.

Mientras los comensales repasaban los números relativos a las futuras utilidades y cifraban sus mejores esperanzas en el éxito de su proyecto, Alonso no dejaba de observar, de reojo, a Solange y a Mauricio. Era evidente lo que estaban festejando, se decía sin saliva para poder escupir, en tanto advertía cómo se besaban una y otra vez. ¿Desde cuándo serían pareja, canallas? ¿Estarían haciendo planes para el resto de sus días? En ese momento, después de ordenar la comida y extraviarse una vez más en los pormenores del proyecto eólico de La Ventosa, entendió cuál era la mejor opción para resolver, por lo pronto, la crisis. Como si fuera un escritor que de repente hubiera comprendido la mejor opción para redactar el desenlace de una de sus novelas, así Alonso se golpeó discretamente, muy a su estilo, debajo de la mesa, el puño derecho contra la palma de su mano izquierda, al tiempo que decía en voz alta:

—Sí, claro que sí, ¿cómo no me había dado cuenta? —repetía las mismas palabras inentendibles para sus socios, quienes no comprendían su actitud. No estaba en la reunión, se encontraba ausente, menuda descortesía: ¿qué le estaría ocurriendo? Parecía un tenor extraviado, que en lugar de interpretar el "Nessun Dorma" de repente cantara "'O sole mío" para la sorpresa del director, del coro y del resto de los cantantes, para ya ni hablar de las carcajadas del público. ¿Qué le estaría sucediendo?

En ese momento, recuperada cierta serenidad, Alonso llamó al capitán. Éste acercó el oído a los labios del magnate para escuchar las siguientes palabras:

—Por favor, llévale a aquella pareja, ésa, la que está a la derecha, la que se está besando, ¿la ves? —asintió el capitán de meseros con un breve movimiento de cabeza—. Pues obséquiales de mi parte una botella de Dom Perignon, pero ahora mismo, antes de que se levanten, por si están por retirarse. Apúrate, ¡ya es ya, pero ya...! Me urge...

Cuando Mauricio y Solange recibieron, intrigados, la botella de champaña, una de las más caras del mercado, de inmediato cruzaron miradas sorprendidas ante semejante generosidad. No pasaría mucho tiempo antes de descubrir la identidad de quien los obsequiaba con una cortesía excepcional. Al girar la cabeza en dirección a donde apuntaba la mano del capitán, a la otrora feliz pareja le llegó el turno de la petrificación, del estupor y de la angustia. Al saberse descubiertos se soltaron las manos, como el ladrón que intenta deshacerse del objeto robado para no ser arrestado en posesión del cuerpo del delito. La sonrisa, antes jocosa y contagiosa, se congeló hasta no dejar ni huella en sus rostros endurecidos y repentinamente ansiosos. ¿Qué hacer? ¿Huir? ¿Cómo esfumarse, desaparecer como por arte de magia? ¿Estarían soñando? La culpa hizo acto de presencia y colocó a los protagonistas atados de pies y manos contra un paredón, sin escapatoria posible, a la espera de la orden de la mortífera descarga. Cualquier salida, por ingeniosa que fuera, resultaría inútil.

Pelotón... Preparen... Apunten...

Alonso, dueño indiscutible de la situación, al comprobar el éxito de su estrategia, hizo un breve paréntesis en su carácter de anfitrión para levantar su copa de vino y brindar a la distancia con esa pareja acreedora, en el corto plazo, de una exquisita venganza que había empezado a amortizarse, paso a paso, ese mismo mediodía. Su sonrisa estoica contrastaba con las miradas agónicas de Mauricio y Solange, culpables de diversos cargos y de castigos impuestos por la vida misma, a veces justiciera, antes de iniciar el eterno viaje sin retorno. ¿Qué hacer?, se preguntaban en críptico silencio. El empresario, por lo general buen lector e intérprete de la conducta humana, se felicitaba de lo acertado de su decisión. El recurso de la violencia habría arruinado el juego. Mátalas con miel y no con hiel, siempre le había aconsejado la famosa tía Lili, erudita preclara de las cuestiones existenciales.

El convivio con los socios extranjeros continuó sin mayores contratiempos en medio de una atmósfera de euforia muy justificada.

Alonso observó de reojo cómo la pareja, un breve tiempo después, abandonaba el restaurante sin siquiera voltear a verlo, el mejor acuse de recibo que hubieran podido enviarle sin intermediario alguno. Sin embargo, el empresario alcanzó a ver a Mauricio escondiendo, como podía, la botella de champaña. Ese solo hecho definía su personalidad. No había nada más que agregar. El magnate empezaba a reír por dentro. Era su turno. En la primera batalla de la guerra había resultado vencedor indiscutible. Se imaginaba la conversación entre ambos, a bordo de su automóvil, en dirección al departamento de Solange o al de Mauricio. ¡Qué hubiera dado por escucharla!

Alonso había tomado una decisión a ciegas, pues no tenía pruebas de la infidelidad de Solange, y también, a ciegas, la vida le estaba dando la razón.

Una vez cumplido su cometido, el empresario descartó la idea de citar en su oficina a sus abogados para informarles lo ocurrido, pues necesitaba articular unas ideas con relación a los pasos a seguir y prefirió dirigirse a su condominio para cambiar de vehículo y volar en su Ferrari a Valle de Bravo. Jugaría con sus queridos perros y descansaría, pero, sobre todo, tramaría una venganza verdaderamente terrible, incomparable con la narrada por Alejandro Dumas en su inolvidable *El conde de Montecristo*. ¡Claro que recordaba a Edmundo Dantès! ¡Que si lo recordaba…!

¿Maggie? ¡Ay, Maggie, Maggie! La pintora había regresado de México a la Florencia de sus sueños junto con Loretta. La mexicana llevaba viviendo mucho tiempo en Europa. Después de grandes esfuerzos, ambas iban sumando notables éxitos en los círculos artísticos de Italia. Se daban a conocer y vivían con comodidad de las ventas de cuadros y esculturas. Disfrutaban sus éxitos, sus crecientes depósitos en euros, su disparo al mundo de la fama, pero, entre ellas, la relación no volvió a ser la misma desde esa pelea en San Miguel de Allende. Loretta tenía arranques de ira y las discusiones no paraban.

De la misma manera en que el viento siempre veleidoso y caprichoso da la vuelta en el momento más inesperado, así, Maggie se vio obligada a asistir, por su lado, a la famosa Bienal de Venecia. ¿Loretta...? Loretta había tenido que salir de urgencia a Palermo, Sicilia, en donde su madre se recuperaba de una intervención quirúrgica de la cadera a raíz de un resbalón en el antiguo mercado de Ortigia.

Sí, pero la bienal no podía esperar. Se trataba de una oportunidad dorada para expandir sus nombres por Europa. Maggie se ocuparía, en principio, sólo en principio, de representar a las dos...

Si nadie en el mundo podía contar con la capacidad para adivinar su futuro, Maggie tampoco estaba en la posición de suponer que su viaje al Adriático cambiaría su vida sin saber, claro estaba, si sería hasta el final de sus días o sólo por un tiempo indefinido. Ninguna bruja, por más vidente que fuera, podría adivinar lo que ocurriría a continuación. La pintora, ya instalada en un pequeño local de la enorme exposición de dimensiones mundiales, se encontraba charlando con un par de coleccionistas norteamericanos cuando ingresó en su pequeño pabellón, que albergaba las obras de ambas artistas, una mujer de cincuenta años de edad con un porte principesco. Estatura media, rostro afilado y cabello trigueño recogido con gracia exquisita por medio de una trenza decorada con listones de colores azules y rojos muy intensos. Vestía un traje de cuero negro y pantalones ajustados rematados con unas botas de tacón alto del mismo color y una blusa blanca coronada con un moño grisáceo muy bien puesto. La recién llegada observaba con detenimiento y viva curiosidad las pinturas negras de Maggie —negras, muy negras, cruzadas por relámpagos amarillos—, así como su colección de lienzos blancos, los de su eterna protesta, algunos con enormes manchas rojas, como si alguien hubiera arrojado con fuerza una lata llena de sangre para romper la tela y lograr que el escurrimiento rojizo se encargara de terminar su trabajo. ¿Algo más espontáneo? ¡Imposible!

Cuando aquellos clientes se despidieron después del intercambio de tarjetas, Maggie se acercó a la distinguida visitante para atenderla con la cortesía obligada de una anfitriona. Con tan sólo aproximarse y mirarla a los ojos, sin haber escuchado siquiera la voz de aquella mujer magnética, la pintora experimentó un impacto en el vientre difícil de disimular. Maggie decidió dirigirse a ella en inglés. La respuesta no se hizo esperar. Se expresaba en perfecto castellano. Era española. Se trataba de una representante de artistas dedicada a promover a diversos autores en las mejores galerías de Europa, de América y de Asia; en fin, del mundo entero.

—¿Tú eres la escultora o la pintora? —cuestionó la recién llegada. Sus labios carnosos constituían toda una tentación.

—Yo soy la pintora, las esculturas son de una querida amiga mía.

—Pues las dos tenéis un gran talento, sois geniales. ¿Dónde está ella, por cierto? —inquirió la española.

—No pudo venir, su madre está delicada, nada grave.

Las dos mujeres continuaron conversando por un buen rato, mientras intercambiaban miradas cargadas de curiosidad y de repentino interés recíproco. Se identificaban. En ocasiones eran interrumpidas por clientes deseosos de obtener información y de hacerse de tarjetas y folletos, pero, una vez satisfecho el trámite, reiniciaban la charla de inmediato. La española, decidida a presumir sus conocimientos relativos al mundo del arte, expuso los nombres de destacados pintores modernos a modo de una poderosa tarjeta de presentación.

—Me impresiona mucho Jeff Koons, ese escultor y pintor minimalista y pop estadounidense, a quien consideran el principal artista kitsch, una etiqueta agresiva que me tiene sin cuidado, porque logró subastar una escultura de acero con forma de conejo en noventaiún millones de dólares. Como tú entenderás, me encantaría que formara parte de mi cartera de clientes —expuso la mujer con un timbre de voz autoritario.

—La verdad, no sabía que Koons estuviera en esos niveles de precios. A mí su obra no me gusta ni me llega ni me impresiona ni me emociona, pero es parte del arte contemporáneo, sin duda alguna —repuso Maggie con una mueca de desagrado—. Yo prefiero —contestó sin dejarse impresionar— mil veces a Pierre Soulages, ese francés genial, representante del tachismo, "el pintor del negro". Aquí mismo puedes ver la influencia de ese virtuoso artista en mi propia obra. Adoro —agregó contundente y risueña— los negros, como éste que ves aquí a la derecha, un cuadro negro, negro, negro, cruzado por un rayo amarillo, muy amarillo, ¿te gusta?, forma parte de una serie de cuadros intitulados *La eterna oscuridad y la esperanza.*

—Pierre, amiga mía, permitió que saliera el negro de la oscuridad hacia la luz, de la misma manera que tú lo estás logrando con una inspiración y técnica sorprendentes.

Maggie se sintió muy reconfortada con esa observación. Pocas personas entendían el mensaje de sus trabajos.

—Eres joven —agregó la distinguida visitante, prácticamente sin acento español—. Con tu talento muy pronto te apoderarás de la palabra en el mundo del arte. Tienes muchos años por delante, por lo que te debo atrapar ahora, aún estoy a tiempo. Créeme, soy buena lectora de artistas y entiendo las perspectivas de sus obras al instante. Yo ya entendí tu futuro, lo veo tan claro como la palma de mi mano, aquí, frente a tu rostro —empezó la española a ejecutar su plan de acercamiento al adular a la creadora mexicana, sin dejar de admirar el cabello lustroso y bien cuidado de Maggie, así como a deleitarse con su mirada todavía candorosa, cargada de optimismo, su sonrisa generosa, su piel blanca, su vestido corto y floreado, al estilo de Loretta. En ese momento, la mexicana todavía no alcanzaba a interpretar aquello de atraparla ahora. Ya tendría tiempo para entenderlo…

—Eres muy amable, ¿me repites tu nombre, por favor? —cuestionó Maggie tal vez incrédula y escéptica, cumpliendo con la regla más elemental de la cortesía.

—Rosario, Rosario Cervantes —respondió la española—. Para ti, Rossy, sólo Rossy, pero con doble s como parte de una sofisticación muy mía. Me hace sentirme muy *international* —explicó en inglés al proyectar una leve sonrisa.

—Estoy luchando como una jabata para llegar a ser alguien, querida Rossy —expuso la pintora echando mano del "querida", tal y como era la cálida costumbre mexicana aun entre personas escasamente conocidas—. Sólo vivimos una vez —continuó soñadora— y no pienso desperdiciar un instante para alcanzar mis objetivos. Imagínate —invitó risueña a la reflexión—, el propio Pierre llegó a vender una de sus obras en diez millones de euros. Ningún escritor, ningún poeta y ningún músico jamás podrían soñar con esa inmensa fortuna al escribir un libro, un poema o componer un concierto, pero él lo logró al consignar sus fantasías en un solo lienzo. Como entenderás —concluyó para no confundir a la experta—, el dinero me mueve, sí, soy caprichuda, pero más, mucho más me mueve denunciar con un lenguaje muy mío que interpretará o descifrará el público.

Rosario permaneció callada y pensativa por unos instantes. Veía en Maggie a una artista genuina, cuyo móvil era la creación en sí misma, su satisfacción profesional, su decisión de expulsar de su pecho sus sentimientos, sus pasiones y delirios, como si fueran sustancias tóxicas que requirieran ser eliminadas del fondo de su alma. Rossy ya no hizo mayores comentarios. Prefirió referirse a Mark Bradford y a su pintura en collage, y a Wayne Thiebaud, otro estadounidense:

—¿Te acuerdas? El que pintó hot dogs, pasteles, lipsticks, latas de pintura, conos de helado… sin olvidar sus paisajes y sus obras a base de figuras —preguntó suponiendo que Maggie también lo conocería.

—Sí, claro —la pintora no se iba a quedar atrás, había analizado la obra de muchos artistas al lado de Loretta, en su estudio, en la cama, en un bar, en un café o paseando en un parque—. He visto su obra, pero tampoco me dice nada. ¿Cómo crees que me va a impresionar un hot dog o un lápiz de labios o un helado? ¿Qué es eso? No, no me provoca porque el arte es emoción y Thiebaud no me llega al alma. ¿Acaso piensas que me pasé años en la academia para aprender a pintar un hot dog? —cuestionó

Maggie con un ademán muy suyo, mientras se golpeaba frustrada con ambas manos a los lados de sus piernas—. Prefiero a Yayoi Kusama, esa artista japonesa que lleva recluida cuarenta y tres años o más en un psiquiátrico. Una gran pintora y escultora que insiste, a pesar de su enfermedad mental, en la repetición de temas, en sus obsesiones, en la destrucción, en el sexo y el feminismo. Para mí ella es, hoy en día, la artista viva más famosa a sus noventa y tantos años de edad —afirmó en términos rotundos—. Lo juro, Yayoi es un ejemplo de coraje a seguir.

—Pero entonces ¿qué me dices del arte moderno?

—Me fascina la evolución hasta llegar a nuestros días, los trabajos que invitan a la retrospección y emocionan, sacuden e intrigan como la sonrisa de *La Mona Lisa*, *La Piedad*, *La joven de la perla*, para ya ni hablar de *La ronda nocturna* o *El Pensador*, pero de repente, en el siglo XX, el arte dio un bandazo y giramos hacia lo hueco, lo horrible y hasta ofensivo. Como dijo un crítico de arte, Miguel Ángel esculpió su Moisés de una roca y hoy se exhibe una simple roca como una obra de arte en un museo de Los Ángeles. ¿Eso es arte moderno, arte abstracto? ¿Eso…? ¿Dónde quedaron el estudio académico y la excelencia? ¿Dónde? ¿Quién más gastaría diez millones de dólares en una roca y pensaría que es arte? Menuda propuesta…

Maggie ya estaba encarrerada y movida por la pasión, así que continuó ante la mirada sorprendida de la española:

—Los impresionistas se rebelaron en el siglo XIX contra la academia para crear otro concepto de la belleza, ¿quién no los admira hoy en día? —se preguntó sabiendo cómo dominaba la conversación—. Sólo que Monet, Cézanne, Sisley y Pissarro, entre otros muchos más, todavía respetaron ciertas técnicas muy valiosas, pero después, poco a poco, empezaron a desaparecer las normas más elementales de la creación artística.

—Suenas como una pintora conservadora, enemiga de la modernidad, querida.

—No, no lo soy, no, sólo que me niego a ignorar las normas universales, las que aprendí en la academia, sin que parezca que estoy en contra de la evolución del arte. No, no va por ahí, piensa no en lo que digo yo, sino los grandes críticos, en la Santa Virgen María formada con estiércol de vaca e imágenes pornográficas, y en *Petra*, la escultura galardonada de un agente de policía en cuclillas orinando, finalizada con un charco de orina sintética, ¿esa inmundicia es arte? ¿Entonces ya todo es arte y entonces sí que odio la modernidad?

—Entonces, según tú, ¿quién va a determinar la calidad?

—No sólo la calidad del arte ha disminuido, sino que la temática también fue a dar al bote de la basura —aseveró firme en sus posiciones, no parecía una interlocutora fácil de convencer—. Los artistas no son los únicos responsables, Rosario: los coleccionistas, los patrones de las fundaciones que financian a los museos, los dueños de galerías, sin olvidar a algunos críticos que pretenden ser revolucionarios y de vanguardia; todos ellos estimulan la producción de excrementos, de bazofia que nada tiene que ver con la creación artística.

—Pero la gente, Maggie, compra toda esa basura porque le gusta —exclamó la española segura de sí, encantada con el encuentro con la artista mexicana.

—No, no creo que les guste, a veces es sólo show para impresionar con conocimientos o sensibilidad que ni los coleccionistas tienen. No les creo nada, son hipócritas y pretenciosos. Si la gente no comprara basura en las galerías y nos abstuviéramos de visitar museos en donde exhiben esa mierda, los patrocinadores dejarían de insistir en el error y ya no engañarían al público, es decir, volveríamos a las esencias…

Después de pensar su respuesta, la representante de artistas midió sus palabras porque ella tal vez promovía a los de moda sin técnica ni escuela ni conocimientos, en fin, charlatanes del arte:

—Los galeristas, en realidad, son comerciantes del arte —empezó a discernir, pero Maggie la interrumpió.

—Exacto, pero si no compramos lo que proponen y exhiben, si ya no permitimos que escandalicen con sus propuestas estúpidas, entre todos volveremos a la verdadera academia dentro de un nuevo concepto de la modernidad con respeto a ciertas reglas con las que se debe evolucionar para evitar el empantanamiento y la parálisis —concluyó Maggie fascinada con el color de los ojos de la española, en tanto la pequeña galería se llenaba de visitantes.

—Tal vez podríamos ir a los orígenes y hacer una revolución en las academias y escuelas de arte para evitar confusiones en los jóvenes, los maestros también pueden ser responsables de la proliferación de la basura, ¿no crees, Maggie? —preguntó la española a sabiendas de que hablaba con una experta—. Si yo disfruto y me dedico al arte abstracto, no por esa razón carezco de antecedentes académicos, que quede muy claro.

—Sí, Rossy, sí, bingo, sí, aprendamos a identificar a los charlatanes y atrevámonos a despreciarlos, que se pongan a estudiar antes de colgar basura en museos y galerías. ¿A dónde vas con un Rauschenberg que pinta de color blanco, blanco de una sola tonalidad, y sale con que eso es arte y otros no sólo lo compran, sino que encumbran esa mugre con la que pretenden asombrar a los ignorantes? ¿Yo voy a pintar un óleo negro, profundamente negro, y ya voy a ir a dar al MoMA? ¿Cómo...?

Rossy no perdía detalle de las explicaciones de Maggie y comprobaba su delirio por el arte, la pintora no estaba dispuesta a ceder la palabra:

—Sólo para terminar —agregó cortésmente para volver al caso de la artista japonesa—. Me impresionó cuando Kusama vendió una de sus obras en siete millones de dólares. Claro que me pregunto qué va a hacer con ellos si está recluida en un hospital psiquiátrico, ¿para qué quiere el dinero? —se cuestionaba una Maggie apasionada—. La verdadera felicidad, para ella y para la mayoría de los creadores, está en la producción y sólo en la producción, quien no produce lo que sea, señora mía, ya sea el albañil, el plomero, el chofer, el médico, el ingeniero o el arquitecto, jamás podrá ser feliz: mal, muy mal, cuando te rindes, adiós con todo... Pregúntale a Andrea Bocelli, la ceguera le impide ver a sus seres queridos, a cuanto le rodea, pero no deja de cantar ni de imaginar. ¿De qué le sirve el dinero a un ciego multimillonario? Andrea canta y no está muerto por dentro, de la misma manera en que Kusama pinta y esculpe y trabaja sin imaginar una recompensa material y todo ello la mantiene viva.

Tiene razón la mexicana, pobre de aquel que vive empantanado en la inmovilidad, pensaba Rossy mientras veía a un grupo de asiáticos sacando fotografías de las obras expuestas y llevándose los catálogos para hacer contacto posteriormente con las artistas. El ocio absoluto es el camino más seguro para llegar a la destrucción personal en el muy corto plazo. Ella hubiera deseado presumir una parte de sus relaciones con diversos artistas, sin olvidar a Takashi Murakami y a Banksy, entre otros tantos más, pero prefirió tomar delicadamente del brazo a la pintora mexicana para decirle al oído:

—Llevamos aquí de pie, querida amiga —claro que sí, querida, así, a la mexicana, la hispana aprendía pronto—, no sé cuánto tiempo hablando de arte, el tema de temas, pero ¿qué te parece si te invito al Caffè Florian, en la plaza de San Marcos, hoy por la tarde, a tomar unos martinis al aire libre, para escuchar obertura tras obertura de los grandes músicos? *Ti piace...?* —preguntó en italiano—. Ayer tocaron *La urraca ladrona*, *El cazador furtivo*, *La flauta mágica* y *Guillermo Tell*. Créeme, te va a fascinar, acompáñame, te espero a las seis, ¿vale?

—Si sabes tanto de música como de artes plásticas, me vas a impresionar mucho más, de verdad. Mi hermano Paco es músico —aclaró orgullosa— y le encantaría hablar contigo. Es el mejor chelista que ha nacido y nacerá en los próximos tres mil años.

Al final de la conversación, a punto de despedirse, Maggie aceptó gustosa la invitación, en tanto Rosario registraba como punto a su favor el haber impresionado a la pintora con sus relaciones y conocimientos. Misión cumplida. Por supuesto que la pintora había estado una y mil veces en la plaza y había escuchado una y mil veces las interpretaciones de al menos dos orquestas. Y, por supuesto, también había bebido martinis y negronis y gin and tonics, marrasquinos, sambucas y todo el prosecco del universo, pero no se lo iba a confesar. No tenía inconveniente en convertirse en una turista más y dejarse llevar de la mano por la tal Rossy, ¿a donde fuera...?

—Me encanta el martini, me encanta esa orquesta, me encanta la plaza, me encanta Venecia —confirmó Maggie entusiasmada, cuando había estado varias veces en la plaza escuchando las orquestas y bebiendo lo que le viniera en gana acompañada por Loretta.

—¿Cómo lo tomas...? —inquirió Rosario besando a Maggie en ambas mejillas, al estilo español, según aclaró, en tanto esperaba la respuesta.

—Yo lo tomo con vodka Stolichnaya, sucio y con aceitunas rellenas de anchoas.

—No me decepciones, querida, no puedo creer que tomes vodka ruso después de la invasión del coprófago de Putin a Ucrania. Por elemental dignidad no debemos consumir nada ruso, nena.

—Estás equivocada, cariño —contestó Maggie soltando una carcajada sin sentirse aludida por la prohibición—. El vodka Stolichnaya, debes saberlo, nena, se produce en Riga, Letonia, aunque su origen sí, en efecto, es ruso —precisó la pintora mexicana golpeando afectuosamente el dorso de la mano de la promotora de arte—. Por otro lado —aclaró complaciente—, no puedo estar más de acuerdo contigo, consumir productos rusos te hace cómplice de la invasión. No, ni madres, así decimos en México...

—Tendré listo tu vodka Stolichnaya producido en Riga, en Letonia, perdón, cariño mío, hoy aprendí algo nuevo. Te veo en un momento.

Maggie vio a Rosario extraviarse entre la multitud, mientras la contemplaba con una expresión escéptica en el rostro. ¿Qué tiene esta mujer que me atrapa?, repitió en su mente la misma palabra utilizada por la española, mientras se expandía en su interior una nueva emoción imposible de distinguir o, tal vez, de aceptar. ¿La confusión se debía al hecho de recordar a Loretta? Los sentimientos, en ocasiones, surgían disfrazados de mil maneras, algo así como el baile de las mil máscaras. ¿Y si se la presentara a su hermano Paco? No, ni muerta, imposible, la pintora adoraba a Karin, su cuñada.

Maggie cerró esa tarde su espacio en la bienal antes de lo previsto, con el ánimo de darse un duchazo en el Hotel Danieli y estar presentable, como ella misma decía, en su cita con Rosario. ¿Por qué habría de dedicar más tiempo del rutinario para arreglarse, en lugar de llegar a la plaza con la misma ropa utilizada ese día en la pequeña sala de exposiciones? Cada conducta tenía un significado. ¿Cómo interpretarla en esa ocasión? Pocas veces le había costado tanto trabajo escoger el vestido adecuado, el maquillaje idóneo, así como el peinado para llegar al Caffè Florian. ¿Se arreglaría el cabello con una cola de caballo y una roseta o con un moño negro, bajo y elegante? ¿O sólo con el pelo ondulado o de raya en medio, o con una trenza sencilla o sólo recogido con una pañoleta muy coqueta? ¡Qué problema era, a veces, eso de ser mujer! Los hombres se arreglaban en un minuto o tal vez en menos tiempo y, por lo general, no les importaba, más allá de un pito y dos flautas, usar la misma indumentaria y el mismo peinado porque, al fin y al cabo, esos detalles no formaban parte, en la mayoría de los casos, de su escala de preocupaciones.

Una mujer en sus cuarenta apenas empezaba a llegar al esplendor de su vida, y con esa fundada convicción se aparecería Maggie con un vestido muy corto, escotado, muy escotado, floreado, suelto y sin mangas. Echó mano de un juego de aretes y de un collar de vidrio soplado de Murano, en colores vivos azulgrana. Llevaba sus sandalias de siempre, delicadas y apenas visibles, que le ayudaban a caminar sobre la plaza como si flotara descalza, al estilo de una diosa.

Maggie llegó al atardecer, en el momento preciso en que la orquesta del Caffè Florian interpretaba *El barbero de Sevilla*, una de las oberturas favoritas de Rosario. Con una contagiosa sonrisa, la española se puso de pie y, después de volver a besar en ambas mejillas a la artista mexicana, la tomó de las manos y le levantó los brazos, tomó una breve distancia, mientras se echaba gozosa para atrás decidida a ver a la mujer en su máximo apogeo. Acto seguido, le hizo girar una vuelta completa para acabar de llenarse los ojos de su nueva amiga y futura representada. Otro punto a su favor: la española entendió a la perfección que la pintora se había arreglado para impresionarla y halagarla, en el fondo ¿para gustarle…?

Rosario contemplaba a Maggie para comprobar hasta qué punto la música la emocionaba, la penetraba y la conmovía. Se trataba de una razón imprescindible para identificarse aún más con ella. Los *dirty martinis* ya estaban servidos con el vodka de sus preferencias y con las aceitunas deseadas. El brindis no se hizo esperar junto con un pícaro intercambio de miradas. Para Rosario la música era una creación celestial, una fuente inagotable de felicidad que estimulaba su imaginación y su optimismo.

—Escucha, por favor, al gran Rossini, pon atención a su *Barbero de Sevilla* —interrumpió Rossy la conversación—. No sabes cuánto me conmueve esta pieza —insistió en llamar la atención de la pintora con un lenguaje cada vez más cercano, deseosa de compartir el placer de una singular obra histórica—. Mientras más música escuchemos, mejores seres humanos seremos, no tengo la menor duda, cariño. La música —concluyó— saca lo mejor de nosotros mismos. Soy distinta después de asistir a un gran concierto, porque los *pianissimos* y los *fortissimos* remueven todo en mi interior y me sacuden como si fuera un trapo viejo.

Maggie dio otro trago largo de su martini, en tanto preparaba una respuesta, pero antes de que ésta se produjera, Rosario posaba su mano sobre una de las rodillas descubiertas de la pintora para agregar:

—Se me acelera el corazón, se me humedecen las manos, expulso los malos pensamientos, querida amiga, me purifica, me limpia por dentro, me reconcilio con la vida y me relajo y, escúchame bien, según la interpretación musical, a veces puedo regresarme a la paz del útero materno, ¿me crees? ¿Verdad que sí? Todo me pasa con la música, por esa razón quería compartir contigo, contagiarte con este gran placer con el que Dios obsequia a sus hijos consentidos —expuso la española sus sentimientos mientras tamborileaba con los dedos de ambas manos sobre la mesa de vidrio, como si tocara las teclas de un piano.

En ese momento se apersonó un mesero joven y alto, de pelo castaño oscuro, vestido con un saco blanco impoluto y camisa del mismo color, corbata y pantalones negros impecables, dueño de una elegancia excelsa, muy bien parecido, un Mastroianni moderno, como si hubiera sido protagonista en una película de Federico Fellini. El ilustre personaje ofreció un *prosciutto San Daniele e melone*, el entremés del día, según lo hizo saber a sus clientas. Ambas lo aceptaron sin poner la menor atención ni hacer comentario alguno con relación al modelo masculino acostumbrado a sorprender a las mujeres, que en ocasiones asistían al café sólo para verlo de cerca. Sí, en efecto, parecía artista de cine, pero a ambas su presencia les tuvo sin cuidado.

Maggie le contó a Rossy que había vivido de cerca la pasión musical de su hermano. Él había decidido dedicar su vida al chelo a costa de lo que fuera. Por esa razón, Paco había renunciado a dirigir los negocios de su padre, un auténtico potentado, un multimillonario de la industria de la construcción. Su vocación era la música y no estaba dispuesto a abandonar su instrumento en el rincón de su casa o en el conservatorio. Hoy en día, era un conocido y reconocido chelista de gran futuro después de haber padecido una terrible enfermedad de la que ya se venía recuperando para la buena fortuna de todos, incluido su gran público. En ese momento hizo una breve pausa:

—Pero debo contarte, Rosario, a modo de confesión, que cuando ensayaba en casa, muy jóvenes los dos, me ponía tapones en los oídos porque no resistía el chillido del maldito chelo, hasta que, con el paso del tiempo, empecé a entenderlo, a apreciarlo y hasta a necesitarlo. En la actualidad escucho en Spotify no sólo las interpretaciones de mi hermano, sino las de otros chelistas, con quienes he establecido un diálogo musical muy nutritivo.

—¿Escuchas música después de trabajar o cuando trabajas? —preguntó Rossy interesada en saber qué hacía Maggie con la ansiedad propia de los artistas.

—Te cuento, preciosa —contestó mientras se llevaba una aceituna a la boca después de otro trago de su martini—, que escucho música al despertarme y al correr con mis audífonos en las calles de Florencia, al pintar, al pensar en mi próximo cuadro, al dibujarlo en mi cuaderno de bocetos, al rendirme por la fatiga.

La música me acompaña despierta o dormida, sobre todo cuando escucho acostada los cantos gregorianos para llenarme de paz.

Mientras disfrutaban el *prosciutto e melone* y bebían sus martinis, Rosario ya soñaba con invitar a cenar a Maggie al Harry's Bar Cipriani, pero antes necesitaba saber más, mucho más, de Margarita Roel, de Maggie. A la primera pregunta quedó pavimentado el camino al éxito:

—A ver, dime, cuéntame —cambió repentinamente el tema de la música—, ¿qué tanto conoces de Venecia, de esta ciudad más mágica, la del amor, la del arte, la de la reconciliación con el género humano?

—Poco, en realidad, muy poco —repuso para no congelar el júbilo de Rossy—. Hemos vivido fundamentalmente en Florencia. Loretta y yo nos dedicamos a trabajar, ella en la escultura y yo en la pintura. Me apena confesarlo, pero conozco muy poco de Italia.

La pregunta no se hizo esperar:

—Entonces ¿viven ustedes dos juntas en Florencia? —insistió Rossy para no dejar lugar a dudas.

—Sí, ya llevamos tiempo de convivir bajo el mismo techo, cada una dedicada a su quehacer profesional, extraviadas invariablemente en el mundo de la creación —expuso Maggie esforzándose en disimular un posible rubor en sus mejillas, pero resultaba importante evitar los ocultamientos, ¿por qué hacerlo en Europa?

La sonrisa cáustica de Rosario apareció tímidamente en sus labios, la mueca era inocultable y lacónica. Anotada esa información, registrada en el fondo de su ser, cambió la plática, como si no le hubiera llamado la menor atención descubrir las preferencias sexuales de la mexicana. Continuó la conversación como si fuera una guía de turistas interesada en mostrar la ciudad más hermosa del Adriático:

—En un día más termina la bienal y me encantaría enseñarte la Venecia desconocida a los turistas. Me la conozco como la palma de mi mano. Déjame ser tu Virgilio o tu Virgilia, como quieras, los próximos días, y nunca olvidarás esta visita, lo juro —se persignó y besó su dedo pulgar invocando a Dios.

—Eres un estuche de monerías, como decimos en México, pareces saber de todo.

—Pues ponme a prueba, mujé. Te voy a enseñar el Palacio Ducal, ése que ves ahí mismo, al fondo, del lado derecho. Ahí, en la sala del Gran Consejo, veremos el cuadro *El Paraíso*, el mayor lienzo del mundo, y por ahí mismo cruzaremos hacia el famoso Puente de los Suspiros, toda una excursión —concluyó mucho más que satisfecha sin imaginar que Maggie ya conocía el recorrido, pero guardaba un silencio cómplice—. Aquí, atrás de nosotras, comenzaremos por visitar la Basílica de San Marcos, una joya que tampoco olvidarás al ser el gran orgullo de Venecia, al igual que el Puente de Rialto. Ahí, a un lado —presentaba el itinerario como si fuera una auténtica *veneziana* orgullosa de su ciudad, aunque los lugares propuestos eran parte de la ruta para cualquier turista neófito— contrataremos un *gondoliere*, eso sí, que no sea ratero ni pretenda agarrarte las nalgas, para recorrer los canales, la librería Acqua Alta, la Scala Contarini del Bovolo, la iglesia de Santi Giovanni e Paolo y el barrio de Dorsoduro, entre muchos lugares más. Enloquecerás cuando veas cuadros de Tiziano, de Giorgione, Veronese, Tintoretto, Conegliano y de otros muchos, muchísimos pintores italianos, pero todo esto será a partir de mañana cuando clausure la bienal y, por favor, no me pongas de mal humor ni me rechaces como guía, porque entonces no te llevaré a la residencia de esa potentada llamada Peggy Guggenheim, a un lado del Gran Canal, ni te hablaré de todos sus amantes.

—Caray, ¿eso es todo, Miss? —preguntó Maggie como si la española fuera su maestra de inglés en la escuela primaria—. Parece que hubieras nacido en Venecia.

—No, no es todo, por supuesto que no lo es, porque ahora mismo pagamos la cuenta y nos vamos a ir a cenar a Cipriani, aquí mismo en el embarcadero, a un lado de la basílica.

—Eres muy mandona, como decimos en México, ¿cómo sabes siquiera si quiero o no ir?

—Venga, niña, no te estoy preguntando si vas a acompañarme, eso ya está decidido, ¿entiendes, coño? Además, te voy a pedir otro martini para abrir boca y no mezclar. Acto seguido, ordenaré para ti un Cipriani carpaccio con ensalada verde, y para mí, una sopa fría de tomate con dos cucharas. De platos fuertes que nos traigan un risotto primavera y un *tagliolini* con jamón para compartir todo entre las dos. Para remojar nuestros platillos pediremos un vino toscano de tus tierras florentinas, el de la casa, porque aquí son unos ladrones. ¿Te gusta eso de compartirlo todo...?

Cuando llegó la hora de retirarse del famoso *caffè*, al cruzar de nueva cuenta la plaza, la orquesta empezó a interpretar *La forza del destino*. Rossy entendió el poderoso mensaje musical como si su futuro inmediato hubiera sido diseñado por una fuerza divina. Se dejaría conducir por su buena suerte. Las estrellas se alineaban a su favor. ¡Viva Verdi!, se dijo en silencio, mientras aplaudía sutilmente a espaldas de Maggie.

Alonso, por su parte, no disimulaba su ansiedad. En un principio, había dudado de la posibilidad de denunciar a Solange aun después de haberla visto con Mauricio, pero al final se había decidido por ordenar a sus abogados obtener lo más pronto posible la orden de aprehensión en contra de Solange... Jamás le perdonaría un atraco de semejante naturaleza. ¿Acaso pensaba que el hecho de robar no le acarrearía consecuencias? Si esa malvada mujer le había envenenado la existencia, a él le correspondía, ahora, emponzoñarle a ella el alma por elemental reciprocidad. Del miserable Mauricio se ocuparía a su debido tiempo y el debido tiempo era ahora mismo, sin espacio para contemplaciones. A toda capillita le llega su fiestecita, recordaba sonriente, frase muy mexicana, producto de la sabiduría popular. Por lo pronto, ya obraba en poder de sus representantes legales la información proporcionada por los galeristas de quienes dependía la base de la acción penal. El fraude estaba comprobado y la denuncia presentada en tiempo y forma. ¿Qué ocurría? ¿Por qué la tardanza?

¿Mordidas? ¿La odiosa burocracia? ¡Claro que sobornaría a quien fuera necesario con tal de castigar la deshonestidad!

Él no se dejaría pisotear y tampoco esperaría el arribo de la justicia divina, caída del cielo en forma de un arcángel celestial para sancionar a ese par de malhechores, ¿cómo creer en eso? Quién sabe si Dios les mandaría un ángel exterminador, imposible saberlo, y menos, mucho menos, estar presente para disfrutarlo, puesto que no aceptaba la existencia de ninguna inteligencia superior a la humana. Solange y Mauricio pagarían en esta vida sus canalladas, de eso se encargaría él mismo, sí, hoy o mañana, pero de inmediato, y Alonso fungiría como su máximo verdugo, al tratarse de un asunto personal. Allá ellos si todavía habrían de sufrir un castigo el día del Juicio Final, cuyos efectos resentirían tan sólo a lo largo de la eternidad. ¡Pamplinas! Si esa maldita pareja había llegado a pensar que él, Alonso Roel, se quedaría con los brazos cruzados, esperando un segundo o tercer golpe, se equivocaban de punta a punta.

El magnate había pasado varios fines de semana debatiéndose en medio de tremendas emociones encontradas para ejercer o no la venganza. De chico había estudiado catecismo, pero rehuía esas enseñanzas inútiles para combatir la maldad. Echó mano entonces de textos de filósofos, poetas, escritores y políticos de renombre para llegar a una conclusión definitiva. ¿Qué pensaban de la venganza? Litigaba internamente como el juez dubitativo a la hora de dictar una sentencia de muerte. ¿La dictaría? El daño sería irreparable a cambio de un bien superior. ¿Sí…? Privar de la vida a una persona no resultaba una tarea sencilla, no, pero, de nueva cuenta, la idea del bien superior se volvía a imponer. ¿Hasta qué punto estaría convencido el juzgador de su determinación? ¿La duda lo sepultaría en el insomnio? Matar no era fácil, al menos la primera vez, luego todo era una cuestión de costumbre…

A mí me hicieron daño y debo vengarme, como consta en las tragedias griegas y en las obras de Shakespeare, pensaba Alonso en su soledad, mientras contemplaba el lago de Valle de Bravo desde la terraza en su casa de descanso. Las venganzas no son nada nuevo en la historia. Son tan viejas como el hombre mismo y, en ocasiones, son útiles para recuperar la paz perdida. ¿Soy el triste payaso de las bofetadas que se deja golpear impunemente y que todo perdona? ¿Eso soy? ¿El clown que todo perdona hasta que no me dejen ni un diente ni un hueso sano y me destruyan por completo? No tengo otra forma de expulsar el veneno sino a través de la venganza, se dijo convencido. Perdónenme, pensaba Alonso inmerso en su debate interior, como si una autoridad superior, en la que él no creía, lo fuera a juzgar: el perdón se puede ir a la mierda porque no implica una venganza dulce. Muchas personas son exoneradas y, sin embargo, reinciden. El perdón puede ser un tipo de venganza, sí, para quienes tienen algún resto de nobleza, pero, desde luego, no funciona con los cínicos porque sienten haberse salido otra vez con la suya.

El perdón, pensó mientras se servía su primer whisky del día, sólo invita a los delincuentes descarados y a los hipócritas a proseguir causando daño y propiciando el pillaje. ¡Cabrones! Yo soy justiciero en mi pequeña escala. Que los perdone Dios, si es que existe, pero sólo la venganza me mantendrá vivo, afirmó convenciéndose de su decisión. Si en su caso Jesús o Satanás tendrán la última palabra —puede ser, pero yo, por lo pronto, aquí me cobro las deudas—, ninguno de ese par se irá sin pagar por sus fechorías. Si Dios llegara a existir, ya le rendirán cuentas a Él, pero eso sí, aquí en la tierra, en el reino de los mortales, es falso, de toda falsedad, que quien la hace la paga. Cuentos y más cuentos. ¿Cuántos políticos criminales, ladrones y asesinos mueren sin pagar absolutamente nada? ¿Franco pagó? ¿Mao pagó? ¿Castro pagó? ¡No!, miserables, la mayoría se va sin pagar, por eso el extravío de la humanidad. A la chingada con las filosofadas. No me importa ser superior a nadie si perdono ni ser inferior si no perdono. No es el momento de saber quién es superior a quién, ni tampoco soy un sacerdote guía moral de un rebaño.

En otro de sus largos fines de semana en Valle, Alonso intentaba, sin suerte, recuperar la serenidad extraviada. ¿Era cierto que la venganza y la tragedia a menudo sucedían al mismo tiempo y que la venganza no curaría nada, porque mantenía frescas las heridas que de otro modo habrían sanado? Sí, pero ¿cómo sobrevivir sin vengarse? Bienvenido el ojo por ojo y diente por diente. ¿Verdad? ¿Llegaron de rodillas a pedirme perdón? ¡No! Además de perversos y crueles, Solange y Mauricio eran insolentes. ¿El deseo de saciar la sed de venganza puede destruir a las personas? No, ni madres, a la mexicana: el desquite me ayudará a sobrevivir sin cavar dos tumbas, la mía y la de mi enemigo... No, yo sólo cavaré las tumbas de mis enemigos que tanto me dañaron. ¿Quién los hará escarmentar? ¡Sólo yo!

Mientras paseaba por el bosque sonrió al recordar a Alfred Hitchcock cuando sentenció aquello de que la venganza es dulce, pero no engorda, y a Walter Scott, cuando dijo que la venganza era el bocado más dulce para el paladar que jamás se había cocinado en el infierno. ¿Qué tal? Reflexionó con sus manos enguantadas mientras se inclinaba para cortar zarzamoras y se imaginaba el infierno creado sólo para asustar a los imbéciles e ignorantes con el propósito de controlarlos espiritualmente. El debate interior le impedía disfrutar su anhelada paz. Si no se vengaba, se inundaría de veneno, y si se desquitaba, se inundaría de veneno. ¿Qué hacer?

Si nos injurian, ¿no debemos vengarnos?, ¿no...? Como dijo Shakespeare, ¿que las personas débiles se venguen y que las fuertes perdonen? ¿Y quién es el fuerte que pone la otra mejilla? Que la venganza es un plato que se come frío está bien, sí, pero ya no tengo tiempo para dejarlo enfriar, me lo comeré caliente, aunque me queme la boca y se me incendien las entrañas, porque sólo la venganza me ayudará a cicatrizar las heridas. ¿Está claro, clarísimo?, se repitió enderezándose, mientras colocaba los brazos en jarras y contemplaba la inmensidad del cielo para confirmar sus conclusiones.

Jamás podré ser feliz en esta vida, ni descansaré en paz, si no paso a cuchillo a quienes me hicieron daño. No hay más justicia que la venganza cuando no crees ni en Dios ni en los hombres: si no me vengo de Mauricio y de Solange, continuarán dañando a gente inocente. No, no lo permitiré.

Días después, ya de regreso en la Ciudad de México, convocó a sus abogados a una reunión de urgencia en sus oficinas. Una vez decidido el camino a seguir, resultaba imperativo pasar de inmediato a la etapa de la ejecución de sus planes, a la articulación de su venganza. Según decían los alemanes, después de dar un paso habría que dar el otro para no caer en el piso. Eso mismo haría Alonso en términos perentorios.

Al lado derecho de la entrada de la sala de juntas, aparecía un enorme cuadro colgado de Diego Rivera, una espléndida versión de *La Molendera*. Al fondo se encontraba un gran paisaje de José María Velasco. En su escritorio se distinguía una preciosa cabeza de Solón, y en el ángulo opuesto se apreciaba, con gran claridad, el casco, tal vez, de un guerrero encontrado en el desfiladero de las Termópilas cuando el gran Leónidas fue derrotado y asesinado.

Para la gran satisfacción de Alonso, los abogados le hicieron saber que el juez de referencia obsequiaría, en cualquier momento, la orden de aprehensión en contra de Solange. Ya no existía ningún obstáculo a la vista. El arresto podría ejecutarse, sin duda alguna, en las próximas setenta y dos horas. Habían atado hasta el último cabo para garantizarse el éxito. La habían ubicado en un departamento adquirido a nombre de Ingrid para dejar a salvo sus bienes de cualquier contingencia jurídica o de la menor iniciativa de Alonso. Jamás tendrían éxito de cualquier tipo de acción legal en contra de su hija, pensaba Solange con justa razón, sin imaginar ni suponer que el diablo estaba suelto. Su patrimonio estaba mucho más que garantizado, al menos fuera del alcance del magnate, en tanto no se dictara la sentencia de divorcio. Se contaba también con una orden de arresto para penetrar en el domicilio de la acusada para colocarle esposas y conducirla sin tardanza a la cárcel de mujeres en las afueras de la Ciudad de México, todo bajo el control y supervisión de un agente del ministerio público encargado del caso. Alonso Roel podría estar tranquilo y seguro a la espera de las noticias que se producirían en los próximos días.

—Bien, jóvenes, muy bien, sólo que tengo algunas sugerencias al respecto —interrumpió el magnate la explicación.

Se produjo entonces un silencio como si la sesión de trabajo se llevara a cabo en el camposanto. ¿El empresario se iba a atrever a enmendarles la plana? Los abogados se veían sorprendidos a la cara.

—Les confieso, en este entorno de gran confianza, que he invertido una buena parte de mi tiempo en la conveniencia de aplicar todo el rigor de la ley en contra de esta malvada mujer que me envenenó el alma —Alonso decidió no abordar el tema de su obsesión en torno a la venganza y, en cambio, prefirió disfrazar sus sentimientos por la vertiente jurídica, por lo que se abstuvo de hablar de la infidelidad y de los horrores de padecer ataques de celos. ¡Sabía, claro estaba, que de una *vendetta* venía otra *vendetta* que impediría superar los daños y cicatrizar las heridas! No le importaba, únicamente deseaba recuperar su paz al reconstruir su autoimagen dañada y escupida, objetivo que sólo alcanzaría cuando le confirmaran el arresto de ese mal bicho y supiera de su encierro atrás de múltiples rejas con muchos barrotes.

—Esa decisión de privarla de la libertad, don Alonso, la compartimos los presentes —apuntó Roberto Martínez, el jefe de los abogados, con su conocido aplomo—. Pero díganos, ¿cuáles son sus sugerencias? Lo escuchamos con atención.

—Muchas gracias, sólo les pido dos modificaciones con relación a sus planes.

—Díganos, don Alonso.

—En primer lugar, no quiero que el arresto se lleve a cabo en su departamento —afirmó conciso y decidido—. Me explico —agregó de inmediato—: En unos días más, mi exmujer va a festejar su cumpleaños en el mismo restaurante de siempre, rodeada de sus mismas amigas, para lo cual ordenará una gran paella, tal y como lo ha venido haciendo en los últimos años. Invitará, desde luego con mi dinero, para burlarse de mí todo el santo día. Varios conocidos me cuentan que se han encontrado con ella en los lugares antes frecuentados por nosotros y ordena botellas de vino de diez o quince mil pesos —reveló sin ocultar su malestar—. No puede ser que se dé la gran vida con la venta de mi obra que tanto trabajo me costó coleccionar, para ya ni hablar de la venta de mi casa.

—Bien, ¿y entonces?

—Después de analizar varios escenarios, escogí el más agresivo y humillante para que se arrepienta de sus pecados —expuso volviendo a tamborilear sobre la mesa, ahora con los dedos de ambas manos, además de una curiosa expresión lacónica en el rostro—: Quiero que la arresten en el momento mismo en que sus amigas estén cantando el estúpido "Happy Birthday" y brindando con champaña. Créanme, he visto la película mil veces, me la sé de memoria, y conozco a la perfección cómo opera. Quiero que en ese instante entre al restaurante la policía y los agentes del ministerio público y quienes ustedes quieran, en bola. Échenle montón para intimidarla y delante de sus amigas muéstrenle la orden de aprehensión y llévensela rumbo a la cárcel también frente a su hija, que, les adelanto, es una malvada fiera capaz de rasguñarlos o de encajarles un cuchillo en el cuello. Tengan cuidado con ese parásito, ella es responsable de una u otra forma de lo ocurrido. Bien lo dice la sabiduría popular: cría cuervos y te sacarán los ojos. Ésa es la suerte que le espera a Solange. Cada quien se acuesta en la cama que se ha hecho —concluyó el empresario—. Allá ella…

—Bien, don Alonso, entendido, ya tenemos en claro las fechas y no es previsible ningún obstáculo para satisfacer sus deseos, sólo que habló usted de dos sugerencias, ¿hay acaso otra más?

—Claro que sí, claro, muchas gracias, hay otra más y más importante que la primera.

—Somos todo oídos.

—No quiero que trasladen al bulto ese a la cárcel de mujeres, porque será el primer lugar en el que la buscarían su hija y los abogados contratados por Mauricio, por lo que me propongo crear una confusión total y, en ese orden de ideas, quisiera que se la llevaran presa a la cárcel de Puente Grande, en el estado de Jalisco; como ustedes saben, un reclusorio femenino de alta seguridad. El gobernador es amigo mío y de llegar a necesitar ustedes algún otro apoyo, aun cuando no sea de su total competencia, él pondrá el dedo encima del expediente para asegurarnos que la bruja permanezca en ese lugar durante mucho tiempo y sea inaccesible a los posibles sobornos y chicanadas de sus abogados —exclamó para concluir en los siguientes términos, no sin antes jalar aire—: Que se pudra ahí encerrada, a ver cuánto aguanta. A ver cuánto le cuesta que no la toquen ni la agredan y tenga que pagar los privilegios para tener una mínima seguridad y tranquilidad. Nada es gratis y menos en una cárcel mexicana.

—En México todo se puede, don Alonso —intervino uno de los penalistas—. No veo mayor problema en lograr lo que usted desea. Haremos los debidos enlaces con un representante del gobernador y de ahí para el real —comentó Martínez imaginando qué habría podido ocurrir, además de la venta de los cuadros y esculturas, para justificar tanto coraje. ¿Alguna infidelidad? ¿Qué...?

—Otra sugerencia final —agregó Alonso—: Quiero que Solange permanezca en esa cárcel por lo menos un mes. La única condición que impongo para devolverle la libertad es que firme el divorcio sin condición alguna, o que se pudra en el bote. Ya tuvo bastante esa mujer con los millones de dólares que se embolsó al vender nuestra casa y parte de mi obra. ¿Está claro? —cuestionó en tanto escrutaba el rostro de los asistentes sin que presentaran objeción alguna. Una buena parte de los ingresos del despacho dependía de las empresas del magnate—. Tengamos cuidado —agregó con el entrecejo fruncido— para que sus abogados no puedan echar para atrás el acuerdo de divorcio alegando que su clienta lo suscribió bajo presión y amenazas, pero esa preocupación se las dejo a ustedes, tal vez convendría dejar en blanco la fecha del convenio de divorcio y ponerla cuando ella ya haya salido de la prisión, así nos evitaremos chantajes, ¿no...?

—En el despacho, don Alonso, sin celulares ni llamadas ni interrupciones, nos encerraremos, como siempre, en una tormenta de ideas para cancelar cualquier posibilidad de salida a nuestra contraparte. Muy pronto tendrá usted una respuesta jurídica contundente. Sus deseos y puntos de vista los tenemos perfectamente registrados, todo lo que requerimos es un poco de tiempo. No le fallaremos —repuso el mayor de los abogados con extrema cautela y prudencia, ajustándose los anteojos.

Ninguno de ellos suponía que Alonso tenía pendiente exponer la segunda parte de sus planes, esta vez para ejecutarlos en contra de Mauricio, para lo cual, antes de dar por concluida la reunión en su sala de juntas, les hizo saber lo siguiente:

—Por otro lado, quiero pedirles el señaladísimo favor de ayudarme a fundar una sociedad importadora y exportadora de diversos productos electrodomésticos que llevará el nombre de Productora Universal de Tecnologías Originales, S. A. —reveló el nombre sin ocultar una sonrisa sardónica con la que escondía una auténtica travesura, una muy feliz ocurrencia en relación con las siglas. Solamente él sabía los planes verdaderos respecto a esa nueva empresa que, "curiosamente", era del mismo giro comercial que la de Mauricio Rubio—. En su momento les haré saber el nombre del principal accionista —expuso en términos sospechosos sin que nadie se atreviera a cuestionar—. Lo único que les pido es fundar dicha sociedad lo más rápido posible para echarla a andar sin tardanza alguna. Me urge mucho, muchísimo, se los encargo como pocas peticiones en mi vida. Ocúpense de hablar con los notarios y de lograr el registro y todos los requisitos a la brevedad. Quiero operar ya, lo que es ya. Las oportunidades y los mercados no esperan. Al venado hay que dispararle cuando lo tenemos en la mira, luego todo será inútil.

—No se cansa usted, don Alonso —expuso una de las abogadas presentes, una mujer joven, delgada, alta, bien vestida, de cabello castaño oscuro y piel blanca muy bien cuidada, pero de muy pocas palabras.

—Adoro mi trabajo, mis empresas son casi todo para mí, me encanta crear fuentes de empleo y ayudar a miles de familias mexicanas. Donde hay compañías prósperas, hay bienestar para todos y a la inversa, vean la expansión de la miseria en Cuba o en Venezuela o en Nicaragua, cuidado —redujo a tres palabras su discurso— cuando la pobreza se apodera de una nación, se prende una mecha dirigida a un barril de pólvora seca que estallará cuando la gente se harte de las privaciones.

—Bueno, pero no vinimos el día de hoy a hablar de política económica, sino de un futuro y promisorio negocio: ¡manos a la obra!

—No se preocupe, don Alonso —insistió Roberto Martínez—, tenemos todas las de ganar —exclamó mientras el empresario despedía de pie afectuosamente a sus invitados en la puerta.

Al concluir la reunión con los abogados, éstos se encontraron a la salida con el equipo de administradores, asesores, contadores, auditores, vendedores, publicistas, fiscalistas y mercadólogos del magnate, además del tesorero general, citado también para empezar una nueva aventura comercial, una aventura que ni Alonso ni Mauricio olvidarían jamás. La suerte estaba echada.

El presidente del consejo de administración los recibió en la misma sala de juntas, puesto de pie con la actitud de un mariscal de campo decidido a impartir instrucciones a sus subordinados de máxima confianza, pero en el último momento, titubeando, cambió de opinión y prefirió sólo felicitarlos por el desempeño de sus trabajos. Extraño, ¿no...? Después de estrechar sus manos y de abrazarlos mientras varios se miraban sorprendidos, Alonso le pidió a José Antonio Grajeda, el gran Pepe Toño, director general comercial, que lo alcanzara en su oficina para tratar un asunto personal.

Sin mayores prefacios, Roel, parado, como siempre, cerca del ventanal, con la mirada clavada en el bosque y con ambas manos introducidas en los bolsillos de su saco, comenzó por hacerle saber a su director consentido el inicio de un promisorio proyecto, ciertamente novedoso, pero desvinculado de las tradicionales obras de infraestructura con las que él había tenido sonoros éxitos. Expuso que los grandes retos eran para los grandes hombres, que una nueva posibilidad acarreaba una nueva oportunidad, que en la variedad estaba el gusto, que había que diversificarse, que no era conveniente tener todos los huevos en una canasta, que se trataba de una nueva apuesta comercial para saber de qué estaban hechos, que no conocía el negocio, pero que muy pronto lo dominaría, que solo no llegaría a ningún lado, que necesitaba de su consejo y experiencia y, sobre todo, de su confianza al tratarse de un proyecto ultrasecreto.

Ante el silencio de Pepe Toño y de su rostro congestionado por la curiosidad, ¿qué se traerá hoy el jefe?, convencido de la necesidad de no postergar sus planes por más tiempo, Alonso bajó toda la baraja, carta por carta, ante la sorpresa de su subalterno.

—Me propongo incursionar en el mercado de los electrodomésticos al sur y al norte de nuestras fronteras, para vender batidoras, pulidoras, tostadoras, licuadoras y cualquier aparato eléctrico de gran consumo en los hogares, así como lavadoras y secadoras de ropa —presentó sus proyectos, mientras escribía en una hoja de papel para incluir la mayor parte de los electrodomésticos. Se refirió apresuradamente a los robots de cocina básicos, a los robots aspiradoras, a los congeladores, a las televisiones modernas, a los enchufes inteligentes para ahorrar energía, a las secadoras de pelo, a las depiladoras y rasuradoras. Hablaba como si hubiera dedicado su vida a la comercialización de dichos productos, sin embargo, desconocía cómo encender un horno de microondas o colocar la vajilla en el lavaplatos. Su ignorancia era total, pero resultaba inconveniente exhibirla ante Pepe Toño porque las burlas no se harían esperar. Era el hombre de sus confianzas.

—¿Alguna razón para el cambio repentino de giro? —preguntó el experto en ventas conteniendo la risa.

—Ya lo sabes —repuso el empresario con un gesto de suficiencia—, me encantan los retos.

—¿Y cuándo comenzamos?

—Hoy mismo, Toñazo —repuso sonriente el empresario en tanto se alisaba el pelo canoso—. Necesitamos, a la voz de tres, estudios de mercado y precios y existencias de electrodomésticos en la República Dominicana, Guatemala, Honduras, El Salvador, Colombia y Costa Rica, además de Matamoros, Laredo, Ciudad Juárez, Tecate, Mexicali, Nogales y Naco, entre otros puntos fronterizos más, para averiguar volúmenes de consumo en hogares y hoteles, así como nombres de los competidores, ¿de acuerdo…? Toma nota, por favor, vamos a exportar y a colocar los productos en la frontera.

—¿Así nomás? —contestó Grajeda, negando en silencio con la cabeza.

—Sí, hombre, contrata y capacita vendedores para que se informen de los mercados del norte y del sur para proponerles objetivos tan pronto arranquemos. Échale números al asunto, pide ayuda —agregó entusiasmado— y formúlate un presupuesto de inversión, porque el capital lo pondré yo sin la participación de ninguna de mis empresas —continuó con una ilusión contagiosa—. Me propongo arrancar en un par de meses cuando más tarde, si no es que antes. De modo que manos a la obra y acuérdate, sin prisa, pero sin pausa…

—¿Arrancamos de cero? —preguntó Grajeda extrañado, mientras alcanzaba a ver la cabeza de una jirafa en el zoológico.

—Sí, acabo de tener una junta con mis abogados y les pedí constituir una empresa que será conocida como Productora Universal de Tecnologías Originales, S. A. —añadió Roel a punto de soltar la carcajada.

Grajeda captó el doble sentido de inmediato sin poder contener la risa:

—Es una genialidad lo de las siglas, Alonso, ¿eso querías decir, verdad? Ya un día me contarás todas tus razones. ¡Qué maravillosa travesura, me encanta!

Alonso Roel puso la mano en el hombro de su querido colaborador sin poder contener la risa.

—Creí que nadie entendería el chascarrillo, querido amigo. Muy pronto sabrás las razones por las cuales estoy fundando esa empresa, por lo pronto, sólo quiero que me hagas el inmenso favor de buscar a un experto en ventas, que será retribuido generosamente, para que se presente en Todo para tu Casa, una empresa propiedad de un tal Mauricio Rubio, en la colonia Condesa, para comprarle todo aquello que él fabrique destinado al hogar, sobre la base de ocultar siempre mi identidad, así como cualquier asunto relacionado con mis empresas. Rubio, que quede claro, nunca debe saber que somos nosotros los compradores de su línea de productos, ¿de acuerdo?

—O sea, no nos conocemos para nada, ¿verdad, Alonso? ¿Lo entiendo bien...? —repuso Pepe Toño Grajeda—. Aventamos la piedra y escondemos la mano, ¿cierto? Todo en secreto, ¿okey?

—Sí, en secreto, total secreto.

—¿Y por eso te arrepentiste de plantear el negocio en público?

—¡Cierto!, el asunto se me hubiera podido salir de control.

—Estás como los conejos viejos, hermanito...

—¿Cómo están los conejos viejos, tú?

—Pues misteriosos y pendejos, tú.

No, no se podía con Pepe Toño, ¡cuántas ocurrencias! Imposible ser vendedor sin ser simpático, pensó Roel.

—Lo que sí, no sólo no me conoces ni sabes nada de mí, sino que a ti tampoco te deberán identificar. Sólo hará contacto con Rubio el experto que tú contrates y al que tú deberás supervisar de día y de noche, ¿de acuerdo? En lo que hace a los socios de la empresa —concluyó con la satisfacción de quien había pensado hasta en los últimos detalles—, de ésos me encargo yo, no te preocupes. Discreción ante todo, Toñito querido.

—Señor presidente, recuerde usted que soy pendejo, pero voy a misa —respondió el director listo para iniciar el nuevo proyecto. Valdría la pena aclarar que Grajeda era un especialista en dichos mexicanos con los que rompía el hielo en cualquier reunión y en los momentos más inesperados. Todavía agregó—: Acuérdate que entre cueteros no se huelen, maestro. De hecho, ya sé quién puede ser la directora que buscamos.

—¿Quién?

—Se llama Alondra Sepúlveda Simón... Yo metería las manos al fuego por ella. Tiene una larga experiencia comercial y es de toda mi confianza. No está contenta en su posición actual y no me costaría trabajo convencerla para sumarla al proyecto.

—Ese asunto es de tu resorte, yo no podría exigirte resultados si te impongo a una persona desconocida, allá tú, hermanito. Lo que debes saber es que tu Alondrita va a enfrentar a Mauricio Rubio, el mayor hijo de su puta madre que haya pisado el planeta

Tierra. Que tenga mucho cuidado con él porque es una víbora de sangre fría, dotada de una capacidad ponzoñosa nunca antes vista —fueron los términos utilizados por Alonso para describir y etiquetar el tipo de enemigo con quien trataría aquella mujer—. Es un sujeto particularmente peligroso porque tiene una sonrisa noble y un trato cautivador, pero te aseguro que tiene un pacto con Satanás. Ya lo comprobarás.

—Despreocúpate, no lo voy a olvidar —agregó Pepe Toño sonriente y satisfecho—. Te tendré al tanto, maestro, este tren ya no lo para nadie —mencionó Grajeda mientras se despedía al abrazar a su viejo amigo con quien había peleado en mil batallas.

Cuando Pepe Toño ya abría la puerta alcanzó a oír las siguientes palabras, en tanto Alonso se sentaba en la silla antigua de su escritorio, que presumía como si en ella se hubiera sentado Juárez en los años de la restauración de la República:

—Cómprale a Rubio todo el inventario, absolutamente todo lo que produzca, hasta que dependa al cien por ciento de ti, pero cómprale barato, Toñito, no seas güey, y vende lo más rápido posible para no asfixiarnos, no me decepciones.

Grajeda soltó la manija, se cruzó de brazos en espera de las lecciones de comercialización. ¿A él, las lecciones? ¿A él…?

—Rubio, escúchame muy bien, no le podrá vender ni siquiera un mugroso tostador de pan a un tercero.

—¿Ya…? ¿Le estás enseñando a vender chiles a Herdez? No te mides, Lonchito. Visitaremos a los clientes del norte y le compraremos hasta la última papilla al tal Rubio. Tranquis, tranquis, *chief*…

—Vientos marineros, Toñazo —respondió Alonso entusiasmado—. Si al principio perdemos algo de billete, no importa, luego quedaremos tablas y más tarde ganaremos el suficiente dinero para terminar con buenas utilidades en el bolsillo. Acuérdate que odio los negocios en solitario, cuando compartes la felicidad, ésta se dispara exponencialmente. Repartiremos dinero a manos llenas, lo verás…

—De eso estoy seguro, siempre has sido muy generoso con todos nosotros —reconoció José Antonio—. Te aseguro que no saldremos tablas, es contrario a mi religión —concluyó Pepe Toño sonriendo.

Alonso todavía agregó:

—Haremos un buen negocio no sólo a través de buenos precios de compra, sino al vender a plazos con grandes intereses en el mercado. El plan de negocios es financiero, cimentado en la venta de dinero. La utilidad principal estará en los intereses, aun cuando vendamos al costo por un tiempo. A Rubio le pagaremos a noventa días y sin intereses, claro está, pero la clientela liquidará sus compras a un año con tasas atractivas para ellos y para nosotros.

—Pero no presionemos al tal Rubio, no nos conviene matar a la gallina de los huevos de oro —atajó el director comercial en el último momento.

—¡Cierto! A ese miserable se le podría obsequiar una compensación anual de llegar a un cierto volumen de ventas, algo así como un bono por alta productividad para no estrangularlo, como tú dices. Bueno, al menos no estrangularlo por lo pronto —pensó Alonso esta última frase en silencio…

Después del abrazo de rigor, Alonso regresó a su escritorio con su mente en llamas, en tanto Pepe Toño desaparecía tras la puerta. Le abriría el apetito a Mauricio, le fincaría un enorme primer pedido de al menos un par de millones de dólares, un anticipo del sesenta por ciento, algo nunca visto en su empresa de electrodomésticos. Podía oír la emoción de Rubio al disfrutar la brutal expansión de su negocio. Éste rentaría locales en parques industriales o los adquiriría a través de hipotecas, compraría maquinaria y equipo a plazos, pagaría cuantiosas regalías por el uso de patentes, sobre todo por los robots, endeudándose aún más. La ambición acabaría por destruirlo. Alondra fincaría más pedidos, más aparatos… Mauricio ganaría más dinero que nunca, utilidades enormes con las que jamás habría siquiera soñado para empezar a construir su fortuna, la misma que envidiaba de Alonso, aun cuando en proporciones fueran incomparables. El potentado estaba seguro de que su antiguo amigo empeñaría el alma al diablo con tal de deleitarse con cifras de ocho dígitos al contemplar sus cuentas bancarias. Se enloquecería con recursos nunca imaginados. Ahí radicaba la clave de su destrucción. Imposible atacar a un enemigo sin conocer y dominar sus debilidades. El plato de la venganza se come frío…

Cuando Rosario pidió la cuenta en el Caffè de Florian, a la voz de *cameriere, pronto,* sin permitirle a Maggie la menor posibilidad de intervenir ni de alegar derecho alguno para pagar, la conducta de la agente artística tenía un doble objetivo: invitar, desde luego, a la pintora mexicana, pero también demostrar, desde un inicio, un principio de autoridad de cara al futuro.

—*Andiamo?*—preguntó Rosario en su mejor italiano, mientras tomaba del brazo a Maggie para ayudarla a levantarse—. Si te parece, llegó la hora de la cena en el Harry's Cipriani, en donde ya nos esperan, *mia cara pittrice.* Si no has estado en el Cipriani, simplemente no has estado en Venecia —acto seguido, ambas emprendieron el camino hacia ese famoso restaurante veneciano ubicado a escasos diez minutos a pie. Cruzaron la plaza de San Marcos intercambiando puntos de vista sobre diferentes temas, hasta detenerse ante el *campanile* de San Marcos.

—Aquí, donde estamos paradas, guapa, también lo estuvo el gran Galileo Galilei, cuando mostró su telescopio al Dux hace ya más de cuatrocientos años. ¿Te imaginas que estamos exactamente en el mismo lugar que el famoso físico? ¿No te emociona? Es como estar en Jerusalén y caminar por la Vía Dolorosa por donde Jesús cargó la cruz rumbo al Gólgota hace más de dos mil años o contemplar la luna, la misma que tuvieron ante sí Julio César y Cleopatra, Dante Alighieri, Alejandro Magno, Justiniano, Buda y Confucio, Cristóbal Colón, Napoleón o Rembrandt y quien más quieras entre todos los pintores famosos. ¿No te maravilla que tus ojos puedan ver lo mismo que el hombre primitivo o millones de personas que nos antecedieron en cualquier momento y país de nuestro pasado?

Maggie la contemplaba arrobada, entregada, mientras recordaba cómo Loretta también había tratado de impresionarla con sus conocimientos en torno a la vida y obra de Miguel Ángel. ¿A quién se le podían ocurrir semejantes comparaciones tan interesantes y únicas?

—Pues sí, Rosario, pues sí —contestó sorprendida y fascinada la artista mexicana—. Es el privilegio de nosotros, los vivos, quienes tenemos conciencia de nuestro tiempo y de nuestro momento. Adoro tu imaginación que me hace remontarme a lo largo de la historia con un solo comentario.

—Gracias, mi niña, gracias —comentó Rosario ganando espacio a casa paso—. Ahora vámonos a cenar nuestro *carpaccio*, nuestro *risotto* y nuestro *tiramisù* que, en dialecto véneto significa "tráeme arriba" o "anímame" —sonrió cáusticamente la española—, todo para ti con mi mejor cariño. Una Maggie accesible y condescendiente se dejó conducir, mientras arrugaba el entrecejo con una sospechosa gracia. En el fondo agradecía que alguien tomara las decisiones por ella, sin correr el riesgo de equivocarse ni enfrentarse a críticas como, en ocasiones, las recibía con acritud de parte de Loretta.

Una vez recibidas con el entusiasta *Buonasera*, ya sentadas en las mesas enanas y servido el coctel con prosecco y melocotón, Rosario aprovechó el momento para comentar que en el Harry's habían comido personajes como Winston Churchill, Ernest Hemingway, Maria Callas, Orson Welles y Marcello Mastroianni, entre otros más.

Mientras Maggie escuchaba las explicaciones de la española y observaba las pinturas abstractas colgadas en ese reducido restaurante, Rosario echó a andar la primera parte de su táctica:

—Oye, cariño, mañana termina la bienal y quisiera regalarme el gran premio de enseñarte Venecia, tal y como te lo prometí. Sólo necesitaré un día para mostrarte lo más importante y no te niegues, porque en este mismo instante me tiro de cabeza al Gran Canal, aquí mismo, al ladito —expuso Rossy sus deseos con simpatía. En el pedir está el dar, pensó en silencio proyectando una sonrisa angelical.

Maggie se mostró compungida.

—Efectivamente, la bienal termina este domingo —contestó ansiosa—, pero el lunes tengo que recoger la obra restante, es decir, hacer las cuentas, lo cual me impedirá estar contigo. Y, además, el martes me regreso a Florencia —concluyó inundada de dudas que la conspicua agente artística percibió de inmediato. Había leído e interpretado con gran claridad a la pintora desde el mismísimo primer cruce de miradas.

Después de aprobar el vino y haber colocado al centro de la mesa el *carpaccio* que compartirían con dos tenedores, una insinuación reveladora, Rosario volvió a la cargada después de haber visto de reojo dos llamadas de Loretta en el teléfono celular de Maggie, sin que la pintora lo contestara. Otro enorme punto a su favor. Todo contaba en este avispado e ingenioso juego del apoderamiento de las personas. Hasta en los animales se conocen estrategias, sonidos y actitudes zoológicas para atraer a la pareja.

De repente Maggie se puso de pie y, teléfono en mano, se retiró con el pretexto de ir al baño. Ahí finalmente pudo comunicarse con Loretta, quien se quejó amargamente de abandono, pues su amante se negaba a tomar el teléfono al instante como había ocurrido desde el primer feliz día de su encuentro. Maggie le recordó, con cierta dureza, que estaba tratando de cerrar un negocio muy importante con la representante de diversos artistas de todo el mundo, que le tuviera paciencia, que era en beneficio de ambas, que no desesperara, que la quería mucho y que disculpara las omisiones involuntarias. Loretta entendió a regañadientes, pero su intolerancia era patética, una actitud que Maggie detestaba; sin embargo, con el ánimo de cancelar los reproches, la florentina aprovechó la oportunidad para informarle que su madre había empeorado y que después de la intervención quirúrgica se había producido un terrible proceso de infección en su cuerpo por alguna pseudomona, una bacteria existente en el quirófano. Los médicos trataban de curarla, pero estaba invadida de pus en la médula vertebral y temían por su vida. Maggie le deseó buena suerte, la consoló alegando que todo saldría bien, que tuviera fe, que siempre sucedía lo mejor, que estaba en buenas manos, que no se preocupara, que más tarde le llamaría y que ahora, por lo pronto, tendría que volver a la mesa para concluir la conversación tan vital para las dos...

Maggie regresó con una expresión confusa en el rostro. Recordaba el terrible pleito con Loretta en San Miguel de Allende, cuando se habían emborrachado con diferentes tequilas y había confirmado los extremos de violencia repentina a los que podía llegar su amante. Con un ojo sonreía y con el otro lloraba, tal y como sostienen los alemanes... ¿Razones? Por un lado, se encontraba feliz porque tendría más tiempo de estar en Venecia debido a la enfermedad de la madre de Loretta y, por el otro, le resultaba imposible ocultar el malestar por el dolor padecido por su querida amante. Cuando un mesero le acercaba gentilmente la silla para volver a acomodarse al lado de Rosario, vinieron a su mente las sabias palabras de su primer maestro inglés de dibujo, un *visiting professor* de Oxford, en la academia de las artes en París. En aquella ocasión Maggie le había pedido una breve definición con relación a la vida, en el entendido de que el viejo profesor también era un filósofo:

—*Can you give a definition of life?*

—*Now, my dear daughter, now, tomorrow does not exist at all...*[1]

Jamás olvidaría ésa, una de las más importantes lecciones de su vida. Los platillos no habían sido tocados, pero el malestar de la española desapareció al percibir un sorprendente optimismo en la mirada de la pintora mexicana. A Rosario le tenían sin cuidado los suculentos platillos. Por supuesto que se abstuvo de preguntar absolutamente nada, como si la larga espera no la hubiera irritado, y continuó la conversación con gentil cortesía. Le bastaba con comprobar la buena disposición de Maggie, que ella interpretaba como una aceptación de cara a sus planes turísticos, entre otros más...

---

[1] —¿Me puede dar una definición de la vida?
—Ahora, mi querida hija, ahora, el mañana no existe de ninguna manera.

—Por favor, cariño, no te marches sin que yo te muestre los grandes tesoros de Venecia. Nunca los olvidarás, te lo juro —insistió la española colocando su mano derecha sobre el dorso de la de Maggie, quien no la retiró, y no sólo no la retiró, sino que, cuando sus piernas se encontraban debajo de la mesa y Rossy mantenía la presión sobre las suyas, no pareció incomodarse y ocultó, al estilo de una gran actriz, la emoción de las insinuaciones.

—Tengo que arreglar un par de asuntos, pero sí, sí podré quedarme hasta el jueves. Tendremos tiempo de sobra hasta de pasear por el Gran Canal sin que nos asalten los *gondolieri*, a quienes tú conoces mejor que yo —afirmó complaciente la pintora. Todo estaba dicho y aprobado con muy escasas palabras. Lo demás era un problema de tiempo.

Rossy levantó su copa llena de vino tinto y brindó por la felicidad y por los días felices, muy felices, que les esperaban. A continuación, degustaron, con la temperatura que fuera, el arroz y la pasta, así como el tiramisú. En el momento en que servían el café *espresso*, acompañado de una copa de sambuca con mosca, Rosario expuso en dos palabras su labor como su representante artística. En realidad, lo narrado a continuación constituía música para los oídos de la pintora:

—Mira, mi vida —comenzó Rosario con un "mi vida" a exponer, con un doble sentido, sus planes con el mismo lenguaje utilizado para dirigirse, por igual, a hombres y mujeres—, necesitas una representante artística, chica, que trabaje para promocionar, patrocinar y vender tus obras en las galerías del mundo entre coleccionistas y otros profesionales del arte. Yo me ocuparé también de los reporteros, de las entrevistas, de la publicidad, de las relaciones públicas, de las redes sociales, de eventos, exposiciones, ferias y estudios abiertos. Además, te diseñaremos, joder, una buena página, un gran sitio web, distinta a la actual con sabor hispano. Tú concéntrate en pintar y yo te llenaré de fama y de pelas, más euros de los que nunca has soñado —planteaba su proyecto aprendido de memoria después de muchos años de experiencia. Maggie escuchaba atentamente.

—Yo te cobraré sólo una comisión, pero no quiero ninguna cantidad por adelantado como hacen otros agentes. Yo sólo ganaré cuando tú ganes y una cantidad muy sensata y razonable, de modo que no te aflijas. Ciertas galerías te cobran sólo por colgar tus obras en sus salas, pero no hacen nada, salvo robarte tus euros.

Maggie escuchaba con atención los planteamientos de Rossy, para poder explicarle más tarde la idea a Loretta, quien, por cierto, a lo largo del tiempo había empezado a padecer accesos de furia y descontrol por temas y acontecimientos insignificantes que ya habían afectado severamente la relación. ¿La florentina sería una mujer bipolar?, llegó a cuestionarse la pintora cuando intentaba enhebrar el sueño. Por otro lado, justo es reconocerlo, los besos de la genial escultura ya no la emocionaban, como tampoco deseaba como antes el intercambio de caricias, tal vez como producto de un rechazo por el malestar sufrido debido a sus repentinas e injustificadas agresiones que erosionaban el apetito sexual, aniquilaban la convivencia amorosa y la admiración inicial, una fuente poderosa de libido. Imposible olvidar la escenita en San Miguel de Allende, entre otras más, sobre todo cuando la italiana había bebido en exceso.

—Pregunta por mí en el mercado internacional y verás a cuántos pintores y escultores represento, no soy ninguna improvisada —agregó con esos enormes ojos negros que proyectaban una pasión incendiaria, a la vez que su voz, en ocasiones ronca y ruda, hablaba de cierto tenor masculino—. Yo te puedo contactar con ellos para apartar de toda duda mi gestión transparente. Rastréame en internet y te convencerás…

Maggie contemplaba a aquella mujer vestida con sobria elegancia, rostro afilado, piel morena, ojos negros y cabello trigueño, rizado, recogido con gracia exquisita por medio de una trenza con listones de colores entrelazados. Ostentaba claros rasgos árabes, una mezcla deliciosa, curiosa, rara, que la atrapaba y le llamaba la atención, un ser humano magnético que atraía con su sola presencia.

En ese momento y como si fuera un acto de telepatía, mientras Rosario se había levantado supuestamente para ir al baño, cuando en realidad había ido a pagar la cuenta para evitar discusiones, Maggie recibió un WhatsApp enviado por Loretta:

—*Mio cuore, amore mio: ti prego non impegnarti in niente finché nos parliamo entrambi.*[2]

Maggie experimentó un intenso estremecimiento como si su madre la hubiera descubierto de niña al hacer una travesura. ¿Qué mundo es éste, en donde no se pueden ocultar las emociones ni siquiera a la distancia?

Tan pronto Rosario regresó y tomó asiento, Maggie le preguntó con cierto candor:

—Como sabes, estoy liada con mi amiga Loretta, y para convencerla de las ventajas de trabajar contigo, ¿podrías darme un catálogo impreso con los clientes que representas? No es desconfianza, ni me malinterpretes, simplemente se trata de informarle porque no estuvo presente en nuestras conversaciones.

—Pero claro, cuenta con él. De hecho, te lo quisiera entregar en persona, junto con un proyecto de contrato para que lo firmemos. Toda la información que necesites pídemela, coño, sin ninguna pega. Yo juego con las cartas volteadas sin sorpresas para nadie.

Para asombro de Maggie, de repente Rosario se puso de pie y la invitó a salir rumbo al hotel San Danieli, donde la pintora estaba alojada.

—Pero ¿no vamos a pagar? —preguntó la artista mexicana.

—No, cariño, aquí no me cobran, yo soy de casa —repuso feliz y sonriente.

Maggie se concretó a hacer una mueca extraña mientras se dirigían a pie, en la noche de luna llena, de regreso a su hotel. Al llegar, ambas se despidieron con un abrazo y un par de besos en las mejillas sin ninguna otra insinuación o intención. El martes en la mañana se reunirían a desayunar en la espléndida terraza del

---

[2] Mi corazón, amor mío: Te ruego que no te comprometas en nada hasta que hablemos las dos.

Danieli, a la orilla del Gran Canal, y después tratarían de cumplir con un ambicioso proyecto turístico y terminarían el recorrido en la ostentosa residencia de Peggy Guggenheim, ahora un señor museo, en donde Rosario había tramado un plan especial.

El martes siguiente, de acuerdo a lo pactado, una vez que Maggie había concluido con los trámites burocráticos y embalado con cuidado sus cuadros y las esculturas de su amante y ya se encontraba liberada al menos de una de las cargas que le minaban el ánimo, tan pronto terminaron el desayuno con algo de fruta, un brioche servido con diversas mermeladas y un par de capuchinos cargados, empezaron el recorrido que la pintora volvería a disfrutar con mayor deleite que nunca.

Resultó imposible cumplir con todo el recorrido, de punta a punta, sugerido por Rossy. Cada una parecía contar con un mejor argumento. Se arrebataban la palabra a cada paso. Las conversaciones, y hasta las discusiones, resultaban interminables. En incontables ocasiones solicitaban a los peatones o a cualquier otro turista que las retrataran con sus celulares, ya fuera abrazándose discretamente o haciendo muecas para darle sabor al recuerdo. Después de un paseo en góndola, comieron en el Cesarine una gran pasta y tomaron vino tinto de la casa, para rematar el banquete, según Rosario, con dos suculentos postres: el primero, los profiteroles servidos con chocolate caliente líquido, y el segundo, y mucho más importante, la visita obligatoria al museo de Peggy Guggenheim, en donde la española haría hincapié en la amplísima historia amorosa de una de las grandes herederas de los enormes imperios norteamericanos. Sin pérdida de tiempo, sin tomar el café expreso de cajón y sin el digestivo de rigor, salieron apresuradas del restaurante para abordar, a toda prisa, un *vaporetto* para dirigirse antes de la clausura a la que había sido la residencia en los últimos treinta años de vida de una de las mayores coleccionistas de arte moderno de todos los tiempos.

Al descender de la enorme lancha que cumplía con el servicio público de transporte a través de los canales venecianos,

Rossy ayudó a Maggie tomándola de la mano con la idea de no soltársela en todo el recorrido por el museo. Bastaba ya de insinuaciones y de dobles mensajes: ¡a los hechos! La pintora no opuso la menor resistencia y se dejó conducir con notable docilidad ciertamente extraña en ella. Después de entrar al museo, la española le explicó a Maggie, de pie en el jardín de las esculturas, que Peggy había nacido en el seno de una familia de magnates. Su padre, continuó la española, Benjamin Guggenheim, un judío multimillonario, había fallecido al cruzar el Atlántico acompañado de su joven amante, a bordo del Titanic, cuando Peggy contaba con tan sólo catorce años de edad. Guggenheim, según se dice, se había negado a ponerse el chaleco salvavidas con tal de no arrugar el frac y prefirió ahogarse con un boceto de *Las señoritas de Avignon* de Picasso bajo el brazo, después de ayudar a algunos a alcanzar los botes salvavidas y de encenderse un puro Davidoff, en tanto escuchaba música clásica interpretada por un cuarteto de cuerdas.

Maggie escuchaba atenta, en el centro del patio interior, rodeada de frondosos árboles centenarios, los relatos pormenorizados de la vida de Peggy, esa excéntrica heredera de una familia trágica, pues uno de sus tíos maternos, llamado Washington, disfrutaba mascar carbón y hielo como un suculento banquete. Otro de ellos se había quitado la vida dándose un tiro en la cabeza. La madre de la coleccionista tenía la terrible manía de repetir tres veces todo lo que decía hasta desesperar a sus interlocutores. Algunos de sus sobrinos, hijos de su hermana, se habían suicidado siendo apenas unos adolescentes. La misma hija de Peggy, Pegeen, pintora también, había fallecido de una sobredosis de enervantes a los cuarenta y dos años, víctima de la desolación y de las adicciones.

¿Quién dijo que con dinero se compraba la felicidad?, se preguntaría Peggy contemplando su enorme colección de obras de arte y repasando, día con día, sus estados de cuenta bancarios. Con dinero, decía, "tienes la posibilidad de hacer lo que te salga o entre por la vagina", una mujer intensa y excesiva entre su círculo cercano y no tan cercano, quienes confesaban que vivir tan sólo un día a su lado equivalía a compartir varias biografías de personajes célebres en tan sólo un par de horas, sobre todo porque, en realidad, sí, en efecto, hacía sin contención alguna lo que le venía en gana en cualquier aspecto de su existencia. Su inmensa fortuna y su poder le permitían gozar de privilegios sociales ilimitados, los que fueran, cuando fueran y donde fueran.

Imposible olvidar, por otro lado, que Loretta no había dejado de llamar compulsivamente a Maggie durante la visita matutina sin obtener respuesta, como tampoco logró comunicarse a través de los recurrentes WhatsApps utilizados para pedir, más tarde para suplicar, explicaciones, y al final para insultar y amenazar, ya fuera a la hora de la comida o mientras se encontraban en el museo de Peggy, para ya ni hablar tampoco de cómo insistiría más tarde durante la noche de luna llena y los gratificantes vientos del Adriático… Maggie nunca respondería, eso jamás, porque hacerlo podría ser interpretado por Rossy como una actitud de sumisión, dependencia e interés hacia Loretta, muestras que debería ocultar a como diera lugar. ¡Cuánta desesperación padecía la florentina! ¿Estaría bien? ¿La engañaría con otra mujer o habría cambiado de opinión y estaría en la cama con un hombre, alguno de sus colegas o pintores conocidos en la bienal? ¿Qué ocurriría? ¿Qué…? ¡Maldición! ¿Qué podría ser? *Merda!*

Baste decir, continuaba Rossy la explicación, que al final de sus días, Peggy, podrida en dinero, decía ignorar cuántas veces se había casado ni tampoco recordaba su interminable inventario de amantes.

—¿Que cuántos maridos he tenido? ¿Maridos míos, o los de otras mujeres? —contestaba con el ánimo de responder con la debida precisión, ¿no?

—Fíjate, cariño, me sé muy bien la historia —continuó Rossy su narración con la mirada puesta en la puerta de salida del edificio del museo, a la espera del fin del horario de visitas—. Peggy se casó primero con Laurence Vail, con quien tuvo sus dos únicos hijos. El matrimonio acabó después de varios intentos de ahogarla en la tina, después de golpearla hasta el cansancio. Algún problema de personalidad tendría la criaturita del Señor…

Su segundo marido fue Max Ernst, el famoso artista de origen alemán, una figura definitiva tanto en el movimiento Dadá como en el surrealismo —explicó—. Pues bien, Max contrajo nupcias con la famosa Peggy, pero sólo interesado en sus relaciones artísticas y políticas y, desde luego, en la gran fortuna de la norteamericana, pero, en realidad, el verdadero amor del teutón, su auténtica gran pasión, había sido Leonora Carrington, tu paisana, cariño, aun cuando ella era inglesa de nacimiento —se dejaba caer la española en busca de más acercamientos—. La vida de Max y Leonora —continuaba Rossy como si fuera la biógrafa de la famosa pareja— debería ser llevada al cine. Basta imaginar que cuando a Ernst lo encarcelaron durante la guerra, ella tuvo que ser internada en un hospital psiquiátrico, pero después, ya rehabilitada, vivieron juntos los últimos treinta años, hasta la muerte del artista en 1978 —narraba Rossy mientras observaba el paso de decenas de turistas de diversas nacionalidades.

Rossy hablaba y hablaba, pero, eso sí, no dejaba de repasar en todo momento, a veces con alguna discreción y en otras tantas ocasiones sin pudor alguno, el cuerpo de Maggie, que, por lo visto, la hechizaba. En algunas ocasiones, clavaba la mirada en sus ojos, otras en su piel o en sus pechos plenos o en sus labios ovalados, carnosos, o en su cabello o en su todo. Deseaba abrazarla, lo necesitaba, besarla o devorarla, mordisqueándola lentamente.

—Ahora bien, amiga querida, si quieres estudiamos la lista interminable de amantes de Peggy, entre quienes están Samuel Beckett, Yves Tanguy, Gregory Corso y Jackson Pollock, sí, sí, Pollock. Cuentan que Tanguy, el artista surrealista francés, se entendía con ella mejor a golpes que a besos, al extremo de arrojarla, harto de las discusiones, a una chimenea que le produjo serias quemaduras. Gregory Corso, el escritor de la generación *beat*, la conoció cuando él contaba con veintitrés años y ella sesenta. ¿Te imaginas…? ¡A qué horas! ¿No?

—¿Y también la incineró? Pues ¿qué haría la tal Peggy…?

—No —soltó Rossy la carcajada a la espera de que saliera el último turista y quedara vacío el museo—, la relación terminó cuando Peggy descubrió que el tal Gregory, el jovenazo, prefería a su hija y no a la madre, a pesar de su enorme fortuna. Ya te imaginarás cómo acabó la otrora feliz pareja.

—¿Y Jackson Pollock, el pintor más famoso de Estados Unidos? —cuestionó Maggie a sabiendas de conocer la respuesta, pero permitiendo que la española se luciera.

—Esa relación también es de película, ya que Peggy nunca invitaba a Pollock a sus famosas fiestas caóticas, al ser las felices ocasiones aprovechadas por él para orinarse en donde fuera, tal vez en la entrada de su casa al recibir a los huéspedes o en la sala, o se hacía en los pantalones de cualquier invitado distraído como si fuera el máximo momento de diversión. Me cuesta mucho trabajo imaginar escenas de esa naturaleza, querida —confesaba la española sin dejar de reír—. Cuentan que no dejaba de beber litros de agua para repetir sus numeritos con los amigos de su mujer o para vengarse de ella por cualquier razón o por lo que fuera, caray… ¿Qué tal? —se dirigió a Maggie con otro "mi vida", sin prestar mayor atención a esa expresión tan cariñosa.

—Pues sí que es un caso la multimillonaria, habría acabado hasta la madre, ¿no?, como decimos en México…

—Sí, así acabó, es cierto, pero algo que tampoco ayudó fue su nariz sobresaliente y grotesca que le ocasionó insufribles complejos, sólo que sus ilusiones como coleccionista nunca se agotarían porque no dejaba de poner en práctica el lema de su vida: "Compra un cuadro al día". Gozaba al máximo su papel de mecenas de artistas de arte moderno, en quienes ella percibía capacidades de éxito y de alcanzar la inmortalidad.

—Bueno, ¿y sería feliz?

—¿Feliz…? Pues a su modo, tú bien sabes que siempre te faltará algo para ser feliz, acuérdate del dicho de aquel escritor francés que decía "Puedes tenerlo todo en la vida, pero nada más".

Maggie escuchaba encantada. Sus intervenciones eran insignificantes, prefería dejar hablar a la maestra:

—Yo creo que sí le hizo feliz utilizar su enorme patrimonio para comprar esa majestuosa colección, ¿no crees? Podemos decir que, tal vez, fracasó en el amor, pero desde el punto de vista profesional, fue insuperable, pocos o pocas como ella.

—No me imagino tener tanto dinero y haber podido conocer a artistas de esa talla. ¡Qué envidia!

—¡Claro que sí, qué envidia, por supuesto que qué envidia! —repuso con contagiosa pasión—. Ella nunca pudo con los hombres, finalmente, para qué le sirvieron en términos del amor si su existencia se reducía a un pene que ni siquiera saben usar —dejó ver Rossy sus intenciones al recurrir a un doble sentido lleno de humor negro.

Maggie festejó con una sonrisa sardónica las virulentas palabras de la española, pero dejó continuar a la experta negando con la cabeza.

—De tonta no tenía ni un pelo, porque se dio el gusto de comprar este Palazzo que estamos viendo, donde pasó sus últimos treinta años, entre fiestas con la élite cultural del mundo, paseos en su góndola, fotos con sus extrañas gafas y al cuidado de sus perros. Si en algo insistió al morir —comentó tomando otra vez de la mano a la pintora— es que esparcieran sus propias cenizas junto a las de sus nietos y a las de sus catorce perros de raza lhasa apso aquí en el jardín, en este palacio privilegiado. Ella falleció, princesa, aquí en diciembre de 1979 —concluyó animada al iniciar la visita—, pero entremos al Palazzo, te vas a fascinar —invitó Rossy a entrar al museo.

—Pero si ya cerró, desde aquí veo el horario…

—En eso consiste la novedad que te tengo prometida, querida Maggie. Logré una visita a puerta cerrada sólo para nosotras dos y nadie más, ¿qué te parece? En cada espacio podremos conversar con Peggy…

Rossy nunca olvidaría la expresión de felicidad de la mexicana. En su relación con Loretta, las sorpresas, las improvisaciones, se habían apagado. La escultora seguía siendo muy creativa en sus trabajos artísticos, pero no así en la vida diaria, en la de pareja, en donde las novedades jugaban un papel muy importante.

—¿Entramos? —preguntó Rossy tomando del brazo a su acompañante después de haber pasado un tiempo en el jardín de las esculturas para iniciar la visita privada. En las salas pintadas de blanco, muy cuidada la museografía, se detuvieron por momentos en las obras de Picasso, de Ernst, Magritte, Calder, Dalí, Kandinsky, Klee, Pollock, De Chirico, Brancusi y Giacometti, entre otros artistas del siglo XX. Sin embargo, Rossy deseaba llegar lo más rápido posible al lugar en donde aparecían colgadas las obras de Leonora Carrington y de Remedios Varo, por sus antecedentes mexicanos. La conversación resultaba inagotable mientras la española rozaba con el dorso de su mano el de la mexicana, quien parecía no darse cuenta de la insinuación. Se deleitaron con el arte abstracto, el surrealismo y el expresionismo, entre otras corrientes más, sin dejar de admirar y comentar la inmensa cantidad de esculturas de diversos artistas. Sin embargo, había sido una larga jornada turística y el cansancio no era una buena compañía cuando se trataba de disfrutar la genialidad de los creadores. Pasada una hora y media más decidieron retirarse después de ese agasajo visual.

Maggie pareció encantada y muy sorprendida al salir del museo. Ella sabía actuar muy bien y pronto descubriría también su juego. Eso sí, había vuelto a disfrutar como nunca antes la impresionante colección de Peggy Guggenheim. Ya le confesaría a Rossy cómo le había permitido lucirse cuando ella conocía de sobra los lugares del recorrido. Por supuesto que las travesuras eran válidas. Ambas abordaron entonces el *vaporetto* para dirigirse al hotel Danieli. En el breve trayecto no se apartaron la mirada la una de la otra. Bien sabían lo que seguiría a continuación. Maggie llevaba la llave de la habitación en su bolsa. No había nada más que decir, nada que agregar ni nada que aclarar. Todo había sido dicho entre líneas, miradas e insinuaciones. Al grano. Empezaron a besarse al subir en el ascensor y tan pronto cerraron la puerta de la habitación, Rossy ya no pudo más y se abalanzó sobre Maggie, quien devolvió los abrazos y los besos enfebrecidos como si las dos estuvieran siendo devoradas por el fuego.

Rossy recordaba de memoria aquello de *You will never have a second chance to make a first good impression*, el sabio principio norteamericano verdaderamente útil para continuar con cualquier proyecto: imposible olvidarlo en ese momento. Habría que emplearse a fondo. Aprovechar hasta el último instante para que esa primera experiencia fuera inolvidable para Maggie, de tal suerte que despertara una sed insaciable de Rossy, Rossy y sólo Rossy. La haría dependiente a través del sexo hasta convertirlo en una obsesión.

Rossy sabía, a ciencia cierta, que la piel era el órgano sexual más grande del ser humano. Con el paso del tiempo se había convertido en toda una experta a la hora de activarlo para extraer con paciencia y estilo todo su potencial. Rossy supo contener el ímpetu y por un momento se apartó del cuerpo de Maggie para acariciarle la frente y las mejillas con las yemas de los dedos, como si la agente fuera ciega y estuviera tentando el rostro de un ser querido para reconocerlo. A continuación, llevó a cabo el mismo recorrido, pero también al rozar con la punta de la lengua los párpados de su querida. Maggie se dejaba hacer y enloquecía. La pintora, recargada contra la pared, decidió no responder a las arremetidas de Rossy y resistir las embestidas, mientras aquélla le besaba el contorno de sus labios para, al final, morderle sutilmente el inferior. Nada más exquisito que disfrutar la saliva de su amante. La española exhalaba su aliento tibio en las orejas de la pintora que permanecía dócil y con los ojos cerrados. Aquélla le susurraba palabras obscenas y se las mordisqueaba con diferente intensidad, perdida entre suspiros. Ambas parecían expirar cuando Rosario peregrinaba por el cuello de Maggie y lo exploraba de arriba abajo con lengüetazos agónicos. Acto seguido, la hizo girar y, ya de espaldas, la desprendió del vestido fresco y floreado para lamerle la espalda hasta llegar a las nalgas, mientras la mexicana levantaba los brazos como si deseara sujetarse de algo, invocar alguna fuerza superior, en tanto se contorsionaba al sentir cómo se despertaba hasta el último de los poros de su piel. Maggie, en aquella ocasión, había decidido perversamente, desde el amanecer, prescindir de la ropa interior. La española, imparable, la volteó para rodearle con la lengua la base de los senos y deleitarse con los pezones rosáceos de la pintora y descender hasta llegar a su vientre aplanado. Cuánta ilusión le habían despertado los pechos de la pintora cuando la conoció en la bienal. Al final, la vida la había premiado al poder besárselos sin restricción alguna.

En ese momento, la española se volvió a detener para invitar a Maggie a tomar una ducha juntas. Había sido un día largo y cálido y había que refrescarse. Para ella la higiene era un requisito indispensable. Cualquier desaseo podía extinguir hasta la más significativa inspiración. Rosario se fascinó al encontrar una tina de enormes proporciones en el cuarto de baño. La fiesta continuó cuando la española abrió las llaves para llenarla con agua tibia. Maggie corrió desnuda en busca de la nevera para sacar una botella de champaña. Hundidas en la tina enjabonaron sus cuerpos como dos chiquillas traviesas entre risas contagiosas y una alegría desbridada, mientras bebían copas y más copas y brindaban con el elíxir de los dioses, según las sabias palabras del padre de Maggie. En la ducha, se abrazaron, se acariciaron, se enjuagaron la una a la otra, ingresaron una y otra vez en sus cuerpos, agitándose, estremeciéndose y apretándose entre sí. La felicidad parecía interminable. Una secó a la otra para precipitarse las dos en la cama sin tener la paciencia ni el cuidado de retirar los cobertores. El amor no podía esperar. Estaba muy próxima la ocasión para que Rossy desarrollara todas sus habilidades, además de otras tantas improvisadas al tocar y ver el cuerpo de la pintora mexicana.

La española contaba con un enorme repertorio amoroso para compartirlo con Maggie. Propuso un espectacular 69 y lo ejecutaron hasta la perfección entre delirios. Se las ingeniaron para continuar con las famosas tijeras de terciopelo, invadieron sus cuerpos, recurrieron al misionero femenino, utilizaron la cuchara para ser mucho más felices, sin olvidar la caja de Pandora ni el de la secretaria ni el exquisito "el momento". Después de un par de horas de amoríos intensos, de gritos de placer, de exclamaciones, de los "ya no puedo más", "ven por mí, Señor de los cielos, apiádate de esta hija que tanto te quiere y te respeta" y del "para, para, para", la justificada fatiga acabó con Maggie, quien de golpe dejó de responder recostada sobre el antebrazo de su amada. Volaba extasiada por el espacio infinito, sin pensar, desde luego, en Loretta. ¿En quién...?

La mañana siguiente, mientras Rossy se daba un baño, el pleito entre Maggie y la escultora fue tan conmovedor como terrible. El fantasma implacable de la traición merodeaba en Palermo, en Sicilia, como si una enorme ave de mal agüero proyectara su sombra sobre toda la isla. La florentina no le creyó, rechazó a gritos la disculpa de que a la pintora se le había olvidado cargar el teléfono por la noche.

—¿Qué te pasa?, ¿qué sucede? ¡Dime la verdad! ¿Ya no me quieres? Has estado muy sospechosa. *Che cazzo ti succede?* ¿Qué pasó en Venecia? Algo extraño aconteció que ya no eres la misma. No seas cobarde. Habla. ¡No me dejes así! —gritaba descosida Loretta—. O vete mucho a la mierda. Eres un ser despreciable. He perdido miserablemente el tiempo a tu lado —por supuesto, hablaba la mujer desquiciada, la bipolar que tanto había enfriado las relaciones entre ambas.

Maggie sabía que tarde o temprano Loretta volvería a llamar, sólo que, por lo pronto, estaría ocupada con la grave enfermedad de su madre. No sería sencillo quitársela de encima, en todo el sentido de la expresión.

Cuando Rossy salió del cuarto de baño cantando "Sin ti no soy nada" envuelta en una bata blanca con las iniciales del lujoso hotel veneciano y una toalla enrollada sobre su cabeza, Maggie le contó lo ocurrido con Loretta. Mientras la española se maquillaba, se dirigió a la pintora a través del espejo:

—Si algo destruye a una pareja, amor mío, es la necedad suicida de intentar cambiar al otro, se trata de una guerra emocional perdida de antemano. Las personas son como son, si acaso, empeoran. Nadie, cariño, puede modificar a ninguna persona, es como regar un palo día tras día con el ánimo de que algún día produzca frutos o, si prefieres, es hacer una raya en el agua, tarea inútil, Maggie querida, mientras más intentes reformar a tu gusto a Loretta, más se va a complicar tu relación con ella, yo ya pasé por ahí y me lo sé de memoria.

—Ya me voy resignando, tesoro, lo confieso…

—Créeme que si algo destruye a las parejas es la necedad obsesiva de intentar cambiar al otro a como dé lugar, lo único que logra quien se lo propone es complicar la relación. Si alguien desea, por ejemplo, transformar a una persona distraída o floja o impuntual, sólo la hará más distraída, más floja y más impuntual en la misma medida que se le presione. Apréndetelo de memoria —concluyó cepillándose el cabello—. Como dijo un connotado psicólogo: "Tenemos el poder de empeorar a los demás, pero no de cambiarlos". Nunca lo pierdas de vista.

Mientras Venecia se incendiaba de amor, México también ardía, pero de una furia nunca antes vista. Los abogados de Alonso Roel ya habían logrado la orden de aprehensión en contra de Solange Pérez Díaz. A través de influencias, sobornos y conexiones políticas, la procesada sería arrestada en el momento idóneo y conducida a unos separos en la Ciudad de México para trasladarla de inmediato, de ser posible esa misma noche, al reclusorio de mujeres en Puente Grande, en el estado de Jalisco. Por lo pronto, se las ingeniaron de tal manera que su expediente no fuera fácil de localizar, al menos en los próximos días, en que se garantizaría su arraigo en el penal de alta seguridad.

Las instrucciones del magnate eran inequívocas. El arresto se tenía que llevar a cabo el mismo día del cumpleaños de su todavía esposa. Ella había venido festejando su aniversario en el Gargantúa, el mismo restaurante de siempre, con el mismo menú y las mismas amigas, por lo menos, en los últimos diez años, claro estaba, con cargo a la tarjeta de crédito de su marido.

Resultó muy sencillo para Alonso confirmar con los capitanes del Gargantúa la fecha en que Solange había reservado una mesa para celebrar su aniversario. La señora, todavía de Roel, ante la cancelación de sus tarjetas de crédito ordenada por su marido, volvería a exhibir su capacidad económica ante sus colegas de pupitre al pagar con el dinero extraído de las cuentas de cheques mancomunadas del empresario. ¿No había pasado nada? ¿Era la reina de siempre?

Los deseos del magnate, invariablemente obsequioso con sus propinas, se cumplieron al pie de la letra. Los comensales presentes en ese restaurante observaron cómo, en el momento mismo en que un grupo de diez o más mujeres festejaban sonrientes —unas, sacando fotografías y videos, y otras, cantando felices y contentas el "Happy Birthday"—, de repente se presentó un grupo de ocho policías uniformados, todo un poderoso elenco preparado para enfrentar la menor resistencia de la acusada, además de cinco o seis agentes del Ministerio Público y oficiales del Poder Judicial para arrestar a la homenajeada. No existía escapatoria posible porque hasta las puertas del personal de servicio habían sido canceladas para evitar la fuga de la indiciada.

Los agentes rodearon la mesa, en tanto uno de ellos, quien parecía ser el jefe del grupo, aplastaba, con la mano extendida, el pastel de un solo golpe, con todo y las velas encendidas, mientras le hacía saber a la festejada la existencia de una orden de aprehensión en su contra. Se produjo de golpe un silencio sepulcral. ¿Cómo se atrevían? ¿Se trataría de un error? Todas enmudecieron. La palidez de sus rostros no dejaba espacio para elucubraciones.

Solange, horrorizada, consultó con su mirada confundida a sus amigas para saber si se trataba de una broma, por cierto, de pésimo gusto. Los gestos espantados de las asistentes delataban el miedo. ¿De qué se trataba? Todas eran señoras de bien.

—Creo que se confunden, señores —replicó Solange en plan desafiante—. Por si no lo saben, soy la señora Pérez de Roel, esposa de Alonso Roel— respondió al sentirse rodeada de los representantes de la ley, en la inteligencia de que ninguno de ellos había pisado jamás un restaurante de tanto lujo.

—Es exacto, señora, gracias por confirmarme su identificación, precisamente vinimos por usted, Solange Pérez Díaz de Roel, ¿verdad? —el mismo agente que había aplastado el pastel con exceso de violencia vio la oportunidad dorada para vengarse de las personas adineradas, de los pudientes que tanto odiaba, y le mostró la orden de arresto girada por un juez de acuerdo con la ley, en tanto se limpiaba la mano derecha en el mantel. Una vez cumplido el requisito procesal y sin concederle, desde luego, la posibilidad de declarar lo que a su derecho conviniera y ante la mirada angustiosa de Solange y de todas las presentes, el encargado de la misión jaló la silla en donde se encontraba sentada la acusada. Ella se sujetó de la mesa. Sin darse por vencido, levantó la voz:

—Usted, pinche vieja, de verdad no sabe con quién se mete, esto no es un juego y vengo a cumplir con mi trabajo, hágamelo fácil y evítese complicaciones.

De pronto, el jefe intentó colocarle las esposas a Solange. Por toda respuesta, ella ocultó las manos debajo de la mesa, pero aquél, deleitándose con la ocasión de poder arrestar a una explotadora del pueblo, decidió acabar sin mayor tardanza con el procedimiento. En ese momento, la tomó del brazo para conducirla rumbo a la salida, mientras ella se defendía inútilmente, gritaba y amenazaba sin que ninguna de sus amigas intentara defenderla. En su desesperada resistencia, jaló el mantel para hacer caer platos, vasos, cubiertos y botellas en el piso. El ruido fue escandaloso. Una de las presentes, tal vez la amiga más cercana, exigió respeto al tratarse de una mujer, pero el oficial le advirtió de las consecuencias legales al obstruir la impartición de la justicia, además, no había un código de ética jurídica vigente para aprehender a los delincuentes.

—Ustedes no saben quién es este mal bicho —agregó el agente tratando de cuidar, de alguna manera, las formas—. Esta mujer, su querida amiga, está acusada de robo, de fraude, de desfalco y de mil raterías. Ándele, cabroncita, jálele…

—No, yo nunca le he robado nada a nadie, lo juro, me secuestran, hagan algo… —suplicaba sin recibir ayuda de los comensales.

Los gritos de Solange se dejaron de escuchar cuando ya se encontraba en la calle y la empujaban para obligarla a subirse en la parte trasera de la patrulla, la aislada con una red de acero para evitar cualquier agresión a los conductores.

—¡Ah!, ¡qué bien! ¿Y ahora quién va a pagar la cuenta? —soltó un comentario absolutamente fuera de lugar una de las invitadas al cumpleaños, sin detenerse a analizar lo ocurrido ni a preocuparse por la suerte de la festejada.

Una pensó en llamar de inmediato a Alonso para narrarle lo ocurrido, pero las demás la convencieron de no hacerlo, ya que estaban separados hacía tiempo. Cada una llamó por teléfono celular a sus parejas para informarles lo acontecido y consultar el paso a seguir.

¿Qué hacer? Fue un horror, amor… Simple y sencillamente se la llevaron. ¿A dónde? ¿Por qué razón? ¿Quién? ¿De qué la acusan? ¡Canallas! Jamás había hecho nada malo. Ninguna de ellas pudo contestar. El hecho real es que Solange Pérez Díaz había sido arrestada. Las amigas telefonearon a Ingrid para comunicarle lo ocurrido. Sus palabrotas y amenazas no sorprendieron a las asistentes, la conocían de sobra. En nada ayudaba su previsible actitud. No había nada que hacer. Solange ya estaba siendo conducida a la cárcel por ladrona.

La vida estaba hecha de paradojas y de casualidades, porque exactamente el mismo día en que a Alonso le hicieron saber que sus instrucciones en relación con Solange habían sido cumplidas en tiempo y forma y además le explicaron, en detalle, los pormenores del arresto, en el curso de la tarde también le informaron que había sido concluido con éxito el respectivo estudio de mercado para poder empezar a comprarle aparatos electrodomésticos a Mauricio Rubio, con el propósito de revenderlos en ambas fronteras del país. En consecuencia, la segunda parte del plan financiero se accionaría sin tardanza alguna. De Alonso Roel nadie se burlaba y quien lo intentara tendría que asumir las consecuencias. Él no era un enemigo pequeño ni fácil ni despreciable.

Paco intentaba recuperar espacios cotidianamente, no sólo en el aspecto personal, sino en el profesional. El hecho de haber estado tan cerca de la muerte le había sacudido hasta la última de las entrañas.

La vida le había concedido una nueva oportunidad, imposible desaprovecharla. Haría un inventario de conciertos de chelo, desde la aparición de su querido instrumento en el mundo mágico de la música, e interpretaría febrilmente las partituras, de ser posible, en las más famosas salas de concierto del orbe. Interpretaría, como nunca, a Fauré, a Mahler, a Shostakóvich, a Alessandro Marcello, a Elgar y a Chopin, por supuesto a Bach, a Beethoven, a Saint-Saëns, a Haydn y a Boccherini, entre otra decena de artistas más. No había tiempo que perder. Trabaría alianzas con los grandes chelistas para tocar, por lo pronto, junto con ellos, en los grandes festivales de Europa. De llegar a recaer en esa pavorosa enfermedad moriría tranquilo y confiado al haber cumplido con todos y cada uno de sus objetivos. Fallecería en paz con los dedos de su mano pegados al arco de su chelo, pero antes intentaría probarse como compositor y director de orquesta y explicaría su concepto del chelo a los adoradores de la música:

> ¿Por qué ensayar incansablemente, como lo hace Mischa Maisky, las horas que fueran necesarias, cuando el arte musical le tiene sin cuidado a las mayorías? Muchos dicen amar la música sin saber nada o muy poco de ella. ¿Qué porcentaje de los ocho mil millones de personas que poblamos el planeta Tierra somos adoradores de la música clásica? Baste afirmar que mientras para unos el chelo es un instrumento sublime, para otros es patéticamente fastidioso y hasta aburrido, si es que no deja de ser más allá de un ruido insoportable.

En una ocasión, como invitado a dictar una conferencia en la Facultad de Medicina en la Universidad Nacional, Francisco Roel se dirigió a una audiencia en los siguientes términos:

> Se requiere paciencia y sensibilidad, sí, pero ¿qué queda hoy en día de la paciencia y de la sensibilidad para poder disfrutar la música, presente en el cine, en el teatro, en la vida diaria, a bordo del automóvil, durante el ejercicio o la comida, entre otras tantas actividades humanas? La música puede reunir a multitudes en las protestas callejeras, en rituales y en ceremonias.
>
> Imposible existir sin ella porque con sus notas te ayuda a entender el significado de estar vivo. La música mejora los

estados de ánimo, hurga en el fondo de nuestro ser, tranquiliza a las personas, nos aporta energía, despierta nuestra imaginación, nos invita a enfrentar más desafíos, fortalece la autoestima, genera una sensación de poder, pesa menos la soledad, estimula nuestra memoria y excita la inteligencia de los niños.

¿Quién no aprendió el abecedario cantando?

Sueño con la idea de que las salas de conciertos abran sus puertas a título gratuito para permitir el acceso de la gente a sus lujosos recintos. Comencemos por hacer obligatoria en todas las escuelas primarias, públicas y privadas, las clases de audición de música clásica. La música disminuye el tamaño de los obstáculos, alivia nuestras penas, sustituye el malestar por el placer, puede curar nuestros cuerpos, cambia para bien a una comunidad y modifica su concepción del mundo.

Sí, claro, según se recuperaba de sus males, a meses de distancia del terrible accidente y de la detección de su enfermedad, Paco aprovechaba su tiempo a tope, justificaba a diario su existencia, trataba de ensayar hasta el límite de sus fuerzas, interpretaba en su estudio las obras maestras de los grandes chelistas hasta altas horas de la madrugada. Muy pronto, invitaría, de ser posible, a músicos famosos a tocar en México. Hacía planes, sí, muchos, elaboraba ambiciosos proyectos, sí, pero ¿y ella? ¿Qué sería de ella, de su esposa…?

Karin se había convertido en una triste maleta que iba de hotel en hotel, de habitación en habitación, de camerino en camerino en las salas de conciertos, de interminables ensayos a más ensayos, de estreno en estreno, de premier en premier, de coctel en coctel, rodeada de gente desconocida y así, día tras día, mientras Paco gozaba de la vida a la voz de "no te rompas cuerda, que es el último jalón", no se percataba de que su mujer se convertía en un bulto. ¿Ella había estudiado arquitectura para resignarse a ser parte del equipaje del músico, algo parecido, más o menos, a Solange? ¿De eso se trataba la vida? ¿Qué sería de ella el día de mañana, si su existencia se reducía a ser una acompañante, una aplaudidora con la sonrisa congelada, la de una hipócrita inconfesable que, si bien disfrutaba el éxito de su marido, llevaba a cabo enormes esfuerzos por ocultar su frustración personal, sin poder evitar que su ánimo cayera por los suelos? ¿Y si moría Paco, su Paco?

Karin pasaba la mayor parte del tiempo al lado de su marido, de acuerdo, pero en su interior empezaba a desarrollarse un impulso difícil de controlar, pues soñaba en convertirse en la mujer que siempre había deseado ser y construir el futuro profesional que siempre había anhelado. El tiempo, implacable, transcurría engulléndola con una frustrante sensación de desperdicio. ¿A qué había venido a este mundo? ¿Cómo escapar de su realidad? ¿Cómo cambiar su imagen de madre protectora? ¡Bien! ¿Y ella? El día de ayer ya no lo recuperaría y el de mañana, ¿sería más de lo mismo, mucho más de lo mismo? ¿Hasta dónde resistiría? Acumulaba sufrimientos y frustraciones, aumentaba la ebullición, con trabajos lograba disimular su creciente malestar, el sentimiento de la autocompasión deterioraba su ánimo cada día. Cometía la peor de las traiciones: se traicionaba a ella misma, bien lo sabía, y tarde o temprano pagaría por ello, de hecho, ya empezaba a enfrentar el precio de su propia felonía. No, jamás se acostumbraría a la nada. De llegar a la senectud, sería eso, la nada y ¿habría valido la pena vivir para ser eso? ¿A qué sabía la nada…? ¿Con quién compartirla? ¿Seré la misma que he sido hasta ahora? ¿Con qué consecuencias? ¿Cómo será mi mirada, mi ánimo, mi actitud, el respeto a mí misma, mi propia imagen? ¿Serán útiles mis disculpas ante la esterilidad, la ineptitud y la incapacidad?, o tal vez mi conducta sólo se explicará por medio de una sola palabra: ¡cobardía!

¿Karin sabía lo que debía hacer? ¡Sí! ¿Sabía que moría en vida? ¡Sí! ¿Estaba culpando al destino? ¡Sí! ¿Sabía que se malograba y no hacía nada? ¡Sí! ¿Sabía que en su indecisión se consumirían sus energías? ¡Sí! ¿Siempre encontraba una excusa para no actuar? ¡Sí! ¿Se declaraba cobarde frente al espejo? ¡No! ¿Conocía el precio de la inmovilidad? ¡Sí! ¿Se sabía una inútil? ¡No! ¿Los fantasmas la perseguían sin tregua alguna? ¡Sí! ¿Quería ser feliz? ¡Sí! ¿Sabía lo que le gustaría ser? ¡Sí! ¿Advertía las consecuencias de beber traguitos de ponzoña cada día? ¡Sí y no se detenía! ¿Hasta cuándo…?

Karin no podía quedarse atrás. La larga estancia en México dedicada a la recuperación de la fatal enfermedad de Paco finalmente le había abierto los ojos. No hay mal que por bien no venga, se repetía, mientras tramaba la manera de construir su propia vida para disfrutar su éxito, descubrir y disfrutar su creatividad profesional tanto tiempo encubierta, ignorada y desatendida. Ella deseaba, con justa razón, alcanzar la felicidad, su felicidad, el producto de su esfuerzo, de su dedicación, y compartirlo con Paco y con los suyos, sus familiares y amigos. ¡Ya era hora! No podía olvidar la voz de uno de los personajes de las novelas de Martinillo cuando se quejaba:

"Amor mío, la vida se me escapa como arena fina entre los dedos de la mano. Debo explotar mis capacidades y mi inspiración para materializar mis sueños e ideales y hacer de mi vida una obra maestra antes de que sea demasiado tarde".

A modo de evasión, Karin se había refugiado entre sus amigas para compartir con ellas el peso de su malestar en la búsqueda de un refugio para no deprimirse aún más. Durante la convalecencia de su marido, sin escapar a su frustrante condición, decidió visitar el conocido despacho de arquitectos propiedad de sus antiguos colegas y compañeros de la universidad, que habían obtenido sonoros éxitos en su carrera. Tenía razón: todo menos la inmovilidad. ¡Adelante! La habían recibido con los brazos abiertos y hasta habían accedido, con el ánimo de ayudarla y distraerla de los pesares domésticos, a encargarle algunos bocetos y diseños, que bien podría proyectar en casa, para una obra monumental que llevarían a cabo en un paso subterráneo a un lado del Auditorio Nacional. La obra iniciaría en la zona cultural, incluidos los teatros, y cruzaría por abajo del Paseo de la Reforma hasta llegar a la zona hotelera. El diseño contemplaba la existencia de comercios de diversa naturaleza, cafés, restaurantes, galerías de arte, librerías y espacios para la presentación de novelas y ensayos, un par de salas para talleres de literatura, de pintura y escultura; además de un recinto especial destinado a los cuentacuentos, para despertar la imaginación de los niños. Las aportaciones de Karin fueron tan sorprendentes que la invitaron a participar en el diseño de un impresionante centro comercial en el sur de la Ciudad de México. ¿Cómo no darle gracias a la vida?

Si a Paco le sorprendió que su mujer sacara su restirador de la bodega, sus compases, reglas, libretas y papeles con apuntes, sus lápices y grafitos especiales, sus estilógrafos, su escuadra, cartabones y escalímetros, en fin, sus juegos de geometría, su querida regla T, además de sus plantillas y de sus portaplanos, y le llamó la atención que tomara un curso moderno de AutoCAD 3D, más aún se desconcertó y se asombró cuando, en una noche en la que él escuchaba tranquilo y reposado la quinta Sinfonía de Sibelius, el "Himno de los cisnes", Karin aprovechara la ocasión para sentarse a su lado no sin antes compartirle una copa de vino blanco. Bien sabía que hasta para morir había que ser oportuna.

—*Oyes*, marido —comenzó Karin la plática con su sentido del humor—. Debes saber que advierto la presencia de desequilibrios en nuestra relación y que yo…

—¿Te quieres divorciar? ¿Me odias? ¿Me desprecias? ¿Ya no quieres saber de mí? ¿Tienes un amante? ¿Te vas a escapar con George Clooney? ¿Me vas a abandonar? ¿Te vas a ir de la casa? —interrumpió con gracia a su cónyuge—. Dime la verdad, mátame de una muina, pero no de una vergüenza —agregó sonriente sin suponer lo que se le venía encima.

—Quiero hablar contigo en serio, mariachi de quinta.

—Pues hablando que es gerundio —contestó otra vez con la chispa de siempre, como si no hubiera estado tan cerca de la muerte.

—¿Puedes bajarle el sonido a esa horrible composición de Juan Gabriel, amor, para que podamos hablar?

En ese instante, acatando las instrucciones, el músico bajó de inmediato el volumen de la sinfonía de Sibelius, suponiendo que sí, algo extraño, en efecto, estaba ocurriendo. Con tan sólo ver el rostro de Karin, Paco dio por cancelado el capítulo de las bromas.

—Di, mi amor…

—Tú eres un hombre triunfador y famoso —empezó la arquitecta a cargar el fusil con los proyectiles—, has alcanzado tus metas y vencido enormes obstáculos para conquistar tu felicidad y finalmente para realizarte como el gran músico que eres.

Paco la observaba atento y con gran curiosidad y respeto. No era normal que ella adoptara esos papeles. Fruncía el ceño.

—No pierdo de vista —continuó la mujer— que tuviste los pantalones de renunciar a trabajar en las empresas de tu padre y que bien podrías haberte dedicado a disfrutar su dinero como un gigoló sin hacer el menor esfuerzo, pero preferiste jugártela a cambio de llegar a ser tú, tú y sólo tú, nunca te divorciaste de ti ni te traicionaste, amor. Nadie, absolutamente nadie, te regaló nada, absolutamente nada, cada nota la sudaste con sangre y hoy podrías decir, como el poeta, que valió la pena haber vivido.

—Bien, bien, eso que dices lo hemos comentado en muchas ocasiones, pero cuéntame, ¿a dónde vas con todo este rollo? Me das miedo, amor, Karuschkita, hermosa —repuso el chelista con el rostro sombrío—. ¿Qué te traes? Dímelo de una buena vez…

—Mira, mi vida, tú tienes lo que quieres, tienes todo aquello por lo que has luchado y yo he disfrutado como nunca tus éxitos, pero mientras todo esto sucedía, yo no me percataba de que el tiempo transcurría y que mis treinta años se iban quedando muy atrás, ni que me había convertido en tu ama de llaves, la que arreglaba tu ropa durante las giras, la que la mandaba lavar y planchar y que veía porque nunca te faltara nada.

—Caray, amor, creí que lo disfrutabas, creí que nuestros viajes por el mundo te hacían feliz y que los conciertos nos unían, al igual que nuestra vida en común en Europa, Asia y en Estados Unidos, pero por lo visto estoy equivocado.

—No, Paco, no, no estás equivocado, yo disfruté tu ascenso al estrellato con alegría, como tu compañera, como tu superfan, como tu más auténtica porra. He gozado como nada tu carrera y no tengo de qué arrepentirme, sólo que en la vida hay etapas y hay turnos, y ahora creo que llegó el mío…

—Explícame, por favor, me inquietas. ¿Qué quieres? ¿De qué se trata? Haré lo que sea y como sea con tal de no perderte, nunca me lo perdonaría. Eres todo para mí y tú lo sabes.

—Déjame comenzar por el final —adelantó Karin complaciente para apartar cualquier género de dudas . Lo último que quiero y deseo es separarme de ti, eso a ningún precio, a ningún costo y en ninguna circunstancia, ¿te queda claro? No va por ahí, tampoco, no entendería mi vida sin ti, ya me lo aprendí, amor...

Paco sonrió por primera vez.

—No, amor mío, no tengas la menor duda, todo lo que deseo es llenar mi vida, tal y como tú lo has hecho, y para lograrlo necesito trabajar y realizarme profesionalmente en el despacho de mis amigos y participar en sus proyectos a su lado, ayudándolos, lo cual me impedirá acompañarte en algunas de tus giras por Europa, que bien pueden tardar, como sabemos y cuando se pueda, un par de meses o más, tiempo que yo ya no quiero desperdiciar.

Cuál no sería la sorpresa de Karin cuando Paco soltó una enorme carcajada, tomó el rostro de su amada con ambas manos para besarla en los labios, en los párpados, en la frente y en las mejillas para decirle:

—Si ésas son tus preocupaciones, dalas por resueltas, vida mía. Porque si a eso se reducen tus frustraciones, desde ahora te digo que me tienen sin cuidado —comentó satisfecho, como si las confesiones de su mujer hubieran sido las de una hija que no se atreviera a revelarle a su padre que volvería a aceptar a un pretendiente que la había decepcionado y lastimado.

—Pero ¿qué dices?, ¿te valgo? ¿Eso me quieres decir? Te amo —intervino Karin confundida y temiendo lo peor, como si su marido se fuera a convertir, para su sorpresa y decepción, en un macho egoísta y mezquino.

—De ninguna manera. Lo que te quiero decir, válgame, Dios, la Virgen Chona —agregó al retomar su sentido del humor— es que nos podemos ver entre concierto y concierto, ya sea que tú vengas una semana a Europa o yo venga el mismo tiempo a verte. Si estoy en Estados Unidos, nos encontraremos a cinco o menos horas de vuelo y yo puedo venir o tú alcanzarme unos días donde me encuentre, todo es cuestión de organizarnos. Pero, apréndetelo de memoria y nunca lo olvides, a mí me interesa tu realización profesional, y la personal, claro está, siempre a mi lado, porque yo siempre te apoyaré, te estimularé, te motivaré y aplaudiré para que hagas, hoy y siempre, lo que te venga en gana —expulsó el músico con esas palabras su comprensión ante los pesares y cargas de su mujer—. Si yo mismo, como tú dices, luché para hacer lo que se me diera la gana en mi vida, a ver, amor, ¿con qué cara voy a impedir que tú también lo logres? ¿Me explicas…?

Por un momento, Karin se sintió avergonzada de haber dudado de su marido. A su mente llegó aquella frase escrita por Goethe para la eternidad: "En muchas ocasiones, las aves del mal se posan en las ramas del árbol de nuestra vida, lo importante es no permitir que aniden".

La arquitecta le retiró la copa de la mano a su marido, tomó con gran emoción el control remoto, subió a todo volumen el "Himno de los cisnes" y se sentó a horcajadas en las piernas del músico. En aquel momento, las vértebras cervicales ya estaban soldadas, por lo que se apretó contra él, lo besó con interminables lengüetazos y tiernos mordiscos y, así, abrazados, empezaron a emprender un nuevo vuelo hacia el infinito. Había matrimonio para rato, chelista para rato y arquitecta para rato: el futuro era de ellos.

Paco todavía agregó, susurrando al oído de su mujer:

—Recuerda, amor mío, que soy tan tuyo que ni siquiera me pertenezco… *Oyes*, Karushka —continuó al concluir la cabalgata y sin soltarla.

—Dime, amor mío.

—Estoy harto de decir que eres mi esposa cuando no lo eres, ya me cansé de presentarte como mi mujer o mi pareja.

—¿Te quieres divorciar de mí? ¿Qué quieres decir con que estás harto de que yo sea tu esposa? —preguntó confundida.

—¡No, Karincita, no!, sólo quiero que sepas que no me quiero ir de este mundo sin casarme contigo, por más que te parezca cursi o ridículo o infantil o anacrónico, me vale, quiero que seas mi legítima esposa.

Karin se apartó, vio a Paco a los ojos.

—A mí el matrimonio me tiene sin cuidado. Por el hecho de firmar un papelito no nos vamos a querer más.

—Es cierto, pero el protocolo civil me hará sentirme feliz, lo entendí durante mi enfermedad, y quiero tener todo lo que sea necesario que me ate a ti.

—Si quieres te traigo un mecate…

La arquitecta, por toda respuesta, todavía sentada encima de Paco, abrazó a su futuro marido como nunca lo había hecho.

Los últimos tres días en Venecia resultaron inolvidables, tanto para Rossy como para Maggie. Nunca nadie en la dolorida historia de la humanidad había alcanzado semejantes niveles de dicha, de felicidad y de placer. Ambas habían roto prematuramente el turrón al descubrir que no se podía tapar el sol con un dedo. ¿Cómo lograrlo cuando ni siquiera deseaban intentarlo? El amor a primera vista existía, ¡claro que existía!, y una prueba irrefutable de esta afirmación se encontraba en la mágica relación entre ellas dos. Dormían juntas, desde luego, amanecían juntas y abrazadas, se bañaban juntas, desayunaban, comían y cenaban juntas, siempre juntas, a toda hora juntas. Invariablemente juntas disfrutaban los bares venecianos, juntas gozaban la música en la plaza de San Marcos; caminaban juntas intercambiando besos y miradas cómplices tomadas de la mano, compraban juntas recuerdos de Venecia, paseaban juntas a bordo de las góndolas, mientras escuchaban canciones napolitanas; reían juntas sin que nada ni nadie interrumpiera su delirante amor, aunque Loretta, furiosa e indomable, rompía el embeleso ya sólo en algunos espacios para irritar aún más a la pintora mexicana con sus insoportables obsesiones y su léxico incendiario.

La escultora florentina se disparaba tiros en las sienes y en el paladar cuando telefoneaba a Maggie para agredirla y humillarla o para dejarle mensajes de voz obscenos en el buzón de su celular. La escultora había escogido un camino equivocado para continuar su relación con ella; su conducta, justo es decirlo, era contraproducente. Las agresiones verbales, el temperamento violento y vulgar de Loretta le impedían experimentar cualquier sentimiento de culpa.

Maggie y Rossy pasaban una luna de miel prodigiosa, inolvidable, pero la realidad no tardaría en hacer su acto de aparición. ¡Imposible mantener las puertas cerradas! Tarde o temprano se verían obligadas a volver a sus rutinas, a sus oficinas, a sus estudios, a las ciudades o a los países donde radicaban para continuar con sus vidas.

Pues bien, la última noche, cuando concluían sus planes de cara a su porvenir, la representante de artistas invitó a la mexicana al Avanspettacolo, el famoso cabaret ubicado en las afueras de Venecia, en donde, además, disfrutarían lo mejor de la cocina del Adriático. Al final del espectáculo, cuando hablaban del inminente regreso de Maggie a Florencia, la española expuso su deseo de viajar juntas a Florencia para conocer la mayoría de la obra de Maggie, incluida la histórica, la fotográfica, guardada en sus archivos. Rossy tomaría fotografías de las pinturas, de los bocetos, dibujos, anteproyectos y ensayos en tinta y lápiz contenidos en sus cuadernos, así como de las esculturas de Loretta. Practicaría un inventario lo más completo de sus trabajos, los retrataría en su estudio y la entrevistaría por medio de videos en plena faena creativa y continuarían sus conversaciones en torno a la suscripción de un contrato de representación artística. ¿El plan? ¡Perfecto! ¿El disfraz? ¡Impecable! Nadie podría sospechar nada, absolutamente nada.

En realidad, Rossy no deseaba separarse de su nueva amante y se empeñaba en conocer dónde vivía, así como el estudio en donde pintaba, concebía ideas y las materializaba plasmándolas en pinturas geniales para difundirlas en Europa.

Maggie se opuso, sólo en un principio, porque compartía el departamento con Loretta y en cualquier momento ésta podría presentarse y, tal vez, en un acceso de locura, podría cometer cualquier tropelía. En realidad, le temía. La española, siempre audaz, no tuvo empacho en negar ese argumento porque, según habían conversado, la madre de Loretta se encontraba en Sicilia, muy delicada de salud, por lo que no era factible que ella regresara a Florencia y abandonara a su suerte a su madre. Por si fuera poco, todavía fortaleció su argumentación al alegar que la escultora llamaría de manera recurrente y, mientras lo hiciera, estaría en Palermo. No había nada que temer. Para convencer a Maggie no fue necesario llevar a cabo ningún esfuerzo extraordinario. La idea le fascinó. Se sentía segura al lado de su amante, además, la visita no se extendería por más de un par de días...

Dicho y hecho, abordaron un tren en dirección a Florencia. Tan pronto llegaron al departamento y lo recorrieron en un santiamén, así, como un lobo marca su territorio, Rossy empezó a besar y a desvestir a Maggie en un lugar prohibido que dispararía la intensidad de las emociones. Hacerlo precisamente en su estudio, en su vivienda, le producía una excitación incontrolable, le despertaba un curioso sentimiento concupiscente, como si, al hacerla suya en su hábitat, se apoderara de toda su persona sin dejar siquiera un refugio de un mínimo pudor. Un furor se había apoderado de ellas, necesitaban tocarse, abrazarse, verse, embelesarse, encantarse y hechizarse. El simple tacto las enloquecía, bendito sentimiento el del tacto, mil veces bendito.

A Maggie le correspondió, en esta ocasión, mostrarle a Rossy hasta el último rincón de Florencia. Dejarían su tarjeta de visita en bares, algunos especializados en jazz; en restaurantes, museos, callejones, iglesias, templos, academias, galerías y en cuanto lugar se les ocurriera en un par de días de intensa convivencia. No se cansaron de retratarse en la mayoría de los puntos obligatorios, ocultos y no ocultos e inevitables, en una ciudad artística bautizada por Maggie como "la capital mundial de la belleza".

Loretta no podía con ella misma, reventaba por las costuras, estallaba por dentro, la furia y el sentimiento de traición y de desprecio la devoraban. No existía consuelo posible. Desfallecía amargada y abatida. Los celos acababan con ella y erosionaban hasta su último depósito de energía. Se sentía ignorada, desplazada, escupida desde el viaje de Maggie a Venecia. ¿Qué habría ocurrido? Su primera respuesta no podía ser otra más que la infidelidad de su amante. ¿Qué otra razón podría existir para que la pintora le contestara el teléfono con monosílabos humillantes y dolorosos, una actitud ajena a su manera de ser? Ya no era nadie en la vida de Maggie. Su relación se había evaporado como una gota de agua caída sobre una superficie incandescente. Imposible tolerarlo y menos, mucho menos, sin una explicación previa. La cólera la dominaba. No podía ni siquiera imaginar hasta dónde llegaría su enojo si descubriera la deslealtad de la pintora. Surgían, despierta o dormida, los peores instintos primitivos. ¿Por qué la había acuchillado por la espalda sin confesarle sus frustraciones o sus desilusiones, y sin concederle la oportunidad de defenderse y aclarar cualquier situación? Había sido juzgada, sentenciada y condenada en silencio. La indefensión convertía su sangre en fuego, en una masa ígnea que la consumía, que le arrebataba el sueño, la paz y hasta los motivos para vivir. Entendió por qué, en la historia de la literatura, los amantes decepcionados y traicionados llegaban a matarse con saña y violencia. ¿Y si se encontraba enferma o se había golpeado en la cabeza con algo o había caído en una repentina depresión? Ella misma se avergonzaba de sus sentimientos, pero momentos más tarde la lumbre volvía a quemarla sin poder apagar la terrible hoguera en que se había convertido su mente.

Una mañana, al final del segundo día de la estancia de Rossy en Florencia, cuando descansaban dormidas, desnudas y abrazadas, después de disfrutar otro arrebato de los que acostumbraban en los momentos más inesperados, Maggie escuchó un sonido que nunca hubiera deseado oír en su existencia. En ese instante despertó aterrada, se puso de rodillas sobre la cama para comprobar si soñaba o no, si se repetía el ruido macabro o si su imaginación y su sentimiento de culpa la traicionaban. No tardó en comprobar cómo alguien, y sólo podía ser una persona, introducía la llave en la chapa para hacer girar el pasador y abrir la puerta. Era Loretta. ¿Quién más podía ser?

Tan pronto la escultora entró al departamento, creyó estar soñando. Sus ojos se le salían de las órbitas al contemplar el departamento abierto, sin paredes ni subdivisiones: el escritorio, los caballetes, la cocina, los muebles del pequeño comedor y la cama, al fondo, estaban a la vista. Se quedó paralizada y sin fuerza en las manos, al extremo de dejar caer su maleta en el piso sin poder creer la escena que se presentaba ante sus ojos. ¿Estaría en Palermo inmersa en pesadillas como las que ya había imaginado o soñado como una penitencia? Agachó la cabeza, se restregó los ojos, enmudeció, resistiéndose a aceptar la realidad, pero al levantarla y comprobar que sí, que lo que veía era cierto, sin duda era cierto, inhaló desquiciada y empezó a gritar enloquecida. Rossy despertó violentamente sin saber cómo reaccionar. Carecía de cualquier recurso para impedir el daño y la violencia. Maggie no pronunciaba palabra alguna. Permanecía aterida, pasmada. Su rostro pálido y trémulo reflejaba un miedo aniquilador. En su angustia buscaba inútilmente alguna explicación creíble. ¿Cuál…? No, no había nada que decir. ¿Cómo justificarse? ¡Qué equivocada había estado Rossy al subestimar la situación, sin conocer, además, las emociones explosivas y el temperamento virulento de la escultora!

De la misma manera en que Loretta sólo podía hacer sumas y restas en italiano, de igual forma sólo podía insultar en su idioma materno cuando ya había perdido toda compostura:

—*Sei una lurida puttana del cazzo, sei una persona di merda, come fai a farmi questo, fottuta troia dell'inferno? Non ci ho mai creduto da te, mi hai sempre fatto credere che mi adoravi, lurida puttana marcia.*[3]

En ese momento, al perder los estribos, se lanzó sobre Maggie para arañarla, zarandearla por los cabellos, patearla, escupirla, pero no la tenía a su alcance porque la cama estaba colocada en una esquina y Maggie yacía pegada a la pared. ¿Dónde habían quedado las tiernas caricias del primer día de su feliz encuentro en la academia cuando Loretta empezó por tomar, sin conocer a Maggie, sus lápices de carbón cuando ella dibujaba al David?

Rossy, más expuesta, intentó defenderla, sin mayor suerte. Los cálculos habían fallado: Si Maggie se equivocó al pensar que Loretta jamás abandonaría a su madre, nunca pasó por su mente

---

[3] Eres una maldita perra asquerosa, eres una mierda de persona, ¿cómo me haces esto, maldito bicho del infierno? Nunca lo creí de ti, siempre me hiciste creer que me adorabas, cochina puta podrida.

que podría encontrarlas en la cama dormidas, desnudas y abrazadas, en lugar de dar con ellas sentadas en un bar tomando un Negroni en la plaza de la Signoria. ¿Para qué más pruebas?

La escultora intentó treparse en la cama para alcanzar a Maggie, pero Rosario se lo impidió a gritos y como podía en su lamentable situación. En su impotencia, aquélla descargó una catarata de golpes en la cara de la española, unos con el puño y otros tantos con la palma de la mano.

Maggie, angustiada e inmóvil, no sabía cómo reaccionar ni hacer algo por su amante. Pedirle perdón a Loretta era tanto como despreciar a Rosario, quien también podría reclamarle que, si estaba tan arrepentida, entonces que se fuera a la mierda, muy al estilo español.

La escultora, desesperada, bramaba sin poder alcanzar a la mexicana. Sin dejar de llorar ni de insultar como una fiera herida, siguió amenazándola y buscando cualquier objeto para lanzárselo o arañarla o morderla o hacerle daño con lo que tuviera a su alcance. Resultó inútil porque Rossy no le permitía poner un pie en el lecho para alcanzar así a la pintora. En su impotencia, no dejaba de golpear a la española, a quien también ofendía con cuanta palabrota llegaba a su mente, hasta que, desesperada, sin opción alguna para atacar y vengarse de la mexicana, se dirigió fuera de sí a la cocina con el rostro descompuesto. Maggie entendió el significado de esas siniestras intenciones.

—Rossy, huye, muévete, fue a la cocina por un cuchillo. Nos va a matar, te juro que nos va a matar. Está loca, ¿qué hacemos? —gritó Maggie escandalizada.

A continuación, apareció la italiana con sendos cuchillos en sus manos, uno no era suficiente para vengarse. Permaneció un momento de pie, inmóvil, repasaba la acción a seguir antes de ejecutarla. ¿Intentaría apuñalar a las dos, de preferencia a Maggie o a la que tuviera a su alcance? ¿Qué más daba? ¿O tal vez, mejor pensado, destruiría los cuadros, rasgaría los óleos de un lado al otro hasta dejarlos irreconocibles y luego arrancaría pedazos de tela con tal de impedir su reparación? A ver quién se acercaba a detenerla…

—*No, non ti ucciderò, disgraziata, non mi macchierò le mani con il tuo sporco sangue, farò qualcosa di molto più dolorosa che togliertí la vita, perché così soffriresti solo un attimo*[4] —declaró mientras se lanzaba como un animal salvaje para acuchillar cada una de las telas de Maggie, no sólo las que había presentado en la bienal, sino también las que preparaba para una próxima exposición en la academia florentina.

—No, por favor, no, no hagas eso. Tú sabes el trabajo que me costó pintar esos cuadros, ¡no lo hagas, te lo suplico! —gritó desesperada a su vez la pintora mexicana todavía desnuda tirándose de los cabellos. Sin embargo, Loretta no se detuvo ni se detendría hasta desbaratar hasta el último cuadro a su alcance. La gran mayoría los había pintado en presencia de Loretta a lo largo de sus intensos amoríos. Al destruirlos, también destruía el pasado común.

—*Me ne vado, figlia di puttana, ma stai molto attenta a non fare del male a nessuna delle mie sculture perché ti ucciderò ovunque ti trovi. Ricordate che io sono siciliana di famiglia e che noi dimentichiamo e siamo esperti di vendetta. Amiamo le vendetta, quindi prenditi cura di te*[5] —dicho lo anterior, volteó a verlas. Ambas se volvieron a enervar.

Ignoraban si la fiera herida se les vendría encima por más que ambas se habían protegido atrás de una mesa; habían pensado encerrarse en el baño, la única habitación con cuatro paredes, el resto era un hábitat abierto. El daño irreparable de los cuadros era lo de menos, salvar la vida y la integridad física era lo verdaderamente importante. No, no podían dejar de observar sus pasos a seguir. De repente y en forma inopinada, arrojó ambos cuchillos al piso, las contempló con la respiración extraviada, se

[4] No, no te mataré, miserable, no voy a manchar mis manos con tu sangre cochina, voy a hacer algo mucho más doloroso que quitarte la vida porque así sólo sufrirías un momentito de dolor.

[5] Me voy, hija de la gran puta, pero cuídate mucho de lastimar cualquiera de mis esculturas porque te mataré donde te encuentre. Acuérdate que soy siciliana de familia, no olvidamos y somos expertos en las venganzas. Adoramos las vendettas, de modo que cuídate…

dirigió a la entrada murmurando maldiciones, tomó su maleta y desapareció azotando la puerta de modo que cimbró todo el edificio. En ese momento ya no le importaba la catedral construida por Brunelleschi que contempló gozosa desde la ventana cuando se conocieron.

—*Sei un malvagio, un ratto, un disgustoso, ne prenderò una parte, te lo garantisco, ma l'altra parte la prenderà la vita. Tutta Firenze saprà chi sei, non lascerò traccia di te.*[6]

¡Ay, las venganzas, las venganzas…!

Las fechas para festejar los cumpleaños no siempre serán acontecimientos dignos de celebración. Al menos Solange recordaría ese día de su cumpleaños como el peor de su existencia, es más, hubiera preferido no haber nacido. Jamás olvidaría cómo se había resistido a ser arrestada precisamente cuando sus amigas le cantaban y le demostraban su cariño conquistado desde los años de la primaria. Había sido necesario sacarla a la fuerza del Gargantúa. En ningún momento había dejado de amenazar, de insultar, patear y morder como una fiera a quien intentaba atraparla o inmovilizarla. Con la boca seca, había logrado escupir algo de saliva a la cara de los agentes de la ley, antes de que éstos la forzaran a entrar en la patrulla.

En el camino a Santa Martha Acatitla, en donde pernoctaría si acaso una sola noche, las custodias decidieron despojarla a la fuerza de sus joyas; de hecho, se las arrebataron para impedir que al llegar a su destino se levantara un inventario de bienes que, tal vez, le serían devueltos cuando fuera liberada, si es que llegaba a ser absuelta de sus cargos. Estuvieron a punto de desgarrarle las orejas cuando le arrancaron los aretes Tiffany. Se defendió como pudo, pero al final sucumbió en una crisis de llanto ante la superioridad avasalladora de las uniformadas. Se rindió devastada y

[6] Eres una malvada, rata, asquerosa, yo te cobraré una parte, eso te lo garantizo, pero la otra te la cobrará la vida. Toda Florencia sabrá quién eres, no dejaré ni rastro de ti.

convencida de la inutilidad de resistirse ante el nuevo ataque, ahora de unas ladronas llamadas policías supuestamente defensoras de la legalidad.

Al llegar a la prisión la hicieron bajar entre jalones y empujones, no todos los días tenían la oportunidad de vengarse de la condición social de una mujer de la alta sociedad, una de las responsables, según ellas, del naufragio en sus respectivas vidas.

—Al fin una hambreadora del pueblo —parecían decir en sus insultos y denuestos—. Porque aquí sólo llegan muertas de hambre que las encierran por robar una pinche telera para sus hijos.

Varias oficiales de seguridad la desvistieron con sorprendente cuidado, sin dañar, claro estaba, su vestido Chanel adquirido en la Place Vendôme, en el corazón de París, porque más tarde se lo rifarían entre ellas. A continuación, ya sólo cubierta por su ropa interior, la obligaron a recargar su frente y las palmas de sus manos contra la pared, para practicarle, tal vez, la última revisión. El objetivo no consistía en revisarle nada, sino en asestarle patadas en las nalgas, en las piernas y en la espalda entre gritos de enorme placer:

—Toma, cabrona, tú y los tuyos les han robado siempre el pan a nuestros hijos, maldita seas, hija de la chingada, ¡toma, toma y toma, miserable ladrona! —repetía furiosa una de ellas disfrutando el dolor de su víctima.

Solange lloraba:

—Ya no más, ya, por favor, ya no más —rogaba desconsolada, en tanto otra la cubría con una manta para no dejar huella de los golpes que le propinaría con un palo parecido a un bat de beisbol. La señora Roel, acostumbrada a viajar en Ferrari a su residencia de fin de semana en Valle de Bravo y en aviones privados, cayó de rodillas sin poder resistir el dolor. Aun así, doblada y abatida, la tercera uniformada empezó a zarandearla tomándola rabiosa por los cabellos y tirándole la cabeza de un lado al otro a la voz de:

—Aquí vas a pagar las que tú y tu gente nos deben, putita de mierda, te apuesto que te casaste con un hombre sólo por su dinero, vendiste tu cuerpo como lo hacen las putas callejeras, sólo que éstas lo hacen por hambre y tú por lana, porque estás podrida —momento que aprovechó para azotarle la cabeza contra el muro, pero las otras se lo impidieron porque el doctor del penal, al inspeccionarla en el consultorio, podría acusarlas de tortura por más que a éste lo tenían controlado a cambio de favores sexuales. Esta última todavía pudo golpearla con el puño en la espalda o donde fuera en un par de ocasiones, hasta que lograron detenerla. Sin embargo, las injurias y las golpizas continuarían unos días más en partes de su cuerpo en donde fuera imposible distinguir el daño a simple vista. Aniquilaban psicológicamente a Solange antes de declarar ante el agente del Ministerio Público, vestida ya con el uniforme color gris, propio de las reas.

Sobra aclarar que Alonso perseguía la suscripción de un divorcio incondicional a sabiendas de la realidad carcelaria que conocería su exmujer. ¡Claro que se había opuesto a una "calentadita" cuando uno de los abogados lo propuso en broma, explicándole de inmediato el significado de semejante castigo!

—Ni hablar, hay que hacerla escarmentar, pero con la prisión será mucho más que suficiente. Sin salvajismos —repuso enfático.

El empresario insistió en que no fuera agredida físicamente, pues bastaba con encerrarla por un tiempo, breve, por cierto, para romper cualquier vínculo jurídico con ella. Ella jamás debería haberlo demandado con embustes como el uso de violencia, los golpes y los malos tratos, cuando siempre se había comportado como un caballero y nunca le había puesto un dedo encima, y todo por hacerse de más dinero. ¡Claro, bien lo sabía ella, hubiera resultado contraproducente publicar notas en la prensa, la represalia habría sido inimaginable, puesto que él nunca la había atacado, es más, ni siquiera había pensado en hacerlo, y sí, le perdonaría todo lo robado, se tratara de la cantidad que fuera, incluidas sus queridas obras de arte, con tal no volver a saber de Sol, Solange, Solecita!

Encerrada en una reducida celda con otras cinco presas, no se levantó a tiempo, a las seis en punto de la mañana, ni arregló su cama dejándola lisa sin una sola arruga en las sábanas. Una de las custodias la amenazó:

—Oye, güerita, o te me cuadras o te me cuadras, ¿entendido?, porque no quieres saber lo que significa no cuadrarte, ¿de acuerdo, reinita…?

Pobre de ella si acusaba a cualquiera de las celadoras de malos tratos porque lo pagaría muy caro…

A mediodía, encerrada en su celda, desesperada al ignorar su destino y las razones de su arresto, Solange escuchó, de pronto, su nombre:

—Solange Pérez Díaz, ¡a la reja!

Su nombre y apellidos no sonaron como cuando pasaban lista en la escuela en sus años de niña, sino como si la estuvieran urgiendo a ingresar en una de las galeras del infierno. Por toda explicación, le volvieron a colocar esposas en pies y manos y sin responder a sus insistentes preguntas, muy angustiada, la condujeron hacia una patrulla que se dirigiría al Aeropuerto Internacional de la Ciudad de México. Ahí abordaría un avión de la Fiscalía de la República con destino a Jalisco, específicamente a la cárcel de mujeres de Puente Grande, al norte del estado, en El Salto. Por supuesto que no se trataba de un delito federal, pero las influencias derogaban la ley. La única voz que escuchó fue en los siguientes términos:

—Cierra el hocico, pendeja, o te lo cerraré de un chingadazo…

A sabiendas de lo que podía ocurrirle, sin dudar de los alcances de los custodios, decidió guardar silencio y resignarse a su destino, fuera el que fuera. No le habían permitido comunicarse con sus abogados para que éstos pudieran intervenir con tal de lograr su posible liberación por medio de un amparo o de cualquier recurso legal. Además, ¿que sabía ella de las garantías individuales? ¿Las qué…?

Al llegar a esa prisión de alta seguridad todavía con el secreto bien guardado para ocultar su ubicación a los abogados de la contraparte y darse tiempo para asegurar su reclusión como parte de la estrategia jurídica, Solange hubiera preferido aceptar los golpes y las vejaciones sufridas en Santa Martha Acatitla en lugar de padecer las mutilaciones que sufriría en Puente Grande. Tan pronto ingresó, todavía esposada, por los pasillos de la cárcel, la condujeron, siempre a jalones y con el "apúrate, pendeja, no tenemos tu tiempo", hacia un lugar conocido como el "salón de belleza". Acto seguido, la sentaron sobre un sillón utilizado en las peluquerías para hombres. La estilista, una mujer obesa de baja estatura, de piel muy oscura y de uñas largas barnizadas con color negro, echó mano de una máquina rasuradora. Después de encenderla, le empujó la cabeza para adelante para cortarle el pelo empezando por la nuca. No parecía escuchar ni se compadecía de las súplicas, ruegos, llanto y giros de un lado al otro de su cuerpo para evitar el nuevo suplicio. Todo fue inútil. Solange quedó trasquilada en menos de un minuto, como si un burro le hubiera comido a mordidas el pelo. Pero había más, tan sólo había concluido el primer acto de la barbarie. Nada era suficiente. Fue advertida que, a continuación, la rasurarían con una hoja de afeitar y, de moverse o resistirse, podría sufrir una cantidad enorme de heridas y cortes, tal vez involuntarios, salvo que se comportara como una "buena niña".

Al trasladarla, hecha polvo, ahora al centro médico, privada de una parte vital de su feminidad, los doctores levantaron un acta, por medio de la cual daban fe de su buen estado de salud: "No se detectaron señales de violencia ni daño físico alguno", hicieron constar los galenos con sus debidas firmas al calce y para los efectos que fueran conducentes.

El rumor de que Solange había llegado en un avión del gobierno federal al aeropuerto de Guadalajara se esparció como reguero de pólvora en Puente Grande. No tardaron en hacer acto de presencia las suspicacias porque, sin duda alguna, se trataría de una indiciada de alta peligrosidad, o bien, dueña de un enorme patrimonio, la dorada oportunidad para lucrar sin tardanza a costa de ella. A saber cuándo conocería finalmente, en voz de la autoridad, las razones de la privación de su libertad. En ese momento podría declarar lo que a su derecho conviniera. Por lo pronto, la encerraron en la crujía con otras tres presas, cuyo especto físico podía asustar a cualquiera. Imposible descansar y cerrar los ojos acompañada de personajes capaces de cometer cualquier atentado. Esa noche la pasó conversando con ellas; en realidad, negociando importantes cantidades de dinero para garantizar su seguridad y su paz.

—Si nos ves feo o te tropiezas con nosotras o roncas y no nos dejas dormir —expuso una de ellas, la mayor y más ruda, con dentadura de plata—, te juramos, por Dios santísimo que todo lo sabe, que no te la vas a acabar, reinita —agregó mientras se tronaba los dedos.

—Cuídate mucho de hacernos enojar porque pronto descubrirías por qué nos dicen "las Químicas" y, apréndetelo, nos apodan así porque podemos convertir en mierda a quien nos pongan enfrente en cuestión de unas cuantas horas, es más, lo hemos logrado en minutos. No te recomendamos que nos pongas a prueba.

¿Cómo conciliar el sueño en semejantes condiciones?

Ese mismo día, ya liberada de las esposas, bajó, muerta de hambre, al comedor, en donde les sirvieron, sin que ninguna de las presas se quejara, pescuezo de pollo, filete de pescado sintético, pan, queso procesado, grasa de carne molida, arroz blanco insípido, aguas con sabores artificiales y una gelatina vomitiva. ¿Cómo no recordar sus suculentos banquetes en París, acompañada de su marido, en Le Grand Véfour, de tres estrellas Michelin, o sus cenas acompañadas con violines en Lasserre, con el techo abierto y la mirada al infinito, para ir a dormir al Hotel de Crillon, en la Plaza de la Concordia, o en el Four Seasons George V? ¡Qué cierto era aquello de que nadie sabe lo que tiene hasta que lo pierde!

No hay mejor salsa que el hambre, recordó en silencio una de las expresiones más socorridas y afortunadas de Alonso.

A media mañana, Solange fue presentada ante el juez de la causa para hacerle saber formalmente las razones de su arresto. En esa audiencia fue informada de que Alonso Roel la acusaba de robo, fraude, despojo, enajenación de bienes ajenos, entre otros cargos más. Solange quedó apercibida de las penas en que incurren las personas que declaran con falsedad. La todavía señora Roel enmudeció. Se le descompuso el rostro con tan sólo escuchar el nombre del denunciante, así como los motivos de su encarcelamiento. No lo podía creer. Miserable, se dijo en silencio. Sin poder contener la rabia, hizo saber al juez de modo que constara en actas:

—Mi marido es un hijo de la chingada. ¿Cómo se atreve a hacerme esto? Me las va a pagar, señor juez, le va a faltar vida para arrepentirse.

—Señora —repuso el representante de la autoridad—, conteste con un sí o un no, no estamos escribiendo una novela de amor o de odio: ¿vendió usted obras de arte, cuadros y esculturas, además de bienes ajenos? Diga sí o no, sea concreta.

—Muchos de los cuadros y esculturas las compramos juntos durante nuestros viajes, sobre todo en subastas —contestó en voz baja y apagada.

—Esa razón no demuestra que usted las haya comprado con sus recursos, donde haya sido o como haya sido, mientras que su marido sí puede probar la propiedad de dichos bienes con sus respectivas facturas, cheques y estados de cuenta. Él sí tuvo y tiene la capacidad económica para adquirir esas obras de arte.

—Él tiene todo el dinero del mundo.

—Señora, conteste, por favor, conteste, porque quien calla otorga —exigió una vez más el juez en términos radicales a punto de perder la paciencia. Esa mañana tenía la agenda congestionada, por lo que urgía continuar en el desahogo de los puntos contenidos en el cuestionario—. ¿Compró usted esas obras de arte con su dinero? ¿Sí o no? Responda con sólo dos monosílabos.

—No, señor juez, no —contestó Solange dándose por vencida—. Yo no soy ni fui ni seré una mujer de negocios ni heredé un solo quinto porque quebraron las empresas de mi padre —declaró como si estuviera en confesión frente un cura o recostada en el sillón del consultorio de un psiquiatra—. Pero confié en la nobleza de mi marido y pensé que todo lo de él era mío y todo lo mío era suyo, pero me equivoqué, lo que era de él sólo le pertenecía a él y lo poco mío era mío. No, señor juez —insistió cabizbaja—, yo no tenía dinero ni ahorros para comprar esas obras de arte.

—Entonces ¿las vendió usted?

—Sí, sí las vendí —imaginó su negro futuro si, además, incurría en falsedades.

—¿Vendió usted bienes ajenos a sabiendas de que no eran de su propiedad?

—Creí en la nobleza de mi marido.

—¿Vendió usted bienes ajenos a sabiendas de que no eran de su propiedad? —volvió el juez a formular la pregunta, mientras una mecanógrafa consignaba en su computadora cada una de las palabras del juez y de la indiciada.

—Sí, sí, así fue, los vendí a sabiendas de que no eran de mi propiedad, señor juez, si eso es lo que quiere saber, pues sí, los vendí a sabiendas de que no eran de mi propiedad —repitió Solange confiada porque al menos sus inmuebles estaban a nombre de Ingrid, fuera del alcance de Alonso, y las cuentas bancarias, abiertas en Estados Unidos, se encontraban, en parte, mancomunadas entre ella y su hija, y otra más, bien nutrida, su querido "guardadito", se encontraba sólo a nombre de Solange, en la cual Ingrid sería la beneficiaria únicamente en caso de muerte. La paz y el bienestar estaban garantizados.

Se llevaron a cabo audiencias y más audiencias, la mayoría de ellas ya con la presencia de sus abogados contratados por el propio Mauricio para ayudarle a salir del terrible embrollo. Sobra decir que Ingrid se negó a colaborar con Mauricio para sufragar los honorarios de los jurisconsultos. Sus razones tendría... En ese momento, el empresario especializado en la compraventa de electrodomésticos ya obtenía ingresos crecientes a través de sus negocios con la Productora Universal de Tecnologías Originales, S. A., sin que sospechara la verdadera identidad del poderoso adquirente de sus productos. Al ser informado de que Alonso Roel había acusado a Solange, quedó cancelada la menor posibilidad de negociación con el denunciante. Con tan sólo recordar que su querido examigo los había encontrado tomados de la mano, muy acaramelados, en el Campos Elíseos, desistió de la idea de entrevistarse con él para buscar alternativas con tal de liberar a su ahora amante.

La estancia de Solange en la cárcel era cara, carísima. Mauricio lo supo desde el primer momento. Ingrid, por supuesto, se negó a compartir los elevados costos para garantizar la seguridad de su madre, más otras erogaciones derivadas de algunas comodidades, entre otros privilegios, por más que contaba con los depósitos en Estados Unidos para hacerle frente a ciertas contingencias. Nada de nada. En el reclusorio todo costaba una fortuna. Si Solange quería alojarse en una crujía sola, sin la compañía de las famosas "Químicas" que la acompañaban de día y de noche, salvo cuando se daban los espacios de recreo en el patio de descanso, su aislamiento costaba un dineral. Si deseaba una televisión, un aparato de radio o un simple libro, había que pagar, al igual que si quería comer algo en especial o descansar más tiempo del autorizado en su celda. Cualquier prerrogativa implicaba honorarios elevadísimos, para ya ni hablar de la necesidad de ir al dentista o al ginecólogo o al internista.

Así transcurrieron varias semanas, mientras la moral de Solange se desplomaba más allá del suelo de la prisión. Había llegado al extremo de pensar en suicidarse porque no existía un castigo peor que la cárcel. Sí, sí, en efecto, recibía a Ingrid, quien acudía perfectamente vestida con ropa de marca, maquillada y peinada de salón. Sin embargo, siempre tenía algo urgente que hacer y, además, para llegar a Puente Grande era inevitable tomar un avión y luego rentar un auto con chofer para ir a visitar a su madre. Era muy caro y tardado, "una lata", además de quitarle mucho tiempo.

Odiaba las visitas. En ocasiones, ni siquiera salía a atenderlas cuando a través de los altavoces instalados en los pasillos le anunciaban su presencia. Sin embargo, la solución se presentó cuando ella menos lo esperaba, pues un buen día, lo que de verdad era un buen día, llegó a Puente Grande uno de los abogados de Alonso con una propuesta para liberarla de inmediato. El aspecto de Solange era deprimente y no sólo porque casi no le había crecido el pelo, sino porque había bajado de peso. Su rostro aparecía ajado, marchito, el tono de su piel cenizo, sus ojeras prolongadas y oscuras; su voz exangüe difícilmente le permitía hablar, en tanto sus ojos hundidos proyectaban una mirada opaca, sin el menor brillo. Estaba irreconocible. No, no quedaba ni rastro de ella. Estaba destruida por dentro. Nada la reconciliaba con la vida. De hecho, en muy poco tiempo, había dejado de luchar y se resignaba a la fatalidad que bien podría darse en cualquier momento, ya que ella podía comprar en el mercado negro de la prisión un buen número de pastillas para dormir hasta el final de los tiempos.

Uno de los abogados del magnate, Namén Yuñez, el portador de las buenas noticias, tenía instrucciones de entrevistarse únicamente con Solange sin la presencia de ningún otro testigo. Así, cara a cara, sólo separados por el grueso vidrio antibala del salón de visitas. Cuando Yuñez conoció a la presa, a sus ojos aparentaba padecer una enfermedad incurable:

—Si usted, señora mía —expresó el abogado el propósito de su visita por medio de un teléfono de intercomunicación—, quiere salir de la cárcel mañana mismo, tan sólo debe firmar un acuerdo de divorcio. Su marido, mi cliente, don Alonso Roel, acepta que usted se quede con todo lo robado, usted disculpará, pero me ordenaron que usara la palabra "robado", que no le devuelva nada, absolutamente nada, y además, don Alonso renuncia a ejercer cualquier acción legal en su contra, ya sea en México o en el extranjero, siempre y cuando usted acepte divorciarse de él sin condiciones.

Solange, sentada muy incómoda en una silla de plástico, se echó para atrás, extrañada, como si una voz lejana le hablara al oído.

—O sea, ¿Alonso ya no me perseguirá, mañana saldría a la calle como usted dice, si firmo ese papel? ¿Entendí bien?

—Así es, señora, fírmelo y constarán por escrito las garantías de que él no procederá nunca en contra de usted, en ningún caso ni en ningún país ni por la circunstancia que sea. Todo su patrimonio será de usted y nada más que de usted —concluyó entusiasmado el representante legal, conmovido por la situación y deseoso de contagiarle ánimo a la acusada—. Si así lo desea, que sus abogados revisen los términos de su liberación para que no exista ninguna duda de las intenciones de mi cliente. Él renuncia a todo a cambio del divorcio incondicional. ¿Le queda claro, señora? Además —se atrevió Yuñez a dar un paso audaz, por supuesto no autorizado—, no soy nadie para darle un consejo, pero obtenga su libertad, salga del penal antes de que sea demasiado tarde y no odie al señor Roel; es más, no odie a nadie, porque, como dijo un pensador asiático, el odio equivale a tomar un vaso de veneno y esperar que muera el sujeto odiado.

Solange ignoró, por supuesto, el comentario.

—¿Y saldría, como usted dice, mañana mismo? —preguntó escéptica y titubeando, convencida de no volver a creer nunca más en nada ni nadie. Con algunos restos de energía imaginó su vida disfrutando sus bienes en libertad, junto con su hija y, tal vez, acompañada del buen Mauricio.

Al verla tan demacrada, Namén, un hombre de bien, todavía propuso a través del teléfono:

—Señora, permítame insistir, que sus abogados aprueben los términos de su liberación siempre y cuando usted se obligue a firmar su divorcio incondicional —insistió mirando a los ojos a una mujer absolutamente aniquilada. El tiempo en prisión la había dejado hecha jirones. No quedaba nada de ella, ni de su sentido del humor con el que había conquistado a Alonso ni de su simpatía ni sus contagiosos deseos de vivir: todo se había extinguido.

—Se ve que usted es un buen hombre, se llame como se llame, por lo que le suplico, le ruego, le imploro, por favor, llamaré a mis abogados para que se presenten mañana mismo, aquí en la cárcel, y yo pueda firmar el documento en el que todos estemos de acuerdo —agregó sin imaginar la escena lastimosa que presenciaría tiempo después…

Namén tampoco olvidaría su visita a Puente Grande. Sí, en ocasiones, efectivamente el dinero era el excremento del diablo, ¿hasta dónde podría llegar a corromperse el ser humano a cambio de hacerse de más dinero o preservar el que ya tenía? Era un asco. Según él, nadie merecía un castigo como el impuesto a esa mujer. Era una barbaridad, y todo por muchos o pocos billetes. Por la avaricia, el egoísmo, los complejos y la envidia existían las guerras, las personas se mataban entre sí, se dividían las familias, se traicionaban entre hermanos, se desfalcaban entre socios, delinquían los políticos, se casaban o se divorciaban las parejas. La riqueza era la fuente de las divisiones y de los desencuentros, el origen del mal y del bien, porque no se podía vivir sin dinero... De acuerdo, pero ¿con cuánto se saciaría la sed de tener?

Cuando Loretta abandonó, furiosa y descompuesta, el departamento en donde vivía con Maggie, insultó rabiosa a su antigua amante, antes de azotar la puerta y desaparecer para siempre.

Si bien es cierto que Maggie descansó al escuchar el sonoro portazo porque así, al menos, concluían, por lo pronto, las agresiones físicas y los daños incalculables a su obra, la pintora mexicana empezó a padecer pesadillas recurrentes como cuando al nadar en el Mediterráneo, era atacada por un tiburón sin haber podido distinguir su aleta en la superficie. Imposible defenderse en semejantes condiciones. Una desagradable sensación de miedo y remordimiento le arrebataba la paz. Loretta regresó a Palermo sin derramar una sola lágrima más. Se le habían secado los ojos y el alma. Un sentimiento de fatiga la anulaba. Estaba poseída por un deseo de venganza que le impedía vivir, dormir, comer, respirar y ya ni hablar de esculpir. Se había convertido en una esclava de sus pasiones que hacían de ella una muñeca de trapo. Utilizaba la mayor parte de su tiempo en urdir una represalia inteligente y terriblemente dolorosa para golpear a Maggie en donde más le doliera, al más puro estilo siciliano.

Mientras su madre se recuperaba de la terrible infección con poderosos medicamentos y empezaba a caminar con la ayuda de las muletas, la escultora, liberada de esa carga, sedienta de una revancha, visitó a un cura anciano, su confesor de niña y de joven, un religioso sabio quien todavía oficiaba la misa en una pequeña iglesia de Palermo. Don Camilo entendió de inmediato lo ocurrido. Golpeó con cariño el dorso de la mano de Loretta y la citó para el día siguiente, con la condición de que regresara con una botella de vino toscano, barato, sin etiqueta.

Al amanecer, botella en mano, Loretta se postró en el confesionario para escuchar el consejo experimentado del sacerdote. Ella, en su interior, llegó a pensar que jamás volvería a sonreír. Su rostro petrificado nunca recuperaría su movimiento jovial, sus ojos habían perdido su brillo y su sentido del humor había desaparecido al momento de descubrir a su adorada amante, la dueña de sus ilusiones, su cómplice, su par, su alter ego, la depositaria de sus intimidades inconfesables, en brazos de otra mujer. La amargura se había apoderado de ella. Sin embargo, la puntual asesoría del supuesto representante de Dios en la tierra la había reconciliado con la existencia y había empezado a recuperar su energía para continuar alegre y confiada la marcha de la vida.

—Si ya has decidido vengarte, entonces repasa con detenimiento las partes blandas, las más sensibles de tu enemiga, y golpéala ahí hasta convertirla en trozos pequeños, la única manera de evitar una represalia y de adquirir respeto público. No la dejes jamás media muerta, ¡mátala! —sentenció el sacerdote como si se dirigiera a un mafioso de los tantos que lo visitaban en busca de la absolución.

Al menos ya tenía un móvil para seguir en el mundo de los vivos. La escultura y su profesión y todo lo demás, fuera lo que fuera, podría esperar, es más, todo podía esperar, lo importante era vengar la afrenta, una afrenta inmerecida porque Maggie le había hundido una hoja fría y afilada de un cuchillo por la espalda sin haberle enviado señales ni advertencias previas de enfado, de aburrimiento, de hartazgo o de hastío. Por otro lado, ella en ningún momento se había sentido rechazada por la pintora, entonces ¿por qué la felonía? ¿Por qué la maldad? ¿En qué había fallado para merecer un castigo tan tremendo? ¿Cómo era posible que nunca se hubiera dado cuenta de que convivía, se acostaba, besaba innumerables veces al día, a un monstruo, y comía, bebía, trabajaba y esculpía al lado de un execrable bicho, un engendro de ser humano, sin haberlo descubierto? ¿Sería tan estúpida? Ya no era momento, a su edad, de ser tan inocente ni tampoco de recriminarse nada. A partir de ese doloroso fracaso, en lo sucesivo, analizaría con una lupa a quien se le acercara y practicaría en el futuro radiografías emocionales de sus candidatas, como nunca antes lo había hecho. Nada de que amor a primera vista. Instalaría en su cabeza un buen número de filtros para evitar estas pavorosas contingencias que extinguían ilusiones, que endurecían el alma, que en realidad mataban, generaban inseguridad y desconfianza en relación con las personas. No, no más, ya no tenía tiempo para más desengaños…

Quien a hierro mata, a hierro muere. La florentina, de familia siciliana, se declaraba inocente de antemano. Si Maggie había roto todas las reglas de la convivencia y del respeto, a partir de ese momento ella también contaba con la autorización, con los más amplios derechos, de hacer lo que le viniera en gana, con quien le viniera en gana y en donde le viniera en gana. Algo así como si Dios no existe, entonces todo está permitido.

Una vez de regreso a Florencia, logró comunicarse todavía sólo por WhatsApp con Maggie. Le pidió autorización para recoger en su departamento —por cierto, lleno de recuerdos inolvidables— sus muebles y bienes personales. Le suplicaba no estar presente y también, si así lo deseaba, podría colocar sus esculturas, su ropa y otros objetos en el vestíbulo o en el garaje para ocasionar las mínimas molestias. Estaba segura de que la pintora no cometería ninguna represalia con sus obras para evitar problemas mayores. No lo hagamos más grande. ¿Una conducta más civilizada? ¡Imposible! El objetivo se cumplió al pie de la letra y, días más tarde, Loretta logró compartir con una vieja amiga un departamento en la Via dell'Orto, al otro lado del río Arno, cerca de la Capella Brancacci.

A partir de ese momento, la escultora salió a tomar café en sus lugares favoritos. Ordenaba un capuccino acompañado de un *cornetto*; un prosecco a mediodía, con un panino o lo que fuera, pero nunca olvidaba su cuaderno y sus lápices para tomar nota y ejecutar, sin error alguno, el plan urdido por don Camilo. A la semana estaba lista, sin dejar a la suerte el resultado anhelado. Había atado todos los cabos, ninguno quedaba suelto. Ahora en casa, sentada al lado de su antigua mesa —su tesoro, tal vez utilizada por Leonardo, según presumía ella a sus amigos— con la computadora portátil abierta, disfrutaba la intimidad y el anonimato en su nueva casa habitación mientras compraba por medio de internet un boleto sólo de ida a México. *Un biglietto di sola andata per il Messico*, tecleó entusiasmada. ¿Sólo de ida? En efecto, sólo de ida, sólo Dios diría.

Cuál no sería la inmensa sorpresa de Alonso Roel cuando Eli, la encargada del servicio doméstico, le hizo saber que los policías de seguridad del edificio pedían autorización para concederle el paso a la señorita Loretta Saporetti, que se encontraba en la puerta de entrada, en la calle... La italiana se había cuidado mucho de no informar previamente de su arribo al empresario para evitar cuestionamientos y preguntas indeseables desde el otro lado del Atlántico. Mejor, mucho mejor, presentarse así, por la vía de los hechos, como lo hacía Maggie con gran éxito. Alonso nunca le impediría el acceso a su casa. Una vez adentro, todo cambiaría...

—¿Quién? —preguntó el empresario intrigado por la noticia en tanto su rostro se congestionaba de arrugas, pero más sorprendido aún porque en México no era común el nombre ni el apellido. ¿Sería ella de verdad? ¿Loretta, aquí? ¿Y Maggie, mi Margaruchita?

Eli pidió por el teléfono interno que le repitieran el nombre de la visitante:

—Loretta Saporetti me dicen, don Alonso. Acuérdese, señor, la amiga de su hija Maggie —insistió Eli con una sonrisa que el magnate, extraviado en su sorpresa, no alcanzaba a distinguir. Aquélla sonreía porque en las mañanas, al arreglar la recámara de Maggie, invariablemente se encontraba con una de las camas intacta. Raro, ¿no...? *Verdá* de Dios, ya estaban grandecitas para dormir juntas...

El empresario autorizó, desde luego, el paso de aquella mujer sin par, la querida amante de su hija, un auténtico desperdicio, porque nunca caería en las manos de un hombre que supiera aquilatar y disfrutar su inmarcesible belleza. Pensativo, se dirigió apresuradamente a su habitación para cambiarse la camisa, escoger una blanca, ponerse unos pantalones azul marino y su saco rosa claro, de seda. Tenía que recibirla, o recibirlas, en buenas condiciones y lo haría con toda cortesía.

—¿Se encuentra el señor Alonso en casa? —preguntó la florentina a Eli.

—Sí, señorita Loretta, permítame anunciarla —repuso Eli—, ahora mismo le aviso —agregó en tanto la escultora se acercaba al enorme ventanal del penthouse. En ese momento, sin hacerse esperar, apareció Alonso. La tomó por los hombros y la besó efusivamente en las dos mejillas, tal y como ella le había enseñado durante su breve estancia en México.

Antes de preguntar siquiera por Maggie, le comentó a la italiana:

—¡Qué bárbara!, ¡cómo hueles…! ¡Qué maravilla de perfume…!

—Tienes mala memoria, querido, acuérdate de que me lo regalaste cuando salimos de compras con tu hija —aclaró Loretta con una expresión beatífica en el rostro, sin dejar de admirar la elegante vestimenta del magnate. Deseaba comprobar si los recuerdos coincidían con la realidad o si ella imaginaba en sus sueños a un personaje que no existía. En efecto, veía en el empresario a un hombre muy hombre, de pelo canoso, delgado, esbelto, alto, de cutis impecable, de maneras muy finas y exquisitas, experimentado, exitoso, simpático, entretenido y, por si fuera poco, multibillonario. No, no, Alonso no era un cualquiera y por ello eliminaba a muchas mujeres que se acercaban sólo por su dinero.

—¿Y mi Maggie? —pregunta obligada, cuestionó incauto el empresario.

—No, *caro* Alonso, no, en esta ocasión vine sola porque quiero arreglar unos papeles para montar una próxima exposición aquí, en México —repuso satisfecha con la esperanza de que él no viviera acompañado. Revisó de reojo el departamento sin percibir la presencia de una mujer.

¿Por qué razón Maggie no le había advertido a tiempo de la llegada de su amante y ésta se había presentado sin avisar? Raro, muy raro, ¿no…? Algo extraño sucedía, pero, por lo pronto, resultaba más conveniente abstenerse de preguntar. Si no quieres saber, mejor no cuestiones…

—De haber sabido hubiera enviado por ti al aeropuerto como si se tratara de mi propia hija —se dejó caer Alonso sin dejar de repasarla de arriba abajo. La podría hacer tan feliz, pensaba en silencio, se volcaría en ella, le daría mucho más de lo que ella siquiera hubiera podido imaginar, la consentiría con un presupuesto ilimitado en lo que fuera; viajarían juntos por todo el mundo en aviones privados, en yates, en cruceros, en automóvil, en trenes de alta velocidad y hasta a caballo, por si deseara visitar a los gorilas gigantes en los bosques tropicales del Congo. Lo que fuera. Le daría lo mejor de él en el tema económico y en el sentimental. Si ella lo aceptara, para él sería la mejor manera de terminar sus días, según recordaba las palabras vertidas y deletreadas por un poeta: "Un hombre tiene la edad de la piel que acaricia" y la de Loretta, había que confesarlo, podía rejuvenecerlo y remontarlo a, lo menos, treinta años atrás. ¡Ay!, si pudiera tocarla, abrazarla, tenerla, pero debía reprimirse en contra de su voluntad. ¡Qué lástima! El empresario, sin embargo, había aprendido a ocultar sus sentimientos y trataría de ver a la italiana con los ojos de un abuelo, como ya lo había conseguido una vez.

Alonso le ofreció un tequila para darle la bienvenida a México. Al regresar, la encontró sentada con la falda a la mitad de los muslos. Las piernas bronceadas de la italiana lucían espectaculares, cada movimiento, cada palabra, cada gesto, cada arreglo del cabello, cada sonrisa pícara, cada retoque de pintura con el lápiz de labios, cada huella de perfume en el cuello, cada mirada, cada tono de voz tenía un lenguaje especial propio de la escultora. Alonso sabía interpretarlo con perspicacia y experiencia.

Si era cierto que las señales importaban y contaban, entonces ¿por qué Loretta había llegado con las maletas sin dirigirse previamente a un hotel para registrarse y arreglarse después de un viaje tan largo y proceder, al día siguiente, a visitarlo en su departamento? ¿Por qué…? Más claro que el agua, venía decidida a quedarse a dormir en su condominio. El hecho de haberse presentado con todo el equipaje tenía un significado especial que él estaba obligado a desentrañar, objetivo en el que ella colaboraría como correspondía a una mujer resuelta y atrevida.

En tanto Loretta visitaba, según las apariencias, la galería o la institución en donde se llevaría a cabo la exposición de sus obras, en el hogar de Alonso se empezaba a sentir su presencia muy agraciada y muy afortunada. El magnate le había abierto las puertas de su casa mientras ella arreglaba sus asuntos. Dormiría en la habitación de Maggie con toda la libertad del mundo.

—Aquí, en este departamento, Lorettísima, *carissima*, te puedes quedar los próximos mil años.

Surgieron, como por arte de magia, las flores en el estudio, en la habitación y hasta en el baño de Alonso, quien agradecía esas muestras de afecto sin entender todavía las intenciones de la italiana o tal vez comprendiéndolas, pero tratando de evitarlo para no cometer un nuevo error. Una mañana, la escultora sorprendía al empresario con un omelette a las finas hierbas, frutos rojos servidos con yogurt griego, granola, nueces y avellanas, para rematar con un café de grano preparado en una cafetera exprés nueva, adquirida por ella, con sus propios recursos. La vida estaba llena de sorpresas.

—Querido, desde hoy, apréndetelo de memoria —aclaró con la expresión de una ama de casa que se apoderaba, día con día, de su papel— mientras yo viva aquí, en esta casa, antes de volver a Italia, ya nunca comenzarás a desayunar con la fruta porque dispara el azúcar en la sangre. Primero lo salado, *caro*, y luego lo dulce —Alonso se dejaba guiar satisfecho en el amanecer y gustoso al regresar a comer a su casa, en lugar de hacerlo con socios, proveedores y banqueros, para encontrarse con una sopa minestrone, filete de *vitello* al vino blanco con una pasta estilo Alfredo al lado, confeccionada, desde luego, por ella misma. El empresario estaba harto de volver a casa en las noches y no tener a nadie con quien conversar, salvo con su dedo índice dibujado con una carita feliz, como él decía para burlarse de sí mismo. El azoro y el agradecimiento crecían exponencialmente. En las noches, la Diva, así empezó a llamarla, le ofrecía un tentempié para no dormir con el estómago vacío; nada de café, en todo caso, un té de menta dulce sin cafeína. En ocasiones, al igual que en las noches, empezaron a ver juntos películas europeas de moda, así como las antiguas del cine italiano. Todo italiano: Alonso aplaudía la tiranía cinematográfica, la gastronómica y la botánica, pero, sobre todo, disfrutaba la compañía, siempre risueña, perfumada y gratificante, de esa belleza italiana. Jamás olvidaría esas obras maestras del cine italiano, como *Estamos todos bien* o *Cinema Paradiso*, *La Dolce Vita*, *El ladrón de bicicletas*, *La vida es bella* y *El bello Antonio*, entre otras tantas, tantísimas más. A Alonso nunca le había gustado el vino italiano por su sabor amargo, sin embargo, empezaba a adorarlo.

Días después de la llegada de la italiana, ésta le hizo saber a Alonso que había tenido un disgusto con Maggie. La explicación resultaba inevitable, pero ninguno de los dos, por diversas razones, había decidido abordar, por lo pronto, el tema. Le hizo saber que habían roto sin dar mayores explicaciones, porque, al fin y al cabo, lo que comenzaba siempre tenía un final y, claro, las relaciones entre ellas dos, como cualesquiera otras, algún día tenían que concluir. Así era la vida, ni hablar, pero ella nunca expuso detalles escabrosos de la separación ni le pidió al magnate que se abstuviera de hablar con su hija en busca de más detalles. Esperaba que en el futuro las dos volvieran a ser buenas amigas.

—Al tiempo —sentenció la florentina sonriente. Tenían un pasado común que tal vez algún día festejarían con alegría, pero, eso sí, el rompimiento, por lo pronto, era irreversible e irremediable. No había nada que agregar: a seguir viviendo, de ser posible con Alonso, eso sí, y con vinos de la Toscana...

La riqueza de Alonso también resultaba un atractivo mayor para la artista italiana, quien tal vez podría matar dos pájaros de un tiro si lograba enamorar al magnate con sus incuestionables encantos y al mismo tiempo hacerse de una pareja que bien le podría garantizar tranquilidad material, protección y amor mientras ella se dedicaba a trabajar sus esculturas. Perfecto, ¿no...? Loretta todavía agregó en un desplante de seguridad personal, a sabiendas de que le asistía la razón:

—Si tú crees necesario llamar a Maggie, hazlo, por favor. Si llegara a decirte algo inconveniente, alguna herida por nuestra ruptura, me iría a un hotel, porque vine a tu departamento por unos días, pero sólo por la confianza que te tengo. Llama a Maggie —insistió convencida de su inocencia y sin la menor emoción—, prueba a ver qué te dice, pero, eso sí, yo no quiero dañar tu relación con tu hija.

Alonso sonrió satisfecho:

—¿Te sirvo un limoncello o una sambuca? Déjame consentirte…

Al oír algunas razones, aun cuando no toda la verdad, Alonso había decidido no comunicarse, por lo pronto, con Maggie para conocer su punto de vista de lo acontecido. ¿Qué tal si en ese momento su hija le pedía que largara a patadas de su casa a la escultora? ¡No, ni hablar!… Esa conversación inevitable se presentaría más tarde. Prefirió, entonces, dejar rodar los acontecimientos y jugarla de oído, a ver hasta dónde podía llegar con la italiana. ¿Por qué no hacerle la lucha, a ver, por qué no?, luego las calabazas se acomodaban solas en el camión, como decían los rancheros…

La felicidad no se podía rechazar con un portazo ni tampoco rendirse al paso a los prejuicios, enemigos silenciosos e invisibles, destructores del presente y del futuro que impedían cualquier movilidad. ¿Cuál era el destino de los cobardes? ¿No sentenciaban, acaso, los franceses aquello de "todo se puede decir, sabiéndolo decir, y todo se puede hacer, sabiéndolo hacer"? ¿No…? El tiempo, siempre sabio, tendría la última palabra. Maggie, en su furia, podría echar todo a perder con un arrebato justificado o no. Por lo pronto, no le informaría a su querida hija de la llegada de Loretta, y no solamente a México, sino a su propia casa. ¿Por qué meterle ruido a la relación y complicar el presente y el futuro? Más valía pedir perdón y no permiso… ¿No era mejor, mucho mejor, intentar darle una probadita a la italianita, apostarle? Era lo menos que él se merecía y a ver si funcionaba. En ambos casos, tendría que informárselo a Maggie en su momento, pero, eso sí, el momento para hacérselo saber no había llegado, evidentemente no había llegado. ¿Acaso le permitiría a Loretta volver a Italia sin haberle expresado sus sentimientos? Tal vez ella podría reclamarle algún día su silencio. No, de ninguna manera, se arrepiente uno más, mucho más, de lo que no hizo que de lo que hizo, pensó el magnate en sus elucubraciones finales. Manos a la obra. Además, ¿qué futuro le esperaba a Maggie con Loretta? Ninguno.

Ya buscaría una explicación, una justificación para externársela a su hija, por lo pronto, a vivir, a jugársela, se ha dicho. La alegría tocaba la puerta de su casa: pasa, por favor, pasa, eres bienvenida.

En las noches, Loretta recibía a Alonso envuelta en una bata larga de seda blanca utilizada para esconder un *baby doll* imposible de ocultar en sus desplazamientos hacia la cocina en busca, tal vez, de un vaso con agua... Él entendía a cabalidad las insinuaciones, pero, tal y como las fieras esperan el momento idóneo para atacar, Alonso decidió hacerlo cuando ya no existiera duda del éxito ni posibilidad alguna de un nuevo rechazo. ¿Y si Loretta y Maggie llegaban a disculparse, a perdonarse, hubiera ocurrido lo que hubiera ocurrido?, él quedaría en un muy desagradable dilema. Claro que en la vida lo único seguro era la muerte, pero el mundo era de los audaces; no de los suicidas, pero sí de los audaces. Jamás perdería de vista que la hermosa italiana era gay.

Una de las imprescindibles rutinas de Alonso consistía en bajar temprano, en la mañana, al gimnasio de su edificio. Pues bien, en el mundo encantado de las sorpresas, un día, sin avisar, a su estilo muy particular, también se presentó Loretta, vestida con un deslumbrante traje deportivo muy ajustado, diseñado para exhibir sus formas más bellas. Menuda imaginación de los modistos, mil veces benditos sean, al dedicarse a encontrar el máximo lucimiento del cuerpo de las mujeres, sí que sí... Alonso la veía de reojo para disimular su sorpresa y su hechizo, carecía de otras opciones. Su actitud debería reducirse a la de un padre que recibe con agrado a su hija para acompañarlo a hacer ejercicio. Sólo eso y absolutamente nada más. En otra ocasión, ella bajó con unos shorts cortitos, minúsculos, y una camiseta ligera de algodón, escogidos con buen tino para acaparar las miradas lujuriosas, en algunos casos discretas, de los vecinos sorprendidos por la belleza de la muchacha y devorados por la envidia. Ni Maggie ni Loretta se habían presentado jamás en el gimnasio, pero ahora la italiana se había convertido en una fanática de la caminadora eléctrica, de la bicicleta estática, de la elíptica, de las máquinas de remo, de las camas elásticas, de las pesas y de las poleas. Ella, según se comentaba, desgraciadamente, sólo había venido a México por unos días, sólo unos días.

Si era el caso de que los hombres morían por la boca, Loretta también intentaría ese recurso cada vez con más intensidad y talento. Una de las noches cocinó una sopa minestrone y, a continuación, un *risotto alla milanese* para chuparse los dedos, como decía Alonso. Era la hora de reír, de festejar, ¿o no? O bien, al otro día preparaba una lasaña en láminas rellenas de bechamel, carne, verdura, cubiertas con queso gratinado, la receta de su abuela siciliana. Pero eso sí, invariablemente creativa, siempre inventaba algo nuevo para no agotar la capacidad de asombro del empresario, un glotón profesional.

Lo que tenía que pasar, claro estaba, pasó... Un par de semanas después, Alonso invitó a Loretta a Valle de Bravo para mostrarle su casa de descanso, presentarle al Saks y al Winston, sus perros, dos espléndidos labradores, los mejores amigos del hombre que los acompañarían en sus paseos por el bosque. Pidió al valet que estacionaran su Ferrari en la puerta de entrada del edificio. Le sugirió a Loretta llevarse una pañoleta para cubrirse el cabello, pues viajarían en un convertible. Ella decidió, por su lado, vestirse con unos jeans azul claro, medio rotos y medio desgastados, unos tenis de marca, su t-shirt con muchos corazones y un texto en color rojo —en italiano "Busco novio", *Cerco un fidanzato*—, además de su chamarra gruesa utilizada en el invierno durante sus viajes por el Tesino, el cantón suizo en donde se habla italiano. Ya pronto se presentaría la oportunidad para hacerle saber a Alonso que ella había cambiado de opinión y deseaba regresar al mundo del amor, pero esta vez al lado de un hombre; ahí, tal vez, radicaba el verdadero encanto. Al menos lo intentaría...

Loretta nunca había viajado en un Ferrari, lo reconoció de inmediato. Disfrutaba al presumir que cada italiano había nacido con un lápiz en la boca, todos parecían ser artistas o cantantes de ópera, en cada uno existía un Enrico Caruso o un Michelangelo Buonarroti o un Sergio Pininfarina, el diseñador de autos. La mujer gozaba viajar al aire libre como si fuera en un tapete mágico, disfrutaba la velocidad —de hecho, le decía *più veloce, caro*; más, más rápido, querido—, gozaba el bosque, la temperatura, la música, los conciertos de chelo interpretados, a través del espectacular sonido de su vehículo, por Paco, de quien seguirían hablando más tarde. ¿No era maravilloso sentirse contagiado por la alegría de la italiana? Todo le deleitaba, le regocijaba, le divertía y lo saboreaba. Nada que ver con Solange, que todo la fastidiaba y la enfadaba, desde el convertible, las conversaciones aburridas y tediosas, las cancioncillas patéticas del consentido, los consabidos "baja el techo porque me despeino, nunca piensas en mí, eres un egoísta, lo único que te importa son tus pinches juguetes de niño mimado".

Alonso no volvería a escuchar jamás las eternas reclamaciones de su exmujer.

Tan pronto llegaron a la casa en Valle, salió Licio, el mayordomo, más amanerado que nunca, a su encuentro, pero ya no acompañado de Salvador, su eterno amor. Por lo visto, habían roto, pero Jesús, su nueva pareja, conocido como Chuy, Chuycito, también un espléndido cocinero, no les quedaría mal. Alonso empezó a mostrarle la casa a Loretta, no sin antes aclarar que la señorita ocuparía la habitación de su hija Maggie. Momentos después, acompañados de los perros y sus colas juguetonas a la espera de la diversión, ya le había enseñado la terraza, la alberca, el jacuzzi, todos los cuartos, la cocina y su estudio, con una vista maravillosa al lago. Ella mostraba su agradecimiento agitando sus manos, elevando sus brazos, moviéndolos con gran ritmo, como si agradeciera lo ocurrido a una autoridad divina. No lo podía creer.

Después de hacer un breve recorrido por el bosque lanzándole ramas secas a los perros para que fueran por ellas y las trajeran de regreso, Alonso, tomando del brazo a Loretta, le propuso:

—Ya rompió el día, *cara, carissima*, es la hora del martini o del whisky o de la champaña o del negroni porque ya son las ocho de la noche en Roma. Vamos de regreso a la casa y beberemos algo en la terraza. Licio nos preparará algo excelente de botana, aunque su antiguo amante, Salvador, hacía los negronis como si hubiera vivido quinientos años en Nápoles... No nos irá mal, ¿vamos...?

Entre brindis y brindis, con los ojos de ambos saturados de emoción y de ilusiones, salió el tema obligatorio del rompimiento de Alonso con Solange. El empresario le hizo saber a la escultora que su divorcio se había originado de una manera muy particular. Ella de buen tiempo atrás no dejaba de criticarlo ni de disminuirlo, de ignorarlo y, en realidad, de faltarle al respeto. Estaba, lo confesó, francamente harto de ella, pues se había convertido en una fuente de amargura, de resentimiento y de pesadumbre, porque ya nada le parecía y, tal vez ni ella misma se daba cuenta, había dejado de sonreír. De haber sido una mujer muy simpática, había caído en la tristeza, en el desconsuelo. En ese contexto de desencanto se encontraba cuando un querido amigo, ahora ya no tan querido, le había recomendado ir a ver a una bruja para que le interpretara su porvenir, su suerte, y adivinara por medio del tarot su salud, su vida amorosa y lo que fuera, tal y como a él ya se la habían leído de manera grandiosa y prometedora.

—¿Y eso hiciste, fuiste a ver a una bruja? ¡Tú, un hombre, según me decía Maggie, muy cerebral y racional, fuiste, de verdad, a ver a una bruja! *Gee.*

—Sí, sí fui, pero eso no fue el peor de los males, sino que soy terriblemente supersticioso. Pero no soy el único en el mundo: por ejemplo, querida Lore, Truman Capote nunca dejaba más de tres colillas en el cenicero, el resto las metía en sus bolsillos; Gabriel García Márquez necesitaba una flor amarilla para escribir; Kafka sólo redactaba a oscuras o en penumbra, y únicamente con tinta azul o morada; Marguerite Duras era incapaz de trabajar sin una botella de whisky; Charles Dickens —continuó engolosinado como si tratara de disculparse al citar a diversos personajes brillantes— requería tener un compás de navegación en sus manos para asegurarse de que dormía mirando hacia el norte; Maquiavelo era incapaz de leer si no se vestía con sus mejores prendas, y Thomas Mann se enjuagaba las manos en agua de violetas rodeado de enormes palanganas antes de empezar a enhebrar ideas.

—Y, claro, todos esos casos te hacen sentir mejor, ¿no?

—¿La verdad? Sí, esas personas me consuelan —repuso haciéndole saber a la escultora su repertorio de anécdotas de supersticiosos—: Nadal, el tenista español, por ejemplo, limpia la línea, se sacude los zapatos, se ajusta los calzoncillos, se roza los hombros con la boca, se toca las orejas y la nariz, antes de sacar. Obsérvalo, parecen una broma sus ritos, como lo son los de Tiger Woods, que necesita vestir una playera roja, o de muchos futbolistas que no cantan el himno de sus países porque les podría acarrear mala suerte, de la misma manera en que algunos no juegan sin ropa interior azul o de otros colores, sus amuletos preferidos.

—No me digas que también conoces las supersticiones de los políticos —cuestionó Loretta con el propósito de provocarlo, al darse cuenta de que le fascinaba el tema.

—Por supuesto —repuso Alonso encantado con la pregunta—. Obama usa un brazalete de un soldado de Iraq, una moneda de la suerte y un dios mono hindú; Ronald y Nancy Reagan tenían una astróloga de planta; Felipe González, de España, rechaza premios porque le acarrearían la muerte, de la misma manera en que no ha aceptado que ni un hospital lleve su nombre porque lo considera de mal agüero. ¿Más? —se preguntó él mismo para continuar sin escuchar la respuesta—. Helmut Kohl, de Alemania, según decían, si presenciaba la ruptura de un espejo, tendría siete años de mala suerte, de igual forma que George Bush Jr. decidió bombardear al enemigo, porque según una bruja, de no hacerlo, éste podría acabar con él en el futuro —agregó interesado en concluir para abordar otro tema—. Podría contarte muchos casos más, pero no te quiero acatarrar con más ejemplos que a mí me vienen como anillo al dedo.

—Sí, está bien todo lo que me cuentas, caray, pero tú, ¿por qué *diavoli*, tú, fuiste a ver a una hechicera, sobre todo sabiendo cómo eres, querido Alonso? —preguntó curiosa la escultora para continuar así—: A mí me dijeron en alguna ocasión en Roma que mujeres que estuvieran menstruando no deberían acudir a los cementerios porque las ánimas o los espíritus podrían seguirlas hasta su casa, y fui muchas veces en plena regla a los panteones, por diversas razones, y te juro que nunca me persiguió nadie…

—De acuerdo, a ti no, pero a mí sí me fue del *diavoli*, como tú dices, porque las dos hechiceras me dijeron que mi exesposa me engañaba con otro hombre, *cara* mía, un día salí a comer a un restaurante muy famoso de la Ciudad de México y ahí, lo creas o no, me encontré a Solange sentada, feliz y contenta, tomada de la mano precisamente con mi amigo, el mismo miserable excremento humano que me recomendó visitar a las dos brujas… Como verás, era una trama entre los dos para separarnos, divorciarnos y obtener una enorme ganancia culpándome a mí de cargos injustificados. Entre los dos harías una gran montaña de mierda…

—¿Y qué hiciste, *caro*? —por primera vez iba a decirle amor, pero algo se lo impidió—. ¿Qué hiciste?, ya me imagino la escena.

Alonso sólo le hizo saber que les había mandado una botella de champaña a la mesa únicamente para demostrarles que los había sorprendido *in fraganti*, como había sido su deseo, y que ambos, al sentirse descubiertos, habían salido del restaurante con la cola entre las patas, como a alguien que avergonzado se le sorprende robando.

—¡Qué historia, Alonso!, realmente es increíble y más increíble aún cómo la cuentas, ya sin rencores ni remordimientos —concluyó la italiana afirmando con la cabeza, pero deseosa de evadir los términos de una conversación envenenada para Alonso, quien tampoco confesó el hecho de haber encarcelado a Solange.

—Ya hablé mucho de mí, Loretta mía, es la hora de pasar a la mesa y deleitarnos con la cena preparada por Licio y Chuy, de quien tengo las mejores referencias. En un momento más el frío nos va a molestar. Te invito a encender la chimenea y a disfrutar el fuego y sus mensajes silenciosos, pero muy coloridos.

—Oye, no, por mí habla más, mucho más, me encanta cómo te expresas y lo que expresas. Podría escucharte embelesada, te lo suplico —comentó mientras él le extendía sus brazos para conducirla al interior de la casa. Al entrar, tomados de la mano entre risas, todo era diversión. Acomodaron los leños, encendieron el fuego y se sentaron en un sillón para disfrutar las llamas y los recados transmitidos por las chispas que brincaban juguetonas. ¿Había algo más que agregar? Alonso no lo podía creer. Había soñado e idealizado tanto a esa mujer…

Licio trajo dos copas de champaña en lo que daban los últimos toques para la cena. Habría una sopa de brócoli, salmón al horno con tres guarniciones, ensalada de palmitos, un postre sorpresa con el debido carajillo. La verdad sea dicha, el menú les tenía sin cuidado a los comensales. Después de un par de miradas cómplices, finalmente pasaron a la mesa, cenaron sin festejar la confección de los platillos, conversaron, rieron, bebieron —desde luego, vinos italianos, los mejores—, disfrutaron el postre, *cannoli* preparados con pasta crujiente enrollada y rellena con *ricotta* pastelera y trozos de frutos rojos en los extremos, y café para rematar a tutiplén el momento gastronómico.

De repente, Alonso se levantó de la mesa sin pronunciar palabra alguna y se dirigió a la cocina para pedirles a Licio y a Chuycito que apagaran las luces y se fueran a descansar, no sin antes sacar a los perros al jardín. A continuación, encendió su aparato de sonido, bajó el nivel de las luces de la estancia y volvió a la mesa. Le extendió de nueva cuenta los brazos a Loretta y la invitó a bailar con música y canciones de Adele, de Ed Sheeran, hasta de Elvis Presley —*I can't help falling in love*—, Bruno Mars y Camila, entre otros más, interpretaciones algunas antiguas y otras modernas, recomendaciones arrancadas a Karin y a Paco sin permitir preguntas, a la voz de "háblenme de la música romántica de su generación".

Loretta se puso de pie y, soltándose de la mano de Alonso, lo abrazó como si hubiera retenido ese sentimiento en los últimos quinientos años. Ninguno de los dos podía más. El empresario no recordaba la reconciliadora sensación del cuerpo de una mujer adherido al suyo sin ninguna otra intención más que estar con él, con su persona, y no con lo que él representaba. A ella no la movía ningún otro interés, bien que lo sabía; además, se lo decían sus voces internas. Es ella, Alonso, Loncho, Lonchón, es ella, lo comprobarás. No cabía en sí mismo. La jaló hacia sí apretándola por la cintura. Se perdió en su cabello, inhaló los venenosos perfumes que traspiraba el cuello de aquella mujer magnética a la que había querido tener en sus brazos, pero las circunstancias no le habían permitido cualquier movimiento. Ahora entendía su presencia en su vida como un premio, sin duda lo sabía, algo habría hecho bien para merecerla. ¿Por qué ella no podía sentir atracción por alguien que no fuera de su género? Alonso le descubriría las maravillas del sexo masculino. De él dependería... ¿Por qué no volver a probar?

Mientras se abrazaban al suave ritmo de la música, cruzaban lentamente entre sí sus piernas, se hablaban en el oído, se murmuraban —"amor mío, ¿dónde habías estado?"—, se musitaban palabras hermosas, de hecho, no se movían ni ponían atención a las canciones, hasta que la leña dejó de crujir y se extinguió la luz, momento en que él se separó de su oído y de su cuello para repasar con su lengua el camino que conducía a sus labios. Finalmente la besó, se besaron, se entregaron, no había nada que decir.

Cat Stevens ya podía cantar, pero ellos ya no lo escuchaban, ya no estaban en este mundo, volaban por el mar sin límites del deseo, abrazados, besándose, intercambiando sus salivas, la sustancia más deseada y apetecida de los amantes, el elíxir del amor creado por la divinidad. Alonso le preguntó, imaginándoselo, qué significaba el texto de su camiseta.

—Busco novio.

—Ya lo tienes, ya no busques nada, aquí estoy y aquí estaré por muchos, muchos años —afirmó en tanto le quitaba la camiseta—. Ya no la necesitarás nunca más, *bambina mia* —declaró, mientras pronunciaba expresiones italianas memorizadas para halagarla y, al ritmo de varias melodías, le bajaba el zipper de sus jeans hasta quitárselos y poder así sujetarla firmemente por las nalgas. La italianita deliraba; ella también, por lo visto, había negado sus sentimientos. Su respiración se alteraba al igual que la de él. En un momento más, bailaron desnudos después de que ella lentamente lo desvistió a él. Sus caricias recíprocas expresaban una pasión retenida. A modo de un raro contraste, mientras la hoguera acababa de extinguirse, sus cuerpos se incendiaban. Alonso la tomó de la mano y la condujo a su habitación, desde donde se podían contemplar las luces de las casas que rodeaban el lago de Valle de Bravo. Se metieron entre las sábanas para cobrar viejos anhelos. Sí, la vida los había premiado. Amaos los unos a los otros, había dicho Jesús, mientras ellos empezaban a cumplir el mandato divino al pie de la letra.

Alonso lo sabía de sobra, no podía desilusionar a la italiana. La vida le había servido en charola una oportunidad largamente deseada, imposible desaprovecharla. Se abofetearía al día siguiente frente al espejo si no lograba enloquecerla de placer. De fracasar en el intento, ella volvería a relacionarse con otras mujeres y podría, tal vez, perderla para siempre. Necesitaba que Loretta cancelara cualquier tentación de voltear para otro lado si ya había encontrado lo que, según él, más deseaba. Si la dejaba satisfecha, plena, deleitada, exangüe y exánime y le pedía paz, paz, amor mío, no más, te lo suplico, si él mismo sabía contenerse hasta el final cediéndole a ella cien veces el paso, como correspondía a un caballero, si salía airoso de la batalla como un mariscal de campo victorioso, el futuro entonces estaría garantizado porque Alonso habría resumido en su persona todo cuanto podría soñar una mujer.

Desde la llegada de Loretta a México, el magnate —nunca se lo confesaría a nadie—, con el solo hecho de pensar en la mínima posibilidad de conquistar el amor de la italiana, había comprado libros por internet para aprender estrategias y técnicas para seducir a una mujer. Disminuyó sensiblemente sus horas de sueño para memorizar el *Kamasutra*, estudió textos como *El placer clitórico: 15 maneras de tocar a una mujer*, *Cómo hacer feliz a una mujer en la cama*, *Algunos consejos inolvidables sobre sexo que cambia-*

rán tu vida, *Atrévete*, *Para los verdaderos machos que aman a las cabronas*, *El capullo perfumado*, entre otros libros, textos y videos. Se había convertido en todo un erudito en la materia.

Se preparó a fondo y a conciencia y, llegado el feliz momento, se lanzó al ruedo con tiempo, sin prisa, pero sin pausa. Al igual que la buena comida, pensó Alonso en silencio, ésta se calienta a fuego lento, al igual que el amor. Entre besos, caricias bien estudiadas y meditadas, posiciones novedosas, juegos audaces con la lengua, el uso de palabras procaces al exhalar el aliento cálido en el oído, la mirada ávida del garañón, la suave agresión con las manos, todo lo aprendido, soñado e idealizado entró en acción en el momento propicio.

La florentina no pudo más y empezó a gritar una y otra vez, sobre todo cuando ella montaba a caballo, él, boca arriba, mientras la escultora se sujetaba de sus hombros y apresuraba el paso para correr a todo galope, hasta desgañitarse y volver a empezar la marcha entre sonoros bramidos que no sólo provocaban sonrisas cautivadoras en Alonso, no, ¡qué va!, sino que el griterío y las risas y el más, más, más, ven amor, más, más, tú puedes más, mucho más, también lo escuchaban Licio y Chuycito, quienes después de bajar el volumen de la televisión para distinguir con claridad el origen de los sonidos y confirmar que no se trataba de actos de violencia, se sintieron contagiados y, después de ciertos cruces de miradas pícaras, empezaron a su vez con los contactos entre las piernas, los besos, los arrumacos y los abrazos febriles para sumarse a una fiesta inmortal en Valle de Bravo. ¿Verdad que no había espacio para una cocinera en la residencia de fin de semana de Alonso Roel? Nunca las parejas involucradas olvidarían esa gran noche, una noche eterna por la que valió la pena haber nacido. ¿Por qué el amor se tenía que reducir a las parejas del mismo sexo? A ver, ¿quién perdía más? Loretta era la ganadora... Alonso, por su parte, se convencía de que nunca se es demasiado viejo para acariciar un nuevo sueño...

Ambos se abrazaban sin considerar la existencia de territorios prohibidos, sus manos hambrientas recorrían sus cuerpos desnudos; sus fantasías, por fin, se materializaban y sus lenguas exploraban cada detalle de sus pieles y disfrutaban la sensación de sus manos en sus carnes.

—¿Te gusta? —preguntó Alonso antes de extraviarse—. Dime que te encanta, que sientes, que disfrutas, que quieres más, mucho más —iba a decir Loretta que Maggie jamás le habría podido producir un placer siquiera comparable, pero, a pesar del alcohol y de la pasión, se detuvo a tiempo. El nombre de Maggie no venía al caso—. Mira, mira lo que te estoy haciendo —suspiró mientras la colocaba boca arriba y la montaba gozoso—. Veme, date cuenta de lo que te hago —el cuerpo de Loretta parecía rendirse en cualquier instante. No podía más. Su espalda humedecida coincidía con las gotas de sudor que empapaban su rostro. Loretta enmudecía, se quedaba sin voz, prefería abrazar a su amante después de haber explotado en incontables ocasiones. Por lo visto, nunca había conocido a un hombre. La boca de Alonso estaba llena de Loretta; por lo visto, jamás podría pronunciar otro nombre…

Al amanecer, Loretta descansaba desnuda, boca arriba, envuelta en las sábanas blancas de satén. Su rostro fino parecía cincelado por un orfebre florentino; su cabello trigueño, suelto, cubría una parte de su pecho; su piel se le presentaba bronceada y sus senos plenos y bien torneados: Alonso pudo observarla con paz y sosiego antes de despertar. El magnate se preguntaba: ¿Loretta, Lorettísima, gemiría así, se desgañitaría así, con las caricias de Maggie? ¿Ella era una gran actriz y, con su notable actuación en la cama, sólo habría intentado hacerlo sentir el más hombre de los hombres? ¿Habría pasado la prueba? Sólo el tiempo lo diría…

En otro orden de grandes ideas y de enormes cuestionamientos, de la misma manera en que a Maggie le había costado mucho trabajo confesarle a su padre su homosexualidad, para el buen Alonso, ¿sería sencillo comunicarle a su hija que su antigua amante, ahora lo amaba a él con locura y pasión? No, pero, a su edad, sentía tener todos los derechos para ser feliz. Y Maggie estaba obligada a comprenderlo.

¡Ay, vida, ay, vida!: ¡qué complicada eres, verdad de Dios…!

Solange regresó a casa devastada. A lo largo de casi un mes interminable, encerrada en la cárcel, había descubierto un mundo desconocido, el infierno en vida, del que creyó no poder salir jamás. En su soledad, se había sentido extraviada en un laberinto, acosada por figuras diabólicas que le habían arrebatado, entre carcajadas, la brújula para dar con la salida hacia la luz. Nunca olvidaría los días agónicos padecidos cuando se extravió, por primera vez, en las tinieblas de su existencia.

¿En quién confiar en lo sucesivo, a quién creerle, si el hombre con quien había compartido su vida los últimos doce años había sido capaz de cometer semejante fechoría?

Nunca creyó haber convivido y dormido en la misma cama al lado de un miserable canalla. Alonso carecía del más elemental sentimiento de piedad. Confundida y fatigada, revolcada en una terrible encrucijada, al llegar a su departamento se despidió en la puerta de su hija y de Mauricio, sus dos seres queridos, porque deseaba descansar en absoluta libertad y soledad. Necesitaba darse cuenta de que volvía a ser una mujer libre, sana y viva, con un gran futuro por delante, cuando en prisión había deseado suicidarse. En su desesperación, llegó a concebir la idea de lanzarse contra un muro para romperse la cabeza al carecer de una soga para colgarse o de un cuchillo para hundírselo en el cuello o cortarse las venas, ya que en Puente Grande sólo había cubiertos de plástico. ¿Cómo matarse?, en esa pregunta invertía la mayor parte de su tiempo. Estaba obligada a vivir, sin embargo, no olvidaba que Mauricio le había prestado el suficiente dinero para sobornar a las celadoras y a cierto grupo de presas mafiosas para comprar su paz, su seguridad y el máximo bienestar posible en una prisión.

A mediodía, tan pronto se quedó sola, se encerró en su habitación, bajó las cortinas en busca de la oscuridad, abrió un cajón de su mesita de noche para sacar un antifaz negro, grueso, de seda, el utilizado para dormir; se introdujo en los oídos unos tapones de un hule espuma obsequiados por una línea aérea en su último vuelo a Europa, en primera clase con Alonso, y se dedicó a pensar, a planear, a soñar en su futuro inmediato. Padecía la misma sensación de a quien le amputan una pierna y, sin embargo, sigue sintiendo el dolor en la extremidad ya perdida. ¿Qué tal si con el dinero proveniente de las rentas del tercer departamento invitaba a Ingrid a Nueva York con tal de huir por un tiempo de México, de ese siniestro entorno, y cambiaba de horizontes, de aires, de personas, de país, de comida, en fin, si cambiaba de todo? Sentía haber pasado más de un siglo encerrada en la cárcel. Sí, claro, clarísimo, ése era el primer paso a seguir: beberían las dos todos los martinis posibles en los bares más famosos de la urbe de acero; comerían en los mejores restaurantes, se irían de compras a los almacenes y tiendas de Madison, sin olvidar las más exclusivas de la Quinta Avenida. Le renovaría a su hija su vestuario, se reirían, festejarían su regreso a la vida, asistirían a las nuevas obras de Broadway, los musicales que tanto disfrutaba a pesar de no entender bien el inglés; caminarían por Central Park con el ánimo de reconstruir su porvenir. Analizaría el origen de lo ocurrido. ¿Seguiría con Mauricio? ¿Valía la pena? ¿Buscaría pareja en otros medios sociales?

La noche había quedado atrás, el futuro se veía prometedor, luminoso; lo peor ya había pasado, tenía salud, dinero, tiempo para gastarlo y los últimos años previos a la senectud. El porvenir lucía de maravilla y sería para bien, reflexionaba entusiasmándose al haber regresado a lo suyo. Había roto hasta el último vínculo con Alonso y tenía a su alcance dinero y bienes para garantizar su futuro. No había razón alguna para abrigar preocupaciones. Pensó también en la posibilidad de ir a ver a una de las brujas consultadas por Alonso para conocer su suerte, pero desistió: era preferible ignorar, por lo pronto, su destino y, además, desconfiaba de esas malditas hechiceras, ella tenía sus muy fundadas y particulares razones.

Sin darse cuenta, sepultada en una profunda oscuridad y apartada del menor ruido, Solange perdió la conciencia, se extravió en el mundo de los sueños por un par de horas. Despertó con una intensa sensación de ansiedad. ¿Estaría todavía encerrada en la celda de la cárcel? Al arrancarse angustiada el antifaz y sentarse rápidamente en la cama, comprobó que estaba otra vez en casa, no en las literas de Puente Grande, en paz y a salvo. No lo podía creer. Sonrió con agradecimiento, volvió a respirar y a llorar y a gritar cubriéndose el rostro con las manos. Hijo de la gran puta, ¿cómo fuiste capaz de hacerme esto, miserable traidor?, pensó mientras pasaba la vista por las paredes de su cuarto, pero no, no se parecían en lo absoluto a las de su celda y, además, estaba sola sin estar rodeada de otras presas. Las pesadillas, las amenazas y el miedo habían concluido, resultaba imperativo darse cuenta: era dueña de sí, de su libertad. En ese instante, feliz y satisfecha, volvía a ser ella misma.

Momentos después se comunicó por teléfono con Ingrid para informarle de sus planes de viajar a Nueva York tan pronto terminara ciertos análisis médicos y concluyera con un par de asuntos pendientes. Le pareció, sin embargo, sospechosa la respuesta de su hija, pues no percibió emoción alguna. Raro, rarísimo…

—Sí, mamá, claro, cuenta conmigo, pero yo te aviso antes de comprar los boletos porque también tengo temas atorados que no he podido resolver. ¿Me esperas unos días? —concluyó con un tono de voz muy extraño. ¿Qué le pasaría?

—¿Cómo que temas atorados?, ¿qué quieres decir? A ver, no te siento animada, amor, ¿ocurre algo? Tu voz me da miedo, ¿sabes? —cuestionó Solange alarmada.

—No, que no te dé miedo. Sólo necesito unos días, como te dije, y nos arrancamos, querida jefa. Voy a gozarte como nunca en el mejor lugar del mundo, te lo aseguro. Tú sabes lo que me gusta Nueva York. No te preocupes, en cualquier momento llegaré a tu departamento para afinar los planes, ¿va?

—Va —colgó Solange con una extraña sensación de incertidumbre. Decidió, sin embargo, que no estaba para más problemas, tenía suficiente con los suyos.

¿En la tarde…? Pues en la tarde, Mauricio llegó a visitarla con una botella; por cierto, nada de champaña, tal vez sidra o prosecco, las bebidas espumosas más baratas en el mercado. Deseaba saludarla, abrazarla, besarla y festejar el regreso a su lado.

Él sólo sabía que Solange había sido encarcelada por haber vendido unos cuadros y esculturas propiedad de Alonso. Las ventas habían sido sugeridas por Ingrid y aprobadas por él para disfrutar y aprovechar, de una manera o de la otra, el dinero de Solange, pero desconocía los últimos detalles de su liberación, facilitada en los últimos dos días con la condición de firmar un acuerdo de divorcio. En realidad, Mauricio siempre había contemplado a Solange como una red de protección, como las instaladas en los circos para cuidar a los trapecistas en las caídas, en el evento de necesitar recursos económicos ante una crisis en su empresa.

Como bien decía Mauricio, desde el momento en que había firmado contratos con la Productora Universal de Tecnologías Originales, S. A. para venderle la totalidad dc sus aparatos, el dinero le había caído del cielo, una catarata tropical, cálida, muy abundante y generosa. Jamás sus propias cuentas de cheques habían registrado semejantes niveles de depósitos, vendía electrodomésticos como nunca gracias a su innegable talento empresarial. Aprovechó su riqueza para apostar más que nunca al póquer, su fascinación. El juego con cartas le generaba un intenso placer al arriesgar buena parte de su patrimonio. Lo que fuera. No había tiempo que perder. Era su gran oportunidad. Así lo entendió y lo aprovechó a cabalidad. Disfrutaba una repentina y creciente fortuna, de la que siempre había carecido, y en parte la gastaba, en su debida proporción, comprando mujeres de diversa extracción social, las que llegaran a su vida, tanto del cine, como de los teatros y, también, de la calle. No se cansaba de repetir y de confirmar en una sola expresión su concepción de las mujeres. No se requerían más explicaciones. Quedaba definido de punta a punta:

—Gato prieto que se me atraviesa, lo machuco.

Imposible saber por qué deseaba vengarse de las mujeres, sobre todo al contratar a las callejeras. Se negaba a declararse roto por dentro. Las fiestas interminables en su propio departamento, acompañado de algunos amigos, empezaban a hacer historia. Deseaba convertirse en el soltero más perseguido de México. El dinero, su creciente riqueza, lo había enloquecido. No cualquiera sabía administrar una fortuna, habría que preguntarles a los toreros y a los boxeadores, entre otros deportistas más...

Al sentarse en un sillón en la sala, Mauricio tomó ambas manos de Solange y le pidió que le contara su experiencia en la cárcel, pues deseaba conocer hasta el último detalle de su reclusión. Solange sólo le dijo que no existían palabras para explicar lo que ocurría en una prisión mexicana, una noche, una hora bastaba para arrepentirse de todos los pecados cometidos en las últimas mil vidas. De tal manera había aprendido la lección que, en el futuro, ni siquiera se pasaría la luz preventiva de un semáforo, ya no digamos la roja. Jamás volvería a violar reglas, ni siquiera las de tránsito, confesó llorando compulsivamente. La purga había sido bestial, exagerada, destructiva y pavorosa. En ese momento, sólo deseaba pasar la página e ignorar las penalidades. Deseaba imaginar que su bárbaro y despiadado arresto nunca había existido, que ella nunca había pisado la cárcel. Soñaba con la existencia de una pastilla que, al tomarla, borrara de su mente los horrores padecidos en el penal. Todo parecía indicar que jamás volvería a recuperar la paz.

—No, no te contaré nada, amor, en este momento sólo deseo olvidar, olvidar y olvidar, sólo eso deseo, olvidar y olvidar, ayúdame, te lo suplico. En otra ocasión te contaré las pesadillas, pero ahora, por lo pronto, sólo cuéntame lo puro bueno.

Mientras Mauricio empezaba a cambiar el tema y se proponía a abordar la increíble, inesperada y meteórica expansión de sus negocios, Solange prefirió, sospechosamente, tomar el tallo de su copa y soltarse de las manos de su amante. En el fondo le guardaba coraje y resentimiento porque él le había aconsejado vender los cuadros y las esculturas, y por ello, por ende, también era responsable y cómplice del delito y de las consecuencias, pero eso sí, sin haber pagado ningún daño por su estúpida o, tal vez, interesada asesoría. ¿Mauricio Rubio era una mierda, otro execrable sujeto, malparido y malnacido que un día pagaría los daños porque su único móvil en la vida era el dinero y, por lo tanto, se trataba de otro ser humano podrido y camuflado, en el fondo, un inútil, bueno para nada?

Por lo visto, estaba equivocada, porque Mauricio había ido a ratificarle una vez más la marcha meteórica de su propio negocio, creado por él mismo, explotado por él mismo y expandido por él mismo gracias a su talento y visión comercial. Su empresa hacía dinero a borbotones y se disparaba, como nunca, a alturas insospechadas, en el feliz entendido de que, si ella se había visto obligada a renunciar a cualquier otro beneficio económico al firmar un acuerdo de divorcio con tal de lograr su libertad, Solange no tenía por qué preocuparse, ya que, a su lado, de tiempo atrás, surgía un personaje que muy pronto conquistaría el mundo entero vendiendo baterías de cocinas, hornos de microondas y batidoras, entre otros enseres...

La tarde transcurrió entre anécdotas y recuerdos de tan sólo algunos momentos felices, hasta que Mauricio, después de consumir la mayor parte de la botella de sidra, empezó a acariciarla y recordar los viejos tiempos, pues para él había llegado el momento de festejar la libertad recuperada y su conocido éxito económico. En un principio, Solange se resistió, se encontraba rapada, no estaba animada, no era el momento para ella, todavía no contaba con la fuerza ni con el impulso para devolver las caricias ni el vigoroso ímpetu de Mauricio, pero le pareció injusto no compartir en la cama la felicidad de su amante, el feliz empresario deseoso de coronar con amor todo lo ocurrido. Solange hubiera deseado pasar la noche y amanecer abrazada, de cucharita como a ella le gustaba, pero no, Mauricio, por alguna razón, debía retirarse un par de horas después. Ya la vería durante la semana para continuar con la conversación, por lo pronto, los besos y los arrumacos no podían esperar y, por supuesto, no esperaron.

Las personas pueden hacer los planes que deseen, con alcohol o sin él, con entusiasmo o con poca o mucha imaginación y optimismo, con los pies en el piso o volando entre fantasías, pero en la vida siempre existirá un tercer jugador invisible, inesperado e incontrolable, el titular indiscutible de la última palabra: se llama destino. La realidad se hizo presente al cuarto día de la liberación de Solange y también al cuarto día de haber hecho el amor. La suerte volvió a asestar un tremendo manotazo en la vida de la feliz pareja, pues el miércoles siguiente, el terrible miércoles, cambiaría la vida de los protagonistas y casi se diría que para siempre.

Todo comenzó cuando en la mañana del día siguiente, un actuario de un juzgado de la Ciudad de México, acompañado por dos abogados de la Hipotecaria Mexicana del Norte, llamó a la puerta del departamento de Solange para pedirle, mejor dicho, para ordenarle, es más, exigirle, la desocupación inmediata del inmueble en ese mismo día, en ese mismo instante, cualquier resistencia ante la entrega sería inútil porque venían con cargadores contratados para desahuciar el condominio, para vaciarlo en las próximas ocho horas, según había ordenado el juez encargado de la causa.

Solange creía estar soñando. En un entendible impulso alcanzó a cerrar la puerta con violencia sorprendiendo a los intrusos para impedir el procedimiento, pero empezó a escuchar cómo forzaban la cerradura. La misma voz siniestra del actuario se escuchó desde el pasillo:

—Señora, tenemos autorización de la autoridad para romper cerraduras y entrar con el uso de la fuerza en su condominio. Entiéndalo por su bien y déjenos cumplir con nuestro trabajo.

—Váyanse al carajo, este departamento es mío, lárguense, malditos rateros.

—No, señora, no es suyo, está a nombre de una tal Ingrid Lagos Pérez —repuso el actuario con la esperanza de no llevar el desahucio a sus últimas consecuencias. Estaba acostumbrado a esas respuestas virulentas.

—Sí —recordó Solange—, sí, es el nombre de mi hija, pero para tal efecto es mío, porque yo lo pagué y, para que usted lo sepa, ella y yo somos lo mismo —replicó sin abrir la puerta, dueña absoluta de sus argumentos y de su verdad.

Del otro lado le contestaron en estos términos:

—Su hija, señora, hipotecó tanto este inmueble en el que estamos ahora mismo como otro que tiene usted en la calle de Taine, también en la Ciudad de México, a favor de la Hipotecaria Mexicana del Norte, y resulta, usted disculpará, que la señora

Ingrid Lagos Pérez lleva seis meses sin pagar los créditos hipotecarios de ambos inmuebles que ella dio como garantía al ser de su propiedad, según consta en el Registro Público de la Propiedad —dicho lo anterior, pasaron por debajo de la puerta una copia del contrato del crédito hipotecario suscrito por Ingrid, así como la orden judicial de desahucio. No había nada que hacer.

Solange leyó los documentos, pero no pudo sostenerse de pie. Se desplomó como si de golpe se hubiera convertido en un mero bulto de carne sin osamenta ni forma alguna. En esa posición fetal, por cierto, la encontraron el actuario, los abogados, los policías y los cargadores cuando forzaron las cerraduras para ingresar en el departamento. Trataron inútilmente de levantarla, sujetarla de alguna manera y ayudarla para que al menos se sentara en un sillón. Ella carecía de fuerza siquiera para intentar morder a los intrusos. Sólo se tapaba el rostro con el contrato de su hija y las órdenes judiciales que empapaba con el voluminoso llanto. Los presentes no pudieron auxiliarla, experimentaron una vergüenza ajena, se les rompía el alma al contemplar semejante escena. Sin embargo, tendrían que continuar con su trabajo, tal y como lo hace un sepulturero, sin contagiarse con el dolor de los deudos en cualquiera de los entierros o cremaciones que llevaban a cabo en un solo día.

Solange vio entrar a los cargadores con algunas cajas, en donde guardaron sus pertenencias. A continuación, empezaron a sacar las sillas del comedor, las del antecomedor, los muebles de la sala... en fin, desocupaban el condominio sin que ella pudiera oponerse. En una primera reacción, sin poder detener el procedimiento, decidió llamar por teléfono a Ingrid antes de la debacle total.

Se desplazó entonces, cabizbaja, arrastrando los pies, a la que había sido su recámara. Tomó su teléfono celular y marcó sin obtener respuesta. Nadie contestaba. Colgó. En ese momento ni siquiera pensó en Mauricio, su hija era la única responsable. ¿Y si se rendía sin más y se tiraba por la ventana? De acuerdo, que todo se fuera de una buena vez por todas y para siempre a la mismísima mierda... ¿Qué le podía contestar su hija ante las evidencias jurídicas presentadas? ¡Nada! Ingrid, el fruto de sus entrañas, también la había traicionado, había hipotecado los dos condominios sin avisarle, quién sabe por qué, para qué y qué había hecho con tanto dinero. Sus años de matrimonio con Alonso finalmente no le habían servido para casi nada, sólo para medio carajo. El mundo entero estaba en su contra. Todo estaba perdido. Sólo le quedaba trasladarse a casa de Ingrid, convivir con ella después de esta terrible felonía. ¿Cómo verla a la cara sin escupírsela? Dicha alternativa le llamaba tanto la atención como volver a cohabitar con Alonso. Imposible. El departamento rentado, el de Taine, tampoco era una posibilidad, muy pronto también saldría de su patrimonio.

Sin remedio alguno: le gustara o no, tendría que ver cada día interminable a Ingrid, y tragarse su malestar como si la obligaran a deglutir su propio vómito. ¿Desayunaría, comería y cenaría a su lado como dos buenas hermanitas sin historia común? ¿Cuánto tiempo tardaría en perder la vida si abriera la ventana y se lanzara al vacío? No transcurrirían ni siquiera treinta segundos más de sufrimiento antes de disfrutar el placer del eterno silencio. En el más allá no existirían los Alonsos ni las Ingrids ni se conocían las cárceles ni las celadoras ni los agentes del Ministerio Público ni las envidias ni los rencores. Había sufrido tanto que treinta segundos más eran absolutamente irrelevantes. Buscaría la mejor oportunidad para acabar con su vida, pero, de repente, cuando ya no quería saber nada de nada y contaba los pasos hacia la terraza, sonó el teléfono. Era Ingrid, se reportaba.

—Hola, ma, ¿cómo estás, jefecita querida, para qué soy buena? —preguntó Ingrid fresca y risueña al salir del gimnasio, después de un masaje sueco profundo. No había visto a su madre desde su salida de prisión.

—Eres buena para irte a la mierda, maldita rata estercolera, alacrán pantanero —repuso Solange echando mano de su inmenso repertorio de insultos para dispararlos como una ráfaga de ametralladora.

—¿Te has vuelto loca? ¿Qué te pasa, qué te sucede? —repuso Ingrid alarmada—. ¿Ahora qué te hizo el rufián de tu maridito, demonios?

—No, nada de mi maridito, tú eres un ser maligno.

—¿Yo...? Te equivocaste de número, le estás hablando a tu hija...

—Pues sí, le hablo a mi hija que me engañó...

—Yo nunca te he engañado, de modo que ya bájale...

—¿Ya bájale, cabroncísima...? ¿No hipotecaste a mis espaldas mi propio departamento y el que rentamos? Maldita seas...

Después de un sospechoso silencio, Ingrid preguntó:

—Pero ¿qué estás diciendo, mamá? ¿Es una broma? —todavía insistió Ingrid a pesar de escuchar la voz calamitosa de su madre. Sí, sí había hipotecado ambos departamentos, pero su novio había pagado, supuestamente mes con mes, los intereses de los créditos contratados. ¿O no? ¿Le habría mentido? Ella nunca había conocido los requerimientos del banco porque el domicilio para recibir notificaciones era el de su galán. Perfecto, ¿no?

—¿Broma? ¿Cuál broma, canallita? Ven ahora mismo a ver cómo me están lanzando a la calle, ve con tus ojitos de mierda cómo están sacando la cama y todos los muebles de tu madre para depositarlos en la banqueta. Te lo digo porque en un par de horas mi departamento quedará completamente desocupado y a disposición del banco.

—Pero, mamá, ¿cómo demonios pudo pasar? —todavía Ingrid se cuestionó escéptica. ¡Claro, se trataría de otra jugadita del tal Alonso y ahora querían culparla a ella!

—Es muy fácil lo que pudo pasar, cerebro de piojo, si hipotecaste, como te dije, sin mi autorización, los dos condominios y no pagaste mensualmente las hipotecas, entonces los bancos te lanzan a la calle, o sea, te lanzan a la mierda —hizo una breve pausa para poder respirar en su ataque de ira. Los gritos los escuchaba medio vecindario—. ¿Esperabas acaso que los banqueros se quedaran chupándose el dedo cuando no les pagabas las mensualidades? ¿En qué mundo vives? Claro que el adeudo se lo iban a turnar a los abogados y claro que me iban a sacar de mi casa y a rematarla, como lo están haciendo ahora mismo, y claro, clarísimo, que también perderemos el rentado, del que comemos, pedazo de pendeja —continuó descargando su furia, mientras uno de los cargadores le pedía ponerse a un lado para poder enrollar el tapete de la habitación principal, desde donde ella se comunicaba con Ingrid.

—¡Ay, mamá!, perdón, perdón, perdón, es que yo creí…

—Sí, ya sé que creíste, por supuesto que creíste, yo ya no sé si llamarte delincuente o pendeja o las dos cosas juntas, pero, a ver, dime, ¿qué chingada madre hiciste con el dinero hipotecado? ¿Dónde lo tienes?, ¿para qué hipotecaste lo último que nos quedaba para vivir?

—Muero de la pena de confesártelo, jefa…

—No me vuelvas a decir jefa, ¿entendiste? Confiésalo de una chingada vez, como lo tenías que haber hecho antes de apuñalarme por la espalda.

Del otro lado del teléfono se escuchaba el hilo de la voz desesperada de Ingrid, quien intentaba explicar lo ocurrido:

—¿Te acuerdas de mi instructor del gimnasio, el que te conté que era una maravilla y que yo estaba verdaderamente encantada con él, mi novio con quien pasaba momentos muy felices?

—Sí, claro que me acuerdo, el pinche prieto de mierda que en su vida había comido caliente y te lo dije. A ese subhumano jamás siquiera le pasó por su mente la remota posibilidad de tener una mujer como tú, claro que me acuerdo de ese renacuajo maloliente.

—¡Ay, mamá, mamá! José Luis, "el Bicho", me dijo que había pagado todo y, por favor, no le digas tan feo.

—¿El qué? ¿Cómo le dices a ese gusano raquítico? —expulsó Solange hasta el último resto de su desayuno. Vomitaba abundantemente en el piso de lo que había sido su habitación.

—José Luis, el Bicho, así le decimos todos de cariño.

Limpiándose los restos de saliva y de comida con el dorso de la mano, alcanzó a preguntar:

—No me digas que le diste el dinero al tal Bicho, ese buen hombre.

—Sí, sí se lo di, porque estamos invirtiendo en varios gimnasios de súper lujo que administraremos juntos, ya que él tiene mucha experiencia en la operación de este tipo de negocios.

—Y tú le creíste, claro está, al putérrimo bicho de mierda, ¿no…?

—Sí, sí le creí, ¿por qué no iba a hacerlo?

—Mira, ya no voy a discutir contigo, sólo dime por cuánto dinero hipotecaste los dos departamentos. Y no me vengas ahora con que el *bichito* es un cura de parroquia.

—Muero de la pena de confesártelo, mamá, no sé ni cómo decírtelo ni por dónde comenzar —dijo Ingrid conturbada.

—Pues ya suelta la sopa, pendeja.

La voz de Ingrid apenas se escuchaba en el celular.

—¿Qué? ¿Cómo dijiste? No entendí…

—De cada departamento, mamá, el banco me prestó el cincuenta por ciento.

—¿Quééé…? ¿Me estás diciendo, carajo, que yo pagué diez millones de pesos por cada departamento y ahora tú los hipotecaste por cinco millones cada uno, o sea, invirtieron en los putos gimnasios diez millones de pesos?

—No, mamá, ya de una vez te lo digo, invertimos más, mucho más.

—¿Mucho más…? ¿Entonces de dónde sacaron el dinero? ¿Lo puso el Bicho? ¡Dímelo de una buena vez!

—Bueno, mamá, mejor te lo digo: tomé también dinero de la venta de los cuadros porque con todo ese dinero vamos a hacer los gimnasios más espectaculares en la Ciudad de México y más tarde en toda la República y yo, tu hija, te voy a hacer multimillonaria.

—¿También tomaste el dinero de los cuadros, hija de tu perra madre? Pero ¿cómo te atreviste? Dispusiste del dinero ajeno, así porque sí, y yo que te presumía como el feliz fruto de mis entrañas, mi único motivo de orgullo en mi vida.

—Es que verás, va a ser un buen negocio.

—Vete a la chingada con tu negocio, mierda asquerosa —explotó dándose cuenta de que se le agotaba su repertorio de insultos. Tal vez quería decirle asquerosa cagada o algo por el estilo, pero ya no se le ocurría nada.

—¡Ay, mamá!, cálmate, todo saldrá bien.

—Ya nos llevó la chingada a ti y a mí. Entiéndelo y verás cómo el putito de tu amante o de lo que sea, te aseguro que se va a pelar con la lana.

—Verás que no, te lo juro, es un buen hombre. Te llevarás una gran sorpresa ahora que te invitemos a repartirnos las utilidades…

—Qué buen hombre ni qué madres, ¿qué hicieron entonces con todo el dinero? Ni me hables de utilidades…

—Pues de los departamentos invertimos diez millones de pesos y le metimos otros veinte de los cuadros, o sea que invertimos en total treinta millones de pesos en los gimnasios. Todos van a tener alberca y equipos de primera, mejor te lo cuento de una vez para que luego no me regañes.

—¿Y dónde están los putos gimnasios?

—No, no los hemos empezado a abrir porque no nos han dado la autorización en las alcaldías, ya ves que en el gobierno todo se arregla a mordidas y José Luis no ha podido ponerse de acuerdo con los alcaldes, todos son unas ratas.

—Entonces ¿dónde está el dinero, el dinero, me entiendes? ¿Quién lo tiene? —todavía Solange imaginó alguna esperanza de que no todo se hubiera perdido.

—El dinero está en nuestra cuenta, ma, no te preocupes.

—Si está el dinero en su cuenta, vas ahora mismo al banco y, con un cheque de caja, me lo devuelves. Aquí te espero. Comprenderás que yo no me puedo mover de este lugar.

Ingrid no perdió un segundo de su tiempo en llamarle a José Luis para contarle lo ocurrido.

—Te espero en el banco. Con que le demos algo de dinero, la vamos a tranquilizar. Y ya mañana vemos.

Ya en el banco, el instante se convirtió en un momento, el momento en una hora, la hora se convirtió en dos, en tres, en cuatro y en cinco hasta que José Luis, por supuesto y desde luego, no apareció. Desesperada, Ingrid entendió, se resignó y aceptó lo peor. Por supuesto, la cuenta estaba vacía.

—No puede ser. Miserables. Debe haber un error. Ustedes lo hicieron. Los voy a demandar —gritaba, pateaba, escupía, hasta que un policía la sacó a empujones de la sucursal. Una vez cerrada la puerta, cayó de rodillas, maldijo a José Luis, maldijo a todos. Golpeaba el suelo con los puños, haciéndose daño. Así comenzaba su largo camino hacia el infierno.

La luz del día se fue apagando mientras Solange esperaba a su hija en la calle, sentada encima de una de las mesitas de noche, en lugar de contratar un camión de mudanzas. Deseaba que su hija la encontrara en esa terrible condición: sola, echada sobre la banqueta sin siquiera la compañía de Mauricio, abandonada totalmente. José Luis no llegó, nunca llegaría, ni hoy ni mañana ni nunca, jamás nadie lo volvería a encontrar. Solange pagó, muy asustada, por cierto, el servicio de mudanzas a una bodega con su tarjeta de crédito, porque tal vez también se la habían cancelado por falta de pago. Sus bienes fueron depositados a salvo, incluido el tocador obsequiado por su padre para que jugara a las muñecas. No tuvo más remedio que pasar la noche en casa de Ingrid, su hija adorada, y compartir la cama con ella.

¿Para qué desperdiciar tinta y tiempo para describir lo que ocurrió cuando ambas se volvieron a encontrar?

Cualquiera pudiera pensar que cuando Solange, hecha añicos y descorazonada, cerró la puerta del departamento en donde vivía su hija Ingrid, en ese momento habían concluido sus penas, pero no, no era el caso, porque padecía desde la noche anterior una gran comezón vaginal que no la dejaba en paz. Al otro día, a primera hora de la mañana, iría al laboratorio para conocer el origen de la molestia. No tardaría en saber que se trataba de una blenorragia, una terrible gonorrea, una enfermedad venérea. ¿Cómo la habría podido contraer?, se preguntaba mientras se abofeteaba con ambas manos al leer el reporte clínico. ¿Lo habría contraído en un baño público?, empezó a reflexionar y a caer en cuenta de que precisamente cuatro días antes había tenido relaciones sexuales con Mauricio, su querido amante. Horror. ¿Sería él? ¡No, por favor! ¡Dios mío, no! ¡Ya no más! ¿Por qué te ensañas conmigo? ¿Qué te hice? Perdóname… Dime que no es cierto…

El mal nunca venía solo. ¿Uno más? En ese mismo día Solange se sintió invadida por una duda asfixiante: ¿Y si la trama de los gimnasios no pasaba de ser una estrategia de Ingrid para robarse el dinero y el tal José Luis, el famoso "Bicho" nunca había existido? ¡No, por favor, no!: horror de horrores. ¿En quién creer…? Al menos había abierto una cuenta personal de ahorros, su querido guardadito, en los Estados Unidos, su tabla de salvación, de la que no tenía ni tendría conocimiento su hija Ingrid. No todo estaba perdido. La esperanza existía y existiría. Mientras hubiera vida habría futuro…

Por esos días, cuando Solange se precipitaba sin control alguno en el vacío, Alonso, ajeno a la catástrofe padecida por su exmujer, se presentaba en las oficinas de Mauricio con el ánimo de dejar saldadas viejas cuentas. El potentado había pasado la noche trenzado, abrazado, feliz y contento con Loretta, Lorettísima, sí, pero tenía otras asignaturas pendientes que lo obligaban a apartarse de las sábanas adormecedoras, ya que ese mismo día debía concluir con la segunda parte de su venganza: acabar con el malvado de Mauricio, cómplice del descarrilamiento de su vida. La presencia de Loretta lo había reconciliado con la existencia sin dejar de repetirse aquello de que no hay mal que por bien no venga, de acuerdo, pero ese miserable de Rubio requería de un escarmiento y él se ocuparía no sólo de hacer justicia con sus propias manos para recuperar su propia paz, sino de impedir que ese delincuente continuara dañando a más personas con su labia seductora y perversa.

Dos días antes, la Productora Universal de Tecnologías Originales, S. A. ya se había convertido, según lo planeado, en la principal compradora de todos los productos comerciales de Todo para tu Casa. Tan pronto el magnate comprobó que él ya representaba el noventa por ciento de las ventas de la empresa de Mauricio, decidió asestarle un tremendo y puntual golpe en la nuca para hacerle saber que todavía no había nacido quien se burlara de él. El magnate, muy a su estilo, estrelló el puño de su mano derecha contra la palma extendida de la izquierda. Adelante, echemos a andar la maquinaria…

Después de un buen desayuno a la italiana con un capuchino cargado —*double shot*, *doppio*, como decía Loretta— sin ponerle canela porque deterioraba el sabor del café, y una vez deleitado con los besos acaramelados de la mañana al despedirse de ella en la puerta del elevador, Alonso Roel llegó a su oficina, cerró la puerta con seguro, no recibiría llamadas ni visitas, es más, no estaba para nadie, ni siquiera para él mismo. Pensaba en la vendetta, en la última oportunidad que él mismo se concedía para proceder o no en contra de Rubio, muy a pesar de los esfuerzos comerciales y financieros que se habían llevado a cabo para perfeccionar la estrategia diseñada para destruirlo desde el anonimato. Vinieron a su mente sentencias de la Biblia aprendidas cuando estudiaba catecismo en una escuela católica durante su remota infancia. No, no le bastaba el hecho de haber encarcelado a Solange. Ahora le tocaba el turno a Mauricio, el otro coautor, un miserable más.

Mientras caminaba de un lado al otro de su despacho y daba vueltas alrededor de la mesa de juntas, como león enjaulado, recordaba cuando su tía Lili le había enseñado a no permitir que el enojo durara hasta la puesta del sol para no darle cabida al diablo, que había que aferrarse a lo bueno y evitar a toda costa el mal, que quien a la bestia hacía mal, era más bestia que el animal. En fin, el empresario dudaba, su estructura ética se ponía de nueva cuenta a prueba. El daño padecido había sido profundo y duradero. De acuerdo, pero ignorar el mal era tanto como convertirse en cómplice, entendía que la venganza nunca curaría las heridas, pero quien hubiera hecho una, tarde o temprano, haría dos, y había llegado la hora de hacer justicia cada quien desde su trinchera. Era muy sabio aquello de ojo por ojo y diente por diente y, mucho mejor aún, hombre vengado, corazón apaciguado. ¿Cuál era el mal menor?

¿Él sería juez o verdugo o víctima cobarde que le permitiría al bellaco continuar con sus tropelías? Al detenerse, frente a su enorme ventanal, también recordaba sentencias aprendidas en su paso por las páginas de la literatura, que no había cosa de tan buen sabor como engañar al engañador y a secreto agravio, secreta venganza. ¡Claro que secreta venganza!, ¿no…? No, nada de que olvidar la injuria es la mejor venganza: él, Alonso Roel, nunca olvidaría la injuria porque la venganza no tenía fecha de vencimiento y, en el caso de Mauricio, él se convertiría en el gran verdugo, en el ajusticiador. A sus ojos, el ladrón se declaraba inútil, por la vía de los hechos, al no poderse ganar la vida de manera honorable, pero al mismo tiempo se confesaba cobarde al atacar por la espalda. Rubio y la gentuza como él daban asco; eran escorias humanas.

Por amigos comunes de la escuela, Alonso había venido escuchando cómo, en los últimos tiempos, Mauricio presumía sus enormes utilidades, se hacía mil veces rico, pero dilapidaba su fortuna como si los recursos repentinamente obtenidos nunca se le fueran a acabar. No cualquiera sabía administrar correctamente un gran patrimonio sin desperdiciarlo y sin caer en vicios, ni depravarse, sobre todo si nunca antes había logrado construir un patrimonio importante. Rubio ganaba enormes cantidades de dinero, en efecto, pero destruía su vida, extraviado en parrandas, drogas, alcohol y mujeres. Por si fuera poco, también apostaba una parte de su fortuna líquida sin poder dar en garantía sus inmuebles, en su mayoría hipotecados. Unas veces ganaba y otras veces perdía, pero la realidad todavía no se le había impuesto con un sonoro manotazo a la mitad de sus planes y de su euforia. Ya no sólo jugaba al póquer los martes en la noche, sino que apostaba en otras mesas, también entre semana, a las que ya no concurría Solange. Ella misma se extrañaba de los enormes recursos que apostaba su amante. Él alegaba que nunca le había ido tan bien en los negocios y que podía jugarse su dinero ganado con el sudor de su frente como se le diera la gana, porque nadie se lo había regalado. Por otro lado, siempre había disfrutado hacerle el amor a Solange, pero sin confesarle sus relaciones secretas con diversas mujeres a las que compraba con el poder de su riqueza.

Una noche de cartas no le había llegado el 10 en una escalera de color y perdió sus ahorros en la mesa cubierta por el paño verde. No le importaba, porque de cualquier manera no había apostado su casa ni su empresa, y, por lo tanto, no estaba amenazada su solvencia económica. Además, en razón del disparo de las ventas, no le preocupaba perder sus ahorros líquidos en una partida, mientras no se vieran afectadas sus poderosas fuentes de ingresos. Como los jugadores de dominó, no se jugaba la ficha firme, porque de ella dependía ganar o perder el juego. Claro estaba: Mauricio nunca se jugaría la firme, o sea, las acciones de Todo para tu Casa, su empresa, no, no era tonto.

Con el paso del tiempo, la creciente demanda de aparatos adquiridos por la productora de Alonso había obligado a Mauricio a endeudarse más y más para poder cumplir y abastecer los cuantiosos pedidos de las empresas de aquél. Había comprado a plazos un par de enormes bodegas en Naucalpan, en el Estado de México. Simultáneamente había contratado a decenas de trabajadores y suscrito cuantiosos créditos destinados a la compra de maquinaria y equipo. Las espléndidas corridas financieras con las que le abría el apetito a los banqueros, todas ellas infladas, alteradas, apartadas de la realidad, le habían facilitado la contratación de nuevos empréstitos, más aún cuando comprobaban la colosal marcha de la empresa en los depósitos en las cuentas de cheques.

Ese mismo miércoles, Alonso todavía dudaba de la conveniencia de presentarse él mismo en las oficinas de Mauricio para hacerle saber que él era, y nadie más, quien le había comprado toda su producción en los últimos meses y que lo visitaba con el único y exclusivo propósito de informarle que ya no le compraría ni un tornillo ni un tostador ni media batidora ni media licuadora ni media aspiradora, es decir, que ya no le compraría nada, absolutamente nada. Ésa era una primera opción, pero también podría mantener oculta su personalidad ordenándole a Alondra Sepúlveda Simón, la mujer sugerida por Pepe Toño Grajeda, la misma que había tratado todo el tiempo a Mauricio, para hacerle saber la cruda realidad, porque simplemente ya no le compraría nada de nada por "problemas empresariales" y que hiciera lo que le viniera en gana. La tercera alternativa consistía en cerrar simplemente la oficina de compras encabezada por Alondra, de modo que Mauricio enloqueciera sin poder localizarla en el domicilio de la empresa, ni por teléfono ni por Whats-

App ni por nada. Alondra habría desaparecido como un suspiro nocturno. ¿Qué sería más doloroso para Mauricio y más placentero para Alonso?

De una manera o la otra, todo habría concluido para Mauricio. Ni moviendo cielo, mar y tierra podría sustituir, en el corto plazo, una cadena de compradores de sus aparatos. Se los tendría que tragar todos. La falta de liquidez lo postraría en la ruina. Se quedaría con las nalgas al aire, tal y como lo había sentenciado Alonso. No quedaría nada de nada de la extraordinaria historia de éxito económico, pues ya sólo sobrevivirían los pagarés de los créditos puente, más las escrituras públicas en donde constaban los créditos hipotecarios, además de las gigantescas deudas con proveedores, quienes no tardarían en tirar las puertas de su oficina, al igual que lo harían sus socios al ver perdidas sus inversiones, sin olvidar los sonoros insultos y amenazas de sus acreedores en las jugadas de póquer. Pronto se presentaría la insolvencia. La asfixia financiera lo esperaría en cada esquina. La ruina tocaría insistentemente a la puerta. Mauricio se negaría a abrirla en un principio, y cuando se acabaran las contemplaciones y la fuerza pública derribara los accesos, él ya habría huido por la salida de emergencia para esconderse en cualquier rincón del mundo.

Si Alonso se sintió próximo al vómito y después creyó perder los estribos cuando encontró a Mauricio en el Campos Elíseos tomado alegremente de la mano de Solange, mientras hacían votos por su felicidad, ahora él deseaba que su amigo de la primaria experimentara la misma sensación al presentarse, de pronto, en sus oficinas para hacerle saber de la cancelación inmediata de cualquier negociación con la Productora Universal de Tecnologías Originales, S. A. En esa ocasión, el sorprendido era el propio Mauricio, quien simple y sencillamente no podía dar crédito a sus oídos cuando su secretaria le anunció la presencia de Alonso Roel en la mismísima antesala de su oficina.

Al hacerlo pasar de inmediato, Mauricio se puso de pie, se cuadró, como si le hubieran anunciado el arribo del general en jefe de las Fuerzas Armadas. Talló el zapato del pie derecho contra el pantalón que cubría la pantorrilla del izquierdo y a la inversa, para que su calzado luciera bien boleado. Se alisó, como pudo, el cabello con ambas manos, se revisó las uñas, se ajustó la corbata, se puso el saco, se contempló frente al espejo de su baño como si hubiera deseado maquillarse y disimular su palidez... en fin, en segundos, se preparó como pudo para enfrentar una entrevista que sin duda cambiaría su vida sin que él lo supusiera.

Con una hipocresía cortés, difícil de disimular, Rubio recibió a su amigo con todo género de lisonjas y lambisconerías. Lo invitó a sentarse, le ofreció un café, un whisky, una copa de champaña, un vaso con agua, lo que él quisiera, ya sabía que ésa era su casa, que era muy bienvenido cuando él dispusiera, pero Alonso, sin agradecer nada, le anunció que su visita se reduciría a no más de cinco minutos.

En su precipitación y desesperación, Mauricio abrió la conversación advirtiéndole a su examigo que finalmente ya tenía los doscientos mil dólares que le había prestado hacía algún tiempo. El magnate pidió que de inmediato le hicieran una transferencia bancaria. No estaba dispuesto a explicar su presencia hasta no tener en sus manos la evidencia de dicha transferencia, porque el cheque jamás tendría fondos, sobre todo después de que se conocieran las razones de su sorpresiva visita. Rubio creyó que a esa razón se debía la llegada del gran empresario en su oficina o, tal vez, deseaba abordar el tema de su relación amorosa con su exmujer. La verdad, carecía de imaginación para suponer siquiera las palabras que escucharía a continuación.

—Toma asiento, por favor, querido Alonso —sugirió un Mauricio candoroso con una empalagosa hipocresía.

—No, así de pie estoy muy bien, y abstente de volver a llamarme querido, sólo vengo unos minutos a hacerte saber que la Productora Universal de Tecnologías Originales, S. A. es una de mis empresas, por lo que a partir de hoy ya no te comprará un solo tostador ni media batidora ni media licuadora ni media aspiradora, es más, ya no te comprará nada —reclamó elevando los brazos como si deseara arañar el techo.

—Pero ¿qué dices, Alonso? ¿Tú eres el dueño de la Productora? ¿De dónde sales ahora con este rollo? ¿De qué se trata, carajo? Si es una broma, créeme que no te la voy a pasar por alto —empezaba a protestar un sujeto que entendía su destino a la perfección—. ¿Por qué tendrías tú que haber fundado una empresa para comprarme millones de pesos y luego, de golpe, cancelar cualquier transacción para dejarme agarrado de la brocha? ¿Por qué, por qué haces todo esto? ¿Qué te hice?

—Tú vas a pasar por alto lo que me salga de los güevos, pinche traidor, porque a partir de hoy, como te acabo de decir, ya no te compraremos nada ni te pagaremos nada. ¿Está claro...? Podrás proceder legalmente como quieras, pero hasta aquí llegaste, miserable. En lo que se desarrolla el pleito en los tribunales, yo me encargaré de chicanear el juicio para que te quedes seco y carezcas de fondos siquiera para pagarles a tus abogados y ya no quede ni rastro de ti. Fuiste muy torpe al despreciar el tamaño de tu enemigo.

—Pero ¿qué te hice?, insisto, ¿por qué te ensañas conmigo? Yo no soy tu enemigo, Solange tuvo toda la culpa, ella se me insinuó, se me lanzó, me sedujo, ella fue la culpable, soy débil ante las mujeres, lo sabes, caray —respondió en su defensa, pero sin perder de vista sus objetivos empresariales—. Si tú eres el dueño de la Productora, al menos puedes dejar de comprarme gradualmente para poder cumplirle, siquiera a los bancos.

Alonso respondió con una carcajada.

—Además de todo eres cobarde al acusarla a ella de la traición en mi contra. De hombre no tienes nada —¿dónde habían quedado los afectos de aquella comida, hacía tanto, cuando Mauricio le había recomendado ir a ver a Casandra y más tarde a Marisol, y habían comido costillas de corderos, bebido vinos de Burdeos y rematado la reunión, entre viejos amigos, degustando un armañac viejo, muy viejo?

—Quebraré si ya no me compras nada —repuso Mauricio sin dar acuse de recibo del agravio—. ¿A qué hora voy a encontrar una nueva clientela? Entiende, por favor, me devorarán los pasivos y los créditos en lo que sustituyo a tu Productora —suplicó desesperado como nunca, mientras se aflojaba la corbata y parecía tirarse de los cabellos en cualquier momento. Estaba próximo al llanto.

—¿De verdad crees, a estas alturas del partido, que me va a importar un pito y dos flautas la quiebra de tu empresa si, a sabiendas de que soy muy supersticioso, te atreviste a mandarme con las brujas para desquiciar mi vida en terribles ataques de celos? ¿Cuánta lana les diste, cabrón? ¿De verdad crees que después de provocar mi separación de Solange, de robármela para intentar todavía lucrar con nuestro divorcio y ver cuánto te tocaba después del pleito, yo me iba a quedar con los brazos cruzados? ¡Acéptalo, Mauricio!, eres un hijo de la chingada. Yo, por mi parte, confieso que lograste envenenar una parte de mi vida, pero, en el fondo, hoy te lo agradezco porque me libraste de una mujer malvada que, como sabes, ya salió de la cárcel sin que pueda robarme ni un clavo más, lo cual no te hará nada feliz. Hoy es toda tuya, finalmente la tienes y juntos podrán disfrutar los millones de dólares que me robó. Son ustedes un par de bandidos, pero una cosa sí te digo, de esta vida no te ibas a ir sin que te pasara yo por la báscula, sabandija.

Cuando Alonso ya se dirigía a la puerta dando por concluida la reunión, Mauricio lo interrumpió para aceptar que él sí lo había mandado con las brujas, pero de buena fe, sólo de buena fe, para que rompiera con la rutina, pero sin ninguna otra intención ulterior. Acto seguido continuó con las siguientes palabras:

—¿De verdad crees que yo fui a ver a las brujas para pedirles que te envenenaran el alma a cambio de unos pesos? ¿Piensas que podría caer tan bajo? No, no soy así, deberías saberlo, a mí me fue muy bien con las brujas, me aseguraron abundancia económica, amores y salud, y acertaron en todo. Mi interés era compartirlo contigo para que, al igual que a mí, a ti también te inundaran con buenas noticias.

—O sea que ahora me sales con que eres una Carmelita Descalza, ¿no?

—No te burles. Además de todo, si llegué a tener relaciones con Solange fue hasta que ustedes se separaron y ya estaban en trámites de divorcio. Nunca, lo juro, le puse un dedo encima mientras estuvieron juntos —aprovechó la oportunidad para persignarse y besar su dedo pulgar derecho—. Soy inocente de cualquier cargo y, si fundaste a la famosa Productora para quebrarme, estás siendo muy injusto, no merezco ese castigo, porque si me acosté con Solange fue cuando ya no había nada entre ustedes, y también, si te recomendé con las brujas, fue porque quería compartir mi felicidad contigo, de muy buena onda. Te lo juro —volvió a persignarse—, nunca pensé que te fueran a hacer daño, lo lamento mucho y más lamento que pensaras que yo salía con tu exmujer por su dinero, no puedes pensar eso de mí, de tu hermano, no se vale…

—Me mandaste con las brujas para que me hicieran pedazos, te aprovechaste de mi debilidad porque sabes que soy muy supersticioso, maldito cobarde, y ahora lo niegas.

—No, no lo niego, claro que yo te las recomendé, pero para que te divirtieras —afirmó Mauricio clavado en el piso, mientras hacía una pausa para respirar—. Pero, a ver, dime, bien visto —sugirió con una repentina idea novedosa—: ¿No te parece muy curioso, Alonso, que las dos hechiceras te dijeran lo mismo? ¿No te suena extraño, hasta ahora caigo en cuenta, que ambas te leyeran las cartas o las manos para comunicarte que tu esposa te engañaba con otro hombre, como si esas mujeres manejaran ciencias exactas? Dios mío: dime que no es cierto…

Alonso arrugó el ceño. Por un instante empezó a dudar. Las palabras de Mauricio no carecían de razón, pero ¿cómo creer una sola palabra de las pronunciadas por Rubio?

—Te juro por Dios que todo lo sabe, que me castigue en el infierno, te aseguro que yo nunca les pedí que te envenenaran, ni mucho menos las soborné para que las dos te destrozaran con embustes propios de una persona perversa que no soy yo. Aquí hay una mano negra, Alonso, por favor admítelo ahora tú, una tercera persona está jugando con nosotros dos.

—Tú sobornaste a las brujas para que me envenenaran y lo lograron, pero, hoy en día, ya estoy curado de espanto —insistió el gran empresario sin dejarse impresionar, sin embargo, algo había cambiado en su actitud.

—Te juro por mi madre, hermano de mi vida, que yo nunca les di un quinto a las brujas para que te dijeran eso, si deseas vamos a visitarlas para que te confiesen la verdad —suplicó Mauricio arrodillándose—. Créeme, ya no sé por quién jurar para que me creas. Yo te mandé con ellas porque me parecía divertido, lo juro, lo juro, lo juro —afirmó gimoteando, mientras elevaba los brazos en busca de comprensión.

—No me digas hermano, grandísimo cabrón, ni jures por tu madre porque jamás la conociste. Tú no eres mi hermano, jamás fuiste mi hermano y jamás serás mi hermano, porque ahora, además de traidor, me doy cuenta de que eres un cobarde que ni siquiera reconoce lo que hizo. Mírate ahí, tirado en el piso como una mariquita. Das pena, me avergüenza que hayamos sido amigos, nunca supe con quién trataba en este juego de las verdades. Siempre envidiaste mi patrimonio y para meterle mano a como diera lugar, confiésalo, enamoraste a mi exmujer —descargó sus sentimientos retenidos pronunciando lentamente cada palabra—. Reconoce como hombrecito, así en diminutivo, que ella te importaba un pito y dos flautas, porque tu único interés, al igual que el de Solange, consistía en disfrutar el dinero que ella pudiera sacarme a raíz de nuestro divorcio, de modo que ambos pudieran vivir como reyes, ¿no…?

—Es que…

—Es que nada, es tu verdad contra la mía —dicho lo anterior, Alonso desapareció de la oficina de Mauricio, no sin antes azotar la puerta para dejar constancia de su despedida definitiva.

Mauricio, crispado, desesperado, continuó golpeando el piso, gritó angustiado, pateó los sillones de su oficina, escupió, mientras se ponía de pie y circulaba alrededor de la mesa de juntas lanzando maldiciones a diestra y siniestra. No sabía qué hacer. Su vida daba un giro inesperado en una edad en la que ya resultaba imposible recuperar el tiempo y el dinero perdido. No era lo mismo quebrar a los treinta años que a los setenta o más. En su ansiedad, no se le antojó beber un trago de whisky en el pequeño bar de su oficina, no, ni hablar. Atenazado por la angustia, pensó en el suicidio, porque no resistiría la exhibición pública al no poder cumplir con bancos, hipotecarias, acreedores, proveedores, clientes, socios y amigos que habían creído en él al confiarle sus ahorros. Todos lo acusarían de ladrón. El mundo era un pañuelo, sí, pero lleno de mocos. Esconderse carecía de sentido, tarde o temprano darían con él. Saberse perseguido implicaría perder la paz. No descartó la posibilidad de huir del país para no presenciar los embargos o su encarcelamiento, todo podía pasar porque bien sabía que sus estados financieros estaban manipulados y no respondían a la realidad. Sus activos no valían lo que él había declarado. El engaño tendría terribles consecuencias. De que darían con él, sí, darían con él.

Mauricio pensó en llamar a Solange para contarle lo ocurrido, pero ella le ganó la llamada. Estaba enloquecida de la furia. Por lo visto, no era el día de Mauricio. Gritaba como loca y lo insultaba como nunca nadie lo había hecho. Imposible hablar o interrumpirla. Estaba fuera de sí. Cuando Mauricio intentaba imponerse y hablar, ella le hizo saber:

—Una de las putas con las que andas te contagió de gonorrea y tú me la pegaste a mí, asesino, criminal, asqueroso.

Mauricio no podía acusar a Solange de haberse metido con otros hombres, sobre todo porque recién había salido de la cárcel de mujeres. Cuando intentó defenderse, ella colgó el teléfono con estas palabras:

—Hoy en la mañana perdí una parte inmensa de mi patrimonio y hoy mismo también perdí a mi amante. Pésimo día. Te deseo lo mismo. ¡Allá tú, miserable! —gritó antes de colgar—. Nunca volverás a saber de mí. Ojalá y que te dé gonorrea también en el culo…

Al arrojar furioso su teléfono celular contra una de las paredes de su despacho y convertirlo en astillas, el propio Mauricio recordó que esa misma mañana ya había experimentado un marcado ardor, acompañado de una supuración, al ir al baño.

Durante el día había pensado en hacerse una inspección médica porque manchaba sus calzoncillos con un líquido pastoso y purulento, pero en ese momento ya sólo tenía tiempo para ver cómo impedía el naufragio del buque insignia de su vida.

Mientras algunos se desplomaban en un profundo abismo sin dar con un asidero posible en su caída meteórica en dirección a la nada, los vientos de la prosperidad soplaban cálidos y reconciliadores en la nave de la vida de Alonso y de Loretta. No, claro que no sólo se habían identificado en el lecho amoroso, sino que también disfrutaban jocosos la hora de cocinar juntos, entre otras actividades más, como aprender a hablar italiano con el acento siciliano de la familia de la florentina. El empresario no sabía hervir agua, pero su joven amante le enseñó a preparar el fetuccini Alfredo o una lasaña boloñesa o una focaccia o una ensalada caprese, un espagueti a la carbonara, una pizza de jamón y rúcula, hasta un helado de arándanos. Reían como un par de chiquillos protegidos con delantales grabados con temas graciosos como "Fuck the chef" y otro que decía "Love to the lady chef". Bebían vino, se besaban al guisar las salsas o se acariciaban al probarlas. Después pasaban la tarde viendo películas en la enorme pantalla de la biblioteca de Alonso o hacían planes para el futuro, discutían temas políticos o abordaban los nuevos proyectos escultóricos de Loretta, ella por nada abandonaría su carrera como artista. Alonso ya había hecho los acuerdos del caso para presentar sus obras en las mejores galerías de la ciudad, además de Guadalajara y Monterrey. Después de un par de semanas de íntima convivencia, el empresario no cejaba en sus esfuerzos por impresionarla.

—Mi vida tiene dos patas, amor —confesaba la escultora al oído de su galán—. La primera, sin duda alguna, eres tú, y la otra, la escultura. Como verás, no necesito nada más de la vida. Nunca nadie había tenido en sus manos las llaves de mi felicidad y tú tienes, *caro mio*, hasta las contraseñas.

Una nota más: por si todo lo anterior no fuera suficiente, Loretta, con el paso de los días, empezó a mostrar una faceta ignorada por Alonso, la de una mujer amante de las travesuras. Maggie la había disfrutado de sobra cuando se conocieron en la Galería de la Academia de Florencia, sin imaginar que al atardecer, se convertiría en su amante. Sí que era traviesa y juguetona, su levedad cautivó a la pintora en unas cuantas horas.

El empresario nunca olvidaría aquella mañana cuando tenía programado un desayuno con consejeros de sus empresas. Se había retrasado y no había tenido tiempo de asistir al gimnasio, es más, tan tarde era que ni siquiera podría despedirse de la Lorettísima, porque ella se estaba duchando. El tiempo apremiaba y el mundo entero se le venía encima. Alonso, ya vestido con su traje azul de lino, una camisa blanca de seda con sus mancuernillas preferidas y sus zapatos de ante negro, tocó a la puerta sin abrirla:

—*Amore mio*, me voy, te veo a la hora de la comida. Prepara una buena milanesa con mostaza francesa. Te quiero, besitos —dicho lo anterior en voz muy alta, cuando se disponía a retirarse, escuchó a Loretta:

—*Amore mio,* pasa un momentito, *per favore* —repuso la italiana hermosa encerrada debajo de la regadera. *Non andartene senza avermi dato un bacio.*[7]

—Es que me tengo que ir ahora mismo o llegaré tarde.

—Bueno, sólo un momentito. Me enjabonas la espalda y te vas, te lo juro... *Ti giuro*...

El empresario sonrió complaciente, pero confundido, no era el momento de romanticismo, no, pero tampoco lo era para negarse ante semejante solicitud de su mujer, sí, pero, al fin y al cabo, él era el presidente del Consejo de administración y gozaba de ciertos privilegios como llegar ligeramente retrasado. Negando con la cabeza e inquieto, entró a cumplir con el cometido tomando las precauciones para no mojarse. Pero ¿cuál no sería su sorpresa cuando la italianita de repente giró y, empapada, cubierta de jabón,

[7] No te vayas sin darme un beso.

abrazó al empresario y empezó a besarlo como una escuincla traviesa? En una primera instancia él se resistió, pero, al verse perdido, soltó el cuerpo y también la abrazó, la correspondió con besos, caricias, y se conformó a su suerte. A continuación, ella lo desprendió de la corbata, del saco, de la camisa, le bajó la bragueta, lo desprendió de los pantalones y los calzoncillos, le pidió que levantara un pie y luego el otro para descalzarlo. Y ya sin paciencia para quitarle los calcetines, gozaron juntos el voluminoso chorro de agua para darse un baño inesperado que saborearon entre carcajadas. El trabajo podía esperar. Claro que podía esperar si se trataba del mismísimo amo.

Loretta era una mujer excepcional, imposible no percatarse de su porte exquisito ni evitar los piropos ni ignorar el despertar del deseo con tan sólo verla, ¿verla?, contemplarla. Su clase y su estilo la hacían el centro de atención de hombres y mujeres, sobre todo de las menos afortunadas. Imposible no mirarla ni por su físico codiciable ni por su belleza ni por su ropa escogida con gusto y tino ni por su personalidad. Toda ella dominaba los lenguajes corporales de modo que los entendieran los conocedores y, también, las inexpertas, ¿por qué no…?

Un par de días atrás, Gabino, el chofer, los había llevado a un lugar en donde el buen Loncho le cubrió los ojos a Loretta con una banda negra para mostrarle una de las grandes sorpresas de su vida. Alonso había comprado un estudio completamente equipado, en donde ella podría empezar a trabajar sus diseños al día siguiente. Caminaron por el pasillo, tomaron un ascensor, se desplazaron unos pasos más hasta abrir la puerta e ingresar en un departamento, en donde el empresario le quitó el antifaz. En ese momento, la escultora volvió a comprobar el amor que Alonso sentía por ella. Lo abrazó, lo besó, lo despeinó sin contener las lágrimas. Pronunciaba palabras inentendibles en italiano, todas ellas impregnadas de agradecimiento y cariño. Empezó a recorrer el estudio luminoso, cubierto con un techo de vidrio, para contar con los mayores efectos de la luz, mientras ella caminaba golpeándose las piernas con las manos, en tanto vociferaba:

—*Mio Dio, mio Dio, che cos'é questo? Grazie, grazie, mio Dio, grazie…*[8]

Pero las sorpresas no terminarían ahí, porque Alonso y su pareja habían pasado revista de los escultores favoritos de Loretta como Lorenzo Quinn, el hijo menor de Anthony Quinn, el actor de cine, así como trabajos de Joan Abras y de Jerzy Kalina, por lo que había enormes libros de ellos sobre una de las mesas de trabajo y fotografías de sus esculturas en diversas partes del mundo ya pegadas en las paredes del estudio, como si ella misma lo hubiera decorado.

—¿Dónde, *caro mio*, me voy a encontrar a un hombre como tú? Yo creo que ya no existen. Algo bueno habré hecho para que la vida me premiara con un ser humano como tú —suspiró estirándole las mejillas para jugar otra vez con él—. En ocasiones pienso que lo que estoy viviendo no es cierto, que estoy soñando y que no quiero despertar.

Alonso la consentía, cumplía con todos sus caprichos al pie de la letra y le compraba cuantos objetos, ropa y joyas ella deseara. La sabiduría popular advertía de los peligros de darles a las mujeres todo el amor y todo el dinero, pero al empresario nada le importaba, en todo caso esperaba que ella tuviera el suficiente talento para no echar a perder esa relación mágica que la vida les había regalado. ¿Para qué servía el dinero, demonios? ¿Existía alguien con mejores calificaciones para gastarlo, en el entendido de que al morir no se llevaría nada?

Loretta adoraba su nuevo papel como ama de casa. Atendía los mínimos detalles del hogar, cuidaba la ropa de Alonso de modo que estuviera bien planchada y sin manchas. Veía que no faltaran los medicamentos para regular la tiroides ni los antiácidos para atacar una gastritis crónica. Revisaba sus artículos de aseo personal para que ninguno se hubiera agotado. Repasaba la programación cultural de la ciudad para asistir a exposiciones, conciertos y diversos espectáculos. Además, era bella y gran

[8] Dios mío, Dios mío, ¿qué es esto? Gracias, gracias, Dios mío, gracias.

cocinera y, por si fuera poco, una gran compañera que disfrutaba el amor como nadie.

Si de juegos se trataba, Alonso contaba con la suficiente imaginación para conmover e impresionar a la italianita preciosa. En una ocasión, la invitó a viajar en su avión, el fabuloso Gulfstream, a la ciudad de Monterrey, irían y volverían el mismo día. Se trataba de comprobar el proceso de construcción de un centro comercial. No era necesario llevar equipaje. ¡La engañó! Cuando ya llevaban dos o tres horas en el aire, ella vio el mapa electrónico a su lado izquierdo para comprobar que ya volaban en territorio norteamericano. Alonso no tuvo otra opción más que confesar que en un momento más aterrizarían en Nueva York.

Loretta le pellizcó una pierna y le picó el estómago con un dedo.

—¿Y mi ropa, mis maquillajes, mis medicinas y mi pasaporte, *bambino*?

Todo lo había previsto a través de Eli, la querida nana...

En ese momento, Loretta salió con una de las humoradas que más festejaba Alonso:

—¡Qué bueno que volamos hoy, el jueves 16, amor, porque el viernes 17 no hubiera podido hacerlo!

—¿Por qué?

—Porque el número romano 17 significa que he vivido, que estoy muerta, es una superstición terrible entre los italianos.

—Pero tú no crees en las supersticiones, ¿no, Lore?

—No, no creo en ellas, salvo que me convengan...

Al llegar al hotel en una limusina Mercedes Benz, tan pronto fueron acomodados en una suite espectacular en el Mandarin Oriental, Alonso le hizo saber a la italiana que él tenía un compromiso para el lunch con unos banqueros y más tarde cenarían con sus socios de los desarrollos inmobiliarios, eso sí, sin salir del hotel. Al otro día desayunaría con sus agentes bursátiles para analizar el desarrollo de sus inversiones personales, así como para proyectar el desempeño de las acciones de sus compañías en Wall Street; al mediodía vería a sus abogados y en la noche a un grupo de empresarios interesados en *joint ventures* en México y así un día tras otro, hasta volver al aeropuerto de regreso a México, porque Alonso era un esclavo de su agenda y no era tan rico como para comprar su tiempo. Ellos dos desayunarían temprano en la mañana y cenarían un par de noches en restaurantes de lujo, los más caros y ostentosos de la ciudad. El empresario hablaba y presumía de la gran cantidad de actividades que lo atenazaban en la Urbe de Acero sin imaginar lo que pasaba por la cabeza de la escultora. Éste se percató del efecto de sus palabras y de sus planes cuando abrió su portafolio para sacar una tarjeta negra de crédito a nombre de Loretta Saporetti para que se fuera de compras y darse gusto, el máximo placer de la mayoría de las mujeres, ¿no...?

—Gasta, amor mío —le dijo—. Yo no tengo ilusión de hacerlo, estoy harto, pero sé que a ustedes les fascinan las compras y más en esta gran ciudad de los Estados Unidos.

Convencido de estar haciendo feliz a la hermosa florentina, no pasó por su mente que tan pronto ella tuvo la tarjeta en sus manos la tiraría al piso con un coraje incontenible acompañado de las siguientes palabras:

—Esto es lo que hacen los hombres con las putas, creo que te has equivocado conmigo, Alonso, jamás me había sentido tan ofendida, hazme el favor de irte a la mismísima mierda.

Dicho lo anterior se dio la vuelta para tomar su maleta con el ánimo de regresar de inmediato al aeropuerto. En ese instante el magnate cayó en cuenta de su terrible error. Corrió hacia ella. Le impidió el paso hacia la puerta, trató inútilmente de tomarle las manos, la angustia se reflejaba en su rostro y en su mirada. Casi temblaba, en tanto se le anegaban los ojos. No recordaba haber pasado semejante vergüenza. El arrepentimiento era tan patético como evidente.

Al verlo tan contrito y desesperado, Loretta dejó caer su maleta al piso.

—Eres un malvado, Alonso, nunca creí que pudieras ofenderme de esta manera. ¿Por quién me tomas?

—Por favor, perdóname, te lo suplico, te quiero demasiado como para ofenderte o humillarte. No sé cómo disculparme, te lo juro. Me equivoqué, fui un idiota, un cretino, un estúpido. Te juro que no era mi intención. Nunca, a ninguna mujer, le había dado yo una tarjeta de crédito negra, creí que te halagaba por la confianza, que te hacía feliz, que te iba a gustar pasear por las calles y comprar lo que te diera la gana sin que yo te esperara afuera de las tiendas, aburrido y cansado. A mi exesposa le encantaba irse todo el día de tienda en tienda y ya nos veíamos hasta la noche, entiende de dónde vengo —explicó sin confesar que, en otras ocasiones, sus invitadas salían corriendo a la calle, tarjeta en mano, para regresar exhaustas con enormes cantidades de bolsas, las que traía el *bellboy* en un carrito utilizado para transportar el equipaje de los huéspedes.

—Qué equivocado estás —contestó apartándose de Alonso—. No me importa tu esposa más allá de una mierda, no generalices, yo vine a estar contigo, a desayunar contigo, a comer contigo, a cenar contigo, a ir al jazz o a la ópera juntos, a ir de compras juntos y probarme la ropa contigo y a darnos de besos en los vestidores, a hacerlo todo juntos, a estar contigo y nada más que contigo, ¿te das cuenta? ¿Y tú me das tu tarjeta y que te vaya muy bien…? Ni las compras ni tu maldita tarjeta me interesan si no estoy a tu lado. Trágatela toda.

"El buen manejo de un error podrá convertirse en un éxito notable", les repetía siempre la misma cantaleta a Paco y a Maggie. ¿Sí…? Pues era la hora de demostrarlo. Para salir del problema, cuando ambos estaban todavía de pie en el vestíbulo de la lujosa habitación, Alonso improvisó su respuesta:

—Sabes muy bien cuánto me interesa la reunión con los banqueros, con los inversionistas, con los abogados, con mis asesores, con mis agentes bursátiles, ¿verdad que lo sabes?

—Sí, claro que lo sé, no tienes por qué decírmelo. Insisto, si no tienes tiempo para mí en Nueva York, no me interesa estar aquí —decía la florentina en su humillación e intransigencia con el rostro descompuesto.

—Pues, como una prueba de mi amor, ahora mismo voy a cancelar todas mis citas, absolutamente todas, para disfrutar Nueva York a tu lado como nunca lo he hecho en mi vida. Yo también quiero estar contigo todo el tiempo posible. Tú eres mi prioridad y te lo quiero demostrar. Mi secretaria en México se ocupará de cancelar mis compromisos. A ver qué pretexto inventa, me tiene sin cuidado.

Loretta se rindió:

—¿Lo harás?

En menos de un minuto, mediante una llamada a México, todo quedará resuelto.

—Entonces, un favor más —agregó la escultora—: Cancela tu mugrosa limosina, no la necesitaremos. Si tenemos que movernos a algún lugar apartado, tomaremos un taxi, un *yellow cab* con un chofer indio apestoso con turbante, o viajaremos en el metro. ¿Lo conoces?

—No, ni idea.

—Bueno —adoptó el papel de dictadora—, yo me ocuparé de los restaurantes, de los museos, de la ópera que me encanta y de los bares que me han recomendado. A partir de hoy, tú calladito, me sigues a donde yo decida. Espero que estés de acuerdo. Ahora bien, tendrás que hacer muchos méritos para devolverme la sonrisa sin recurrir a los trapos ni a las joyas. ¿Te queda claro?

—Nada me dará más gusto, amor de mi vida, que hacerte reír, lograr que te diviertas y disfrutes el hoy, el ahora. Esa tarea la asumo con alegría.

—Entonces, *bambino*, nada de *caro*, por el momento, te invito un martini en el bar de Woody Allen. ¡Ah!, lo olvidaba, tu *girl scout,* ésa de la que yo no sabía nada, la que acabas de mandar de avanzada a Nueva York antes de nuestro viaje para que escogiera dos restaurantes de moda sólo para cenar, la *crème de la crème*, me parece muy sospechosita, no la necesitamos ni la necesitaremos en el futuro para nada. Yo soy tu mejor guía de turista, *caro*, y sé lo que a ti te gusta, salvo que opines lo contrario, ¿okey?

—¡Okey! —contestó el potentado como un niño regañado—. Te juro que no tengo nada que ver, sólo me ayuda a escoger lo mejor sin pérdidas de tiempo…

—Pues a ver qué haces con ella, porque sus viajecitos y su presencia a tu lado me parecen extraños, ¿okey?

—Okey...

Andiamo...? —concluyó la escultora, tomando la mano del empresario dirigiéndose a la calle 59.

Caminaron, más tarde, por la calle de Madison. Otro día fueron a SoHo, se sentaron en las bancas de Central Park, alimentaron a los patos, subieron al observatorio del One World, se retrataron en la Estatua de la Libertad, recorrieron el museo del 11-S, el de Inmigración en Ellis Island, así como el de Arte Moderno, el Metropolitan y el Guggenheim; comieron hot dogs callejeros sin agenda ni compromisos salvo las reservaciones en los restaurantes y en Lincoln Center para asistir a la ópera. Alonso empezaba a sentirse querido, amado, respetado por su persona y sus sentimientos, creía superar los días en que sólo se sentía un cheque al portador.

Al tomar más de un martini, en el St. Cloud, él le hizo saber a Loretta que el estudio recién adquirido en la Ciudad de México ya estaba a nombre de ella. Alonso deseaba darle seguridad económica de modo que no conviviera con él por su dinero. Le daría tranquilidad patrimonial. No todas las mujeres eran avaras e interesadas como Solange. No se valía generalizar. Muchos hombres controlaban y dominaban a sus esposas amenazándolas con la posibilidad de dejarlas en la calle si no se sometían a sus deseos porque hasta el teléfono celular estaba a nombre del esposo. No, él detestaba los chantajes y, por lo tanto, se abriría el pecho para mostrarse con Loretta tal cual era. Loretta no sabía cómo salir del azoro. ¿De dónde había salido un hombre así, generoso, desprendido y genuino en sus afectos? Alonso nunca había recibido tantos besos en las mejillas, en los labios, en la frente, en la nariz, en la cabeza, en las orejas, en los párpados, en las palmas y en el dorso de sus manos. ¡Cuánta espontaneidad tan transparente y auténtica! El dinero también servía para hacer felices a terceros, ¿o no...?

Durante otro viaje inolvidable a bordo de un crucero por el río San Lorenzo, en Canadá, antes de desembarcar en el puerto de Boston, Alonso decidió hacerles saber a sus hijos de su relación con Loretta. Comenzaría por notificársela a Paco. No tenía por qué esconderla, sino, por el contrario, deseaba lucirla, presumirla. El planteamiento no sería sencillo por los antecedentes entre Maggie y Loretta, pero no tenía alternativa. O enfrentaba la realidad o la enfrentaba, sólo contaba con esas dos y únicas opciones... Se armaría de valor y, si su hijo no aceptaba su momento amoroso, por más extraño que fuera, él siempre escogería a Loretta: Paco tenía la vida por delante, mientras él empezaba a percibir las goteras de su existencia. Ya se reconciliarían o no, con el paso del tiempo...

Cuando al día siguiente de su arribo a la Ciudad de México Alonso se presentó decidido y sin pérdida de tiempo y, desde luego, sin previa cita, en el estudio de Paco, éste todavía se tallaba las yemas de los cuatro dedos de la mano izquierda contra la del dedo pulgar. Había terminado de ensayar, una vez más, el triple concierto de Beethoven para violín, violonchelo y piano. No, todavía no lo dominaba, pero eso sí, insistía e insistiría hasta el cansancio para lograrlo, porque, según él repetía una y otra vez, tenía entablado un pleito a muerte en contra de la mediocridad. Era todo o nada. "Dios, en el caso de existir, nunca se burlará de mí" era una de sus declaraciones más destacadas ante la prensa internacional. Siempre daba lo mejor de sí en los conciertos y, si llegaba a fracasar o a sentirse insatisfecho, continuamente se decía a sí mismo: "No lo pude haber hecho mejor. Imprimí lo mejor de mí y no me salió. No tengo nada que reprocharme". Más no podía dar, había llegado a su límite; imposible superarlo. El chelista estaba agotado. Su rostro todavía mostraba huellas de la terrible enfermedad. El músico estaba demacrado, la piel amarillenta del rostro aparecía pegada a los pómulos. Su hilo de voz sonaba como extraído de ultratumba. No, todavía no era el mismo, pero la sola esperanza de vivir y el hecho de haber recuperado la salud le inyectaban un ánimo y un entusiasmo contagiosos.

Al ver a su padre, le reclamó sus largas ausencias:

—¿Dónde has estado, querido viejo maduro?

Pero olvidado el tema entre juegos de manos, y superado cualquier resentimiento, humedecieron la conversación, de acuerdo a su costumbre, con su Macallan 18, el preferido de ambos.

—¿Pa' qué soy bueno, hambreador del pueblo, sacadólares? —le preguntó Paco, de acuerdo a su sentido del humor, más negro que el hocico de un lobo.

Después de chocar los pequeños vasos con tan sólo un cubo de hielo y ese exquisito *single malt* escocés, Alonso tomó vuelo para contar lo ocurrido con Loretta, tal vez, la última gran pasión de su vida. En esa primera instancia no se atrevió todavía a confesar el motivo de su visita. Hizo uno que otro rodeo antes de abordar un tema tan delicado:

—¿No crees que el sonido del hielo al chocar con las paredes del vaso lleno del whisky es uno de los ruidos más maravillosos que hemos escuchado después de los horrorosos chirridos de tu instrumento ese *quesque* tocas en los kioskos municipales?

Paco sonrió acostumbrado a los chascarrillos de su padre. Aquél no sabía cómo comenzar la conversación.

—A ver, explotador de la nación, ¿qué te trae por aquí? Cuéntame, suéltala de una buena vez, porque tú no das paso sin huarache.

—Sí, tienes razón —festejaba los comentarios de su hijo, mientras ocultaba como podía una sonrisa esquiva, imposible olvidar que había estado a punto de morir—. Lo que ocurre y debes saber —una inoportuna carraspera de la garganta le impidió hablar en ese momento— es que el amor volvió a mi vida —trató de buscar las palabras más adecuadas para aterrizar con suavidad su nueva relación sentimental. ¡Qué difícil resultaba caminar de puntitas sobre la superficie congelada de un lago, escuchar los crujidos de la costra de hielo con los ojos cerrados, al tiempo de elevar mudas plegarias con tal de no caer en el agua helada!

Paco guardaba silencio y disfrutaba con una expresión sarcástica las dificultades de su padre para abrirse de capa y revelar su relación:

—Hijo mío —Alonso tartamudeaba como un adolescente a punto de confesarle a su padre el hecho de haber estrellado su automóvil contra un árbol—, encontré a una mujer que finalmente me da mucha más felicidad de la que yo puedo recibir, Pacorro querido —escogió las palabras más sensibles para acercarse a su hijo—. Me ha llenado de entusiasmo y de ilusiones, de ganas de vivir, es la compañía perfecta, un encuentro inesperado a estas alturas de mi vida —Alonso hurgaba razones en los bolsillos para justificar su noviazgo—. Ella siempre está de buenas, ¿sabes lo que significa conocer a una mujer que siempre está de buenas? —preguntó en busca de una autorización impropia de su edad—. Una mujer de risa pronta, de buenas maneras, educada, complaciente, incapaz de criticarme ni de agredirme, atenta a cualquier señal de mi mirada, de un movimiento de mis cejas o de las arrugas de mi frente, para que nunca me falte nada a su lado, ¿sabes lo que es eso? A ver, ¿quién lo tiene? Ni tú, mi cachorrito querido…

—Pues te sacaste la lotería, Papuchito —repuso Paco con una mirada sospechosa, en tanto negaba sonriente, en silencio, con la cabeza. Menudo lenguaje entre padre e hijo. ¿Qué sabría el chelista?

—Pues sí, sí que me la saqué, Paquidermo, hijo mío, esta mujer me da en un día, ¡qué va!, en una hora, mucha más felicidad de la que yo hubiera podido disfrutar en los últimos tiempos —se cuidó mucho de decir que, en toda su vida, porque María Luisa, su esposa difunta, la madre de Paco, era intocable y era la mujer perfecta e incomparable. Por elemental cautela no entraría en un campo minado—. Cada veinticuatro horas, escúchame —abría Alonso las manos como si fuera a aplaudir—, me da un siglo más de alegría.

—¿Y se puede saber quién es la interfecta y afortunada princesa consorte de los cuentos? —cuestionó Paco cruzándose de brazos y asintiendo a la espera de una noticia sensacional.

—Qué bueno que estás sentado, porque…

—Me preparas como si me fueras a presentar a la reina de Inglaterra, pero ya se murió.

—No, no te burles, se trata de Loretta —soltó sin más el nombre de su amante para acabar con las suspicacias—. Sí, no te hagas bolas, la que fuera amiga y algo más que amiga de Maggie.

—¿Qué?, ¿qué estás diciendo? —exclamó Paco—. O sea, ¿le bajaste la novia a mi hermana, querido viejo rabo verde? —preguntó con una expresión cáustica y no menos hipócrita que su padre no percibió, preocupado de perder a su hijo ante una respuesta inesperada de celos, un rechazo previsible como cuando él le presentó por primera vez a Solange. Jamás olvidaría el rostro de su hijo al hacerle saber que ella era su prometida. Creía conocer a Paco, pero la duda habitaba en su interior. ¿Cómo reaccionaría?

—No, qué va, tu hermana y Loretta ya habían terminado y no tenían nada que ver la una con la otra. Yo no le bajé nada a nadie y rabo verde será tu abuela en calzones.

En ese momento, Paco estalló en una sonora carcajada inentendible para su padre. ¿Cómo entender la inoportuna hilaridad? Un músico jamás envejece. ¿Qué tendrá de gracioso lo que le estoy contando?, se preguntó Alonso lleno de curiosidad.

—Te confieso que fue muy divertido —agregó el chelista— observar cómo le dabas la vuelta al asunto para contarme algo que se sabe *urbi et orbi*…

—¿Por qué dices eso? —preguntó el magnate intrigado—. ¿Cuál *urbi et orbi*?

—¡Ay, jefe, jefecito lindo!, ¡cómo te tardaste en decírmelo…! Karin y yo sabemos lo de Loretta y tú desde que llegó a tu departamento. Conozco la historia, minuto a minuto —confesó poniéndose de pie todavía con alguna dificultad y colocando ambas manos en el respaldo de la silla.

—Pero ¿quién te lo dijo? ¿Cómo es posible?

—Te cuento siempre y cuando no vayas a rajar y no la agarres contra nadie.

—No, claro que no, no rajo, lo juro —levantó la mano como quien se compromete ante la Biblia.

—No tiene mucha ciencia, porque Eli, la que llamas tu nanita, le contó a Gabino de la llegada de Loretta, y Gabino, tu chofer, viene a ayudarnos, como sabes, aquí a la casa a hacer algunos trabajos, y él rajó con Karin y Karin rajó conmigo. ¿Entendida la cadenita de cómplices?

—Caray, ¡qué circuito! —suspiró Alonso negando con la cabeza y extendiendo el brazo para chocar los vasos de whisky. Bueno, bien, ¿y qué piensas? Ahora suéltala tú, canijo…

—¿Yo qué pienso? —se repitió Paco la pregunta—. Yo pienso, y mi mujer también, que todos tenemos derecho a la felicidad y que nadie debe interponerse en el camino de quien la esté buscando, dicho sea con toda seriedad, papá —a continuación, agregó—: Yo no soy nadie para juzgarte, es más, nadie debe juzgarte, pero eso sí, que quede claro, soy un entusiasta promotor de tu felicidad. Sólo quiero que te atropellen juntas la suerte, la buena ventura, la alegría y la salud; la salud, sobre todo, a tu edad. Si te entiendes con Loretta, si ella es lo que has estado buscando y necesitas, si son felices y disfrutan viajar como ya lo has hecho; si, como dices, la gozas en la cocina y en la cama y en los museos y en la convivencia diaria, si se ríen y juegan todo el día, si rejuveneces a su lado, entonces no tengo que opinar absolutamente nada —concluyó convencido de su posición—. Es más, jefe, es la hora de ser egoísta y de pensar en ti, sólo en ti, un hombre a tu edad tiene el derecho a hacer lo que se le dé la gana, si no, ¿cuándo? El tiempo apremia y atropella… Eso ahora lo tengo muy claro.

—¡Ay, Pacorrito mío!, me liberas de una carga enorme. Mal haría yo en no confesar que, si ustedes se hubieran opuesto a mi relación con Loretta, me hubieran llenado de piedras cada zapato, pero ahora conviviremos juntos y sé que, al menos, cuento contigo.

Paco sonrió complacido, pero no podía evitar una pregunta obligatoria:

—¿Ya lo sabe mi hermana? Ése es el punto, ésa es la bronca, a ver cómo reacciona. Nunca se te olvide, por lo que más quieras, que Loretta era su novia y ahora sucede que su examante es, nada más y nada menos, que la amante de su padre. Parece una película de Woody Allen, jefecito —Paco todavía continuó en estos términos—: No va a ser fácil, no te va a entender a la primera.

A ver cómo responde, ya ves que las mujeres a veces reaccionan de manera imprevisible. Yo no te garantizo nada ni tampoco quisiera llamarle para contarle todo esto como un chisme. ¿Tú qué opinas?

—Debo decirte que no tengo detalles de cómo fue el rompimiento de Maggie con Loretta, pero ella me dice que ha encontrado tanta paz en su vida y felicidad conmigo, que ya perdonó a Maggie porque, gracias a ella, nosotros nos conocimos —exclamó Alonso con justificada satisfacción.

—Bueno, bien por Loretta, bravo, te felicito, pero ¿y Maggie, insisto?

—Por Maggie no te preocupes, yo creo saber cómo abordarla y convencerla. Por lo pronto, Paquidermo, déjame decirte que te quiero mucho y que eres un gran amigo mío, que me llena de alegría ser tu padre y que a partir de este momento empezaremos a vivir un momento mágico que nos durará por muchos años, lo verás. Te debo un buen regalo como recompensa, piensa cuál, el que sea.

—¿Cuál regalo, jefe?, me vas a dar un reloj caro que no me pondré, unas mancuernillas que no uso, dinero que no necesito. Todo irá a dar a un cajón, tengo todo lo que quiero con mi mujer en nuestra casa, con mi chelo, contigo, con mi hermana, con mis amigos, con mi público. No, pa, sólo regálame tu tiempo, ése es mi mejor regalo.

—Pues sí que te voy a llenar de tiempo, Paquito, porque te tengo otra noticia.

—¿Oootraaa? Pues hoy es día memorable de sorpresas. A ver, dispara, me intrigas…

—No lo vas a creer, pero ya no quiero olvidarme de vivir…

—¿Te explicas…?

—Ya otro día te contaré con más detalle, pero ahora que ya llegué a estas alturas como empresario, vuelvo a confirmar que aquí arriba no hay nada. Triunfé en mis objetivos y ahora me pregunto ¿qué sigue? ¿Más negocios, más socios, más problemas? Y me respondo ya no más, no, ya no, se acabó y se acabó para siempre…

—¿Ya no más? Ya no más, jefe, pero si has dedicado tu vida a los negocios, ¿cómo que ya no más, de veras?

—Se cerró una larga etapa de mi vida, hijo mío, y se abre otra, porque ni tu hermana ni tú tienen vocación empresarial y a ninguno de los dos los veo administrando mis corporaciones, cada quien tiene sus objetivos, como ahora tengo yo los míos, por lo que estoy poniendo a la venta mis sociedades, mis compañías, mis firmas, mis industrias y mis comercios porque no voy a vivir dos veces…

—¡Qué bárbaro! Felicidades, ¿y qué vas a hacer con tu tiempo, jefe? —preguntó el músico intrigado.

—Te cuento —repuso emocionado—. Llevo muchos meses masticando esta idea y ya decidí materializarla, por lo que voy a construir un enorme conservatorio de música, en la colonia Buenos Aires, llena, por cierto, de ladrones, en donde todos los jóvenes estarán becados, siempre y cuando obtengan calificaciones satisfactorias de acuerdo a un consejo de expertos. Tú siempre dijiste que con la música cambiaríamos a los seres humanos y ésta es la oportunidad para comprobarlo. A ver en qué se convertirá un ratero de espejos de autos si llega a aprender a tocar el violín o un chelo, la guitarra o el piano; es la gran experiencia social. Ya me estoy imaginando una orquesta y un gran coro de exrateros interpretando la novena sinfonía de Beethoven en un teatro de la ciudad…

—Pa, no lo puedo creer, me conmueves…

Otra vez, ya sentados, Alonso revelaría sus planes:

—Voy a adaptar un edificio abandonado para convertirlo en una academia de pintura y de escultura, quiero que las personas de todos los niveles económicos esculpan o pinten, es igual, hijo mío, viva el arte en cualquiera de sus expresiones.

—Creo que estoy soñando, jefe —momento en que lo sacudió por los hombros y lo zarandeó, una manifestación de cariño que Alonso nunca había recibido de su hijo.

—Si crees que estás soñando, entonces escucha: Bill Gates acabará por donar cincuenta mil millones de dólares a su fundación para ayudar a combatir la pobreza en el mundo. Warren

Buffett donará a su muerte, más de noventa mil millones, pero se equivoca, porque nunca podrá disfrutar el rostro feliz de los beneficiarios —expuso confiado y satisfecho. Todavía recordó las palabras de Alejandro Magno en su lecho de muerte—: Nacemos con las manos vacías y nos vamos con las manos vacías. Cuando lo más preciado se ha ido: el tiempo, hijo mío…

Paco lo miraba sorprendido.

—Te cuento más, hijo, me encanta Jason Buzi, ese genio de los negocios, un travieso, porque deja escondidos veinticuatro sobres con mil quinientos dólares cada uno, en distintas ciudades del mundo no sin antes publicar en Twitter las pistas para encontrar los tesoros en zonas paupérrimas. ¿No es una genialidad? ¡Cuánta diversión! ¿De eso se trataba la vida, ¿no?

—Caray contigo, jefecito, sí que te vas a divertir.

—Sí, tienes razón, la idea es divertirme, pero acompañado de Loretta, ahora que conoces la verdad. Pero no como Charles Chuck Feeney, quien a sus 89 años, donó todo su patrimonio, absolutamente todo, a instituciones de beneficencia y hoy no es dueño ni de una casa ni de un automóvil y usa un reloj de pulso de quince dólares. No se trata de darse un tiro en el paladar, eso no, por ahí no va— afirmó incontenible con una expresión de felicidad en el rostro.

—Y tú, ¿cuánto vas a donar? Me encanta el tema.

—Yo voy a crear fideicomisos con ochenta por ciento de mi patrimonio, porque le debo devolver a mi país lo que me dio cuidando, eso sí, que ni a ti ni a tu hermana les llegue a faltar algo. La vida es una rueda de la fortuna. Cuidado, hijo mío, cuidado…

—Gracias, jefe, pero dime, ¿desde cuándo tienes esta idea en tu cabeza?

—Tu caída y tu enfermedad me sacudieron y me ayudaron a recordar que somos perecederos y dado que ustedes no atenderán mis negocios, decidí ayudar a la sociedad más desvalida.

—¿A qué parte de la sociedad, si se puede saber?

—Los niños me duelen, por lo que voy a ocuparme de los quemados, de los enfermos de cáncer, de las hijas de las prostitutas, de quienes padecieron abusos sexuales o de quienes viven en las calles. Así llenaré mi vida en el futuro...

—Yo trato de aliviar el dolor con mi música.

—Bien, cada quien a lo suyo y nada mejor que combatir ese dolor al construir una escuela de pedagogía para que muchos maestros aprendan a enseñar, como verás, hijo mío, tengo muchas formas de hacer felices a los niños.

—Muchos empresarios deberían imitarte y construir escuelas, academias e institutos tecnológicos para capacitar a la gente— afirmó Paco encantado con el diálogo— pero, la mayoría de tus colegas no han entendido el significado de la filantropía y por esa razón, los marginados, algún día podrían volver a cerrar el puño, se armarán y les quitarán sus bienes o hasta la vida con lujo de violencia como sucedió en la Revolución.

Alonso guardaba silencio, ahora tocaba el turno de escuchar al chelista.

Alonso arrugaba el entrecejo. ¿Cuánto tiempo tardamos en conocer a fondo a nuestros hijos?, se preguntó clavando la mirada en el chelista. A continuación, coincidió con sus argumentos:

—El egoísmo al que te refieres nos podría resultar muy caro y no sólo a ellos, sino a todo el país.

—Siempre lo dijimos tú y yo— expuso Paco engolosinado—: Imagínate perder el empleo y caer en la pobreza sin poder pagar la renta ni la hipoteca ni la colegiatura de tus hijos.

Alonso callaba y atendía con cuidado. Se le veía alarmado.

—¡Qué difícil es saludar con un "buenos días" —continuó imparable el músico balbuceando unos ejemplos— a un jardinero que no le alcanza para comer carne, o "buenos días" cuando su hijo abandonó a la escuela y se unió al narco, o "buenos días" cuando violaron a su hija en el transporte público o "buenos días" cuando un pariente lleva encarcelado dos años sin conocer las razones de su arresto! ¿Buenos días, cuando despiden a sus hijos en la mañana sin saber si volverán a verlos en la noche? Como verás, jefe, también leo los periódicos, no sólo las partituras.

—¿Te confieso algo, mi querido chelista?

—Di…

—Por conversaciones como ésta vale la pena haber vivido…

Esa misma noche, la del día de la gratificante charla con su padre, Paco observó paralizado y atónito cómo su gozo se precipitaba en un pozo profundo y oscuro. A la feliz hora de la merienda con tamales de dulce y atole servido en jarros de barro, el chelista, feliz y satisfecho, le contó a Karin, su mujer, los detalles de la plática con su padre en relación a Loretta. Le hizo saber, entre trago y trago, sin dejar de mirar de reojo un platón de conchas de vainilla, que el autor de sus días tenía derecho a la felicidad y que, a su edad, nadie debería interponerse en su camino ni juzgar si ella era, o no, la mujer de su vida, que había llegado la hora de ser egoísta y de pensar sólo en él, sólo en él, porque ya era tiempo de que hiciera lo que se le diera la gana, porque el tiempo apremiaba y atropellaba…

El músico, candoroso, sentía haber llevado a cabo su buena obra de la jornada, sin embargo, Karin respondió descompuesta y furiosa ante la actitud asumida por su marido. Aventó de repente, sobre el plato, la hoja de maíz que apenas empezaba a desenvolver, con todo y el tamal, como si se le estuvieran quemando los dedos.

—Pero ¿cómo te atreviste a apoyar esa canallada? Me decepcionas, no es posible —reventó impulsada por un repentino coraje, injustificado de cara a su marido, quien la miró sorprendido.

Paco se recargó atónito contra el respaldo de una de las sillas del antecomedor. Jamás imaginó una respuesta tan airada. Enmudeció, enarcó las cejas y comprimió escéptico los párpados, como si quisiera distinguir un objeto a la distancia. No lo podía creer. Se negaba a aceptar no sólo la brusquedad sin precedentes de la actitud de su mujer, invariablemente comprensiva y conciliadora, sino el violento rechazo en torno al futuro amoroso de su progenitor. ¿Cómo era posible que alguien, fuera quien fuera, le regateara a su padre el derecho de rehacer su vida y salir con quien se le diera la gana, a la hora que quisiera y en donde considerara más conveniente? ¿No había trabajado incansablemente? Si ahora, a su edad, no disfrutaba de un merecido premio, ¿entonces cuándo?

—Maggie, de buen tiempo atrás, ya no tenía nada que ver con Loretta. Por favor, seamos sensatos, lo que no es de tu año, no es de tu daño, Karin. Mi padre no está traicionando a nadie, no sale a escondidas de mi hermana, ellas ya no son pareja, ¡caray!, no hay infidelidad ni puñaladas por la espalada, amor, de modo que bájale a tu fanatismo, ya sé que quieres mucho a mi hermana, pero…

—¿Verdad que, si tú y yo nos divorciáramos, sólo supongamos —agregó al tender las bases de una trampa— ambos podríamos salir, como tú dices, con quien se nos diera la gana?

—No quiero ni pensarlo, deseo morir a tu lado —aclaró apresuradamente para no abrir espacios hacia otros peligrosos derroteros de la conversación.

—Contesta: ¿sí o no? —insistió en plan desafiante.

—Pues sí, allá cada quien —repuso hundido en dudas sin imaginar el supuesto que escucharía a continuación.

—Pues entonces imagínate que, al año de nuestra separación, o cuando te plazca, supieras que soy amante de tu padre y que pensáramos en casarnos. ¿Qué dirías, angelito…?

—No, no friegues, hay más hombres en el mundo, Karincita, ¿por qué con él? —contestó arrugando la frente como si fuera a escuchar un disparo—. Tiraste a matar, querida chalancita, es un exceso tu ejemplo.

—¿Exceso? ¿Acaso no acabas de decir que él tendría derecho de rehacer su vida con quien fuera, a la hora que fuera y en donde fuera? Entonces, de acuerdo a ese principio, yo también puedo acostarme con él a la hora que fuera y en donde fuera, sin limitaciones, ¿verdad, amor…?

—Ese argumento es un golpe abajo del cinturón, amor mío, no se vale.

—Pues lo que hace tu padre con Loretta se merece ya no se diga un golpe abajo del cinturón, sino un gran machucón donde te conté, ya me imagino lo que le va a decir tu hermanita, que es de mecha corta. Y retiemble en sus centros la tierra, Paquetito...

—Las mujeres son muy complicadas, caray...

—¿Y los hombres, pico chulo? No rehúyas el punto, éntrale, sacón: ¿estarías o no de acuerdo con que yo coja con tu papacito que tanto comprendes y que tantos derechos alegas a su favor?, ¿sí o no? —insistió la arquitecta alérgica a las vulgaridades—. Contesta otra vez, ¿sí o no?, cobardito...

La pareja discutía siempre con sarcasmos —en ocasiones, muy difíciles de administrar—, pero se trataba de acuerdos matrimoniales, como cuando ambos habían aceptado el derecho a retirarse de la escena de un pleito, sin mediar palabra alguna, cuando cualquiera de los dos sintiera la proximidad de un estallido o de la posibilidad de arrepentirse de expresiones de consecuencias impredecibles.

—Te mato, Karusquita, te juro que yo cometería uxoricidio y parricidio, para no volverlos a ver jamás...

—Bravo, tu respuesta comprueba una vez más tu buena fe y tu inteligencia para no discutir conmigo, bombón, porque, acéptalo, los amores prohibidos sí existen; al defender lo contrario, ibas a caer en el absurdo y, por favor —añadió golpeando ligeramente el dorso de la mano del chelista—, no empieces con tus palabrejas domingueras —advirtió satisfecha al ganar una vez más la partida—. Hay amores prohibidos antes, durante y después de un matrimonio, y digo antes porque no puedes tener relaciones con tu futura nuera, próxima a casarse con tu hijo, ¿de acuerdo?

—Ni hablar, los amores imposibles son lutos eternos —respondió al sentirse desarmado.

—Pero hay más, adorado músico —cargó Karin de nuevo al ataque con la bayoneta en mano para hacer añicos al enemigo.

—¿Más...? Ya no, *plis*...

—Sí, en el caso de tu padre y yo, continuando sólo con el ejemplo, bien podrías suponer que desde antes de nuestra separación ya había existido algo entre nosotros, pero que habíamos tenido que esconder nuestros sentimientos.

—Basta, Karushkita, hazme el favor de atascarte todas las conchas de golpe, no es fácil discutir contigo, siempre has de tener una carta escondida en la manga.

—No, Paquito, Paquete, amor, no, lo que pasa es que los sentimientos son, por definición, irracionales y sí, en ocasiones se debe guardar un luto eterno como una muestra de respeto hacia nuestros seres queridos, y claro —rematé sonriente al haber ganado la discusión—, te guste o no, los amores prohibidos existen y están ahí, a la vista...

—¿Me pasas la jarra con el atole, Karincita?, me tomaré una taza más porque tengo que ensayar una rapsodia de Liszt en mi chelo —aclaró mientras se ponía de pie y trataba de dirigirse a su estudio—. Además, no es fácil contradecir a alguien que siempre quiere tener la razón —agregó sonriente para dejar en el ambiente un buen sabor de boca muy a pesar de su derrota.

—Buen sabor de boca es el que yo le deseo a tu padre cuando le confiese a mi querida Maggie que Loretta es su amante y que, además, ya viven juntos. Mejor tápate los oídos porque hasta aquí se van a escuchar los gritos transoceánicos, ya verás lo que va a suceder cuando mi suegro argumente sus supuestos derechos amorosos a su edad. Conozco a mi cuñada mucho más que tú, no se la va acabar...

Cuando Alonso decidió visitar a su hijo Paco para comunicarle sus relaciones con Loretta, no se atrevió a salir de su departamento sin llevar consigo, en las bolsas de su saco, uno de sus amuletos favoritos. En una caja de madera, forrada de cuero negro con sus iniciales AR, utilizada para guardar sus mancuernillas, también atesoraba un par de uñas de gavilán calvo, infalibles y hechizadas por un famoso brujo del lago de Catemaco. Nunca lo confesaría, pero en los bolsillos del pantalón también llevaba, por si las moscas, granos de arroz, clavos de olor, una cruz egipcia, dos bellotas de roble, de la misma manera en que llevaba una herradura de mula anciana colocadas abajo del sillón del copiloto de su automóvil "del diario", como él decía.

Como había tenido buena suerte con el chelista, los resultados estaban a la vista, así que, por lo tanto, al llegar a su oficina, no dudó ni un instante, lleno de esperanza, en tomar el teléfono para comunicarse con Maggie.

—Vamos cero a cero, *amore mio*…

—Bravo, bravísimo —le dijo encantada—. Sólo un paso más, amor; pienso en ti, te llevo en el alma, ya están prendidas todas las velas de nuestro departamento y hasta las de mi estudio, como me indicaste. La suerte está de nuestro lado, *piccolo bambino*…

Al toro por los cuernos, se dijo mientras diseñaba una estrategia inteligente de abordaje con arreglo a la cautela, al tacto y a la intuición; en resumen, al miedo. Había que enfrentar la realidad sin darle más vueltas. Habían transcurrido varias semanas, hermosas e inolvidables semanas, y era hora, aunque tardía, de comunicarle a su hija, antes de que con todos los riesgos lo supiera por otro lado, de la existencia de su nueva relación amorosa. ¿Era hombre o payaso?

A Maggie no le sorprendió la llamada, de hecho, hablaba muy a menudo con su padre, por lo que ambos estaban casi actualizados con relación al devenir de sus vidas. El "casi" revestía, en este caso en particular, una importancia mayúscula. La pintora acababa de regresar de otro viaje de Madrid, acompañada, desde luego, de Rosario, Rossy, mi Rossy— su representante artística en las últimas semanas. Todo era miel sobre hojuelas. Poco a poco se agotaba la conversación sin que, por lo visto, existieran más novedades dignas de relatar de cada una de las partes. Cuando la despedida parecía inminente, Alonso se vio obligado a sacar fuerzas de la flaqueza para extraer de su ronco pecho los verdaderos motivos del telefonazo.

—Margaruchita, preciosa —añadió Alonso echando mano de su lenguaje más adulador y lambiscón—: No quiero que te enteres por terceros, pero hay algo que debes saber…

—¿Qué, papá? No me digas que recayó mi hermano…

—No, no, mi vida, él va de maravilla, viento en popa…

—No me digas que tiene problemas con Karin…

—No, tampoco va por ahí…

—Entonces ¿por dónde? —preguntó angustiada—. No me digas que volverás con Solange, no, no me digas que me llamaste para eso…

—No, amor, tampoco es ésa la razón…

—Entonces ¿qué te traes?, ya di, no me la hagas de tos, pa…

—Tienes que ser fuerte y madura…

—Me espantas, demonios, me la estás haciendo cardiaca. ¿Estás enfermo de algo grave? ¿Quebraste?

—No, no, vida mía.

—¿Entonces?

Inhalando a su máxima capacidad, finalmente se desahogó con los dedos de una mano cruzados y un zapato encima del otro, para atraer la buena suerte:

—Se trata de Loretta…

—¿Loretta? ¿Y tú qué tienes que ver con ella? Hace tiempo que no sé de ella…

—Pues has de saber —cerró los ojos y apretó el puño izquierdo como si tuviera que defenderse de un golpe— que después del rompimiento entre ustedes, ella vino a México para montar una exposición en la galería de unos amigos suyos en el corazón de Polanco.

—Esa malvada nunca tuvo amigos en México y menos en una galería, te está cuenteando, algo malo traerá entre manos —contestó pronunciando lentamente cada palabra.

—Ya ves que en tu medio algunos se conocen entre sí…

—¿Y te la encontraste así porque sí en la galería? —interrumpió abruptamente a su padre—. Cuando menos te lo imaginabas, claro, por puritita casualidad, se tomaron un café de milagro, luego unas copas de champaña, para matar el tiempo, cenaron y bailaron para forjar una larga amistad, se dieron de besos obligados por las circunstancias y finalmente ella se fue a vivir a tu casa, ¿verdad? Y colorín colorado, este cuento apenas ha comenzado como una maravillosa historia de amor. ¿Voy bien o me regreso, papuchito?

De pie frente al ventanal de su oficina, Alonso Roel enmudeció. En una primera instancia creyó que Eli le había contado también lo que ocurría en casa, de la misma manera en que lo había hecho con Paco. Acto seguido, acarició repetidamente la pata de conejo del bolsillo de su saco, para sentirse protegido. ¡Que no lo abandonara la suerte en esta circunstancia!, parecía elevar sus plegarias conociendo el temperamento de su hija.

—A ver, Maggie preciosa, ¿acaso ya sabías todo?

—¿Qué es todo...? —preguntó sin permitir una sola broma más, y también porque el tono de la voz de su padre no se prestaba a guasa alguna. Lo conocía de sobra y podía anticipar la presencia de una situación grave, como cuando su hermano rodó en las escaleras en Austria.

—Pues, como te decía, cuando vino Loretta a México, nos encontramos, nos identificamos y ya vivimos juntos. Sólo eso —concluyó sin más preámbulos. Dicho estaba. ¡Fuego! ¡Torpedo en el agua!, recordó la expresión de los capitanes de submarinos norteamericanos cuando atacaban un barco enemigo. A esperar y ver por el periscopio si hacía blanco o no.

Se produjo entonces un silencio jamás escuchado, como si a Maggie se la hubiera tragado la tierra de un solo bocado.

—Maggie, ¿estás ahí, hija mía? —preguntó Alonso tallándose le frente con la mano izquierda.

Silencio.

—Maggie, hijita, por lo que más quieras, contesta —insistió el padre temeroso de que ella cortara la comunicación. Previó entonces un rompimiento indeseable.

—Nunca pensé que fueras capaz de acostarte con quien fue mi pareja, ¿acaso no existen millones de mujeres? ¿Por qué con ella, precisamente con ella, carajo? —preguntó a gritos que, como bien había previsto Karin, se escucharían en todo el vecindario florentino.

—Mi corazón no manda sobre mi cabeza, Margarucha.

—No me digas Margarucha cuando estoy encabronada, papá, ¿no te das cuenta de que si esa mujerzuela está a tu lado —preguntó tratando de respirar lentamente— es porque seguro se querrá vengar de mí ya que su supuesto amor sólo responde al deseo de hacerme daño donde más me duele? ¿No lo ves, carajo, de verdad no lo ves? —cuestionó exaltada y fuera de sí, desgañitándose por primera vez en su vida ante su progenitor, quien se había dedicado en los últimos cuarenta años a hacerla feliz sin que le faltara nada, absolutamente nada.

—Entiende, Maggie, el amor llamó a mi puerta…

—Quien llamó a tu puerta fue una hija de la chingada que te sacará las tripas, y no sólo en términos de dinero, sino de sentimientos. Te va a destruir: lo que tiene de hermosa, lo tiene de malvada.

—A mí no me lo ha demostrado…

—Faltaba más, se acerca contigo con un cuchillo escondido en la espalda y eres tan iluso como para pensar que te lo va a mostrar para enseñarte que es una criminal, ¿cómo crees, papá? ¿En qué mundo vives? Me decepcionas, me das miedo, te va a hacer mierda esa perdida.

—Cálmate, hija, cálmate, la violencia no nos lleva a ningún lado, no sé qué te hizo a ti, pero a mí me ha hecho pasar unos de los momentos más felices de mi vida.

—Pues claro, hasta que te demuestre quién es, porque está loca, está rota por dentro, es una bipolar, o lo que sea y como se diga, no tiene control de sus actos, se pierde en arranques de rabia, sólo para que lo sepas —disparó una ráfaga de verdades para que se enterara, de una buena vez por todas y para siempre, lo sucedido—. Loretta y yo nos peleamos horrible en San Miguel de Allende y luego sucedieron varios eventos desafortunados hasta que, finalmente, lo confieso, me descubrió con Rosario, Rossy, mi nueva pareja, en mi departamento en Florencia. Al vernos, corrió a la cocina en busca de los cuchillos más grandes, no para matarnos, no, según creí en un principio, sino para rasgar y destruir todos mis cuadros, mis queridos nocturnos, que llevaba más de un año encerrada pintándolos… ¿No es una salvaje? Está loca… De acuerdo, le fui infiel, pero ¿qué te parecería si yo incendiara tus oficinas en tu presencia o invitara a una huelga a tus empleados? ¿Lo entiendes? Di que sí, carajo, di que te das cuenta al menos de algo, carajo…

El silencio correspondió ahora a Alonso. No podía creer semejante bajeza, pero cuando la gente enfurece por celos es capaz de cometer locuras, pensó con el ánimo de disculpar a su amante.

Ante la falta de respuestas, Maggie, descontrolada, volvió al ataque:

—Además, a ella no le gustan los hombres, analizamos mil veces el tema borrachas y sobrias, tiernas y disgustadas, conciliadoras y enfrentadas, en busca de conclusiones. Y después de compararlos con nosotras, ustedes siempre salieron perdiendo. Basta con que tengas un pene para que Loretta te odie. Es una hipócrita, créeme…

Alonso no conocía los extremos a los que podía llegar su Margarucha. Ni cuando conoció a Solange la había percibido tan enloquecida y desesperada.

Alonso permanecía clavado en el piso de su oficina al atardecer. Parecía una estatua viva. Escuchaba sabiendo que, en cualquier momento, podría perder la paciencia.

—Número uno, papá, Loretta era mi pareja, pero, a ver, dime la verdad: ¿saliste con ella a mis espaldas cuando estuvimos en México, te acostaste con ella en nuestra propia casa? Confiésalo ahora mismo, no seas cobarde.

—Ya, está bien, ¡a callar!, no me faltes al respeto, ingrata —repuso también furioso en busca de su autoridad paterna y dejando fluir, por primera vez, viejos resentimientos—. En realidad, ni siquiera te mereces esta conversación si empiezas a insultarme —sin dejarla contestar, pero con el deseo de impedir una fractura, Alonso echó mano de un recurso infalible—: Te juro por tu madre, por María Luisa, nuestra Luisi, que nunca toqué a Loretta ni en nuestra casa ni mientras fue tu pareja, jamás te traicioné, si es lo que insinúas —contestó levantando la voz.

Maggie se tranquilizó. Sin embargo, no se iba a quedar callada por ninguna razón.

—Uno, era mi pareja —insistió en desahogar su repertorio de quejas y agresiones—. Dos, destruyó mi obra y está extraviada. Tres, sólo quiere vengarse de mí, por lo que le vales absolutamente madres, para que te lo sepas. Y cuatro, por si lo anterior fuera poco, le gustan las mujeres, o sea, en resumen, un día te la va a hacer a ti también y a lo grande. No esperes nada bueno de esa perversa…

—Entonces —agregó Alonso desconcertado cuando la discusión parecía llegar a su fin—, déjame vivir mi vida como yo te lo permití a ti también. Exijo un mínimo de reciprocidad.

—¿Reciprocidad? ¿Qué quieres decir…?

—Que te quisiste ir a Europa porque no te entendías con Solange, entre otras razones, y yo no te puse condiciones. Ve, haz tu vida, te dije, busca tu felicidad, de la misma manera que cuando me revelaste que Loretta era tu pareja, si bien es cierto que al principio me costó trabajo, cedí con el ánimo de respetarte y no interponerme en tus planes, por lo que, en compensación, tú debes concederme ahora a mí la posibilidad de ser feliz en esta última etapa de mi vida, que no quiero pasarla solo, encerrado en mi condominio, eso sí, podrido en dinero, mientras tú te la pasas encantada, feliz y contenta en Italia, del otro lado de Atlántico. Demuestra que no eres una egoísta y, entonces y sólo entonces, podrás aceptar mi relación con Loretta para que yo sea feliz en los años que me queden. Piensa en mí, hija, piensa en mí…

—¡Ah!, ¿sí?, ¿entonces no me pondrías condiciones, como tú dices, si yo mañana me presentara en tu casa con Mauricio, tu amiguito, y te dijera que nos vamos a casar y que te llenaremos la casa de nietecitos? ¿Va…? ¿Le entras…? ¿Lo aceptas sin imponer tus putas condiciones?

—Ya cállate, carajo, deja de decir tonterías, por lo que más quieras —tronó Alonso al sentir un intenso estremecimiento que le recorrió en un instante el cuerpo con tan sólo escuchar el nombre de ese maldito. En su coraje ni siquiera puso atención a aquello de sus "putas condiciones". El nombre de Mauricio lo desquiciaba…

—Tonterías, papá, es que salgas con una bruja que va a destrozar nuestra relación y después te va a destruir a ti, como un huracán que no deja una piedra sobre la otra a su paso. Va a acabar con todo, te lo juro, pero si tú quieres que yo te permita hacer tu vida, que te mereces la libertad y llevar a cabo lo que te dé la gana, pues hazlo, prueba, inténtalo, no puedo detenerte, pero cuando te haga polvo no podrás quejarte ni yo estaré para consolarte. Que tengas buena suerte, jamás te desearé el mal porque te quiero mucho, allá tú.

Alonso pensaba en la posibilidad de ayudar a Loretta a manejar su supuesta bipolaridad, en caso de padecerla, con el argumento de que el amor podía con todo, sin perder de vista cómo casi habían roto cuando ella se había negado, con tanta violencia, a aceptar su agenda de negocios en Nueva York y en cambio le había aventado la tarjeta negra de American Express al piso. Él sentía poder controlar el tema y ayudarla a recuperarse, superar la enfermedad, de la misma manera en que, con el paso del tiempo, que todo lo curaba, se perdonarían entre ellas para que pudieran ser felices sin rencores. ¡Claro que Loretta no estaba a su lado porque quisiera vengarse de su hija, por supuesto que la escultora lo amaba, para lo cual existían diversas pruebas a su favor, y si era lesbiana, él la enloquecería en la cama quitándole cualquier tentación homosexual!

Mientras Alonso se encontraba extraviado en esas reflexiones, sólo alcanzó a escuchar:

—Buenas noches.

Acto seguido, Maggie cortó de repente la comunicación, dejando a su padre sepultado en un profundo desconsuelo de este lado del Atlántico…

Epílogo

En un hermoso atardecer, al concluir una áspera comida de negocios, Alonso regresó a su condominio con el ánimo de reconciliarse con la existencia. Con cuánto placer abrazaría a Loretta. Hacía aproximadamente dos horas que no hablaba con ella ni la veía. Entró apresuradamente al vestíbulo de su edificio, colocó su dedo pulgar en el detector de huellas digitales del ascensor, apretó el botón del penthouse, abrió con su llave la puerta del departamento y corrió a su habitación en busca de ella. No la encontró. La llamó, *piccola mia*. La buscó en el baño. No, tampoco estaba ahí. ¿En el vestidor? No, simplemente no estaba en casa. Aceleró el paso dando de voces en dirección a la cocina. No, no estaba preparando una pasta suculenta al *pomodoro*. En la biblioteca no dio con ella. Se alarmó. ¿Dónde estaría? Cuando se le ocurrió preguntarle a Eli si sabía algo de la señorita Loretta, encontró un sobre color rosa y su nombre escrito con la caligrafía inconfundible de su amante sobre el escritorio de su biblioteca. Lo rompió desesperado. El texto se reducía a siete renglones:

> No puedo, amor mío, me rindo, eres un hombre bueno y generoso. No puedo hacerte daño ni hacérmelo a mí. Debo ser honesta contigo. No debo fingir ni un día más. No eres lo que busco en mi vida por más que seas un ser humano excepcional. No me busques. Una mujer, la que sin duda te mereces, muy pronto llegará a tu lado, como espero que también llegue al mío. Te quiero y siempre te querré. Perdóname.
>
> *Con tutto il mio amore*

Con la carta arrugada en el puño derecho, se dejó caer sobre uno de los sillones, en donde había visto maravillosas series de televisión acompañado de Loretta. ¿Dónde estaba? Ya no estaría, nunca volvería a estar. Echó la cabeza para atrás y hundió los dedos en su abundante cabellera canosa. Cerró los ojos. Negaba con la cabeza. No, no la buscaría. ¿Qué sentido tenía? Ninguno. Al menos había hecho su mejor esfuerzo. Se hubiera arrepentido de no haberlo siquiera intentado. Sí, se trataba de un amor prohibido, imposible por diversas razones.

De pronto, sintió que techo y paredes se le venían encima. Se sofocaba, se asfixiaba. En ese momento, llamó a Gabino, su chofer, para que lo llevara al Parque de los Espejos de Polanco, una solicitud extraña e inusual. Deseaba estar unos momentos acompañado de sí mismo. La vida no se reducía a Loretta, no, ni a Maggie ni a Paco ni a sus fabulosas empresas ni a la política ni a sus fundaciones, ¡qué va! Caminó sonriente con las manos en los bolsillos de los pantalones, encontrándose con los vendedores de globos, de golosinas, de algodones color de rosa, con perritos juguetones perseguidos por sus pequeños amos, hasta entrar a la zona de juegos, en donde escuchaba risas jocosas de las criaturas al bajar por las resbaladillas o volar agarrados firmemente de los volantines. La felicidad no estaba a la venta, no, como tampoco se podía comprar un kilo de amor ni dos metros de lealtad y de salud. Caro, muy caro, lo que no se podía comprar con dinero…

El golpe de Loretta había sido demasiado severo. Había que asimilarlo. Sin embargo, no todo había sido un fracaso. Mientras hubiera vida, habría esperanza, una lección aprendida a raíz del accidente y de la enfermedad de su hijo. La vida lo premiaría con una mujer maravillosa con la que terminaría sus días. Sus voces internas se lo anunciaban, llenándolo de ilusión. ¿A dónde se iba sin ilusiones? De que llegaría, llegaría, al tiempo…

Finalmente, ¿de qué se trataba todo esto de vivir? ¿Quién sabría más del tema: un monje tibetano, un millonario, un literato, un filósofo universitario? ¿Un chelista y sus fantasías musicales apartadas del mundo material, o una pintora y una escultora dedicadas a crear imágenes extraídas del fondo de su ser? ¿O tal vez, el poeta o el maestro de escuela rodeados de miradas curiosas y sorprendidas de sus pequeños alumnos? ¿O el cirujano que le devuelve la vida a un enfermo terminal o el químico que inventa una vacuna contra el covid para salvar a la humanidad, o el escritor y ensayista que promueve ideas novedosas, o el novelista que pretende explicar la historia o el comportamiento social con el ánimo de mejorarlo? ¿Quién tenía la palabra? ¿Qué más daba la respuesta? Él, Alonso, había visto siempre por los suyos, comenzando por sus padres, por la adorable María Luisa, incluida la malvada de Solange, por sus hijos y por sus empleados; había cooperado con sus impuestos para construir un mejor país, de acuerdo, pero ¿había sido feliz cumpliendo con todos y con todo? Pues sí, lo había sido, porque había logrado cuanto se había propuesto, había explotado al máximo sus capacidades personales y no se había traicionado al representar un papel de alguien más ni se había sometido a un tercero que le impusiera un destino. Sí, sí, de acuerdo, pero ¿había sido feliz, había hecho cuanto le viniera en gana?

Había sido dichoso a pesar de que durante toda su existencia había sido víctima de su agenda, una odiosa dictadora que no lo había dejado en paz más que en espacios muy concretos, pero ahora, en esta última etapa de su vida, vendería sus empresas, incluida la maldita agenda, y buscaría la forma de sonreír la mayor parte del día al utilizar su fortuna en hacer felices a las personas más necesitadas.

Ahora Alonso haría trizas su agenda y se dedicaría a luchar al final de su vida por lo que realmente se le daba la gana. Estaba decidido. Empezaba la última etapa de su existencia.

Estaba orgulloso de las arrugas de su frente que demostraban su paso por la vida —en ocasiones, tortuoso; en otras, la mayoría, gratificantes—, pero, en fin, constituían las pruebas inequívocas de haber vivido. Cada línea, cada surco, cada pata de gallo tenía su propia historia, su propio significado para bien o para mal. Jamás se sometería a las manos expertas de un cirujano plástico para disimular o desaparecer las ojeras, porque eran suyas y de nadie más, el resumen de esfuerzos realizados a través de muchos años para alcanzar la cima anhelada desde muy joven.

Se trataba de saber decantar las pasiones, los fracasos, las decepciones y la adversidad; en general, para acceder a la esencialidad. ¿Qué era la esencialidad? Pasó unos instantes contemplando a los niños jugando con sus pequeñas embarcaciones de vela, a la espera de que el viento se las llevara al otro lado del estanque. ¡Cuánta alegría y con nada…! Los infantes, seres humanos químicamente puros y sabios, muy sabios, constituían fuentes inagotables de enseñanza antes de ser contaminados con el mundo material, con las bajas pasiones humanas, con la envidia, con la competencia, con la hipocresía y con el mundo perverso de las traiciones.

La verdadera sabiduría consistía, lo comprobó al ver jugar a los chiquillos, en terminar la vida con la misma sonrisa candorosa de un niño quien, después de todas las adversidades, golpes y traiciones de la edad adulta, pudiera llegar al final de sus días con las respuestas y actitudes propias de la infancia. ¿Imposible? Tal vez, pero se colocaría un filtro mental, un gran drenaje para expulsar de inmediato lo malo, lo perjudicial, lo tóxico, es decir: desahogar la mierda a la brevedad posible. Si los niños olvidaban rápidamente los sinsabores, él también lo lograría, por supuesto que sí.

Alonso se hacía viejo, pero escasamente se había percatado de ello. Como él mismo decía, no había tenido tiempo para pensar en la vejez, pues otros temas, más importantes, habían acaparado su atención.

Su convivencia con las mujeres a partir de su viudez y de su relación con Solange, entre otras tantas más de las que ya no se acordaba, le había ocasionado un daño de difícil reparación; sin embargo, no estaba dispuesto a exhalar el último aliento con esa concepción equivocada del sexo opuesto. Sí, claro, no había sido sencillo aceptar que la mayoría de ellas se le había acercado por su dinero. Entonces él, como persona, ¿no valía nada más allá de un cuarto de carajo? ¿Sus gustos, su calidad humana, su trato, sus fortalezas y debilidades, sus pasiones, su conversación, su propia historia eran elementos insignificantes, al igual que sus principios y sus ideales? ¿Se le acercaban sólo por su patrimonio desconociendo todos aquellos valores de su persona? Él, en sí, ¿no valía nada? ¿Lo contemplaban frívolamente como un cheque al portador? Pero bueno, justo es reconocer que lo mismo le había acontecido con los hombres: cualquiera de ellos, casi quien fuera, pues lo habían visitado en su oficina, invitado a comer o a una *happy hour* en la noche, pero siempre con la idea de pedirle un favor o una ayuda económica o capitales para constituir una sociedad o para solicitar un préstamo o lo que fuera, pero, de nueva cuenta, él mismo, como ser humano, quedaba relegado a un segundo término. De hecho, ya se había acostumbrado a esperar el momento en que, después de diversos rodeos, de la narración de anécdotas graciosas, después de hablar de temas jocosos y de política o deportes, tarde o temprano se plantearía el verdadero asunto que los había reunido. Su malestar era creciente; su decepción, mayúscula.

¿Sólo valgo por mi dinero?, llegó a pensar, sobre la base de que todo lo demás no valía ni un cacahuate. ¿Es cierto aquello de "tanto tienes, tanto vales"? Entonces, si no tuviera nada material, ¿no valdría nada?

Los patrones sociales actuales, pensaba sentado en una banca del parque comiendo palomitas, demandaban comprar más, poseer más, tener más sexo, consumir hasta el límite, mostrar un mayor capital económico para no extraviarse en el anonimato, tener un cuerpo tallado en los gimnasios para impresionar a terceros, usar ropa de marca, relojes y joyas caras, autos de lujo; en fin, todo para vivir para afuera, sin pensar en que mientras más objetos y disfraces te importen, menos posibilidades tendrás de ser feliz, de ser tú, de encontrarte a ti entre tantos distractores. Pensaba en sus conocidos y repasaba sus nombres, sólo para concluir que la mayoría salía a impresionar a quien fuera y se olvidaban de sí mismos, y ¿qué ocurre cuando una persona o una sociedad se olvida de sí misma?

En ese momento, vio a un grupo de gorriones disputándose unas pequeñas migajas de pan tiradas en el piso. ¿Un hecho superfluo? ¿Cómo era posible que nunca hubiera puesto atención en un evento tan importante? Mientras se dedicaba a acumular su enorme patrimonio, había perdido de vista pasajes muy reconciliadores… ¿Y qué era lo esencial?, ¿qué era eso?, se volvió a preguntar. Haber ganado mucho dinero lo había hecho sentirse muy feliz, pero ¿sus hijos lo querrían por esa razón, por ser multibillonario y haber triunfado en sus metas personales? ¡Cuántas complicaciones! El rico sufre porque perdió en un negocio o sus acciones se desplomaron al igual que su imagen pública; el pobre sufre porque no tiene ni acciones ni negocios ni presupuesto para la escuela ni medicinas para sus hijos. Un matrimonio sufre porque no puede tener hijos y otro sufre por tener demasiados vástagos. El pintor sufre porque sólo sabe pintar y nadie quiere sus cuadros, pero él no piensa en otra actividad porque dibujar es lo único que le produce felicidad. ¿El flautista profesional que nadie contrata se resignará al ir a trabajar a un almacén a vender línea blanca para poder comer de las comisiones? El músico sufre porque la piratería acaba con sus regalías y se resiste a dedicarse a otra actividad antes de morir de hambre, al igual que el escritor, el poeta y el historiador. ¿Cómo conseguir el pan para sobrevivir con dignidad? Las parejas sufren ante las amenazas de la infidelidad. Los hijos sufren por ocultamientos de cualquier naturaleza ante sus padres. Finalmente, todos sufren. ¿Quién no ha sufrido al llegar a los setenta años sin que el malestar y el dolor acumulados se le reflejen en el rostro, en la mirada, en el caminar, en el actuar, en el ser? Las frustraciones son inherentes a la naturaleza humana, sí, pero ¿cómo reír a lo largo de la vida hasta llegar al final?

El precio, sí, claro, pensaba Alonso mientras devoraba unos cacahuates garapiñados comprados a un vendedor ambulante del parque. Todos debemos pagar un precio. El cirujano debe pasar mucho tiempo en el quirófano antes de poder disfrutar de sus triunfos, al igual que los ingenieros, los físicos, los abogados o los investigadores deben practicar mucho tiempo en sus estudios y gabinetes antes de ser reconocidos. ¿Se trata de ser reconocido? ¿Es un problema de ego? Todo tiene un precio. El buen sexo no se improvisa, sólo se disfruta cuando las parejas han pasado buen tiempo conversando y conquistando el respeto y la admiración en ambos sentidos. Para conquistar la felicidad se tiene que trabajar arduamente. ¿Qué dolor deseas en la vida? ¿Por qué estás dispuesto a luchar? Tendrás que pasar por la aduana del dolor para poder disfrutar lo que desees. No puedes ganar si no juegas. No puedes tener una vida libre de dolor. Todo tiene un costo. La vida premia con una generosa recompensa a quienes no se rindieron y siempre estuvieron dispuestos a luchar. La vida es búsqueda para encontrar aquello que justifique nuestra existencia y también es audacia y valentía para utilizarlas a su máxima expresión, a partir del momento en que descubramos nuestro camino. ¿Cuántos cobardes había conocido a lo largo de su carrera que nunca se habían atrevido a escuchar y a someterse al dictado de sus voces internas para desperdiciar sus verdaderos talentos y acabar ahogándose en sus propios venenos? Quien ya se encontró a sí mismo debe hacer su máximo esfuerzo por parecerse cada vez más a sí mismo y a nadie más.

¿Eran pensamientos para la posteridad? ¡Qué más daba! Pobre de aquel que dedicaba su vida para satisfacer a los demás y se olvidaba de su propia persona, sin percatarse de la toxicidad que se acumulaba en su interior ante un abandono suicida como si fuera a vivir muchas vidas. Al final de sus días sólo ofrecería a los suyos fruta amarga, ácida, cuando su deseo hubiera sido entregarles lo mejor de sí. ¡Cuántas contradicciones...!

¿Qué era lo importante en la vida? ¿El amor, el arte, la música, la popularidad, el dinero, la salud? Como bien decía Gandhi: "En el mundo hay todo lo necesario para satisfacer las necesidades del hombre, pero no lo suficiente para satisfacer su codicia". ¿Por qué las personas nunca tenían suficiente y perdían de vista lo esencial? ¿Qué harán con tanto dinero si nunca podrán gastárselo? ¿Por qué siguen acumulando riqueza si tienen de sobra para vivir y vivir muy bien? Tenía razón Arthur Schopenhauer, el filósofo alemán, cuando dijo que "la riqueza material es como el agua salada, pues cuanto más se bebe, más sed da". Él, Alonso, ¿qué había dejado de hacer? Lo que fuera, pues a hacerlo, no había tempo que perder... Si deseaba ser más rico, tenía que dejar de hacer lo que le empobrecía. Además, se resistía a ser el hombre más rico del panteón.

Empezaba a anochecer, ya pensaba en retirarse a casa, cuando al fijar su atención al final del estanque, para su enorme sorpresa, advirtió la presencia de tres mujeres ubicadas al pie de un árbol. Permaneció petrificado, hundido en el piso arenoso del parque. No cabía la menor posibilidad de error, su imagen era inconfundible después de haber convivido tantos años con ella. Imposible no reconocerla de espaldas, de día o de noche, de cerca o a la distancia. ¡Claro que se trataba de Solange! Su estatura, su perfil, su indumentaria, el movimiento de sus brazos, sus manos colocadas en la cintura al concluir la exposición de un argumento, los insistentes quiebres de su cabeza, no dejaban lugar a dudas: era su exesposa, su exmujer, su expareja. No necesitaba verla cara a cara. Permaneció inmóvil, mientras contemplaba a estas mujeres a la distancia. ¿Paradojas de la vida? Al tratar de identificar al resto del reducido grupo se estremeció al clavar la mirada en una de ellas, por cierto, de muy baja estatura. Era la única que permanecía sentada, sus pies no lograban hacer contacto con el piso. Con la debida cautela, se acercó un poco más: ¿sería Marisol, la enana, una de las brujas?

No, no podía ser, menuda casualidad, pero sí, era ella. De pronto, reconoció la figura inconfundible de la última de ellas. Se frotó los ojos, no podía creerlo. No estaba equivocado ni soñaba, más aún cuando reconoció a Casandra, la hechicera esquelética, incorporada a la conversación. En ese instante se le cayó la venda de los ojos. Ahí estaban las tres juntas. Entendió con claridad el poder de la mentira. Entre ellas habían urdido la estrategia para desquiciarlo y había caído de bruces en la trampa. ¡Miserables! Ahora quedaba todo claro. Desde luego que una imagen decía más, mucho más que mil palabras. ¿Enfrentarlas…? ¿Para qué? ¿Volvería con Solange? ¡Jamás! Gracias a esas malvadas brujas la había conocido de punta a punta, como también había descubierto al bribón pernicioso que se escondía atrás de la sonrisa diabólica de Mauricio Rubio. Quizá resultó inocente de ésta, o no, pero, al final, también merecía un escarmiento por todas las que debía. Con el tiempo agradecería su mala fe. La verdad había aflorado. Él había sido un justiciero y no tenía nada de qué arrepentirse. Todos tenían que haber aprendido de las dolorosas experiencias. Allá cada quien…

Alonso Roel giró discretamente hacia la izquierda para dirigirse a su automóvil. Una sonrisa sarcástica inundaba su rostro. No, jamás volvería a ver a Loretta, pero percibía la llegada de una nueva mujer a su vida, el complemento ideal, una pareja para resolver su existencia. Él, sin ayuda externa, había descubierto el plan tramado entre Solange y las hechiceras. No tenía nada que agregar. Todo estaba dicho, pensó, mientras acariciaba la pata de conejo dentro de su bolsillo.

Al abordar su automóvil pensó en lo que le hubiera deseado preguntar a Solange: ¿Qué le dirías a Dios si estuvieras ahora mismo frente a Él? ¿Dime que no es cierto…?

Índice

Dime que no es cierto de Francisco Martín Moreno
se terminó de imprimir en el mes de noviembre de 2023
en los talleres de Diversidad Gráfica S.A. de C.V.
Privada de Av. 11 #1 Col. El Vergel, Iztapalapa,
C.P. 09880, Ciudad de México.